DAVID BALDACCI (Virginia, E   autor de diecisiete no-
velas que han sido best séllers del *New York Times*. Su obra ha sido
traducida a cuarenta lenguas y se publica en más de ochenta países;
con cerca de setenta millones de ejemplares impresos, es uno de los
novelistas más exitosos del mundo. Además, es confundador, junto
con su mujer, de Wish You Well Foundation, una organización sin
ánimo de lucro dedicada a actividades de alfabetización en Estados
Unidos. Zeta Bolsillo ha publicado sus libros *Los coleccionistas,
Buena suerte, Camel Club, Una fracción de segundo* y *El juego de las
horas*.

Su página web es *www.davidbaldacci.com*

«Apasionante, escalofriante y llena de sorpresas, la última novela de Baldacci revela la anarquía que late tras la hipócrita fachada
de los gobiernos corruptos.»

Publishers Weekly

«Un excelente trabajo. Una novela apasionante.»

Associated Press

«La acción es explosiva. Los lectores apenas tendrán tiempo para
respirar.»

People

«Ha vuelto a dar en el clavo. Baldacci pisa el acelerador y toma
las curvas sobre dos ruedas.»

New York Daily News

ZETA

Título original: *Last Man Standing*
Traducción: Mercè Diago y Abel Debritto
1.ª edición: noviembre 2010

© 2001 by Columbus Rose, Ltd.
© Ediciones B, S. A., 2010
para el sello Zeta Bolsillo
Consell de Cent, 425-427 - 08009 Barcelona (España)
www.edicionesb.com

Printed in Spain
ISBN: 978-84-9872-453-0
Depósito legal: B. 35.130-2010

Impreso por LIBERDÚPLEX, S.L.U.
Ctra. BV 2249 Km 7,4 Polígono Torrentfondo
08791 - Sant Llorenç d'Hortons (Barcelona)

El último hombre

DAVID BALDACCI

A todos los maravillosos profesores y voluntarios del país que han contribuido a que el proyecto All America Reads se hiciese realidad.

Este libro también está dedicado a la memoria de Yossi Chaim Paley (14 de abril de 1988 - 10 de marzo de 2001). El joven más valiente que he conocido en mi vida.

Las masas ignorantes siempre vilipendian a
a un hombre acusado injustamente.
Un hombre así debería disparar a discreción.
Lo más probable es que acierte.

Anónimo

Rapidez, sorpresa y violencia de acción.

Lema del Equipo de Rescate de Rehenes

1

Web London sostenía un rifle semiautomático SR75 que un armero legendario había diseñado especialmente para él. El SR no sólo dañaba carne y huesos, los desintegraba. Web, un hombre sumido en la violencia, nunca salía de casa sin su arsenal para uso propio. Siempre estaba preparado para matar, con eficacia y sin errores. Si alguna vez mataba a un inocente era como si él mismo se tragase la bala, pues sufría lo indecible. Web se ganaba la vida de una forma más bien complicada. No le gustaba su trabajo, pero era de los más competentes.

A pesar de que casi nunca se había separado del rifle, Web no era de los que mimaba las armas. No decía que la pistola era su mejor amigo ni le ponía un apodo, pero las armas constituían una parte esencial de su vida, aunque no fueran fáciles de domar, como ocurre con los animales salvajes. Hasta los agentes del orden erraban en los blancos ocho de cada diez veces. Para Web eso no sólo era inaceptable, sino suicida. Tenía muchas cualidades peculiares, pero las ganas de morir no era una de ellas. Muchas personas tenían a Web en el punto de mira y, en una ocasión, habían estado a punto de acertar.

Hacía cinco años había perdido casi dos litros de sangre, tirado en el suelo del gimnasio de un colegio y rodeado de otros hombres muertos o moribundos. Tras recuperarse de las heridas y asombrar a los médicos que se ocupaban de él, Web comenzó a llevar el SR en lugar de la metralleta que empleaban sus compañeros de armas. Se parecía a una M16, con una recámara para balas del 308, una elección excelente si el propósito era intimidar. Con un SR en la mano, todos querían ser amigos tuyos.

Por la ventanilla de cristal ahumado del Suburban, Web observó los grupos de gente que iban doblando las esquinas con fluidez y las masas de humanidad sospechosa que merodeaban por los callejones oscuros. Mientras que se adentraban en territorio hostil, Web volvió a mirar la calle, donde sabía que cualquier coche podía ser una patrulla de incógnito. Intentaba captar cualquier movimiento de ojos, asentimiento de cabeza o movimiento de dedos dando golpecitos en clave en los móviles con la intención de hacer daño al viejo Web.

El Suburban dobló la esquina y se detuvo. Web miró a los seis hombres que se apiñaban a su alrededor. Sabía que pensaban lo mismo que él: salir rápido, cubrir las posiciones y mantener las líneas de fuego. El miedo no tenía cabida, pero los nervios eran otro asunto. La adrenalina de alto octanaje no era su mejor amiga; de hecho, podía acabar con él fácilmente.

Web respiró hondo para calmarse. Tenía que mantener entre sesenta y setenta pulsaciones. Con ochenta y cinco, la pistola temblaría contra el torso; con noventa, sería difícil apretar el gatillo ya que la oclusión sanguínea y las contracciones nerviosas en hombros y brazos impedían un rendimiento aceptable. Con cien pulsaciones por minuto, se perdía por completo el control de las actividades motoras y era imposible acertar a un elefante con un cañón, aunque estuviera a un metro de distancia; en ese caso, lo mejor sería colocarse un letrero en la frente que dijera MÁTAME RÁPIDO porque, sin duda alguna, la muerte sería el único final posible.

Web sacó la bebida, dio un sorbo de paz y supo destilar la tranquilidad del caos inminente.

El Suburban comenzó a desplazarse de nuevo, dobló otra esquina y se detuvo. El ruido de la radio se vio interrumpido cuando Teddy Riner habló por el micrófono de alta sensibilidad o «micro».

—Charlie a COT —dijo Riner—, solicito autorización de compromiso y permiso para avanzar hasta amarillo.

Web escuchó por el micro la respuesta seca del COT, el Centro de Operaciones Tácticas.

—Recibido, Charlie Uno, a la espera.

En el colorido mundo de Web, «amarillo» era la última posición en la que estaban a cubierto, ocultos. «Verde» era la zona crítica, el momento de la verdad: la brecha. Recorrer el terreno sagrado, entre la relativa seguridad y comodidad del amarillo y el momento de la verdad del verde, solía ser crucial. «Autorización de compromiso», murmuró Web para sí. Era una forma de pedir el visto bueno para, en caso necesario, matar y hacer que sonara como si simplemente uno pidiera permiso al jefe para rebajar unos cuantos dólares de un coche usado. El ruido de la radio volvió a interrumpirse.

—COT a todas las unidades: tienen autorización de compromiso y permiso para avanzar hasta amarillo.

«Muchísimas gracias, COT.» Web se aproximó a las puertas de carga del Suburban. Iba a la cabeza y Roger McCallam a la retaguardia. Cal Plummer y los otros dos asaltantes, Lou Patterson y Danny García, estaban preparados con las ametralladoras MP-5, los explosivos cegadores y las pistolas del calibre 45, con aspecto tranquilo. En cuanto se abrieran las puertas, se separarían en abanico y buscarían indicios de amenaza en todas direcciones. Primero moverían los dedos de los pies, luego los talones, con las rodillas dobladas para asimilar el culatazo en caso de que tuvieran que disparar. La máscara de Web reducía su campo de visión, pero le permitía ver lo suficiente: el inminente tumulto de un Broadway en miniatura, pero sin tener que pagar una entrada cara ni ponerse un traje elegante. A partir de entonces bastarían las señales de la mano. De todos modos, la boca suele quedarse un poco seca cuando llueven balas. Web nunca hablaba mucho en el trabajo.

Vio a Danny García santiguándose, como era habitual en él. Y Web dijo lo que siempre decía cuando García hacía la señal de la cruz antes de que se abrieran de par en par las puertas del Chevy:

—Dios es demasiado listo y no viene por aquí, muchacho. Estamos solos.

Web siempre lo decía en tono burlón, pero no bromeaba.

Cinco segundos después se abrieron las puertas de carga y el grupo se alejó demasiado del punto cero. Normalmente conducían hasta el destino final y lo arrasaban todo con los explosivos, pero en este caso la logística era un tanto compleja. Coches abandonados, neveras tiradas y otros objetos voluminosos obstaculizaban el camino que conducía al blanco.

El ruido de la radio volvió a interrumpirse con las palabras de los francotiradores del Equipo Rayos X. Había hombres en el callejón, informaron, pero no pertenecían al grupo que Web perseguía. Al menos, eso creían los francotiradores. Web y su Equipo Charlie se incorporaron a la vez y corrieron por el callejón. Otro Suburban había dejado a los siete miembros homónimos del Equipo Hotel en el otro extremo de la manzana para que atacaran el blanco desde la parte posterior izquierda. Según el ingenioso plan, Charlie y Hotel se reunirían en el centro de la zona de combate.

Web y compañía se dirigían hacia el este, con una tormenta pisándoles los talones. Los rayos, los truenos, el viento y la lluvia horizontal solían joder las comunicaciones terrestres, el posicionamiento táctico y los nervios de los hombres, normalmente en el momento más crucial, cuando tenían que actuar sin errores. A pesar de las maravillas de la técnica, la única manera de reaccionar al temperamento de la Madre Naturaleza y a la calidad deficiente de la logística terrestre era correr más rápido. Así pues, corrieron resoplando por el callejón, una estrecha franja de asfalto repleta de baches y basura. Había edificios a ambos lados; las paredes estaban desconchadas por las décadas de batallas armadas. Algunas habían sido entre buenos y malos, pero casi siempre se trataba de jóvenes que peleaban con sus hermanos por el territorio de la droga, por mujeres o porque sí. Un arma en la mano te convierte en un hombre, aunque sólo seas un niño que, después de ver los dibujos del sábado por la mañana, sale convencido de que si acribilla a alguien luego se levantará para seguir jugando.

Se toparon con el grupo que los francotiradores habían identificado: negros, latinos y asiáticos trapicheando. Al parecer, los colocones y la promesa de un negocio de venta al por mayor sin complicaciones tenían más peso que los conflictos raciales, de credo, color o afiliación política. Para Web, todos ellos eran como una raya de coca, la marca de un pico o una pastilla con un pie en la tumba. Le maravillaba que aquella patética colección de desgraciados tuviera la energía o la claridad necesarias para consumir la simple transacción de dinero a cambio de bolsitas de infierno cerebral apenas disimuladas como pociones placenteras.

Al ver la intimidante muralla de armas y Kevlar de Charlie, todos los drogatas salvo uno se arrodillaron y suplicaron que no los mataran o acusaran. Web observó al joven que seguía en pie. Llevaba un pañuelo rojo en la cabeza para aguantarse el pelo recién alisado, lo que simbolizaba lealtad a alguna pandilla. El chico tenía una cintura muy estrecha y hombros de levantador de pesos; llevaba unos pantalones cortos y raídos de gimnasio y una camiseta de tirantes sobre el torso musculoso. Aunque su semblante reflejaba una actitud de «soy más listo y duro y viviré más que tú», Web tuvo que admitir que el look harapiento le quedaba bien.

Bastaron treinta segundos para determinar que todos, salvo el chico del pañuelo, estaban pasados de vuelta y que ninguno de los drogatas llevaba armas o móviles para llamar al blanco y avisarle. El chico del pañuelo tenía un cuchillo, pero los cuchillos eran inútiles contra el Kevlar y las metralletas, por eso no se lo quitaron. Pero cuando el Equipo Charlie siguió avanzando, Cal Plummer lo hizo de espaldas, con la MP-5 apuntando al joven empresario del callejón, por si acaso.

El chico del pañuelo le gritó a Web que le gustaba mucho su rifle y que quería comprárselo. Le pagaría bien, dijo, y luego se los cargaría a todos. ¡Ja, ja! Web miró hacia los tejados, donde sabía que los miembros del Equipo Whisky y Rayos X estaban en las posiciones de tiro apuntando al poco cerebro que le quedaba a aquella pandilla de perdedores. Los francotiradores eran los mejores amigos de Web. Sabía perfectamente cómo trabajaban porque, durante años, había sido uno de ellos.

Web había pasado varios meses seguidos en pantanos húmedos rodeado de serpientes mocasín cabreadas. O había estado escondido en hendiduras azotadas por el viento en montañas glaciales, con la culata revestida de cuero del rifle hecho a medida junto a su mejilla, observando por la mira y ofreciendo cobertura e información a los equipos de asalto. Como francotirador, había desarrollado muchas habilidades importantes, como aprender a mear en silencio en una jarrita. Entre las otras lecciones figuraba guardar la comida en montones claros y definidos para así poder comer al tacto en la más absoluta de las oscuridades, y disponer las balas para volver a cargar el arma de forma óptima, siguiendo un estricto modelo militar que había demostrado su eficacia una y otra vez. Desde luego, no tenía intención de recurrir a esas técnicas únicas para el sector privado.

La vida de un francotirador iba de una extremidad entumecida a otra. El trabajo consistía en conseguir la mejor posición de disparo con el menor riesgo personal posible y, en muchas ocasiones, los dos propósitos resultaban incompatibles. Se hacía lo que se podía. Horas, días, semanas, incluso meses de tedio que solían socavar la moral; las aptitudes más básicas quedaban destrozadas a consecuencia de momentos de una furia desgarradora que solían llegar en medio de una ráfaga de balas o en la mayor de las confusiones. Y la decisión de disparar significaba que alguien moriría, y nunca quedaba claro si tu propia muerte estaba incluida en la ecuación o no.

Cuando quería, Web evocaba esos recuerdos con gran intensidad. Un quinteto de puntas huecas estarían alineadas en un cargador accionado por resorte, dispuestas a desgarrar a un adversario al doble de la velocidad del sonido en cuanto Web apretase el gatillo, que cedería suavemente a la presión exacta. Web dispararía en cuanto alguien entrase en su zona de tiro, y un ser humano se convertiría de repente en un cadáver desmoronándose en el suelo. Sin embargo, los disparos más importantes eran los que no había efectuado. Era una especie de burla. Aquello no era para los timoratos, los estúpidos ni siquiera las personas de inteligencia media.

Web dio las gracias en silencio a los francotiradores que estaban en las alturas y siguió corriendo por el callejón.

A continuación se toparon con un niño, de unos nueve años, sin camisa, sentado sobre un trozo de cemento; no se veía a ningún adulto. La inminente tormenta había hecho que la temperatura descendiese más de seis grados y el termómetro seguía bajando. Aun así, el niño no llevaba camisa. Web se preguntó si alguna vez se la pondría. Había visto a muchos niños pobres. Más que cínico, Web era realista. Sentía pena por esos niños, pero poco podía hacer para ayudarles. Sin embargo, hoy día las amenazas provenían de cualquier parte, por lo que observó al niño de la cabeza a los pies, en busca de armas. Por suerte, no vio ninguna; a Web no le apetecía dispararle.

El chico le miró. Los rasgos del niño se apreciaban con claridad bajo el arco iluminado de la única farola del callejón que milagrosamente seguía intacta. Web percibió el cuerpo delgado y los músculos de los hombros y brazos en torno a la protuberancia de las costillas, como la corteza que el árbol produce para cubrir una herida. En la frente tenía la cicatriz de una cuchillada. Web sabía que el agujero ampollado y fruncido que se le veía en la mejilla izquierda era la marca inconfundible de una bala.

—¡Malditos al infierno! —dijo el niño con voz cansada, y luego se rió socarronamente. Las palabras del niño y la risa resonaron en la cabeza de Web como címbalos, aunque no sabía por qué; sintió un cosquilleo en la piel. Había visto a niños desesperados como ése con anterioridad, estaban por todas partes, y, sin embargo, Web presentía que aquél era diferente. Quizá llevaba mucho tiempo haciendo lo mismo, y ése no era precisamente el mejor momento para comenzar a pensar al respecto.

El dedo de Web rozó el gatillo del rifle y avanzó con zancadas ágiles al tiempo que intentaba olvidar la imagen del niño. Aunque delgado y sin músculos demasiado marcados, Web tenía mucha fuerza en los brazos y dedos y la espalda ancha resultaba engañosa. Era, con diferencia, el más rápido del grupo y poseía una gran resistencia. Web podía correr relevos de diez kilómetros durante todo el día. Prefería adquirir velocidad, rapidez y resistencia a poseer unos músculos de gimnasio. Las balas atravesaban los músculos con la misma facilidad que la grasa. Sin embargo, el plomo no te hacía daño si no te tocaba.

Casi todo el mundo describiría a Web London, con su espalda ancha y un metro ochenta y cinco, como a un hombre grande. No obstante, solían fijarse en el estado de la parte izquierda de la cara, o lo que quedaba de la misma. Web admitía a regañadientes que resultaba sorprendente la reconstrucción que actualmente se hacía de la carne y los huesos destrozados. Con la luz propicia, es decir, muy poca, casi no se notaba el viejo cráter, el nuevo ascenso de la mejilla y el delicado injerto de huesos y piel trasplantados. Realmente asombroso, habían dicho todos. Todos salvo Web, claro está.

Al final del callejón volvieron a detenerse y se agazaparon. Teddy Riner estaba junto a Web. A través del micro inalámbrico Motorola comunicó al COT que Charlie estaba en amarillo y solicitaba permiso para avanzar hasta verde, «la zona crítica» del objetivo, que en ese caso no era más que una puerta de entrada. Web sostuvo el SR75 con una mano y buscó la pistola del 45 personalizada en la pistolera táctica que llevaba en la pierna derecha. Tenía otra pistola idéntica en la placa antitraumatismos de cerámica que le recubría el pecho, y la tocó como parte del ritual previo al ataque.

Web cerró los ojos e imaginó cómo transcurriría el minuto siguiente. Correrían hasta la puerta. Davies iría al frente y prepararía la carga. Los asaltantes sostendrían las granadas cegadoras en la mano libre. Habrían quitado el seguro de las metralletas y los dedos se mantendrían apartados de los gatillos hasta que llegara el momento de matar. Davies quitaría los seguros mecánicos de la caja de control y comprobaría el cable del detonador colocado en la carga; como siembre, buscaría problemas y esperaría no encontrar ninguno. Riner comunicaría al COT las palabras inmortales: «Charlie en verde.» El COT replicaría, como siempre: «A la espera, todo controlado.» A Web siempre le molestaban esas palabras; ¿quién diablos lo tenía todo controlado?

Durante toda su carrera, Web nunca había oído al COT llegar al final de la cuenta atrás. Al llegar al «dos», los francotiradores abrirían fuego sobre el blanco, y un grupo de rifles del 308 disparando a la vez resultan un tanto ruidosos. La carga explotaría antes de que el COT dijera «uno», y ese huracán de muchos decibelios ahogaría incluso tus propios pensamientos. De hecho, si llegabas a oír el final de la cuenta atrás del COT significaba que corrías peligro ya que la carga no habría explotado. Y ése era el peor modo de empezar la jornada laboral.

Cuando el explosivo destrozara la puerta, Web y su equipo invadirían el objetivo y arrojarían los explosivos cegadores y ensordecedores. Los explosivos cegarían a los presentes y romperían los tímpanos desprotegidos. Si se topaban con otras puertas cerradas, cederían ante la descortés llamada de la escopeta de Davies o a una carga que parecía una tira de goma de neumático, pero que contenía un explosivo C4 que casi ninguna puerta resistía. Seguirían los pasos que se sabían de memoria, colocarían las manos y las armas, dispararían con precisión, pensarían como si estuvieran jugando al ajedrez. Se comunicarían mediante órdenes táctiles. Atacar los puntos clave, localizar a los posibles rehenes y sacarlos vivos de allí lo más rápido posible. En lo que nunca se pensaba era en morir. Exigía demasiado tiempo y te distraía de los detalles de la misión y de los instintos y disciplinas afinados tras hacer eso una y otra vez, hasta que se convertían en una parte fundamental de tu ser.

Según fuentes fidedignas, el edificio que estaban a punto de atacar albergaba las entrañas económicas de una importante operación de narcotráfico con sede en la capital. En el botín potencial figuraban contables y estadísticos, valiosos testigos para el Gobierno si Web y sus hombres lograban sacarlos con vida. De ese modo, los del FBI podrían imputar varios delitos a los peces gordos. Hasta los señores de las drogas temían un ataque frontal de Hacienda porque los cerebros casi nunca pagaban impuestos al tío Sam. Por eso habían llamado al equipo de Web. Aunque su especialidad era matar a quienes se lo merecían, también se les daba muy bien mantenerlos con vida. Al menos hasta que ponían las manos sobre la Biblia, declaraban y se deshacían de un peligro mayor durante mucho tiempo.

Cuando el COT volviera a intervenir, comenzaría la cuenta atrás: «Cinco, cuatro, tres, dos...»

Web abrió bien los ojos y se serenó. Estaba preparado. Sesenta y cuatro pulsaciones por minuto; ya sabía qué ocurriría a continuación. «Venga, muchachos, el filón está ahí mismo. Vamos a por él.» Volvió a oír al COT por los auriculares; le autorizaban para desplazarse hasta la puerta de entrada.

Y precisamente en ese instante fue cuando Web se quedó paralizado. Su equipo salió corriendo hacia verde, la zona crítica, pero Web no se movió. Tenía la sensación de que los brazos y las piernas no formaban parte de su cuerpo, como cuando te duermes con una extremidad debajo del cuerpo y te despiertas y la sangre apenas circula por ella. No se trataba de miedo o nervios; Web lo había hecho muchas veces. Y, sin embargo, se limitó a ver al Equipo Charlie corriendo. El patio había sido identificado como la última zona peligrosa antes de llegar a la zona crítica, y el equipo aumentó la velocidad y se cercioró de que no hubiera amenazas. Ninguno de ellos pareció percatarse de la ausencia de Web. Sudando a mares, con los músculos luchando contra lo que le retenía, Web logró incorporarse lentamente y dar un par de pasos tambaleantes. Con la sensación de tener los pies y los brazos recubiertos de plomo, el cuerpo ardiendo y la cabeza a punto de estallarle, avanzó a duras penas, llegó al patio y cayó de bruces mientras el equipo se alejaba.

Alzó la vista y vio al Equipo Charlie corriendo a toda velocidad, el blanco en su punto de mira, como si les rogase que atacasen. El equipo estaba a cinco segundos del impacto. Esos segundos cambiarían para siempre la vida de Web London.

2

Teddy Riner fue el primero en caer. Había muerto en el primero de los dos segundos que tardó en desplomarse. Cal Plummer cayó al suelo, al otro lado, como si le hubiera derribado un gigante. Mientras Web observaba impotente, la artillería pesada atravesaba el Kevlar y luego la carne del grupo compacto; más allá no había nada. No era justo que unos hombres buenos murieran tan silenciosamente.

Antes de que comenzara el tiroteo, Web se había desplomado sobre su rifle, que tenía debajo del cuerpo. Apenas podía respirar; el Kevlar y las armas le apretaban el diafragma. Tenía algo en la mascarilla. No lo sabía, pero era un trozo de Teddy Riner, arrojado por la gigantesca bala que le había hecho un agujero del tamaño de la palma de la mano y que había ido a parar a la mascarilla de Web, el último del Equipo Charlie e, irónicamente, el único que seguía con vida.

Web todavía estaba paralizado, ninguna de sus extremidades respondía a las súplicas del cerebro para que se movieran. ¿Habría sufrido una apoplejía a los treinta y siete años? Entonces, de repente, el sonido de los disparos pareció disiparse en su cabeza, volvió a sentir los brazos y los pies, se quitó la mascarilla y se tumbó boca arriba. Exhaló una bocanada de aire viciado y gritó de alivio. Tenía la mirada clavada en el cielo. Vio fragmentos de relámpagos, aunque los disparos no le permitían oír el retumbar de los truenos.

Sentía la poderosa e insensata necesidad de levantar la mano hasta la vorágine que estaba sobre él, quizá para confirmar la presencia de las balas que pasaban silbando, como si fuera un niño al que le hubieran dicho que no tocara una estufa caliente y que, por supuesto, sólo pensaba en tocarla. Sin embargo, se llevó la mano al cinturón, quitó el seguro de una bolsa lateral y sacó un termoimaginador. En la más oscura de las noches, el TI mostraría un mundo invisible al ojo y captaría los rastros de calor que se apreciaban en la mayoría de las cosas.

Aunque ni siquiera las veía con el TI, Web notaba las estelas de humo que dejaba tras de sí el conglomerado de balas que silbaba sobre su cabeza. Web también observó que el tiroteo procedía de dos direcciones distintas: la casa de vecinos que estaba justo delante y una construcción ruinosa a la derecha. Miró el edificio en ruinas por el TI y sólo vio cristales rotos. Y entonces advirtió algo que le puso más tenso aún. Los fogonazos salían a la vez por todas las ventanas hechas añicos. Se desplazaban por los orificios, se detenían durante unos segundos y retrocedían en el momento en el que los cañones de las armas, que Web no veía pero que sabía que estaban allí, terminaban la ráfaga de disparos controlados.

Los disparos comenzaron de nuevo, Web se tumbó boca abajo y observó por el termoimaginador el edificio que había sido el blanco original. También había una hilera de ventanas en el nivel más bajo del blanco. Y los mismos fogonazos se producían con el mismo arco de movimiento sincronizado. Web vislumbró los largos cañones de las ametralladoras. Por el TI, las siluetas de las armas eran de color rojo teja; el metal estaba al rojo vivo por la enorme cantidad de munición que disparaban. Sin embargo, no vio ninguna forma humana por el termoimaginador; si hubiera habido algún hombre en las inmediaciones, el TI lo habría detectado de inmediato. Estaba seguro de que se trataba de una especie de puesto de disparo teledirigido. Supo entonces que habían tendido una emboscada a su equipo, sin que el enemigo hubiese arriesgado a ningún hombre.

Las balas rebotaban en las paredes que estaban detrás y a la derecha de Web, y sentía pedazos de metralla por todas partes, como si fueran gotas de lluvia solidificadas. Muchas de las balas rebotadas le habían rozado el Kevlar, pero ya habían perdido velocidad y poder letal. Mantuvo las piernas y brazos desprotegidos bien pegados al asfalto. Sin embargo, ni siquiera el Kevlar resistiría un impacto directo ya que no cabía duda de que las ametralladoras estaban repartiendo artillería del calibre 50, y cada bala era tan larga como un cuchillo y, probablemente, igual de perforante. Web conjeturó todo eso por el sonido supersónico de las armas y el inconfundible fogonazo. Además, la estela de una 50 era algo que tampoco se olvidaba con facilidad. De hecho, se sentía el chasquido antes incluso de oír la bala. Ponía todos los pelos de punta, como un rayo antes del golpe mortal.

Web gritó los nombres de sus compañeros de equipo uno a uno. No hubo ninguna respuesta, ningún movimiento, ningún gemido ni temblor corporal que indicara que seguían con vida. Aun así, Web los llamó a gritos una y otra vez, como si estuviera pasando lista. A su alrededor, los cubos de basura explotaban, los cristales se rompían, las paredes de ladrillo se erosionaban como si unos ríos incesantes tallasen unos cañones. Aquello era el desembarco de Normandía y Web acababa de perder a todo su ejército. Las alimañas del callejón huyeron de la masacre. Nunca había habido tan pocos roedores en ese patio. Ningún inspector lograría un resultado mejor que el que la artillería del 50 había obtenido esa noche.

Web no quería morir, pero cada vez que miraba lo que quedaba de su equipo una parte de él deseaba unirse a ellos. La familia luchaba y moría junta. A Web le gustaba eso. De hecho, sentía las piernas tensas, preparadas para el salto a la eternidad, pero una fuerza más poderosa le retenía y siguió agachado. Morir significaba perder. Si se daba por vencido, todos habrían muerto en vano.

¿Dónde diablos estaban Rayos X y Whisky? ¿Por qué no acudían al rescate? Aunque los francotiradores de los edificios con vistas al patio no podían bajar sin que los destrozaran, había otros en los tejados de los edificios que bordeaban el callejón por el que Charlie había venido. Ellos sí podían bajar. Pero ¿les daría el COT luz verde? Quizá no, si el COT no sabía qué sucedía, pero ¿cómo iban a saberlo? Ni siquiera Web sabía qué pasaba, y eso que estaba en medio del meollo. Sin embargo, no podía quedarse de brazos cruzados mientras esperaba a que el COT se decidiera hasta que una bala perdida acabara con todo el equipo de Web.

Sintió una punzada de pánico a pesar de los años de entrenamiento específicamente ideados para desterrar esa debilidad de su psique. Acción, tenía que hacer algo. Con el micro perdido, Web sacó la radio Motorola de la hombrera de velcro. Apretó el botón y gritó.

—HR catorce a COT, HR catorce a COT.

No hubo respuesta. Cambió a la frecuencia de apoyo y luego a la de uso general. Nada. Miró la radio y se desmoralizó. La parte delantera estaba destrozada por la caída. Se deslizó hacia delante hasta llegar al cuerpo de Cal Plummer. Al intentar coger el aparato emisor y receptor, algo le tocó en la mano y retrocedió. Una bala rebotada; un impacto directo le habría arrancado la mano. Web contó los cinco dedos, y el intenso dolor le empujaba a luchar, a vivir. Aunque sólo fuera para acabar con quien hubiera ideado todo aquello, si bien Web contaba con escasos recursos. Y por primera vez en su vida Web se preguntó si el enemigo al que se enfrentaba era mejor que él.

Web sabía que si dejaba de pensar tal vez se incorporaría de un salto y comenzaría a disparar inútilmente, así que se centró en los aspectos tácticos. Estaba en una zona mortal muy limitada, arcos de disparos automáticos a ambos lados que formaban un ángulo de destrucción de noventa grados, pero sin un humano detrás al que eliminar. Ésa era la situación de campo. ¿Qué coño podría hacer? ¿En qué capítulo del manual salía eso? ¿En el que decía «Estás jodido»? El ruido era ensordecedor. Ni siquiera oía los latidos desbocados de su corazón. Jadeaba entrecortadamente. ¿Dónde coño estaban Whisky y Rayos X? ¿Y Hotel? ¿Es que no sabían correr más deprisa? Pero ¿qué podrían hacer? Estaban entrenados para matar a blancos humanos, de cerca y de lejos.

—¡No hay nada contra lo que disparar! —gritó.

Con el mentón bien pegado al pecho, Web se sobresaltó al ver al niño, al que habrá encontrado sin camisa, sentado sobre el trozo de cemento. Con las orejas cubiertas con las manos, estaba agazapado en la esquina del callejón por el que habían llegado Web y compañía. Web sabía que si el niño entraba en el patio acabaría en una bolsa para cadáveres... en dos bolsas para ser exactos, ya que las balas del 50 partirían por la mitad aquel cuerpo flacucho.

El niño dio un paso y se acercó más al final de la pared de ladrillos y al patio. Quizá quisiera ayudar. Tal vez esperaba a que cesaran los disparos para robar los objetos de valor que encontrara en los muertos; se haría con las armas para luego revenderlas en las calles. O quizá sólo se tratara de curiosidad. Web ni lo sabía ni le importaba.

Las ametralladoras dejaron de disparar y, de repente, se hizo el silencio. El niño dio otro paso. Web le gritó. Se detuvo; era obvio que no se esperaba que los muertos chillasen a los vivos. Web alzó la mano y le gritó que retrocediese, pero los disparos comenzaron de nuevo y ahogaron sus últimas palabras. Web se deslizó sobre la barriga bajo la lluvia de balas y, con cada movimiento de cadera, gritaba al chico: «¡Retrocede! ¡Atrás!»

El niño ni se inmutó. Web siguió mirándole, tarea nada fácil cuando uno se arrastra sobre la barriga a marchas forzadas con miedo a levantar la cabeza un solo centímetro más por si te la vuelan por completo. El chico hizo lo que Web creía que haría: comenzó a retroceder. Web se arrastró más rápido. El niño se volvió para correr y Web le chilló que se detuviera. Sorprendentemente, eso fue lo que hizo.

Web estaba a punto de llegar al callejón. Intentaría calcular cada movimiento a la perfección porque había un nuevo elemento de peligro para el niño. Durante la última pausa de los disparos, Web había oído pasos y gritos sincronizados a lo lejos. Se estaban acercando. Web pensó que debían de ser todos: Hotel y los francotiradores y la unidad de reserva que el COT siempre guardaba para las emergencias. Bueno, si aquello no era una emergencia, entonces nunca habría emergencias. Sí, venían rápidamente al rescate, o eso creían. En realidad corrían a ciegas sin información fidedigna.

El problema era que el niño también les había oído. Web intuía que el niño sabía a la perfección quiénes eran, como un explorador que huele la tierra y deduce a partir de ahí dónde se encuentran las manadas de búfalos. El niño se sentía atrapado, y no sin razón. Web sabía que si al niño del callejón le veían cerca de alguien como Web, podía darse por muerto. Los mandamases supondrían que era un traidor y, como recompensa, arrojarían su cadáver al bosque.

El niño miró hacia atrás mientras Web retomaba el ritmo. Web había perdido la mitad del equipo arrastrándose sobre el asfalto, como una serpiente de cien kilos a toda velocidad. Sentía la sangre que brotaba de la docena de arañazos que se había hecho en las piernas, manos y cara. La mano derecha le escocía como si dos mil avispas estuvieran allí de fiesta. El chaleco antibalas le pesaba lo indecible, el cuerpo le dolía cada vez que movía las manos y las piernas. Podría haberse deshecho del rifle, pero todavía tendría que usarlo. No, jamás se desprendería del maldito SR75.

Web sabía qué haría el niño. Con la retirada cortada, cruzaría corriendo el patio y desaparecería en uno de los edificios del otro extremo. El niño oía las balas como Web, pero no veía las líneas de fuego. No podría esquivarlas y, sin embargo, Web sabía que el niño lo intentaría.

El muchacho salió corriendo de la esquina y Web se incorporó de un salto en el último instante, y se toparon en la última franja de seguridad, cuando Web tenía todas las de ganar. El niño le dio patadas y le golpeó con los puños en la cara y el pecho mientras Web lo rodeaba con sus largos brazos. Web se adentró en el callejón, arrastrando al niño. El Kevlar no era precisamente agradable al contacto con las manos, así que el chico dejó de golpearle y le miró.

—No he hecho nada. ¡Suéltame!

—¡Si corres hacia el patio puedes darte por muerto! —gritó Web por encima del estrépito de los disparos. Sostuvo en alto la mano ensangrentada—. Llevo chaleco antibalas y no sobreviría ahí fuera. Esas balas te partirán por la mitad.

El chico, más sereno, observó la herida de Web. Web lo alejó del patio y de las armas para poder hablar sin el ruido de los disparos. Por algún impulso extraño, Web tocó la herida de bala que el niño tenía en la mejilla.

—Has tenido suerte antes —dijo Web. El chico se agitó con fuerza hasta conseguir soltarse. Entonces se incorporó en un abrir y cerrar de ojos y comenzó a correr por el callejón.

—Si vas a oscuras —dijo Web—, se te acabará la suerte. Te liquidarán.

El chico se detuvo y se volvió, mirando directamente a Web. Luego desvió la mirada hacia el patio.

—¿Están muertos? —preguntó.

Web, a modo de respuesta, se soltó el rifle del hombro. El niño retrocedió un paso al ver el arma intimidante.

—¿Qué cojones piensas hacer?

—Quedarme aquí bien agachado —replicó Web. Se volvió hacia el patio. Se oían sirenas por todas partes. Llegaba la caballería y, como siempre, demasiado tarde. Lo más inteligente era permanecer quieto y no hacer nada, aunque eso no acabaría con las balas. Web tenía que terminar su trabajo. Arrancó un trozo de papel de la libreta que llevaba en el cinturón y garabateó un mensaje. Luego se quitó la gorra que tenía bajo el casco—. Toma —dijo—. Camina, no corras, de vuelta por el callejón. Sostén la gorra en alto y entrega el mensaje a los hombres que vengan hacia aquí. —El chico cogió con los largos dedos la gorra y el papel doblado. Web extrajo la pistola de bengalas de la bolsa e introdujo una—. Cuando dispare, empieza a caminar —repitió Web—. ¡No corras!

El chico miró la nota. Web no tenía ni idea de si sabía leer o no. Allí los niños no recibían la educación básica que en otros niños se daba por sentada.

—¿Cómo te llamas? —preguntó Web. El niño tendría que estar sereno. Nervioso se cometen demasiados errores. Y Web sabía que los hombres fulminarían a quienquiera que se acercara corriendo.

—Kevin —respondió el chico. De repente pareció realmente asustado, y Web se sintió culpable por lo que le estaba pidiendo.

—Bien, Kevin, soy Web. Haz lo que te digo y no te pasará nada. Puedes confiar en mí —dijo, y se sintió más culpable aún. Web apuntó al cielo con la pistola de bengalas, miró a Kevin, asintió de modo tranquilizador y luego disparó. La bengala sería la primera advertencia. El mensaje que llevaba Kevin la segunda. El chico comenzó a caminar deprisa.

—¡No corras! —gritó Web. Se volvió hacia el patio, colocó el termoimaginador en el riel del rifle y lo aseguró.

La bengala de color rojo tiñó el cielo y Web supo que los asaltantes y los francotiradores se detendrían y considerarían ese nuevo elemento. Eso le daría tiempo al chico para llegar hasta ellos. Kevin no moriría, al menos no esa noche. Cuando se produjo la siguiente pausa en los disparos, Web salió del callejón, rodó por el suelo, apuntó hacia arriba con el rifle mientras intentaba encontrar la ubicación más idónea para disparar, extrajo el bípode del rifle y apoyó la culata del arma contra el hombro. Las tres ventanas que estaban justo delante eran sus primeros blancos. Veía los fogonazos a simple vista, pero el termoimaginador le permitía apuntar a los perfiles calientes de las ametralladoras. El SR75 rugió y los nidos de ametralladoras explotaron, uno tras otro. Web introdujo otro cargador de veinticuatro balas, apuntó y apretó el gatillo, y otras cuatro ametralladoras fueron finalmente silenciadas. El último nido de ametralladoras todavía disparaba cuando Web se arrastró hacia delante y arrojó una granada de impacto a la madriguera. Se hizo el silencio hasta que Web vació sus dos 45 en las aberturas silenciosas de las ventanas; los cartuchos expulsados caían de las armas como paracaidistas de un avión. Tras el último disparo, Web se dobló sobre sí mismo y respiró el aire preciado. Tenía tanto calor que pensó que, de repente, ardería. Entonces las nubes descargaron con fuerza. Volvió la mirada y vio a un asaltante, protegido de los pies a la cabeza, entrando cautelosamente en el patio. Web intentó hacerle una seña, pero el brazo no le respondía; le colgaba a un lado, inerte.

Web observó los cuerpos destrozados de los miembros de su equipo, de sus amigos, diseminados por el pavimento resbaladizo. Entonces las piernas le flaquearon y se arrodilló. Estaba vivo y no quería estarlo. Lo último que Web London recordaría de esa noche serían sus gotas de sudor cayendo en los charcos de lluvia teñidos de sangre.

3

Randall Cove era un hombre de gran envergadura dotado de una enorme fuerza física y de un notable instinto callejero que había afinado tras haber trabajado con ellos durante muchos años. Desde hacía casi diecisiete años era agente secreto del FBI. Se había infiltrado cn las bandas de traficantes de drogas latinos en Los Ángeles, en las pandillas hispanas de la frontera entre México y Tejas y entre los pesos pesados europeos del sur de Florida. La mayoría de sus misiones habían sido éxitos espectaculares y, en ocasiones, angustiosos. En ese momento llevaba una semiautomática del 40 cargada con unas puntas huecas que causarían estragos dentro del cuerpo y, probablemente, la muerte. También llevaba un cuchillo de monte de hoja serrada que servía para acuchillar las arterias vitales. Siempre se enorgullecía de ser un trabajador profesional y de confianza. Algún ignorante le acusaría de criminal sanguinario al que encerrar de por vida o, mejor aún, al que ejecutar por sus terribles pecados. Cove sabía que corría peligro y también era consciente de que la única persona que podría sacarle del embrollo era él mismo.

Cove se agazapó en el coche y observó cómo el grupo de hombres subía a los vehículos y se marchaba. En cuanto hubieron desaparecido, se incorporó, esperó unos instantes y luego les siguió. Se ajustó bien el gorro de esquí sobre la cabeza recién rapada; había decidido que había llegado el momento de deshacerse de los rizos tipo rastafari. Los coches se detuvieron y Cove hizo otro tanto. Cuando los hombres salieron de los vehículos, Cove extrajo una cámara de la mochila y comenzó a tomar fotografías. Apartó la Nikon, sacó unos prismáticos nocturnos y ajustó la lente de aumento. Cove asintió para sí mientras encuadraba a los hombres uno a uno.

Repasó rápidamente su vida mientras el grupo desaparecía en el interior del edificio. En la universidad, Cove había sido una versión más grande y rápida de Walter Payton; todos estaban de acuerdo en que era el típico muchacho americano procedente de Oklahoma, todos los equipos de la NFL le ofrecían montañas de dinero e incentivos adicionales. Es decir, lo hicieron hasta que una rotura de los ligamentos cruzados anteriores en ambas rodillas durante una extraña caída le hicieron pasar de tipo extraordinario a hombre de aptitudes normales que ya no atraía a los entrenadores de la NFL. Millones de dólares potenciales habían desaparecido en el acto y el único estilo de vida que había conocido hasta el momento se esfumó con el dinero perdido. Había estado deprimido un par de años, buscando excusas y compasión, y su vida había ido cuesta abajo hasta que no pudo bajar más, y entonces la conoció. Siempre había creído que su esposa había sido una intervención divina, pues había evitado que su existencia abatida y autocompasiva cayera en el olvido. Con su ayuda se había recuperado y había hecho realidad el sueño secreto de convertirse en agente del FBI.

Había estado dando tumbos en el FBI. Era una época en la que las oportunidades para las personas de color todavía eran muy limitadas. Cove se había visto empujado hacia el trabajo secreto del mundo de las drogas porque sus superiores le habían informado sin rodeos que la mayoría de los «malos» eran de su color. Puede hacerse pasar por uno de ellos, le habían dicho. Y lo cierto es que no podía negarlo. El trabajo era lo bastante peligroso como para no aburrirse nunca. A Randall Cove nunca le había gustado aburrirse. Y acabó con más criminales en un mes que la mayoría de los agentes en toda su vida, y eran los peces gordos, los planificadores, los verdaderos artífices del dinero, no los traficantes de poca monta a los que apenas una raya de cocaína adulterada los separaba de la fosa común. Su esposa y él habían tenido dos hermosos hijos y él estaba planteándose seriamente dejar ese trabajo cuando el mundo se le vino abajo y perdió a su familia.

Volvió al presente al ver salir a los hombres; subieron a los coches, se marcharon y Cove volvió a seguirlos. Cove también había perdido algo que no recuperaría jamás. Seis hombres habían muerto porque lo había echado todo a perder; le habían puesto en un aprieto como al más ingenuo de los agentes. Tenía el orgullo por los suelos y no le quedaba ira. Y el séptimo miembro del equipo abatido intrigaba enormemente a Cove. El hombre había sobrevivido cuando tenía que haber muerto y, al parecer, nadie sabía por qué, aunque todavía no habían estudiado el caso demasiado a fondo. Cove quería mirarle a los ojos y decirle: «¿Cómo es posible que todavía respires?» No tenía el expediente de Web London y estaba seguro de que no lo conseguiría en breve. Sí, Cove era del FBI, pero no cabía duda de que todos pensaban que era un traidor. Se suponía que los agentes secretos vivían en constante peligro, ¿no? Todos estaban chiflados, ¿no? Qué trabajo tan desagradecido el suyo, pero lo cierto es que lo había hecho para él mismo, para nadie más.

Los coches aparcaron en la enorme entrada y Cove se detuvo, tomó varias fotografías más y luego dio la vuelta. Por esa noche, ya había acabado. Se dirigió al único lugar seguro, que no era su casa. Tras girar en una curva y acelerar, un par de faros surgieron de la nada y se colocaron detrás de él. Eso no era bueno, al menos no en una carretera como aquélla. Cove no buscaba ni alentaba la atención de sus iguales. Giró; el coche hizo otro tanto. Bien, la cosa iba en serio. Volvió a acelerar. El perseguidor también. Cove se llevó la mano a la cartuchera del cinturón, sacó la pistola y se aseguró de que el seguro estuviera quitado.

Miró por el retrovisor para intentar ver con cuántos tipos tendría que lidiar, pero no había farolas y apenas se veía nada. La primera bala reventó el neumático trasero derecho, la segunda el trasero izquierdo. Mientras luchaba por mantener el coche bajo control, un camión salió de una carretera secundaria y le embistió de lado. Si la ventanilla hubiera estado subida, Cove la habría atravesado con la cabeza. Aunque no era invierno, el camión llevaba un quitanieves en la parte delantera. El camión aceleró y empujó el coche de Cove. Pensó que comenzaría a dar vueltas de campana en cualquier momento y entonces el camión lanzó el sedán contra un pretil que habían colocado allí para evitar que los vehículos se despeñasen por la pendiente situada junto a la curva. El lateral del coche se estrelló contra la tierra y luego rodó cuesta abajo; las dos puertas se abrieron mientras el sedán daba vueltas de campana, y finalmente llegó destrozado al pie rocoso de la pendiente y estalló en llamas.

El coche que había perseguido a Cove se detuvo y un hombre salió del mismo, corrió hacia el destrozado pretil y miró hacia abajo. Vio el fuego, presenció la explosión cuando el combustible alcanzó las llamas y entonces regresó corriendo al coche. Los dos vehículos se alejaron de la escena derrapando y arrojando gravilla.

Mientras se alejaban, Randall Cove se incorporó lentamente del lugar en el que había caído cuando la puerta del conductor se había abierto tras el primer impacto contra el suelo. Había perdido el arma y se había roto un par de costillas, pero estaba vivo. Miró lo que quedaba del coche y luego hacia el lugar del que se habían marchado a toda velocidad los hombres que habían intentado matarle. Sin que dejaran de temblarle las piernas, Cove inició el ascenso.

Web se sujetó la mano herida mientras tenía la sensación de que iba a estallarle la cabeza. Era como si se hubiera tomado tres tragos seguidos de tequila y estuviera a punto de vomitarlos. La habitación del hospital estaba vacía. Había un hombre armado fuera para asegurarse de que no le ocurriera nada... al menos, nada más.

Web llevaba tumbado todo el día y toda la noche pensando en lo sucedido y no había encontrado respuesta alguna a ninguna de las preguntas que se había formulado desde que había llegado al hospital. El comandante de Web ya había pasado por allí, al igual que varios miembros de Hotel y algunos francotiradores de Whisky y Rayos X. Apenas habían hablado; expresaban su propio dolor y la incredulidad de que algo así les hubiera ocurrido. Y Web percibía recelo en sus ojos, como si no creyeran lo que le había sucedido.

—Lo siento, Debbie —dijo Web a la imagen de la viuda de Teddy Riner. Lo mismo le dijo a Cynde Plummer, la esposa de Cal, ahora también viuda. Repasó la lista: seis mujeres en total, todas amigas suyas. Los hombres eran sus colegas, sus compañeros; Web estaba tan afligido como cualquiera de las viudas.

Soltó la mano herida y tocó el lateral metálico de la cama. Qué herida más absurda. No había recibido ningún disparo directo.

—¡Ni un maldito disparo! —gritó a la pared—. ¡Ni uno! ¿Acaso no es increíble? —exclamó antes de volver a sumirse en el silencio.

—Los atraparemos, Web.

Le sobresaltó la voz puesto que no había oído entrar a nadie en la habitación. Pero, naturalmente, las voces procedían de un cuerpo. Web se incorporó un poco hasta ver el perfil del hombre. Percy Bates se sentó en una silla, junto a Web. El hombre observó el suelo de linóleo como si fuera un mapa que le guiaría hasta un lugar que tuviera todas las respuestas.

Se decía que Percy Bates no había cambiado lo más mínimo en veinticinco años. No había perdido ni ganado peso en su esbelto metro setenta y cinco. Tenía el pelo completamente negro, ni una sola cana, y se lo peinaba del mismo modo que el primer día que había llegado al FBI, recién salido de la academia. Parecía como si le hubieran mantenido congelado, y eso era algo digno de admirar en un trabajo que solía envejecer a las personas antes de tiempo. Se había convertido en una especie de leyenda en el FBI. Había causado estragos en el tráfico de drogas en la frontera entre México y Tejas y luego había armado un buen lío en la oficina del FBI de la Costa Oeste con sede en Los Ángeles. Había ascendido de rango rápidamente y ya era uno de los principales dirigentes en la oficina del FBI en Washington, o OFW, que es así como la llamaban. Tenía experiencia en las divisiones más importantes de la organización y sabía cómo encajar todas las piezas.

Bates solía ser un hombre de voz suave pero, si quería, lanzaba una mirada que hacía sentir a las personas indignas del espacio que pisaban. Era tu mejor aliado o tu peor enemigo. Quizás así fuera como acababan los hombres que se llamaban Percy.

Web ya había sufrido varias de las típicas diatribas de Bates cuando había estado bajo sus órdenes directas en su anterior vida profesional en el FBI. Se había merecido buena parte de los improperios, ya que había cometido numerosos errores mientras aprendía a ser un buen agente. Bates, como todo el mundo, buscaba a veces un chivo expiatorio a quien culpaba cuando todo salía mal. Así, Web ya no se tomaba las palabras de Bates al pie de la letra y tampoco aceptaba el tono suave como símbolo de paz y buena voluntad. Sin embargo, la noche que Web había perdido la mitad del rostro en el fragor de la batalla, Bates había sido uno de los primeros en visitarle, y Web jamás lo olvidaría. No, Percy Bates no era una ecuación sencilla, aunque tampoco lo era ninguno de ellos. Bates y él nunca tomarían una copa juntos, pero Web no era de los que pensaba que había que tomarse chupitos con un tío para respetarlo.

—Sé que nos has explicado lo básico, pero necesitaremos toda la información posible cuando te recuperes —indicó Bates—. Pero no te apresures. Tómate tu tiempo, reponte.

El mensaje era claro. Lo sucedido había acabado con todos ellos. Bates no perdería los estribos, al menos de momento.

—Más que nada son rasguños —murmuró Web a modo de respuesta.

—Dijeron que tenías una herida de bala en la mano. Cortes y contusiones por todo el cuerpo. Los médicos dijeron que parecía que alguien te había golpeado de lo lindo con un bate de béisbol.

—Nada —replicó Web, y se sintió agotado tras pronunciar la palabra.

—De todas formas, necesitas descansar. Y entonces nos darás el informe. —Bates se incorporó—. Y si te ves capaz, y sé que no será nada fácil, nos ayudaría mucho que recordaras lo sucedido y nos lo contaras todo paso por paso.

«Y, ya puestos, cómo logré sobrevivir.» Web asintió.

—Estaré listo más pronto que tarde.

—No te apresures —repitió Bates—. No será fácil, pero lo haremos. —Le dio una palmadita en el hombro y se volvió hacia la puerta.

Web intentó erguirse.

—¿Perce? —Lo único que veía en la oscuridad era el blanco de los ojos de Bates. Parecían dos dados con el mismo número—. Están muertos, ¿no?

—Todos muertos —confirmó Bates—. Eres el único que ha vivido para contarlo, Web.

—Hice todo lo que pude.

Bates cerró la puerta al salir, y Web se quedó solo.

Fuera, en el pasillo, Bates consultó a un grupo de hombres que vestían como él: traje azul anodino, camisa abotonada, corbata de color apagado, zapatos negros con suela de goma y unas pistolas enormes en unas cartucheras más bien pequeñas.

—Esto será una pesadilla mediática, lo sabes muy bien —dijo uno de ellos—. Bueno, en realidad ya lo es.

Bates se introdujo un chicle en la boca, un sustituto de los Winston que había dejado de fumar por quinta vez, lo cual no era poco.

—Las necesidades de unos periodistas mamones no están en mi lista de prioridades.

—Tienes que mantenerlos informados, Perce. Si no lo haces, supondrán lo peor y empezarán a inventárselo todo. En Internet ya han contado cosas increíbles, como que la matanza está relacionada con el apocalíptico regreso de Jesucristo o con una conspiración china. ¿De dónde sacan tantas gilipolleces? Los periodistas se están volviendo locos.

—No me termino de creer que alguien tuviera el valor de hacernos esto —dijo otro hombre, que se había convertido en un tipo gris y rellenito sirviendo a su país. Bates sabía que ese agente en concreto no había visto otra cosa en diez años que su escritorio gubernamental, pero le gustaba dar la impresión de que no era así—. Ni los colombianos ni los chinos, ni siquiera los rusos habrían tenido las agallas de atacarnos de ese modo.

Bates le clavó la mirada.

—Se trata de «ellos» contra «nosotros», ¿lo recuerdas? Vamos a por ellos todo el tiempo. ¿Crees que no les gustaría devolvernos el favor?

—Pero, por Dios, Perce, piénsalo bien. Acaban de cargarse a una brigada de hombres. En nuestro territorio —replicó el viejo con indignación.

Perce se lo quedó mirando. Le pareció ver a un elefante sin colmillos, a punto de desplomarse y convertirse en pasto de las bestias de la jungla.

—No sabía que hubiéramos reivindicado esa parte de Washington —dijo Bates. Llevaba un día sin dormir y comenzaba a sentir los efectos—. Más bien tuve la impresión de que era «su» territorio y que nosotros éramos el equipo visitante.

—Ya sabes a lo que me refiero. ¿Qué puede haber propiciado este ataque?

—¡Mierda, no lo sé! Quizá nos esforzamos tanto por detener el tráfico de drogas de miles de millones de dólares diarios que han comenzado a cabrearse, ¿no crees, gilipollas? —Mientras lo decía, Bates arrinconó al hombre, pero luego decidió que era demasiado inofensivo como para merecerse una suspensión.

—¿Cómo está? —preguntó otro hombre, de pelo rubio y con la nariz roja por la gripe.

Bates se apoyó en la pared, mascó el chicle y luego se encogió de hombros.

—Creo que, más que nada, está confuso. Pero, dadas las circunstancias, es lógico.

—Un tío con suerte, eso es todo —comentó Nariz Roja—. Todos nos preguntamos cómo logró sobrevivir.

Bates apenas tardó unos instantes en plantarse cara a cara frente al hombre. Resultaba obvio que esa noche no perdonaría ni una.

—¿Crees que ver morir a seis de los tuyos delante de tus narices es suerte? ¿Ésa es la única gilipollez que se te ocurre, hijo de puta?

—No quise decir eso, Perce. Sabes que no era mi intención. —Nariz Roja tosió con ganas, como para dar a entender a Bates que estaba enfermo de verdad y que no podría pelear con él.

Bates se apartó de Nariz Roja, furioso con todos ellos.

—Ahora mismo no sé nada. No, lo retiro. Sé que Web eliminó, sin la ayuda de nadie, ocho nidos de ametralladoras y, de pasada, salvó a otra brigada y a un niño del gueto. Eso es lo que sé.

—El informe preliminar dice que Web se quedó paralizado —dijo otro hombre que acababa de unirse al grupo, pero que, sin lugar a dudas, era su superior. Dos agentes de rostro glacial seguían de cerca al intruso—. Y, de hecho, Perce, sólo sabemos lo que Web nos ha contado —dijo el hombre. Aunque resultaba obvio que era de rango superior al de Percy Bates, también era evidente que éste quería echarle una bronca monumental pero no se atrevía.

»London tiene que darnos muchas explicaciones —prosiguió el hombre—. Y realizaremos la investigación con los ojos bien abiertos, mucho más abiertos que anoche. Lo de anoche fue vergonzoso. Lo de anoche no volverá a suceder jamás, al menos bajo mi mando. —Miró a Bates directamente a los ojos y continuó con un sarcasmo descarado—. Dale recuerdos a London de mi parte. —Tras esas palabras, Buck Winters, director de la Oficina del FBI en Washington, se marchó indignado, seguido de sus escoltas autómatas.

Bates observó con odio la espalda de aquel hombre. Buck Winters había sido uno de los principales supervisores en Waco y, según Bates, había contribuido con su ineptitud a la matanza que acabó teniendo lugar allí. Entonces, como pasa en todas las grandes organizaciones, Winters había logrado ascenso tras ascenso por su incompetencia hasta llegar a la directiva de la OFW. Quizás el FBI no quería admitir que lo había echado todo a perder y creía que ascender a los responsables del fiasco de Waco era una forma de decir al mundo que se consideraban inocentes. Al final, rodaron muchas cabezas por el incendio que David Koresh provocó en Tejas, pero Buck Winters seguía manteniendo la cabeza muy alta. Para Percy Bates, Buck Winters representaba el lado más nefasto del FBI.

Bates se apoyó en la pared, entrecruzó los brazos y mascó el chicle con tanta fuerza que le dolieron los dientes. Estaba seguro de que Buck iría corriendo a consultar al director del FBI, al fiscal general y, probablemente, al presidente. Bien, adelante, siempre y cuando no se interpusieran en su camino.

El grupo de hombres se fue disolviendo uno por uno o en parejas hasta que sólo quedaron Bates y el guardia uniformado. Finalmente, Bates también se marchó, con las manos en los bolsillos y la mirada perdida. De camino a la salida, tiró el chicle a la papelera.

—Gilipollas —dijo—. Gilipollas, más que gilipollas.

4

Web, ataviado con una bata azul de cirujano y una bolsa con sus pertenencias en la mano, miró el cielo soleado que inundaba la ventana de la habitación del hospital. Las capas de gasa alrededor de la mano herida eran más bien molestas; tenía la impresión de llevar un guante de boxeo.

Estaba a punto de abrir la puerta cuando se abrió de par en par por sí sola. Al menos eso fue lo que Web creyó hasta que vio a un hombre.

—¿Qué haces aquí, Romano? —preguntó Web, sorprendido.

El hombre no reconoció a Web de inmediato. Medía un metro ochenta, era muy enjuto y nervudo, con aspecto imponente. Tenía el pelo oscuro y ondulado y llevaba una vieja chaqueta de cuero, una gorra de béisbol de los Yankees y vaqueros. La placa del FBI le colgaba del cinturón; la empuñadura de la pistola asomaba por la pistolera.

Romano miró a Web de arriba abajo hasta que detuvo la mirada en la mano vendada. La señaló.

—¿Eso es todo? ¿Ésa es la maldita «herida»?

Web se miró la mano y luego dirigió la vista a Romano.

—¿Te sentirías más feliz si tuviera el agujero en la cabeza?

Paul Romano era un asaltante asignado al Equipo Hotel. Era un tipo muy intimidante entre muchos otros tipos intimidantes. Con él siempre sabías a qué atenerte, y nunca solía ser nada bueno. Web y él nunca se habían llevado bien... sobre todo, pensó Web, porque a él le habían disparado más que a Romano, y a Paul le molestaba la imagen de que Web era más duro o heroico.

—Sólo te lo preguntaré una vez, Web, y quiero que seas claro. Si me vienes con mierdas, yo mismo acabaré contigo.

Web le miró fijamente y se acercó a él de modo que resultara evidente que era más alto. Sabía que eso también le molestaba.

—Oye, Paulie, ¿también me has traído bombones y flores?

—Dímelo con claridad, Web. —Guardó un momento de silencio y, acto seguido, preguntó—: ¿Te rajaste?

—Claro, Paul, las ametralladoras se dispararon a sí mismas.

—Eso ya lo sé. Quiero decir antes. Cuando cayó el Equipo Charlie. No estabas con ellos. ¿Por qué?

Web notó que se ruborizaba y se odió a sí mismo por eso. Normalmente, Romano no podía con él. Sin embargo, lo cierto era que Web no sabía qué contestarle.

—Me ocurrió algo, Paulie, en la cabeza, dentro. No sé exactamente qué. Pero no tuve nada que ver con la emboscada, en caso de que te hayas vuelto loco y lo estuvieras pensando.

Romano negó con la cabeza.

—No estaba pensando que los hubieras traicionado, Web, sino que te hubieras acojonado.

—Si sólo has venido para decirme eso, entonces ya puedes largarte.

Romano volvió a mirarle de arriba abajo y aquella mirada hostil le hizo sentirse cada vez menos viril. Sin pronunciar palabra, Romano se volvió y se marchó. Web hubiera preferido que lo hubiera hecho con otro insulto que con el silencio.

Web esperó varios minutos más y luego abrió la puerta.

—¿Qué hace? —le preguntó el guardia, sorprendido.

—Los médicos me han dado de alta, ¿no se lo han dicho?

—Nadie me ha comunicado nada por el estilo.

Web sostuvo en alto la mano vendada.

—El Gobierno no pagará otra noche en el hospital por una mano con arañazos. Y yo no pienso descontarlo de mi sueldo. —Web no conocía al guardia, pero parecía de los que se avenían a comprender un pretexto tan razonable. Web no esperó a que replicara y siguió caminando. Sabía que el guardia no tenía motivos para detenerle. Se limitaría a comunicar lo sucedido a sus superiores, y lo haría de inmediato.

Web se escabulló por una salida lateral, encontró un teléfono, llamó a un colega y al cabo de una hora estaba en su casa, de dos plantas y treinta y un años de antigüedad, en un tranquilo barrio residencial de Woodbridge, Virginia. Se puso unos vaqueros, unos mocasines y una sudadera azul marino, se quitó la gasa y se colocó una tirita simbólica. No quería que nadie se compadeciera de él, y mucho menos cuando seis de sus mejores amigos estaban en el depósito de cadáveres.

Escuchó los mensajes. No había ninguno importante, pero sabía que los habría. Abrió la caja del fogón, sacó la nueve milímetros de repuesto y la introdujo en la pistolera del cinturón. Aunque estrictamente hablando no había disparado a nadie, seguía siendo un asunto del CIUA, del Consejo Inspector del Uso de Armas, ya que Web había utilizado sus armas. Se las habían confiscado, que era lo mismo que quitarle las manos. Luego le informaron de sus derechos y les había ofrecido su declaración. Se trataba de la práctica habitual que se ajustaba a las normas y, sin embargo, se sintió como un criminal. Bueno, no pensaba ir por ahí sin su arsenal. Era paranoico por naturaleza y la matanza de su equipo le había transformado en un esquizoide andante, capaz de apreciar peligro en los bebés y en los conejitos.

Se dirigió al garaje, arrancó el Ford Mach One negro del 78 y salió.

Web tenía dos vehículos: el Mach y un viejo Suburban de hierro que les había llevado, al Equipo Charlie y a él, a muchos partidos de los Redskin, a las playas de Virginia y Maryland, a salidas para beber cerveza y a muchas otras incursiones varoniles por la Costa Este. A cada uno se le asignaba un asiento en el Suburban, de acuerdo con la antigüedad y aptitudes, que era como todo se repartía donde Web trabajaba. ¡Qué bien se lo habían pasado en aquella enorme mole! Web se preguntaba cuánto le darían por el Suburban; ya no se veía con ánimos de seguir conduciendo aquella bestia.

Tomó la Interestatal 95, se dirigió al norte y se abrió camino por la carrera de obstáculos que era el intercambiador de Springfield, al parecer obra de un ingeniero de caminos enganchado a la cocaína. Se habían programado obras que durarían al menos diez años y el conductor que se sentaba al volante todos los días tenía la opción de echarse a reír o a llorar a medida que transcurrían los años de su vida, y el avance del tráfico podía medirse en centímetros. Web cruzó el puente de la calle Catorce, dejó atrás el cuadrante noroeste, donde estaban los principales monumentos y los turistas se gastaban el dinero, y llegó a una zona menos agradable de la ciudad.

Web era un agente especial del FBI, pero, personalmente, no se lo creía. Era, ante todo, un agente del Equipo de Rescate de Rehenes (ERR), el grupo de élite de respuesta del FBI para las crisis. No se ponía trajes. No pasaba mucho tiempo con agentes que no fueran del ERR. No llegaba a la escena del crimen después de que las balas hubieran dejado de volar. Solía estar allí desde el principio, corriendo, esquivando, disparando, hiriendo y, en ocasiones, matando. En el ERR sólo había cincuenta agentes, ya que el proceso de selección era durísimo. Los agentes solían permanecer en el ERR una media de cinco años. Web se había opuesto a esa tendencia y pronto cumpliría ocho años de servicio. Parecía que en la época actual recurrían mucho más al ERR y les enviaban a puntos conflictivos a lo largo y ancho del mundo, y, según la norma tácita del ERR, en menos de cuatro horas tendrían que despegar de la base de las Fuerzas Aéreas Andrews. Bien, aquello se había acabado para Web. Ahora estaba sin equipo.

A Web jamás se le había pasado por la cabeza que alguna vez sería el único superviviente de una matanza como aquélla. No le parecía propio de su naturaleza. Todos habían bromeado al respecto e incluso habían apostado quién moriría una noche sin luna. Web casi siempre había sido el primero de la lista porque solía ser el primero en la línea de fuego. Web se torturaba y no sabía qué se había interpuesto entre él y el séptimo ataúd. Y lo único peor que la culpa era la vergüenza.

Aparcó el Mach junto al bordillo y se dirigió hacia la barricada. Mostró la identificación a los hombres apostados, quienes se sorprendieron al verle allí. Web se escabulló por el callejón antes de que el enjambre de periodistas le rodeara. Habían estado informando en directo tras la matanza desde las camionetas de emisión satélite. Web había visto algunas de las noticias en el hospital. Contaban al público los mismos hechos una y otra vez, con gráficos y dibujos, las típicas expresiones adustas y diciendo cosas como: «Eso es cuanto sabemos por ahora. Pero sigan con nosotros, estoy segura de que después sabremos más cosas, aunque tengamos que inventarnos un montón de mierda. No se vayan, Sue.» Web corrió por el callejón.

La tormenta de la noche anterior se había desplazado hacia el Atlántico. El aire que había dejado a su paso era el más fresco que el que se había respirado en la ciudad en mucho tiempo. Washington D.C., edificada sobre un pantano, se entendía mejor con el calor y la humedad que con el frío y la nieve. Cuando nevaba, la única calle que limpiaban era la que cada cual imaginara en sueños.

Se topó con Bates a mitad de camino.

—¿Qué coño haces aquí? —preguntó Bates.

—Dijiste que querías mi versión de los hechos y he venido a dártela. —Bates le miró la mano—. En marcha, Perce. No hay tiempo que perder.

Web siguió el mismo trayecto que su equipo desde el lugar en el que les había dejado el Chevy. A medida que avanzaba a zancadas hacia el blanco, el miedo y la ira iban creciendo. Los cuerpos ya no estaban allí, no así la sangre. Ni siquiera la lluvia había logrado limpiarla. Web recordó todos sus movimientos, todo lo que había sentido en cada momento.

Un grupo de especialistas que sistemáticamente obtenía condenas legales a partir de fragmentos microscópicos desmontaba y analizaba los nidos de ametralladoras destrozados. Otros recorrían el patio cuadrado, se arrodillaban, se inclinaban, etiquetaban cosas, investigaban y, básicamente, buscaban respuestas en objetos que no parecían dispuestos a darles ninguna. Web no se sintió seguro de sí mismo al verlos allí. Era bastante improbable que los expertos de las huellas digitales encontraran indicios útiles. Quienquiera que hubiera planeado aquella compleja emboscada no sería tan descuidado. Caminó entre las manchas de sangre como si fuera de puntillas por un cementerio… ¿y acaso no lo era?

—Las ventanas estaban pintadas de negro para que las armas no se vieran hasta que comenzaran a disparar. Nada de reflejos de los cañones, ni nada de nada —declaró Bates.

—Me alegra saber que nos atacaron unos profesionales —replicó Web con amargura.

—Se la hiciste buena a las del cincuenta. —Bates señaló unas de las armas destrozadas.

—Es lo que hace un SR75.

—Eran miniametralladoras de diseño militar. Con seis cañones al estilo Gatling, fijadas en trípodes sujetos al suelo para que los disparos no se desviasen. Había cajas alimentadoras y correas transportadoras, y cuatro mil balas seguidas por arma. El ritmo de los disparos se fijó en cuatrocientos por minuto, aunque el máximo es de ocho mil.

—Cuatrocientos era más que suficiente. Y había ocho ametralladoras. Es decir, tres mil doscientas balas silbando hacia ti cada sesenta segundos. Lo sé porque todos los rebotes, salvo uno, me pasaron rozando.

—Con un ritmo de disparos tan bajo podrían disparar durante mucho tiempo.

—Eso hicieron.

—La energía era eléctrica, y las balas perforantes.

Web negó con la cabeza.

—¿Has descubierto qué las activó?

Bates le condujo hasta una pared de ladrillos en el extremo más alejado del callejón por el que Web había venido. Pertenecía al edificio situado en perpendicular con respecto a la casa de vecinos abandonada, y desde donde había surgido la mitad del arco de disparos que había abatido a Charlie, salvo a Web. Lo que en la oscuridad resultaba invisible, de día apenas se veía.

Web se arrodilló y vio un dispositivo láser. Habían hecho un pequeño agujero en el ladrillo e introducido el alimentador y el láser dentro. El agujero era más profundo que el alimentador por lo que, una vez en el interior, resultaba prácticamente invisible. Los francotiradores no lo habrían identificado desde los puestos que se les habían asignado, incluso aunque lo hubieran buscado, y el servicio de inteligencia, que Web supiera, no les había indicado nada al respecto. El recorrido del láser iba a la altura de la rodilla y el invisible flujo de luz sin duda habría cruzado el patio tras activarse.

—El láser se activa, comienzan los disparos y no se detienen, salvo durante unos segundos tras cada ciclo, hasta que se agota la munición. —Miró a su alrededor, desconcertado—. ¿Y si un perro o un gato hubieran pasado por aquí y hubieran activado el láser antes de que llegáramos?

A tenor de la expresión de Bates, resultaba obvio que ya había considerado esa posibilidad.

—Creo que advirtieron discretamente a la gente que se mantuviera alejada. Los animales son otro asunto. Me parece que el láser se activó con un mando a distancia.

Web se incorporó.

—O sea, que esperaron a que llegáramos allí antes de activar el láser. Lo que significa que la persona tendría que haber estado razonablemente cerca.

—Bueno, os oye llegar o le pasan información al respecto. Espera a que hayáis doblado la esquina, aprieta el botón y se larga corriendo.

—No vimos una maldita alma en el patio, y el termoimaginador no detectó ninguna temperatura de treinta y siete grados.

—Tal vez estuvieran en el edificio… qué coño, en cualquiera de esos edificios. Apuntan al dispositivo láser, aprietan el botón y desaparecen con tiempo de sobra.

—¿Y los francotiradores y Hotel no vieron nada?

Bates negó con la cabeza.

—Hotel dice que no vieron nada hasta que el niño les trajo tu mensaje.

Al mencionar a Hotel, Web recordó a Paul Romano y se hundió más aún. Lo más seguro era que Romano estuviera en Quantico en ese preciso instante contando a todo el mundo que Web se había acojonado y había permitido que los de su equipo murieran e intentaba echarle la culpa a un lapsus mental.

—¿Whisky? ¿Rayos X? Tuvieron que ver algo —dijo Web, refiriéndose a los francotiradores apostados en los tejados.

—Vieron cosas, pero todavía no estoy en condiciones de hablar sobre ello.

De forma instintiva, decidió no insistir. ¿Qué dirían los francotiradores? ¿Que vieron a Web quedarse inmóvil, permitir que su equipo atacara sin él y luego arrojarse al suelo mientras sus compañeros eran abatidos?

—¿Qué me dices de los del Departamento Antidroga? Estaban con Hotel, y también tenían un equipo de reserva.

Bates y Web se miraron a los ojos y Bates negó con la cabeza.

El FBI y el DEA no se llevaban muy bien. Web siempre había pensado que el DEA era como un hermano pequeño pegándole patadas al hermano mayor en la espinilla hasta que el mayor le devolvía los golpes, y entonces el pequeño salía corriendo y se chivaba.

—Bueno, supongo que tendremos que aceptar eso hasta que algo nos demuestre lo contrario —comentó Web.

—Supongo. ¿Alguno de vosotros llevaba equipo de visión nocturna?

Web comprendió de inmediato la lógica de la pregunta. Las gafas protectoras de visión nocturna habrían detectado el láser y lo habrían transformado en una larga e inequívoca franja luminosa.

—No. Saqué el termoimaginador después de que comenzaran los disparos, pero los asaltantes no llevan gafas de visión nocturna. Cuando te las pones percibes cualquier tipo de luz ambiental y si te las quitas para disparar es como si te quedaras ciego. Es probable que los francotiradores no las llevaran durante el ataque; joden bastante la profundidad de campo.

Bates asintió, observando los edificios donde se habían colocado las ametralladoras.

—Los técnicos han analizado las armas. En todas ellas había una caja de enlace de señales. Creen que se produjo un retraso de varios segundos entre el momento en el que el Equipo Charlie activó el láser y en el que las ametralladoras se pusieron en marcha para asegurarse de que el equipo estaba en el centro de la zona mortal. El patio y las trayectorias de los disparos contaban con el margen suficiente.

De repente, Web sintió mareos y apoyó una mano en la pared. Era como si experimentara de nuevo la parálisis que había sufrido durante el ataque condenado al fracaso.

—Tenías que haber descansado más tiempo —dijo Bates mientras colocaba un brazo bajo el de Web para ayudarle a sostenerse en pie.

—He tenido cortes peores que éste.

—No me refiero a la mano.

—Estoy bien de la cabeza, gracias —le espetó Web, y luego se relajó—. Ahora mismo sólo quiero hacer algo, cualquier cosa menos pensar.

Durante la siguiente media hora Web indicó los sitios y la descripción de las personas que habían visto esa noche, y todo cuanto recordó desde el momento en que Charlie abandonó la última parada técnica hasta que las balas cesaron de silbar.

—¿Crees que alguno de ellos colaboraba con el objetivo? —preguntó Bates, refiriéndose a las personas que Web y compañía habían visto en el callejón.

—Aquí todo es posible —replicó Web—. Está claro que hubo una filtración. Y pudo haber ocurrido en cualquier momento.

—Las posibilidades son muchas —dijo Bates—. Repasemos algunas.

Web se encogió de hombros.

—No se trataba de un caso de aviso de triple ocho —dijo, una referencia a los tres ochos que aparecían en el busca y que significaba que todos los agentes del ERR tenían que mover el trasero y correr a Quantico—. Anoche había sido la fecha fijada con antelación, por lo que todos nos reunimos en la sede del ERR para preparar el equipo y las configuraciones del grupo y luego nos metimos en los Suburban. Hicimos la parada preliminar en Buzzard Point y luego condujimos hasta la última parada. Contábamos con un abogado en caso de que necesitáramos expedir más órdenes judiciales. Los francotiradores ya estaban apostados. Habían ido antes fingiendo ser trabajadores de rehabilitación de CVAA, Calefacción, Ventilación y Aire Acondicionado, para realizar reparaciones en los tejados de dos de los edificios situados junto al recorrido de ataque. Como siempre, los asaltantes se encargaron del trabajo sucio con la policía local. Después de abandonar el último lugar en el que nos ocultábamos, Teddy Riner solicitó y recibió autorización de compromiso dada la logística hostil. Queríamos poder disparar sobre la marcha si fuera necesario. Sabíamos que atacar de frente y exponernos a los disparos en el patio era arriesgado, pero creíamos que no se lo esperarían. Además, dada la situación y la configuración del edificio no había muchas más posibilidades. Nos dieron luz verde para desplazarnos hasta la zona crítica y entonces nos dispusimos a entrar en acción tras la cuenta atrás del COT. Había un punto de ataque exterior principal. El plan de asalto consistía en separarnos una vez dentro y atacar desde dos flancos mientras que Hotel y el DEA irrumpirían por detrás, con una unidad de reserva y los francotiradores como arsenal y apoyo de refuerzo. Rápidos y contundentes, como siempre.

Los dos hombres se sentaron sobre un par de cubos de basura. Bates tiró el paquete de chicles a la basura, sacó los cigarrillos y le ofreció uno a Web, que declinó la invitación.

—La policía local sabía cuál era el objetivo, ¿no? —inquirió Bates. Web asintió.

—La ubicación física aproximada. Así están presentes, vigilan el cuadrante y evitan que las personas de fuera penetren en la zona de peligro, busquen a amigos del objetivo y les den el chivatazo. Cosas así.

—¿Cuánto tiempo crees que habría tenido la policía local en caso de que se produjera una filtración dentro de los suyos?

—Una hora.

—Bueno, nadie pudo preparar esa trampa mortal en una hora.

—¿Quién era el agente secreto encargado de esta misión?

—No hace falta que te diga que te irás a la tumba con este nombre. —Bates guardó silencio, probablemente para dar más énfasis a sus palabras, y luego añadió—: Se llama Randall Cove. Un auténtico veterano. Se curra los objetivos como nadie. Y cuando digo como nadie, quiero decir como nadie. Es afroamericano, fuerte como un toro y se conoce las calles al dedillo. Ha hecho miles de trabajos como éste.

—¿Cuál es su versión?

—No se la he preguntado.

—¿Por qué no?

—No lo he localizado. —Bates hizo una pausa, y luego añadió—: ¿Sabes si Cove estaba al tanto de cuándo sería el trabajito?

A Web le sorprendió aquella pregunta.

—Deberías saberlo mejor que yo. Lo que sé a ciencia cierta es que no nos informaron de que el agente secreto ni ningún soplón estarían en el objetivo. Si se suponía que tenían que estar allí, nos lo habrían comunicado antes de la operación. Así habríamos sabido quiénes eran, qué aspecto tenían y los habríamos esposado y sacado fuera como a todos los demás, y así el verdadero blanco no se habría percatado ni les habría matado.

—¿Qué sabías del blanco?

—Operaciones financieras de los drogatas, con los contables presentes. Mucha seguridad. Querían que los tipos con la pasta fueran posibles testigos a quienes trataríamos como rehenes. Arrestarlos rápidamente y sacarlos de allí antes de que nadie se imaginara lo que estábamos haciendo y los drogaran para que no les delataran. Aprobaron nuestro plan de ataque y redactaron los pasos de la operación; nos entregaron planos del objetivo y construimos una réplica en Quantico. Nos pusimos manos a la obra hasta que nos aprendimos de memoria cada centímetro. Recibimos las instrucciones de ataque, lo de siempre, nos vestimos y subimos al Suburban. Fin de la historia.

—Vosotros mismos os encargáis de la vigilancia, los francotiradores con prismáticos —dijo Bates—. ¿Vieron algo?

—Nada especial o nos lo habrían dicho durante la reunión. Salvo por la posible perspectiva de los testigos, para mí no era más que una redada con pretensiones en un antro de drogas. Bueno, con redadas como ésas es como aprendemos.

—Si sólo era un antro de drogas, no os habrían necesitado para entrar, Web. La OFW habría enviado al equipo Especial de Armas y Tácticas.

—Bueno, nos dijeron que la logística era complicada, y así fue. Y sabíamos que los blancos eran duros de pelar y estaban preparando artillería contra la que el EAT no sabría enfrentarse. Y luego estaban los posibles testigos. Eso ya bastaba para que el trabajito cayera en nuestras manos. Pero ninguno de nosotros esperaba ocho miniametralladoras controladas a distancia.

»No eran más que gilipolleces. Nos las tragamos como si fuera la leche de mamá. Salvo por las armas, no había nadie dentro. Emboscada de principio a fin. No había contables, informes, ni nada de nada.

Web frotó la mano contra los agujeros de bala de la pared. Algunos eran tan profundos que Web veía el cemento al fondo… perforantes, sin duda. Lo único bueno de todo aquello era que los de su equipo habrían muerto al instante.

—Los francotiradores tuvieron que ver algo. —Esperaba que hubieran visto lo que había hecho que Web se paralizase. Sin embargo, ¿cómo era posible que no vieran nada?

—No he terminado de hablar con ellos —dijo Bates al respecto, y Web decidió no insistir.

—¿Dónde está el niño? —Web vaciló, intentando recordar—. Kevin.

Bates también dudó unos instantes.

—Desaparecido.

Web se puso tenso.

—¿Cómo? Es un niño.

—No he dicho que lo hiciera solo.

—¿Sabemos quién es?

—Kevin Westbrook. Diez años. Tiene familia por ahí, pero la mayoría vive del Estado. Tiene un hermano mayor, que responde al apodo de Gran F... sí, «F» significa lo que tú crees. Jefe de las pandillas de la calle, gigantesco y más listo que un licenciado en Harvard. Trafica con metanfetaminas, la sinsemilla jamaicana, el mejor material, vamos, aunque nunca hemos logrado acusarle de nada. Podría decirse que esta área es su territorio.

Web extendió los dedos de la mano herida. La tirita no cumplía con su función y se sintió culpable por pensar en algo así.

—Toda una coincidencia que el hermano pequeño del tipo que controla esta área estuviera sentado en el callejón cuando llegamos. —Mientras hablaba del niño, Web sintió un cambio corporal, como si el alma se le escapase. Llegó a pensar que se desmayaría. Web comenzó a preguntarse si necesitaba un médico o un exorcista.

—Bueno, vive por aquí. Y, por lo que hemos averiguado, su vida familiar no es muy alegre que digamos. Vamos, que si pudiera la evitaría.

—¿El hermano mayor también anda desaparecido? —preguntó Web mientras recuperaba el equilibrio.

—No puede decirse que tenga una dirección fija. Cuando estás metido en un negocio como el suyo cambias de residencia constantemente. No tenemos ninguna prueba que le relacione tan siquiera con un delito menor, pero ahora mismo le estamos buscando a conciencia. —Miró a Web directamente a los ojos—. ¿Seguro que te encuentras bien?

Web hizo caso omiso del comentario.

—¿Cómo desapareció exactamente el niño?

—No lo tenemos nada claro todavía. Sabremos más cosas cuando terminemos de rastrear el barrio. Alguien tuvo que ver cómo traían las armas y preparaban los nidos de ametralladoras. Incluso aquí se trata de algo inusual.

—¿De verdad crees que te dirán algo?

—Tenemos que intentarlo, Web. Sólo necesitamos un par de ojos.

Permanecieron callados durante unos instantes. Finalmente, Bates alzó la mirada, con expresión incómoda.

—Web, ¿qué paso de verdad?

—Dime con claridad a qué te refieres.

—Te lo estoy diciendo.

Web miró hacia el lugar del patio donde se había desplomado.

—Salí tarde del callejón. Era como si no pudiera moverme. Creí que me había dado un ataque al corazón. Me caí justo antes de que comenzaran los disparos. No sé por qué. —Web sufrió una especie de apagón interno, como si fuera un televisor y un rayo hubiera caído muy cerca, pero se recuperó enseguida—. Acabó en un segundo, Perce. Sólo bastó un segundo. El peor tiempo de la historia del mundo. —Miró a Bates para juzgar su reacción. Los ojos entrecerrados le dijeron todo cuanto Web necesitaba saber.

»Joder, no te sientas mal. Yo tampoco me lo termino de creer —dijo Web. Bates seguía callado y Web decidió pasar al otro motivo por el que había ido allí—. ¿Dónde está la bandera? —preguntó. Bates parecía sorprendido—. La bandera del ERR. Tengo que llevarla de vuelta a Quantico.

En cada misión del ERR, al miembro mayor se le entregaba la bandera del ERR para que la llevara con su equipo. Cuando la misión acababa, dicho miembro debía devolver la bandera al comandante del ERR. Bien, pues le había tocado a Web.

—Sígueme —dijo Bates.

Una furgoneta del FBI estaba estacionada junto al bordillo. Bates abrió una de las puertas traseras, alargó la mano y extrajo una bandera doblada al estilo militar. Se la entregó a Web.

Web la sostuvo con ambas manos, observó los colores durante unos instantes y recordó de nuevo todos los detalles de la matanza.

—Tiene varios agujeros —observó Bates.

—¿No los tenemos todos? —dijo Web.

5

Al día siguiente Web se dirigió a las instalaciones del ERR en Quantico. Condujo por la Marine Corps Route 4 y pasó por delante de la Academia del FBI, construida como los recintos universitarios y sede de los soldados de combate del FBI y el DEA. Web había pasado trece intensas y estresantes semanas de su vida en la academia entrenándose para ser agente del FBI. A cambio, le habían pagado una miseria y había vivido en una residencia de estudiantes con baño compartido, ¡e incluso había tenido que traerse sus toallas! A Web le había encantado y había dedicado todo su tiempo a convertirse en el mejor agente del FBI porque sentía que había nacido para aquello.

Web había salido de la academia hecho un auténtico agente del FBI con su revólver Smith & Wesson del 357, que requería nada menos que nueve libras de presión para disparar. Era de esas armas con las que uno nunca se disparaba en el pie. Los nuevos reclutas llevaban ahora semiautomáticas Glock del 40 con cargadores de catorce cartuchos y una tensión del disparador menor, pero Web tenía gratos recuerdos del Smith & Wesson y su cañón de precisión de siete centímetros y medio. Más moderno no significaba necesariamente mejor. Durante los seis años siguientes había aprendido a ser un agente del FBI sobre el terreno. Había sudado lo suyo con la infame montaña de papeleo del FBI, había descubierto pistas, contratado a soplones, se había ocupado de las reclamaciones criminales, chupado ciento de escuchas telefónicas, realizado vigilancias nocturnas interminables, acumulado casos y arrestado a personas que se lo merecían. Web había llegado a ser capaz de idear un plan de batalla en cinco minutos al volante de un coche del FBI, a los que denominaban «Bucar», circulando a ciento setenta y cinco kilómetros por hora por la autopista, e incluso manejaba el volante con las rodillas mientras introducía cartuchos en la escopeta. Había aprendido cómo interrogar a los sospechosos; primero establecía puntos de partida y luego les formulaba preguntas despiadadas para dejarlos helados y así calibrar cuándo mentían. También había aprendido a declarar sin que los ingeniosos abogados, cuyo único propósito no era descubrir la verdad sino enterrarla, le volvieran loco.

Sus superiores, incluyendo a Percy Bates (cuando a Web lo habían trasladado a la Oficina del FBI en Washington tras varios años en el Medio Oeste), habían rellenado su expediente personal con un elogio tras otro, impresionados por su entrega, sus aptitudes físicas y mentales y su capacidad para pensar con rapidez. En ocasiones, había hecho caso omiso de las normas, pero creía que era una característica propia de la mayoría de los buenos agentes, porque algunas de las normas del FBI eran sencillamente estúpidas. Eso era algo que también le había enseñado Percy Bates.

Web aparcó, salió del coche y entró en el edificio del ERR, del cual nadie con ojos diría que era bonito. Le recibieron con los brazos abiertos, y hombres duros y curtidos, que habían visto más muerte y peligros del que el ciudadano de a pie se pudiera imaginar, se vinieron abajo al hablar con él en habitaciones solitarias. El ERR no era el lugar al que se acudía para mostrar la vulnerabilidad y las emociones. Ninguno de ellos quería disparar y arriesgar la vida junto al típico tímido. Dejabas el aura cálida y confusa en casa y llevabas el lado alfa masculino al trabajo. Allí todo se basaba en la antigüedad y las aptitudes; esos dos atributos solían ser análogos, aunque no siempre.

Web devolvió la bandera al comandante. El jefe de Web, un hombre musculoso y delgado con el pelo entrecano y ex agente del ERR que todavía trabajaba mejor que la mayoría de sus hombres, aceptó la bandera con dignidad y un apretón de manos que dio paso a un abrazo en la intimidad de su despacho. Bueno, pensó Web, al menos no odiaban sus agallas.

El edificio administrativo del ERR había sido construido para una plantilla de cincuenta personas, pero ahora había allí unas cien personas que lo consideraban su segundo hogar. Compartían un único cuarto de baño para todos, por lo que la cola para ir a orinar era incluso larga para los agentes de élite del FBI. Detrás de la zona de recepción había despachos para el comandante, que tenía el rango de ASAC, o agente especial adjunto al cargo, y para su cadena de mando subalterna, es decir, un supervisor para los asaltantes y otro para los francotiradores. Los agentes del ERR tenían cubículos en forma de panal a ambos lados del pasillo, alternándose entre sí los asaltantes con los francotiradores. Había una única aula en el edificio, que también servía de sala de conferencias y reuniones, con una hilera de tazas de café en una estantería en la pared posterior. Cuando llegaban los helicópteros, la fuerza de las hélices hacía vibrar las tazas. Miembros del equipo que regresaban sanos y salvos, suponía.

Se detuvo para ver a Ann Lyle, que trabajaba en las oficinas. Ann tenía sesenta años, era mucho mayor que las otras mujeres que trabajaban en la administración, y sin lugar a dudas podía calificársela de matriarca y madraza de los jóvenes incondicionales que consideraban el ERR su hogar. La norma tácita era que no se debía proferir insultos cerca de Ann ni soltar palabrotas. Tanto los agentes veteranos como los principiantes que incumplían tal regla se convertían de inmediato en el blanco de castigos, que iban desde que les pusieran pegamento en el casco a recibir un duro golpe durante los ejercicios de entrenamiento, uno de esos golpes que te hacían creer que te habías quedado sin pulmones. Ann había estado en el ERR desde sus inicios tras haber trabajado durante muchos años en la OFW, período durante el cual enviudó. Al quedarse sin hijos, se entregó por completo al trabajo; escuchaba a los agentes jóvenes y solteros con problemas y les ofrecía consejos sensatos. También hacía de consejera matrimonial extraoficial y en más de una ocasión había evitado divorcios. Había ido a ver a Web al hospital todos los días mientras se recuperaba de las heridas de la cara, mucho más a menudo que su propia madre. Ann solía llevar pastelitos caseros al despacho. Y era la principal fuente de información para todo cuanto tuviera que ver con el FBI y el ERR. También era un prodigio a la hora de orientarse por el laberinto de solicitudes del FBI, y si el ERR necesitaba algo, fuera nimio o importante, Ann Lyle lo conseguía.

Web la encontró en el despacho, cerró la puerta y se sentó frente a ella.

Hacía años que Ann tenía el pelo blanco y había perdido la figura, pero sus ojos todavía eran juveniles y su sonrisa hermosa.

Ann se levantó y abrazó a Web. Tenía las mejillas humedecidas por las lágrimas. Había estado muy unida a los miembros del Equipo Charlie, quienes se esforzaban por mostrarle su cariño por todo cuanto ella había hecho por ellos.

—No tienes buen aspecto, Web.

—He estado mejor.

—No se lo desearía a nadie, ni a mi peor enemigo —manifestó—, pero eres la última persona en el mundo a quien debería haberle ocurrido todo esto, Web. Lo que ahora mismo me gustaría hacer es chillar y no parar nunca.

—Gracias, Ann —dijo Web—. Todavía no sé muy bien qué ocurrió. Nunca me había quedado paralizado de ese modo.

—Web, cielo, te has pasado los últimos ocho años de tu vida siendo el blanco de disparos. ¿No crees que tiene sentido? Eres humano, eso es todo.

—Exacto, Ann, y se supone que debo ser más que eso. Por eso estoy en el ERR.

—Lo que necesitas son unas buenas vacaciones. ¿Cuándo las disfrutaste por última vez? ¿Acaso te acuerdas?

—Lo que necesito es información y que me ayudes a conseguirla.

Ann aceptó el cambio de tema sin poner ninguna objeción.

—Haré cuanto pueda, ya lo sabes.

—Un agente secreto llamado Randall Cove. Es un DEAC, un desaparecido en acción de combate.

—Me suena. Creo que conocí a un Cove cuando trabajaba en la OFW. ¿Ha desaparecido?

—Era el tipo infiltrado en el trabajito del ERR. O estaba bien metido o le desenmascararon. Necesito que encuentres cualquier cosa sobre él. Direcciones, alias, contactos conocidos, lo que sea.

—Si trabajaba en Washington, dudo que viva por aquí cerca —dijo Ann—. Entre los agentes secretos existe la norma de los cuarenta kilómetros. No es buena idea toparse con el vecino mientras estás en tu turno. Para las misiones importantes a veces traen a agentes de otras partes del país.

—Entendido. Pero a pesar de los cuarenta kilómetros quedan muchas posibilidades. Quizá podamos conseguir un listado de las llamadas telefónicas a la OFW, algo así. No sé cómo lo haces, pero de verdad que necesito algo, lo que sea.

—Los agentes secretos suelen usar tarjetas de teléfono desechables con cantidades muy pequeñas para llamar. Las compran en pequeñas tiendas, las utilizan, las tiran y compran otras. De eso no hay informes ni listados.

Web perdió un poco la esperanza.

—O sea, que no hay modo de rastrear esas llamadas... —Era la primera vez que intentaba averiguar el paradero de un agente secreto.

Ann esbozó una bonita sonrisa.

—Oh, Web, siempre hay modos. Déjame que investigue un poco.

Web se miró las manos.

—Me siento como si fuera un tipo que ha estado en Álamo y al que los mexicanos no han matado por los pelos.

Ann asintió, comprensiva.

—Hay café recién hecho en la cocina y tarta casera de chocolate y nueces. Sírvete lo que quieras, Web, siempre has estado demasiado flaco. —Lo que dijo a continuación hizo que Web la mirara con expresión tranquilizadora—: Y te estaré vigilando desde aquí, querido, no lo dudes. Sé lo que hay. Me entero de todo. Y nadie, nadie en absoluto, te hará nada mientras yo esté aquí.

Mientras se alejaba caminando, Web se preguntó si Ann Lyle se plantearía adoptarlo alguna vez.

Web encontró una terminal de ordenadores vacía y entró en la base de datos del ERR. Se le había ocurrido, y estaba seguro que también a otros, que la aniquilación de su equipo respondía a un mero deseo de venganza. Se pasó un buen rato analizando casos en los que se había recurrido al ERR en el pasado. Le asaltaron recuerdos de victorias clamorosas y fracasos descorazonadores. El problema era que si se sumaban todas las personas a quienes habían afectado las misiones del ERR y repercutido en la familia y los amigos, junto a los chiflados en busca de cualquier causa con la que justificar su locura, la cantidad ascendía a varios miles. Web tendría que dejar eso en manos de alguien. Estaba seguro de que los ordenadores del FBI estarían analizando esa información en esos momentos.

Web atravesó el pasillo principal y se detuvo frente a las exposiciones fotográficas de las operaciones pasadas del ERR. Había imágenes de momentos sensacionales. El credo del equipo de rescate era: «velocidad, sorpresa y violencia de acción», y el ERR realizaba acciones de gran nivel para ilustrar esas palabras. Web miró la fotografía de un terrorista de la lista de los más buscados a quien habían arrancado de las aguas internacionales como si fuera un cangrejo desprevenido en un agujero de la arena, juzgado y condenado a cadena perpetua. Había fotos de un equipo de operaciones internacionales conjuntas en una hacienda de drogas de algún país latinoamericano. Y, finalmente, había una fotografía de una operación de rescate de rehenes muy tensa en un edificio gubernamental de muchas plantas en Chicago. Los rehenes se salvaron todos y murieron tres de los cinco secuestradores. Por desgracia, las operaciones no siempre acababan así.

Salió del edificio y observó el único árbol que había fuera. Era una especie del árbol estatal de Kansas, plantado allí en memoria del agente del ERR que había fallecido en un accidente de entrenamiento y que era de allí. Cada vez que Web pasaba junto al árbol rezaba una oración silenciosa para que no tuvieran que plantar más árboles. Vaya con las plegarias atendidas... pronto tendrían un maldito bosque en ese mismo sitio.

Web necesitaba hacer algo, cualquier cosa que no le hiciera sentirse un fracasado. Se dirigió al depósito de armas, sacó un rifle de francotirador del 308 y munición y volvió sobre sus pasos. Necesitaba calmarse e, irónicamente, disparar le relajaba ya que exigía una precisión y una concentración que ahuyentaban cualquier otro pensamiento, por perturbador que fuese.

Pasó por delante de la antigua oficina central del ERR, un edificio estrecho y alto que parecía un silo para grano en lugar de la sede de una unidad de élite encargada de imponer la ley. Se detuvo y miró hacia la ladera escarpada donde se encontraba uno de los campos de tiro. Había un nuevo campo de tiro para rifles, de unos mil metros y los trabajadores estaban nivelando una zona boscosa colindante que pasaría a formar parte del cada vez más grande complejo del ERR, que también incluía un nuevo campo de tiro cubierto. Detrás del campo de tiro exterior los árboles se veían muy verdes. A Web siempre le había parecido una yuxtaposición curiosa: los hermosos colores de la naturaleza sirviendo de telón de fondo para el lugar en el que había pasado muchos años aprendiendo mejores técnicas para matar. Sin embargo, él era el bueno, y eso le hacía sentirse bien. Al menos eso era lo que implicaba la lista de bienes que acompañaba a la insignia.

Colocó los blancos. Web jugaría una partida al póquer del francotirador. Las cartas se abrían en abanico desde el punto de sujeción de tal modo que, salvo la carta central, las demás apenas resultaban visibles. El objetivo era lograr una mano ganadora. La baza consistía en que sólo contaban las cartas atravesadas limpiamente. Si la bala rozaba otra carta, entonces no contaba la carta a la que disparabas. Y sólo se dispone de cinco disparos. El margen de error era prácticamente inexistente. Se trataba de la clase de objetivo cargado de tensión que servía para relajar a una persona, si esa persona resultaba ser un agente del ERR.

Web se colocó a unos cien metros de los blancos. Se tumbó en el suelo y puso una bolsita acolchada debajo de la culata del 308 para que aguantase el peso del cuerpo superior mientras buscaba la postura óptima. Alineó el cuerpo con la dirección del retroceso para minimizar la elevación de la boca del cañón; las caderas estaban apoyadas en el suelo, las rodillas separadas de acuerdo con la anchura de la espalda y los tobillos bien pegados al suelo para reducir su condición de blanco en caso de que alguien le estuviera apuntando. Web señaló la posición apropiada en la rueda de calibrado de la mira y también contó con el viento. Había mucha humedad, así que añadió un clic extra de medio minuto. Como francotirador, todos y cada uno de los disparos que había realizado durante una misión habían sido anotados en su diario. Se trataba de un informe muy valioso sobre las consecuencias medioambientales de las balas disparadas y también para saber por qué un francotirador había errado un blanco, que era el único momento en que alguien parecía preocuparse por ellos. Cuando acertabas el blanco, simplemente hacías tu trabajo, no te daban las llaves de la ciudad. Ningún detalle resultaba nimio cuando se trataba de matar desde lejos. El más mínimo atisbo de una sombra en la lente del objetivo podría implicar que el francotirador eliminase a un rehén en lugar de al secuestrador.

Web apretó suavemente la empuñadura del rifle. Apoyó la culata en el hombro, descansó la mejilla en la parte central del rifle, ajustó el relieve visual y sujetó con fuerza el adaptador de la culata con la mano libre para fijarlo al bípode del 308. Respiró hondo y exhaló. Ningún músculo debería interponerse entre Web y los disparos. Los músculos eran imprevisibles; necesitaba hueso sobre hueso porque los huesos no se estremecían. Cuando hacía de francotirador, Web siempre había recurrido a la técnica de la emboscada. Eso implicaba que el francotirador debía esperar hasta que el blanco llegara a la zona mortal predeterminada. El francotirador colocaría el retículo en cruz delante del blanco y luego contaría los milirradianes en el retículo para calcular la distancia hasta el blanco, el ángulo de repercusión y la velocidad. También se debía calcular la elevación, el viento y la humedad y entonces llegaba la espera, como una araña en su tela. Siempre se disparaba al cráneo por un motivo bien sencillo: los blancos con la cabeza destrozada nunca devolvían el disparo.

Hueso sobre hueso. Sesenta y cuatro pulsaciones por minuto. Web exhaló de nuevo; deslizó el dedo hasta el gatillo y disparó cinco veces con la precisión de movimientos de un hombre que ha hecho lo mismo más de cincuenta mil veces. Repitió el proceso cuatro veces, tres veces a cien metros y la última mano de póquer la jugó a doscientos metros, que era la distancia máxima cuando se jugaba al póquer del francotirador.

Web sonrió al comprobar los blancos. Había logrado una escalera de color en dos manos, póquer de reyes en otras dos y full en la mano jugada a doscientos metros, y ni una sola marca en las otras cartas. Y ni una bala tirada, que en la jerga del FBI quería decir que no había fallado ni un solo disparo. Se sintió pleno y realizado durante diez segundos, pero la depresión atacó de nuevo unos instantes después.

Guardó el arma en el depósito y continuó paseando. Junto al complejo contiguo de los marines estaba la Yellow Brick Road, que era una endemoniada carrera de obstáculos de doce kilómetros con caídas desde las cuerdas de cuatro metros y medio, fosos con alambre de espino que esperaban que resbalases y cayeses y precipicios escarpados. Durante la época de preparación en el ERR, Web había corrido esa carrera de obstáculos tantas veces que se había aprendido de memoria todos y cada uno de sus malditos centímetros. Las pruebas de equipo habían consistido en carreras de veinticuatro kilómetros, cargados con más de veinticinco kilos de toda suerte de objetos preciosos, como ladrillos, que no debían tocar el suelo si no querías que tu equipo perdiese. También tenían que nadar por aguas heladas e inmundas y trepar por escaleras de quince metros que parecían ascender hasta los cielos. Y la caminata por el «hotel del sufrimiento», una excursioncita de cuatro pisos, y el salto opcional (¡seguro!) desde la borda de un viejo barco al río James. Desde que Web se uniera el ERR, habían conquistado en cierto modo el hotel del sufrimiento con alambradas, rejas y redes. Sin lugar a dudas era más fácil, pero mucho menos divertido. De todos modos, quienes tuvieran miedo a las alturas debían olvidarse de solicitar el ingreso. Descender en rappel desde helicópteros hasta lo más profundo del bosque es lo que diferenciaba a los hombres de los niños; si no lo hacías bien, podías acabar con tus huesos en un roble de treinta metros.

De camino a la graduación, los reclutas tenían que orientarse en el invernadero, una torre de cemento de tres pisos con contraventanas de acero cerradas a cal y canto. La configuración interna, con suelos de malla, permitía que si se producía un incendio en la parte inferior el humo llegase a la parte más alta en cuestión de segundos. El recluta desafortunado empezaba por el tercer piso y tenía que valerse del sentido del tacto, las agallas y el instinto para encontrar la salida en la planta baja. La recompensa por haber sobrevivido era un cubo de agua en la cara para despejar el humo y la oportunidad de volver a hacerlo al cabo de unos minutos con un maniquí de setenta y cinco kilos a la espalda.

En medio de todo aquello también había decenas de miles de balas disparadas, ejercicios de clase que habrían asombrado y desconcertado a Einstein, entrenamientos que habrían dejado sin resuello a muchos atletas olímpicos, aparte de bastantes situaciones peligrosas en las que tomar decisiones en un abrir y cerrar de ojos como para que un hombre renunciase a la bebida y a las mujeres, se arrastrase por una habitación acolchada y hablase solo en voz alta. Y, en todo momento, los verdaderos agentes del ERR calificaban tu triste culo cada vez que cometías un error o triunfabas, y tu único deseo era lograr más triunfos que fracasos, pero nunca lo sabías porque los del ERR nunca te hablaban. Para ellos eras escoria, escoria currando a tope, pero escoria al fin y al cabo. Y sabías perfectamente que jamás te reconocerían como a uno de los suyos hasta que te graduaras, si es que lo hacías. Lo más probable es que ni siquiera acudieran a tu funeral si morías en las pruebas.

Web había logrado sobrevivir a todo eso y después de graduarse en la Escuela de Entrenamiento para Nuevos Agentes, la EENA, que es como la llamaban, lo habían «reclutado» como francotirador y había pasado otros dos meses en la Escuela de Francotiradores del Cuerpo de Marines, donde había aprendido de los mejores las técnicas de observación, camuflaje y a matar con rifle y mira.

Después de eso Web había pasado siete años como francotirador y luego como asaltante, bien aburriéndose como una ostra en esperas interminables, la mayoría de las veces en condiciones deplorables, bien disparando o siendo blanco de los disparos a lo largo y a lo ancho del mundo a manos de sus habitantes más desquiciados. A cambio recibía todas las armas y munición que deseaba y un sueldo equivalente a lo que un jovencito de dieciséis años ganaba programando ordenadores durante la hora del almuerzo. En resumen, una experiencia alucinante.

Web recorrió el hangar, que albergaba los enormes helicópteros Bell 412 del equipo y los MD530, mucho más pequeños y que recibían el nombre de «pajaritos» porque eran rápidos y ágiles y transportaban a cuatro hombres en el interior y a otros cuatro en los patines a una velocidad de ciento veinte nudos. Web había ido en los pajaritos hasta lugares infernales y los 530 siempre le habían sacado de allí, a veces colgado boca abajo de una cuerda atada al brazo giratorio del helicóptero, pero lo cierto es que Web nunca había sido muy quisquilloso con los métodos empleados para sobrevivir durante una misión.

La flota de automóviles estaba detrás de una alambrada. Web se detuvo y se subió la cremallera de la chaqueta para protegerse del viento helado. El cielo se estaba nublando rápidamente a medida que una tormenta se aproximaba a la zona, algo que sucedía de forma rutinaria a esa hora del día en esa época del año. Cruzó la alambrada y se sentó sobre el único vehículo blindado para personal del equipo, un regalo usado del Ejército. Clavó la mirada en la hilera de Suburbans aparcados. Los habían rediseñado con escaleras de mano para conducir hasta el edificio, extender la escalera y llegar al quinto piso —¡oh, sorpresa, aquí estamos!— de la guarida de algún criminal. Había camiones de carga que transportaban el equipo, motos acuáticas, camiones de transporte de alimentos y un barco de casco rígido con regalas hinchables, obra de la Navy Seal. También había dos Chrysler V-8 que a Web le producían la impresión de estar dentro de un edificio que derribaban con bolas de demolición. Había ido en ellos en numerosas ocasiones… o, más bien, había sobrevivido a tales experiencias.

Allí estaba todo, desde el equipo para los ataques en la jungla hasta las expediciones árticas. Se entrenaban para todas las contingencias, empleaban cuanto tenían en la misión. Y, no obstante, les podían ganar por casualidad, por la maldita suerte de los enemigos inferiores o por la habilidosa planificación, y la información privilegiada de un traidor.

Comenzó a llover y Web entró en el centro de entrenamiento, un enorme edificio con forma de almacén con largos corredores para imitar los pasillos de los hoteles y paredes móviles y revestidas de caucho. Se parecía mucho a la zona de aparcamientos destinada a los personajes menos ilustres de los estudios de Hollywood. Si tenían la suerte de conseguir el plano del objetivo, el ERR lo reconstruiría allí in situ y entrenaría siguiendo parámetros exactos. La última reconstrucción que habían realizado había sido para la operación en que Charlie había pasado a mejor vida. Mientras Web observaba esa configuración, jamás se le ocurrió que alguna vez llegaría a ver el interior del objetivo verdadero. Ni siquiera habían llegado a la puerta de entrada. Esperaba que destruyeran esa reconstrucción lo antes posible y prepararan el lugar para la próxima operación. El resultado nunca sería peor.

Las paredes revestidas de caucho amortiguaban las balas ya que el ERR practicaba con fuego real. Las escaleras eran de madera, lo que evitaba los rebotes, pero el equipo había averiguado, por suerte sin sufrir heridas graves, que los clavos que estaban en la madera a veces hacían que las balas rebotasen hacia sitios no deseados. Pasó junto al prototipo del fuselaje del avión que habían construido para simular escenas de secuestros de avión. Colgaba de las vigas y podía subirse o bajarse para el entrenamiento.

¿A cuántos terroristas imaginarios había matado allí? El entrenamiento había valido la pena porque lo había puesto en práctica cuando un avión de pasajeros norteamericano había sido secuestrado en Roma. Los terroristas habían volado primero hasta Turquía y luego hacia Manila. Web y compañía se habían presentado en la base Andrews de las Fuerzas Aéreas dos horas después de haberse producido el secuestro. Habían seguido los movimientos del avión secuestrado desde una elevada posición privilegiada en un USAF C141. En Manila, donde el avión de pasajeros se había detenido para repostar, los terroristas habían arrojado sobre el asfalto a dos rehenes muertos, ambos norteamericanos, y uno de ellos era una niña de cuatro años. Una declaración política, anunciaron orgullosamente. Sería la primera y la última.

El despegue del avión secuestrado se vio retrasado primero por el mal tiempo y luego por un problema mecánico. Hacia la medianoche, hora local, Web y el Equipo Charlie habían subido al avión disfrazados de mecánicos. Al cabo de tres minutos había cinco terroristas muertos y todos los rehenes estaban sanos y salvos. Web había matado a uno de los terroristas con la 45, atravesando la lata de Coca-Cola que se llevaba a la boca. En la actualidad, Web seguía siendo incapaz de beber aquel líquido. Sin embargo, jamás se arrepintió de apretar el gatillo. La imagen del cadáver de una niñita inocente sobre el asfalto —independientemente de que fuera norteamericana, iraní o japonesa— era la única motivación que necesitaba para seguir apretando el gatillo con una furia desatada. Esos tipos ya podían alegar toda la opresión geopolítica que quisieran, apelar a todas las deidades omniscientes durante sus encuentros religiosos, realizar cuantas justificaciones papanatas desearan para así detonar sus bombas y disparar sus armas, que nada de todo eso le importaba una mierda a Web cuando empezaban a matar a personas inocentes, sobre todo si se trataba de niños. Y lucharía contra ellos mientras se empeñaran en representar su pervertido numerito de pecado y caos por el globo; fueran donde fueran, Web iría tras ellos.

Web recorrió pequeñas habitaciones con paredes revestidas de caucho en las que había pósters de tipos malos apuntándole. Instintivamente, les apuntó con el dedo y los borró del mapa. Con una persona armada siempre se recurría a las manos, no a los ojos, porque no se sabía de ningún caso en el que un par de ojos hubiera matado a alguien. Mientras descendía la «pistola» Web no pudo reprimir una sonrisa. Era tan fácil cuando nadie te estaba disparando de verdad... En otras habitaciones había cabezas y torsos de maniquíes sujetos en postes; la «piel» y la forma eran una réplica de las humanas. Web propinó varias patadas a las cabezas, seguidas de una serie de puñetazos a la altura del riñón, y luego siguió su recorrido.

Oyó movimientos dentro de una habitación y se asomó. El hombre, de hombros y brazos musculosos, llevaba una camiseta sin mangas ajustada y pantalones de camuflaje y se estaba secando el sudor del cuello. Del techo colgaban varias cuerdas largas. Era una de las habitaciones donde practicaban el descenso rápido por cuerda. Web observó cómo el hombre subía y descendía tres veces con movimientos gráciles y fluidos, cómo los músculos de los brazos y hombros se tensaban y luego se relajaban.

Web entró cuando el hombre hubo terminado.

—Eh, Ken, ¿nunca te tomas un día libre? —preguntó.

Ken McCarthy miró a Web con una expresión que no parecía demasiado amistosa. McCarthy era uno de los francotiradores a quien habían oído por casualidad en el callejón la noche en que el Equipo Charlie había desaparecido bajo las ráfagas de balas de las ametralladoras. McCarthy era negro, tenía treinta y cuatro años, había nacido en Tejas y había sido un gallito del Ejército que había visto mundo con el dinero del tío Sam. Aunque había estado en la SEAL no irradiaba la flagrante petulancia que la mayoría de los miembros de la SEAL solía mostrar. Pese a que sólo medía un metro setenta y cinco, levantaba pesas que pesaban más que un camión y era cinturón negro en tres artes marciales distintas. Aparte de ser el agente acuático más capacitado del ERR, era también capaz de acertar en el entrecejo de una persona a mil metros de distancia en la oscuridad más absoluta, sentado a horcajadas en la rama de un árbol. Llevaba tres años en el ERR, era silencioso, reservado y carecía del sentido del humor macabro que caracterizaba a la mayoría de los otros agentes. Web le había enseñado cosas que no sabía o le costaba asimilar y, a cambio, McCarthy había compartido algunas de sus espléndidas aptitudes con Web. Que Web supiera, McCarthy nunca había tenido problemas con él, pero aquella mirada presagiaba el fin de los buenos tiempos.

—¿Qué haces aquí, Web? Creía que todavía estarías en el hospital recuperándote de las heridas.

Web dio otro paso en su dirección. No le gustaba el tono de McCarthy, pero comprendía de dónde procedía. Web también entendía la actitud de Romano; se trataba de lo mismo. Se esperaba que hicieras tu trabajo a la perfección. Lo único que se te exigía era perfección. Web se había quedado corto. Había destruido las ametralladoras después de lo sucedido. Para los hombres del ERR, eso no servía de nada.

—Me imagino que lo viste todo.

McCarthy se puso los guantes de gimnasia y se frotó los dedos gruesos y encallecidos.

—Habría bajado en cuerda hasta el callejón, pero el COT nos ordenó que no nos moviéramos.

—No había nada que hacer, Ken.

McCarthy se miraba los pies.

—Al final nos dieron luz verde. Tardamos demasiado. Nos encontramos con Hotel. ¡Tardamos demasiado, joder! —repitió—. Nos deteníamos una y otra vez e intentábamos ponernos en contacto con vosotros por el micrófono. El COT no sabía qué coño estaba pasando. La cadena de mando acabó por romperse. Supongo que ya lo sabías.

—Estábamos preparados para cualquier cosa menos para lo que pasó.

McCarthy se sentó en una colchoneta y flexionó las piernas hacia el pecho. Miró a Web.

—He oído decir que tardaste un poco más en salir del callejón y que te caíste o algo.

«O algo.» Se sentó junto a McCarthy.

—Las armas se activaban con un láser, pero el láser se ponía en marcha con un mando a distancia para que así las del cincuenta no empezaran a disparar antes de tiempo y se cargaran al blanco equivocado. Alguien tenía que estar por allí para hacerlo. —Web alargó la última frase sin dejar de mirar a McCarthy.

—Ya he hablado con la OFW.

—Claro.

—Hay un AAF en marcha, Web —dijo. Un AAF era una investigación sobre un ataque contra un agente del FBI, en este caso sobre muchos.

—Ya lo sé, Ken. No sé muy bien qué me pasó. No lo planeé así. Hice cuanto pude. —Web dejó escapar un largo suspiro—. Y si pudiera deshacerlo todo, lo haría. Y tengo que vivir con eso el resto de mi vida, Ken. Espero que lo entiendas.

McCarthy levantó la cabeza y la mirada hostil se desvaneció.

—No había nada contra lo que disparar, Web. No había ni una maldita cosa que los francotiradores pudiéramos cargarnos; ¡tanto entrenamiento para nada! Teníamos a tres tipos en los edificios que daban al patio y ninguno de ellos pudo apuntar tan siquiera a las minimetralladoras. Tenían miedo de disparar porque creían que te daría alguno de los rebotes.

—¿Qué hay del niño? ¿Viste al niño?

—¿Al niño negro? Sí, cuando vino por el callejón con tu gorra y el mensaje.

—Pasamos junto a él al llegar.

—Seguramente nos tapasteis. Y la luz del callejón se reflejaba de una manera muy extraña arriba.

—Bien, ¿y qué hay de los otros tipos, los que traficaban?

—Teníamos a un francotirador que no apartaba la vista de ellos. No se movieron de allí hasta que empezaron los disparos, y entonces se largaron corriendo. Jeffries dijo que parecían tan sorprendidos como todo el mundo. Cuando el COT nos dio luz verde, nos pusimos en marcha.

—¿Qué pasó a continuación?

—Nos reunimos con Hotel, como te he dicho. Vimos la bengala, nos detuvimos, nos abrimos en abanico. Entonces llegó el niño. Recibimos el mensaje, tu aviso. Everett y Palmer se adelantaron como exploradores. Demasiado tarde, mierda.

McCarthy guardó silencio, y Web vio una lágrima deslizándose por sus jóvenes y hermosos rasgos; rasgos normales como los que él había tenido en el pasado.

—Nunca había oído disparos así, Web. Jamás me había sentido tan impotente.

—Hiciste tu trabajo, Ken, y eso es todo lo que puedes hacer. —Web hizo una pausa y luego añadió—: No encuentran al niño. ¿Sabes algo al respecto?

McCarthy negó con la cabeza.

—Un par de tipos de Hotel se ocuparon de él. Romano y Cortez, creo.

Romano, de nuevo. Mierda, eso significaba que Web tendría que hablar con él.

—¿Qué hiciste?

—Fui al patio con varios agentes más. Te vimos, pero ya no corrías peligro. —Volvió a bajar la vista—. Y vimos lo que quedaba de Charlie. —Miró a Web—. Un par de francotiradores me dijeron que te vieron volver, Web. Dijeron que había que tenerlos bien puestos para volver allí. Yo no creo que hubiera podido.

—Sí habrías podido, Ken. Y lo habrías hecho mejor que yo.

A McCarthy pareció sorprenderle aquel elogio.

—¿Volviste a ver al niño cuando saliste del patio?

McCarthy pensó en lo ocurrido.

—Recuerdo que le vi sentado sobre un cubo de la basura. Entonces comenzaron a llegar todos.

—¿Viste a alguno de los tíos trajeados deteniéndole?

McCarthy caviló al respecto.

—No, recuerdo que vi a Romano hablando con alguien, eso es todo.

—¿Reconociste a alguno de ellos?

—Sabes que no nos relacionamos mucho con los militares de carrera.

—¿Qué hay del DEA?

—Eso es todo cuanto puedo decirte, Web.

—¿Has hablado con Romano?

—No mucho.

—No te creas todo lo que oigas, Ken. No es saludable.

—¿Incluido tú? —preguntó McCarthy, lanzándole una clara indirecta.

—Incluido yo.

Mientras Web se alejaba de Quantico cayó en la cuenta de que tenía mucho trabajo por delante. Oficialmente, no se trataba de su investigación, pero, en cierto modo, lo era más que de nadie. Sin embargo, primero tendría que ocuparse de algo, algo incluso más importante que averiguar quién le había tendido una trampa a su equipo. Y averiguar qué había sido del niño sin camiseta y con una marca de bala en la mejilla.

Seis funerales. Web asistió a seis funerales en tres días. Llegado el cuarto, ya no le quedaban lágrimas. Entraba en la iglesia o en la funeraria y oía comentarios sobre aquellos hombres caídos, a quienes en ciertos aspectos había conocido mejor que a sí mismo. Era como si sus nervios se hubiesen consumido, junto con parte del alma. Se sentía incapaz de reaccionar como se suponía que debía hacerlo. Le aterraba la idea de que quizá comenzara a reír cuando debía llorar.

Durante los servicios sólo permanecieron abiertos la mitad de los ataúdes. Algunos de los fallecidos habían quedado mejor según el tamaño y ubicación de las heridas que habían acabado con ellos y de ahí que los ataúdes estuvieran abiertos. Sin embargo, contemplar rostros demacrados y cuerpos rígidos y consumidos dentro de unas cajas de metal, inhalar el perfume de las flores y escuchar los sollozos de quienes le rodeaban hacía que Web también deseara estar en una caja y ser enterrado para siempre. El funeral de un héroe; había cosas mucho peores por las que ser recordado.

Había vuelto a vendarse la mano con gasa porque se sentía culpable caminando entre los seres afligidos sin rastro de la herida. Sabía que se trataba de una preocupación más bien patética, pero se sentía como si fuera una especie de bofetada andante que golpeaba a los supervivientes. Lo único que sabían era que Web había logrado escapar con apenas un rasguño. ¿Había corrido? ¿Había abandonado a sus compañeros mientras morían? Veía esas preguntas en los rostros de algunos de los presentes. ¿Era ése siempre el destino del único superviviente?

Los cortejos fúnebres habían pasado entre interminables hileras de hombres y mujeres uniformados y cientos de agentes del FBI con sus trajes impecables y zapatos cómodos. Las motocicletas encabezaban los cortejos, los ciudadanos se agolpaban en las calles y las banderas ondeaban por todas partes a media asta. El presidente y el gabinete acudieron junto con muchas otras personalidades. Durante varios días, el mundo entero no habló de otra cosa que de la matanza de seis hombres buenos en un callejón. Apenas se decía nada del séptimo hombre, algo que Web agradecía sobremanera. No obstante, se preguntaba cuánto duraría la moratoria.

La ciudad de Washington estaba profundamente afligida, y no sólo por los hombres asesinados; las consecuencias eran preocupantes. ¿Era posible que los criminales actuasen con semejante descaro? ¿Es que la sociedad se estaba viniendo abajo? ¿Acaso la policía no estaba a la altura? ¿Estaba perdiendo lustre el FBI, la joya suprema encargada de imponer el cumplimiento de la ley? Los servicios informativos chinos y de Oriente Medio disfrutaban informando de otro ejemplo del caos occidental que un día llevaría a la arrogante Norteamérica al borde del desastre. Los vítores se sucedían en las calles de Bagdad, Teherán, Pyongyang y Pekín ante la mera idea de que Estados Unidos se desmoronase por una lamentable crisis avivada por los medios de comunicación. Los expertos soltaban tantas peroratas sobre las posibilidades más absurdas que Web ya no leía los periódicos ni encendía el televisor ni la radio. Sin embargo, si alguien le hubiera preguntado habría dicho que el mundo entero, y no sólo Estados Unidos, estaba jodido desde hacía mucho tiempo.

Se produjo una pausa en aquel fuego cruzado, aunque el catalizador fue otra tragedia atroz. Un avión de pasajeros japonés se había estrellado cerca de la costa del Pacífico; los periodistas ávidos de noticias habían ido a por esa historia y se habían olvidado por el momento del callejón y sus muertos. Todavía había una furgoneta de las noticias allí, pero los trocitos de trescientos cuerpos flotando en el océano eran un gancho mucho más importante que la historia sobre el equipo de agentes del FBI muertos. Y Web también lo agradecía. «Dejadnos tranquilos para que suframos en paz.»

Informó sobre su misión en el edificio Hoover y en la OFW en tres ocasiones a varios equipos de investigadores. Tenían blocs y lápices, grabadoras y, algunos de los más jóvenes, portátiles. Le habían formulado muchas más preguntas de las que Web sabría responder. Sin embargo, cuando había explicado a cada grupo que no sabía por qué se había quedado paralizado y luego caído, los lápices habían dejado de garabatear en el papel y los dedos de teclear.

—Cuando dice que se quedó paralizado, ¿vio algo? ¿Oyó algo

que le detuviese? —El hombre hablaba con voz monótona y con una inflexión que a Web le pareció teñida de incredulidad.

—No lo sé.

—¿De verdad no lo sabe? ¿No está seguro de haberse quedado paralizado?

—No estoy seguro. Quiero decir, me quedé paralizado. No podía moverme.

—Pero se movió después de que exterminaran a su equipo, ¿no?

—Sí —admitió Web.

—¿Qué había cambiado que le permitiera moverse?

—No lo sé.

—Y cuando llegó al patio, ¿se cayó?

—Exacto.

—Justo antes de que las armas abrieran fuego —dijo otro investigador.

—Sí —susurró Web tan bajo que apenas se oyó a sí mismo.

El silencio que siguió a esas exiguas respuestas estuvo a punto de disolver las entrañas ya revueltas de Web.

Durante cada interrogatorio, Web había colocado las manos sobre la mesa, con la mirada clavada en el rostro del interrogador y ligeramente inclinado hacia delante. Esos hombres eran inquisidores profesionales y avezados. Web sabía que si apartaba la mirada, se recostaba, se rascaba la cabeza de la forma equivocada o, peor aún, entrecruzaba los brazos, llegarían a la conclusión de que no era más que un embustero de mierda. Web no mentía, pero tampoco decía toda la verdad. Sin embargo, si Web comenzaba a explicar que la visión de un niño le había afectado de forma extraña y que quizá le había paralizado, o que se había sentido como si estuviera cubierto de cemento y, segundos después, se había movido con total libertad, sus días en el FBI estaban contados. Los de arriba no solían ver con buenos ojos a los agentes de campo que realizaban comentarios desquiciados. Sin embargo, tenía algo a su favor: los nidos de ametralladoras no se desintegraron por sí solos. Y las balas de su rifle estaban incrustadas en las ametralladoras. Y los francotiradores lo habían visto todo, y Web había avisado al Equipo Hotel y, además, había salvado al niño. Web se aseguró de decirlo. Se aseguró de que todos lo escucharan. «Podéis pegarme mientras esté jodido, amigos, pero no muy fuerte. Al fin y al cabo, soy un maldito héroe.»

—Me recuperaré —les había dicho—. Sólo necesito tiempo. Me recuperaré. —Y durante unos terribles instantes Web pensó que ésa era la primera mentira que había dicho en todo el día.

Le habían comunicado que le llamarían cuando hiciera falta. De momento, lo único que querían es que no hiciera nada. Tenía todo el tiempo que quisiera para reponerse. El FBI le había ofrecido la ayuda de un terapeuta, un profesional de la salud mental; de hecho habían insistido al respecto, y Web había aceptado, aunque todavía existía un estigma en el FBI para quienes recurrían a ese tipo de ayuda. Le dijeron que cuando todo marchara sobre ruedas, le asignarían a otro equipo de asalto o francotiradores, si quería, hasta que Charlie fuese reconstruido.

Si no, podría ocupar otro puesto en el FBI. Incluso se llegó a hablar de ofrecerle un «cargo de preferencia» que le permitiría jubilarse cuando quisiera. Esa clase de trato solía reservarse a los agentes de mayor antigüedad y simbolizaba que el FBI no sabía muy bien qué hacer con él. Desde un punto de vista oficial, Web estaba en medio de una investigación administrativa que podría convertirse en una investigación a gran escala, dependiendo de cómo salieran las cosas. Nadie le había leído sus derechos, lo cual era bueno pero también malo. Bueno porque si se los leían significaba que estaba arrestado; malo porque todo cuanto dijera durante el interrogatorio podría emplearse en su contra en los procesos judiciales criminales o civiles. Al parecer, lo único que había hecho mal era haber sobrevivido. Y, sin embargo, eso constituía una fuente de culpabilidad mucho más intensa que cualquier acusación del FBI.

No, de verdad, tendría lo que quisiera, le dijeron. Eran sus amigos. Le apoyaban por completo.

Web preguntó qué tal iba la investigación, pero no obtuvo respuesta alguna. «Ya veo lo mucho que me apoyan», pensó Web.

—Ponte bien —le dijo otro hombre—. Debes centrarte sólo en eso.

Cuando se disponía a retirarse del último interrogatorio, le formularon la pregunta final.

—¿Qué tal la mano? —preguntó el hombre. Web no lo conocía y, aunque la pregunta parecía del todo inocente, había algo en la mirada de aquel tipo que hizo que Web deseara tumbarlo. Sin embargo, dijo que estaba bien, les dio las gracias y se marchó.

Al salir pasó junto a la Pared del Honor del FBI, donde colgaban placas para cada uno de los agentes del FBI muertos en un acto de servicio. En breve habría una adición importante en la pared, de hecho la más numerosa en la historia del FBI. Web se había preguntado en más de una ocasión si acabaría allí, toda su vida profesional comprimida en un trozo de madera y latón colgado de la pared. Salió del edificio Hoover y se dirigió a casa, acosado por muchas más preguntas de las que deseaba responder.

Las siglas del FBI también significaban Fidelidad, Bravura e Integridad y, en aquellos momentos, sentía que no poseía ninguna de esas cualidades.

7

Francis Westbrook era un gigantón, con más altura y corpulencia que cualquier jugador de rugby. Independientemente del tiempo que hiciera o de la estación del año, siempre iba con camisas de seda de manga corta con motivos tropicales, pantalones de sport a juego y mocasines de ante sin calcetines. Llevaba el pelo al rape, tenía las enormes orejas cargadas de pendientes de botón con diamante y los dedos de las manos repletos de anillos de oro. No era ningún dandi, pero no había muchas cosas en las que gastarse las ganancias de las drogas sin que la ley, o peor aún, Hacienda le siguieran el rastro. Y también le gustaba dar buena imagen. En esos momentos iba en el asiento trasero de un enorme Mercedes con ventanillas de cristal ahumado. A su izquierda estaba su lugarteniente, Antoine Peebles. Al volante iba un joven alto y fornido llamado Toona y en el asiento del pasajero el jefe de seguridad, Clyde Macy, el único tipo blanco de toda la banda de Westbrook, y era obvio que se enorgullecía de esa distinción. Peebles llevaba la barba bien recortada y un peinado afro, era bajito y corpulento, pero el traje de Armani y las gafas de diseño le quedaban bien. Parecía más un ejecutivo de Hollywood que un importante traficante de drogas. Macy en cambio parecía un esqueleto, prefería la ropa negra y de aspecto profesional e iba con la cabeza rapada, por lo que no era difícil confundirlo con un neonazi.

Eso representaba el círculo íntimo del pequeño imperio de Westbrook y el cabecilla de ese imperio sostenía una pistola de nueve milímetros en la mano derecha y parecía buscar a alguien contra quien utilizarla.

—¿Quieres repetirme cómo perdiste a Kevin? —Miró a Peebles y apretó la pistola con fuerza. Acababa de quitarle el seguro. Peebles comprendió el significado de aquello y, aun así, no vaciló al responder.

—Si dejaras que alguien le siguiera veinticuatro horas al día siete días a la semana, entonces nunca le perderíamos. A veces sale por la noche. Esa noche salió y no volvió.

Westbrook se golpeó su enorme muslo.

—Estaba en ese callejón. Los del FBI lo tenían y ahora ya no. Anda metido en esa mierda y resulta que pasó en mi maldito callejón. —Golpeó la pistola contra la puerta y bramó—: ¡Quiero encontrar a Kevin!

Peebles lo miró, nervioso, mientras que Macy no pareció inmutarse.

Westbrook apoyó la mano en el hombro del conductor.

—Toona, reúne a algunos de los chicos y rastrea toda la puta ciudad, ¿me has oído? Ya sé que lo has hecho una vez, pero vuelve a hacerlo. Quiero encontrar al chico, sano y salvo, ¿entendido? Sano y salvo, y no vuelvas hasta que lo hayas encontrado. Maldita sea, ¿me oyes, Toona?

Toona miró por el retrovisor.

—Te oigo, te oigo.

—Un montaje —dijo Peebles—. Todo. Para echarte el muerto.

—¿Crees que no lo sé? ¿Crees que porque fuiste a la universidad eres listo y yo estúpido? Sé que los del FBI van a por mí. Sé lo que se dice por la calle. Alguien está intentando unir todas las bandas, como una especie de maldita asociación, pero saben que paso de esa mierda y eso les está jodiendo el plan. —Westbrook tenía los ojos rojos. No había dormido mucho durante las últimas cuarenta y ocho horas. Ésa era su vida; llegar con vida al final de la noche solía ser el gran objetivo de la jornada. Lo único en lo que pensaba era en que el niño andaba por ahí. Estaba a punto de explotar; lo presentía. Sabía que ese día llegaría y, sin embargo, no estaba preparado.

—Los que tengan a Kevin me lo harán saber. Quieren algo. Quieren que mi banda se una, eso es lo que quieren.

—¿Y lo harás?

—Les daré lo que quieran. Siempre y cuando me devuelvan a Kevin. —Guardó silencio y miró por la ventana, hacia las esquinas y los callejones y los bares baratos por los que pasaban, donde se deslizaban los tentáculos de la droga. También había hecho negocios en los barrios de las afueras, que era donde estaba el verdadero dinero.

»Sí, eso es. Recupero a Kevin y luego me cargo a todos esos hijos de puta. Yo mismo lo haré. —Apuntó con la pistola a un enemigo imaginario—. Empezaré por las rodillas y luego iré subiendo.

Peebles miró con recelo a Macy, que seguía sin inmutarse; parecía como si fuera de piedra.

—Bueno, de momento nadie se ha puesto en contacto con nosotros —dijo Peebles.

—Lo harán. No se llevaron a Kevin para jugar al baloncesto con él. Me quieren a mí. Bueno, aquí estoy, sólo tienen que venir a la fiesta. Estoy preparado para la fiesta, que empiece de una vez, joder. —Westbrook se calmó—. Dicen que uno de los tipos no la palmó en el patio. ¿Es cierto?

Peebles asintió.

—Web London.

—Dicen que había ametralladoras del cincuenta. ¿Cómo es posible que un tipo salga con vida? —Peebles se encogió de hombros y Westbrook miró a Macy—. ¿Qué sabes tú de eso, Mace?

—Nadie sabe nada seguro de momento, pero dicen que el tipo no llegó al patio. Se asustó, se rajó o algo.

—Se rajó o algo —repitió Westbrook—. Bueno, pues averigua algo de ese tipo. Si se salvó de algo así tendrá algo que contarme. Como, por ejemplo, dónde está Kevin. —Miró a sus hombres—. Los que se cargaron a los del FBI tienen a Kevin. De eso estoy seguro.

—Bueno, podríamos haberlo vigilado veinticuatro horas al día —comentó Peebles.

—¿Qué mierda de vida es ésa? —dijo Westbrook—. No vivirá así, al menos no por mi culpa. Pero si los del FBI vienen a por mí, tendré que llevarles por otro camino. Tenemos qué averiguar dónde está ese camino. Con seis agentes muertos, no estarán dispuestos a hacer tratos. Quieren el culo de alguien y no será el mío.

—No tenemos garantías de que quienes retienen a Kevin quieran soltarlo —dijo Peebles—. Sé que no quieres ni oír hablar de esto, pero ni siquiera sabemos si Kevin está vivo.

Westbrook se recostó en el asiento.

—Oh, está vivo. A Kevin no le pasa nada, al menos de momento.

—¿Por qué estás tan seguro?

—Lo sé, y punto, y no tienes por qué saber nada más. Limítate a averiguar algo de ese puto agente del FBI.

—Web London.

—Web London. Y si no tiene lo que quiero, entonces deseará haberla palmado con los suyos. Pisa a fondo, Toona. Tenemos negocios.

El coche aceleró y se sumergió en la noche.

8

Web tardó un par de días en concertar una cita con un psiquiatra a quien el FBI contrataba de forma independiente. Aunque el FBI contaba con personal cualificado, Web había preferido a alguien de fuera. No estaba seguro de por qué, pero abrirse por completo a alguien de dentro no le parecía la mejor idea. Para Web, con o sin razón, contarle cosas al psiquiatra del FBI era como contarle cosas al FBI, a la mierda con la confidencialidad del paciente.

El FBI todavía estaba en la prehistoria en lo que a la salud mental de su personal se refería, y la culpa era tanto de los agentes como de la organización. Hasta hacía pocos años, si trabajabas en el FBI y estabas estresado o tenías problemas con el alcohol y otras drogas, te lo guardabas para ti y te las arreglabas tú solo. Los agentes de la vieja escuela dedicaban más tiempo a pensar qué pasaría si salían de casa sin la pistola que a buscar orientación psicológica. Si un agente buscaba ayuda profesional, nadie lo sabía y, desde luego, nadie hablaba de ello. Si lo hacías, en cierto modo te deshonrabas, y el proceso de adoctrinamiento para llegar a ser un miembro del FBI parecía inculcar un estoicismo y una independencia pertinaz difíciles de superar.

Finalmente, los que mandaban decidieron que el estrés que suponía trabajar en el FBI, que se traducía en un incremento del consumo de alcohol y drogas y un elevado índice de divorcios, necesitaba una solución.

Se estableció un Programa de Ayuda al Trabajador, o PAT. Se asignó un coordinador y terapeuta del PAT a todas las divisiones del FBI. Si el terapeuta de la organización no se veía capaz de manejar la situación, entonces enviaba al paciente a una fuente externa aprobada, que es lo que Web había elegido. El PAT no era muy conocido en el FBI y Web nunca había recibido ningún documento escrito sobre su existencia. Era algo de lo que apenas se hablaba. El viejo estigma, a pesar de los esfuerzos del FBI, seguía estando allí.

Los consultorios psiquiátricos estaban en un edificio alto en el condado de Fairfax, cerca de Tyson's Corner. Web había visto al doctor O'Bannon, uno de los psiquiatras que ya había trabajado en el FBI. La primera vez había sido hacía años, cuando habían llamado al ERR para que rescatase a varios alumnos en una escuela privada de Richmond, Virginia. Un grupo de paramilitares pertenecientes a una organización que se hacía llamar Sociedad Libre, que al parecer intentaba crear una cultura aria mediante su propia versión de la limpieza étnica, había irrumpido en la escuela y había asesinado a dos profesoras. La espera había durado casi veinticuatro horas. El ERR se había puesto en marcha cuando parecía inminente que los hombres comenzarían a matar de nuevo. Todo había marchado sobre ruedas hasta que algo alertó a los paramilitares justo antes de que el ERR interviniera. El tiroteo consiguiente había supuesto la muerte de cinco paramilitares, y dos agentes del ERR habían resultado heridos, uno de ellos, Web, gravemente. Sólo había muerto otro rehén, David Canfield, un niño de diez años.

Web había estado a punto de salvar al niño en el preciso instante en el que se desencadenó el caos. La cara del niño muerto se había colado tantas veces en sus sueños que Web había buscado ayuda voluntariamente. En aquel entonces no había PAT, por lo que después de recuperarse de las heridas Web consiguió discretamente el nombre de O'Bannon de otro agente que acudía a su consulta. Había sido uno de los pasos más difíciles de su vida porque, de hecho, era como reconocer que no sabía resolver sus problemas. Nunca lo comentó con otros miembros del ERR y se habría cortado la lengua antes de revelar que iba al psiquiatra. Sus compañeros lo habrían interpretado como una debilidad y en el ERR la debilidad no tenía cabida.

Los agentes del ERR habían tenido un encuentro previo con las terapias de salud mental, y no había sido satisfactorio: después de lo de Waco, el FBI había contratado a varios terapeutas que se habían reunido con los hombres afligidos en grupo, y no de forma individual. El resultado habría sido cómico de no haber sido tan patéticamente triste. Fue la última vez que el FBI intentó algo parecido con el ERR.

La visita más reciente al doctor O'Bannon había sido justo después de que la madre de Web falleciera. Tras varias sesiones con O'Bannon, Web llegó a la conclusión de que las cosas nunca se arreglarían en ese sentido y había mentido y dicho a O'Bannon que estaba bien. No culpó a O'Bannon, ya que ningún médico podría arreglar ese desaguisado. Habría necesitado un milagro.

O'Bannon era bajito y corpulento y solía llevar un cuello de cisne que le acentuaba el mentón. Web recordaba que el apretón de manos de O'Bannon era flojo, sus modales agradables y, sin embargo, Web había tenido ganas de salir corriendo la primera vez que se habían visto. No obstante, había seguido a O'Bannon hasta su consulta y se había zambullido en unas aguas más bien peligrosas.

—Podremos ayudarte, Web, pero necesitaremos tiempo. Siento que nos hayamos conocido en tan terribles circunstancias, pero las personas no vienen a verme porque las cosas les van de maravilla; es lo que me ha tocado en suerte, supongo.

Web dijo que le parecía bien y, sin embargo, se sintió desalentado. Resultaba obvio que O'Bannon no era un mago ni devolvería la normalidad a la vida de Web.

Se habían sentado en el consultorio de O'Bannon. No había ningún diván sino un confidente más bien pequeño en el que no podía tumbarse. O'Bannon le había ofrecido su explicación:

—Uno de los mayores conceptos erróneos en nuestro campo. No todos los psiquiatras tienen diván.

El consultorio de O'Bannon era austero, con paredes blancas, mobiliario industrial y muy pocos objetos de carácter personal. Todo aquello hacía que Web se sintiera tan cómodo como si estuviera sentado en el pabellón de los condenados esperando la danza de la muerte. Hablaron de cosas triviales, probablemente para que Web se abriera. Había un bloc y un bolígrafo junto a O'Bannon, pero no los utilizó en momento alguno.

—Lo haré luego —había replicado O'Bannon después de que Web le preguntara por qué no tomaba notas—. De momento, hablemos.

Tenía una mirada inquietante, aunque la voz era suave y relativamente relajante. La sesión concluyó al cabo de una hora y a Web le pareció que no habían conseguido casi nada. Sabía más del psiquiatra que el psiquiatra de él. No había tocado ninguno de los temas que le inquietaban.

—Esas cosas se toman su tiempo, Web —le había dicho O'Bannon mientras acompañaba a Web hasta la puerta—. Todo llegará, no te preocupes. Sólo necesitamos tiempo. Roma no se construyó en un día.

Web quería preguntarle cuánto se tardaría en construir Roma en ese caso, pero no dijo nada aparte de despedirse. Al principio Web había pensado que nunca volvería a ver a aquel hombre bajito y rechoncho en su austero consultorio. Y, sin embargo, había vuelto. Y O'Bannon había tratado los temas que le interesaban sesión tras sesión. Pero Web nunca había olvidado al niño al que habían asesinado a sangre fría a escasos metros de él, sin poder hacer nada para salvarle. Olvidar aquello habría sido más bien negativo.

O'Bannon le había dicho que él y otros psiquiatras se habían ocupado de las necesidades del personal del FBI durante muchos años y habían ayudado a los agentes y al personal administrativo a superar todo tipo de crisis. Aquello le sorprendió a Web porque había dado por supuesto que él era uno de los pocos que había recurrido a la ayuda de un profesional. O'Bannon le había mirado dándole a entender que ya lo sabía.

—Que la gente no hable de eso no significa que no quieran tratar el tema o mejorar. No puedo revelar nombres, por supuesto, pero, créeme, no eres el único que viene del FBI. Los agentes que hacen como los avestruces son bombas a punto de explotar.

Web se preguntaba si él sería una bomba a punto de estallar. Entró y se dirigió hacia el ascensor, cada paso más pesado que el anterior.

Abstraído como estaba, estuvo a punto de tropezar con una mujer que venía en sentido contrario. Se disculpó y apretó el botón de llamada. El ascensor llegó y los dos entraron. Web oprimió el botón de su planta y retrocedió. Mientras subían, Web miró a la mujer de reojo. Era de estatura media, esbelta y muy atractiva. Calculó que le faltaba poco para los cuarenta. Llevaba un traje pantalón gris por el que sobresalía el cuello de una blusa blanca. Tenía el pelo negro, ondulado y bastante corto, y llevaba unos pendientes pequeños. Transportaba un maletín. Web, cuya entera vida profesional se basaba en la observación de pequeños detalles, ya que siempre determinaban su futuro, se percató de que los largos dedos de la mujer se ceñían en torno al asa con bastante fuerza.

La cabina se detuvo en la planta de Web, quien se sorprendió al ver que la mujer también salía allí. Entonces recordó que ella no había apretado ningún botón. Eso le pasaba por observar continuamente los pequeños detalles. La siguió hasta la consulta a la que él se dirigía. Ella lo miró.

—¿Puedo ayudarle?

La voz era suave, precisa y, en cierto modo, le resultaba atractiva e incitante. El intenso azul de los ojos le llamó la atención. Eran grandes, tristes y escrutadores, de esos que te miraban fijamente.

—He venido a ver al doctor O'Bannon.

—¿Tiene cita?

Parecía precavida. Sin embargo, sabía que las mujeres tenían todo el derecho del mundo a mostrarse cautelosas con los desconocidos. Había visto las consecuencias de encuentros de ese tipo y las imágenes no se olvidaban fácilmente.

—Sí, para las nueve en punto de la mañana del miércoles. He llegado un poco antes.

Le miró con cordialidad.

—De hecho hoy es martes.

—Mierda —murmuró Web, meneando la cabeza—. Ya no sé en qué día vivo. Siento haberle molestado. —Se volvió para marcharse, completamente seguro de que no volvería jamás.

—Lo siento, pero su cara me suena —dijo la mujer. Web se dio la vuelta, despacio—. Le pido disculpas —añadió—. No quisiera parecerle atrevida, pero no es la primera vez que le veo.

—Bueno, si trabaja aquí, es bastante probable. No es la primera vez que vengo.

—No, no fue aquí. Creo que fue en la tele. —Finalmente, su expresión dio a entender que le había reconocido—. Usted es Web London, el agente del FBI, ¿no?

Durante unos instantes no supo qué decir y ella se limitó a mirarle, al parecer esperando que le confirmara que era quien era.

—Sí. —Web miró hacia los consultorios—. ¿Trabaja aquí?

—Tengo un consultorio aquí.

—¿O sea que también es loquera?

Le tendió la mano.

—Preferimos psiquiatra. Me llamo Claire Daniels.

Web le estrechó la mano y permanecieron inmóviles, un tanto incómodos.

—Voy a preparar un poco de café por si le apetece una taza —dijo ella finalmente.

—No se moleste.

Ella se volvió y abrió la puerta. Web entró tras ella.

Se sentaron en la pequeña sala de recepción. Web observó la habitación vacía mientras saboreaba el café.

—¿Hoy está cerrado?

—No, casi nadie llega hasta las nueve.

—Siempre me llamó la atención que no hubiera una recepcionista aquí.

—Bueno, queremos que la gente se sienta lo más cómoda posible.

Y presentarse a un desconocido porque has venido a recibir tratamiento puede resultar un tanto intimidador. Sabemos cuándo tenemos las citas y el timbre nos avisa de su llegada, y entonces salimos a recibirles. Tenemos la sala de espera porque eso es inevitable, pero, por lo general, preferimos que los pacientes no esperen sentados aquí fuera el uno junto al otro. Eso también puede resultar incómodo.

—Como un grupo de personas jugando a «¿A que no sabes cuál es mi psicosis?».

Ella sonrió.

—Algo así. El doctor O'Bannon instauró esta costumbre hace ya muchos años y procura que las personas que acuden aquí en busca de ayuda se encuentren a gusto. Lo último que te gustaría es aumentar la angustia de personas ya de por sí angustiadas.

—Entonces conoce bien a O'Bannon, ¿no?

—Sí. De hecho, solía trabajar para él. Pero no hace mucho decidió simplificar su vida y desde entonces todos trabajamos por nuestra cuenta, aunque todavía compartimos el espacio del consultorio. Lo preferimos así. O'Bannon es muy bueno. Le ayudará.

—¿Eso cree? —preguntó Web sin el más mínimo atisbo de esperanza.

—Supongo que, al igual que todo el mundo, estoy al tanto de lo ocurrido. Siento mucho lo de sus compañeros.

Web bebió el café en silencio.

—Si pensaba esperar, el doctor O'Bannon está dando clases en la Universidad George Washington. No vendrá en todo el día —dijo Claire.

—No pasa nada, es culpa mía. Gracias por el café. —Se puso en pie.

—Señor London, ¿quiere que le diga que ha estado aquí?

—Llámame Web. Y no, no creo que vuelva el miércoles.

Claire también se incorporó.

—¿Puedo ayudarte en algo?

Web sostuvo en alto la taza.

—Ya me has preparado el café. —Web respiró hondo. Había llegado el momento de irse—. ¿Tienes algo que hacer ahora? —preguntó, y se quedó asombrado al oír sus propias palabras.

—Sólo papeleo —se apresuró a decir Claire, mirando hacia el suelo ligeramente sonrojada, como si Web acabara de pedirle que salieran a bailar y, en lugar de negarse, estuviera buscando el modo, por alguna razón del todo desconocida, de alentar aquella insinuación.

—¿No preferirías hablar conmigo?

—¿Profesionalmente? Eso es imposible. Eres paciente del doctor O'Bannon.

—¿Qué me dices de ser humano a ser humano? —Web no tenía ni idea de dónde provenían esas palabras.

Claire vaciló durante unos instantes y luego le dijo que esperara. Entró en un consultorio y salió al cabo de unos minutos.

—He intentado ponerme en contacto con el doctor O'Bannon, pero no han podido localizarle en la universidad. Sin su consentimiento no puedo asesorarte. Tienes que entenderlo, Web, se trata de algo muy delicado desde el punto de vista ético. Lo mío no es robar pacientes.

Web se sentó con brusquedad.

—¿Es que no es justificable de ningún modo?

Claire caviló unos instantes.

—Supongo que si tu médico de cabecera no estuviera disponible y tú estuvieras atravesando una crisis, entonces sería justificable.

—Él no está disponible y yo atravieso una crisis con todas las de la ley. —Web decía la verdad porque en aquellos momentos se sentía como si estuviera de nuevo en el patio, incapaz de moverse, incapaz de hacer absolutamente nada para ayudar, impotente. Si Claire le decía que no, Web creía que no podría levantarse y marcharse.

Sin embargo, ella le condujo por el pasillo hasta su consulta y cerró la puerta. Web miró a su alrededor. Los consultorios de Claire y O'Bannon no podían ser más diferentes. Las paredes eran de un gris apagado en lugar de blancas y resultaban acogedoras con las cortinas estampadas con un toque femenino en vez de los tonos industriales. Había fotografías colgadas por todas partes, sobre todo de personas, probablemente familiares. Los diplomas ponían de manifiesto los admirables logros académicos de Claire Daniels: títulos de las universidad de Brown y Columbia y el diploma médico de Stanford. En una mesa había un recipiente de cristal con una etiqueta que decía: «Terapia en un tarro.» Había velas apagadas sobre las mesas y lámparas con forma de cactus en dos de los rincones. En las estanterías y en el suelo había docenas de animales de peluche, y un sillón de cuero apoyado en una pared. ¡Y, por todos los dioses, Claire Daniels tenía un diván!

—¿Quieres que me siente ahí? —dijo señalándolo al tiempo que intentaba no perder el control de sí mismo. De repente, deseó no estar armado porque comenzaba a sentirse un tanto confuso.

—De hecho, si no te importa, prefiero el diván —dijo ella.

Web se desplomó en el sillón y luego la observó cambiarse los zapatos bajos por unas zapatillas que estaban junto al diván. La momentánea visión de los pies descalzos le había provocado una reacción inesperada. No se trataba de algo sexual; le recordó la piel ensangrentada en el patio, los restos del Equipo Charlie. Claire se sentó en el diván, sacó un bloc de notas y un bolígrafo de una mesita y destapó el bolígrafo. Web respiró y exhaló rápidamente varias veces para calmarse.

—O'Bannon no toma notas durante las sesiones —comentó Web.

—Lo sé —replicó ella con una sonrisa sardónica—. No creo que mi memoria sea tan buena como la suya. Lo siento.

—Ni siquiera te he preguntado si estás en la lista de profesionales externos aprobada por el FBI. Sé que O'Bannon está en la lista.

—Yo también. Y tu supervisor tendrá constancia de esta sesión. Política del FBI.

—Pero no del contenido.

—No, por supuesto que no. Sólo que nos hemos reunido. Aquí se aplican las mismas reglas básicas de confidencialidad que en una relación normal entre psiquiatra y paciente.

—¿Reglas básicas?

—Existen modificaciones, Web, debido al carácter especial de tu trabajo.

—O'Bannon me lo explicó, pero creo que nunca llegó a quedarme claro del todo.

—Bueno, si durante la sesión se desvela algo que supone una amenaza para ti o para otros, tengo la obligación de comunicárselo a tu supervisor.

—Supongo que es lo justo.

—¿Eso crees? Bueno, desde mi punto de vista me proporciona una gran arbitrariedad porque lo que para uno parece propicio, para otro es una auténtica amenaza. O sea, que no sé si esa política es muy justa para ti. Pero, para que lo sepas, nunca he tenido la oportunidad de emplear esa arbitrariedad y eso que llevo mucho tiempo trabajando para el FBI, el DEA y otras agencias encargadas de hacer cumplir la ley.

—¿Qué otras cosas tienes que revelar?

—El consumo de drogas o terapias específicas.

—Bueno. El FBI insiste mucho en eso, lo sé —dijo Web—. Tienes que informar incluso de los medicamentos que se compran sin receta. A veces es un auténtico coñazo. —Miró a su alrededor—. Este sitio es mucho más agradable. La consulta de O'Bannon me recuerda a un quirófano.

—Todos enfocamos el trabajo de manera diferente. —Guardó silencio y clavó la mirada en la cintura de Web.

Web bajó la mirada y vio que la cazadora se le había abierto a esa altura, y la empuñadura de la pistola resultaba visible. Se subió la cremallera mientras Claire miraba el bloc de notas.

—Lo siento, Web, pero no es la primera vez que veo a un agente armado. Aunque supongo que cuando no los ves a diario...

—Asustan lo suyo —terminó Web.

Web observó el despliegue de juguetes de peluche.

—¿Para qué tantos animales de peluche?

—Tengo muchos pacientes que son niños —dijo, y añadió—: por desgracia. Los animales les ayudan a relajarse. A decir verdad, también a mí me ayudan a relajarme.

—Cuesta creer que los niños necesiten psiquiatras.

—La mayoría tiene problemas alimenticios, bulimia, anorexia. Suele tratarse de temas de control entre ellos y sus padres, por lo que tienes que orientar al niño y a los padres. No es un mundo fácil para los niños.

—Tampoco es una maravilla para los adultos.

Claire le miró con una expresión que Web interpretó como un juicio rápido.

—Has vivido mucho.

—Más que algunos, menos que otros. No me irás a hacer el test de las manchas de tinta, ¿verdad? —Lo dijo en broma, pero en realidad no bromeaba.

—Los psicólogos realizan el test de Rorschach, el CPMM y los tests neuronales. Yo soy una humilde psiquiatra.

—Tuve que hacer el CPMM cuando me alisté en el Rescate de Rehenes.

—El Cuestionario de Personalidad Multifásica de Minnesota, lo conozco.

—Está pensado para descubrir a los colgados.

—Es una forma de decirlo, sí. ¿Sirvió de algo?

—Algunos no lo pasaron. Yo entendí cuál era la finalidad del test y me limité a mentir de principio a fin.

Claire Daniels arqueó levemente las cejas y volvió a mirar en dirección al arma.

—Eso resulta reconfortante.

—Supongo que no entiendo muy bien la diferencia. Es decir, entre los psicólogos y los psiquiatras.

—Un psiquiatra tiene que superar los EAFM, los Exámenes de Acceso a la Facultad de Medicina, y luego pasar cuatro años en la facultad. Luego tienes que ser residente en psiquiatría durante tres años en un hospital. También hice un cuarto año de residente en psiquiatría forense. Como doctores en medicina, los psiquiatras también recetan medicamentos, mientras que los psicólogos, por lo general, no.

Web unió y separó las manos nerviosamente.

Claire le observaba con atención.

—¿Quieres que te cuente cómo trabajo? Luego, si te parece bien, podemos continuar. ¿Trato hecho? —Web asintió y Claire se recostó en los cojines—. Como psiquiatra, me baso en la comprensión de las pautas del comportamiento humano normal de modo que puedo reconocer las conductas que se salen de la norma. Hay un ejemplo obvio que conoces de sobra: los asesinos en serie. En la gran mayoría de los casos, esas personas sufrieron abusos constantes y terribles en la niñez. Ellos, a su vez, muestran pautas de odio desde jóvenes, como cuando torturan a animalitos y pájaros para transmitir con gran determinación el dolor y la crueldad que han sufrido a criaturas vivas menos fuertes que ellos. A medida que crecen y se vuelven más atrevidos y fuertes se desahogan con animales más grandes y, finalmente, acaban haciéndolo con seres humanos cuando son adultos. De hecho, se trata de una progresión bastante predecible.

»También tienes que escuchar con una especie de tercer oído. Me creo lo que me cuentan, pero también busco pistas subyacentes en sus palabras. Los humanos siempre hablan con dobles sentidos. Un psiquiatra adopta muchos papeles, a veces al mismo tiempo. La clave consiste en escuchar, escuchar de verdad lo que te dicen con palabras, lenguaje corporal y cosas así.

—Vale, ¿cómo te gustaría empezar conmigo?

—Normalmente le pido al paciente que rellene un cuestionario sobre su pasado, pero creo que en tu caso me lo saltaré. De ser humano a ser humano —añadió con una sonrisa cariñosa.

Web sintió que por fin se relajaba.

—Pero hablemos un poco de tu pasado, la información más típica. Entonces podremos seguir.

Web exhaló un suspiro.

—En marzo cumpliré treinta y ocho años. Empecé a estudiar y, no sé muy bien cómo, acabé en la Facultad de Derecho de Virginia y logré acabar la carrera. Luego trabajé de abogado durante seis meses en Alexandria hasta que caí en la cuenta de que aquella vida no era para mí. Decidí presentarme al FBI junto con un colega. Se trataba de un capricho, para ver si éramos capaces de hacerlo. Yo lo conseguí, él no. Sobreviví a la academia y llevo trece afortunados años en el FBI. Comencé como agente especial y adquirí experiencia con esto y aquello en una serie de oficinas de campo por todo el país. Hace unos ocho años me presenté al ERR, que es el Equipo de Rescate de Rehenes. Forma parte del GRIG, el Grupo de Respuesta para Incidentes Graves, aunque se trata de una creación bastante reciente. Te hacen polvo en el proceso de selección y el noventa por ciento de los solicitantes no pasan la prueba. Primero te privan del sueño, te destrozan físicamente y te obligan a tomar decisiones de vida o muerte en cuestión de segundos. Te hacen trabajar y sacrificarte como parte del equipo pero sin dejar de competir con los demás porque, sencillamente, no hay muchas plazas disponibles. Lo que se dice un paseíto por el parque. Vi venirse abajo a ex de la Navy SEAL, a tipos de las Fuerzas Especiales e incluso a los Delta. Los vi llorar, desmayarse, alucinar, amenazar con suicidarse o llevar a cabo matanzas, cualquier cosa con tal de que sus torturadores parasen. Por puro milagro, logré pasar y estuve otros cinco meses en la Escuela de Entrenamiento para Agentes Nuevos, la EENA. Por si no te habías dado cuenta, al FBI le encantan las siglas. Tenemos nuestra sede en Quantico. Ahora mismo soy un asaltante. —Claire parecía confusa—. El ERR tiene la Unidad Azul y la Dorada, y cada una consta de cuatro equipos. Están en contacto constante, de modo que podemos ocuparnos de dos crisis distintas a la vez. La mitad de los equipos se compone de asaltantes, que es la principal fuerza de ataque, y la otra mitad de francotiradores. Los francotiradores se entrenan en la Escuela de Francotiradores de los marines. Nos intercambiamos periódicamente. Comencé de francotirador. Solían llevarse la peor parte, aunque la situación mejoró tras la reorganización del ERR en 1995. De todos modos, sigues tirado en el barro, la lluvia y la nieve durante semanas, espiando al objetivo, descubriendo las debilidades de tus oponentes, las que después te ayudarán a matarlos. O quizás a salvarlos porque, al observarlos, tal vez veas algo que te indique que no dispararán en algunas circunstancias. Esperas a que llegue el momento adecuado para disparar, sin saber si tus disparos desatarán una maldita tormenta.

—Lo dices como si lo hubieras vivido.

—Una de mis primeras misiones fue Waco.

—Entiendo.

—Ahora mismo estoy en el Equipo Charlie, de la Unidad Azul.

—«Estaba», se corrigió mentalmente. El Equipo Charlie ya no existía.

—O sea que no eres un agente del FBI per se, ¿no?

—No, todos lo somos. Tienes que pasar al menos tres años en el FBI y obtener un rendimiento óptimo para presentarte al ERR. Llevamos las mismas insignias, las mismas credenciales. Pero los del ERR somos muy reservados. Instalaciones separadas, ninguna responsabilidad aparte de las del ERR. Entrenamos juntos. Técnicas básicas, nodos, BCC.

—¿Qué es eso?

—Los nodos son el entrenamiento para armas y combate. BCC significa entrenamiento para Batallas Cerca de Casa. Las armas y el BCC son las técnicas más perecederas, por lo que no dejamos de trabajar en ellas.

—Suena muy militar.

—Lo es. Y somos muy militares. Nos dividimos en entrenamiento y servicio activo. Si estás de servicio y aparece una misión, participas. El tiempo de inactividad de los agentes en servicio activo se emplea en proyectos especiales y técnicas especiales como ascender por cuerda, descender en rappel, entrenamiento tipo SEAL, primeros auxilios. Y también hay técnicas de campo, lo que llamamos fisgonear y matarse a entrenar en el bosque. Los días pasan volando, créeme.

—Estoy segura —dijo Claire.

Web se miró los zapatos y permanecieron callados.

—Cincuenta machos alfa juntos no siempre es algo bueno —dijo sonriendo—. Siempre intentamos ser mejor que el otro. ¿Te suenan las armas Taser, las que arrojan dardos electrificados y paralizan a las personas?

—Sí, las he visto.

—Pues bueno, una vez hicimos una prueba para ver quién era el primero en recuperarse después de que te dispararan uno de esos dardos.

—¡Dios mío!

—Sí, una locura. No gané. Me caí como si me hubiera embestido un jugador de rugby. Pero ésa es nuestra mentalidad. Ultracompetitiva. —Adoptó un tono más serio—. Pero somos buenos en nuestro trabajo, que no es precisamente fácil. Hacemos lo que nadie quiere hacer. Nuestro lema oficial es: «Salvar vidas.» Y casi siempre lo conseguimos. Intentamos tener en cuenta todas las contingencias, pero apenas hay margen para los errores. Y que todo salga bien o no, a veces depende de una cadena en una puerta que no te esperabas al realizar una entrada dinámica, o de girar a la izquierda en lugar de a la derecha o de no disparar en vez de abrir fuego. Y hoy día, si el objetivo sufre un pequeño rasguño mientras intenta volarnos la tapa de los sesos, todos empiezan a gritar y a demandar y los agentes del FBI comienzan a caer como moscas. Si me hubiera largado después de lo de Waco, quizá mi vida sería diferente.

—¿Por qué no lo hiciste?

—Porque conozco muchas técnicas que puedo emplear para proteger a los ciudadanos honestos. Para proteger los intereses de este país de quienes harían daño a los ciudadanos y al país.

—Suena muy patriótico. Pero los cínicos te llamarían la atención sobre esa filosofía.

Web la miró fijamente a los ojos durante varios segundos antes de replicar.

—¿Cuántos de los expertos que salen en la tele han tenido alguna vez una escopeta recortada metida en la nariz mientras algún delincuente ciego de metanfetaminas tiene el dedo en el gatillo y decide si acabar con su vida o no? ¿Cuántos de ésos han esperado una eternidad en algún lugar perdido de Norteamérica mientras un psicópata que se cree Jesucristo, y que ha leído en su libro sagrado que no pasa nada si se tira a los hijos pequeños de sus discípulos, juega con la psique de todo el país y luego acaba sus quince minutos de fama en una bola de fuego que engulle también a todos los niños que habían sufrido abusos? Si a los cínicos les molesta mi motivación o mis métodos, les invito a que hagan mi trabajo. No durarían ni dos segundos. Esperan que los buenos sean perfectos en un mundo que no es así. Y no importa que los malos le hayan arrancado la cabeza a miles de bebés porque sus abogados te las harán pasar canutas mientras intentas arrestarlos. Los altos mandos del FBI se equivocan cuando dictan órdenes y algunos no deberían tener los trabajos que tienen porque son unos incompetentes. No estuve en Ruby Ridge, pero fue un desastre desde el comienzo y los del FBI fueron los principales culpables de la muerte de inocentes. Pero, en última instancia, es a tipos como yo a quienes, siguiendo esas órdenes, les cortan los huevos porque tuvieron la «audacia» de arriesgar sus vidas para hacer lo que creían que era correcto y les pagan una mierda por el privilegio. Ése es mi mundo, doctora Daniels. Bienvenida al infierno.

Web respiró hondo, comenzó a temblar y miró a Claire, que parecía tan atónita como él.

—Lo siento —dijo Web finalmente—. Cuando se habla del tema me vuelvo un idiota «patriótico».

—Creo que debería disculparme —dijo Claire en tono contrito—. Estoy segura de que a veces tu trabajo te resulta ingrato.

—Empiezo a darme cuenta ahora.

—Háblame de tu familia —dijo ella tras unos segundos de incómodo silencio.

Web se recostó y colocó las manos detrás de la cabeza mientras realizaba varias respiraciones rápidas. «Sesenta y cuatro pulsaciones por minuto, Web, eso es lo único que necesitas, tío. Sesenta y cuatro por minuto. ¿Es tan difícil?» Se inclinó hacia delante.

—Claro. Por supuesto. Soy hijo único. Nací en Georgia. Nos mudamos a Virginia cuando tenía unos seis años.

—¿Quién es «nos»? ¿Tu padre y tu madre?

Web negó con la cabeza.

—No, sólo mi madre y yo.

—¿Y tu padre?

—No vino. El Estado quería retenerle más tiempo allí.

—¿Trabajaba para el Gobierno?

—En cierto modo. Estaba encarcelado.

—¿Qué le sucedió?

—No lo sé.

—¿No tenías curiosidad?

—Si la hubiera tenido, la habría satisfecho.

—Bien. Llegasteis a Virginia. ¿Qué ocurrió luego?

—Mi madre volvió a casarse.

—¿Qué tal tu relación con tu padrastro?

—Buena.

Claire no dijo nada, como si esperara que Web prosiguiera. Cuando se percató de que no lo haría, añadió:

—Háblame de la relación con tu madre.

—Murió hace nueve meses, así que ya no tenemos ningún tipo de relación.

—¿De qué murió? Si no te molesta que te lo pregunte.

—De la gran A.

Claire parecía confusa.

—¿Te refieres a la gran C? ¿Cáncer?

—No, me refiero a la gran A, alcoholismo.

—Dices que te presentaste al FBI por una especie de capricho. ¿No crees que habría otras razones?

Web le clavó una mirada fugaz.

—¿Quieres decir que me hice poli porque mi padre era un sinvergüenza?

Claire sonrió.

—Esto se te da bien.

—No sé por qué sigo con vida, Claire —dijo Web con voz queda—. Lo normal sería que estuviera muerto con los de mi equipo. Todo esto me está volviendo loco. No quería ser el único superviviente.

Claire borró rápidamente la sonrisa.

—Eso parece un aspecto importante. Hablemos de ello.

Web se frotó las manos. Luego se incorporó y miró por la ventana.

—Todo esto es confidencial, ¿no?

—Sí —replicó Claire—. Absolutamente confidencial.

Web volvió a sentarse.

—Llegué al callejón. Mi equipo y yo movemos el culo, estamos junto al punto de ataque y entonces… y entonces… ¡Mierda, me quedé paralizado! No sé qué coño pasó. Mi equipo entró en el patio y yo no pude. Finalmente, logré moverme pero era como si pesase mil kilos y tuviera bloques de cemento en vez de pies. Y me desplomé porque no podía mantenerme en pie. Me vine abajo. Y entonces… —Se calló, se llevó una mano a la cara, a la parte sana, y se apretó con fuerza, como si quisiera impedir que las ideas salieran de allí—. Y entonces las ametralladoras empezaron a disparar. Y yo sobreviví. Sobreviví, y los de mi equipo no.

Claire lo miraba atentamente, con el bolígrafo inmóvil en la mano.

—Tranquilo, Web, tienes que sacarlo todo fuera.

—¡Lo que me faltaba! ¿Qué coño puedo añadir? Me rajé. ¡Soy un maldito cobarde!

—Web —dijo Claire cuidando las palabras—, sé que se trata de algo muy difícil para ti, pero me gustaría que repasaras todos los hechos que condujeron a tu «parálisis», como la has llamado. Con tanta exactitud como te sea posible. Quizá sea muy importante.

Web le contó todos los detalles; comenzó por el momento en que las puertas del Chevy se abrieron y siguió hasta el instante en que no pudo cumplir con su trabajo, cuando vio morir a sus compañeros. Al terminar se sintió atontado, como si hubiera entregado su alma junto con una historia lastimera.

—Debiste experimentar una sensación paralizante —dijo Claire—. ¿Has tenido síntomas parecidos con anterioridad, antes de que te alcanzara de lleno? ¿Algo como un drástico cambio del número de pulsaciones, la respiración entrecortada, una sensación de terror, sudores fríos, la boca seca?

Web caviló al respecto mientras repasaba mentalmente todo lo sucedido. Comenzó a negar con la cabeza, pero entonces recordó algo.

—Había un niño en el callejón. —No pensaba revelar a Claire Daniels el importante papel que Kevin Westbrook desempeñaba en la investigación; sin embargo, podía contarle un detalle—. Cuando pasamos junto a él dijo algo. Algo muy raro. Recuerdo que su voz sonaba como la de un viejo. Por su aspecto era fácil llegar a la conclusión de que la vida no le había sonreído demasiado.

—¿No recuerdas lo que dijo?

Web negó con la cabeza.

—No, pero era algo extraño.

—Sin embargo, lo que te dijo te hizo sentir algo, algo que iba más allá de la pena o compasión normales, ¿no?

—Escúchame bien, doctora Daniels…

—Llámame Claire, por favor.

—De acuerdo, Claire, no pretendo parecer un santo. En mi trabajo voy a antros horribles. Intento no pensar en todas las otras cosas, como los niños.

—Da la sensación de que creías que de ese modo no podrías hacer tu trabajo.

Web la miró fijamente.

—¿Crees que eso fue lo que quizá me pasó? ¿Que vi al niño y me activó algo en el cerebro?

—Es posible, Web. Una neurosis de guerra, un síndrome de fatiga postraumática que provoca una parálisis física junto con muchas otras debilitaciones físicas. Ocurre más a menudo de lo que la gente cree. El estrés del combate es muy especial.

—Pero todavía no había ocurrido nada. Nadie había disparado.

—Llevas haciendo esto muchos años, Web; se puede acumular en tu interior y el «efecto» de esa acumulación se manifiesta en el momento más inoportuno y del modo más desafortunado. No eres la primera persona que se dispone a «batallar» y tiene ese tipo de reacción.

—Bueno, es la primera vez que me ha pasado a mí —dijo Web—. Y mi equipo había vivido tanto como yo, y ninguno de ellos se bloqueó.

—Aunque fue la primera vez que te ocurrió, Web, tienes que comprender que todos somos diferentes. No debes compararte con los demás. No es justo.

Web la señaló con un dedo.

—Te diré lo que es justo. Lo justo es que hubiera hecho algo útil aquella noche. Podría haber hecho algo, haber visto algo que hubiera prevenido a los míos, y quizás ellos seguirían con vida y yo no estaría sentado aquí hablando contigo sobre por qué murieron.

—Comprendo que estés enfadado y que la vida no suele ser justa. Estoy segura de que has visto cientos de ejemplos como ése. La clave consiste en encontrar el mejor método para abordar lo que ocurrió.

—¿Cómo abordas exactamente algo así? No hay nada peor.

—Sé que te parecerá imposible, pero sería peor si no pudieras superar tus dificultades y seguir adelante con tu vida.

—¿Vida? Oh, sí, claro, supongo que me queda algo de vida. ¿Me la cambias? Haremos un buen trato.

—¿Quieres volver al ERR? —preguntó Claire directamente.

—Sí —replicó Web de inmediato.

—¿Estás seguro?

—Completamente.

—Entonces ése es el objetivo que tenemos que conseguir.

Web se pasó una mano por el muslo y se detuvo al llegar al bulto de la pistola.

—¿Crees que es posible? En el ERR, si no estás mental o físicamente a la altura, bueno, te quedas fuera. —Fuera, pensó, del único lugar en el que se había sentido integrado.

—Lo intentaremos, Web, es lo único que podemos hacer. Pero yo también soy bastante buena en mi trabajo. Y te prometo que haré cuanto pueda para ayudarte. Sólo necesito tu cooperación.

Web la miró directamente a los ojos.

—De acuerdo, cuenta con ella.

—¿Hay algo en este momento de tu vida que te resulte particularmente molesto? ¿Algún asunto estresante que se salga de lo normal?

—No.

—Has dicho que tu madre murió hace poco.

—Sí.

—Háblame de vuestra relación.

—Habría hecho lo que fuera por ella.

—¿Debo interpretar eso como que estabas muy unido a ella? —Web vaciló tanto que, finalmente, Claire añadió—: Web, ahora mismo la verdad es lo más importante de todo.

—Tenía problemas. La bebida, por ejemplo. Y odiaba cómo me ganaba la vida.

Claire volvió a mirar hacia el lugar en el que Web llevaba el arma.

—No es algo raro tratándose de una madre. Tu trabajo es muy peligroso. —Claire le miró a la cara y bajó la vista de inmediato. Sin embargo, Web se percató.

—Es posible —dijo sin alterarse, al tiempo que apartaba el lado desfigurado; se trataba de un movimiento que había aprendido a realizar con tanta habilidad que ni siquiera se daba cuenta.

—Hay algo por lo que siento curiosidad. ¿Qué heredaste de ella? ¿Te dejó algo que te resulte especial?

—Me dejó la casa. Bueno, no me la dejó porque no tenía testamento. Pero, por ley, pasó a ser mía.

—¿Piensas vivir en esa casa?

—¡Jamás!

A Claire le sobresaltó el tono.

—Es decir, tengo mi propia casa. No necesito la suya —se apresuró a añadir Web.

—Entiendo. —Claire realizó una anotación y luego pareció cambiar de tema a propósito—. Por cierto, ¿te has casado alguna vez?

Web negó con la cabeza.

—Bueno, al menos no de forma convencional.

—¿A qué te refieres?

—Los otros tipos del equipo tenían familia. Gracias a ellos es como si tuviera un montón de mujeres e hijos.

—O sea que estabas muy unido a ellos, ¿no?

—En nuestro trabajo tiendes a agruparte. Cuanto mejor conoces a los demás, mejor trabajas en grupo y, a veces, eso te salva la vida. Además, eran unos tipos estupendos. Me gustaba estar con ellos. —En cuanto hubo terminado de pronunciar esas palabras volvió a sentir el malestar en el estómago. Se incorporó de un salto y se dirigió hacia la puerta.

—¿Adónde vas? —le preguntó Claire, estupefacta—. Acabamos de empezar. Nos queda mucho por hablar.

Web se detuvo junto a la puerta.

—Ya he hablado bastante por el momento.

Cerró la puerta tras de sí y Claire no hizo ademán de seguirle. Dejó a un lado el bloc y el bolígrafo y clavó la mirada en la puerta.

9

En el Cementerio Nacional de Arlington, Percy Bates salió del centro de información y siguió la carretera pavimentada que conducía a la Custis-Lee House. Después de que Robert E. Lee hubiera elegido su estado natal, Virginia, y el liderazgo de las fuerzas confederadas en lugar de una oferta similar de los bostonianos al comienzo de la guerra de Secesión, el gobierno federal había respondido al rechazo de Lee confiscándole su casa. Según se cuenta, la administración de Lincoln había ofrecido devolver la propiedad al general confederado durante la guerra. Lo único que tenía que hacer era ir y pagar los impuestos atrasados. En persona. Lee, por supuesto, no había aceptado la oferta de Lincoln y sus propiedades se convirtieron en lo que en la actualidad se consideraba el cementerio nacional más prestigioso del país. Ese fragmento histórico siempre había hecho sonreír a Bates, que había nacido en Michigan, aunque ahora la mansión era una especie de monumento histórico en honor a Lee y recibía el nombre popular de Arlington House.

Bates llegó a la parte frontal de la casa y contempló la que, para muchos, era la mejor vista de Washington y, quizá, del país. Desde allí, toda la capital yacía a los pies de uno. Bates se preguntó si el viejo Bobby Lee pensaría en eso cuando se levantaba por las mañanas y miraba el paisaje.

El cementerio abarcaba unas doscientas cincuenta hectáreas de terreno y estaba repleto de sencillas lápidas de color blanco. Había también varios recargados monumentos a los caídos, erigidos por los supervivientes u otras personas agradecidas; sin embargo, la multitud de lápidas blancas, que vistas desde el ángulo correcto daban la impresión de ser un terreno cubierto de nieve incluso en verano, era lo que la mayoría recordaba tras una visita. El cementerio de Arlington era la última morada de los soldados norteamericanos muertos mientras luchaban por su país, los generales de cinco estrellas, un presidente asesinado, siete jueces del Tribunal Supremo, exploradores, personajes célebres y muchos otros que tenían derecho a ser sepultados en ese sepulcro nacional. Había más de doscientas mil personas enterradas y el número aumentaba a un ritmo de dieciocho cuerpos por día laborable.

Bates había ido allí en numerosas ocasiones. A veces para asistir al funeral de amigos y compañeros. Otras, cuando su familia tenía visita en la ciudad, como una especie de guía turístico. Uno de los pasatiempos preferidos consistía en ver el cambio de la guardia por parte de miembros del III de Infantería del Ejército, quienes vigilaban día y noche las Tumbas de los soldados Desconocidos. Bates consultó su reloj. Llegaría justo a tiempo si se apresuraba.

Al llegar a la zona de las tumbas vio que la multitud ya se estaba apiñando, sobre todo visitantes con sus cámaras y sus hijos. La guardia de servicio realizaba la rutina, terriblemente precisa, de avanzar veintiún pasos, detenerse veintiún segundos, cambiar el rifle de hombro y luego regresar por el mismo sendero estrecho.

Bates se había preguntado más de una vez si los rifles estarían cargados. Aunque no lo estuvieran, Bates creía que si alguien intentaba saquear o profanar una de las tumbas se toparía con una respuesta rápida y dolorosa. Si existía un terreno sagrado para los militares en el país, era aquél. El cementerio de Arlington estaba a la altura de Pearl Harbor.

Cuando comenzó el cambio de guardia, la multitud se acercó para tomar las mejores fotografías; Bates miró hacia la izquierda y luego se abrió paso por entre las hileras de turistas y bajó los escalones. El cambio de guardia era una ceremonia elaborada y tardaba bastante en acabar. El espectáculo atrajo a cuantos estaban en el cementerio, salvo a Percy Bates.

Paseó por el enorme anfiteatro, situado junto a la zona de las tumbas. Siguió caminando, cruzó el Memorial Drive y rodeó el *Challenger* Space Shuttle Memorial. Luego dio la vuelta y entró en el anfiteatro. Descendió hasta el escenario, con sus grandes columnas, frontones y balaustradas; se dirigió hacia un muro y sacó un mapa del cementerio, lo sostuvo en alto y lo estudió.

El hombre estaba oculto, y ni Bates ni nadie le veía. Llevaba un arma en la pistolera y, mientras se acercaba al lugar en el que se encontraba Bates, la sujetaba por la empuñadura. Había seguido a Bates por todo el cementerio y se había asegurado de que el agente del FBI iba solo. Se acercó un poco más.

—Hasta que no me hiciste la seña pensaba que no vendrías —dijo Bates. El mapa le ocultaba por completo el rostro, por lo que nadie podría vérselo.

—Tenía que asegurarme de que las condiciones fueran correctas —dijo Randall Cove. Seguía oculto tras una parte del muro.

—Me aseguré de que nadie me siguiera.

—Hagamos lo que hagamos, siempre habrá alguien que lo hará mejor.

—No pienso discutírtelo. ¿Cómo es que siempre te gusta quedar en un cementerio?

—Me gusta la paz y la tranquilidad. Los lugares así escasean. —Hizo una breve pausa y añadió—: Me tendieron una trampa.

—Me lo imaginaba. Pero tengo seis hombres muertos y el séptimo tiene problemas. ¿Te la jugaron desde dentro? En lugar de matarte, ¿te pasaron un montón de mierda para jugársela al ERR? Necesito saber los detalles, Randy.

—Yo mismo estuve en ese maldito edificio. Entré como jugador potencial con esos tipos y quise comprobar la operación. Vi escritorios, archivos, ordenadores, dinero en efectivo, producto, tipos que no dejaban de hablar de números, y toda la pesca. Lo vi con mis propios ojos. No os llamo para algo como eso a no ser que lo haya visto en persona. No soy un principiante.

—Lo sé. Pero cuando llegamos no había nada en el edificio. Aparte de las ocho ametralladoras destrozadas.

—Exacto. Destrozadas. Háblame de London. ¿Confías en él?

—Como en cualquier otro.

—¿Qué se cuenta? ¿Por qué sigue vivito y coleando?

—No creo que lo sepa. Dice que se quedó paralizado.

—En el momento justo.

—Se cargó las ametralladoras. Salvó al niño.

—Un niño muy especial. Kevin Westbrook.

—Eso dicen.

—Nos metimos en esto persiguiendo al Westbrook mayor porque los de arriba pensaban que había llegado el momento de acabar con él para hacerse los héroes. Pero cuanto más averiguaba, más sabía que no era un pez gordo, Perce. Se gana bien la vida, pero no es un pez gordo. No va por ahí cargándose a nadie, trata de pasar desapercibido.

—Pero si no fue él, ¿quién fue entonces?

—En la ciudad hay unos ocho traficantes importantes y Westbrook es uno de ellos. En conjunto venden una tonelada de esa mierda. Ahora bien, multiplica esa cantidad por todas las principales áreas metropolitanas de aquí hasta Nueva York y al sur hasta Atlanta, y entonces estaremos hablando de algo muy serio.

—¿Quieres decir que un grupo controla todo ese tráfico? Imposible.

—No, pero creo que un grupo controla el tráfico de Oxycontin desde las áreas rurales hasta las metropolitanas por toda la Costa Este.

—¿Oxycontin? ¿El medicamento que se vende con receta?

—Exacto. Lo llaman la heroína de los paletos porque el tráfico ilegal comenzó en las zonas rurales, pero está llegando a las ciudades. Bueno, ya sabes que ahí es donde está la pasta gansa. Los pueblerinos no tienen el mismo dinero que la gente de ciudad. Es una morfina sintética, para los dolores crónicos o para los enfermos terminales. Los consumidores la machacan, esnifan, fuman o inyectan y flipan como si se hubieran chutado heroína.

—Sí, salvo que es de liberación lenta y si te tomas una pastilla y te saltas el tiempo de liberación puedes acabar muerto.

—Cien muertos y la suma sigue. No es tan potente como la heroína, pero coloca el doble que la morfina y es un fármaco legal, así que algunos creen que es seguro incluso si se abusa de él. Hay viejos en la calle que venden una pastilla para cubrir el coste del resto de sus recetas porque con el seguro no les llega. O los médicos entregan recetas falsas o se producen robos en las farmacias o en las casas de los pacientes que lo emplean.

—Mala cosa —convino Bates.

—Por eso el FBI y el DEA han aunado sus esfuerzos en el trabajo conjunto. Y no sólo se trata del Oxy, sino también de sustancias más conocidas como el Percocet y el Percodan. Ahora puedes conseguir «Perks» en la calle por unos diez o quince pavos la dosis. Pero no tienen el mismo impacto que el Oxy. Tendrías que tomarte dieciséis tabletas de Percocet para pillar el colocón que da una pastilla de un miligramo ochenta de Oxy.

Durante la conversación, Bates había mirado a su alrededor en varias ocasiones para ver si alguien le observaba, pero no parecía haber nadie. Bates llegó a la conclusión de que Cove, de hecho, había elegido un buen lugar para reunirse ya que nadie le veía, y dado el modo en que Bates sostenía el mapa en dirección al muro, parecía un turista intentando orientarse.

—El Gobierno vigila la administración de los estupefacientes controlados, por supuesto, y así con un médico y una farmacia basta para despachar decenas de miles de las mismas pastillas, lo que provoca cierto revuelo, pero no tienes que preocuparte de cruzar la frontera —dijo Bates.

—Exacto.

—¿Puede saberse, Randy, por qué no estabas enterado de la historia del Oxy?

—Porque acababa de darme cuenta. No sabía que había tráfico de Oxy cuando me metí en esto. Pensaba que se trataba de lo de siempre, coca y heroína. Pero luego empecé a ver y a oír cosas. La mayor parte del fármaco parece proceder de pequeñas zonas de los Apalaches. Durante mucho tiempo no fueron más que operaciones familiares, sobre todo de gente enganchada a la droga. Pero he notado que ahí fuera hay una única fuerza que lo está organizando todo y enviando el fármaco a las grandes ciudades. Ése es el siguiente paso. Podría ser un auténtico chollo y alguien ya se ha dado cuenta, al menos aquí. Convertirlo en un verdadero tráfico de drogas, pero con un margen de beneficios tres veces mayor que el de los cárteles o de cualquier organización y corriendo muchos menos riesgos. Ésos son a los que buscamos. Eran los que yo creía que traficaban en el edificio que atacó el ERR. Pensaba que sería la operación del siglo si nos hacíamos con los contables. Y tiene sentido esconder el centro de proceso de información económica en una gran ciudad.

—Porque en las zonas rurales algo así llamaría la atención —concluyó Bates.

—Exacto. Y no les faltan incentivos. Digamos que te propones colocar un millón de pastillas a la semana en la calle con un valor de reventa de mil millones; bueno, ya me entiendes.

—Pero el encargado de pasar el producto no tiene incentivo alguno para cargarse a una unidad del ERR. Eso les traerá problemas que no necesitan para nada. ¿Por qué hacer algo así?

—Lo único que puedo decirte es que la operación que vi en ese edificio no era la de Westbrook. Era enorme. Muchísima actividad, mucha más de la que podría generar su negocio. Si hubiera creído que se trataba de Westbrook, no habría dado luz verde al ataque del ERR. Habríamos capturado a un pez normal y el gordo se habría escabullido. Dicho eso, creo que Westbrook distribuye el producto en Washington, y otras bandas también. Pero no tengo pruebas concluyentes. Ese tipo es listo y ha visto de todo.

—Sí, pero conoces a uno de los suyos. Eso ya es mucho.

—Exacto, pero en mi trabajo el que se chiva hoy, mañana es hombre muerto.

—Así que alguien nos ha montado un numerito a lo Broadway al llenar ese almacén y dar la impresión de que se trataba de una importante operación de narcotráfico. ¿Se te ocurre algo al respecto?

—No. Después de que os pasara la información y se preparara el golpe, quien me la jugó ya no me necesitaba. Me imagino que tengo suerte de estar vivo, Perce. De hecho, me pregunto por qué sigo con vida.

—Web London también. Supongo que después de una matanza muchos se lo preguntan.

—Ya, pero alguien intentó liquidarme después del golpe del ERR. Me costó el Bucar y un par de costillas rotas.

—¿Por qué no nos lo dijiste? Tienes que presentarte, Randy, y elaborar un informe completo, para que así resolvamos todo esto.

Bates volvió a mirar a su alrededor. El encuentro se estaba alargando demasiado. Tendría que empezar a moverse dentro de muy poco. No podría pasarse todo el día mirando el mapa del cementerio sin levantar sospechas. Pero no quería marcharse sin Randall Cove.

—No pienso hacerlo, Perce —replicó Cove en un tono que hizo que Bates bajara un poco el mapa—. No pienso hacerlo porque estamos de mierda hasta el cuello.

—¿A qué te refieres exactamente? —preguntó Bates.

—A que esta mierda viene de dentro y no pienso poner mi vida en manos de nadie a no ser que esté seguro de que jugarán limpio conmigo.

—Esto es el FBI, Randy, no la KGB.

—Tal vez para ti. Siempre has sido de los de dentro, Perce. Yo no podría estar más afuera. Si me presento ahora, sin saber qué ha ocurrido, entonces quizá no vuelvan a encontrarme. Sé que muchos de los que mandan piensan que yo estaba detrás de lo que le pasó al ERR.

—Eso es una locura.

—¿Tan locura como que se carguen a seis tipos? ¿Cómo es posible que lo hicieran sin información confidencial?

—Esa mierda pasa en nuestro trabajo.

—Vale, supongo que no me dirás que no te has dado cuenta de que muchas cosas se han ido al garete, ¿no? Misiones desenmascaradas, dos agentes secretos asesinados el año pasado, equipos de arresto del FBI presentándose para hacer su trabajo pero encontrándose con que no tienen a quién detener, importantes redadas de drogas que se van al traste por culpa de los chivatazos. Creo que hay un soplón en el FBI que ha traicionado a muchos, incluido yo.

—No me vengas con teorías de conspiración, Randy.

—Quería que supieras que yo no estaba metido —afirmó Cove en un tono más relajado—. Tienes mi palabra porque es lo único que puedo darte ahora. Espero tener más en el futuro.

—O sea que tienes algo entre manos, ¿no? —se apresuró a decir Bates—. Randy, te creo, vale, pero hay personas ante quienes debo responder. Entiendo tus preocupaciones, han pasado un montón de cosas chungas y estamos intentando averiguar de dónde han salido, pero tú también deberías comprender mis preocupaciones. —Hizo una breve pausa—. Maldita sea, venga, te garantizo que si te presentas ahora te vigilaré como si fueras mi padre en el lecho de muerte, ¿vale? Espero que, después de todo lo que hemos pasado juntos, confíes en mí. Te he echado una mano más de una vez. —Cove no replicó—. Randy, dime qué necesitas para presentarte y veré lo que puedo hacer.

Cove seguía sin replicar. Bates soltó varias palabrotas y corrió hacia la parte posterior del muro. Vio una puerta que daba al exterior. Intentó abrirla, pero estaba cerrada. Rodeó corriendo el anfiteatro y salió al aire libre. La ceremonia del cambio de guardia estaba terminando y la multitud se había desperdigado por los senderos pavimentados y el cementerio. Bates miró por todas partes y supo que lo había perdido. A pesar de su corpulencia, Cove había aprendido a pasar desapercibido en cualquier lugar. Lo único que Bates sabía era que vestía de encargado del cementerio o de turista. Bates tiró el mapa a la basura y se alejó caminando con pesadez.

El barrio por el que Web conducía era idéntico a la mayoría de los de la zona. Humildes casas de la posguerra con forma de caja, entradas de gravilla y marquesinas metálicas. Los patios delanteros eran minúsculos, pero en la parte posterior había grandes espacios para el garaje, la parrilla y manzanos de tronco escindido que daban una sombra agradable. Era la tierra de las familias de clase obrera que todavía se enorgullecían de sus casas y nunca daban por sentado que sus hijos irían a la universidad. Aquel día los hombres trasteaban con los coches viejos en el ambiente fresco del garaje, las mujeres se reunían en las entradas de los porches para tomar café, fumar cigarrillos y cotillear bajo un sol que resultaba demasiado caluroso para esa época del año y un cielo que, por fin, se había despejado del todo tras la última tormenta. Niños con *shorts* y zapatillas recorrían las calles en patinetes que impulsaban con el pie.

Al aparcar frente a la casa de Paul Romano, Web vio a Paulie, que era como todos le llamaban, trabajando bajo el capó de un Corvette Stingray de época que era su joya y orgullo, mientras que su esposa e hijos estaban un poco por debajo en el contador del amor y la efusión. Paul Romano, nativo de Brooklyn, era el típico manitas de los de «ensuciarse las manos» y encajaba a la perfección en un barrio como aquél, repleto de mecánicos, encargados del tendido y mantenimiento de cables, camioneros y otros oficios por el estilo. La única diferencia residía en que Romano, si quería, podía matarte de cien formas distintas y, desde luego, poco se podía hacer para evitarlo. Paul Romano era de los que le hablaba a las armas y les ponía nombres como si fueran mascotas. La MP-5 se llamaba Freddy, como el Freddy de *Pesadilla en Elm Street*, y los dos 45 eran Cuff y Link, como las tortugas de la película *Rocky*. Sí, aunque resultara difícil de creer, Paul Romano era un fan incondicional de Sly Stallone… aunque siempre se quejaba de que el «dichoso personaje de Rambo es un debilucho».

Romano levantó la vista sorprendido mientras Web pasaba caminando a su lado y echaba un vistazo a las tripas del Corvette Nassau-Blue con una capota convertible blanca. Web sabía que el coche era de 1966, el primer año en que se fabricó el famoso motor de siete mil centímetros cúbicos con cuatrocientos cincuenta caballos; lo sabía porque Romano se lo había contado a él y al resto de compañeros del ERR más de mil veces. «Cuatro velocidades manuales. Velocidad máxima de doscientos sesenta por hora. Deja atrás a cualquier coche», le había dicho hasta que Web se hartó de escucharlo. «Coches patrulla, colgados y pasados de vuelta al volante de coches abandonados, la mitad de los coches reforzados que corren en las carreras con colisiones.»

Web se había preguntado a menudo qué se sentiría siendo un niño que recoge llaves inglesas y desguaza coches con su padre en la entrada de la casa. Y que aprende sobre los carburadores, los deportes, las mujeres, todas las cosas que hacían que valiese la pena vivir la vida. Algo como: «Eh, papá, cuando estás junto a ella, ya sabes, ¿a veces te preguntas lo de debería rodearla con el brazo y, quizá, poner la mano "allí"? Sí, allí, papá, ayúdame, tú también fuiste joven, ¿no? No me digas que nunca pensaste en eso porque estoy aquí, ¿no? ¿Y cuándo debería besarla? ¿Qué señales debo esperar? Papá, no te lo creerás, pero no entiendo a las mujeres. ¿Es más fácil cuando te haces mayor?» Y el padre le guiñaría el ojo, sonreiría de manera cómplice, se tomaría un trago de cerveza, daría una larga calada al Marlboro y se sentaría, se limpiaría las manos grasientas en un trapo y diría: «Vale, escúchame bien, jovencito, así es cómo funciona la cosa. Déjame que te lo explique y será mejor que lo anotes porque es la pura verdad, hijo.» Mientras observaba las entrañas del Corvette, Web se preguntó qué se sentiría en momentos como aquéllos.

Romano miró a Web y no mencionó el motor de cuatrocientos cincuenta caballos que podría con todos los colgados al volante de coches abandonados.

—La cerveza está en el refrigerador. A un pavo la lata. Y no te pongas cómodo —dijo.

Web abrió el pequeño Coleman que estaba a sus pies y sacó una Budweiser, aunque no dejó un dólar en concepto de pago.

—Bueno, Paulie, ya sabes que Bud no es la única. He comprado algunas cervezas de Sudamérica buenísimas que deberías probar.

—Claro, ¿con mi sueldo?

—Ganamos lo mismo.

—Tengo esposa e hijos, tú no tienes una mierda.

Romano le dio un par de vueltas más a la llave de tubo y luego pasó junto a Web y puso en marcha el motor. Tenía tal potencia que parecía que la delgada carcasa metálica no lo contendría.

—Ronronea como un gatito —dijo Web mientras sorbía la cerveza.

—Como un tigre, coño.

—¿Podemos hablar? Tengo varias preguntas.

—Tú y todo el mundo. Claro, adelante. Tengo todo el tiempo del mundo. ¿Qué coño se supone que debo hacer en mi día libre, divertirme? ¿Qué es lo que necesitas? ¿Unas mallas de ballet? Se lo preguntaré a mi mujer.

—Sabes que me gustaría que no te burlaras de mí en Quantico.

—Y a mí me gustaría que no anduvieses mandoneándome. Y ya que estamos, sal zumbando de mis propiedades. Tengo principios para la gente con la que salgo.

—Hablemos, Paulie. Me lo debes.

Romano le señaló con la llave.

—No te debo nada, London.

—Después de habernos pasado ocho años metidos en esta mierda, creo que nos debemos más de lo que nos imaginamos.

Los dos hombres se miraron directamente a los ojos, y Romano dejó por fin la llave, se limpió las manos, apagó el tigre y se dirigió hacia el patio trasero. Web lo interpretó como una invitación. Sin embargo, una parte de Web creía que Romano iba al garaje a buscar una llave más grande con la que golpearle.

En el patio trasero el césped estaba cortado, los árboles podados y un enorme rosal cubría un lateral del garaje. Debía de hacer unos veintisiete grados al sol, lo que se agradecía después de tanta lluvia. Sacaron un par de sillas y se acomodaron. Web observó a Angie, la mujer de Romano, tendiendo la ropa en una cuerda para que se secara. Angie era de Misisipí. Los Romano tenían dos hijos. Angie era menuda, tenía curvas, pelo rubio y largo, ojos verdes cautivadores y una mirada del tipo «déjame comerte con los ojos, cariño». Siempre coqueteaba, siempre te tocaba el brazo o te rozaba la pierna con el pie, siempre te decía que eras guapo, pero de forma más bien inocente. A veces sacaba de quicio a Romano, pero Web sabía que le encantaba que su mujer atrajera a otros tipos. Formaba parte del carácter de Romano. Sin embargo, cuando Angie Romano se cabreaba era mejor andarse con ojo. Web había visto su otra cara en algunas reuniones del ERR; esa mujercita era una auténtica arpía cuando quería; había logrado que tipos muy seguros de sí mismos que disparaban armas para ganarse la vida corrieran a protegerse cuando tenía ganas de pelea.

Paul Romano era un asaltante del Equipo Hotel, pero Web y él habían llegado juntos al ERR y ejercieron de francotiradores durante tres años en el mismo grupo. Romano había estado con los Delta antes de sumarse al FBI. Aunque tenía el mismo físico que Web, no muy musculoso, era fibroso. Nada podía con él, era imparable. Le hicieras lo que le hicieras, nunca se detenía. En una ocasión, durante una redada nocturna en el bastión caribeño de un narcotraficante, el bote de asalto había dejado a Romano demasiado lejos de la orilla y el tipo, cargado con treinta kilos de equipo, se había hundido casi cinco metros hasta el fondo del mar. En lugar de ahogarse, como le habría pasado a la mayoría, tocó fondo, se irguió, logró orientarse, aguantó la respiración durante «sólo» cuatro minutos, caminó hacia la orilla y participó en el ataque. Dado que se había producido un caos en las comunicaciones y el objetivo no estaba exactamente donde se suponía que debía estar, Romano había atrapado al narcotraficante después de haber matado a dos de sus guardaespaldas. Y de lo único que se había quejado era de haberse mojado el pelo y de haber perdido una pistola llamada Cuff.

Romano tenía tatuajes por todo el cuerpo, dragones, cuchillos y serpientes, y un corazoncito con la palabra ANGIE en el bíceps izquierdo. Web se había topado con Romano el primer día de la clase de selección del ERR para ese año, cuando la mayoría de los solicitantes esperaban, de pie, desnudos y asustados, el terror que sabían que llegaría. Web había repasado a los otros tipos en busca de cicatrices en las rodillas u hombros que evidenciaran debilidades físicas o expresiones que pusieran de manifiesto una parálisis mental. Aquello era tanto la libre empresa como el darwinismo en estado puro, y Web había buscado cualquier cosa que le otorgara una ventaja sobre sus rivales. Web sabía que sólo la mitad pasaría la primera prueba que tendría lugar dentro de dos semanas, y sólo a uno de cada diez le ofrecerían que regresase y se «matase» de verdad.

Romano había llegado del equipo EAT del FBI de Nueva York, donde tenía la reputación de ser sumamente intimidante entre un grupo de tipos intimidantes. El primer día de pruebas del ERR no pareció asustarse en aquella habitación, rodeado de setenta hombres desnudos. Para Web, era el típico tipo que amaba el dolor, que se moría de ganas por que el ERR empezara a machacarle. Y Romano también repartía dolor. En aquel entonces Web no había sabido si conseguiría una de las plazas del ERR, pero sí había intuido desde un principio que Romano llegaría hasta el final. Los dos siempre habían sido super-competitivos y Romano solía sacarle de quicio, pero Web admiraba sus aptitudes y valentía.

—Querías hablar, pues habla —dijo Romano.

—Kevin Westbrook. El niño del callejón.

Romano asintió.

—Vale.

—Ha desaparecido.

—¡Joder!

—¿Conoces a Bates? ¿Percy Bates?

—No. ¿Debería?

—Dirige la investigación de la OFW. Ken McCarthy dijo que Mickey Cortez y tú estabais con Kevin. ¿Qué puedes decirme?

—No mucho.

—¿Qué dijo el niño?

—Nada.

—¿A quién lo entregasteis?

—A un par de trajeados.

—¿Los nombres?

Romano negó con la cabeza.

—Eh, Paulie, ¿sabes cuál es la diferencia entre hablar contigo y hablar con una pared?

—¿Cuál?

—Ninguna.

—¿Qué quieres que diga, Web? Vi al niño, vigilé al niño y luego desapareció.

—¿Y quieres que me crea que no te dijo nada de nada?

—Hablaba muy poco. Nos dijo su nombre y dónde vivía. Lo anotamos. Mickey intentó hablar con él, pero no le sacó nada. Joder, Cortez ni siquiera habla con sus hijos. Mira, no estábamos seguros de cuál era el papel del niño en todo lo sucedido. Es decir, estábamos moviendo el culo hacia el patio, vimos tu bengala y nos paramos. Entonces el niño surgió de la oscuridad con tu gorra y el mensaje. No estaba seguro de si estaba de nuestra parte o no. No quería cagarla legalmente al preguntarle cosas que no debía.

—Vale, hiciste bien. Pero ¿lo entregaste a los trajeados sin mediar palabra? ¿Cómo coño quieres que me lo trague?

—Enseñaron sus documentos y dijeron que venían a por el niño, eso es todo. No podíamos negarnos. El ERR no se mete en las investigaciones. Web, nosotros les disparamos y nos los cargamos. Los trajeados son los fisgones. Y tenía otras cosas de las que preocuparme. Sabes que Teddy Riner y yo estuvimos juntos en los Delta.

—Lo sé, Paulie, lo sé. ¿A qué hora se presentaron los trajeados?

Romano caviló unos instantes.

—No estuvimos allí mucho tiempo. Todavía era de noche. Hacia las dos y media, más o menos.

—Los de la OFW tuvieron que ser muy eficientes para prepararlo todo y enviar a esos tipos tan rápido.

—¿Qué querías que les dijera? Eh, no podéis llevaros al chico, sois demasiado eficientes, y el FBI no trabaja así. Caramba, así triunfaría y llegaría lejos.

—¿Podrías describirme a los trajeados?

Romano se lo pensó.

—Ya se los he descrito a los agentes.

—Otros trajeados. Venga, dímelo, no te pasará nada. Puedes confiar en mí.

—Claro. Si fuera tan estúpido, acabarías convenciéndome de lo que fuera.

—Venga, Paulie, de asaltante a asaltante. Del Equipo Hotel a lo que queda de Charlie.

Romano caviló al respecto durante unos instantes y se aclaró la garganta.

—Uno de ellos era blanco. Un poco más bajo que yo, delgado pero nervudo. ¿Contento?

—No. ¿El pelo?

—Corto y rubio… es un agente del FBI, ¿qué si no? ¿Crees que J. Edgar se dio una vuelta con el pelo recogido en una coleta?

—Algunos dicen que lo hizo. Eso y un traje. ¿Joven, viejo, ni una cosa ni la otra?

—Treinta y pico. Llevaba el mismo traje estándar del FBI que el tuyo, quizás un poco más elegante. De hecho, mucho más elegante que cualquier cosa que tengas en el armario, London.

—¿Ojos?

—Llevaba gafas de sol.

—¿A las dos y media de la mañana?

—Bueno, quizá fueran gafas de sol graduadas. No era el momento más indicado para preguntarle qué gafas le gustaban más.

—¿Recuerdas todo eso pero no su nombre?

—Me enseñó sus papeles y desconecté. Estaba en medio de la escena del crimen, había gente por todas partes y se habían cargado a seis de los nuestros. Vino a por el niño y se lo llevó. Hizo su trabajo. Joder, seguramente era mi superior.

—¿Qué me dices de su compañero?

—¿Qué?

—Su compañero, el otro trajeado, dijiste que eran dos.

—Exacto. —Romano no parecía tan seguro ahora. Se frotó los ojos y tomó un trago de cerveza—. Bueno, verás, el otro tipo no vino. El trajeado le señaló, dijo que era su compañero, eso es todo. El otro hablaba con los polis, así que nunca vino a nuestro encuentro.

Web le miró con escepticismo.

—Paulie, eso significa que ni siquiera sabes a ciencia cierta si el tipo con el que hablaste iba con el otro. Podría haber ido solito y haberse inventado toda esa historia. ¿Le contaste esto a los verdaderos agentes del FBI?

—Mira, Web, tú eras un agente del FBI como Dios manda. Estás acostumbrado a investigar esta mierda. Yo era un Delta. Sólo me uní al FBI para pasar al EAT y luego al ERR. Ha pasado mucho tiempo y ya no sé hacer de detective. Me limito a dispararles y a cargármelos. Les disparo y me los cargo, tío, eso es todo.

—Bueno, tal vez te hayas cargado al niño.

Romano le miró enojado durante unos instantes y luego se repantigó en la silla y apartó la mirada. Web se imaginó que Romano estaría pensando en sus hijos. Web quería que Romano se sintiese culpable para que nunca volviera a meter la pata.

—El niño seguramente estará en algún vertedero. Tiene un hermano. Un tipo desagradable llamado Gran F.

—Como todos —gruñó Romano.

—El niño no ha disfrutado mucho de la vida. Viste el agujero de bala que tenía en la mejilla. Con sólo diez años.

Romano tomó otro trago de cerveza y se secó la boca.

—Sí, bueno, seis de los nuestros están muertos y no deberían estarlo y todavía me pregunto por qué no fueron siete. —Miró a Web con desagrado mientras pronunciaba esas palabras.

—Por si te sirve de consuelo, he empezado a buscar ayuda profesional para entender todo eso. —Acababa de reconocer algo muy importante, sobre todo tratándose de Romano, y se arrepintió de inmediato.

—Oh, sí, el consuelo es tan grande que voy a gritar por la calle: «Web va al loquero; el mundo está a salvo.»

—Ya está bien, Paulie, ¿crees que quería quedarme paralizado? ¿Crees que quería ver cómo se cargaban a los míos? ¿Lo crees?

—Supongo que eres el único que sabe la respuesta —replicó Romano.

—Mira, sé que todo esto tiene muy mala pinta, pero ¿por qué me lo pones tan difícil?

—¿Quieres saber por qué? ¿De verdad quieres saber por qué?

—Sí.

—Vale, hablé con el niño o, mejor dicho, el niño habló conmigo. ¿Quieres saber qué me dijo?

—Soy todo oídos, Paulie.

—Dijo que estabas tan cagado que berreabas como un bebé. Me dijo que le suplicaste que no se lo dijera a nadie. Dijo que nunca había visto a nadie tan gallina como tú. Dijo que incluso intentaste darle el arma porque tenías miedo de usarla.

«Vaya con el niño desagradecido», pensó Web.

—¿Y te creíste toda esa basura?

Romano tomó otro trago de cerveza.

—Bueno, no me creí la parte del arma. No le darías el maldito SR75 a nadie.

—Muchísimas gracias, Romano.

—Pero el niño debió de ver algo para que me dijera todo eso. ¿Por qué querría mentirme?

—Oh, no lo sé, Paulie, quizá porque soy un poli y no le caen bien los agentes de la ley. ¿Por qué no se lo preguntas a los francotiradores? Te dirán si estaba llorando o disparando. O quizá tampoco les creerías.

Romano hizo caso omiso de la explicación.

—Supongo que la gente se caga de miedo todo el tiempo, claro que preferiría no saberlo.

—Eres un cabronazo.

Romano dejó la cerveza y se incorporó a medias de la silla.

—¿Quieres ver lo muy cabrón que soy?

Los dos parecían dispuestos a pegarse cuando Angie llegó y saludó a Web; le dio un abrazo reconfortante y le habló de manera tranquilizadora.

—Paulie —dijo Angie—, a lo mejor a Web le gustaría quedarse a cenar. Estoy preparando chuletas de cerdo.

—A lo mejor no quiero que Web se quede a comer las malditas chuletas de cerdo, ¿vale? —gruñó Romano.

Angie se inclinó y tiró de la camisa de Romano, obligándole a levantarse.

—Perdónanos un momento, Web —dijo.

Web observó a Angie arrastrar a su marido hasta el lateral del garaje y darle un rapapolvo de proporciones intimidantes. Angie daba patadas en el suelo con los pies descalzos y agitaba la mano delante de la cara de Romano, imitando a la perfección a un sargento ensañándose con un soldado raso. Y Paul Romano, capaz de matar a todo lo que se moviera, permanecía inmóvil, con la cabeza gacha y aceptaba en silencio la reprimenda de su «mujercita». Finalmente, Angie lo trajo de vuelta.

—Adelante, Paulie, pídeselo.

—Angie —dijo Web—, no le obligues…

—Cállate, Web —espetó Angie, y Web se calló. Angie le dio un manotazo a Romano en la nuca—. O se lo pides o dormirás en el garaje con tu estúpido coche.

—¿Quieres quedarte a cenar, Web? —preguntó Romano con la mirada clavada en el césped y los brazos entrecruzados en el pecho.

—A cenar chuletas de cerdo —añadió Angie—, ¿y por qué no intentas decirlo como si lo sintieras de verdad, Paulie?

—¿Te apetece quedarte a cenar chuletas de cerdo, Web? —preguntó Romano con la vocecita más dócil que Web había oído en su vida, y mirándole a los ojos mientras lo decía. Estaba claro que Angie hacía milagros. Viendo cómo sufría Romano, ¿cómo rechazar la invitación?, aunque lo cierto era que sentía la tentación de hacerlo sólo para fastidiarle.

—Claro que me quedaré, Paulie, gracias por pensar en mí.

Angie entró en la casa para preparar la cena y los dos hombres siguieron bebiendo cerveza con la mirada clavada en el cielo.

—Por si te sirve de consuelo, Angie también me asusta un huevo, Paulie.

Romano le miró de reojo y por primera vez, que Web recordase, sonrió.

Web desvió la mirada hacia la cerveza.

—Supongo que les habrás contado a los de arriba lo que te dijo el niño.

—No.

Web alzó la vista, sorprendido. Romano tenía la mirada perdida.

—¿Por qué no?

—Porque no era verdad.

—Gracias.

—Sé cuándo mienten los niños, los míos no paran de hacerlo. Supongo que te estaba poniendo a prueba. Supongo que se ha convertido en una costumbre.

—Pero no me termino de creer que el niño dijera todo eso, Paulie. Le salvé el trasero. Joder, tuvo suerte dos veces. Gracias a mí no tiene otro agujero de bala en la mejilla.

Romano le miró, desconcertado.

—Ese chico no tenía una herida de bala.

—Claro que la tenía, en la mejilla izquierda. Y una cuchillada en la frente del tamaño de mi meñique.

Romano negó con la cabeza.

—Mira, Web, yo estaba con él y puede que no me fijara demasiado, pero me habría dado cuenta de algo así. Sé qué pinta tiene una herida de bala porque tengo una. Y me he cargado a bastantes tíos como para saber cómo son esas heridas.

Web se irguió.

—¿De qué color tenía la piel?

—¿De qué coño estás hablando? ¡Era negro!

—¡Joder, Paulie, ya lo sé! Pero ¿piel clara u oscura?

—Clara. Suave como el culo de un bebé, sin marcas. ¡Te lo juro por lo que más quieras!

Web golpeó el brazo de la silla.

—¡Mierda! —Kevin Westbrook, al menos el Kevin con el que Web se había topado, tenía la piel de color chocolate.

Después de cenar con los Romano, Web visitó a Mickey Cortez y le contó la misma historia. El niño no le había dicho nada más. No identificó al trajeado que se llevó al niño, pero la hora coincidía. Y ninguna herida de bala en la mejilla del niño.

Entonces, ¿quién había cambiado a un niño por el otro? ¿Y por qué?

11

Fred Watkins salió del coche después de otro largo día en el Ministerio de Justicia. Tardaba una hora y media en llegar en coche a Washington desde el barrio residencial de Virginia en el que vivía y otro tanto en volver a casa. Noventa minutos para recorrer apenas quince kilómetros... meneó la cabeza al pensar en ello. Ni siquiera había terminado de trabajar. A pesar de haberse levantado a las cuatro de la mañana y de haber trabajado diez horas, le quedaban al menos otras tres horas en el pequeño estudio que utilizaba como despacho en casa. Una cena frugal y apenas unos minutos con su esposa e hijos adolescentes y empezaría a quemarse las cejas. Watkins se había especializado en casos de crimen organizado importantes en el Ministerio de Justicia de Washington tras un largo período como humilde abogado en Richmond procesando a todos los bribones que le llegaban a las manos. Le gustaba el trabajo y creía que estaba haciendo un gran servicio al país. Le compensaban bien por la tarea y, aunque en ocasiones los días no parecían tener fin, pensaba que todo le había salido bien en la vida. Su hijo mayor empezaría la universidad en otoño y el más pequeño haría otro tanto al cabo de dos años. Su esposa y él planeaban viajar entonces, ver sitios del mundo que sólo habían contemplado en las revistas de viajes. Watkins también había soñado con jubilarse antes de tiempo y dedicarse a dar clases como profesor adjunto de Derecho en la Universidad de Virginia, donde se había graduado. Su esposa y él habían pensado en mudarse a Charlottesville para siempre y escapar así de la mazmorra de tráfico en la que se había convertido el norte de Virginia.

Se frotó la nuca y respiró el aire limpio de una tarde agradable y fresca. Un buen plan; al menos su esposa y él tenían un plan. Algunos de sus compañeros se negaban en redondo a pensar en el mañana, y mucho menos en el futuro lejano. Sin embargo, Watkins siempre había sido un hombre práctico guiado por el sentido común. Así es como enfocaba la práctica del Derecho y su propia vida.

Cerró la puerta del coche y se dirigió hacia su casa por la acera. Saludó a un vecino que salía en coche de la entrada de su casa. Otro vecino estaba asando a la parrilla en la casa de al lado y el olor a carne le llenó la nariz. Quizás él también encendería la barbacoa esa noche.

Al igual que la mayor parte de los habitantes de Washington, Watkins había leído con gran interés e impotencia la noticia de la emboscada a la unidad del Equipo de Rescate de Rehenes. Había trabajado con algunos de esos tipos en un caso y sólo tenía buenas palabras sobre su valentía y profesionalidad. Para él eran los mejores y hacían un trabajo que casi nadie estaba dispuesto a hacer. Watkins siempre había pensado que su vida era dura hasta que vio por lo que habían pasado esos tipos. Sintió mucha pena por las familias e incluso pensó en averiguar si se había creado un fondo para ayudarlas. Si no existía, Watkins se dijo que tendría que crearlo él. Otro punto que añadir a la vieja lista de cosas por hacer, pero supuso que la vida era así.

No lo vio hasta que emergió de los arbustos y le atacó. Watkins soltó un grito y se agachó. El pájaro no le dio por escasos centímetros; era la misma maldita urraca de siempre. Parecía esperarle todas las noches, como si estuviera empeñada en ocasionarle un infarto prematuro. «Ni esta vez —dijo a la criatura alada—, ni nunca. Te cogeré antes de que me cojas.» Oyó el móvil mientras abría la puerta principal. «¿Quién será ahora?», pensó. Casi nadie tenía ese número. Su esposa, pero ella no sería porque seguramente le habría visto aparcar en la entrada. Sería del despacho. Y si era del despacho, eso significaba que había pasado algo y que probablemente le ocuparía el resto de la noche y que quizás incluso tendría que volver a conducir hasta la ciudad.

Sacó el móvil, vio que el número de quien le llamaba no estaba disponible y pensó que no respondería. Pero Fred Watkins no hacía las cosas así. Tal vez fuera importante, aunque podrían equivocarse de número. «Nada de barbacoa esta noche», pensó mientras apretaba el botón para hablar, preparado para hacer frente a lo que fuera.

Encontraron lo que quedaba de Fred Watkins en los arbustos del vecino que vivía al otro lado de la calle, donde le había arrojado la explosión que había desintegrado su casa. En cuanto apretó el botón para hablar, una minúscula chispa del móvil inflamó el gas que había llenado su casa, gas que Watkins no había notado al abrir la puerta por el olor a parrilla procedente de la casa de al lado. El maletín había «sobrevivido», y seguía sujeto en una mano que no era más que huesos.

Los valiosos documentos estaban intactos y listos para el abogado que sustituyera al difunto. Los cuerpos de su esposa e hijos se encontraron entre los escombros. Las autopsias revelarían que todos habían muerto de asfixia. Se tardó cuatro horas en apagar el incendio y otras dos casas fueron pasto de las llamas antes de que la conflagración fuera controlada. Afortunadamente, no hubo heridos de gravedad. Sólo había desaparecido la familia Watkins. La pregunta de cómo su esposa y él pasarían los años de jubilación después de una vida de trabajo duro había quedado sepultada entre las ruinas de la casa. No les costó encontrar el móvil de Watkins; se le había fundido en la mano.

En el preciso instante en que Fred Watkins moría, el juez Louis Leadbetter, ciento cincuenta kilómetros al sur de Richmond, subía a la parte trasera de un coche gubernamental bajo el ojo atento de un jefe de policía. Leadbetter era un juez federal, cargo que había asumido hacía dos años tras ascender del puesto de juez supremo del Tribunal del distrito de Richmond. Dada su relativa juventud, sólo tenía cuarenta y seis años, y su excepcional capacidad legal, muchos de los que mandaban tenían el ojo puesto en Leadbetter como posible candidato para el Cuarto Tribunal del Distrito de Apelaciones, y quizás algún día incluso un puesto en el Tribunal Supremo de Estados Unidos. Como juez en las trincheras legales, Leadbetter había supervisado muchos juicios complejos, emocionantes y con una elevada propensión a las erupciones volcánicas. Muchos de los hombres a quienes había encarcelado le habían amenazado de muerte. En una ocasión estuvo a punto de ser presa de una carta bomba que le había enviado una organización en pro de la supremacía blanca a la cual no le había importado la categórica creencia de Leadbetter de que todas las personas, independientemente del credo, color o etnia, eran iguales a los ojos de Dios y la ley. Aquellas circunstancias hicieron que se extremara la vigilancia de Leadbetter, y un acontecimiento reciente había hecho temer más aún por su seguridad.

Un hombre que había jurado vengarse de Leadbetter había protagonizado una fuga espectacular de la cárcel. La prisión en la que se hallaba encerrado estaba muy lejos y las amenazas las había realizado años atrás, pero las autoridades no querían correr riegos con el buen juez. Leadbetter, por su parte, sólo quería vivir su vida tal como lo había hecho hasta el momento y la mayor seguridad no era algo que le atrajese. Sin embargo, habiendo evitado la muerte por muy poco en una ocasión, era lo bastante sensato como para darse cuenta de que la preocupación no era infundada. Y no quería morir de manera violenta a manos de una escoria que debía de estar pudriéndose en la cárcel; el juez Leadbetter no pensaba darle esa satisfacción.

—¿Se sabe algo de Free? —preguntó al jefe de policía.

Que el hombre que había escapado de la cárcel se llamase Free, «Libre», siempre le había resultado humillante. Ernest B. Free. La segunda inicial y el apellido no eran reales, por supuesto. Se había cambiado el nombre legalmente al unirse a un grupo paramilitar neoconservador, cuyos miembros habían interpretado ese nombre como símbolo de las tangibles amenazas a su libertad. De hecho, el grupo se hacía llamar Sociedad Libre, nombre irónico ya que se mostraban violentos e intolerantes con quienes no se parecían a ellos o no estaban de acuerdo con sus creencias marcadas por el odio. Era la clase de organización sin la que Estados Unidos podía vivir perfectamente y, no obstante, también era un ejemplo de los nada populares grupos a los que la Primera Enmienda de la Constitución de Estados Unidos ofrecía protección. Pero no cuando mataban. No, la protección desaparecía cuando mataban. Ningún documento, por muy querido que fuera, podría protegerte de las consecuencias de aquello.

Free y otros miembros de su grupo habían irrumpido en una escuela, asesinado a dos profesoras a tiros y tomado numerosos niños y profesores como rehenes. Las autoridades locales habían rodeado el colegio y habían llamado a un equipo EAT, pero Free y sus hombres estaban provistos de armas automáticas y chalecos antibalas. Así, se había recurrido a los agentes del orden de Quantico especializados en el rescate de rehenes. Al principio parecía que todo acabaría sin más violencia, pero dispararon desde el interior de la escuela y, finalmente, el Equipo de Rescate de Rehenes entró en acción. A continuación se produjo una terrible batalla de armas. Leadbetter todavía recordaba vívidamente la visión desgarradora de un niño muerto en el pavimento, junto a las dos profesoras. Ernest B. Free, herido, se entregó al ver que sus cómplices habían sucumbido.

No se sabía si se juzgaría a Free en un tribunal estatal o en uno federal. Aunque se creía que habían escogido la escuela porque era un colegio basado en la integración y mejora de las relaciones raciales, y las opiniones racistas de Free eran bien conocidas, Leadbetter sabía que sería difícil demostrarlo. En primer lugar porque los tres muertos, las dos profesoras y el niño, eran blancos, por lo que procesar a Free bajo la ley federal de crimen racial era una opción poco sólida. Y mientras que desde un punto de vista técnico se podría haber acusado a Free de atacar a los agentes de la ley, parecía que lo mejor era hacerlo de la forma más sencilla y juzgarle en un tribunal estatal y solicitar la pena de muerte por asesinato múltiple. El resultado final no fue el que habían esperado.

—No, juez —replicó el jefe de policía, devolviendo a Leadbetter al presente. El jefe se ocupaba de la vigilancia de Leadbetter desde hacía tiempo y habían entablado una buena relación de comunicación rápidamente—. Si quiere saber mi opinión, ese hombre planea dirigirse a México y luego a Sudamérica. Para reunirse con los nazis, gente de su calaña.

—Espero que lo pillen y lo devuelvan al lugar que le corresponde —dijo Leadbetter.

—Seguramente lo pillarán. Los del FBI están en ello y cuentan con los mejores recursos.

—Quería que condenaran a ese cabrón a la pena de muerte. Es lo que se merecía. —Era uno de los pocos remordimientos que Leadbetter tenía como juez de tribunal de distrito. Pero, por supuesto, el abogado defensor de Free había alegado demencia e incluso había sugerido que alegaría que la «secta», que es como había descrito a la organización a la que Free pertenecía, le había lavado el cerebro. El abogado se limitaba a hacer su trabajo y, según la acusación, había logrado despertar tantas dudas sobre las posibilidades de una condena sólida que habían llegado a un acuerdo con la defensa de Free antes de que el jurado regresara. En lugar de una pena de muerte potencial, Free había conseguido de veinte años a cadena perpetua con la posibilidad, bastante remota, de lograr la condicional. Leadbetter no se había mostrado de acuerdo con el trato, pero no le quedaba otra opción que darlo por bueno. Los medios habían realizado luego un sondeo informal del jurado. Free se había salido con la suya. Todos los miembros del jurado habrían votado por la condena y todos habrían recomendado la pena de muerte. Al final todos habían quedado mal. Por varios motivos, habían trasladado a Free a una cárcel de máxima seguridad en el Medio Oeste. Y de allí era de dónde se había escapado.

Leadbetter miró hacia su maletín. En el interior, bien doblado, había una copia de su querido *New York Times*. Leadbetter había nacido y estudiado en Nueva York antes de dirigirse al sur y establecerse en Richmond. Amaba su nuevo hogar, pero todas las noches, al llegar a casa, dedicaba una hora a leer el *Times*. Se había convertido en una costumbre desde que era juez y todos los días le llevaban un ejemplar al juzgado antes de que se marchase. Era uno de los pocos momentos de sosiego de los que disfrutaba.

Mientras el jefe de policía salía en coche del garaje del juzgado, sonó el teléfono y contestó.

—¿Diga? Sí, señor juez. Sí, señor, se lo diré. —Colgó el teléfono y dijo—: Era el juez Mackey. Ha dicho que mire la última página de la primera sección del *Times* si quiere ver algo realmente asombroso.

—¿Ha dicho de qué se trata?

—No, señor, sólo que lo lea y que le llame de inmediato.

Leadbetter observó el periódico, picado por la curiosidad. Mackey era un buen amigo y sus intereses intelectuales eran parecidos a los de Leadbetter. Si Mackey creía que algo era fascinante, lo más probable era que también lo fuera para Leadbetter. Se detuvieron en un semáforo. La situación era idónea porque Leadbetter se mareaba lo indecible cuando leía en un coche en movimiento. Desdobló el periódico, pero apenas se veía en el interior del coche. Alargó la mano, encendió la luz y abrió el periódico.

El jefe de policía, molesto, se volvió.

—Juez, le he dicho que no encendiera esa luz. Le convierte en un blanco seguro...

El tintineo del cristal dejó mudo al jefe de policía, eso y la visión del juez Louis Leadbetter inclinado sobre su querido *New York Times* y las páginas ensangrentadas.

12

Web averiguó que la madre de Kevin Westbrook estaba probablemente muerta, aunque nadie lo sabía a ciencia cierta. Había desaparecido hacía años. Adicta al crack y a la metanfetamina, lo más seguro era que hubiera acabado con su vida tras pincharse con una aguja sucia o esnifar cocaína impura. Se desconocía la identidad del padre de Kevin. Al parecer, ese tipo de vacíos no era inusual en el mundo en el que Kevin Westbrook se movía. Web condujo hasta una zona de Anacostia que incluso la policía evitaba, hasta un dúplex en ruinas situado entre otros en idéntico estado donde, al parecer, Kevin vivía con un batiburrillo de primos segundos, tías abuelas, tíos o cuñados lejanos. Web no sabía muy bien cómo vivía el chico ni tampoco lo sabía nadie más. Se trataba de la nueva y mejorada familia nuclear norteamericana. La zona tenía el aspecto que ofrecería si un reactor se hubiera estado desangrando en las cercanías durante muchos años. Al parecer, no podían crecer flores ni árboles; el césped de los pequeños patios era de color amarillo enfermizo; hasta los perros y los gatos de la calle parecían a punto de desplomarse. Todas las personas y las cosas parecían no tener vida.

El interior del dúplex era un vertedero. Desde fuera el hedor a basura putrefacta era intenso y dentro había olores desagradables intensificados por la cercanía. Aquella combinación letal impresionó tanto a Web al cruzar la puerta que pensó que acabaría palmándola. Hubiera preferido el gas lacrimógeno a esas toxinas caseras.

Las personas que se encontraban frente a él no parecían demasiado preocupadas de que Kevin no estuviera con ellos. Quizás el niño desaparecía cada vez que se producía un gran tiroteo. Había un joven malhumorado sentado en un sofá.

—Ya hemos hablado con los polis —dijo escupiendo las palabras a Web.

—Sólo ato cabos —dijo Web, que no quería pensar lo que Bates le haría si descubría que andaba fisgoneando por su cuenta. Bueno, se lo debía a Riner y a los otros tipos, al carajo con la política oficial del FBI. No obstante, sentía nervios en el estómago.

—Cierra el pico, Jerome —dijo una mujer sentada junto a él que parecía la abuela. Tenía el pelo canoso, pechos enormes, llevaba unas gafas grandes y parecía que no se andaba con tonterías. No le había dicho su nombre a Web y éste no había insistido; estaría en el informe del FBI, pero lo había obtenido de otras fuentes. Era tan grande como un coche pequeño y parecía que podía con Jerome. Qué coño, parecía que incluso podía con Web. Le había pedido dos veces a Web que le mostrase su insignia y documentación antes de abrir la puerta.

—No me gusta dejar pasar a personas que no conozco —explicó—. Polis o lo que sean. Esta zona nunca ha sido segura, al menos que yo recuerde. Y eso por ambas partes —dijo arqueando las cejas con una mirada que penetraba hasta el fondo del alma del agente de la ley que era Web.

«No quiero estar aquí —quiso decirle Web—, sobre todo porque contengo la respiración para no vomitar.» Al sentarse, Web vio los cimientos de la casa entre las amplias grietas del suelo. Pensó que en invierno se estaría «calentito». En el exterior la temperatura sería de unos dieciocho grados pero dentro parecía que estaban a menos uno. No se oía el agradable sonido de una caldera encendida ni le llegaba el olor de una buena comida preparándose a fuego lento en la espléndida cocina de la abuela. En uno de los rincones de la habitación había una montaña de latas de Diet Pepsi. Alguien vigilaba su peso. Sin embargo, junto a las latas había un montón de basura del McDonald's. Seguramente de Jerome, pensó Web. Parecía el típico tipo que engullía Big Macs y patatas fritas.

—Lo comprendo —dijo Web—. ¿Lleva mucho tiempo viviendo aquí?

Jerome resopló al tiempo que la abuelita se miraba las manos entrelazadas.

—Tres meses —dijo—. En el otro sitio que vivíamos estuvimos mucho tiempo. Estaba bien arreglado.

—Pero entonces decidieron que ganábamos demasiado como para vivir en un sitio tan maravilloso, y nos echaron —añadió Jerome enojado—. Nos pusieron de patitas en la calle.

—Nadie ha dicho que la vida sea justa, Jerome —le dijo la abuela. Observó aquel lugar inmundo y respiró tan hondo que pareció acabar con todas las esperanzas de Web—. También arreglaremos este sitio. Quedará bien. —A Web le pareció que no lo decía con mucha convicción.

—¿La policía ha averiguado algo más sobre la desaparición de Kevin?

—¿Por qué no se lo pregunta a ellos? —replicó la abuelita—. Porque a nosotros no nos cuentan nada del pobre Kevin.

—Se deshicieron de él —dijo Jerome mientras se hundía en el montón de cojines manchados y hundidos que hacían de sofá. Web ni siquiera veía la estructura básica. En el techo había tres agujeros tan grandes que casi no hacían falta escaleras para subir al segundo piso, bastaba con que te sujetaras bien y te impulsaras hacia arriba. Las paredes estaban recubiertas de un moho negro y seguramente habían empleado pintura con plomo. Y, sin duda, de las cañerías colgaría amianto. Había excrementos de roedores por doquier y Web habría apostado mil pavos a que las termitas habían devorado casi toda la madera de la casa, que es lo que explicaría la ligera inclinación hacia la izquierda que había apreciado al llegar desde la acera. Los inspectores debían de haber declarado inhabitable toda esa zona o, de lo contrario, estarían bebiendo café en algún lugar y partiéndose el culo.

—¿Tiene una fotografía de Kevin?

—Claro, se la dimos a la policía —dijo la abuela.

—¿Tiene otra?

—No tenemos por qué darte nada más —gruñó Jerome.

Web se inclinó hacia delante y dejó entrever claramente la empuñadura de la pistola.

—Sí, Jerome, tienes que hacerlo. Y si no cambias de actitud, arrastraré tu culo hasta el centro de la ciudad y repasaremos tu expediente en busca de alguna orden judicial que sirva para encerrar tu culito, a no ser que quieras venirme con historias y decirme que nunca te han arrestado, listillo.

Jerome apartó la mirada.

—Mierda —murmuró.

—Cállate, Jerome —dijo la abuela—. Cierra el maldito pico.

«Así me gusta, abuelita», pensó Web.

Sacó una cartera y extrajo una fotografía. Se la tendió a Web y, al hacerlo, los dedos le temblaron un poco y se le hizo un nudo en la garganta, pero se repuso enseguida.

—Es la última fotografía que me queda de Kevin. No la pierda, por favor.

—La cuidaré bien. Se la devolveré.

Web observó la fotografía. Era Kevin. Al menos el Kevin al que había salvado en el callejón. Así que el niño que Cortez y Romano habían vigilado era otro que les había mentido y dicho que era Kevin Westbrook. Aquello requería cierta planificación, pero tendría que haber sido sobre la marcha. Y, de todos modos, ¿con qué propósito?

—¿Le entregó la otra fotografía de Kevin a la policía?

La abuela asintió.

—Es un buen chico. Va al colegio casi todos los días. Un colegio especial porque es un niño muy especial —añadió con orgullo.

Web sabía que en aquella zona ir al colegio era un logro casi tan importante como llegar con vida al día siguiente.

—Estoy seguro de que es un buen chico. —Miró al futuro reo de ojos desorbitados. «Tú también fuiste un buen chico, ¿no, Jerome?»—. ¿Eran policías uniformados?

Jerome se incorporó.

—¿Te crees que somos estúpidos? Eran del FBI, tío, como tú.

—Siéntate, Jerome —dijo Web.

—Siéntate, Jerome —dijo la abuela, y Jerome se sentó.

Web pensó rápidamente. Si el FBI tenía una fotografía de Kevin entonces sabrían que habían detenido, aunque fuera por muy poco tiempo, al niño equivocado. Romano no tenía ni idea de que hubiera dos niños. Se había limitado a describirlo como a un niño negro. ¿Y si eso era todo cuanto figuraba en el informe oficial? Si el Kevin Westbrook impostor había desaparecido antes de que Bates y los otros llegaran a la escena del crimen, entonces lo único que sabrían es que un chico negro de unos diez años llamado Kevin Westbrook, que vivía cerca del callejón, había desaparecido. Irían a hablar con la familia, obtendrían una fotografía y proseguirían con la investigación. No era probable que le pidieran a Romano y a Cortez una descripción completa, sobre todo si no tenían motivos para sospechar de un cambiazo. Y Ken McCarthy había dicho que los francotiradores no habían visto al verdadero Kevin cuando el Equipo Charlie había pasado junto a él al llegar. Quizá Web fuera el único que estaba al tanto del engaño.

Web miró a su alrededor y, aunque sólo fuera por la abuela, o fuera cual fuera su parentesco con Kevin, se esforzó por no mostrar su indignación.

—¿Kevin vivía aquí? —Bates había dicho que la vida familiar de Kevin era desdichada y que la evitaba en la medida de lo posible, lo que explicaba por qué se encontraba fuera de casa a las tantas de la madrugada en vez de estar en la cama. El entorno físico era lamentable, pero tal vez no mucho peor que la mayoría de las casas de la zona. La pobreza y el crimen eran algo común y las huellas que dejaban no eran en modo alguno agradables. No obstante, la abuelita parecía firme como una roca. Una buena persona y, al parecer, se preocupaba por Kevin. ¿Por qué querría evitarla Kevin?

La abuela y Jerome intercambiaron una mirada.

—Casi siempre —dijo la abuelita.

—¿Dónde se quedaba cuando no dormía aquí?

No respondieron. La abuela se miró el regazo y Jerome cerró los ojos y movió la cabeza, como si escuchara una música interior.

—He oído decir que Kevin tiene un hermano. ¿Se queda con él a veces?

Jerome abrió los ojos por completo y la abuela dejó de mirarse el regazo. De hecho, a juzgar por sus expresiones era como si Web les estuviera apuntando con una pistola y les dijera que ya podían despedirse del mundo.

—No lo conozco, no lo he visto nunca —se apresuró a contestar la abuela al tiempo que se mecía hacia delante y hacia atrás, como si de repente le doliera algo. Ya no daba la impresión de que pudiera con nadie. Parecía una anciana asustadísima.

Web miró a Jerome, que se incorporó de un salto y desapareció antes de que Web se levantara. Oyó la puerta principal, luego un portazo y a alguien que se alejaba corriendo.

Web volvió a mirar a la abuelita.

—Jerome tampoco lo conoce —dijo la abuela.

13

La mañana del servicio conmemorativo, Web se levantó temprano, se duchó, se afeitó y se puso su mejor traje. Había llegado el momento de honrar y llorar la muerte de todos sus amigos, y lo único que
Web quería hacer era salir corriendo.

Web no había hablado con Bates sobre lo que había averiguado de
Romano y Cortez ni tampoco de la visita a la casa de Kevin. Web no sabía muy bien por qué no lo había hecho, pero no estaba de buen humor
y sabía que Bates le reprendería por interferir en la investigación. Para
Web, Bates había identificado al niño como Kevin Westbrook, lo que
significaba que el niño le había dicho su nombre o que Bates lo había
averiguado a través de Romano y Cortez si el niño había desaparecido
antes de que Bates llegara a la escena del crimen. Web tendría que descubrir cuál de las dos opciones era la real. Si Bates había visto al otro niño,
entonces al observar la fotografía de Kevin que le había dado la abuela
tendría que haberse dado cuenta de que eran dos niños diferentes.

O sea, que Web había entregado un mensaje a un niño con una herida de bala en la mejilla para que se lo llevara a los del ERR. Ese niño
le había dicho a Web que se llamaba Kevin. El mensaje se había entregado, pero al parecer no lo había hecho el mismo niño a quien Web se
lo había dado. Eso significaba que entre el momento en que había entregado el mensaje al niño que se hacía llamar Kevin y el instante en
que el mensaje fue recibido, habían cambiado al chico por otro niño.
Eso sólo podía haber ocurrido en el callejón, entre el lugar en el que
estaba Web y la unidad del ERR que se aproximaba. No había mucho
espacio, pero el suficiente para realizar el cambiazo, lo que implicaba
que otras personas habían estado merodeando por el callejón, esperando a que ocurriera todo aquello, quizás esperando a que sucedieran
muchas otras cosas.

¿Estaba planeado el que Kevin apareciera en el callejón? ¿Trabajaba para su hermano, Gran F? ¿Tenía que comprobar que todos los agentes estaban muertos? Y cuando había visto a Web con vida, ¿significaba eso que le había fastidiado el plan a alguien? ¿Y por qué cambiar a un niño por otro? ¿Y por qué el Kevin impostor había mentido y dicho que Web era un cobarde? ¿Y quién era el trajeado que se había llevado al niño impostor? Bates no había querido hablar del niño que habían perdido. ¿Era un agente del FBI el trajeado con quien Romano había hablado? Y en el caso de que no lo fuera, ¿cómo era posible que un impostor llegara a la escena del crimen con la documentación y las bravuconadas suficientes como para engañar a Romano y Cortez y largarse sin ningún problema con otro impostor? Resultaba desconcertante, y Web tenía tantas dudas que en su lista de prioridades no figuraba recurrir a Bates en busca de respuestas e información.

Aparcó el Mach One tan cerca de la iglesia como pudo. Ya había muchos coches y quedaban relativamente pocos sitios para aparcar. La iglesia era un sombrío monolito de piedra construido a finales del siglo XIX, cuando el mandamiento arquitectónico era: «Tendrá tu templo de la adoración más torrecillas, balaustradas, columnas jónicas, frontones, arcos, hastiales, puertas y ventanas y florituras de mampostería que tu vecino.»

Era en ese templo sagrado donde presidentes, jueces del Tribunal Supremo, miembros del Congreso, embajadores y otros dignatarios de menor categoría oraban, cantaban y, ocasionalmente, se confesaban. Solían fotografiar o grabar a dirigentes políticos subiendo o bajando los amplios escalones, Biblia en mano y con expresiones temerosas de Dios. A pesar de la separación del Estado y la Iglesia en Estados Unidos, Web siempre había creído que a los votantes les gustaba ver un poco de devoción en los dirigentes que habían elegido. Ningún miembro del ERR había acudido a esa iglesia, pero los políticos necesitaban un lugar importante para pronunciar sus palabras de consuelo. Y el remoto templo religioso cerca de Quantico, donde algunos de los miembros del Equipo Charlie habían rezado, no había estado a la altura de las circunstancias.

El cielo estaba despejado, hacía sol y soplaba una ligera brisa refrescante. Era una tarde demasiado hermosa para algo tan deprimente como un servicio conmemorativo, o eso pensaba Web. No obstante, subió los escalones de la iglesia, y el sonido de los zapatos relucientes en la piedra parecía el del tambor de una pistola girando, una recámara, una bala, una vida potencialmente destruida. Web suponía que esas analogías tan violentas habían pasado a formar parte de su vida. Donde otros veían esperanza, él sólo presenciaba la carne viva de una humanidad purulenta y degenerada. No era de extrañar que, dada esa actitud, nunca le invitasen a las fiestas.

Había agentes del Servicio Secreto por todas partes, con sus pistoleras de sobaquera, caras de póquer y auriculares. Web tuvo que pasar por un detector de metales antes de entrar en la iglesia. Enseñó el arma y la documentación del FBI, lo que daba a entender al Servicio Secreto que el único modo en que Web y su arma se separarían era si él moría.

Nada más abrir la puerta, Web estuvo a punto de tropezar con la parte posterior de la masa de gente que había logrado apretujarse allí dentro. Recurrió a la tosca técnica de mostrar la insignia del FBI y la multitud se apartó para que pasara. En una esquina se había apostado un equipo de rodaje y estaba retransmitiendo el espectáculo completo. Web se preguntó qué idiota lo habría autorizado. ¿Y de quién habría sido la brillante idea de invitar a todo aquel gentío a lo que se suponía que sería una ceremonia privada? ¿Era así cómo los supervivientes recordarían a sus muertos, en un circo?

Con la ayuda de varios compañeros agentes logró llegar hasta uno de los bancos y miró a su alrededor. Las familias estaban en las dos primeras filas, que habían sido acordonadas. Web inclinó la cabeza y rezó una oración por cada uno de los hombres, la más larga para Teddy Riner, uno de los mentores de Web, un agente fuera de serie, un padre maravilloso, un buen hombre en todos los sentidos. Web derramó un par de lágrimas al recordar lo mucho que había perdido en aquellos escasos segundos infernales. Sin embargo, cuando alzó la vista y miró hacia las familias, supo que no había perdido tanto como esas personas.

Los más pequeños comenzaban a asimilar la verdad; Web les oía llorar que papá se había ido para siempre. Y los sollozos y gritos de dolor continuaron durante todos los discursos de siempre, desde las idioteces de los políticos tipo «hay que ponerse duros con el crimen» hasta los pastores que no habían conocido a ninguno de los hombres que elogiaban.

«Hicieron bien su trabajo —le hubiera gustado decir a Web, poniéndose en pie—. Murieron protegiéndonos. No los olvidéis nunca porque, a su modo, fueron inolvidables. Fin del panegírico. Amén. Y, ahora, a emborracharnos.»

Cuando finalizó el servicio conmemorativo, los congregados dejaron escapar un suspiro colectivo de alivio. Mientras salía, Web habló con Debbie Riner, intentó consolar a Cynde Plummer y a Carol Garcia y abrazó e intercambió palabras con otras personas. Se puso en cuclillas y habló con los niños, sostuvo entre sus brazos cuerpecitos temblorosos de los que no quería separarse. Ese simple contacto físico hizo que Web estuviera a punto de empezar a berrear como un niño. Aunque casi nunca lloraba, durante los últimos días había derramado más lágrimas que en toda su vida. Y los niños estaban acabando con él.

Alguien le dio un golpecito en el hombro. Mientras se incorporaba y se daba la vuelta, Web pensó que consolaría a otra persona afligida. Sin embargo, la mujer que le clavaba la mirada no parecía necesitar su compasión.

Julie Patterson era la viuda de Lou Patterson. Tenía cuatro hijos y esperaba el quinto, pero perdió al bebé tres horas después de saber que se había convertido en viuda y madre soltera. Bastaba mirar sus ojos vidriosos para saber que se había drogado en grandes cantidades con lo que Web esperaba que fuesen recetas del médico. Y a Web le llegaba el olor del alcohol. Las pastillas y la bebida no eran la mejor combinación en un día como aquél. De todas las mujeres, Julie era la menos apegada a Web porque Lou Patterron quería a Web como a un hermano y Web había percibido que Julie estaba celosa de esa relación.

—¿De verdad crees que deberías estar aquí, Web? —preguntó Julie. Se tambaleó sobre los tacones negros, incapaz de fijar la mirada en Web. Hablaba con voz pastosa; movía la lengua para formar palabras antes de haber terminado de pronunciar otras. Estaba hinchada y pálida, aunque tenía muchas manchas rojas en la piel. No había tenido el bebé el tiempo suficiente como para que el vientre se le hinchara, y esa oportunidad perdida parecía haber intensificado su dolor. Debería estar descansando en casa y Web se preguntó por qué no lo haría.

—Julie, salgamos fuera para que tomes un poco de aire. Vamos, déjame ayudarte.

—¡Apártate! —gritó Julie lo bastante alto como para que quienes estaban en un radio de unos cinco metros se detuvieran y los miraran. El equipo de televisión también se percató y tanto el cámara como el periodista vieron una mina de oro potencial. El cámara enfocó a Web y el periodista se dirigió hacia él.

—Salgamos, Julie —repitió Web en voz baja, poniéndole la mano en el hombro.

—¡No pienso ir a ninguna parte contigo, cabrón! —Apartó bruscamente la mano de Web, quien gruñó de dolor y ahuecó la mano herida junto a su cuerpo. Le había clavado las uñas en el agujero y desgarrado los puntos; comenzó a sangrar.

—¿Qué pasa, te duele la mano, cobarde? ¡Cara de Frankenstein! ¡No te miraría ni tu madre! ¡Monstruo!

Cynde y Debbie intentaron hablar con ella, consolarla, pero Julie las apartó y se acercó de nuevo a Web.

—¿Te quedaste parado antes de que empezase el tiroteo y no sabes por qué? ¿Y luego te caíste? ¿Quieres que nos traguemos ese cuento? —El olor a alcohol era tan intenso que Web tuvo que cerrar los ojos durante unos instantes, lo que aumentó su inseguridad.

—Cobarde. ¡Les dejaste morir! ¿Qué hiciste? ¿Qué hiciste por salvar a Lou, hijo de puta?

—Señora Patterson —dijo Percy Bates, que se había interpuesto entre los dos—. Julie —dijo con serenidad—, la acompañaremos hasta el coche antes de que empeore el tráfico. He traído a sus hijos.

Los labios de Julie temblaron al oír mencionar a sus hijos.

—¿Cuántos hay? —Bates parecía confuso—. ¿Cuántos niños? —repitió Julie. Se apoyó una mano en el vientre; las lágrimas habían humedecido distintas partes de su vestido negro. Julie volvió a mirar a Web y prosiguió con sus diatribas—: Se suponía que había de tener cinco. Tenía cinco hijos y un marido. Ahora me quedan cuatro hijos y Lou no está. Lou se ha ido. ¡Y el bebé se ha ido, maldito seas! ¡Maldito seas! —Volvió a subir el tono de la voz al tiempo que trazaba círculos extraños con la mano sobre el vientre, como si frotara una lámpara mágica y pidiera el deseo de recuperar al bebé y a su esposo. El periodista garabateaba frenéticamente.

—Lo siento, Julie. Hice cuanto pude —dijo Web.

Julie dejó de frotarse la barriga y le escupió en la cara.

—Por Lou. —Le escupió de nuevo—. Por mi pequeño. Púdrete en el infierno. Púdrete en el infierno, Web London. —Le abofeteó en la mejilla desfigurada y estuvo a punto de caerse del esfuerzo—. ¡Y ésa va por mí, cabrón! ¡Monstruo… más que monstruo!

Julie se quedó sin fuerzas y Bates tuvo que sostenerla antes de que se desplomara. La llevaron fuera y la multitud, nerviosa, comenzó a dispersarse en grupitos que comentaban lo sucedido. Muchos de los presentes lanzaron miradas enojadas a Web.

Web no se movió. Ni siquiera se había limpiado la saliva de Julie. Tenía la cara roja en la parte donde le había golpeado. Acababa de llamarle monstruo, cobarde y traidor. Ya puestos, podría haberle cortado la cabeza y habérsela llevado. Web habría matado a golpes a cualquier hombre que le hubiera dicho esas cosas, pero viniendo de una viuda y madre afligida no le quedaba más remedio que aceptar esos insultos; tenía ganas de suicidarse. Nada de lo que Julie había dicho era cierto, pero ¿cómo rebatirlo?

—Señor, se llama Web, ¿no? ¿Web London? —preguntó el periodista—. Mire, sé que no es el mejor momento, pero las noticias no siempre pueden esperar. ¿Estaría dispuesto a hablar con nosotros? —Web no replicó—. Sólo será un momento —dijo el periodista—. Apenas unas preguntas.

—No —dijo Web, y comenzó a marcharse. Hasta ese momento no había estado seguro de si sería capaz de articular palabra.

—Mire, también hablaremos con la mujer. Y no querrá que el público sólo conozca su versión de los hechos. Le estoy dando la oportunidad de que cuente toda la historia. Lo justo es justo.

Web se volvió y agarró al hombre por el brazo.

—No hay «versiones». Y deja tranquila a esa mujer. Ya ha sufrido bastante. Déjala en paz. ¡Mantente alejado de ella! ¿Queda claro?

—Sólo hago mi trabajo. —El hombre apartó con cuidado la mano de Web. Miró al cámara. «Excelente», fue el pensamiento silencioso que pareció desplazarse entre ambos.

Web salió fuera y se alejó rápidamente de la iglesia de los famosos y ricachones. Se quitó la corbata, comprobó que llevaba dinero en la cartera, se detuvo en una tienda de vinos y licores y compró dos botellas de Chianti barato y un paquete de seis cervezas Negra Modelo.

Condujo hasta casa, cerró todas las puertas y bajó las persianas. Fue al baño, encendió la luz y se miró en el espejo. La piel de la parte derecha de la cara estaba ligeramente bronceada, era suave y había varios pelos que no había apurado bien con la maquinilla. Un buen tipo de piel, no estaba nada mal. «Tipo de piel.» Así es cómo tenía que analizarla ahora. Hacía ya mucho que nadie le decía lo guapo que era. Sin embargo, Julie Patterson no había tenido problema alguno en hablar de su cara. «Pero ¿Frankenstein? Ésa sí que es nueva, Julie», pensó. Dadas las circunstancias, ya no se sentía tan comprensivo respecto a ella. «Habrías perdido a Lou hace mucho si Frankenstein no hubiera hecho lo que hizo a costa de la mitad de la maldita cara. ¿Lo has olvidado? Yo no, Julie. Me la veo todos los días.»

Volvió ligeramente la cabeza para ver con claridad la parte izquierda de la cara. Allí no salían pelos y la piel nunca llegaba a broncearse. Los médicos le habían dicho que era posible que ocurriera. La piel estaba tan tensa que parecía que no había bastante. A veces, cuando quería reír o sonreír abiertamente, no podía porque esa parte de la cara se negaba a cooperar, como si le dijera: «Olvídate, colega, ¡mira lo que me hiciste!» Y el daño había alcanzado el borde del ojo de tal modo que la comisura estaba más cerca de la sien de lo normal. Antes de las operaciones ese rasgo le había otorgado un aspecto un tanto desequilibrado. Había mejorado, pero su rostro siempre resultaría asimétrico.

Debajo del transplante de piel había trozos de plástico y metal que habían sustituido el hueso roto. El titanio que le habían puesto en la cara siempre activaba los detectores de metal de los aeropuertos. «No os preocupéis, muchachos, sólo es el rifle AK-47 que me he metido por el trasero.»

Web se había sometido a numerosas operaciones para intentar recuperar sus facciones. Los médicos habían hecho un buen trabajo, aunque siempre considerarían que estaba desfigurado. Finalmente, los cirujanos le habían dicho que ya habían recurrido a todos los milagros médicos posibles, y se habían despedido deseándole lo mejor. Le había costado adaptarse más de lo que se había imaginado, e incluso después de tanto tiempo sentía que no lo había superado del todo. Suponía que se trataba de algo que uno nunca terminaba de superar ya que todos los días te miraba desde el espejo.

Ladeó la cabeza un poco más, se bajó el cuello de la camisa y la vieja herida de bala apareció en la parte baja del cuello. Había entrado justo por encima del chaleco antibalas y había sido un auténtico milagro que no dañara ninguna arteria vital ni la columna. La herida parecía una quemadura de cigarrillo, una enorme quemadura de cigarrillo en la piel, había bromeado cuando estaba tendido en la cama del hospital con el rostro desfigurado y con dos agujeros. Y todos los compañeros se habían reído con él, aunque había percibido cierto nerviosismo entre las carcajadas. Estaban seguros de que saldría adelante, y él también. Sin embargo, ninguno de ellos sabía la pesadilla emocional y física que se ocultaba bajo aquellas vendas. Los cirujanos plásticos se habían ofrecido a disimular las heridas de bala, pero Web se había negado. Estaba cansado de que los médicos le quitaran piel de distintas partes de su cuerpo y se la injertaran en otras. Web sabía que ya habían hecho cuanto estaba en sus manos.

Se tocó el pecho a la altura de la «quemadura de cigarrillo». Había entrado por allí y salido por la espalda, evitando el Kevlar por ambos lados, y con la fuerza suficiente como para destrozarle la cabeza a un tipo que estaba detrás de él a punto de clavarle un machete en el cráneo. ¿Quién había dicho que no tenía suerte? Web sonrió.

—Uno tiene la suerte que se busca —le dijo a su reflejo.

El ERR siempre había respetado a Web por el heroísmo que había mostrado esa noche. Había sido en la escuela que la Sociedad Libre había tomado en Richmond, Virginia. Web había pasado hacía poco de francotirador a asaltante y todavía se sentía pletórico, ansioso por demostrar su valía en primera línea. La explosión la había causado una bomba casera arrojada por uno de los seguidores de Free. Habría acabado con Lou Patterson si Web no hubiera saltado y le hubiera apartado de la trayectoria de la bomba. La bola de fuego atrapó a Web indefenso por el lado izquierdo de la cara, lo derribó y fundió el chaleco antibalas con la piel. Se había arrancado el chaleco junto con buena parte de la cara y siguió luchando; la adrenalina que se libera en momentos así fue lo único que le permitió prescindir de aquel terrible dolor.

Los Free habían abierto fuego; una de las balas le atravesó el torso y la otra se le hundió en el cuello. Muchos hombres inocentes habrían perecido de no ser por lo que Web había hecho después de haber sufrido esas heridas. En lugar de debilitarle, los disparos parecieron insuflarle energía, porque ¡cómo había luchado, acabando con hombres que intentaban matarle a él y a su equipo! Había arrastrado a compañeros heridos hasta lugares seguros, entre ellos al difunto Louis Patterson, quien había recibido un disparo de bala en el brazo momentos después de que Web lo salvara de las llamas. Lo que Web había hecho esa noche superaba con creces el supuesto heroísmo del patio; aquella vez lo habían malherido de verdad, nada de rasguños en la mano ni tiritas. Tanto para los agentes veteranos como para los nuevos, Web era una leyenda. En un entorno sumamente competitivo de machos dominantes, el mejor método para ascender en la jerarquía era la valentía y la valía demostradas en el fragor de la batalla. Y todo aquello sólo le había costado perder parte de su vanidad y casi toda la sangre del cuerpo.

Web ni siquiera recordaba el dolor. Pero cuando se hubo disparado la última bala y hubo caído el último hombre, él también se desplomó. Se había tocado la herida abierta de la cara y había sentido la sangre manando de las dos heridas, y finalmente comprendió que había llegado su hora. Había entrado en estado de shock en la ambulancia y para cuando los médicos de la Facultad de Medicina de Virginia le atendieron, él ya estaba medio muerto. Nadie se explicaba cómo había logrado sobrevivir, Web desde luego no lo sabía. Aunque no era religioso, había empezado a pensar en cosas como Dios.

La recuperación había sido la experiencia más dolorosa que Web había vivido jamás. Aunque era un héroe, eso no garantizaba que fuera capaz de trabajar de nuevo en el ERR. Si no podía con su propio peso, lo rechazarían, por más héroe que fuese... así eran las cosas. Y Web no deseaba unas condiciones distintas. ¿Cuántas pesas levantadas, cuántos kilómetros corridos, cuántas paredes escaladas, cuántos descensos en cuerda desde helicópteros, cuántas balas disparadas? Por suerte, las heridas de la cara no le habían afectado la vista ni la puntería. Si eso te fallaba, quedabas descartado. Sin embargo, el agotamiento psicológico de la recuperación había sido peor que el esfuerzo físico. ¿Dispararía cuando le llamasen? ¿Se quedaría paralizado en una crisis y pondría en peligro a su equipo? Bueno, nunca le había ocurrido, al menos no hasta que llegó a aquel maldito patio. Se había recuperado del todo. Había tardado casi un año, pero nadie podría decir que no se merecía volver a ser el mismo. ¿Qué objetarían esta vez? Ya no se trataba de una cuestión física; todo estaba en su cabeza y, por lo tanto, resultaba mil veces más aterrador.

Web atravesó el cristal de un puñetazo y agrietó la pared de mampostería que estaba detrás.

—No les dejé morir, Julie —dijo al cristal hecho añicos. Se miró la mano. Ni siquiera sangraba. La suerte seguía acompañándole.

Abrió el botiquín destrozado y sacó el frasco de píldoras, todas ellas distintas. Las había reunido con el tiempo de una amplia gama de procedencias; algunas oficiales, otras no. A veces las empleaba para conciliar el sueño. Tenía cuidado, porque había estado a punto de convertirse en un adicto a los analgésicos mientras le reconstruían la cara.

Web apagó la luz y Frankenstein desapareció. Qué coño, todo el mundo sabía que los monstruos se sentían más cómodos en la oscuridad.

Bajó la escalera y, con cuidado, fue colocando en el suelo del sótano todas las botellas de alcohol que tenía y se sentó entre ellas, como un general y sus asesores repasando el plan de ataque. Sin embargo, no abrió ninguna botella. El teléfono sonó durante varios minutos, pero Web no contestó. Llamaron a la puerta, pero no se levantó para abrir. Se quedó sentado allí con la mirada clavada en la pared hasta que se hizo muy tarde. Hurgó entre las píldoras y sacó una cápsula, la miró y la volvió a guardar en el frasco. Se apoyó en una silla y cerró los ojos. A las cuatro de la madrugada se quedó dormido en el suelo. Ni siquiera se había molestado en lavarse la cara.

14

Siete de la mañana. Web lo sabía porque el reloj de la repisa de la chimenea estaba dando la hora cuando se incorporó del suelo del sótano. Se frotó la espalda y la nuca; al levantarse golpeó con el pie una de las botellas de vino, que se cayó y se rompió y el Chianti corrió por el suelo. Web tiró la botella a la basura, cogió papel de cocina y limpió el vino derramado. El vino le tiñó las manos de rojo y, durante unos instantes de confusión, llegó a pensar que le habían disparado mientras dormía.

El ruido que se oía al otro lado de la ventana más baja de la parte posterior de la casa le hizo subir corriendo la escalera y empuñar el arma. Web se dirigió hacia la puerta principal con la intención de dar la vuelta y sacarle la pistola a quienquiera que estuviera allí fuera. Quizá fuera un perro callejero o una ardilla, aunque lo dudaba. Los pies humanos que se esfuerzan por estar quietos hacen un ruido particular si se sabe escuchar, y Web sabía escuchar.

Abrió la puerta y la marea de gente se le echó encima y Web estuvo a punto de sacar el arma y disparar. Los periodistas agitaban micrófonos y bolígrafos y hojas de papel y formulaban preguntas tan deprisa que parecían hablar mandarín. Le gritaban que mirara a un lado y a otro para fotografiarle y grabarle, como si fuera una celebridad o, mejor, un animal en el zoo. Web miró detrás de la marea humana, donde las embarcaciones de los medios con sus elevados mástiles electrónicos habían atracado fuera de su humilde morada. Los dos agentes del FBI asignados para la vigilancia de su casa intentaban contener a la multitud, pero era obvio que estaban perdiendo la batalla.

—¿Qué diablos queréis? —gritó Web.

Una mujer con un traje de lino beis y el pelo rubio esculpido se abrió paso y aposentó sus zapatos de tacón en la entrada de ladrillo a escasos centímetros de Web. El intenso perfume le revolvió el estómago vacío a Web.

—¿Es verdad que asegura que se cayó justo antes de que su equipo fuera asesinado pero que no sabe explicar por qué? ¿Es ése el motivo por el que sobrevivió? —preguntó la mujer enarcando las cejas de un modo que daba a entender lo que pensaba de esa absurda historia.

—Esto...

Otro periodista estuvo a punto de meterle el micrófono en la boca.

—Se dice que no llegó a disparar, que la ráfaga de disparos acabó por sí sola y que usted nunca llegó a correr peligro. ¿Qué opina al respecto?

Las preguntas no cesaban a medida que los cuerpos se aproximaban más y más.

—¿Es cierto que cuando trabajaba en la Oficina del FBI en Washington le pusieron en libertad condicional por una infracción que supuso que un sospechoso acabara herido por su culpa?

—¿Qué diablos tiene que ver...?

Otra mujer le dio un codazo desde un lado.

—Sé de buena fuente que el niño al que «supuestamente» salvó era en realidad un cómplice de lo sucedido.

Web la miró fijamente.

—¿Un cómplice de qué? ¿De quién?

La mujer le clavó una mirada penetrante.

—Esperaba que supiera responderlo.

Web cerró de un portazo, corrió hasta la cocina, cogió las llaves del Suburban y volvió a salir. Se abrió paso por entre la multitud e intentó localizar a los agentes para que le ayudaran. Fueron a su encuentro, apartaron a varias personas, pero Web se dio cuenta de que lo hacían con negligencia y, además, no se atrevían a mirarle. «Con que esas tenemos», pensó Web.

La multitud acabó por cerrar el paso al todoterreno.

—Apartaos —gritó Web. Miró a su alrededor. Todo el vecindario estaba mirando. Hombres, mujeres y niños amigos suyos, o al menos conocidos, contemplaban el espectáculo boquiabiertos y con los ojos desorbitados.

—¿Piensa responder a las acusaciones de la señora Patterson?

Web se detuvo y miró al que le formulaba la pregunta. Era el mismo periodista del servicio conmemorativo.

—¿Piensa hacerlo? —preguntó el hombre en tono grave.

—No sabía que Julie Patterson tuviese autoridad para presentar cargos.

—Dejó bastante claro que usted actuó con cobardía o que estaba implicado.

—No sabía lo que decía. Acababa de perder a su esposo y a un futuro bebé.

—O sea, ¿está diciendo que las acusaciones son falsas? —insistió el hombre al tiempo que acercaba el micrófono. Alguien le empujó por detrás en ese momento y el micrófono golpeó a Web en la boca, que empezó a sangrar. Antes de que tan siquiera se diera cuenta, Web había disparado el puño y el hombre estaba tendido en el suelo con la mano en la nariz. No parecía enfadado. De hecho, no cesaba de gritar al cámara: «¿Lo has grabado? ¿Lo has grabado?»

La multitud se apretujó aún más y Web, en medio de aquel círculo, sintió que lo empujaban a un lado y a otro. Las cámaras le fotografiaban de cerca y le cegaban. Los aparatos de vídeo lo grababan todo, había docenas de voces farfullando a la vez. La gente y las máquinas seguían empujándolo, y Web tropezó con un cable y cayó al suelo. La multitud se acercó, pero Web se incorporó de inmediato. Aquello se estaba saliendo de madre. Web sintió que un puño huesudo le golpeaba en la espalda. Al volverse, vio que el agresor era un hombre que vivía en la misma calle y a quien Web nunca le había gustado ni como vecino ni como ser humano. Antes de que pudiera defenderse, el hombre se marchó corriendo. Web miró a su alrededor y se dio cuenta de que no sólo estaba rodeado de periodistas ansiosos por ganar el Pulitzer. Aquello era una turba.

—Apartaos —gritó Web. Y luego chilló a los agentes—: ¿Pensáis ayudarme o no?

—Que alguien llame a la poli —dijo la rubia perfumada al tiempo que señalaba a Web—. Acaba de agredir a ese pobre hombre, todos lo hemos visto. —Se agachó para ayudar al periodista al tiempo que decenas de móviles surgieron de los bolsillos.

Web contempló uno de los mayores caos que había visto en su vida. Pero se había hartado. Sacó la pistola. Cuando los agentes del FBI lo vieron, de repente parecieron interesarse de nuevo en Web. Web apuntó al cielo y disparó cuatro veces. La turba se batió en retirada. Algunos se arrojaron al suelo, llorando, suplicando que no los matase, que se limitaban a hacer su trabajo, por terrible que fuera. La rubia perfumada soltó sin miramientos a su querido periodista y corrió como alma que lleva el diablo. Como los tacones se le hundían en el césped húmedo, se los quitó y corrió descalza. Su rollizo trasero habría sido un buen blanco si Web lo hubiera querido. El periodista con la nariz ensangrentada se arrastraba sobre el estómago al tiempo que gritaba: «¿Lo estás grabando? Maldita sea, Seymour, ¿lo estás grabando?» Los vecinos se abalanzaron sobre sus hijos y corrieron hacia sus hogares. Cuando los agentes del FBI se dirigieron hacia Web, éste les dijo: «Ni se os ocurra.» Subió al todoterreno y lo puso en marcha. Bajó la ventanilla.

—Gracias por ayudarme —dijo a los dos hombres, y se alejó de allí.

15

—¿Estás loco? —Buck Winters miró fijamente a Web, que estaba de pie junto a la puerta de una pequeña sala de conferencias en la Oficina de Campo de Washington. Percy Bates estaba junto a Web—. Sacar y disparar el arma delante de un grupo de periodistas, nada menos, que lo grabaron todo. ¿Es que has perdido el juicio? —repitió.

—¡A lo mejor! —replicó Web—. Quiero saber quién le pasó información a Julie Patterson. Creía que la investigación del Equipo Charlie era confidencial. ¿Cómo coño sabía lo que le dije a los investigadores?

Winters miró a Bates, indignado.

—Bates, fuiste el mentor de este tipo. ¿Cómo es posible que metieras tanto la pata? —Volvió a mirar a Web—. Hay mucha gente ocupándose de este asunto. No te hagas el sorprendido si se filtra información, sobre todo una esposa que quiere saber qué coño le pasó a su marido. Perdiste la calma, Web, y la cagaste, y no es la primera vez.

—Mira, salí por la puerta y me acosaron, y los míos ni siquiera me echaron una mano. La gente me golpeaba y me chillaban acusaciones en la cara. Hice lo que cualquiera habría hecho.

—Enséñale lo que ha hecho, Bates. —Bates se dirigió hacia la televisión que estaba en el rincón. Cogió el mando a distancia y apretó varios botones—. Cortesía del departamento de medios —añadió Winters.

La cinta comenzó con Web mirando al interior de la iglesia durante el servicio conmemorativo. En concreto, observaba a Julie Patterson frotándose el vientre sin hijo, chillándole, escupiéndole, abofeteándole con todas sus fuerzas. Y Web permanecía inmóvil, en silencio. Lo que le había dicho a Julie sobre que había hecho cuanto había podido brillaba por su ausencia o, al menos, no se oía. En la cinta lo único que le dijo a Julie fue: «Lo siento.» Parecía como si Web hubiera disparado a Lou Patterson.

—Y eso no es lo mejor de todo —dijo Winters, que se levantó y le quitó el mando a Bates. Apretó el botón y Web vio lo que había sucedido frente a su casa. Lo habían montado de tal modo que había desaparecido el ambiente de la escena de la turba, las tomas de la cámara resultaban nítidas y precisas. Los periodistas parecían implacables e incluso avasalladores, pero educados y profesionales. El tipo a quien Web había pegado parecía un auténtico héroe, sin tan siquiera molestarse en ocultar la nariz ensangrentada, ocupado en presentar la locura que el telespectador estaba a punto de presenciar. Y allí estaba Web, como un animal rabioso. Gritaba, insultaba y alzaba el arma. En el montaje sacaba el arma a cámara lenta para que pareciera una decisión deliberada y no la de un hombre luchando por su vida.

También había varias tomas espeluznantes en las que los vecinos corrían con sus hijos, huyendo de aquel enemigo loco. Y allí estaba Web. Frío, duro, guardando el arma y alejándose del caos que había provocado.

Web nunca había visto nada tan ingenioso pero insustancial, aparte de las películas de Hollywood. Parecía malvado, diabólico, el hombre con el rostro de Frankenstein. La cámara había filmado varios primeros planos de la piel dañada, si bien no se había mencionado el por qué de aquella deformidad.

Web negó con la cabeza y miró a Winters.

—Maldita sea, no fue así. No soy Charlie Manson.

—¡A quién le importa si es verdad o no! —dijo Winters, furioso—. Lo que cuenta es la imagen. Ahora están emitiendo eso en todos los canales de la ciudad. Y también está en Internet. Enhorabuena, eres noticia de primera plana. El director regresó en avión de una reunión de alto nivel en Denver cuando le informaron de lo sucedido. Tu culo peligra, London.

Web se desplomó en una silla y no dijo nada. Bates se sentó frente a él y dio golpecitos en la mesa con un bolígrafo.

Winters permaneció de pie, con las manos entrelazadas a la espalda. A Web le dio la impresión de que Winters disfrutaba con todo aquello.

—Bien, ya sabes que el procedimiento habitual del FBI en estos casos es no hacer nada. No es la primera vez que usamos la técnica del avestruz. A veces funciona, a veces no, pero a los de arriba les gusta el modo pasivo. Cuanto menos se diga, mejor.

—¡Pues enhorabuena a los de arriba! No he pedido a los del FBI que hagan puta cosa por mí, Buck.

—No, Web, no vamos a tomarnos esto a la ligera. No esta vez —intervino Bates, marcando las palabras con los dedos—. Primero, los de relaciones públicas de los medios están preparando un documental con los aspectos más destacados de nuestra organización. Ahora mismo el mundo cree que eres una especie de psicópata. Van a poner de manifiesto que eres uno de nuestros agentes más condecorados. Publicaremos comunicados de prensa que hablarán de ello con todo lujo de detalles. Segundo, aunque le gustaría estrangularte, Buck acudirá a una conferencia de prensa televisada mañana al mediodía para explicar lo más claramente posible que eres un agente excepcional, y también emitiremos el documental que nos ensalza. Y además daremos algunos detalles sobre lo que sucedió en el callejón y demostraremos que no te diste la vuelta y huiste sino que, sin la ayuda de nadie, acabaste con un arsenal que hubiera liquidado a un batallón del ejército.

—No puedes hacer eso mientras la investigación siga en marcha. Podrías cargarte algunas pistas.

—Estamos dispuestos a correr ese riesgo.

Web miró a Winters.

—¡Me importa una mierda lo que piensen de mí! Sé lo que hice. ¡Y no quiero hacer nada que ponga en peligro la investigación para averiguar quién liquidó a mi equipo!

Winters colocó su rostro a escasos centímetros del de Web.

—Si por mí fuera, ya no estarías rondando por aquí. Pero en el FBI hay quienes te consideran un héroe y se ha decidido que te echemos una mano. Créeme, me opuse, porque desde el punto de vista de los de relaciones públicas todo eso no beneficia al FBI, sólo es para hacerte quedar bien. —Miró a Bates—. Pero tu amigo aquí presente ganó la batalla.

Web, sorprendido, miró a Bates.

—Pero no la guerra —prosiguió Winters—. Y no tengo intención de convertirte en un mártir. —Winters observó el lado dañado de Web—. Un mártir desfigurado. Perce te enseñará todas las formalidades por las que tendremos que pasar para enmendar tu error. No pienso estar presente porque sólo pensarlo me da náuseas. Pero escúchame, London, escúchame bien. Pendes de un hilo, y lo que más me gustaría en el mundo es cortarlo. Te vigilaré tan de cerca que contaré cada aliento tuyo. Y cuando la cagues, y la cagarás, entonces te aplastaremos y desaparecerás para siempre, y me fumaré el puro más grande del mundo. ¿Queda claro?

—Sí, mucho más claro que las órdenes que diste durante lo de Waco.

Winters se enderezó y los dos hombres se miraron fijamente.

—Siempre me pregunté, Buck, cómo fue posible que fueras el único de la cadena de mando, perdón, la cadena de caos, que no tuvo que pagar aquel error con su carrera. Mientras hacía de francotirador allí, en un par ocasiones llegué a pensar que trabajabas para los Branch Davidian por todas las decisiones de imbécil que tomaste —dijo Web.

—Web, cierra el pico —le espetó Bates. Miró a Winters con inquietud—. A partir de ahora me encargo yo, Buck.

Winters siguió mirando a Web durante unos segundos más y luego se encaminó hacia la puerta, pero se volvió.

—Si me saliera con la mía, no habría un ERR, y algún día me saldré con la mía. ¿Y adivina quién será el primer hijo de puta en desaparecer? ¿Qué te parece esa cadena de mando?

Winters cerró la puerta y Web exhaló un suspiro que ni siquiera sabía que había estado conteniendo.

—Arriesgué el pescuezo por ti, pedí todos los favores que me había ganado en el FBI y has estado a punto de joderlo todo al enfrentarte así a Winters. ¿Es que de verdad eres tan idiota?

—Supongo que sí —replicó Web con insolencia—. Pero yo no pedí nada de todo esto. La prensa puede dejarme en ridículo, pero nada, nada echará a perder la investigación.

—Voy a tener un infarto por tu culpa. —Bates se calmó por fin—. Bien, éstas son las órdenes. Desaparecerás de combate durante un tiempo. No vayas a casa. Te traeremos un coche de la flota de automóviles. Lárgate a alguna parte y quédate allí unos días. El FBI correrá con los gastos. Nos comunicaremos por el móvil de seguridad. Échale un vistazo a menudo. Y aunque hayas quedado fatal en la tele, quedarás mucho mejor cuando contemos nuestra versión. Y si te encuentro cerca de Buck Winters durante los próximos treinta años, seré yo quien te pegue un tiro. ¡Y ahora lárgate de aquí! —Bates se dirigió hacia la puerta, pero Web no se movió.

—Perce, ¿por qué haces todo esto? Arriesgas mucho al defenderme.

Bates observó el suelo durante unos instantes.

—Te parecerá una tontería, y quizá lo sea, pero es la verdad. Lo hago porque el Web London que conozco ha arriesgado su vida por esta agencia muchas más veces de las que recuerdo. Porque te he visto en la cama del hospital durante tres meses sin saber si saldrías de aquélla. Podrías haberte retirado entonces cobrando lo mismo, podrías haberte largado por la puerta grande y dedicarte a pescar o a lo que hagan los agentes del FBI retirados. Pero volviste y te metiste de nuevo en la línea de fuego. No conozco a muchos tipos que lo hayan hecho. —Respiró hondo—. Y porque sé lo que hiciste en aquel callejón aunque el resto del mundo no. Pero te aseguro que lo sabrán, Web. Ya no quedan muchos héroes. Pero eres uno de ellos. No tengo nada más que decir al respecto. Y no vuelvas a preguntármelo nunca más.

Percy Bates salió de la habitación y Web se quedó allí pensando en el otro lado de aquel hombre.

Era casi medianoche y Web estaba en marcha. Trepaba vallas y pasaba a hurtadillas por los patios de los vecinos. El objetivo era fácil aunque absurdo. Tenía que entrar en su propia casa por la ventana posterior porque los medios seguían amarrados esperando para abordarle. Y luego hundirle. También había dos agentes de seguridad uniformados del FBI, apoyados por un coche patrulla estatal de Virginia, cuyas luces azules en movimiento se abrían paso en la oscuridad. Web confiaba en que no habría más gentío ni más disturbios. Siempre y cuando nadie le viera entrar por la ventana del baño. Entonces ya no habría nada que hacer.

Web preparó un talego en la oscuridad, arrojó varias balas extra, otros objetos que creía que le serían útiles y salió arrastrándose. Saltó la valla, entró de nuevo en el patio del vecino y se detuvo. Abrió el talego, extrajo un monocular de luz ambiental a pilas que convertía la noche en día, aunque con un tono verdoso, y miró por el mismo. Inspeccionó el ejército acampado frente a su casa y ajustó la lente de aumento para ver mejor. Lo único que querían esas personas era sacar los trapos sucios; les importaba un carajo la verdad, así que Web decidió que la compensación, por muy pequeña que fuera, valía la pena si se presentaba la oportunidad. Y en aquel momento tenía una buena entre manos. Sacó la pistola de bengalas, metió un cartucho, apuntó al cielo en un lugar que estaba justo encima de aquel maravilloso grupo de gente y disparó. La bengala ascendió, explotó e iluminó de amarillo el cielo. Web observó por el monocular a toda aquella gente fina que alzaba la vista con ojos temerosos y luego echaba a correr gritando como alma que lleva el diablo. Eran los pequeños detalles los que hacían que valiera la pena vivir la vida: los paseos, mojarse bajo la lluvia, los cachorros, asustar a un grupo de periodistas mojigatos.

Salió corriendo hacia el Crown Vic que Bates le había preparado y se alejó de allí. Pasó la noche en un motel de mala muerte, en una salida de la Ruta Uno al sur de Alexandria, donde pagó en metálico y nadie le molestó, y el único servicio de habitaciones era la bolsa del McDonald's que tenías que traer tú mismo o la máquina de refrescos y tentempiés repleta de graffitis encadenada a una columna fuera de su habitación. Vio la televisión y engulló las patatas fritas y la hamburguesa con queso. Luego extrajo del talego el frasco de píldoras y se tragó dos. Se durmió profundamente y, por una vez, las pesadillas no le despertaron.

16

Un sábado por la mañana temprano, Scott Wingo subió la rampa en la silla de ruedas y abrió la puerta de un edificio de ladrillo del siglo XIX de cuatro plantas en el que se encontraba su despacho de abogado. Divorciado, con hijos mayores, Wingo tenía un próspero bufete de defensa penal en Richmond, donde había nacido y vivido toda la vida. El sábado era el día en que iba al despacho para que no le molestaran los teléfonos, los teclados ni tampoco los socios agobiados ni los clientes exigentes. Esos placeres se los guardaba para el resto de la semana. Entró, se preparó una taza de café, le añadió unas gotas de Gentleman Jim, su bourbon preferido, y se dirigió hacia su despacho. Scott Wingo y Asociados había sido una institución importante en Richmond durante casi treinta años. Durante ese período Wingo había pasado de ser un currante, trabajando en un despacho del tamaño de un armario para quienquiera que tuviera suficiente dinero para pagarle, a director de una firma con seis socios, un detective a tiempo completo y ocho trabajadores. Como único accionista de la firma, Wingo ganaba cantidades de siete cifras en un buen año y de seis en uno malo. Sus clientes también eran más importantes. Durante años se había opuesto a aceptar clientes relacionados con el mundo de las drogas, pero el flujo de dinero era innegable y Wingo se había cansado de ver a abogados mucho peores llevándose todos esos dólares. Se consoló pensando que cualquier persona, independientemente del abyecto acto que hubiera cometido, se merecía una defensa competente e inspirada.

Wingo poseía grandes aptitudes como abogado en la sala de tribunales, y su presencia ante el jurado no había disminuido ni un ápice por el confinamiento a la silla de ruedas hacía ya dos años a causa de la diabetes y dolencias de riñón e hígado. En cierto modo, intuía que la capacidad para influir al jurado había mejorado gracias al impedimento físico. Y muchos miembros de la abogacía estatal envidiaban la sucesión de victorias de Wingo. También le odiaban quienes creían que sólo era un instrumento para que los criminales ricos evitasen las consecuencias justas de sus terribles delitos. Wingo no lo veía así, por supuesto, pero hacía ya tiempo que había decidido que no valía la pena intentar ganar ese debate.

Vivía en una casa sólida en Windsor Farms, una zona muy próspera y codiciada de Richmond; conducía un Jaguar especialmente diseñado para su discapacidad; realizaba viajes de lujo al extranjero cuando le apetecía; era bueno con sus hijos y se llevaba bien con su ex esposa, que seguía viviendo en su casa anterior. Pero, ante todo, trabajaba. A los cincuenta y nueve años, Wingo había sobrevivido a las múltiples predicciones sobre su muerte prematura. Predicciones por las distintas enfermedades o amenazas procedentes de clientes descontentos o tipos responsables de un crimen que creían que la justicia no les había sonreído lo suficiente, que era de lo que se ocupaba Web, de lograr una duda razonable entre los doce iguales del acusado. Sin embargo, sabía que se le acababa el tiempo. Lo sentía en los órganos cansados, en la mala circulación, en el cansancio general. Estaba seguro de que trabajaría hasta morir; no era ni mucho menos la peor forma.

Bebió un poco de café con el Gentleman Jim y descolgó el teléfono. Le gustaba usar el teléfono, incluso los fines de semana, sobre todo si se trataba de devolver la llamada a alguien con quien no quería hablar. Casi nunca estaban en casa los sábados por la mañana y solía dejarles un mensaje educado en el que se disculpaba por no haberse puesto en contacto con ellos. Realizó diez llamadas de ese tipo y tuvo la sensación de que se trataba de una mañana muy productiva. Se le estaba secando la boca, seguramente de hablar tanto, y se tomó otro trago del café con bourbon. Se volvió hacia un expediente en el que trabajaba; si todo salía bien, ocultaría pruebas en el caso de un anillo robado en el que estaba involucrado. La mayoría de la gente no sabía que los juicios solían ganarse antes de que nadie pusiera el pie en la sala de tribunales. En este caso, si se admitía la petición no habría juicio porque la acusación no tendría caso.

Tras varias horas de trabajo y más llamadas, se quitó las gafas y se frotó los ojos. La maldita diabetes le estaba matando y la semana anterior había descubierto que tenía glaucoma. Quizás el Señor le estaba llamando por el trabajo que estaba haciendo en la tierra.

Le pareció oír que se abría una puerta y pensó que alguno de sus socios, todos ellos con sueldos excesivos, había entrado para trabajar el fin de semana, algo insólito. Los jóvenes de hoy no tenían la misma ética profesional que la generación de Wingo, aunque ganaban sumas exorbitantes. ¿Acaso no había trabajado él durante todos y cada uno de los fines de semana de los primeros quince años de aprendizaje? La juventud de ahora se quejaba si tenía que quedarse a trabajar después de las seis. ¡Maldita sea, los ojos estaban acabando con él! Terminó el café, pero la sed no desapareció. Abrió un cajón del escritorio y bebió de la botella de agua que guardaba allí. Comenzó a dolerle la cabeza. Y le dolía la espalda. Se colocó un dedo en la muñeca y contó. Vaya, las pulsaciones habían enloquecido, aunque le solía pasar casi todos los días. Ya se había tomado la insulina y no necesitaría otra inyección hasta pasadas unas horas; no obstante, se preguntó si no valdría la pena adelantar el horario. Quizás el nivel de azúcar en la sangre había disminuido abruptamente. Siempre estaba ajustando la cantidad de insulina porque nunca conseguía la dosis justa. El médico le había dicho que dejara de beber, pero Wingo sabía que no lo haría. Para Wingo el bourbon era una necesidad, no un lujo.

Esta vez oyó la puerta con claridad.

—Hola —dijo en voz alta—. ¿Eres tú, Missy? —Missy, pensó, Missy era la perra que había muerto hacía diez años. ¿Por qué demonios lo habría pensado? Intentó centrarse en el expediente, pero lo veía todo tan borroso y el cuerpo hacía cosas tan raras que Wingo empezó a asustarse. Mierda, a lo mejor le estaba dando un infarto, aunque el pecho no le dolía ni sentía un dolor punzante en el hombro y brazo izquierdos.

Miró el reloj pero no supo qué hora era. Estaba claro que tendría que hacer algo.

—Hola —repitió en voz alta—. Necesito ayuda.

Le pareció oír unos pasos acercándose, pero no apareció nadie. «Vale, maldita sea», pensó.

—Hijos de puta —gritó.

Descolgó el teléfono y logró marcar el nueve y dos unos. Esperó, pero no respondió nadie. Para eso pagábamos los impuestos. Marcas el 911 y que te den.

—Necesito ayuda —gritó por el teléfono. Entonces se dio cuenta de que no había línea. Colgó y volvió a descolgar el auricular. No había línea. Vaya mierda. Arrojó el teléfono con fuerza, no acertó en la horquilla y el auricular se cayó al suelo. Se abrió el cuello de la camisa porque le costaba respirar. Llevaba tiempo queriendo comprarse uno de esos móviles pero no había llegado a hacerlo.

—¿Hay alguien ahí fuera, maldita sea? —Oyó los pasos con claridad. Casi no podía respirar, como si se le hubiera atascado algo en el gaznate. Sudaba a mares. Miró hacia la puerta. Aunque veía borroso, percibió que la puerta se abría. La persona entró.

»¿Madre? —Maldita sea si no era su madre, y eso que en noviembre llevaría veinte años muerta—. Madre, necesito ayuda, no me siento bien.

Por supuesto, no había nadie. Wingo estaba sufriendo alucinaciones.

Wingo se dejó caer al suelo porque ya no se aguantaba en la silla. Se arrastró, jadeando y resollando, hasta llegar a los pies de su madre.

—Madre —dijo con voz ronca a la visión—. Tienes que ayudar a tu hijito, no se encuentra nada bien. —Llegó a su altura y entonces desapareció, así, por las buenas, justo cuando más la necesitaba. Wingo apoyó la cabeza en el suelo y cerró los ojos lentamente.

»¿Hay alguien ahí fuera? Necesito ayuda —dijo por última vez.

17

Francis Westbrook sentía que le estaban poniendo demasiados obstáculos. Sus sitios predilectos, los lugares donde solía realizar negocios ya no estaban disponibles. Sabía que los del FBI iban a por él y quienquiera que le hubiese tendido la trampa también quería aprovecharse de él. Era la única posibilidad que se le ocurría. En su trabajo, lo único que le mantenía con vida era la paranoia más extrema. Así que, al menos durante la hora siguiente, estaría en la parte posterior de un almacén de carne al sureste de Washington. A diez minutos en coche de donde se estaba congelando el culo se encontraban el Capitolio y otros edificios nacionales. Esos edificios grandiosos no le importaban lo más mínimo. No se consideraba norteamericano, ni de Washington ni ciudadano de ninguna parte. Sólo era otro tipo que intentaba salir adelante. A los diez años su meta había sido vivir hasta los quince. Luego hasta los veinte antes de que le mataran. Después hasta los veinticinco. Cuando cumplió treinta hacía un par de años celebró una fiesta digna de alguien que cumpliese ochenta porque, en su mundo, era como si los tuviera. Todo era relativo, quizá más para Francis Westbrook que para otras personas.

En lo que más pensaba últimamente era en cómo la había cagado con Kevin. El deseo de que el chico disfrutara de una vida más o menos normal le había hecho descuidar su seguridad. En el pasado, Kevin siempre había vivido con él, pero un día una pelea entre bandas se convirtió en una batalla con todas las de la ley y a Kevin le habían disparado en la cara y había estado a punto de morir. Francis ni siquiera pudo llevarle al hospital porque seguramente le habrían detenido. Después de aquello, dejó que Kevin viviese con una especie de familia, una anciana y su nieto. Vigilaba de cerca a Kevin e iba a verlo en cuanto podía; sin embargo, le permitió disfrutar de cierta libertad porque todos los niños la necesitaban.

Y el hecho era que Kevin no sería como Francis. Tendría una vida verdadera, lejos de las armas, las drogas y el paseo final hasta la oficina del médico forense con una etiqueta en el dedo gordo del pie. Si estaba demasiado tiempo junto a Francis y era testigo de una vida así, era posible que sintiera la tentación de probar esas aguas. Y si lo hacías estabas atrapado de por vida, porque esa laguna de aspecto maravilloso en realidad eran arenas movedizas repletas de serpientes mocasín que aseguraban ser amigas tuyas hasta que les dabas la espalda y entonces te hundían los colmillos en el cuello. Cuando Kevin nació, Francis juró que eso no le pasaría, pero quizá ya hubiese pasado. Lo más irónico de todo sería que Kevin muriese antes que él.

Aunque Westbrook dirigía una de las operaciones de narcotráfico más lucrativas del área metropolitana de Washington, nunca le habían arrestado por nada, ni siquiera por un delito menor, aunque ya llevaba veintitrés años en el negocio, habiendo empezado muy joven y sin volver la vista atrás, porque no había nada que mirar. Se enorgullecía de tener el expediente intacto a pesar de sus métodos criminales. No todo era suerte; de hecho, casi todo se debía a sus elaborados planes de supervivencia, la forma en que pasaba información sólo cuando hacía falta y a las personas correctas, quienes, a cambio, le permitían seguir con lo suyo sin molestarle. Ésa era la clave, no llamar la atención, no causar problemas en las calles, no disparar a nadie ni nada si podía evitarse. No ponérselo difícil a los del FBI porque contaban con todos los recursos y el dinero para hacértelas pasar putas, y ¿quién coño quería eso? Su vida ya era bastante complicada. Sin embargo, sin Kevin no era nada de nada.

Miró a Macy y a Peebles, sus sombras gemelas. Confiaba en ellos tanto como en los demás, es decir, casi nada. Siempre llevaba un arma y la había necesitado en más de una ocasión para salvar el pellejo. Esa lección sólo se aprendía una vez. Desvió la mirada hacia la puerta por la que Toona acababa de entrar.

—Toona, traes buenas noticias, ¿no? Buenas noticias sobre Kevin.

—Todavía nada, jefe.

—Entonces empieza a mover el culo hasta traerlas.

Toona, descontento, se marchó de inmediato y Westbrook miró a Peebles.

—Adelante, Twan.

Antoine «Twan» Peebles parecía disgustado y se ajustó las caras gafas de lectura. Westbrook sabía que veía perfectamente, pero creía que llevar gafas le ayudaba a parecer un ejecutivo, intentando así ser algo que nunca sería, legítimo. Westbrook había hecho las paces con ese asunto hacía ya mucho tiempo. En realidad, la elección la habían tomado por él en el momento en que había nacido en el asiento trasero de un Cadillac; su madre esnifaba coca mientras Francis salía entre sus piernas y caía en los brazos de su hombre en aquel entonces, quien había dejado al bebé a un lado, cortado el cordón con un cuchillo sucio y obligado a la madre a practicarle el sexo oral. Su madre se lo había contado tiempo después con toda suerte de detalles, como si fuera la historia más divertida que había oído en toda su vida.

—No son buenas nuevas —dijo Peebles—. Nuestro principal distribuidor dijo que hasta que no dejaran de vigilarte no podría pasarnos más producto. Y ahora mismo nuestro nivel de existencias anda muy bajo.

—Maldita sea, eso sí que es un buen susto —dijo Westbrook. Se recostó. Westbrook tenía que hacerse el duro delante de Peebles y Macy y los suyos, pero lo cierto es que tenía un serio problema. Como cualquier otro proveedor, Westbrook tenía obligaciones para con sus clientes. Y si no obtenían lo que necesitaban de él, lo obtendrían de otro. No le quedaba mucho tiempo entre los vivos. Y si decepcionabas a los clientes, casi nunca volvían a hacer negocios contigo—. De acuerdo, me ocuparé de eso más tarde. ¿Qué has averiguado del tipo ese, Web London?

Peebles abrió una carpeta que había sacado de un maletín de piel y volvió a ajustarse las gafas de lectura. Peebles había limpiado con su pañuelo con monograma la silla en la que estaba sentado y había dejado bien claro que celebrar una reunión dentro de un almacén de carne estaba por debajo de su dignidad. A Peebles le gustaba tener grandes cantidades de dinero en metálico en los bolsillos y la ropa elegante y los restaurantes elegantes y las mujeres elegantes, que le hacían lo que él quería que le hiciesen. No llevaba ningún arma y, que Westbrook supiera, ni siquiera sabía disparar. Había llegado en una época en la que las operaciones de narcotráfico eran mucho menos violentas y más metódicas, con contables y ordenadores y archivos de los movimientos, y el dinero negro se blanqueaba, y se tenía cartera de valores e incluso casas de veraneo a las que se viajaba en un avión particular.

Westbrook era diez años mayor que Peebles y había salido de las calles. Había pasado crack por cuatro chavos la bolsita, dormido en cuchitriles, pasado hambre más veces de las deseadas, esquivado balas y disparado cuando tenía que hacerlo. A Peebles se le daba bien su trabajo; se aseguraba de que la operación de Westbrook saliera a la perfección y de que el producto llegara cuando se suponía que tenía que llegar y se entregara a las personas que debían recibirlo. También se aseguraba de que las cuentas por cobrar —Westbrook se había reído de lo lindo cuando Peebles había empleado esa terminología por primera vez— se pagaran de inmediato. El dinero se blanqueaba de manera eficiente, el exceso de flujo de fondos se invertía con prudencia, estaban al corriente de las innovaciones de la industria, de las últimas tecnologías, todo ello bajo la atenta mirada de Antoine Peebles. Y, aun así, Westbrook no terminaba de respetarle.

Sin embargo, cuando había asuntos de personal, lo que básicamente significaba que alguien intentaba joderles, Antoine Peebles se apartaba rápidamente. No tenía estómago para esa parte del negocio. Entonces era cuando Westbrook asumía el mando y se ocupaba de todo.

Y ahí era donde Clyde Macy se ganaba todos los dólares que se le pagaban.

Westbrook miró a aquel joven blanco. Había pensado que se trataba de una broma cuando Macy acudió a él para pedirle trabajo.

—Estás en la parte equivocada de la ciudad, chico —le había dicho a Macy—. El hombre blanco queda al noroeste de aquí. Lleva tu culo al lugar que pertenece.

Había pensado que aquello bastaría, pero Macy había liquidado a dos caballeros que intentaban meterse con Westbrook y, como Macy había explicado por aquel entonces, lo había hecho *pro bono*, sólo para demostrar su valía. Y el pequeño cabeza rapada jamás le había fallado a su jefe. ¿Quién se lo habría imaginado, el gran negro Francis Westbrook comportándose como un empresario que contrata siguiendo una política de igualdad de oportunidades?

—Web London —dijo Peebles, e hizo una breve pausa para toser y sonarse la nariz— lleva más de trece años en el FBI y unos ocho en el Rescate de Rehenes. Se le respeta mucho. Muchas distinciones y cosas así en su expediente. En una misión sufrió una herida de gravedad y estuvo a punto de morir. Cosa de los milicianos.

—Milicianos —dijo Westbrook—. Ya, blancos con armas que creen que el Gobierno les ha jodido. Deberían vernos a los negros para que se den cuenta de lo bien que les tratan.

—Hay una investigación en marcha sobre el tiroteo del patio —prosiguió Peebles.

—Twan, dime algo que no sepa porque se me está helando el culo y veo que a ti también.

—London va al psiquiatra. No es uno del FBI, sino de una empresa externa.

—¿Sabemos quién es?

—Es una firma que está en Tyson's Corner. No estamos seguros del psiquiatra que le está viendo.

—Bueno, hay que conseguir esa información. Le dirá cosas al loquero que nadie más sabrá. O sea que tendremos una charla con ese loquero.

—Bien —dijo Peebles mientras lo anotaba.

—Oye, Twan, ¿sabrías decirme qué coño andaban buscando esa noche? ¿No te parece que podría ser alguna mierda importante?

Peebles se mostró irritado.

—Estaba a punto de pasar a ese tema. —Rebuscó entre los documentos mientras Macy limpiaba la pistola meticulosamente, quitando motas de polvo del cañón que, al parecer, sólo él veía.

Peebles encontró lo que buscaba y miró a su jefe.

—Esto no te va a gustar nada.

—Hay un montón de gilipolleces que no me gustan nada. Adelante.

—Se dice que iban a por ti. Se suponía que ese edificio albergaba todas nuestras operaciones económicas. Contables, ordenadores, archivos y todo lo demás. —Peebles meneó la cabeza y pareció ofendido, como si hubieran puesto en entredicho su honor personal—. Como si fuéramos tan estúpidos como para centralizarlo todo. Enviaron al ERR porque querían sacar con vida a los contables para que declararan contra ti.

Westbrook estaba tan perplejo que ni siquiera le llamó la atención a Peebles por decir «nuestras» operaciones económicas. Eran de Westbrook, así de claro.

—¿Y por qué coño piensan eso? Nunca hemos usado ese edificio. Ni siquiera he entrado en ese maldito sitio.

De repente, a Westbrook se le ocurrió algo, pero prefirió guardarlo para sí. Cuando querías un trato tenías que llevar algo a la fiesta, y quizá tuviera algo, algo relacionado con aquel edificio. Cuando Westbrook empezó a trabajar en la calle llegó a conocer muy bien ese sitio. Formaba parte de una serie de viviendas subvencionadas por el Gobierno construidas en la década de 1950 cuya función era ofrecer a las familias pobres los subsidios que necesitaban para restablecerse. Al cabo de veinte años acabó convirtiéndose en una de las peores zonas de narcotráfico de la ciudad, donde todas las noches se producían asesinatos. Los niños blancos de los barrios periféricos veían la televisión por la noche mientras Westbrook veía los homicidios en su propio patio. Pero había algo sobre ese edificio y otros similares que quizás el FBI no sabía. Sí, aquél pasó a formar parte de su archivo de «tratos hechos». Empezó a sentirse ligeramente mejor.

Peebles se colocó las gafas en el extremo de la nariz mientras observaba a Westbrook.

—Bueno, supongo que el FBI tendría a un agente secreto metido en esa movida y les habrá dicho lo contrario.

—¿Quién es ese maldito agente? —inquirió Westbrook.

—No lo sabemos.

—Pues quiero saberlo, joder. Si hay alguien que va por ahí contando mentiras sobre mí, quiero saber quién es.

Westbrook sintió que el pecho se le enfriaba mientras intentaba hacerse el duro. Ya no se sentía tan bien. Si un agente del FBI había elegido como objetivo lo que consideraba que era el centro de operaciones de Westbrook, entonces el FBI habría comenzado a seguirle la pista. ¿Por qué coño habrían hecho algo así? Westbrook no era tan importante y, desde luego, no era el único traficante de la ciudad. Había varias bandas que hacían mucho más daño que él. Lo cierto era que nadie le pisoteaba ni tocaba su territorio, pero había intentado pasar desapercibido durante todos esos años y no causar problemas a nadie.

—Bueno, quienquiera que le diera el chivatazo al FBI sabía qué resortes tocar —dijo Peebles—. No recurren al ERR a no ser que se trate de algo serio. Atacaron ese edificio porque suponían que estaría lleno de pruebas que te inculparían. Al menos eso es lo que dicen nuestras fuentes.

—¿Y qué encontraron allí, aparte de las armas?

—Nada, el edificio estaba vacío.

—Es decir, que el agente secreto era un mentiroso de mierda, ¿no?

—O sus fuentes.

—O le tendieron una trampa para que así me la tendiera a mí —dijo Westbrook—. Mira, Twan, a los polis no les importa lo que no está allí. Seguirán creyendo que estoy detrás de todo porque es mi territorio. O sea, que el que lo hizo no arriesgaba nada. Lo prepararon todo contra mí desde el principio. Y no hay forma de que me salga con la mía. ¿Tengo razón, Twan, o lo ves de otra manera?

Westbrook observó atentamente a Peebles; su lenguaje corporal había cambiado de forma más bien sutil. Westbrook, para quien la percepción de estos cambios se había convertido en un instinto, un instinto que le había salvado la vida en numerosas ocasiones, se había dado cuenta del cambio. Y sabía cuál era el origen. A pesar de la educación universitaria y la aptitud para ocuparse del negocio, Peebles no era tan rápido como Westbrook a la hora de evaluar una situación y llegar a la conclusión correcta. Sus instintos callejeros palidecían junto a los de su jefe. Y eso respondía a una razón bien simple: Westbrook había sobrevivido muchos años gracias a esos instintos al tiempo que no cesaba de afinarlos con una precisión cada vez mayor. Peebles nunca había tenido que hacer nada parecido.

—Es probable que tengas razón.

—Sí, es probable —dijo Westbrook. Miró a Peebles fijamente hasta que éste cedió y bajó la vista.

»O sea que tal como lo veo, que es lo más probable, no sabemos una mierda de Web London, aparte de que va al loquero porque se quedó paralizado. Podría estar metido en la movida, engañando a todo el mundo y diciendo que es cosa de su cabeza.

—Estoy seguro de que está metido —comentó Peebles.

Westbrook se recostó tranquilamente y sonrió.

—No, no está metido, Twan, sólo intentaba ver si eras capaz de pensar como los de la calle. Te falta mucho, colega.

Peebles levantó la vista sorprendido.

—Pero dijiste…

—Sí, sí, sé lo que dije, Twan, escucho lo que digo, ¿vale? —Se inclinó hacia delante—. He estado viendo la tele y leyendo los periódicos, poniéndome al día sobre ese tal Web London. Como dijiste, el tío es un maldito héroe, le dispararon y todo.

—Yo también me he puesto al día —dijo Peebles—. Y no he visto nada que me convenciera de que London no estaba metido en ese montaje. De hecho, la viuda de uno de los hombres cree que estaba metido. ¿Y viste lo que pasó fuera de su casa? Sacó la pistola y disparó contra un grupo de periodistas. Está loco.

—No, disparó al aire. Si un tipo así hubiera querido cargarse a alguien, ya estarían todos muertos. Ese tipo sabe de armas, eso salta a la vista.

Peebles no pensaba retractarse.

—Creo que no entró en el patio porque sabía que las armas estaban allí. Se desplomó justo antes de que empezaran a disparar. Tenía que saberlo.

—¿Eso crees, Twan? ¿Tenía que saberlo?

Peebles asintió.

—Querías mi opinión al respecto, pues ahí la tienes.

—Bueno, déjame informar a tu maldita opinión un poco más. ¿Alguna vez te han disparado?

Peebles miró a Macy y luego a Westbrook de nuevo.

—No. Por suerte.

—Sí, deberías estar muy agradecido. Pues, mira, a mí sí que me han disparado. A ti también, ¿verdad, Mace?

Macy asintió y apartó la pistola mientras seguía el hilo de la conversación.

—Mira, a nadie le gusta que le disparen, Twan. No parece muy natural que a uno le guste que le vuelen la cabeza. Ahora bien, si London estaba metido en el ajo podría haber hecho un montón de cosas para mantenerse alejado de ese trabajito. Podría haberse disparado en el pie durante el entrenamiento, haber comido algo en mal estado e ingresar en el hospital, haber chocado contra una pared y haberse roto un brazo, cualquier mierda con tal de estar muy lejos de ese sitio. Pero estaba allí, moviendo el culo con el resto de su equipo. Llegó un momento en que dejó de moverlo y se cargaron a su equipo. A ver, ¿qué haría un hombre sobornado si es tan estúpido como para participar en el ataque? Se cruzaría de brazos, tal vez dispararía un par veces y luego iría al loquero diciéndole que está mal de la cabeza. Pero un hombre culpable no iría hasta ese patio y destruiría las ametralladoras. Pasa de arriesgar el pellejo y recoge el dinero por haberle tendido una trampa a todos. Pero ese tío fue allí e hizo algo que ni siquiera yo tendría los huevos de hacer. —Hizo una pausa y añadió—: Y también cometió otra locura.

—¿Qué locura?

Westbrook meneó la cabeza y decidió que Peebles tenía suerte de que se le dieran bien los negocios porque del resto no se enteraba.

—A no ser que todos mientan como bellacos, ese hombre salvó a Kevin. Un hombre culpable nunca se molestaría en hacer algo así.

Peebles retrocedió, como si le hubieran dado una paliza.

—Pero si tienes razón y London no está involucrado, entonces no sabrá dónde está Kevin.

—Exacto. No lo sabe. De hecho, yo tampoco sé nada, salvo un montón de gilipolleces que no sirven para nada —dijo mirando a Peebles fijamente—. Y en lo que se refiere a encontrar a Kevin, estoy igual que hace una semana, ¿no? ¿Estás contento, Twan? Porque yo no lo estoy.

—¿Qué podemos hacer entonces? —preguntó Peebles.

—Seguirle la pista a London y averiguar a qué loquero está viendo. Y esperar. Los que se llevaron a Kevin no lo hicieron porque sí. Se pondrán en contacto con nosotros, y entonces ya veremos qué pasa. Pero déjame decirte algo: si me entero de que alguien nos vendió a Kevin y a mí, ya pueden correr si quieren al Polo Sur que los encontraré y me los cargaré y prepararé con ellos un banquete para los osos polares, y si creen que soy un fantasma, más les vale que nunca me entere.

A pesar del frío que hacía en el almacén, una gota de sudor recorrió la frente de Peebles mientras Westbrook daba por zanjado el encuentro.

18

El aire no era fresco, los olores a veces eran nocivos, pero al menos no hacía frío. Le daban toda la comida que quería y estaba buena. Y tenía libros, aunque la luz era escasa, pero se habían disculpado por ello. Le habían dado blocs de dibujo y carboncillos cuando se los pidió. Eso había facilitado el encierro. Cuando las cosas salían mal, siempre le quedaba el consuelo de los dibujos. Y a pesar de la amabilidad de todos, cada vez que alguien entraba en la habitación estaba convencido de que había llegado el momento de morir, porque ¿acaso no le habían llevado allí para matarle?

Kevin Westbrook miró a su alrededor; la habitación era mucho más grande que la de su casa, pero tenía la sensación de que le aprisionaba, como si estuviera encogiéndose o él creciera y creciera. No tenía ni idea de cuánto tiempo llevaba allí. Había descubierto que era imposible saberlo si no veía ni el amanecer ni el atardecer. Ya no gritaba pidiendo ayuda. Lo había hecho en una ocasión y un hombre había entrado y le había dicho que no lo hiciera. Se lo dijo con educación y sin amenazarle, como si Kevin tan sólo acabara de pisar un parterre muy preciado. Sin embargo, Kevin intuía que el hombre le mataría si volvía a gritar. Los que hablaban en un tono agradable eran los más peligrosos.

Siempre oía el ruido metálico, y también el silbido y el de agua corriendo cerca. En conjunto, podrían ser cualquier cosa que se imaginase, pero resultaba molesto y le interrumpía el sueño. También se habían disculpado por eso. Kevin creía que eran mucho más amables que la idea que se tiene de los secuestradores.

Había intentado encontrar la forma de escapar, pero sólo había una puerta en la habitación y estaba cerrada con llave. Así que leía y dibujaba. Comía y bebía y esperaba que llegase el momento en que entrara alguien y le matara.

Mientras realizaba el bosquejo de otro dibujo que sólo él entendía, Kevin oyó unos pasos y se estremeció. Alguien abrió la puerta y se preguntó si habría llegado su hora.

Era el mismo hombre que le había dicho que no gritara. Kevin ya le había visto pero no sabía cómo se llamaba.

Quería saber si Kevin estaba cómodo, si necesitaba algo.

—No. Me tratáis muy bien, pero mi abuela seguro que está preocupada por mí. A lo mejor debería volver a casa.

—Todavía no —dijo el hombre. Se sentó en el borde de la mesa que estaba en el centro de la habitación y observó la pequeña cama situada en el rincón—. ¿Has dormido bien?

—Sí.

Entonces el hombre quiso saber, de nuevo, qué había sucedido entre Kevin y aquel hombre del callejón, el que había agarrado a Kevin, le había entregado un mensaje y le había dicho lo que tenía que hacer.

—No le dije nada porque no tenía nada que decirle. —Kevin habló en un tono más desafiante del que le habría gustado, pero el hombre ya le había formulado esas mismas preguntas y él había respondido y estaba empezando a cansarse de aquello.

—Piensa —dijo el hombre con calma—. Es un investigador muy preparado, tal vez interpretó algo que le dijiste, aunque a ti no te pareciera importante. Eres un chico listo, así que estoy seguro de que te acordarás.

Kevin sostuvo el trozo de carboncillo en la mano y lo apretó hasta que le crujieron los huesos.

—Fui hasta el final del callejón, como me dijisteis. Hice lo que me dijisteis, eso es todo. Y dijisteis que no se movería ni nada. Todos liquidados y eso. Bueno, pues no pasó. Me asustó un montón. En eso os equivocasteis.

El hombre extendió la mano y Kevin se estremeció, pero sólo le masajeó suavemente el hombro.

—Te dijimos que no te acercaras al patio, ¿no? Te dijimos que te quedaras quieto y que te iríamos a buscar. Lo teníamos todo calculado a la perfección. —Se rió—. Nos las hiciste pasar negras, hijo.

Kevin sintió que la mano había comenzado a apretarle en el hombro y, a pesar de que se reía, se dio cuenta de que aquel tipo estaba disgustado, así que decidió cambiar de tema.

—¿Por qué fuisteis con otro chico?

—Tenía que hacer algo, igual que tú. Se ganó una buena suma, como tú. De hecho, se suponía que no debías verle, pero tuvimos que cambiar las cosas sobre la marcha porque no estabas donde se suponía que debías estar. Nos salió todo muy justito. —La mano le apretó un poco más.

—O sea que ya le habéis soltado, ¿no?

—Sigue con tu historia, Kevin, ese chico no es cosa tuya. Dime por qué hiciste lo que hiciste.

¿Cómo le explicaría Kevin lo sucedido? No tenía ni idea de lo que pasaría cuando hubiera hecho lo que le habían indicado que hiciera. Entonces las armas empezaron a disparar y se asustó, pero se trataba de un miedo mezclado con curiosidad. Había sido ese temor curioso lo que le había inducido a ver lo que él mismo había causado; es como si tiraras una piedra desde un puente a la autopista sin otro propósito que el de asustar a los automovilistas, pero tu acto originara el choque múltiple de cincuenta coches y muchas muertes. O sea, que cuando tenía que haber corrido como alma que lleva el diablo, Kevin había seguido por el callejón para ver el resultado de sus actos. Y las armas, en lugar de asustarle, le habían atraído como si poseyeran el horror y la atracción de un cadáver.

—Y entonces el hombre me gritó —le dijo al captor. Aquello sí que le había asustado. ¡Aquella voz surgía de entre los muertos y le decía que retrocediera, le advertía que no siguiera!

Kevin miró al hombre después de explicárselo todo. Había hecho lo que le habían dicho por una de las razones más antiguas del mundo, dinero, suficiente como para que su abuela y Jerome vivieran en un sitio mejor. Dinero suficiente para que Kevin creyera que ayudaba y se ocupaba de los demás, en lugar de que se ocuparan de él, como siempre. Su abuela y Jerome le habían advertido que no aceptara ofertas de dinero fácil de las personas que recorrían el barrio buscando a cualquiera dispuesto a hacer cosas que no debían hacer. Muchos de los amigos de Kevin habían caído en la trampa y ahora estaban muertos, lisiados, encarcelados o desilusionados de por vida. Y él ya había pasado a formar parte de ese lamentable montón, y con sólo diez años.

—Y entonces oíste a los otros que venían por el callejón —apuntó el hombre con suavidad.

Kevin asintió mientras recordaba aquel momento. Había pasado mucho miedo. Armas por todas partes, hombres armados cortándole la única vía de escape. Salvo aquel patio. Al menos, eso es lo que había pensado. Aquel hombre se lo había impedido; le había salvado la vida. Ni siquiera le conocía y le había ayudado. Ésa era una experiencia nueva para Kevin.

—¿Cómo dices que se llamaba el hombre? —preguntó Kevin.

—Web London —respondió el hombre—. Es el hombre que te habló. Es el que me interesa.

—Le dije que no había hecho nada —repitió Kevin, esperando que la misma respuesta hiciera que el hombre se marchara y le dejara seguir dibujando—. Me dijo que si iba al patio me matarían. Me enseñó la mano, donde le habían disparado. Entonces me dio la gorra y el mensaje. Disparó la bengala y me dijo que me marchara. Y eso es lo que hice.

—Menos mal que teníamos a otro chico listo para reemplazarte. Ya habías pasado por mucho.

A Kevin no le pareció que al otro chico le hubiera tocado lo más fácil.

—¿Y London volvió al patio?

Kevin asintió.

—Volví la vista una vez. Tenía un arma muy grande. Llegó al patio y le oí disparar. Empecé a caminar rápido.

Sí, había caminado deprisa. Había caminado hasta que varios hombres salieron de una puerta y le atraparon. Kevin había visto de reojo al otro niño, de edad y estatura parecidas, aunque no lo conocía de nada. Parecía tan asustado como Kevin. Uno de los hombres leyó la nota rápidamente y le preguntó a Kevin qué había pasado. Y luego al otro niño le habían dado la gorra y el mensaje y lo habían enviado para que los entregara en lugar de Kevin.

—¿Por qué trajisteis al otro chico? —preguntó Kevin de nuevo, pero el hombre no replicó—. ¿Por qué lo enviasteis a él con el mensaje y no a mí?

El hombre hizo caso omiso de la pregunta.

—¿Te dio la impresión de que London estaba fuera de sí, como si no pensara con claridad?

—Me dijo qué tenía que hacer. Para mí que pensaba mejor que nadie.

El hombre respiró hondo y se quedó cavilando. Luego sonrió a Kevin.

—Nunca sabrás lo increíble que resulta todo esto, Kevin. Web London tiene que ser alguien realmente especial para haber hecho eso.

—No me dijisteis lo que pasaría.

El hombre seguía sonriendo.

—Porque no tenías que saberlo, Kevin.

—¿Dónde está el otro chico? ¿Por qué lo trajisteis? —preguntó de nuevo.

—Cuando se tienen en cuenta todas las contingencias las cosas suelen salir bien.

—¿Está muerto el otro chico?

El hombre se puso en pie.

—Si necesitas cualquier cosa, sólo tienes que decírnoslo. Te cuidaremos bien.

Kevin decidió recurrir a las amenazas.

—Mi hermano andará buscándome. —No lo había dicho con anterioridad, pero no había dejado de pensar en ello en ningún momento. Todo el mundo conocía al hermano de Kevin. Y casi todos le temían. Kevin rezó para que ese hombre también le tuviera miedo. Kevin se vino abajo cuando, a juzgar por su expresión, vio que no era así. Tal vez ese hombre no le tuviera miedo a nada.

—Descansa, Kevin. —El hombre miró los dibujos—. Tienes mucho talento. Quién sabe, a lo mejor podrías no haber acabado como tu hermano. —El hombre cerró la puerta con llave.

Aunque Kevin intentó evitarlas, las lágrimas le resbalaron por las mejillas y gotearon sobre la manta. Se las secó, pero aparecieron más. Se sentó en un rincón y lloró tanto que le costó respirar. Entonces se cubrió la cabeza con una manta y se quedó sentado en la oscuridad.

19

Web condujo el Crown Vic por la calle donde había vivido su madre. Era un barrio que estaba en las últimas, cuyo potencial nunca se había materializado y cuya vitalidad hacía ya mucho que se había agotado. Sin embargo, la ubicación, rural hacía treinta años, estaba ahora en pleno centro de la zona residencial de las afueras de la ciudad, en medio de la constante expansión del área metropolitana, donde los trabajadores se levantaban a las cuatro para llegar a la oficina a las ocho. Era probable que, en menos de cinco años, una promotora inmobiliaria comprara todas las propiedades ruinosas, las demoliese y casas nuevas a precios desorbitados se elevasen del polvo de las viejas casas sacrificadas por cantidades irrisorias.

Web salió del Crown Vic y miró a su alrededor. Charlotte London había sido una de las personas más ancianas de la zona, y la casa, a pesar de los esfuerzos de Web, estaba casi tan ruinosa como las demás. La valla de tela metálica apenas se tenía en pie. Las marquesinas metálicas de la casa estaban hundidas por el peso del agua y tenían tanta mugre que resultaba difícil imaginárselas limpias. El único árbol que había, un arce, estaba muerto y las hojas marrones del año anterior, agitadas por la brisa, interpretaban una triste melodía. El césped había crecido mucho porque hacía tiempo que Web no iba a pasar la máquina cortacésped. Durante años se había esforzado en conservarlo en buen estado, pero había acabado desistiendo porque su madre apenas se había ocupado de la casa y el patio. Puesto que estaba muerta, Web pensó que algún día vendería la casa y no le apetecía dedicarse a eso en aquellos momentos, quizá nunca le apeteciese.

Web entró y echó un vistazo. Tras la muerte de su madre había ido a la casa de inmediato. Todo estaba desordenado, tal como su madre lo había dejado. Se había pasado un día entero limpiándola y había sacado a la calle diez enormes bolsas de basura. No había dado de baja el agua, la electricidad ni el servicio de alcantarillado. No es que pensara vivir allí, pero sentía cierto apego. Inspeccionó las habitaciones, limpias salvo por alguna que otra telaraña. Se acomodó, consultó su reloj y encendió el televisor en el instante preciso en que un noticiario especial interrumpía el culebrón. Se trataba de la conferencia del FBI que le habían prometido. Web se inclinó hacia delante y ajustó la imagen y el sonido.

Web se quedó boquiabierto al ver a Percy Bates en el estrado. ¿Dónde coño estaba Buck Winters?, se preguntó Web. Escuchó a Bates repasar su distinguida trayectoria en el FBI y también retransmitieron varios momentos culminantes en los que Web recibía distintas condecoraciones, medallas y menciones de los dirigentes del FBI e, incluso, del presidente. Bates explicó el horror de lo sucedido en el patio y el valor y las agallas de Web al enfrentarse a tamaño enemigo.

En una de las tomas, Web estaba en el hospital con la mitad del rostro vendado. Instintivamente, Web se tocó la vieja herida. Se sintió orgulloso y denigrado a la vez. De repente, deseó que Bates no lo hubiese hecho. Ese vídeo no haría cambiar de parecer a nadie. Es como si adoptara una actitud defensiva. Los periodistas le crucificarían y, seguramente, acusarían al FBI de salvar el culo al proteger a uno de los suyos. Y quizás, en cierto modo, así fuera. Dejó escapar un gemido. Había pensado que la situación no empeoraría y, sin embargo, acababa de empeorar. Apagó el televisor, se quedó sentado y cerró los ojos. En su interior, sintió como si alguien le apoyara una mano en el hombro, pero allí no había nadie. Siempre que iba a la casa de su madre le pasaba lo mismo; la presencia de su madre estaba por todas partes.

Charlotte London se había dejado hasta el día de su muerte el pelo hasta la altura de los hombros, el cual con el paso de los años había pasado del rubio glorioso y sexy al cano elegante y lujoso. La piel no se le había arrugado porque era alérgica al sol y siempre se había protegido del mismo. Y el cuello había sido largo y suave con músculos marcados en la parte baja. Web se preguntó cuántos hombres se habrían quedado prendados de aquella curva delicada pero poderosa. De adolescente Web había tenido sueños con su madre joven y sexy, de los que se avergonzaba hasta el día de hoy.

A pesar de la bebida y los penosos hábitos alimenticios, su madre no había engordado ni un gramo en cuarenta años y el peso seguía bien distribuido. A los cincuenta y nueve años había estado despampanante. Una pena que el hígado no hubiese resistido. Todo lo demás habría seguido funcionando durante un buen tiempo.

Aunque había sido muy hermosa, era su intelecto lo que atraía a casi todo el mundo. Sin embargo, las conversaciones entre madre e hijo habían sido del todo singulares. Su madre no veía la televisión. «Por algo la llaman la caja tonta —solía decir—. Prefiero leer a Camus. O a Goethe. O a Jean Genet. Genet me hace reír y llorar a la vez, y no sé por qué pues Genet no tiene nada de humorístico. Sus temas eran viles. Depravados. Tanto sufrimiento. Principalmente autobiográfico.»

—Claro. Desde luego, Genet, Goethe —le había dicho Web hacía varios años—. Hombres G, como yo, más o menos. —Su madre nunca había pillado el chiste. «Hombres G» era otro nombre para designar a los agentes del FBI.

—Pero pueden llegar a ser sumamente cautivadoras... incluso eróticas —había dicho su madre.

—¿El qué? —había inquirido él.

—La vileza y la depravación.

Web había respirado hondo. Había querido decirle que había visto tanta vileza y depravación que habría hecho vomitar el almuerzo a su querido Jean Genet. Había querido explicar a su madre clara y llanamente que no había que bromear con esos males porque bastaba que un día alguien, arrastrado por la vileza y la depravación, apareciese en su puerta y acabase con su vida. Sin embargo, permaneció en silencio. Su madre solía causarle ese efecto.

Charlotte London había sido una niña prodigio y había asombrado a todo el mundo con su inteligencia. Se había matriculado en la universidad a los catorce años y se había licenciado en Literatura Norteamericana en Amherst con una de las mejores notas de su promoción. Hablaba cuatro idiomas con soltura. Tras licenciarse, viajó sola por el mundo durante casi un año; Web había visto las fotografías y leído sus diarios. Y eso sucedió en una época en la que las mujeres no hacían esa clase de cosas. Charlotte incluso había escrito un libro donde narraba sus aventuras, y el libro seguía vendiéndose en la actualidad. Se titulaba *London Times*; London había sido su apellido de soltera y lo había recuperado tras la muerte de su segundo marido. Le había cambiado legalmente el apellido de Sullivan a Web después de divorciarse de su primer esposo. Web nunca había tenido el nombre de su padrastro. Su madre no se lo permitió. Era su forma de ser. Y nunca había sabido por qué le habían puesto un nombre tan extraño como Web. Había repasado todo el árbol genealógico materno pero la respuesta no estaba allí. Su madre se había negado en redondo a tan siquiera decirle quién se lo había puesto.

De pequeño, su madre le había contado muchas de las cosas que había visto y hecho en sus viajes de juventud, y a Web aquellas historias le habían parecido las más maravillosas que había oído jamás. Y había querido acompañarla, escribir su propio diario y fotografiar a su hermosa y aventurera madre con las aguas prístinas de Italia de fondo o en una montaña coronada de nieve en Suiza o en la terraza de un café de París. En los sueños de niñez había imaginado a la madre hermosa y el hijo apuesto tomando el mundo por asalto. Pero cuando se casó con el padrastro de Web, esos sueños se desvanecieron.

Web abrió los ojos y se incorporó. Bajó al sótano. Una gruesa capa de polvo lo cubría todo y Web no encontró nada que se pareciese a lo que buscaba. Subió la escalera y se dirigió a la cocina, en la parte posterior de la casa. Abrió la puerta trasera y observó el pequeño garaje que daba cobijo, entre muchas otras cosas, al viejo Plymouth Duster de su madre. Web oyó gritos de niños que jugaban cerca. Cerró los ojos y apoyó la cara en la malla mientras interiorizaba aquellos sonidos. Se imaginó la pelota volando por los aires, las piernas corriendo tras ella, un Web muy joven pensando que si no la atrapaba ya podía despedirse de la vida. Olfateó el aire y le llegó el olor a humo de leña mezclado con el dulce aroma del césped de otoño recién cortado. Parecía que no había nada mejor en el mundo y, sin embargo, no era más que un olor que nunca duraba mucho. Y, entonces, volvías a encontrarte en tu vida de mierda. Web había descubierto que la mierda nunca era temporal.

En su visión, el joven Web corría y corría. Estaba anocheciendo y sabía que su madre le llamaría en cualquier momento. No para cenar, sino para ir corriendo hasta la casa de los vecinos y pedirles cigarrillos para su padrastro. O para apresurarse en llegar a Foodway con un par de dólares y otro cuento triste que contar al viejo Stein, que se ocupaba del establecimiento con mucha más generosidad de la que debía. El joven Web siempre se apresuraba en llegar a Foodway. Siempre cantaba la misma triste canción irlandesa, y su madre era quien le suministraba la letra. ¿Dónde había aprendido esa triste canción?, le había preguntado Web. Al igual que con el origen de su nombre, jamás obtuvo una respuesta.

Web recordaba a la perfección al señor Stein poniéndose en cuclillas con sus enormes gafas, la vieja chaqueta de punto y el mandil blanco y limpio, y aceptando gentilmente los billetes arrugados de mano de «Webbie» London, que es como le gustaba llamarle. Luego ayudaría a Web a elegir la comida para la cena e incluso quizá para el desayuno. Por supuesto, aquellos comestibles siempre costaban mucho más de dos dólares, pero Stein jamás había dicho nada al respecto. Sin embargo, no se había mostrado tan reservado con otras cosas.

—¡Dile a tu madre que no beba tanto! —le había gritado a Web mientras éste se alejaba corriendo con dos bolsas de comestibles llenas hasta los topes—. Y dile a ese diablo de marido que Dios le castigará por lo que ha hecho, si es que no lo hace antes la mano de un hombre. ¡Si Dios me concediera ese honor! Rezo por ello todas las noches, Webbie. Díselo a tu madre. ¡Y a él también! —El viejo Stein estaba enamorado de la madre de Web, al igual que todos los hombres del barrio, casados o no. De hecho, el único hombre que no parecía estar enamorado de Charlotte London era su esposo.

Subió a la planta de arriba y observó la escalera plegable del desván situada en medio del pasillo. Tendría que haber empezado a buscar por ahí, por supuesto, pero no quería subir. Finalmente, tiró de la cuerda para arriar la escalera y subió por la misma. Encendió la luz y recorrió todos los rincones oscuros con la vista. Web volvió a respirar hondo y se dijo que los cobardes sonrientes casi nunca lograban nada en la vida y que él era un valiente asaltante del ERR con una nueve milímetros cargada en la pistolera. Caminó por el desván y se pasó una hora repasando compulsivamente muchos más elementos de su pasado de los que le apetecía.

Los anuarios del colegio estaban allí, con las fotografías de niños y niñas intentando parecer mayores de lo que eran, si bien al cabo de pocos años se esforzarían lo indecible por hacer lo contrario. Se entretuvo descifrando los garabatos de los compañeros, quienes esbozaban planes magníficos para su futuro, aunque, que Web supiera, ninguno de ellos los había materializado, incluido él. En una caja encontró la chaqueta universitaria y el casco de fútbol. Hubo una época en la que recordaba de dónde procedía cada uno de los arañazos que había en el casco. Ahora ni siquiera recordaba el número que había vestido. Había libros de texto viejos e inútiles y diarios repletos de dibujos estúpidos trazados por unas manos aburridas. Sus manos.

En un rincón había un perchero con prendas de las últimas cuatro décadas, llenas de polvo, moho y agujeros de polillas. También había discos antiguos pandeados por el calor y el frío. Había cajas de cromos de béisbol y fútbol que ahora valdrían una fortuna si Web no los hubiera empleado como blanco para los dardos. Había trozos de una bicicleta que recordaba vagamente haber poseído, junto con media docena de linternas estropeadas. También había una figurilla de arcilla que su madre había esculpido, nada mal por cierto, pero su padre la había tratado a patadas tantas veces que no sólo se había quedado sin ojos, sino que también le faltaban las orejas y la nariz.

Todo aquello era el recuerdo de una familia bastante normal que, de hecho, había sido todo menos normal en ciertos aspectos.

Web pensó en dejarlo todo cuando descubrió la caja debajo de una colección de libros universitarios de su madre, las obras de filósofos, pensadores y escritores muertos hacía ya mucho tiempo. Web repasó rápidamente el contenido de la caja. Suficiente para empezar. Sería un investigador bastante penoso si no sabía cómo seguir a partir de aquello. Le sorprendió el hecho de no haber reparado antes en la caja mientras vivía en la casa. Pero, claro, nunca la había buscado.

Se dio la vuelta y observó el rincón más lejano. Estaba oscuro y juraría que algo se había movido allí. Se llevó la mano al arma. Odiaba aquel desván. ¡Lo odiaba! Y, sin embargo, no sabía por qué. Sólo era un maldito desván.

Cargó con la caja hasta el coche y de vuelta al motel llamó a Percy Bates por el móvil.

—Buen trabajo, Perce. Todo cambia en un día. Pero ¿qué fue del viejo Bucky?

—Winters se echó atrás en el último momento.

—Claro. Por si me derrumbo. Y te pasó a ti el muerto.

—De hecho me ofrecí voluntario cuando él se rajó.

—Eres un buen tipo, Perce, pero nunca ascenderás en el FBI si sigues haciendo las cosas bien.

—Me importa una mierda.

—¿Alguna novedad?

—Averiguamos de dónde proceden las armas. Las robaron en un complejo militar de Virginia. Hace dos años. Vaya ayuda. Pero lo rastrearemos todo hasta descubrir la verdad.

—¿Se sabe algo de Kevin Westbrook?

—No. Y no se han presentado más testigos. Al parecer, todos son sordomudos.

—Supongo que habrás hablado con las personas con quienes Kevin vivía. ¿Has sacado algo en claro?

—Poca cosa. No le han visto. De todos modos, él evitaba ese sitio.

Web eligió con sumo cuidado las siguientes palabras.

—¿Así que nadie quería al niño? ¿Ni una madre ni una abuela?

—Una anciana. Y creemos que es la madrastra de la madre de Kevin o algo así. No nos explicó con claridad cuál era el parentesco. Parece sencillo, pero eso del clan familiar es más complicado de lo que uno se piensa. Padres encarcelados, madres desaparecidas, hermanos muertos, hermanas putas, bebés a cargo de cualquiera con un mínimo de decencia, y ésos suelen ser los mayores. Parecía preocupada por el niño, pero también tiene miedo. Todos tienen miedo en esa zona.

—Perce, ¿llegaste a ver a Kevin antes de que desapareciera?

—¿Por qué?

—Estoy intentando reconstruir el espacio temporal desde que lo vi por última vez hasta que desapareció.

Espacio temporal. Joder, ojalá se me hubiera ocurrido a mí —dijo Bates con sarcasmo.

—Venga, Perce, no intento ofender a nadie, pero le salvé la vida y me gustaría que no la perdiera ahora.

—Web, sabes que las posibilidades de que el niño aparezca con vida son prácticamente nulas. Quienquiera que se lo llevara no le estaba preparando una fiesta sorpresa. Hemos rastreado todos los sitios imaginables. Hemos puesto anuncios de búsqueda en todos los estados vecinos, incluso en las fronteras de Canadá y México. No nos los encontraremos paseando por la ciudad con el niño.

—Pero si trabajaba para su hermano, tal vez esté a salvo. Bueno, ya sé que Gran F es un auténtico cabrón, pero no me lo imagino cargándose a su hermanito.

—He visto cosas peores, y tú también.

—Pero ¿viste a Kevin?

—No, no lo vi personalmente. Había desaparecido antes de que yo llegara. ¿Contento?

—Hablé con los tipos del ERR que lo vigilaban. Me dijeron que lo entregaron a un par de trajeados del FBI. —Web había decidido que no mencionaría que, según Romano, había sido cosa de un único hombre porque quería escuchar la versión de Bates.

—Sin duda alguna te sorprenderá saber que también hablé con ellos y averigüé lo mismo.

—No sabían los nombres de los agentes. ¿Tuviste suerte al respecto?

—El juego acaba de empezar.

Web abandonó todo intento congraciador.

—No, no es cierto, Perce. Pasé muchos años haciendo lo que haces. Sé cómo acaban estos casos. Si todavía no sabes quiénes eran los trajeados, eso quiere decir que no eran del FBI, que un par de impostores entraron en la escena del crimen del FBI, tu escena del crimen, y se largaron con un testigo clave. Quizá pueda ayudarte.

—Ésa es tu teoría. Y no quiero ni necesito tu ayuda.

—¿Me estás diciendo que estoy equivocado?

—Lo que te digo es que te mantengas bien alejado de mi investigación. Y lo digo muy en serio, joder.

—¡Era mi maldito equipo!

—Lo comprendo, pero si me entero de que estás haciendo algo, formulando preguntas o siguiendo pistas por tu cuenta, entonces la habrás cagado. Espero que te haya quedado claro.

—Te llamaré cuando resuelva el caso.

Web apagó el móvil y se reprochó el haberse cargado su última baza en el FBI. Había sido tan sutil como un camión de carga, pero Bates parecía sacar la fiera que hay dentro de las personas. ¡Y pensar que había llamado con la mera intención de darle las gracias por la conferencia de prensa!

20

Claire se desperezó al tiempo que bostezaba. Se había levantado muy temprano y la noche anterior había trabajado hasta demasiado tarde; en eso se había convertido la rutina de su vida. Se casó a los diecinueve con su amor del instituto, fue madre a los veinte y se divorció a los veintidós. Los sacrificios que había realizado durante los siguientes diez años mientras acababa las carreras de Medicina y Psiquiatría eran tantos que ni siquiera los recordaba todos. Sin embargo, no se arrepentía de haber tenido a su hija, que acababa de entrar en la universidad. Maggie Daniels estaba sana, era brillante y se amoldaba a todo. Su padre no había querido saber nada de la educación de su hija y tampoco se había interesado por ella durante la edad adulta. De hecho, Claire sabía que era decisión de Maggie, pero lo cierto era que nunca había inquirido mucho sobre su padre y se había tomado con calma el vivir sin padre. Claire no había regresado a los círculos sociales y, finalmente, había llegado a la conclusión de que su carrera sería su vida.

Abrió la carpeta y estudió las notas que había tomado. Web London era un sujeto fascinante para cualquier estudiante de la psicología humana. Por lo poco que Claire había logrado deducir antes de que se marchase repentinamente de la consulta, Web era un problema andante. Desde los típicos de la infancia hasta la desfiguración de adulto pasando por el peligroso trabajo que desempeñaba y que tanto parecía satisfacerle; una persona necesitaría toda una vida profesional para tratar a un paciente así. El golpeteo en la puerta interrumpió sus pensamientos.

—¿Sí?

Se abrió la puerta y apareció uno de los compañeros de Claire.

—Ven a ver una cosa.

—¿Qué cosa, Wayne? Estoy ocupada.

—La conferencia de prensa del FBI. Web London. Le vi salir de aquí el otro día. Le asesoraste, ¿no?

Torció el gesto al oír la pregunta y no replicó. Pero se levantó y le siguió hasta la sala de recepción, donde había un pequeño televisor. Varios psiquiatras y psicólogos que tenían consultas allí, incluido Ed O'Bannon, ya estaban contemplando la pantalla. Era la hora del almuerzo y ninguno de ellos parecía tener pacientes. Varios estaban comiendo.

Durante los siguientes diez minutos, se procedió a un exhausto repaso de la vida y carrera de Web London. Claire se llevó la mano a la boca al ver a Web en el hospital, con la mayor parte de la cara y el torso vendados. Aquel hombre había sufrido mucho, más de lo humanamente soportable. Y Claire sintió la imperiosa necesidad de ayudarle, a pesar del modo en que Web había dado por zanjada la sesión. Cuando terminó la conferencia de prensa, todos fueron regresando a sus consultas; Claire detuvo a O'Bannon.

—Ed, ¿recuerdas que te dije que vi a Web London cuando tú no podías?

—Desde luego, Claire. En realidad, te lo agradezco. —Bajó la voz—. A diferencia de otros que hay por aquí, sé que no me robarás los pacientes.

—Gracias, Ed. Pero lo cierto es que el caso de Web me interesa. Y congeniamos bastante durante la sesión. —Añadió con firmeza—: Quiero ocuparme de su orientación.

O'Bannon parecía sorprendido y negó con la cabeza.

—No, Claire. Ya he tratado a London y es un hueso duro de roer. No llegamos al final de la cuestión, pero parece tener serios problemas madre-hijo.

—Lo comprendo, pero quiero ocuparme del caso.

—Y te lo agradezco, pero es mi paciente y la continuidad del tratamiento es esencial, así que el médico debe ser el mismo.

Claire respiró hondo.

—¿Podría decidirlo Web? —preguntó.

—¿Perdón?

—¿Le llamarías para pedirle que decida a quién de los dos prefiere?

O'Bannon parecía irritado.

—No creo que sea necesario.

—Congeniamos mucho, Ed, y creo que en este caso otros dos ojos serían beneficiosos.

—No me gusta lo que insinúas, Claire. Mis referencias son impecables. Por si no lo sabías, estuve en Vietnam, donde traté casos de síndrome de combate y neurosis de guerra y a prisioneros de guerra a quienes les habían lavado el cerebro, y no me fue nada mal.

—Web no trabaja con los militares.

—No hay nada más parecido a los militares que el ERR. Les conozco bien y hablo su idioma. Creo que mi experiencia se ajusta a la perfección al caso.

—No digo que no, pero Web me dijo que no se encontraba demasiado cómodo contigo. Y sé que lo que prima para ti es el bienestar del paciente.

—No me vengas con sermones sobre la ética profesional. —Guardó unos instantes de silencio y prosiguió—. ¿Dijo eso... que no estaba demasiado cómodo conmigo?

—Sí, pero eso no hace más que confirmar que estás en lo cierto, que es un hueso duro de roer. Que yo sepa, quizá yo tampoco le guste cuando empecemos el tratamiento. —Tocó a O'Bannon en el hombro—. ¿Le llamarás hoy?

—Le llamaré —dijo O'Bannon de mala gana.

Web conducía su automóvil cuando sonó el móvil. Miró la pantallita. Era un número de Virginia que no conocía.

—¿Diga? —preguntó con cautela.

—¿Web?

La voz le sonaba, pero no sabía quién era.

—Soy el doctor O'Bannon.

Web parpadeó.

—¿Cómo ha conseguido este número?

—Me lo diste tú mismo, durante una de las últimas sesiones...

—Mire, he estado pensando que...

—Web, he hablado con Claire Daniels.

Web sintió que se acaloraba.

—¿Le dijo que hablamos?

—Sí, aunque no me dijo de qué, por supuesto. Sé que atravesabas una crisis y Claire intentó localizarme antes de hablar contigo. Por eso te llamo.

—No termino de entenderlo.

—Bien, Claire me ha dicho que congeniasteis. Cree que estarás más cómodo con ella. Dado que eres mi paciente, tenemos que ponernos de acuerdo para tomar tal decisión.

—Mire, doctor O'Bannon...

—Web, quiero que sepas que en el pasado tratamos tus problemas satisfactoriamente y creo que podríamos seguir juntos. Es probable que Claire tan sólo adornase un poco tu incertidumbre para conmigo. Pero, para tu información, Claire no cuenta con mi experiencia. He visto a agentes del FBI durante más tiempo que ella. No me gusta decir este tipo de cosas, pero entre tú y yo, Claire se quedaría corta contigo. —Guardó silencio, como si esperara una respuesta por parte de Web—. Entonces, ¿seguirás viéndome?

—Iré con Claire.

—¡Web, venga ya!

—Quiero a Claire.

O'Bannon permaneció en silencio unos segundos.

—¿Estás seguro? —dijo finalmente, con brusquedad.

—Estoy seguro.

—Entonces haré que Claire se ponga en contacto contigo. Espero que congeniéis —añadió con tono seco.

La llamada se cortó y Web continuó conduciendo. Transcurrieron dos minutos y el móvil sonó de nuevo. Era Claire Daniels.

—Supongo que te sentirás como un hombre perseguido —dijo en un tono encantador.

—Es bueno ser popular.

—Me gusta acabar lo que empiezo, Web, aunque tenga que disgustar a un compañero de trabajo.

—Te lo agradezco, Claire, y sé que le dije al doctor O'Bannon que estaba de acuerdo, pero...

—Por favor, Web, creo que puedo ayudarte. Al menos me gustaría intentarlo.

Web se quedó pensativo mientras contemplaba la caja de cartón. ¿Qué tesoros guardaría?

—¿Puedo llamarte a este número?

—Hasta las cinco.

—¿Y después?

Se detuvo en una gasolinera y anotó el móvil y el teléfono de casa de Claire. Le dijo que la llamaría después y apagó el móvil. Web guardó el número en la memoria del aparato, regresó a la carretera y se puso a pensar en lo sucedido. Lo que no le gustaba era que ella pusiera tanto empeño, quizá demasiado.

Web volvió a la habitación del motel. Comprobó los mensajes de casa. Varias personas habían visto la conferencia de prensa y le habían llamado para desearle lo mejor. Otras tantas voces que no reconocía le amenazaban con romperle la cara deformada de cobarde. A Web le pareció oír la voz de Julie Patterson y a varios niños berreando al fondo, pero no estaba seguro. Lo cierto era que Web no estaría entre los números preferidos de Julie.

Se sentó en el suelo con la espalda apoyada en la pared y, de repente, sintió tanta pena por Julie que empezó a temblar. Sí, Web estaba pasando por unos momentos difíciles, pero acabarían desapareciendo. Para Julie era distinto, tendría que cargar durante el resto de su vida con el peso de un marido y un hijo muertos y la responsabilidad de criar sola a cuatro hijos. Era una superviviente, igual que Web. Y los supervivientes eran los que sufrían más porque tenían que arreglárselas por sí solos y seguir viviendo.

Marcó el número y contestó un niño. Era el mayor, Lou, y aunque sólo tenía once años, ahora era el hombre de la casa.

—Louie, ¿está tu madre? Soy Web.

Se produjo una larga pausa.

—¿Mataste a nuestro padre, Web?

—No, Louie, sabes de sobra que no lo maté. Pero averiguaremos quién lo hizo. Dile a tu madre que se ponga —añadió con firmeza.

Web oyó al niño dejar el teléfono y alejarse. Mientras esperaba, Web notó que temblaba de nuevo, seguramente porque no tenía ni idea de lo que le diría a Julie. Al oír unos pasos que se acercaban al teléfono se puso más nervioso, pero la persona cogió el teléfono y no dijo nada.

—¿Julie? —dijo Web finalmente.

—¿Qué quieres, Web? —Parecía cansada. Curiosamente, el tono cansado le resultaba mucho más doloroso que los gritos iracundos en la iglesia.

—Quería saber si podía hacer algo por ayudarte.

—Ni tú ni nadie puede hacer nada.

—Deberías estar acompañada. No es aconsejable que estés sola en estos momentos.

—Mi hermana y mi madre han venido desde Newark.

Web respiró hondo. Bien, buena señal. Al menos hablaba con calma y lógica.

—Averiguaremos quién lo hizo, Julie. Aunque tarde toda la vida. Quiero que lo sepas. Lou y los otros lo eran todo para mí.

—Haz lo que tengas que hacer, pero no les devolverás a la vida, Web.

—¿Has visto la conferencia de prensa de hoy?

—No. Y, por favor, no vuelvas a llamar. —Colgó.

Web se quedó sentado, asimilando la conversación. No había esperado que le pidiera disculpas por haberle puesto como un trapo el otro día. Eso habría sido esperar demasiado. Lo que le molestaba era que se sentía rechazado. ¿«Por favor, no vuelvas a llamar»? Quizá las otras esposan pensaran lo mismo. Ni Debbie ni Cynde ni ninguna de las otras esposas se había puesto en contacto con él para ver cómo estaba. Entonces volvió a recordar que la pérdida de ellas era mucho mayor que la suya. Habían perdido a sus maridos. Web sólo había perdido a sus amigos. Supuso que la diferencia era más que considerable. Sólo que, para él, tal diferencia no existía.

Cruzó la calle hasta un 7-Eleven y pidió una taza de café. Había comenzado a lloviznar y la temperatura había descendido en picado. Lo que había empezado como un día cálido y hermoso se había convertido en un uno gris y húmedo, algo muy común en esa zona, lo que había reforzado sus instintos suicidas.

Web regresó a la habitación, se sentó en el suelo y abrió la caja de cartón. Los documentos olían a viejo, algunos tenían moho, y las escasas fotografías estaban amarillentas y rasgadas. Y, sin embargo, todo aquello le cautivó porque no lo había visto nunca. En parte porque nunca había sabido que su madre guardaba esos recuerdos del primer matrimonio en esa caja. Y también era cierto que nunca los había buscado en la casa. No sabía muy bien por qué. Quizá la relación con su padrastro le había hecho perder todo interés en los padres.

Ordenó las fotos en el suelo y luego las observó detenidamente. Su padre, Harry Sullivan, había sido un hombre apuesto. Muy alto y ancho de espaldas, pelo negro y ondulado en forma de copete con brillantina y una mirada de seguridad en sí mismo que parecía atravesar la fotografía. Guardaba cierto parecido con las estrellas de cine de la década de 1940, joven y con mucha presencia y un brillo pícaro en los ojos. Web no dudaba que Harry Sullivan resultaría atractivo para una joven un tanto ingenua a pesar de su inteligencia y viajes por el mundo. Web se preguntó qué aspecto tendría su padre en la actualidad, tras muchos años en la cárcel, tras varias décadas viviendo una vida acelerada que llevaba a un callejón sin salida.

En otra fotografía, Sullivan rodeaba con el brazo la cintura de Charlotte. El brazo era tan largo que daba la vuelta y subía por el torso, y los dedos quedaban justo debajo de los pechos, quizá los rozaban. Parecían muy felices. Es más, Charlotte London, con la falda plisada y el peinado informal, parecía más hermosa, más encantadora y más alegre de estar viva que nunca. Sin embargo, supuso que eso formaba parte de la juventud. Todavía no habían pasado por épocas difíciles. Web se tocó la mejilla. No, las épocas difíciles no eran agradables y no siempre te hacían más fuerte. Web la vio tan llena de vida que le costó lo suyo creer que estaba muerta.

Empezó a llover con más intensidad y Web siguió sentado en la habitación del motel, bebiendo el café y mirando otros objetos. Hojeó el certificado de matrimonio de los Sullivan. A Web le sorprendió que su madre lo hubiera conservado. Pero, claro, por muy mal que hubiera salido, seguía siendo su primer matrimonio. La firma de su padre era muy pequeña para un hombre tan grande y seguro de sí mismo. Y las letras estaban mal delineadas, como si el viejo Harry se avergonzase de firmar, inseguro del trazado correcto. Un hombre inculto, concluyó Web.

Dejó el certificado y extrajo otra hoja de papel. Una carta. En la parte superior figuraba el membrete de un correccional de Georgia. La carta estaba fechada un año después de que madre e hijo hubieran huido del recluso en que se había convertido el esposo y padre. La carta estaba escrita a máquina, pero al pie de la misma figuraba la firma de Harry Sullivan. Y la firma era más segura, las letras más grandes y más precisas, como si Harry se hubiera esforzado en hacerlo bien. Pero, claro, en la cárcel había disfrutado de mucho tiempo «libre».

La carta era sucinta. Era una disculpa a Charlotte y Web. Aseguraba que cuando saliera sería un hombre nuevo. Les trataría bien. Bueno, de hecho en la carta decía que se «esforzaría» por cumplir esas promesas. Web reconoció que quizá se tratara de un ejercicio de honestidad por parte de Sullivan, algo nada fácil para un hombre que se pudría lentamente en la cárcel. Web había realizado suficientes interrogatorios como para saber que los barrotes de hierro y los cerrojos y el futuro incierto solían hacer que las personas mintieran descaradamente si creían que eso les ayudaría. Se preguntó si su padre habría recibido los documentos del divorcio poco después de haber enviado aquella carta. ¿Cómo afectaría aquello a un hombre encarcelado? ¿Sin libertad y también sin esposa e hijo? Lo cierto es que no le quedaría mucho más. Web nunca había culpado a su madre por lo que había hecho, y ahora tampoco la culpaba. Sin embargo, esos pequeños fragmentos de la vida familiar le hicieron sentir pena por Harry Sullivan, estuviera donde estuviera, vivo o muerto.

Web apartó la carta y se pasó varias horas mirando el resto de la caja. La mayoría de lo que allí había no le serviría para encontrar a su padre, por más que lo había analizado con atención, aunque sólo fuera para sentirse mejor. Su mano se cerró en torno a dos objetos que prometían conducirle a una pista. Uno era un carné de conducir caducado con una fotografía de su padre y el otro, más importante, la tarjeta de la Seguridad Social. Aquello proporcionaba varias posibilidades. Web contaba además con otra perspectiva para la investigación.

Se tragó el orgullo, llamó a Percy Bates y se disculpó tanto que se sintió avergonzado. Luego le dijo el nombre de Harry Sullivan, el número de la Seguridad Social y las fechas aproximadas de su encarcelamiento en la prisión de Georgia. Web había pensado en llamar a Ann Lyle para pedirle lo mismo, pero no quería recurrir a ese pozo de información con tanta frecuencia. Ann ya tenía mucho trabajo y, en aquellos momentos, el ERR necesitaba toda su atención. Además, todavía no se había puesto en contacto con él por lo de Cove, y no quería que se sintiera presionada.

—¿Quién es este tipo? —preguntó Bates.

Cuando Web había solicitado ingresar en el FBI había tenido que poner el verdadero nombre de su padre, y los investigadores habían querido saber más detalles. Web se los había preguntado a su madre, pero ella se había negado en redondo a hablar del asunto. Web había explicado a los investigadores que desconocía el paradero de su padre y que carecía de información para ayudarles a localizarlo. Que él supiera, la cosa había acabado allí. Había superado la comprobación de antecedentes y trabajaba para el FBI. El último contacto con su padre había sido a los seis años, así que el FBI tampoco podía recriminarle que su padre fuera un presidiario.

—Un tipo al que tengo que encontrar —le dijo a Bates. Web sabía que el FBI era muy riguroso con la comprobación de antecedentes y era bastante probable que tuvieran información sobre su padre. Sin embargo, Web nunca había tenido deseos de comprobar el archivo. De todos modos, no era imposible que Bates supiera que Harry Sullivan era el padre de Web. Si así fuera, mentir se le daba bien.

—¿Alguna relación con la investigación?

—No, como bien dijiste se trata de información secreta, pero te agradecería el favor.

Bates le dijo que haría lo que pudiera y colgó.

Web cerró la caja y la dejó en un rincón. Sacó el móvil y volvió a comprobar si tenía mensajes en casa. Se había obsesionado al respecto desde lo ocurrido en el patio y no sabía muy bien por qué. Al oír la voz se alegró de ser tan diligente. Debbie Riner quería saber si a Web le apetecía cenar con ella esa misma noche. La llamó al instante y le dijo que iría. Había visto la conferencia de prensa en la televisión.

—Nunca dudé de ti, Web —dijo.

Web dejó escapar un suspiro. La vida parecía mucho mejor en aquellos momentos.

Buscó el número que quería en la pantalla del móvil. Eran las cinco pasadas, así que Claire Daniels no estaría en la consulta. Los dedos vacilaron sobre el botón. Y entonces la llamó. Le dijo que estaba en el coche, de camino a casa.

—Te podré ver mañana a primera hora. A las nueve —dijo.

—Ya habrás resuelto todos mis problemas, ¿no?

—Soy eficiente, pero no tan rápida. —Web sonrió al oír el comentario—. Te agradezco que me dejes orientarte. Sé que los cambios cuestan.

—Cambiar es lo de menos, Claire. Lo que más me preocupa es lo de volverme loco. Te veré a las nueve.

21

La cena con Debbie Riner y sus hijos no salió tan bien como Web había esperado. Carol Garcia también estaba allí con uno de sus hijos. Se sentaron en torno a la mesa de comedor, hablaron de cosas triviales y evitaron cualquier referencia relacionada con sus vidas destrozadas. Cuando los García se santiguaron, Web recordó lo que le había dicho a Danny García antes de cada misión. Web había estado en lo cierto porque Dios no les había protegido aquella noche. Sin embargo, Web no dijo nada al respecto.

—¿Me pasas las patatas, por favor? —pidió.

Los agentes del ERR no alentaban el que sus mujeres se reunieran. En algunos casos porque no querían que sus esposas cotillearan sobre los maridos. Los agentes mostraban muchas de sus facetas durante los entrenamientos y las misiones, y no siempre las buenas. Un desliz involuntario por parte de uno de ellos a su esposa podía extenderse como un reguero de pólvora entre las mujeres si mantenían contactos. En otros casos lo hacían para evitar que las mujeres se preocuparan en grupo hasta niveles exagerados, intercambiaran información errónea, especulaciones y falsedades categóricas generadas por el miedo a saber dónde estaban sus esposos, cuánto tiempo estarían fuera o si estaban muertos.

Los niños jugueteaban con la comida, repantigados en las sillas, y se veía que no tenían ganas de estar allí. Trataban a Web, quien había sido su amigo del alma y había jugado y bromeado con ellos y les había visto crecer, como si fuera un perfecto desconocido. Todos, incluso la hija de siete años de Debbie Riner, quien había querido a Web casi desde el día de su nacimiento, se sintieron aliviados cuando éste se despidió.

—Llama de vez en cuando —dijo Debbie al tiempo que le daba un beso en la mejilla. Carol se limitó a despedirse desde lejos mientras aferraba con fuerza a su hijo de ojos vidriosos.

—Desde luego, faltaría más —dijo Web—. Cuidaos. Gracias por la cena. Si necesitáis algo, sólo tenéis que decírmelo. —Se marchó en el Vic, sabiendo que probablemente no volvería a verles nunca. Hay que seguir adelante, ése había sido sin duda alguna el mensaje de la cena.

A las nueve en punto de la mañana siguiente Web entró en el mundo de Claire Daniels. Irónicamente, a la primera persona que vio fue al doctor O'Bannon.

—Me alegro de verte, Web. ¿Te apetece un poco de café?

—Sé dónde está. Ya me lo serviré, gracias.

—Web, estuve en Vietnam. No en la línea de fuego porque ya entonces era psiquiatra. Pero vi a un montón de tipos que sí estuvieron allí. En la guerra pasan cosas que nunca te imaginarías. Pero quizá te hacen más fuerte. Y trabajé con prisioneros de guerra a quienes había torturado el maldito Vietcong. Pasaron por momentos terribles, la clásica manipulación física y mental, haciendo el vacío a los agitadores, privándoles de cualquier atisbo de apoyo moral o físico. Les controlaban las vidas por completo, hasta la posición en la que debían dormir, los volvían unos contra otros en nombre del grupo, tal como lo definían los captores. Por supuesto, no es ético que un psiquiatra le «robe» pacientes a otro, aunque, francamente, me sorprendió un poco lo sucedido con Claire. Pero creo que Claire convendría en que lo que más importa es tu bienestar, Web. O sea, que si alguna vez cambias de idea, aquí estoy. —Le dio una palmada en la espalda a Web, le miró para darle ánimos y se marchó.

Claire salió de la consulta al cabo de unos instantes, y comenzó a preparar café para los dos. Observaron a un técnico uniformado con una caja de herramientas saliendo del cuartito donde estaban las líneas telefónicas y eléctricas de la consulta.

—¿Problemas?

—No lo sé, acabo de llegar.

Mientras se hacía el café, Web recorrió a Claire con la mirada. Llevaba una blusa y una falda hasta las rodillas que dejaba ver unas pantorrillas y unos tobillos bien bronceados, pero el pelo, aunque corto, parecía algo revuelto. Claire pareció darse cuenta y se colocó bien los cabellos rebeldes.

—Por las mañanas suelo dar vueltas deprisa alrededor del edificio para ejercitarme un poco. El viento y la humedad no favorecen al pelo.

—Bebió un poco de café y añadió más azúcar—. ¿Estás listo?

—Más listo que nunca.

Ya en la consulta, Claire leyó detenidamente dos expedientes mientras Web observaba unas zapatillas de deporte que estaban en el rincón. Seguramente con las que daba vueltas deprisa. Web la miró, nervioso.

—Ante todo, Web, quiero agradecerte que confiaras en mí lo suficiente como para que me ocupe de tu tratamiento.

—No sé muy bien por qué lo hice —replicó Web con franqueza.

—Bueno, fuera cual fuera el motivo, me esforzaré para asegurarme de que tu decisión ha sido la correcta. El doctor O'Bannon no estaba muy contento al respecto, pero tú eres lo que más importa. —Sostuvo en alto una carpeta pequeña—. Esto es lo que el doctor O'Bannon me dio cuando me hice cargo de tu caso.

Web esbozó una media sonrisa.

—Pensaba que sería más gruesa.

—Yo también —fue la sorprendente réplica de Claire—. Están las notas de unas cuantas sesiones; te recetó varios medicamentos, antidepresivos, nada fuera de lo normal.

—¿Y? ¿Eso es bueno o malo?

—Bueno, si te ayudó, y supongo que así fue ya que volviste a disfrutar de una vida productiva.

—Pero...

—Pero quizá tu caso se merezca un poco más de ahondamiento. Me sorprende que no te hipnotizara. Está muy capacitado y suele recurrir a la hipnosis durante el tratamiento. De hecho, O'Bannon imparte un curso en GW, donde cada tercer o cuarto año hipnotiza a los estudiantes y les hace cosas como que olviden una letra del alfabeto, de modo que mirarán la palabra «lata» en la pizarra y la pronunciarán «ata». O les hace creer que hay un jején volando junto a su oreja, cosas así. Lo hacemos como parte de una rutina para mostrar alucinaciones visuales y auditivas.

—Recuerdo que hablamos de ello la primera vez que le vi hace años. No quería hacerlo, y no lo hicimos —replicó Web cansinamente.

—Comprendo. —Claire sostuvo en alto una carpeta mucho más gruesa—. Tu expediente oficial del FBI o, al menos, parte del mismo —dijo en respuesta a la mirada inquisitiva de Web.

—Me lo suponía. Creía que era información confidencial.

—Firmaste un documento de cesión cuando decidiste acudir en

busca de orientación. El expediente se entrega rutinariamente al terapeuta como ayuda para el tratamiento, salvo la información secreta o confidencial, claro. El doctor O'Bannon me entregó el expediente cuando pasaste a ser mi paciente. Lo he estudiado meticulosamente.

—¡Bien hecho! —Web hizo crujir los nudillos y la miró con expectación.

—En nuestro primer encuentro no mencionaste que tu padrastro, Raymond Stockton, falleció de una caída en la casa cuando tenías quince años.

—¿No? Pues creía que lo había dicho. Pero no tomaste notas, o sea, que no puedes comprobarlo, ¿no?

—Créeme, Web, lo habría recordado. También me dijiste que te llevabas bien con tu padrastro, ¿no es cierto? —Claire miró los papeles.

Web sintió que el pulso se le aceleraba y que las orejas le quemaban. La técnica de interrogatorio era la clásica. Había preparado el terreno y le había puesto contra la espada y la pared.

—Tuvimos algunas diferencias, como todo el mundo.

—Hay una denuncia tras otra por agresión. Algunas procedentes de los vecinos, otras son tuyas. Todas contra Raymond Stockton. ¿A eso es a lo que te refieres con «algunas diferencias»? —Web se sonrojó, molesto, y Claire se apresuró a añadir—: No soy sarcástica, sólo quiero comprender tu relación con ese hombre.

—No hay nada que comprender porque no existía relación alguna.

Claire volvió a consultar las notas, hojeó los documentos, y Web observaba cada movimiento con una preocupación que iba en aumento.

—¿La casa que tu madre te dejó es la misma donde murió Stockton? —Web no respondió—. ¿Web? ¿Es la misma…?

—¡Ya te he oído! Sí, es la misma, ¿y qué?

—Sólo era una pregunta. ¿Piensas venderla?

—¿A ti qué te importa? ¿Trabajas para las inmobiliarias en tu tiempo libre?

—Tengo la impresión de que la casa te ha causado problemas.

—No era el mejor lugar del mundo para un niño.

—Lo entiendo, pero, normalmente, para mejorar y seguir adelante debes enfrentarte a tus miedos de frente.

—No hay nada en esa casa a lo que deba enfrentarme.

—¿Por qué no hablamos un poco más al respecto?

—Mira, Claire, nos estamos yendo por las ramas. Acudí a ti porque se cargaron a mi equipo y me he quedado hecho polvo. ¡No nos apartemos del tema! Olvidemos el pasado. Olvidemos la casa y olvidemos a los padres. No tienen nada que ver conmigo o con quien soy.

—Todo lo contrario, tienen mucho que ver con quien eres. Si no entiendo tu pasado, no podré ayudarte a solucionar el presente o el futuro. Así de simple.

—¿Por qué no me das algunas malditas pastillas y lo dejamos correr? Así el FBI se quedará satisfecho; tú habrás hecho tu trabajo y yo habré llevado a cabo el masaje mental.

—No trabajo así, Web —dijo Claire meneando la cabeza—. Quiero ayudarte. Creo que puedo ayudarte. Pero tienes que cooperar. En caso contrario, no hay nada que hacer.

—Creía que habías dicho que tenía el síndrome de combate o algo así. ¿Qué tiene que ver con mi padrastro?

—Era una mera posibilidad para explicar lo que te había sucedido en el callejón. No dije que fuera la única posibilidad. Tenemos que analizar meticulosamente todas las perspectivas si queremos ocuparnos de verdad de tus asuntos.

—«Asuntos»… parece como si no fueran más que tonterías, como si estuviera deprimido porque tengo acné.

—Podemos usar otro término si lo prefieres, pero no cambiará para nada la forma en que analicemos tus problemas.

Web se cubrió el rostro con las manos y habló a través de ese escudo.

—¿Qué coño quieres exactamente de mí?

—Honestidad, toda la que puedas. Y creo que podrás, si lo intentas. Tienes que confiar en mí, Web.

Web apartó la mano.

—De acuerdo, te contaré la verdad. Stockton era un asqueroso. Pastillero y borracho. Al parecer, nunca dejó de vivir en los sesenta. Tenía un trabajo administrativo de poca monta al que tenía que ir vestido con traje y se creía un poeta a lo Dylan Thomas fuera de las horas punta.

—O sea, que era una especie de soñador frustrado, quizás incluso un fantasma, ¿no?

—Quería ser un intelectual con más talento que mi madre, y no lo era ni de lejos. Su poesía era pura mierda; nunca llegó a publicar nada. Lo único que tenía en común con el viejo de Dylan es que bebía demasiado. Supongo que creía que la bebida le inspiraría.

—¿Y pegaba a tu madre? —Claire dio unos golpecitos en el expediente.

—¿Eso es lo que dice ahí?

—En realidad, lo más interesante es lo que no aparece en el expediente. Tu madre nunca presentó cargos contra Stockton.

—Bueno, supongo que entonces tendremos que creernos lo que pone ahí.

—¿Pegaba a tu madre? —volvió a preguntar Claire, pero Web siguió sin responder—. ¿O sólo te pegaba a ti? —Web alzó la vista lentamente, sin decir nada—. ¿Sólo a ti? ¿Y tu madre lo permitía?

—Charlotte no estaba mucho en casa. Se equivocó al casarse con ese tipo. Lo sabía, y por eso le evitaba.

—Supongo que el divorcio no estaba en sus planes.

—Ya se había divorciado una vez. No creo que le apeteciera pasar de nuevo por el mismo trago. Lo más fácil era evadirse y huir en coche.

—¿Y te dejaba con un hombre que sabía que te maltrataba? ¿Qué sentías tú?

Web no dijo nada.

—¿Hablaste con ella alguna vez de esto para que supiera cómo te sentías?

—No habría servido de nada. Para ella, él ni siquiera existía.

—O sea, que eso significa que reprimía los recuerdos.

—O sea, que eso significa lo que quieras que signifique. Nunca hablamos de eso.

—¿Estabas en casa cuando murió tu padrastro?

—Quizá, no me acuerdo bien. Supongo que también lo he reprimido.

—En el expediente sólo dice que tu padrastro se cayó. ¿Cómo se cayó?

—Por las escaleras del desván. Guardaba su alijo secreto de exquisiteces en el desván. Estaba colocado, no vio bien los escalones, se golpeó la cabeza en el borde de la abertura que bajaba y se rompió el cuello al golpearse en el suelo. La policía investigó lo sucedido y dictaminó que se trataba de una muerte accidental.

—¿Estaba en casa tu madre cuando pasó, o había salido en el coche a dar una de sus vueltas?

—¿Quieres hacerte pasar por una agente del FBI o qué?

—Sólo intento comprender la situación.

—Charlotte estaba en casa. Fue ella quien llamó a la ambulancia. Pero, como te he dicho, ya estaba muerto.

—¿Siempre has llamado a tu madre por su nombre de pila?

—Me parece lo correcto.

—Supongo que te sentirías aliviado tras la muerte de Stockton.

—Digamos que no lloré en el funeral.

Claire se inclinó hacia delante y habló en voz muy baja.

—Web, la siguiente pregunta no será fácil y si no quieres contestarla no pasa nada, pero en los casos de abusos paternos tengo que hacerla.

Web sostuvo en alto ambas manos.

—Nunca me tocó mis partes y nunca me obligó a tocar las suyas, ¿vale? Nada de eso. Me lo preguntaron entonces y les dije la verdad. Ese tipo no era un pederasta. Sólo era un gilipollas cruel y sádico que se resarcía de una vida de inseguridades y decepciones sacudiendo hostias a un niño. Si se hubiera metido conmigo en ese sentido, habría encontrado el modo de cargármelo. —Web se dio cuenta de lo que acaba de decir y se apresuró a añadir—: Pero nos ahorró un problema a todos al caerse.

Claire se recostó y apartó el expediente. Ese pequeño gesto aplacó en parte la ansiedad de Web, que se irguió.

—Es obvio que recuerdas lo que viviste con tu padrastro y que lo odiabas con motivo. ¿Has intentado recordar otras cosas de tu padre biológico?

—Los padres, padres son.

—Es decir, ¿metes en el mismo saco a tu padre y a Raymond Stockton?

—Te ahorra el problema de tener que pensar demasiado al respecto, ¿no?

—El camino fácil no suele resolver nada.

—No sabría por dónde empezar, Claire, de verdad que no.

—De acuerdo, regresemos al patio. Sé que te resultará doloroso, pero volvamos a pasar por allí.

Web lo hizo y le resultó doloroso.

—Bien, ¿recuerdas si el primer grupo de personas con el que te topaste te causó alguna impresión?

—Nada salvo preguntarme si alguno de ellos intentaría matarnos o darle el chivatazo a alguien, pero sabía que los francotiradores los tenían controlados. O sea, que aparte de la posibilidad de morir en el acto todo marchaba sobre ruedas.

Claire no dio muestras de sentirse desconcertada por el sarcasmo. Eso impresionó a Web.

—Bien, imagínate al niño. ¿Recuerdas exactamente lo que dijo?

—¿Eso importa de verdad?

—En estos momentos no sabemos lo que importa y lo que no.

Web suspiró con pesadez.

—Vale. Vi al niño. Nos miró. Dijo... —Web se calló porque recordaba a Kevin perfectamente. El agujero de bala en la mejilla, el navajazo en la frente; apenas un despojo humano que había vivido una vida de mierda—. Dijo... dijo: «Malditos al infierno», eso es lo que dijo. —Web la miró entusiasmado—. Eso es, y luego se rió. Una risa muy extraña, socarrona.

—¿Qué fue lo que te impresionó?

Web meditó la respuesta.

—Cuando habló la primera vez. Fue como si el cerebro se me nublara. —Y añadió—: «Malditos al infierno», eso fue lo que dijo. Vuelve a ocurrirme ahora, siento un cosquilleo en los dedos. Qué pasada.

Claire realizó varias anotaciones y lo miró.

—Es muy raro que un niño use esa expresión, sobre todo siendo de las zonas urbanas deprimidas. Es cierto que «malditos» e «infierno» se dice, pero ¿«malditos al infierno»? No sé, suena arcaico, como de otra época. Quizá puritano, fuego y azufre. ¿Qué te parece?

—Me suena de la época de la guerra de Secesión o algo así —replicó Web.

—Es muy raro.

—Créeme, Claire, toda esa noche fue muy rara.

—¿Sentiste algo más?

Web volvió a pensar en ello.

—Estábamos esperando que nos dieran la orden final para atacar el blanco. Nos la dieron. —Meneó la cabeza—. Nada más oír la orden por el auricular, me quedé paralizado. Fue instantáneo. ¿Recuerdas lo que te conté sobre las armas con las que nos entrenábamos en el ERR? —Claire asintió—. Bueno, pues fue como si me hubieran dado con uno de esos dardos electrificados. No podía moverme.

—¿Crees que alguien pudo dispararte con una de esas armas en el callejón? ¿Crees que tal vez eso te paralizó?

—Imposible. No había nadie tan cerca y el dardo no habría atravesado el Kevlar. Y lo que es más importante, aún tendría el dardo clavado, ¿vale?

—Vale. —Claire tomó más notas—. Bien, dijiste que antes de quedarte paralizado pudiste ponerte en pie y llegar al patio.

—Nada en la vida me ha costado tanto, Claire. Fue como si pesara mil kilos, el cuerpo no me respondía. Y finalmente pudo más que yo y me vine abajo y me quedé allí. Y entonces las armas empezaron a disparar.

—¿Cuándo recuperaste el dominio de ti mismo?

Web meditó la respuesta.

—Me pareció que estuve años sin moverme. Pero no duró mucho. Cuando las armas abrieron fuego sentí que volvía a ser dueño de mí mismo. Podía mover los brazos y las piernas, y me ardían muchísimo, como cuando el brazo o la pierna se quedan dormidos y la circulación comienza a pasar de nuevo. Así es cómo sentía las extremidades. Aunque la verdad es que de poco me servían en aquellos momentos; no tenía a dónde ir.

—O sea, que te recuperaste solo. ¿No recuerdas haber hecho algo que te hubiese podido paralizar? ¿Quizás un problema de espalda de los entrenamientos? ¿Has sufrido lesiones nerviosas? Eso también te paralizaría.

—Nada de nada. Si no estás en un estado óptimo no participas en ninguna operación.

—Así que oíste las armas disparando y volviste a sentirte dueño de ti mismo.

—Así es.

—¿Algo más?

—El niño, había visto millones como él. Y, sin embargo, parecía diferente. No lograba sacármelo de la cabeza. No sólo porque le hubieran disparado, también he visto a otros niños así. No lo sé. Mientras las armas disparaban volví a verle. Estaba agazapado al final del callejón. Otro paso y le habrían despedazado vivo. Le grité que retrocediera. Me arrastré sobre el estómago en su dirección. Me di cuenta de que estaba muy asustado. Oyó que el Equipo Hotel venía por un lado, yo por el otro, y las ametralladoras disparaban sin cesar. Intuí que cruzaría el patio corriendo, y que se lo cargarían. No podía permitir que eso ocurriera, Claire. Esa noche ya habían muerto demasiados. Saltó y yo salté y lo atrapé al vuelo, le calmé porque chillaba que no había hecho nada y, por supuesto, cuando un niño dice eso sabes que está ocultando algo.

»Bueno, le calmé. Me preguntó si los de mi equipo estaban muertos y le dije que sí. Le di el mensaje y mi gorra y disparé la bengala. Sabía que era la única forma de que el Equipo Hotel no le matara al verle salir de la oscuridad. No quería que muriera, Claire, eso es todo.

—Debió de ser una noche terrible para ti, Web, pero te sentirías bien por haberle salvado.

—¿Sí? ¿De qué le salvé? ¿Para que volviera a las calles? Mira, es un niño especial. Tiene un hermano mayor que se llama Gran F que dirige una de las operaciones de narcotráfico locales. No trae más que problemas.

—O sea, que es posible que todo esto tenga que ver con algún enemigo de Gran F, ¿no?

—Quizá. —Web guardó silencio, pensando si debía revelar más información—. Alguien cambió a los niños. En el callejón.

—¿Cambiaron a los niños? ¿A qué te refieres?

—Quiero decir que el Kevin Westbrook al que salvé la vida en el callejón no era el niño que entregó el mensaje al Equipo Hotel. Y el niño que desapareció de la escena del crimen no era el Kevin Westbrook al que salvé.

—¿Por qué harían algo así?

—Ésa es la pregunta del millón, y me está volviendo loco. Lo que sé es que le salvé el culo a Kevin Westbrook en aquel patio y que el niño que lo reemplazó dijo a los del Equipo Hotel que yo era un cobarde de cuidado. ¿Por qué les diría eso?

—Parece que intentaba desacreditarte a propósito.

—¿Un niño al que ni siquiera conocía? —Web negó con la cabeza—. Alguien quería hacerme quedar mal, eso desde luego, y debió de decirle al niño lo que tenía que soltar. Y luego llegaron y se largaron con el niño impostor. Es probable que esté muerto. Seguramente Kevin estará muerto.

—Parece que alguien lo planeó todo a conciencia —dijo Claire.

—Y me encantaría saber por qué.

—Lo intentaremos, Web. Puedo ayudarte en parte, pero todo lo concerniente a la investigación escapa a mis dominios.

—Es posible que también esté fuera de mi alcance. Durante los últimos años apenas he realizado tareas de investigación. —Se toqueteó el anillo del dedo—. O'Bannon me ha hablado esta mañana del síndrome del combate para darme ánimos.

Claire arqueó las cejas.

—¿Ah, sí? ¿Te habló de su experiencia en Vietnam? —Parecía que reprimía la risa.

—No creo que usara esa perspectiva por primera vez. Pero ¿es eso lo que crees… quiero decir, a pesar de lo del otro niño?

—Aún no puedo decírtelo, Web.

—Mira, sé que eso les pasa a los soldados. Les disparan y se asustan. Eso lo entendemos todos.

Claire le miró fijamente.

—¿Pero?

Web comenzó a hablar muy rápido.

—Pero la mayoría de los soldados apenas reciben entrenamiento y luego los arrojan a la boca del lobo. No saben nada sobre cómo matar al enemigo. No saben nada sobre qué significa estar en la verdadera línea de fuego. Yo me he pasado la mayor parte de la vida adulta entrenándome duro para este trabajo. Me han disparado más veces de las que te imaginas, Claire. Desde ametralladoras hasta morteros, y si me hubieran dado no quedaría nada de mí. He matado a hombres tras haberme desangrado. Y ni una vez, ni una maldita vez, perdí el control como esa noche. Y los disparos ni siquiera habían comenzado. Dime, ¿cómo coño es eso posible?

—Web, sé que buscas respuestas. Tenemos que profundizar más. Pero te diré que todo es posible cuando se trata de la mente.

Web la miró fijamente, negó con la cabeza y se preguntó cuándo coño podría salir de la carretera en la que se había metido.

—Bien, doctora, eso no es mucha ayuda que digamos. ¿Cuánto te paga el FBI para que no me digas nada? —Se incorporó de forma abrupta y se marchó.

Claire tampoco intentó detenerlo en esa ocasión, ni habría podido de haber querido. Otros pacientes se habían marchado con anterioridad, pero nunca durante las dos primeras sesiones. Claire se recostó en la silla, repasó las notas y luego puso en marcha una grabadora y comenzó a hablar.

Claire no lo sabía, pero oculto en el detector de humo del techo había un sofisticado aparato de escucha que se alimentaba de la corriente eléctrica del edificio. En todas las consultas de los psiquiatras y psicólogos que trabajaban allí había un aparato de escucha similar bien escondido. El cuartillo del teléfono de la consulta alojaba varios micrófonos de escucha adicionales, uno de los cuales se había roto. El «técnico» había acudido esa misma mañana para repararlo.

Esos aparatos de escucha habían captado enormes cantidades de información de todos los pacientes que habían entrado allí. Durante el último año, más de cien agentes del FBI de todas las divisiones, incluyendo las de Corrupción Pública, OFW, ERR, la zona alta y los agentes secretos, y más de veinte esposas de ese personal, habían acudido allí para revelar sus secretos y problemas, confiando en la máxima confidencialidad. Eso es lo único que habían recibido a cambio.

En cuanto Web hubo abandonado la consulta furioso, Ed O'Bannon, bajó en el ascensor hasta el garaje, entró en su flamante

Audi cupé y se marchó. Sacó el móvil y marcó un número. Tras una larga espera, contestaron.

—¿Es un buen momento? —preguntó O'Bannon con preocupación.

Desde el otro lado de la línea le dijeron que el momento era tan bueno como cualquier otro si la conversación era breve e iba directa al grano.

—London ha venido hoy.

—Eso he oído decir —dijo la voz—. Uno de los míos ha estado allí para reparar un problema técnico.

O'Bannon tragó saliva, nervioso.

—Está viendo a otro psiquiatra. —Se apresuró a añadir—: Intenté impedírselo, pero no hubo manera.

La respuesta de la persona fue tan iracunda que O'Bannon tuvo que apartar el móvil de la oreja.

—Mira, no era mi intención —dijo O'Bannon—. No me podía creer que estuviera viendo a otro psiquiatra. Fue por pura casualidad… ¿Qué? Se llama Claire Daniels. Solía trabajar para mí. Lleva muchos años aquí, es muy competente. En otras circunstancias no habría problema alguno. Pero no podía armar un lío sin que sospecharan de mí.

El comunicante sugirió algo que hizo temblar a O'Bannon. Salió de la carretera y detuvo el coche.

—No, matarla sólo levantaría sospechas. Conozco a Web London. Demasiado, quizá. Es listo. Si le pasa algo a Claire, se dará cuenta y ya no soltará prenda. Él es así. Confía en mí, he trabajado con él mucho tiempo. Recuerda que por eso me contrataste.

—Pero ése no es el único motivo —dijo el comunicante—. Y te pagamos bien, Ed. Muy bien. Y no me gusta nada que esté viendo a la tal Daniels.

—Lo tengo todo bajo control. London vendrá un par de veces y luego lo soltará todo. Pero si pasa algo más, lo sabremos. Estaré al tanto.

—Más te vale —dijo el otro—. Y en el momento en que no lo tengas bajo control, entraremos en acción. —La llamada se cortó y O'Bannon, consternado, regresó a la carretera y se alejó.

22

Web había estado un buen rato en el Vic recorriendo las calles cercanas al lugar de la matanza. Estaba de permiso sin sueldo y no formaba parte de la investigación oficial. Por lo tanto, no podría pedir ayuda en caso de necesitarla, aunque tampoco tenía muy claro lo que estaba buscando. El resplandor uniforme de los semáforos desdibujaba la oscuridad de las calles. En muchos de los cruces había cámaras para fotografiar a los conductores que se saltaban el semáforo rojo. Sin embargo, Web creía que también funcionaban como aparatos de vigilancia en esas zonas con un elevado índice de criminalidad. Tuvo que reconocer, no obstante, que los criminales locales eran ingeniosos porque muchas de las cámaras habían sido dejadas fuera de servicio. Algunas apuntaban al cielo, otras al suelo, varias a los edificios, e incluso había varias destrozadas. Bueno, para que después hablen del Gran Hermano.

Web siguió comprobando los mensajes de casa. No habían llamado más esposas. Carol y Debbie ya habrían informado a las otras de que habían hecho el trabajo sucio de sacar a Web de sus vidas. Web se imaginaba el suspiro colectivo de todas ellas.

Web había concertado otra cita con Claire. Ella no mencionó el insulto de despedida ni la abrupta marcha de la consulta. Se limitó a anotar el día y la hora y le dijo que le vería entonces. Web pensó que Claire debía de ser insensible a las críticas.

Había varias personas más en la sala de espera cuando Web llegó. Nadie le miró a los ojos y Web tampoco lo hizo. Supuso que ésa era la fórmula a seguir en la sala de espera del loquero. ¿A quién le apetecía que un desconocido supiera que ibas a tratarte tu locura?

Claire salió de su despacho, le dedicó una sonrisa tranquilizadora y le ofreció una taza de café recién hecho, con leche y azúcar, como a Web le gustaba. Se acomodaron en su consulta.

Web se pasó la mano por el pelo.

—Mira, Claire, siento lo de la última vez. No suelo ser tan gilipollas. Sé que sólo quieres ayudarme y que todo esto no es nada fácil.

—No te disculpes por hacer lo que deberías hacer, Web, que es poner al descubierto todos esos pensamientos y sentimientos para que puedas ocuparte de ellos.

Web esbozó una sonrisa.

—¿Dónde toca hoy, doctora? ¿Marte o Venus?

—Para empezar exploremos el trastorno de estrés postraumático y veamos si se aplica a tu caso.

Web sonrió para sus adentros. Conocía ese terreno.

—¿Como la neurosis de guerra?

—Ese término suele emplearse mal, por lo que seré un poco más precisa. A ver, desde un punto de vista clínico probablemente has sufrido un estrés traumático por lo sucedido en el patio.

—Creo que estoy de acuerdo.

—Bien, analicemos esa conclusión. Si ése es el diagnóstico, entonces existen varios métodos probados para tratarlo, incluyendo técnicas de control de estrés, alimentación sana y patrones de sueño, ejercicios de relajación, cambio del marco de referencia cognitivo y medicamentos de prescripción ansiolíticos.

—Vaya, parece fácil —dijo sarcásticamente.

Claire le miró de una forma que a Web le pareció extraña.

—A veces es fácil. —Miró los documentos—. Bien, ¿has notado algún cambio físico en tu cuerpo? ¿Escalofríos, mareos, dolores de pecho, tensión alta, problemas para respirar, fatiga, náuseas, algo así?

—La primera vez que regresé al patio y repasé lo sucedido, me mareé un poco.

—¿Algo más desde entonces?

—No.

—Bien, ¿te has sentido demasiado nervioso desde aquello?

Web no se lo pensó mucho.

—No, no.

—¿Has consumido sustancias para sobrellevar la situación?

—¡Nada! De hecho, bebo menos.

—¿Te vienen a la mente imágenes de lo ocurrido?

Web negó con la cabeza.

—¿Te sientes aletargado, como si quisieras evitar la vida y a los demás?

—No, quiero averiguar lo que pasó. Quiero sentirme con iniciativa.

—¿Estás más enfadado, irritable u hostil de lo normal con los demás? —Le dirigió una sonrisa—. Excluyendo la compañía aquí presente.

Web le devolvió la sonrisa.

—No, Claire. Creo que me he sentido muy tranquilo.

—¿Depresión persistente, ataques de pánico, ansiedad desmesurada o aparición de fobias?

—Nada de eso.

—Vale. ¿Hay recuerdos repetitivos de lo sucedido que, de repente, interfieren en tus pensamientos? Dicho de otro modo, ¿pesadillas o sueños traumáticos?

Web habló lentamente al tiempo que se abría paso por su propio polvorín mental.

—La noche que estuve en el hospital, después de que pasara todo, sufrí varias pesadillas. Me habían drogado, pero recuerdo que no dejaba de pedir perdón a todas las esposas de mis compañeros.

—Completamente normal dadas las circunstancias. ¿Algo parecido desde entonces?

Web negó con la cabeza.

—He estado muy ocupado con la investigación —dijo a modo de defensa—. Pero no dejo de pensar en ello. Lo que pasó en el patio me dejó aplastado. Como un martinete. Nunca había experimentado nada parecido.

—Pero en tu trabajo habías visto la muerte con anterioridad, ¿no?

—Sí, pero nunca le había tocado a los de mi equipo.

—¿Crees que has bloqueado en tu mente parte de lo sucedido, algo que llamamos disfunción de la memoria o síndrome amnésico?

—No, recuerdo la mayoría de los malditos detalles —replicó Web cansinamente.

Mientras Claire observaba las notas, Web dijo impulsivamente:

—No quería que murieran, Claire. Lo siento mucho por ellos. Haría lo que fuera por recuperarlos.

—Escúchame atentamente, Web —dijo Claire, apartando las notas—. Que no tengas los síntomas del trastorno de estrés postraumático no significa que no te importe lo que le ocurrió a tus amigos. No significa que no estés sufriendo. Tienes que entenderlo bien. Lo que yo veo es a un hombre sufriendo todos los síntomas propios de haber pasado por una terrible experiencia que habría mermado por completo las funciones de la mayoría de la gente, al menos durante mucho tiempo.

—Pero no a mí.

—Cuentas con unas aptitudes únicas, años de entrenamiento y una preparación psicológica que te ayudó bastante a que te seleccionaran para el ERR. Desde que te veo he aprendido mucho sobre el ERR. Sé que el trabajo físico y el estrés por el que te hacen pasar es extraordinario, pero las duras pruebas mentales son muchísimo más inclementes. Por tu preparación física y psicológica eres mucho más resistente que la media, Web. Sobreviviste a lo del patio, no sólo con el cuerpo intacto sino también con la mente.

—¿Entonces no sufro un trastorno de estrés postraumático?

—No, creo que no.

Web se miró las manos.

—¿Significa eso que hemos acabado?

—No. Que no estés traumatizado por lo ocurrido en el patio no significa que no tengas que tratar ciertos asuntos. Quizás algunas dificultades que estaban presentes mucho antes de que empezaras a trabajar para el ERR.

Web se reclinó, suspicaz; no podía evitarlo.

—¿Como qué?

—Para eso estamos aquí, para hablar de ello. Dijiste que sentías que formabas parte de las familias de tus compañeros. Me pregunto si alguna vez has querido tener tu propia familia.

Web reflexionó sobre el asunto antes de responder.

—Siempre había pensado que tendría una gran familia, con muchos hijos con los que jugar a la pelota y muchas hijas a las que mimar, dejarles que me rodearan con sus bracitos mientras yo no cesaba de sonreír.

Claire cogió el bolígrafo y la libreta.

—¿Y por qué no lo hiciste?

—Los años pasaron.

—¿Eso es todo?

—¿Es que no basta?

Claire le miró la cara, el lado bueno y el malo. Web se giró.

—¿Siempre lo haces?

—¿El qué?

—Volver el lado dañado de la cara cuando alguien lo mira.

—No lo sé, ni siquiera lo pienso.

—Tengo la impresión, Web, de que piensas muy detenidamente todo cuanto haces.

—Quizá sea una impresión errónea.

—No hemos hablado de tus relaciones personales. ¿Sales con alguien?

—Mi trabajo no me deja mucho tiempo para eso.

—Sin embargo, todos tus compañeros de equipo estaban casados.

—Quizá se les daba mejor que a mí —dijo de manera cortante.

—Háblame de las heridas de la cara.

—¿Es realmente necesario?

—Parece que ese tema te incomoda. Podemos hablar de otra cosa.

—No, joder, no me incomoda en absoluto. —Se incorporó, se quitó la chaqueta y, mientras Claire observaba asombrada, Web se desabrochó el botón de arriba de la camisa para mostrarle la herida de bala del cuello—. Las heridas de la cara me las hicieron justo antes que ésta. —Señaló la herida situada en la parte baja del cuello—. Unos supremacistas blancos llamados Sociedad Libre se apoderaron de una escuela en Richmond. Mientras la cara me ardía, uno de ellos me hirió con una bala de una Mágnum del 357. Una herida limpia, me atravesó por completo. Un milímetro más a la izquierda y estaría muerto o tetrapléjico. Tengo otra herida, pero no te la enseñaré. Está justo aquí. —Se tocó la axila—. Esa bala la llamamos la Eurotuneladora. ¿Te suena el túnel del canal de la Mancha y las enormes perforadoras que usaron para construirlo? Es una artillería de lo más nefasta, Claire, con blindaje de acero. Te atraviesa describiendo espirales a Mach 3. Pulveriza todo lo que se pone a su paso. Me atravesó y luego se cargó a un tipo que estaba detrás de mí a punto de abrirme la cabeza con un machete. Si hubiera sido una bala dum-dum en vez de una con blindaje de acero, la bala aún se hallaría en mi interior y yo estaría muerto de un machetazo en la cabeza. —Sonrió—. ¿No te parece de una sincronización perfecta?

Claire bajó la vista y permaneció en silencio.

—Eh, doctora, no apartes la mirada, todavía no has visto lo mejor. —Claire alzó los ojos mientras Web ahuecaba una mano en el mentón y orientaba el lado dañado de la cara de modo que Claire lo viera con claridad—. Bueno, esta hermosura fue por una llamarada que estuvo a punto de cargarse a mi buen colega Lou Patterson… el difunto marido de la mujer que me criticó delante de todo el mundo. Estoy seguro de que lo viste en la tele. El maldito escudo protector se me fundió en la cara. Me contaron que un médico y una enfermera se desmayaron cuando me vieron en el hospital de Richmond. Toda la herida estaba abierta, en carne viva. Alguien dijo que parecía que ya me había podrido. Cinco operaciones, Claire, y el dolor, bueno, te diré que no hay dolor peor. Tuvieron que sujetarme con correas en más de una ocasión. Y cuando vi lo que me quedaba de cara, lo único que quería era meterme una pistola en la boca y volarme los sesos, y estuve a punto de hacerlo. Y después de haber superado todo eso y de que me dieran el alta en el hospital, lo más divertido fue ver a las mujeres apartarse gritando cuando veían llegar al viejo de Web. Tuve que tirar al váter la agenda de mujeres «disponibles». Así que, no, no salgo mucho con mujeres, y el matrimonio pasó a ocupar un segundo plano en comparación con cosas tan importantes como sacar la basura y cortar el césped. —Volvió a sentarse y se abotonó la camisa—. ¿Quieres saber algo más? —preguntó afablemente.

—Vi la conferencia de prensa del FBI y explicaron con bastante detalle cómo te causaron las heridas. Lo que hiciste fue algo heroico. Sin embargo, te ves a ti mismo como alguien poco atractivo e inaceptable para las mujeres. —Y añadió—: Y me pregunto si crees que habrías sido un buen padre.

Maldita mujer, no se daba por vencida.

—Me gustaría pensar que sí —dijo sin alterarse, esforzándose lo indecible por no perder los estribos.

—No, te estoy preguntando si lo piensas de verdad.

—¿Qué coño de pregunta es ésa? —inquirió enojado.

—¿Crees que si hubieras tenido hijos los habrías maltratado?

Web estuvo a punto de caerse del diván.

—Claire, ¡faltan dos segundos para que me largue de aquí y no vuelva nunca más!

Claire le miró de hito en hito.

—Recuerda que cuando empezamos la terapia te dije que tendrías que confiar en mí. La terapia no es fácil, Web, sobre todo si hay asuntos que no quieres tocar. Sólo deseo ayudarte, pero tienes que ser claro y honesto conmigo. Si quieres perder el tiempo con histrionismos, allá tú. Preferiría que fuésemos más productivos.

La psiquiatra y el agente del orden se clavaron la mirada durante una eternidad. Web fue el primero en parpadear y volvió a recostarse. Acababa de entender mejor la difícil situación entre Romano y Angie.

—No les habría pegado. ¿Por qué iba a hacerlo, después de lo que me pasó con Stockton?

—Lo que dices es perfectamente lógico. Sin embargo, la realidad es que la mayoría de los padres que maltratan a sus hijos sufrieron maltrato de sus padres. No es tan fácil aprender de los errores de nuestros padres porque nuestra psique emocional no funciona de manera tan eficiente. Y los niños no están preparados para pensar de ese modo. No pueden impedir los maltratos y, por lo tanto, suelen reprimir el odio, la ira y los sentimientos de impotencia durante muchos años. Todo eso no desaparece por sí solo, la confusión, los sentimientos de traición y autoestima nula que acompañan a los niños maltratados... Mamá o papá no me quieren porque me pegan y debe de ser por mi culpa, porque papá y mamá no hacen nada malo. Los niños maltratados crecen y tienen hijos, y a veces superan sus problemas y se convierten en padres ejemplares. En otras ocasiones, la ira y el odio que han permanecido latentes durante tanto tiempo emergen y los hijos son el blanco, tal como les había sucedido a ellos.

—Jamás le levantaría la mano a un niño, Claire. Sé que por mi trabajo puede parecer lo contrario, pero no soy así.

—Te creo, Web. De veras. Pero para ser más concretos, ¿te lo crees tú mismo?

Web se ruborizó de nuevo.

—Esa pregunta sí que me desconcierta, doctora.

—Entonces te lo expresaré de forma más directa. ¿Crees que la decisión de no casarte y no tener hijos tenga que ver con el hecho de que te maltrataron y temías hacer lo mismo con los tuyos? No se trata de algo insólito, Web, ni mucho menos. De hecho, hay quienes aseguran que se trata del mayor de los sacrificios.

—O de la forma más penosa de huir de tus problemas.

—Hay quienes también lo dicen.

—¿Tú qué crees?

—Podría ser ambas cosas. Pero si ése es el motivo por el que no te has casado ni tenido una familia, podemos trabajar en ello, Web. Y si bien soy consciente de que las heridas de tu cara pueden dificultar el que resultes atractivo para algunas mujeres, no creas que todas las mujeres son así, porque no lo son.

Web alzó la vista y la miró a los ojos.

—Cuando estaba en medio de Montana durante otro enfrentamiento contra otro grupo cabreado con el Gobierno, me pasaba la vigilancia de la mañana apuntando con el rifle de francotirador a los tipos que se ponían a tiro. Me pasaba varias horas al día esperando el momento en el que tendría que matar a uno de ellos. Esas cosas te desgastan, Claire, las interminables esperas. Así que cuando no estaba vigilando, me sentaba al anochecer bajo las estrellas en algún lugar perdido de Montana y solía escribir cartas a casa.

—¿A quién?

Web parecía un poco avergonzado y tardó unos segundos en proseguir, ya que no se lo había contado a nadie.

—Fingí que tenía hijos. —Meneó la cabeza y no se atrevió a mirarla—. Incluso me inventé nombres como Web hijo, Lacey. El más pequeño se llamaba Brooke, era pelirrojo y le faltaban dientes. Y les escribía cartas. Las enviaba a mi casa y, cuando volvía, allí estaban, esperándome. Mientras esperaba a matar a un montón de fracasados que tenían todas las de perder, me ponía a escribir a Brooke Louise y le decía que papá volvería pronto a casa. Empecé a creerme que tenía una familia. Es lo único que me ayudó a seguir adelante porque, finalmente, tuve que apretar el gatillo y la población de Montana perdió a varios de los suyos. —Se secó la boca, tragó lo que le pareció una fuente de bilis y clavó la mirada en la alfombra—. Cuando volvía a casa, todas esas cartas estaban allí, esperándome. Pero ni siquiera las leía. Ya sabía lo que decían. La casa estaba vacía. No había ninguna Brooke Louise.

Finalmente, alzó la vista.

—Una auténtica locura, ¿no? —dijo—. ¿Eso de escribir cartas a hijos que ni siquiera tienes?

Sin habérselo propuesto, Web se dio cuenta de que finalmente había comenzado a interesar a Claire Daniels.

Cuando Web salió de la consulta de Claire y vio a las dos personas charlando en voz baja en la sala de espera, no se lo terminó de creer porque parecían fuera de contexto. Encajaba perfectamente que estuviera O'Bannon porque, al fin y al cabo, trabajaba allí. Sin embargo, la mujer que conversaba con él no debería estar allí. Debbie Riner dio un grito ahogado al ver a Web.

O'Bannon también vio a Web y se acercó a él, con la mano tendida.

—Web, no sabía que vendrías hoy. Supongo que no podría saberlo, Claire y yo no compartimos el calendario que digamos, sería una especie de pesadilla ética si lo hiciéramos.

Web no le estrechó la mano; seguía mirando a Debbie, que parecía haberse quedado paralizada, como si la hubieran descubierto en una cita con O'Bannon.

—¿Os conocéis? —preguntó O'Bannon. Luego se dio un golpe en la frente y respondió a la pregunta—: ERR.

Web se acercó a Debbie, que estaba sacando un pañuelo de papel del bolso.

—¿Deb? ¿Estás viendo a O'Bannon?

—Web —dijo O'Bannon—, eso es confidencial.

Web agitó la mano, como restándole importancia.

—Sí, ya lo sé, ultrasecreto.

—Nunca me ha gustado esta sala de espera común… no es buena para la privacidad del paciente, pero es la única posibilidad —dijo O'Bannon, aunque era obvio que ni Web ni Debbie le estaban escuchando—. Hasta la vista, Debbie —dijo finalmente—. Tómatelo con calma, Web. Estoy seguro de que Claire está haciendo maravillas contigo. —Miró a Web inquisitivamente.

«Desde luego, doctor —habría querido decirle—, esa mujer me está haciendo tantas maravillas que me está volviendo loco.»

Web le abrió la puerta a Debbie y los dos se encaminaron hacia el ascensor. Debbie no le miraba y Web sintió que enrojecía de ira, o de vergüenza, no sabía muy bien de qué.

—Vengo a ver al loquero para que me ayude con lo que pasó —dijo finalmente—. Supongo que tú también.

Debbie se sonó la nariz y miró a Web.

—Llevo más de un año viendo al doctor O'Bannon, Web.

Web volvió a mirarla sin comprender muy bien y ni siquiera oyó abrirse las puertas del ascensor.

—¿Bajas? —le preguntó Debbie.

Salieron a la calle. Cuando estaban a punto de separarse, Web se tragó su sorpresa y preguntó:

—¿Tienes tiempo para un café, Deb? —Estaba completamente seguro de que no tendría tiempo para alguien como él.

—Hay un Starbucks a la vuelta de la esquina. Me conozco bien esta zona.

Se sentaron con un par de tazas grandes en un rincón tranquilo mientras las máquinas resplandecientes runruneaban para los clientes sedientos.

—¿Dices que más de un año? ¿Llevas viendo al loquero todo ese tiempo?

Debbie removió los trocitos de canela del café.

—Algunas personas se psicoanalizan toda la vida, Web.

—Sí, otras personas. Gente que no es como tú.

Debbie le miró como nunca lo había hecho.

—Déjame que te diga algo sobre la gente como yo, Web. Cuando Teddy y yo nos casamos, él era un militar normal. Sabía a lo que me exponía, misiones en el extranjero donde nadie habla tu idioma, o en un lugar pantanoso de América dejado de la mano de Dios donde tienes que conducir dos mil kilómetros para ir al cine. Pero quería a Teddy, y me metí sabiendo muy bien lo que hacía. Entonces se pasó a los Delta. Y empezaron a llegar los niños, y aunque nosotros solíamos quedarnos en el mismo sitio, Teddy nunca estaba en ese sitio. La mitad del tiempo ni siquiera sabía dónde estaba. Muerto o vivo. Me enteraba por el periódico o por la CNN, como todo el mundo. Pero salimos adelante. Entonces entró en el ERR y llegué a pensar que sería mejor. Dios mío, Web, nadie me explicó que el ERR era mucho peor que los Delta, o que mi esposo estaría más tiempo fuera que nunca. Lo habría soportado a los veinte años y sin niños. Ya no tengo veinte años, Web. Y tengo tres hijos a los que crié casi sola con el sueldo de Teddy, que, después de servir al maldito país durante todos esos años, era más o menos lo mismo que gana una cajera en un supermercado de mala muerte. Cuido de ellos todos los días y lo único que quiere saber la más pequeña es ¿por qué se marchó papá? ¿Por qué papá no vuelve a casa? Y no tengo ninguna respuesta, ninguna.

—Murió luchando con los buenos, Deb. Murió por su país.

Debbie golpeó la mesa con tanta fuerza que los clientes, que estaban tomando café, se volvieron para mirar.

—Eso es una gilipollez y lo sabes de sobra. —Con un esfuerzo monumental, se contuvo.

A Web le pareció una especie de volcán en erupción intentando por todos los medios que la lava volviese al interior.

—Tomó una decisión —dijo Debbie—. Quería estar con sus colegas, las armas y las aventuras. —Habló con voz más calmada, con más tristeza—. Os quería. Te quería, Web. No tienes ni idea de cuánto. Mucho más que a mí o a sus hijos, porque no los conocía ni la mitad de bien que a ti. Luchabais juntos, os salvabais la vida, todos los días corríais peligro, pero erais tan buenos y estabais tan bien entrenados que siempre salíais adelante. Como un equipo. El mejor equipo de todos los tiempos. Te contaba cosas que a mí nunca me diría. Tenía otra vida a la que yo no pertenecía. Y era más apasionante que cualquier otra cosa. —Extendió los brazos—. ¿Cómo puede una simple esposa y familia competir con algo así? Teddy apenas me contaba nada de lo que hacía, sólo algunos chismes para que nos quedáramos tranquilos. —Agitó la cabeza—. Hubo muchos días en los que os odié por habérmelo arrebatado. —Se llevó el pañuelo a los ojos para evitar que las lágrimas se le deslizaran por el rostro.

Web quiso alargar la mano y tocarla, pero no sabía si ese gesto sería bien recibido. Se sintió culpable de crímenes terribles y eso que nunca había caído en la cuenta de que incluso le habían acusado.

—¿Teddy también se psicoanalizaba? —preguntó Web en voz baja.

Debbie se secó los ojos y bebió un poco de café.

—No. Dijo que si alguien del ERR se enteraba de que iba al loquero le echarían del equipo, que en el ERR no había cabida para los tipos con flaquezas. Y además dijo que no tenía motivos para ir al loquero. No le pasaba nada, aunque yo tuviera problemas. No quería que yo fuera, pero, por una vez en mi vida, no cedí. Tenía que ir, Web, tenía que hablar con alguien. Y no soy la única esposa del ERR que va al psiquiatra. Hay otras, como Angie Romano.

¡Angie Romano! Web se preguntó si iría para hablar de Paulie. Quizá le pegaba. No, lo más probable era que ella le pegara a él.

—Siento que no fueras feliz, Deb. Te merecías serlo. —En casa de Web tenían cien fotografías de él y sus colegas del Equipo Charlie divirtiéndose juntos. Y en ninguna de ellas se veía a sus mujeres porque, simplemente, nunca las habían invitado. Web había juzgado a los demás sin haber estado en su lugar. Era un error que no le gustaría repetir ya que era devastador que descubrieran la ignorancia de uno.

Debbie le miró, alargó la mano y tocó la de Web, e incluso intentó sonreír.

—Bueno, y ahora que ya que me he desahogado contigo, ¿qué tal te va a ti la terapia?

Web se encogió de hombros.

—Tirando. No sé muy bien cómo. Sé que ni por asomo es lo mismo que te pasó a ti, pero de repente tuve la impresión de que esos tipos eran todo lo que tenía en la vida. Y se han ido para siempre y yo sigo aquí y no sé muy por qué. Creo que nunca lo sabré con certeza.

—Siento lo que te hizo Julie Patterson. Está neurótica perdida. Bueno, nunca ha estado muy bien de la cabeza. Siempre os ha tenido celos.

—Si Julie me lo hiciera otra vez, lo soportaría de nuevo —dijo Web.

—Deberías retirarte ahora, Web. Has cumplido con tu deber. Has servido al país. Has dado de sobra. No pueden pedirte nada más.

—Supongo que después de treinta años de palique psicológico estaré como nuevo.

—Funciona, Web. O'Bannon incluso me ha hipnotizado; me hizo pensar en cosas que creí que nunca llegaría a pensar. Supongo que estaban ocultas en el fondo de mi ser. —Debbie le apretó la mano con más fuerza—. Sé que la cena en mi casa fue terrible. No sabíamos qué decirte. Queríamos que te sintieras a gusto, pero sé que no lo conseguimos. Me sorprendió que no te largaras corriendo antes del postre.

—No tenías la obligación de hacerme sentir a gusto.

—Has sido tan bueno con los hijos de todos… Quiero que sepas que te lo agradecemos inmensamente. Y todas nos alegramos de que salieras con vida. Sabemos que arriesgaste la vida en más de una ocasión para salvar la vida de nuestros maridos. —Alargó la mano y tocó el lado desfigurado de la cara de Web, recorriendo con sus suaves dedos la superficie áspera y desigual. Web no se apartó.

—Sabemos el precio que has pagado, Web.

—Ahora mismo vale la pena.

23

Toona volvió a sentarse en el asiento del conductor y cerró la puerta. Extendió el brazo y entregó el sobre a Francis, sentado en la parte posterior del Lincoln Navigator negro azabache. Macy estaba sentado en la sección central con las gafas de sol puestas, aunque los cristales de las ventanillas del coche estaban ahumados. Llevaba un auricular y una pistola enfundada. Peebles no estaba con ellos.

Francis miró el sobre pero no lo cogió.

—¿De dónde lo has sacado, Toona? No me des mierdas que no sabes de dónde vienen. Creía que ya lo sabías.

—Está limpio. Ya lo han comprobado, jefe. No sé de dónde viene, pero no es una carta bomba ni nada por el estilo.

Francis le arrebató la carta y le dijo que siguiera conduciendo. Nada más tocar el objeto que había en el sobre Francis supo qué era. Lo abrió y sacó el anillo. Era pequeño y de oro y no le habría cabido ni en el meñique, pero sí había cabido en el dedo corazón de Kevin cuando Francis se lo compró. En la cara interior del anillo estaban grabados los nombres de Kevin y Francis. De hecho, decía: «FRANCIS Y KEVIN. DE POR VIDA.»

Francis notó que las manos le temblaban. Alzó la mirada rápidamente y vio a Toona observándole por el retrovisor.

—Conduce el maldito coche, Toona, o acabarás en un contenedor con la cabeza llena del plomo de mi pistola.

El Navigator se apartó del bordillo y aceleró.

Francis contempló el sobre y, con cuidado, sacó la carta que había dentro. Estaba escrita con letras mayúsculas, como en los típicos concursos de misterio. Quienquiera que retuviera a Kevin le decía a Francis que hiciera algo si quería volver a ver al chico con vida. Lo que le decían que hiciera era bastante extraño. Francis habría esperado que le pidieran una recompensa o que cediera todo o parte de su territorio, y lo habría hecho, habría recuperado a Kevin y luego habría dado con los secuestradores y los habría matado a todos, seguramente con las manos. Pero no le pedían nada por el estilo, y por lo tanto Francis se sentía confuso y temía más aún por Kevin porque no tenía ni idea de cuáles eran las intenciones de esa gente. Había visto de cerca las motivaciones que hacían que las personas pasaran de exigir el dinero de alguien a exigir la vida de alguien. Francis creía haberlo visto todo. Y por el contenido de la carta, esa gente sabía algo que Francis también sabía, algo sobre la ubicación del edificio junto al cual se habían cargado a los del FBI.

—¿De dónde viene esta carta, Toona?

Toona le miró por el retrovisor.

—Twan dijo que del centro de la ciudad. Alguien la metió por debajo de la puerta.

El centro de la ciudad era un apartamento que constituía uno de los pocos lugares que Francis empleaba más de un par de veces. Estaba a nombre de una sociedad anónima, cuyo único propósito era permitir que Francis poseyera algo de forma legal sin que la policía derribara la puerta. Lo había arreglado con mucho gusto, con obras de arte originales de algunos colegas del gueto a quienes admiraba y que se esforzaban lo indecible por vivir una vida decente. Efectivamente, Francis Westbrook era una especie de mecenas. Y el apartamento también estaba repleto de mobiliario hecho de encargo que era lo bastante grande y sólido como para que se repantigase sobre él sin que se rompiera. La dirección del apartamento había sido uno de los secretos que había guardado con mayor celo y era el único lugar en el que se podía relajar de verdad. Alguien había descubierto el emplazamiento, lo había profanado, y Francis sabía que jamás regresaría allí.

Dobló la carta y se la guardó en el bolsillo, pero dejó el pequeño anillo en su enorme mano y lo observó. Luego extrajo una fotografía del bolsillo de la camisa y la contempló. La habían tomado cuando Kevin cumplió nueve años. Francis llevaba al niño a hombros. Habían ido a ver un partido de los Redskin y vestían camisetas a juego. Francis era tan grande que casi todas las personas que estaban en el estadio creían que era un Redskin. Eso es, grande y negro, lo que no era bueno para nada salvo para jugar a la pelota por sumas exorbitantes. Recordaba que, sin embargo, a Kevin le había parecido genial. Supuso que sería mejor que el hecho de que tu padre fuera un traficante de drogas.

¿Y qué pensaba su hijo de él, el hombre que Kevin creía que era su a respuesta de Bates fue sorprendente.

—Ya lo sabíamos, Web. Los ordenadores habían estado procesan-
dos datos y entonces ocurrieron esas dos muertes... asesinatos. Y
o más.

—¿Qué?

—Será mejor que vengas.

Cuando Web llegó a la OFW, le acompañaron hasta el centro de
operaciones estratégicas que tenía todos los timbres y silbidos que ca-
bría esperar de la colosal maquinaria federal, destinada a atajar el crimen sin escatimar en gastos, incluyendo las típicas paredes revestidas
de cobre, los sofisticados sistemas de seguridad, el ruido blanco en todos los portales vulnerables, los escáneres de retina y de mano, las pilas de ordenadores de última generación, el equipo de vídeo y, sobre
todo, el café recién hecho en grandes cantidades y un montón de do-
nuts Krispy Kreme calientes.

Web se sirvió café y saludó a algunas de las personas que pulula-
ban por la enorme sala. Observó unos diagramas generados por ordenador del patio y alrededores, clavados en unos tableros que colgaban
de la pared. Había alfileres en varios puntos de los diagramas que Web
sabía que representaban importantes lugares de pruebas o pistas. El
ajetreo de pies, el incesante ruido de las teclas de los ordenadores, las
llamadas de teléfono, el crujido de los papeles y el elevado nivel de calor corporal indicaron a Web que pasaba algo. Ya había trabajado en
ese centro de operaciones.

—Los de Oklahoma pusieron el listón muy alto —dijo Bates con
una sonrisa irónica mientras Web se sentaba frente a él—. Ahora todos
esperan que analicemos un par de trozos de metal, comprobemos varias cintas de vídeo, apretemos unas cuantas teclas de ordenador y,
bingo, nuestro hombre en el saco a las pocas horas. —Dejó caer el bloc
de notas sobre la mesa—. Pero casi nunca funciona así. Como con todas las cosas, se necesitan pistas. Bueno, nos acaban de anunciar unas
cuantas. Hay alguien que, sin duda, quiere que sepamos que anda
suelto.

—Seguiré la pista venga de donde venga, Perce. Sea quien sea, no
puede controlar cómo la sigo.

—Sabes que me no me gustó nada que dejaras la OFW para trepar
por cuerdas y disparar. Si te hubieras quedado conmigo habrías llegado a ser un agente del FBI decente.

hermano mayor pero que en realidad era su padre? ¿Qué pensó cuando le atraparon en el fuego cruzado destinado a matar a Francis? Francis recordaba haber sostenido a Kevin con un brazo, protegiéndole
para que no sufriera más heridas, mientras que con la otra mano disparaba a los hijos de puta que habían convertido la fiesta de cumpleaños
en una batalla campal. Ni siquiera pudo llevarlo al hospital, tuvo que
hacerlo Jerome. Y Kevin gritando que quería que fuera su hermano, y
Francis sin poder hacer nada porque los polis rodearon el hospital general de Washington tras el tiroteo. Esperaban que llegaran hombres
con heridas de bala para echarles el guante. Los polis llevaban mucho
tiempo buscando una buena excusa para que sus huesos fueran a parar
a la cárcel. Y Francis habría disfrutado de una larga y agradable estancia en una cárcel de máxima seguridad por el benévolo acto de dejar a
su hijo herido en el hospital para que los médicos le salvaran la vida.

Sintió que los ojos se le empañaban de lágrimas y se esforzó por
no llorar. Recordaba haber llorado sólo dos veces en toda la vida.
Cuando Kevin había nacido y cuando habían disparado a Kevin y había estado a punto de morir. Su plan siempre habría sido ganar dinero
suficiente para vivir dos vidas, la de Kevin y la suya. Porque cuando
Francis se retirara del «negocio» y se largara a la isla desierta, su hijo le
acompañaría, lejos de las drogas y de las armas y de las muertes pre-
maturas que les rodeaban. Quizá tuviese incluso el valor de decirle la
verdad a Kevin: que era su padre. No estaba muy seguro de por qué se
había inventado esa mentira de ser el hermano mayor. ¿Temía la pater-
nidad? ¿O es que las mentiras formaban una parte esencial de la vida
de Francis Westbrook?

Sonó el móvil, tal como la carta especificaba. Le estarían vigilando.
Se lo llevó lentamente a la oreja.

—¿Kevin?

Toona volvió la cabeza al oír el nombre. Macy ni se inmutó.

—¿Estás bien, hombrecito? ¿Te tratan bien? —preguntó Francis.
Asintió al escuchar la respuesta. Hablaron durante un minuto y luego
la llamada se cortó. Francis guardó el móvil. —¿Mace? —dijo.

Macy se volvió de inmediato y lo miró.

—Mace, tenemos que ir a por el tal Web London. Las cosas han
cambiado.

—¿Te refieres a que hay que matarlo o a conseguir información?
¿Quieres que él venga a nosotros o que nosotros vayamos a él? Sería
mejor que él nos encontrara, si lo que quieres es información. Si en
cambio lo quieres muerto, iré a por él y fin de la historia.

Macy siempre razonaba así. Te leía el pensamiento, pensaba por sí mismo, examinaba las posibilidades, le evitaba al jefe tener que hacer todo el análisis y tomaba las decisiones más difíciles. Francis sabía que Toona nunca sería así, e incluso Peebles era limitado al respecto. Menuda ironía que un jovencito blanco con mal genio se convirtiera en su número uno, una especie de alma gemela.

—Información, de momento. Que venga a nosotros. ¿Cuánto calculas que tardará?

—Ha estado fisgoneando por ahí en el Bucar, seguramente en busca de pistas. Yo diría que no tardará mucho. Cuando se cruce en nuestro camino, le enseñamos una buena zanahoria y se la agitamos en las narices.

—Hagámoslo. Oh, Mace, buena decisión en lo otro. —Francis miró a Toona.

—Sólo hago mi trabajo —replicó Macy.

Kevin miró al hombre mientras apartaba el teléfono.

—Lo has hecho muy bien, Kevin.

—Quiero ver a mi hermano.

—Cada cosa a su tiempo. Acabas de hablar con él. Mira, no somos mala gente. Nos va lo de la familia y todo. —Se rió de un modo que hizo pensar a Kevin que la familia no le gustaba en absoluto. Se frotó el dedo donde había llevado el anillo.

—¿Por qué me has dejado hablar con él?

—Bueno, es importante que sepa que estás bien.

—Para que así haga lo que le digáis, ¿no?

—Vaya, nos ha salido listo el niño. ¿Quieres un trabajo? —Volvió a reírse, se dio la vuelta y se marchó, cerrando la puerta con llave.

—¡Lo que quiero es salir de aquí! —le gritó Kevin.

24

Web no había leído el periódico desde hacía varios días. Finaln te, compró el *Washington Post* y lo hojeó mientras tomaba café en u mesa cerca de la fuente del Reston Town Center. Había estado dand vueltas por el área metropolitana de Washington, acumulando cuantiosas facturas de motel para el FBI. De tanto en tanto, Web alzaba la vista y sonreía a los niños que trepaban por el saliente y arrojaban monedas a la fuente mientras las madres les sujetaban de los faldones para que no se cayeran al agua.

Había leído la sección de deportes, la de noticias locales y la de sociedad, yendo de las páginas finales a la portada. En la página A6 se le esfumó la despreocupación. Releyó el artículo tres veces y observó detenidamente las fotografías. Se recostó para asimilar todo aquello y llegó a unas conclusiones tan rocambolescas que resultaban del todo imposibles. Se tocó el lado dañado de la cara y luego presionó las marcas de las balas. ¿Tendría que enfrentarse a todo eso después de tanto tiempo?

Marcó uno de los números de la agenda. Bates no estaba. Lo llamó al busca. Bates le devolvió la llamada a los pocos minutos. Web le mencionó el artículo.

—Louis Leadbetter. Era el juez de Richmond que se ocupó del caso Sociedad Libre. Liquidado. Watkins era el fiscal del caso. Entra en su casa y estalla. Todo eso el mismo día. Y luego está lo del Equipo Charlie. Fuimos el equipo que respondió a la petición de la Oficina de Campo de Richmond. Maté a dos de los Free antes de que me quemaran la cara y me dejaran dos agujeros en ella. Y luego está Ernest B. Free. Se fugó de prisión hace unos tres meses, ¿no? Sobornó a uno de los guardias, le sacó en la furgoneta de traslados y acabó degollado por tomarse tantas molestias.

—Te haces la cama, te tumbas y mueres en la misma. Dijiste que había algo más, ¿no?

Bates asintió y le pasó un recorte de prensa. Web bajó la vista para mirarlo.

—Scott Wingo... ¿te suena el nombre?

—Sí, defendió a nuestro amigo Ernest B. Free. Yo no estuve en el juicio, por supuesto. Me estaba recuperando. Pero los tipos que estuvieron allí hablaron del tal Wingo.

—Ingenioso y listo. Le ofreció un trato de primera. Ahora está muerto.

—¿Asesinado?

—Le pusieron atropina en el auricular del teléfono. Lo descuelgas, lo apoyas en la piel, cerca de las fosas nasales y eso. La atropina se asimila por las membranas mucho más rápidamente que por el torrente sanguíneo. Las pulsaciones se te disparan, te cuesta respirar, sufres alucinaciones, todo eso en menos de una hora. Si tienes mal los riñones o padeces otros problemas circulatorios, de modo que el cuerpo no puede deshacerse de la atropina rápidamente, entonces eso acelera la velocidad del veneno. Wingo era diabético, sufría problemas de corazón y estaba confinado a una silla de ruedas, así que la atropina era la elección perfecta. Iba a trabajar los sábados solo, así que no habría nadie cuando comenzara a sentir los efectos de la atropina. Y durante los fines de semana solía devolver muchas llamadas, o eso nos han dicho los de Richmond.

—O sea, que quien le mató conocía su historial médico y su rutina laboral, ¿no?

Bates asintió.

—A Leadbetter le dispararon cuando encendió la luz para leer un artículo que, al parecer, otro juez le había sugerido que leyera. El jefe de policía que respondió al teléfono dijo que fue el juez Mackey. Por supuesto, no es cierto.

—Otra vez el teléfono.

—Eso no es todo. El vecino de Watkins estaba saliendo en coche de su casa cuando Watkins llegaba a la suya a pie. Le dijo a la policía que vio a Watkins llevarse la mano al bolsillo y sacar el móvil. El vecino no oyó que le llamaran, pero dijo que daba la impresión de que Watkins estaba respondiendo a una llamada. La casa llena de gas, aprieta el botón para hablar. Boom.

—Un momento —dijo Web—. Un móvil no es lo mismo que un interruptor. No contiene la suficiente chispa eléctrica como para inflamar gas.

—Analizamos el móvil, o lo que quedó del mismo. Los forenses tuvieron que arrancarlo de la mano de Watkins. Alguien había colocado un solenoide dentro del móvil que causaría la chispa necesaria para inflamar el gas.

—Así que alguien le quitó el móvil, seguramente mientras dormía o estaba lejos del mismo durante bastante tiempo, colocó el solenoide dentro, y también tuvieron que vigilarle de cerca para que la sincronización fuese perfecta.

—Sí. Comprobamos el registro de llamadas de los móviles de Watkins y del jefe de policía. Las dos llamadas se realizaron con tarjetas telefónicas de usar y tirar que pueden comprarse en efectivo. No dejan rastro.

—Como las que usan los agentes secretos. Supongo que el tuyo todavía no ha aparecido.

—Olvídate de nuestro agente secreto.

—No, luego hablaremos de él. ¿Se sabe algo de Free?

—Nada. Es como si se hubiera marchado a otro planeta.

—¿Todavía existe la organización?

—Sí, por desgracia. Seguramente recuerdas que negaron haber participado en lo del colegio de Richmond, y Ernie no traicionó a sus almas gemelas, dijo que lo había planeado todo sin su conocimiento, y así quedó la cosa. Los otros asesinos estaban muertos, dos gracias a ti. No logramos que ninguno de los otros miembros accediera a declarar, así que nunca se acusó a la Sociedad Libre de nada. Pasaron inadvertidos durante una época por toda la publicidad negativa, pero se rumorea que vuelven a la carga con sangre nueva.

—¿Dónde están ahora?

—En el sur de Virginia, cerca de Danville. Será mejor que creas que hemos cubierto la zona. Imaginábamos que el viejo Ernie iría allí tras la fuga. Pero, de momento, nada.

—Después de todo lo sucedido, ¿podríamos conseguir una orden de registro?

—¿Qué, quieres que vayamos al magistrado y le digamos que tenemos tres asesinatos, seis si contamos la familia de Watkins, y que creemos que la Sociedad Libre está detrás de todo, pero que no tenemos ninguna prueba que los relacione con el ataque contra el ERR o cualquier otro? ¿No crees que a la Unión Americana de Libertades Civiles le encantaría sacar todo esto a la luz? —Bates hizo una pausa y prosiguió—: Sin embargo, todo encaja. Fiscal, juez, motivo perfecto para la venganza.

—Pero ¿por qué el abogado de la defensa? Salvó a Ernie de la inyección letal. ¿Por qué cargárselo?

—Cierto, pero no estamos hablando de personas racionales, Web. Lo único que sabemos es que están cabreados porque su compañero loco ha estado un día en la cárcel. O quizás Ernie se peleara con el tipo y al escaparse decidió liquidarlos a todos.

—Bueno, al menos eso significa que no habrá más muertos. Ya no queda nadie.

Bates buscó en una carpeta y extrajo otro trozo de papel y una fotografía.

—No del todo cierto. Recuerda que también se cargaron a dos profesoras en la escuela.

Web respiró hondo, mortificado por aquellos dolorosos recuerdos.

—Y el niño, David Canfield.

—Exacto. Bueno, una de las profesoras asesinadas estaba casada. Y adivina lo que ha pasado. Su marido murió hace tres días en Maryland mientras regresaba a casa en coche por la noche después de trabajar.

—¿Homicidio?

—No estamos seguros. Fue un accidente de automóvil. La policía todavía está investigando. Parece que chocaron con él y se dieron a la fuga.

—¿Había teléfonos?

—Había uno en el coche. Después de contactar con ellos, los de la policía nos dijeron que comprobarían el registro de llamadas para ver si recibió alguna justo antes del accidente.

—¿Qué hay de la familia de la otra profesora?

—El marido y los hijos se mudaron a Oregón. Nos hemos puesto en contacto con ellos y ahora mismo los vigilan veinticuatro horas al día. Y eso no es todo. ¿Te acuerdas de Bill y Gwen, los padres de David Canfield?

Web asintió.

—Estuve unos días en el hospital de la Facultad de Medicina de Virginia. Billy Canfield fue a verme un par de veces. Es un buen tipo. Le costó asimilar la pérdida de su hijo, ¿y quién no? Nunca llegué a conocer a su mujer y no he vuelto a ver a Billy.

—Se mudaron. Ahora viven en el condado de Fauquier, tienen un rancho de caballos.

—¿Les ha pasado algo raro?

—Nos pusimos en contacto con ellos en cuanto caímos en la relación. Nos dijeron que no les había ocurrido nada extraño. Estaban al tanto de la fuga de Free. Y Bill Canfield me dijo, textualmente, que no quería nuestra ayuda y que esperaba que el cabrón de Free fuese a buscarle porque le encantaría volarle la tapa de los sesos con la escopeta.

—Billy Canfield no es una persona tímida y modesta. Me di cuenta cuando vino a verme al hospital; tosco, duro y dogmático. Algunos de los de mi equipo que declararon en el juicio me dijeron que su presencia se hacía notar. Estuvieron a punto de citarlo por desacato en un par de ocasiones.

—Dirigía su propia empresa de transporte por carretera y la vendió tras la muerte de su hijo.

—Si los Free están detrás de los asesinatos de Richmond, el condado de Fauquier está mucho más cerca que Oregón. Los Canfield podrían correr peligro.

—Lo sé. He pensado en ir hasta allí e intentarle hacer entrar en razón.

—Te acompañaré.

—¿Estás seguro? Sé que lo que ocurrió en aquella escuela de Richmond es algo que quizá no deberías desenterrar.

Web negó con la cabeza.

—Eso es algo que nunca se olvida, Perce, no importa cuánto tiempo pase. Las dos profesoras murieron antes de que llegáramos. No pude hacer nada al respecto, pero mataron a David Canfield mientras yo vigilaba.

—Hiciste más de lo que habría hecho cualquier otro, incluyendo el haber estado a punto de perder la vida. Y aquello te dejó una señal permanente en la cara. No tienes nada de lo que sentirte culpable.

—Entonces no me conoces bien.

Bates observó a Web detenidamente.

—Vale, pero no nos olvidemos de ti, Web. Si liquidar al Equipo Charlie era el objetivo de los Free, entonces todavía no lo han logrado. Eres el último hombre.

—No te preocupes, miraré a ambos lados antes de cruzar la calle —dijo Web.

—Hablo en serio, Web. Si lo intentaron una vez, lo intentarán de nuevo. Son unos fanáticos.

—Sí, lo sé. Recuerda que fui yo quien se ganó una «señal permanente».

—Y otra cosa. En el juicio, Wingo interpuso esa contrademanda contra el ERR y el FBI por muerte por negligencia.

—Una sarta de gilipolleces.

—Exacto. Pero les permitió averiguar algo sobre el ERR. Es posible que la Sociedad Libre obtuviese información sobre tus métodos, procedimientos y demás. Tal vez les sirviera para preparar la emboscada.

Web no se había planteado esa posibilidad, y lo cierto es que tenía su lógica.

—Te prometo que si recibo llamadas extrañas serás el primero en saberlo. Y comprobaré que no haya atropina en el auricular del teléfono. Ahora háblame del agente secreto. Quizá los Free estén involucrados, pero necesitan a alguien de dentro que les pase información. A ver, sé que es negro y me cuesta creer que los Free trabajasen con un hombre de color, pero ahora mismo no podemos permitirnos el lujo de descartar nada. Me dijiste que Cove era un hombre solitario. ¿Qué más sabes de él? —Web no había recibido respuesta de Ann Lyle sobre las averiguaciones relativas a Cove, por lo que había decidido acudir directamente a la fuente.

—Oh, muchas cosas. Todo está en esa carpeta de ahí, que pone «Agentes secretos del FBI, todo lo que usted deseaba saber».

—Perce, ese tipo podría ser la clave.

—¡No lo es! Te lo aseguro.

—Lo único que sé es que he trabajado en casos así. Y, aunque no te lo creas, no olvidé cómo ser un agente del FBI cuando me alisté en el ERR. Tuve un gran maestro, pero que no se te suba a la cabeza. Y otros dos ojos son otros dos ojos. ¿No es lo que siempre me decías?

—Las cosas no funcionan así, Web, lo siento. Las normas son las normas.

—Creo recordar que en el pasado me decías justo lo contrario.

—Los tiempos cambian, las personas cambian.

Web se reclinó y se preguntó si debía jugar su baza o no.

—Vale, ¿qué me dirías si te contase algo que no sabes pero que podría ser importante?

—Te diría que por qué coño no me lo habías contado antes.

—Me lo imaginaba.

—Sí, claro.

—¿Quieres saberlo o no?

—¿Qué pides a cambio?

—Te paso información sobre el caso y tú haces otro tanto.

—¿Qué te parece si me lo cuentas a cambio de nada?

—Venga, por los viejos tiempos.

Bates dio unos golpecitos en la carpeta que tenía frente a sí.

—¿Cómo sé que se trata de algo que me servirá?

—Si no te sirve, no me debes nada. Confiaré en tu criterio.

Bates le observó durante unos instantes.

—Adelante.

Web le contó lo del cambio de Kevin Westbrook por otro niño. Mientras Web se lo explicaba, el rostro de Bates se fue poniendo rojo y Web intuyó que las pulsaciones de Bates estaban por encima de las sesenta y cuatro y que, probablemente, fueran incluso de tres dígitos.

—¿Cuándo supiste eso exactamente? Y quiero que seas preciso.

—Cuando estaba tomándome una cerveza con Romano y le mencioné que el Kevin Westbrook al que vi tenía un agujero en la mejilla de una herida de bala. El niño que él custodió no lo tenía. Cortez lo corroboró. Y no vayas a por ellos. Les dije que te pondría al corriente de inmediato.

—Ya lo veo. ¿Quién cambió a los niños y por qué?

—Ni la más remota idea. Pero te repito que el niño al que salvé en el callejón y el niño que Romano entregó a los supuestos agentes del FBI eran dos niños distintos. —Dio un golpecito en la mesa—. Bueno, ¿qué te parece? ¿Valía la pena o no?

A modo de respuesta, Bates abrió la carpeta, aunque recitó los hechos de memoria.

—Randall Cove. Cuarenta y ocho años. Lleva toda la vida en el FBI. Era un jugador de talla internacional, defensa ofensivo, de Oklahoma, pero se jodió las rodillas antes de que le ficharan para la liga nacional de fútbol americano. Ésta es una foto reciente.

Bates se la entregó y Web observó la cara. Tenía una barba corta, rizos tipo rastafari y mirada penetrante. Era un hombre voluminoso, de un metro noventa aproximadamente. Parecía lo bastante fuerte como para enfrentarse a un oso pardo y salir vencedor. Web se inclinó hacia delante y, mientras fingía observar la fotografía con suma atención, en realidad comenzó a leer cuanto pudo de la carpeta que Bates había abierto. Los años en el FBI le habían enseñado muchos trucos para ayudar a mejorar su memoria a corto plazo hasta que encontraba el momento de anotar lo que había visto. Y también se le daba muy bien leer al revés.

—Sabía cuidar de sí —prosiguió Bates—, conocía las calles mejor que la mayoría de los cerebros. Y no perdía la calma en los momentos de máxima tensión.

—Sí, claro, los lumbreras de Princeton llamados William y Jeffrey no parecían encajar en Ciudad de las Drogas, Estados Unidos, y me preguntó por qué —dijo Web—. Mencionaste que no tenía mujer ni hijos. ¿Nunca se casó?

—Sí, pero su esposa está muerta.

—¿Y no tuvieron hijos?

—Los tuvieron.

—¿Qué fue de ellos?

Bates cambió de postura, incómodo.

—Ocurrió hace mucho tiempo.

—Soy todo oídos.

Bates dejó escapar un largo suspiro, como si no se viera con fuerzas para hablar.

—Perdí a los de mi equipo, Perce, te agradecería que me lo contaras todo.

Bate se reclinó y entrelazó las manos frente a sí.

—Trabajaba en una misión en California. Era una operación muy secreta porque estaba involucrada la mafia rusa, y esos tipos te meten un misil por el culo si toses cerca de ellos. A su lado, la mafia local está en pañales.

—¿Y?

—Y le desenmascararon. Dieron con su familia.

—¿Los mataron?

—Los masacraron, más bien. —Bates se aclaró la garganta—. Vi las fotos.

—¿Dónde estaba Cove?

—Le habían distraído a propósito para tener carta blanca.

—¿Y no fueron a por él?

—Lo intentaron después. Esperaron a que enterrara a su familia, eran unos tíos muy enrollados. Y cuando fueron a por él, Cove los estaba esperando.

—¿Y los mató?

Bates empezó a parpadear rápidamente y, de repente, Web se percató de que tenía un tic en el ojo izquierdo.

—Los masacró. También vi las fotos.

—¿Y el FBI permitió que siguiera trabajando? ¿Es que no creen en la jubilación anticipada para los agentes con familias masacradas?

Bates separó las manos resignadamente.

—El FBI lo intentó, pero Cove no cedió. Quería trabajar. Y a decir verdad, después de lo que le ocurrió a su familia, Cove trabajó mucho más duro que cualquier agente secreto. Le trasladaron a la OFW para sacarlo de California. Gracias a él, hicimos cosas que nunca habíamos podido hacer. Logramos condenar a criminales importantes a lo largo y ancho del país gracias a Randall Cove.

—Parece un héroe.

Bates se fue calmando y el tic remitió.

—Es poco ortodoxo, lo hace casi todo a su manera y los de arriba no aceptan eternamente una actitud como ésa, ni siquiera tratándose de los agentes secretos, con familia masacrada o no. Pero nada de eso atañía de verdad a Cove. No puedo decir que no haya perjudicado su carrera, el único puesto que el FBI ofrece a alguien como él es el de agente secreto, y estoy seguro de que Cove era consciente de ello. Pero sigue las reglas del juego del FBI. Siempre le han protegido. En lo bueno y en lo malo, siempre ha cumplido. Hasta ahora.

—¿Y el que los rusos dieran con su familia… podría tratarse de una metedura de pata del FBI?

Bates se encogió de hombros.

—Cove no creyó que ése fuera el motivo. Ha trabajado duro desde entonces.

—Ya sabes lo que dicen de la venganza, Perce, que es el único plato que para saborearlo de verdad hay que comérselo bien frío.

Bates volvió a encogerse de hombros.

—Posiblemente.

Web comenzaba a entrar en calor.

—De verdad que resulta reconfortante pensar que un tipo como ése se quedara en el FBI y quizá condujese a mi equipo por el caminito de rosas que lleva hasta el Apocalipsis para vengar la muerte de su esposa y de hijos. ¿Es que no controláis este tipo de situaciones?

—Los agentes secretos son una raza diferente, Web. Viven en una mentira constante y a veces profundizan demasiado y pierden el norte o enloquecen a su manera. Por eso el FBI cambia a los agentes, modifica las funciones y les permite cargar las pilas.

—¿Hicieron todo eso con Cove? ¿Le sacaron del cuerpo y le permitieron que cargase los rizos? ¿Le ofrecieron orientación después de que enterrara a su familia? —Bates permanecía en silencio—. ¿O era tan bueno en su trabajo que le dejaron que siguiera haciendo de las suyas hasta que finalmente se vengó con mi equipo?

—No pienso hablar de eso contigo. No puedo hablar de eso contigo.

—¿Y si te dijera que es una gilipollada del todo inadmisible? —preguntó Web.

—¿Y si te dijera que estás arriesgando demasiado?

Los dos se miraron iracundos hasta que acabaron calmándose.

—¿Y sus soplones? ¿También eran profesionales de primera? —inquirió Web.

—A Cove siempre le gustaba jugar seguro. Sólo contactaba con ellos, con nadie más. No es exactamente el procedimiento del FBI, pero, como te he dicho, no podíamos quejarnos de los resultados. Eran sus normas.

—¿Se sabe algo más del objetivo? Dijiste que era el centro económico de una operación de narcotráfico. ¿De quién?

—Bueno, hay distintas opiniones al respecto.

—Oh, fenomenal, Perce. Me encantan los rompecabezas.

—Todo esto no es una ciencia exacta, Web. La zona donde tu misión se fue al garete está controlada por una pandilla, la de Gran F... ya te lo había dicho.

—Entonces nuestra misión era atacar su operación en aquel edificio, ¿no?

—Cove creía que no.

—No estaba seguro.

—¿Qué te crees, que los malos llevan carnés de afiliado o documentos en los que dicen, «Soy miembro de la banda X»?

—Entonces, ¿qué es lo que Cove creía?

—Que la operación económica era de alguien más importante. Quizá la red que distribuye una droga llamada Oxycontin en el área metropolitana de Washington. ¿Has oído hablar de ella?

Web asintió.

—Los del DEA siempre están hablando de esa droga en Quantico. No tiene que ser analizada en el laboratorio de drogas ni hay que pasarla de contrabando por las aduanas. Lo único que hay que hacer es ponerle las manos encima, lo cual es bastante fácil, y a forrarse.

—El nirvana de los criminales —añadió Bates con sequedad—. Ahora mismo es uno de los analgésicos más fuertes y recetados del mercado. Bloquea las señales de dolor que van de los nervios al cerebro y proporciona una sensación de euforia. Normalmente, la liberación es de unas doce horas, pero si se machaca o fuma produce una actividad cerebral parecida a la de la heroína. Los consumidores muchas veces sufren serios problemas respiratorios.

—Un agradable efecto secundario. ¿Me estás diciendo que no tienes ni idea de quién podría haber sido su informante?

Bates dio unos golpecitos en la carpeta.

—Tenemos algunas ideas. Pero se trata de algo extraoficial.

—Llegados a este punto, hasta los rumores y las mentiras me interesan.

—Dado que Cove se mete hasta el fondo, creemos que el soplón tiene que estar en el círculo interior, de los de fiar. Estaba estudiando lo de Westbrook cuando se topó con lo del Oxy. Pero supongo que la persona que usó para infiltrarse en la operación de Westbrook fue la misma que le ayudó a trabajar desde la nueva perspectiva. Antoine Peebles es, a falta de un término mejor, el jefe de operaciones de Westbrook. Es muy eficiente y, en gran medida, no le hemos puesto la mano encima a Westbrook por su culpa. Éste es Westbrook y éste Peebles. —Le pasó dos fotografías.

Web las observó. Westbrook era enorme, mucho más grande que Cove. Parecía haber estado en la guerra; los ojos, aunque miraran desde el papel en dos dimensiones, poseían la intensidad propia de los supervivientes. Peebles era completamente distinto.

—Westbrook es un guerrero veterano. Peebles parece que está a punto de graduarse en Stanford.

—Exacto. Es joven y creemos que Peebles constituye la nueva generación de empresarios de las drogas, no tan violentos, pero formales y ambiciosos como el que más. Se rumorea que alguien quiere unir a todos los distribuidores locales para que sean más eficientes, para mejorar el rendimiento, las economías de escala, como si fuera un auténtico negocio.

—Parece que Antoine quiere ser el director general en lugar del jefe de operaciones.

—Quizá. Westbrook ha crecido en las calles. Ha visto y hecho de todo, pero hemos oído decir que tal vez quiera retirarse del negocio de las drogas.

—Bueno, puede que Peebles tenga otros planes si es quien está detrás de la organización de las bandas locales. Pero pasar información valiosa a Cove no significa exactamente que sea el heredero forzoso. Si la operación se va al garete, ¿con qué se queda Peebles?

—Eso es un problema —admitió Bates.

—¿Quién más anda metido en el asunto?

—La mano derecha de Westbrook. Clyde Macy.

Bates le entregó la fotografía de Macy, quien, dicho de forma amable, parecía encontrarse en algún lugar del corredor de la muerte. Estaba tan pálido que parecía anémico; un cabeza rapada y esos ojos tranquilos pero despiadados que Web relacionaba con los peores asesinos en serie.

—Si Jesucristo le viera venir llamaría a gritos a los polis.

—Al parecer, Westbrook sólo trabaja con los mejores —comentó Bates.

—¿Cómo encaja Macy entre todos ellos? Parece un supremacista blanco.

—Nada de eso. Lo que pasa es que no le gusta el pelo. No sabemos mucho de él antes de que llegara a Washington. Aunque nunca llegamos a demostrarlo, se cree que fue un soldado de a pie para un par de cerebros destinados al paraíso terrenal federal de Joliet. Luego vino a Washington y comenzó a trabajar para Westbrook. En las calles se ha ganado la merecida reputación de ser leal y sumamente violento. Un auténtico loco, pero profesional a su manera.

—Como cualquier buen criminal.

—Su primer acto importante de maldad fue clavarle un cuchillo de carnicero en la cabeza a su abuela porque, según dijo, no le trataba como debía a la hora de cenar.

—¿Y cómo anda libre habiendo cometido un asesinato como ése? —preguntó Web.

—Sólo tenía once años, así que lo metieron en un correccional de menores. Desde entonces, de lo que único que se le puede acusar es de tres multas por haber rebasado el límite de velocidad.

—Buen tipo. ¿Te importa si me quedo las fotos?

—Son tuyas. Pero si te topas con Macy en un callejón oscuro o en una calle bien iluminada, te aconsejaría que echaras a correr.

—Soy del ERR, Perce. Me zampo a tipos como ése para desayunar.

—Bien, pero no olvides mi consejo.

—Si Cove es tan bueno como dices, entonces no le tendieron una emboscada. Hay algo más.

—Quizá, pero todos cometemos errores.

—¿Has confirmado que Cove no sabía que nosotros actuaríamos?

—Sí. Cove no sabía la fecha del trabajito.

—¿Y eso?

—No querían filtraciones y, de todos modos, Cove no estaría presente, así que no tenía por qué saberlo.

—Magnífico, no confiabais en vuestro propio agente secreto. ¿No podría haber conseguido la información a través de otra fuente, como la OFW?

—¿O el ERR? —replicó Bates.

—¿Y esa información de que los testigos potenciales estarían allí también procedía de Cove? —Bates asintió—. Perce, no estaría mal saber todo esto desde el principio.

—No necesitabas saberlo para hacer tu trabajo, Web.

—¿Cómo puedes decir eso si no tienes ni puta idea de cómo hago mi trabajo?

—Otra vez arriesgándote, amigo mío. ¡No te pases!

—¿A alguien le importa una mierda que seis hombres murieran en la operación?

—En el marco general de las cosas, Web, a nadie. Sólo a personas como tú y como yo.

—Bueno, ¿hay algo más que no necesite saber?

De la pila de documentos, Bates extrajo un grueso archivo extensible, sacó una de las carpetas y la abrió.

—¿Por qué no me dijiste que Harry Sullivan era tu viejo?

Web se levantó de inmediato y se sirvió otra taza de café. No necesitaba más cafeína, pero le daba tiempo para preparar una respuesta, verdadera o falsa. Cuando volvió a sentarse, Bates todavía estaba repasando el archivo. Miró a Web y le dio a entender que no le entregaría la información si no le ofrecía una respuesta.

—Nunca lo consideré mi padre. Nos separamos cuando yo apenas tenía seis años. Para mí no es más que un tipo cualquiera. —Al cabo de unos instantes preguntó—: ¿Cuándo supiste que era mi padre?

Bates recorrió una de las hojas con el dedo.

—Cuando eché un vistazo a tu comprobación de antecedentes. Francamente, teniendo en cuenta el historial de arrestos y condenas, me sorprende que tan siquiera tuviera tiempo para dejar embarazada a tu madre. Aquí hay un montón de cosas —añadió en un tono tentador.

Web quería arrancarle la carpeta de las manos y salir corriendo de la habitación. Sin embargo, siguió sentado, observando las hojas al revés, esperando. El bullicio de la sala ya no importaba. En aquellos momentos sólo existían Bates, él y, en aquellas hojas, su padre.

—Entonces, ¿cómo es que, de repente, te interesa tanto un «tipo cualquiera», como has dicho? —inquirió Bates.

—Supongo que llegados a cierta edad ese tipo de cosas empiezan a importar.

Bates guardó la carpeta y le pasó el archivo completo a Web.

—Feliz lectura.

25

Lo primero que Web notó cuando volvió al motel fue una mancha de aceite fresco en el lugar en que había estado aparcando. No se trataba de algo extraño, otro huésped podría haber aparcado allí, aunque estaba justo delante de la habitación de Web. Antes de abrir la puerta comprobó el pomo mientras fingía que buscaba a tientas la llave de la habitación. Por desgracia, Web no supo si habían intentado abrir la puerta con una ganzúa o no. No la habían forzado, pero un experto podría abrir la cerradura en un abrir y cerrar de ojos sin dejar señal alguna.

Web abrió la puerta, con una mano en la culata del arma. Tardó unos diez segundos en asegurarse de que no había nadie en aquella pequeña habitación. No había nada fuera de su sitio, y la caja que había sacado del desván de la casa de su madre estaba allí, todos los documentos en el mismo lugar en que los había dejado. Sin embargo, Web había colocado cinco trampas en la habitación y tres de ellas habían sido activadas. Con el paso de los años, Web había desarrollado ese sistema mientras viajaba por la carretera. Bien, quienquiera que hubiera registrado su habitación era bueno pero no perfecto. Aquello resultaba reconfortante, como saber que el bruto de doscientos kilos con el que estás a punto de pelear tiene un implante de silicona en el mentón y que, a veces, moja la cama por las noches.

Qué irónico que le hubiesen registrado la habitación mientras estaba reunido con Bates. Web nunca había sido ingenuo porque había visto lo peor de la vida, tanto de niño como de adulto. Sin embargo, siempre había creído que podía contar con el FBI y con las personas que lo formaban. Por primera vez en su vida, los cimientos de esa fe se habían visto sacudidos.

Guardó sus escasas pertenencias y al cabo de cinco minutos volvía a estar en la carretera. Fue a un restaurante cerca de Old Town Alexandria, aparcó en un lugar donde veía el coche por la ventana del restaurante, almorzó y repasó la vida de Harry Sullivan.

Bates no había bromeado. El padre de Web había sido cliente habitual de algunos de los mejores complejos correccionales del país, la mayoría en el sur, donde Web sabía que se encontraban algunas de las mejores cárceles. Los delitos de su padre eran infinitos, pero se caracterizaban por un mismo elemento: eran delitos económicos de poca monta, estafas de tres al cuarto, desfalcos y fraude. A juzgar por algunas de las transcripciones de los tribunales y los registros de detenciones, Web se percató de que la principal arma de su padre era la labia y el mayor de los descaros.

Había varias fotografías de su padre en el archivo, de frente y de lado, con la pequeña hilera de números que identificaban al prisionero. Web había visto muchas fotos de detenidos y todos se parecían bastante: asustados, aterrorizados, dispuestos a cortarse las venas o a volarse la tapa de los sesos. Sin embargo, Harry Sullivan sonreía en todas las fotos del archivo policial. El muy cabrón estaba sonriendo, como si hubiera engañado a los polis, aunque era a él a quien habían trincado. Pero su padre no había envejecido bien. Ya no era el hombre apuesto de las fotografías que estaban en la caja del desván. La última serie de fotografías mostraban a un anciano, todavía sonriente, aunque con menos dientes. A Web no debería importarle, pero le costaba asumir el deterioro del hombre en el marco impersonal de las fotografías Kodak.

Web leyó algunas de las declaraciones de su padre en los juicios y no pudo contener la risa. El preso cauteloso luchaba contra fiscales resueltos a condenarle, y entre las frases del diálogo se entreveía a un hombre de los que saben conseguir lo que quieren.

—Señor Sullivan —inquirió un tal D.A.—, ¿no es cierto que durante la noche usted estaba...?

—Le ruego me disculpe, jovencito, pero ¿de qué noche estábamos hablando? Mi memoria ya no es lo que era.

Web se imaginaba al abogado poniendo los ojos en blanco mientras replicaba.

—La del veintiséis de junio, señor.

—Ah, claro. Siga, jovencito, lo está haciendo muy bien. Estoy seguro de que su madre se siente orgullosa de usted.

En la transcripción, la taquígrafa había añadido entre paréntesis: «Risas en la sala.»

—Señor Sullivan, no soy ningún jovencito —replicó el abogado.

—Bueno, perdóneme, hijo, porque no tengo mucha experiencia al respecto y no era mi intención ofenderle. Lo cierto es que no sé cómo llamarle. Aunque en el viaje desde la cárcel hasta esta espléndida sala de tribunales hubo quienes le llamaron de todo, cosas que no diría ni al peor de mis enemigos. Palabras que harían que mi pobre madre, temerosa de Dios, se revolviera en su buena tumba católica. Atacando su honestidad e integridad, y ¿qué hombre podría soportar algo así?

—Me importa bien poco lo que digan de mí los delincuentes, señor.

—Le ruego me disculpe, hijo, pero fueron los guardias quienes dijeron las peores cosas.

«Más risas», había apuntado la taquígrafa. Una oleada de risas, a juzgar por el regimiento de signos de admiración añadidos al final de todo.

—¿Podemos continuar, señor Sullivan? —inquirió el abogado.

—Ah, vamos, llámame Harry. Es mi nombre desde que mi culo irlandés llegó al mundo.

—¡Señor Sullivan! —había exclamado el juez, y en esas dos palabras Web creyó intuir una gran risa, aunque seguramente se equivocaba. Pero el apellido del juez era irlandés, O'Malley, y quizás él y Harry Sullivan compartieran, al menos, un gran odio hacia los ingleses.

—No pienso llamarle Harry —dijo el abogado, y Web se imaginó la justificada indignación en los rasgos del abogado por tener que mantener semejante conversación con un vulgar delincuente y salir el peor parado.

—Bueno, jovencito, sé que tu trabajo es poner a este viejo arrugado en una celda oscura y fría donde los hombres se tratan sin dignidad entre sí. Y todo por un malentendido de nada a causa de una opinión equivocada o quizá por haberme tomado una o dos pintas más de las que debería. Pero, de todos modos, llámame Harry porque, aunque tenga que pasar por una experiencia tan terrible, no hay motivo para que no seamos amigos.

Web terminó de leer ese particular capítulo de la vida de su padre y vio, no sin satisfacción, que el jurado había absuelto a Harry Sullivan de todos los cargos.

El último delito por el que habían condenado a su padre le había supuesto veinte años de cárcel, la pena más larga de su vida. Hasta el momento había cumplido catorce años en una cárcel de Carolina del Sur, que Web sabía que era un agujero infernal, y le quedaban otros seis años a no ser que le concedieran la libertad condicional o, lo más probable, falleciera tras los barrotes.

Web se acabó el embutido y se tomó el último trago de la Dominion Ale. Le quedaba un informe. No tardó mucho en leerlo y Web se quedó más asombrado y confuso.

El FBI era bueno; no dejaba piedra sin mover. Cuando comprobaban los antecedentes de alguien, maldita sea, los comprobaban de verdad. Si te alistabas para trabajar en el FBI, hablaban con cualquier persona que te hubiera conocido. La profesora de primero, el jefe de reparto de periódicos e incluso la chica guapa que llevaste al baile de final de curso y con quien luego te acostaste. Y, sin duda, también habían hablado con el padre de la chica, a quien tuviste que explicar tu lamentable conducta cuando el secreto salió a la luz, si bien fue esa inocente chica la que te arrancó los calzoncillos y trajo los condones extra-lubricados. El jefe de los boy-scouts, tus parientes políticos, el director del banco que no te concedió el crédito para tu primer coche, la mujer que te cortó el pelo… nada, absolutamente nada era sagrado cuando el FBI se ponía manos a la obra. Y maldita sea si no habían logrado seguirle el rastro al viejo Harry Sullivan.

Acababa de instalarse en la pequeña celda de Carolina del Sur y había dado a los agentes de comprobación de antecedentes su opinión sobre Web London, su hijo. «Mi hijo.» Era una frase que Harry Sullivan había empleado en treinta y cuatro ocasiones durante la reunión; Web se tomó la molestia de contarlas.

Harry Sullivan habló de «mi hijo» en los mejores términos posibles, si bien sólo había conocido a «mi hijo» durante los primeros seis años de su vida. Pero, según Harry Sullivan, un verdadero irlandés sabía si «mi hijo» tenía lo que había que tener desde que dejaba de ir en pañales. Y su hijo tenía lo que había que tener para ser el mejor agente del FBI de todos los tiempos, de eso estaba completamente seguro. Y si querían que fuese hasta Washington para decirle eso mismo a los mandamases, lo haría encantado, y aunque llevase grilletes en brazos y piernas, su corazón estaría henchido de orgullo. Nunca dejaría de hacer nada por «mi hijo».

Web prosiguió leyendo y fue descendiendo la cabeza a medida que lo hacía y estuvo a punto de golpear la mesa al llegar a la última declaración de Harry Sullivan: «¿Y tendrían los buenos agentes, los excelentes agentes…», había comenzado, la amabilidad de decirle a «mi hijo» que su padre había pensado en él todos los días durante todos esos años, que nunca lo había desterrado de su corazón, y, aunque probablemente no volverían a verse, que Harry Sullivan quería que «mi hijo» supiese que siempre le había querido y le deseaba lo mejor? ¿Y que no pensara mal de él por cómo habían salido las cosas? ¿Serían tan amables los agentes de decírselo a «mi hijo»? Les estaría muy agradecido si lo hicieran. Y estaría encantado de invitarles a una o dos pintas si la oportunidad se presentase, aunque las perspectivas no fueran demasiado prometedoras al respecto dada su actual situación, aunque nunca se sabía.

Pues a Web nunca le habían dicho nada de nada. Era la primera vez que Web veía ese informe. ¡Maldito FBI! ¿Es que nunca podían saltarse las normas? ¿Tenía todo que ser tan rígido, a su manera o a la calle? Y, sin embargo, Web podría haber averiguado esa información muchos años antes si de verdad hubiera querido. Pero, sencillamente, no había querido.

El siguiente pensamiento le hizo adoptar una expresión más bien adusta. Si el FBI había entregado a Claire Daniels el expediente de Web, ¿tendría conocimiento de parte o toda la información relativa a Harry Sullivan? Si así fuera, ¿por qué no se había molestado en comunicárselo?

Web guardó el archivo de Harry Sullivan, pagó la cuenta y se encaminó hacia el Vic. Condujo hasta un parque móvil del FBI, cambió de vehículo y salió con el último modelo de Grand Marquis por otra puerta que no era visible desde la calle por la que había entrado. No es que al FBI le sobraran los Bucar, pero el Grand acababa de llegar para una carrera de dieciséis mil kilómetros y Web había convencido al supervisor de que se merecía un coche mejor que el veterano de la sede central para quien se había asignado el automóvil. «Si alguien tiene problemas al respecto —había añadido Web—, que hable con Buck Winters, es mi mejor amigo.»

26

Bates seguía en el centro de operaciones estratégicas cuando entró el hombre. Bates alzó la mirada e hizo un gran esfuerzo para disimular su consternación. Buck Winters se sentó frente a él. La raya del traje era perfecta, al más puro estilo del FBI, los zapatos también con el brillo de rigor. El pañuelo que llevaba en el bolsillo de la americana parecía haberlo colocado con ayuda de una regla. El hombre era alto, ancho de espaldas, con unas facciones seguras e inteligentes, un modelo de perfección andante según los criterios del FBI. Quizá por ello había subido tanto.

—He visto a London saliendo del edificio hace un rato.

—Ha venido a recibir órdenes.

—Oh, claro. —Winters colocó las palmas de las manos sobre la mesa y escudriñó las facciones del rostro de Bates—. ¿Por qué coño te preocupas tanto por ese tipo?

—Es un buen agente. Y, como tú mismo dijiste, yo fui una especie de mentor para él.

—Pues, sinceramente, no es algo que yo querría destacar.

—Ha estado a punto de morir por esta organización muchas más veces que tú o que yo.

—Es un exaltado. Igual que todos los del ERR. No forman parte de lo nuestro. Se salen con la suya y se burlan del resto de nosotros, como si fueran mejores. En realidad no son más que un puñado de machos alfa con grandes pistolas que se mueren de ganas de utilizar.

—Todos viajamos en el mismo barco, Buck. Son una unidad especializada que se ocupa de situaciones de las que nadie más quiere saber nada. Sí, es verdad que son chulos, pero es normal, ¿no crees? Pero todos somos agentes del FBI; todos trabajamos para conseguir el mismo objetivo.

Winters meneó la cabeza.

—¿De verdad lo crees?

—Sí, de verdad lo creo. Si no lo creyera no estaría aquí.

—También han sido los causantes de algunos de los peores momentos del FBI.

Bates dejó caer la carpeta sobre la mesa.

—En eso te equivocas de lleno. El FBI los lanza al vacío casi sin previo aviso y cuando algo sale mal, normalmente debido a las órdenes de algún idiota de arriba, que cualquier tipo que está en las primeras líneas y que se supone que debe cumplirlas te diría sin pensárselo dos veces que no son lo correcto, ellos cargan con toda la responsabilidad. De hecho, me sorprende que no hayan pedido que los separen de nosotros.

—Nunca has participado en los juegos necesarios para llegar hasta aquí arriba, Perce. Estás en el techo de cristal o, en tu caso, en el techo de acero. No hay forma de atravesarlo.

—Bueno, a mí me gusta donde estoy.

—Un consejo: aquí cuando se deja de subir, se empieza a bajar.

—Gracias por el consejo profesional —dijo Bates en tono cortante.

—He recibido tus memorandos sobre la investigación. La verdad es que son bastante escuetos.

—Igual que los resultados de la investigación.

—¿Qué se sabe de Cove? Eras un poco impreciso al respecto.

—No hay demasiado sobre lo que informar.

—Confío en que estés trabajando con el supuesto de que cualquier agente secreto que no haya aparecido después de todo este tiempo o bien está muerto o bien ha desaparecido, en cuyo caso deberíamos buscarlo a través de una alerta general.

—Cove no ha desaparecido.

—¿Te lo has encontrado por ahí? Qué curioso, no figuraba en ninguno de los informes.

—Todavía voy a tientas. Pero recibí información sobre Cove.

—¿Y qué dijo nuestro ilustre agente secreto sobre este lío?

—Que cree que le tendieron una trampa.

—Vaya, qué sorpresa —dijo Winters con sarcasmo.

—Que no quiere intervenir porque cree que el informante está dentro del FBI. —Bates miró con dureza a Winters mientras decía esto, aunque no estaba completamente seguro del motivo. Winters no estaría filtrando secretos, ¿no?—. Está al tanto de las filtraciones y las misiones fallidas. Cree que lo que le ocurrió al ERR es un ejemplo más de ello.

—Una teoría interesante, pero supongo que no tiene pruebas.

A Bates le sorprendió el comentario.

—En todo caso no las compartió conmigo —replicó—. Lo tengo controlado, Buck. Ya sé que estás muy ocupado y no quiero nublar tu legendaria vista con pequeños detalles. Si me entero de algo serás el primero en saberlo, te doy mi palabra. Así podrás montar el circo para los medios de comunicación. Se te da muy bien.

Era prácticamente imposible que Winters no hubiera captado el sarcasmo pero, al parecer, decidió hacer caso omiso del mismo.

—Si no recuerdo mal, tú y Cove estuvisteis muy unidos durante una época. En California, ¿no?

—Trabajamos juntos.

—Cuando se cargaron a su familia.

—Así es.

—Un desastre para el FBI.

—En realidad siempre pensé que había sido un desastre para la familia Cove.

—Lo que me desconcierta es cómo ocurrió todo. Según tengo entendido, Cove había descubierto las operaciones financieras de un grupo de narcotraficantes en el edificio.

—Y llamaron al ERR para que se encargara del asunto —dijo Bates—. Allí había testigos potenciales. El ERR está especializado en sacar con vida a esas personas.

—Realmente hicieron un trabajo fantástico. Ni siquiera supieron conservar sus propias vidas.

—Les tendieron una trampa.

—Cierto. Pero ¿cómo? Si no fue Cove, ¿cómo?

Bates rememoró el encuentro con Randall Cove en el cementerio. Cove creía que había una filtración en el FBI y que por eso todo había salido mal. Bates escudriñó a Winters unos instantes.

—Bueno, para conseguir algo así, supongo que alguien debía de tener información interna procedente de las altas esferas.

Winters se recostó en el asiento.

—De las altas esferas. Del interior del FBI, ¿es eso lo que estás diciendo?

—Interno es interno.

—Es una acusación muy grave, Bates.

—No estoy haciendo ninguna acusación. Me limito a apuntar una posibilidad.

—Sería muchísimo más fácil entregar a un agente secreto.

—No conoces a Randall Cove.

—Y quizá tú lo conozcas demasiado bien. Tan bien que los árboles no te dejan ver el bosque.

Winters se levantó.

—No quiero sorpresas, Bates. Que no se sepa nada importante si yo no lo sé con la suficiente antelación. ¿Queda claro?

—Claro como Waco, Buck —murmuró Bates entre dientes mientras Winters se marchaba.

Web estaba en el coche cuando Ann Lyle lo llamó.

—Perdona que haya tardado tanto, pero quería conseguirte algo consistente.

—No te preocupes. He obtenido cierta información sobre Cove del FBI; como cabía esperar, ha sido como arrancar una muela.

—Bueno, te he conseguido a una persona.

—¿Quién? ¿Cove?

—Soy buena pero no tanto, Web. He conseguido el apoyo de un sargento de policía de Washington D.C. que era uno de los contactos fijos de Cove cuando trabajó en las rondas de la OFW hace años.

—¿Un poli local de contacto para un agente secreto del FBI?

—No es raro que los agentes secretos recurran a un poli en quien confían para que les haga de intermediario. Cove acudió a uno de ellos durante su primer período aquí y el tipo está dispuesto a hablar contigo.

Web detuvo el coche, agarró papel y lápiz y escribió el nombre de Sonny Venables, que seguía siendo agente de policía del distrito primero de Washington D.C. Ann también le dio su número de teléfono.

—Ann, ¿hay alguien más que esté al corriente de la situación de Venables?

—Sonny no me ha dicho nada, y supongo que me lo habría dicho. Era el contacto informal de Cove en su primer trabajo en Washington y de eso hace mucho tiempo. Es probable que mucha gente no conozca su existencia. Aunque Sonny Venables tiende a destacar —añadió.

—Hablas como si lo conocieras.

—Web, querido, cuando trabajas desde hace tanto tiempo como yo, acabas conociendo a todo el mundo. He trabajado mucho con los polis de la capital.

—¿Y Venables está dispuesto a hablar conmigo? ¿Por qué?

—Lo único que dijo fue que había oído hablar de ti. Y tengo que reconocer que he metido baza, por si servía de algo.

—Pero no sabemos cuál es su postura en el asunto, ¿no?

—Supongo que tendrás que descubrirlo. —Ann colgó.

Web llamó al número. Venables no estaba y Web dejó su nombre y su número de móvil. Venables le devolvió la llamada al cabo de veinte minutos y se citaron para esa misma tarde. Web le formuló otra pregunta y Venables le dijo que ya vería qué podía hacer al respecto. Si el tipo podía darle alguna pista sobre Cove, entonces Web quizá pudiera seguirla. Sin embargo, a Web le preocupaba algo relativo a Bates: el hecho de que nunca le hubiera contado que Cove había trabajado en la OFW antes de la temporada que pasó en California. No es que fuera demasiado importante. Había permitido que Web echara un vistazo al expediente del hombre y supuso que Web se habría dado cuenta por sí solo. Pero no había tenido tiempo de repasar el historial completo del agente. Sin embargo, ¿por qué no se lo había dicho a Web?

Venables sugirió a Web que se encontraran a primera hora de la tarde en un bar de la zona en la que hacía la ronda, lo cual resultaba de lo más normal. Web sabía que de ese modo se podía saciar la sed y, de paso, oír por casualidad alguna información útil para solucionar algún caso. La policía era de lo más eficaz empleando el tiempo.

Sonny Venables era blanco, tenía unos cuarenta y cinco años y llevaba en el cuerpo casi veinte, eso es lo que le contó a Web mientras pagaban las cervezas. Medía más de metro ochenta y era fornido, con una masa corporal de esas que se consiguen levantando muchas pesas; parecía capaz de ganar una competición de halterofilia. Llevaba una gorra de béisbol en la que se leía TODOS LOS PESCADORES VAN AL CIELO y una chaqueta de cuero con el logotipo de NASCAR en la espalda. Tenía el cuello casi tan grueso como el ancho rostro. Su tono de voz poseía el encanto sureño un tanto gangoso y Web advirtió el contorno circular de una lata de tabaco de mascar en el bolsillo trasero de sus vaqueros mientras se dirigían a un reservado del bar. Encontraron un rincón tranquilo y se aposentaron con las cervezas.

Venables le contó a Web que trabajaba en el turno de noche. Le gustaba, era más emocionante.

—Lo voy a dejar pronto, cuando lleve veinte años. Me dedicaré a la pesca, a beber cerveza y a ver competiciones de coches de carreras, como hace la mayoría de los polis buenos. —Sonrió al oír sus propias palabras y tomó un trago largo de la cerveza Red Dog. Desde la máquina de discos, Eric Clapton le cantaba a Layla. Web miró a su alrededor. Dos tipos jugaban al billar en la sala posterior, habían dejado una pila de billetes de veinte dólares y un par de Bud Light. De vez en cuando miraban hacia el reservado, pero no parecieron reconocer ni a Venables ni a Web.

Venables observó a Web por encima del borde de la jarra de cerveza. El hombre tenía suficientes arrugas en el rostro como para que se le considerara experimentado y curtido. Un hombre que había visto muchas cosas en la vida, la mayoría malas, imaginó Web, igual que él.

—Siempre he sentido curiosidad por los tipos del ERR.

—¿Y cuál es la curiosidad? No somos más que policías con unos cuantos juguetes más a nuestra disposición.

Venables se echó a reír.

—Eh, apúntate algún mérito. Tengo varios amigos en el FBI que intentaron entrar en el ERR y regresaron con el rabo entre las piernas. Dijeron que preferían tener un hijo con nada más que un palo entre los dientes para aguantar el dolor de volver a pasar por ese trago.

—A tenor de la foto que vi de Randall Cove, parecía poder salir airoso en el ERR.

Venables clavó unos instantes la mirada en la espuma de la cerveza.

—Probablemente te preguntes qué tenía en común Randy Cove con tipos de aspecto sureño y de clase baja como yo.

—Se me ha pasado por la cabeza.

—Pues nos criamos juntos en un lugar atrasado de Misisipí, tan pequeño que ni siquiera tenía nombre. Practicábamos deporte juntos porque en aquella zona no había nada más que hacer. Y el equipo de nuestro pequeño lugar atrasado venció dos años seguidos en los campeonatos de fútbol americano del Estado. También jugamos juntos en Oklahoma. —Venables meneó la cabeza—. Randy era el mejor defensa que he visto en mi vida y de los grupos deportivos de la Universidad de Oklahoma ha salido una buena remesa de defensas. Yo era corredor de poder. Primera serie, tres años seguidos, igual que él. Hacía los bloqueos para Randy en todos los partidos. Me tiraba de cabeza como un tren descontrolado y siempre me encantaba, aunque ahora empiezo a sufrir las consecuencias. Bastaba con dar a Cove un poco de luz y el tío desaparecía. Yo levantaba la mirada de una pila de cuerpos y él ya estaba en la diagonal, normalmente con un par de tipos echándosele encima. El último año fuimos campeones nacionales y lo conseguimos gracias a él. Entonces Oklahoma no creía en el pase adelantado. Nos limitábamos a pasarle el balón a Randy Cove y a dejar que actuara.

—Parece el tipo de amistad que suele durar.

—Duró. Nunca tuve talento suficiente para jugar en la liga profesional, pero Randy sí, sin lugar a dudas. Todos los equipos, sin excepciones, lo querían. —Venables hizo una pausa llegado a ese punto y recorrió la parte superior de la mesa con los dedos. Web decidió esperar a que el hombre siguiera hablando—. Estaba con él en el combinado cuando se jodió las rodillas —prosiguió Venables—. Los dos nos dimos cuenta enseguida, en cuanto pasó. No era como ahora. Te las partes, te operan y vuelvas a saltar al terreno de juego la temporada siguiente como si nada. Aquello acabó con su carrera. En un santiamén. Y el fútbol americano era su vida, todo lo que tenía. Nos sentamos en el maldito campo y estuvimos llorando juntos casi una hora. Nunca había hecho algo así, ni siquiera en el funeral de mi madre. Pero quería a Randy. Era un buen hombre.

—¿Era?

Venables jugó con el pimentero y se recostó en el asiento, se inclinó un poco más la gorra sobre la cabeza y Web vio que le sobresalía un mechón de pelo rizado y canoso.

—Supongo que sabes lo que le pasó a su familia —dijo Venables.

—He oído algo. ¿Por qué no me cuentas lo que sabes?

—¿Qué quieres que te cuente? El FBI la cagó y Randy lo pagó con su mujer y sus hijos.

—¿Lo veías en aquella época?

Web tuvo la impresión de que Venables le habría arrojado la cerveza a la cara.

—Fui portador del féretro en los funerales, joder. ¿Alguna vez has llevado el ataúd de un niño de cuatro años? —Web negó con la cabeza—. Pues permíteme que te diga que es algo que nunca se olvida.

—¿Eso es lo que te dijo Cove? ¿Que fue por culpa del FBI?

—No hacía falta que me lo dijera. Yo era policía. Ya sé cómo afectan esas cosas. Acabé en la capital porque mi mujer es de aquí. Randy también empezó aquí con los federales. Supongo que lo sabes. Me utilizó como intermediario porque sabía que podía confiar en mí y eso es poco habitual en su trabajo.

—Parece poco habitual en muchos tipos de trabajos.

Los dos hombres compartieron una mirada cómplice que surgió en un buen momento, quizá para reforzar un vínculo en ciernes.

—Entonces trasladaron a Randy a California y allí es donde atacaron a su familia.

—Tengo entendido que se vengó.

Venables le dedicó una mirada fría, una mirada que indicaba claramente que el hombre conocía muchos más secretos de los que estaba dispuesto a compartir.

—¿Y tú no te habrías vengado?

—Supongo que sí. Cove debe de ser una persona extraordinaria. Los rusos no son precisamente pesos ligeros.

—Intenta crecer con el color equivocado en un lugar tan asquerosamente pobre como el Misisipí. —Venables se inclinó hacia delante y apoyó los codos sobre la mesa—. He oído hablar de ti. En los periódicos y un poco a Ann Lyle. —Se calló y pareció escudriñar a Web, pero éste no tardó en darse cuenta de que Venables estaba observando el lado dañado de su rostro—. Durante los casi veinte años que llevo en el cuerpo he sacado la pistola una docena de veces, quizás, y he disparado en seis ocasiones. Fallé el tiro cuatro veces y acerté dos. Nunca me han herido en el trabajo, ni un rasguño, y eso es algo digno de mención en esta ciudad, sobre todo hoy día. Ahora estoy en el distrito primero, que no es blanco como la nieve ni rico como el noroeste, pero tampoco es como los distritos sexto y séptimo de Anacostia, donde dispararon a tu equipo. Y siento un gran respeto por los tipos que están en la cuerda floja, que han caído al otro lado y han sabido salir airosos. Tú pareces un anuncio andante de una situación como ésa.

—Nunca pedí serlo.

—La cuestión es que te respeto, de lo contrario no estaría charlando aquí contigo. Pero lo cierto es que nunca conseguirás convencerme de que Randy ha hecho algo malo. Sé que el trabajo de un agente secreto es difícil de asumir y Randy no tiene motivos para sentirse a gusto con el FBI, pero él nunca participaría en lo que le ocurrió a tu equipo, quiero que te quede claro.

—Y yo quiero que te quede claro que aunque me pareces totalmente sincero y que no me importaría compartir una cerveza contigo en otro momento, no puedo aceptar una declaración como ésa así como así.

Venables asintió para demostrar que lo entendía.

—Bueno, creo que serías un capullo si lo aceptaras.

—Podía haberse marchado. Lo comprobé. El FBI le ofreció una vida nueva, una pensión vitalicia. ¿Por qué crees que no aceptó?

—¿Para qué? ¿Para pasarse los cuarenta años siguientes cortando el césped en un barrio residencial tranquilo del Medio Oeste? A Randy no le va eso. ¿Qué otra cosa iba a hacer sino seguir al pie del cañón? Quizá te resulte extraño pero se enorgullecía de su trabajo. Pensaba que hacía el bien.

—Yo también. Por eso estoy aquí. Voy a descubrir la verdad. Si Cove estuvo implicado en esto, quizá me vengue igual que hizo él. No puedo prometerte que no lo haré, me da igual que seas su amigo. Pero si no tuvo nada que ver, seré su mejor amigo. Y créeme, Sonny, la mayoría de la gente prefiere tenerme por amigo que por enemigo.

Venables se recostó en el asiento, como si reflexionara sobre lo que acababa de oír. Acto seguido, pareció cambiar de opinión y se inclinó hacia delante, lanzó una mirada hacia los jugadores de billar que entizaban los tacos, fumaban cigarrillos y daban tragos a las cervezas, y empezó a hablar en voz muy baja.

—No tengo ni idea de dónde está Randy. No he sabido nada de él desde antes de que se supiera todo esto. Desde mucho antes, en realidad.

—¿Entonces nunca te habló de lo que se llevaba entre manos?

—Tienes que entenderlo, yo fui su contacto en su primer trabajo en Washington D.C. Le vi la última vez que estuvo por aquí, pero no por negocios, por así decirlo. Sabía que estaba trabajando en algo importante pero nunca me dijo qué.

—¿Entonces ya no estabais tan unidos?

—Tan unidos como se puede estar con alguien como Randy. Después de lo que le pasó a su familia, bueno, no creo que pudiera estar unido a nadie. Ni siquiera al viejo Sonny Venables de Misisipí con todos los bloqueos que le hice.

—¿Alguna vez te mencionó algún otro contacto que pudiera tener en el cuerpo?

—No, si recurría a alguien, ése era yo.

—¿Cuándo lo viste por última vez?

—Hace poco más de dos meses.

—¿Qué tal estaba?

—Mudo, ausente. De hecho no presentaba muy buen aspecto.

—No ha vuelto a su casa desde hace algún tiempo. El FBI lo ha comprobado.

—Nunca supe dónde vivía; siempre nos encontrábamos en terreno neutral debido a su trabajo. Solíamos hablar sobre los viejos tiempos, la verdad. Lo que necesitaba era alguien con quien hablar, creo. Si me necesitaba para que pasara información, yo la pasaba.

—¿Cómo se ponía en contacto contigo cuando quería que os vierais?

—Nunca me llamaba a casa. Llamaba a la comisaría. Utilizaba un nombre distinto en cada ocasión. Y cada vez que nos veíamos me decía el nombre que emplearía la siguiente vez que me llamara, para que supiera que era él.

—¿Y no te ha llamado? —Web lo observó fijamente. Venables parecía sincero pero nunca se sabía.

—No. Ni una sola vez. Empecé a preguntarme si le habría pasado algo. Teniendo en cuenta su trabajo, es una preocupación justificada.

Web se recostó en el asiento.

—Entonces supongo que no puedes ayudarme a encontrarlo.

Venables apuró su cerveza.

—Vamos a dar un paseo.

Salieron del bar y caminaron por una calle que estaba poco transitada. La jornada laboral todavía no había concluido y Web imaginó que probablemente la mayor parte de la gente todavía estaría en el trabajo contando los minutos que faltaban para salir.

—En su primera temporada en la OFW, Randy utilizaba un lugar como punto de contacto si quería dejarme algún mensaje. Me dijo que también lo empleaba para cambiarse de ropa, como una especie de piso franco.

—¿El FBI sabía de su existencia?

—No. Ni siquiera entonces creo que confiara demasiado en los altos mandos del FBI. Por eso me utilizaba, supongo.

—Probablemente fuera una jugada inteligente. ¿Has ido allí recientemente?

Venables negó con la cabeza.

—Supongo que tengo un poco de miedo por lo que pudiera encontrar, no estoy muy seguro de por qué. Ni siquiera sé si Randy lo sigue usando. Lo podrían haber demolido y ni me habría enterado.

—¿Te importaría darme la dirección?

—Tú fumas, ¿no?

—No, no fumo.

—Pues ahora sí. —Venables sacó un paquete de Winston del bolsillo del abrigo y se lo pasó a Web, quien lo aceptó.

—Mejor que enciendas uno por si hay alguien mirando. —Venables le pasó una caja de cerillas.

Web lo encendió e intentó no toser. A continuación se guardó el paquete en el bolsillo.

—Te agradezco la ayuda. Pero si Cove tuvo algo que ver… —Dejó que la voz se fuera apagando.

—Si Randy hizo una cosa así, no creo que quisiera seguir viviendo.

Mientras Sonny Venables se alejaba, Web regresó a su coche, abrió el paquete de Winston y sacó el trozo de papel enrollado que había dentro. Miró la dirección escrita en el mismo. El interior del paquete también contenía tres fotos pequeñas dobladas. Web había preguntado a Venables por los niños de raza negra pero con tez clara de la edad de Kevin Westbrook que se hubieran dado por desaparecidos en la ciudad durante el último mes, y eso era lo que había encontrado. Web observó las tres fotografías; llegó a la conclusión de que todos los niños se diferenciaban ligeramente de Kevin. Les habían arrancado toda esperanza de llevar una vida digna, eso es lo que le transmitían las expresiones. Se alejó en el coche.

Al cabo de veinte minutos Web miró por la ventanilla; su estado de ánimo estaba por los suelos. El comentario brusco de Venables había dado en el clavo. Donde se había erigido el viejo piso franco de Randall Cove había una fosa para construir otro edificio; una grúa elevada dominaba el centro del enorme hoyo y un grupo de obreros de la construcción se marchaban entonces del trabajo después de lo que a Web le pareció que había sido una dura jornada laboral. A tenor de lo avanzando de la obra, Web llegó a la conclusión de que Cove no había utilizado ese piso en los últimos tiempos. Se encontraba en un callejón sin salida. Web arrugó el papel con la dirección y lo lanzó al suelo del coche. No obstante, todavía le quedaba un flanco por el que abordar a Randall Cove.

Llamó a Romano desde el coche.

—¿Te apetece un poco de fisgoneo?

Recogió a Romano y se dirigieron al sur en dirección a Fredericksburg.

Romano observó el interior del vehículo.

—Vaya coche más mierdoso.

—Es un Grand-Marquis, es probable que el director haya ido en uno de éstos.

—Sigue siendo una mierda.

—La próxima vez intentaré encontrarte uno mejor. —Miró a Romano y se preguntó qué le habría contado Angie al loquero sobre él. Siendo la compañera de Romano, probablemente tuviera mucho que contar a un profesional de la salud mental.

—¿Qué tal van las cosas en el ERR?

—Igual que siempre, igual que siempre. No nos han llamado para nada. No hacemos más que entrenamiento. Ya me estoy hartando, tío.

—Quédate ahí, Paulie, dentro de poco tendrás que utilizar las armas.

—A lo mejor tendría que enrolarme en la Legión Extranjera Francesa o algo así.

—Tú nunca reconoces que las cosas van bien.

—Los chicos han hablado de ti, Web.

Aunque era de esperar, le sorprendió ese cambio de tema en la conversación.

—¿Y qué dicen?

—Están bastante divididos, unos en contra y otros a favor.

—Vaya, pensé que gozaba de más popularidad.

—No es eso. Nadie piensa que seas un cobarde, Web. Has hecho locuras más que suficientes a lo largo de los años. Casi tan loco como yo.

—Pero...

—Pero algunos tipos creen que si te quedas paralizado una vez, puede volver a ocurrirte. Lo que te sucedió quizá no afectara a la suerte que corrió el Equipo Charlie, pero la siguiente vez a lo mejor sí.

Web miró hacia delante.

—Supongo que no puedo argumentar nada en contra de esa lógica. Quizá sea yo el que debiera enrolarme en la Legión Extranjera. ¿Vas armado?

—¿Mienten los políticos?

Randall Cove vivía en las afueras de Fredericksburg, Virginia, a unos ochenta kilómetros al sur de Washington D.C. También era el área de trabajo de Cove, que en líneas generales doblaba la regla de tres de Ann Lyle sobre los cuarenta kilómetros de distancia mínima que los agentes secretos debían mantener entre su residencia y la zona de trabajo asignada. La dirección del domicilio de Cove era uno de los datos que Web había leído subrepticiamente del expediente de Bates.

Se libraron por poco del tráfico de la hora punta y al cabo de cuarenta minutos aparcaron en la tranquila calle residencial en la que vivía Randall Cove. Era una hilera de casas unifamiliares calçadas, muchas con carteles en la parte delantera que indicaban que se alquilaban. En la calle no se veían ni madres ni niños, aunque la temperatura era agradable y había muy pocos coches estacionados. De hecho, la comunidad parecía abandonada y Web sabía que lo seguiría pareciendo hasta que los trabajadores empezaran a llegar de sus puestos de trabajo en la capital y el norte de Virginia. Aquel lugar era una ciudad dormitorio, sin duda habitada por personas solteras o parejas sin hijos que vivían allí hasta que el aumento de salario o de familia les incitara a mudarse. Entendía por qué Cove había elegido un lugar como aquél para vivir. No había vecinos curiosos, la gente era reservada y no había nadie durante el día, cuando, probablemente, él estaba en casa. Sabía que la mayoría de los agentes secretos que se dedicaban a combatir el narcotráfico actuaban por la noche.

Había un Bucar con matrícula del Gobierno delante de la casa.

—Un canguro federal —comentó Romano. Web asintió y meditó sobre cuál sería el mejor método para actuar. Estacionaron el coche junto al Bucar y salieron del vehículo.

El agente bajó la ventanilla, observó las placas del FBI de Web y de Romano y volvió a clavar la mirada en Web.

—Ahora eres famoso, no hace falta que enseñes las credenciales —dijo el agente, a quien Web no conocía. Era un tipo joven, lleno de vitalidad y con un futuro prometedor; Web imaginó que en aquel momento seguro que odiaba la vida que llevaba, vigilando una casa a la que nadie esperaba que Randall Cove regresara jamás. Salió del coche y tendió la mano a la pareja de agentes.

—Chris Miller, de la Oficina del FBI en Richmond. —Mostró sus credenciales, que sacó del bolsillo derecho del pecho para poder estrecharles la mano con fuerza, siguiendo las instrucciones del FBI. Aunque fuera de las pocas cosas que hiciera, el FBI imponía a los agentes una austera medianía con respecto a los detalles más nimios. Sin verlo, Web supo que Miller llevaba una capa adicional de forro en la americana para que la pistola no le agujereara la tela. También sabía que cuando había aparcado detrás de Miller y se había acercado al coche, Miller tenía la mirada clavada en el retrovisor trasero y luego en los ojos de Web, puesto que los ojos siempre reflejaban la intención de las personas.

Los hombres se estrecharon la mano y Web lanzó una mirada a la casa tranquila y silenciosa.

—¿Hacéis turnos para cubrir las veinticuatro horas?

—Ocho, ocho y ocho —dijo Miller con tono cansino. Consultó su reloj—. Y todavía me quedan tres horas.

Web se apoyó en el sedán.

—Me imagino que no será muy emocionante.

—No hasta que he presenciado una pelea de gatos hace un par de horas. —Hizo una pausa, miró a Web directamente a la cara y le soltó de improviso—: ¿Sabes una cosa? He pensando en probar el ERR.

—Bueno, siempre nos pueden ir bien unos cuantos hombre buenos. —«Seis hombres, de hecho —pensó Web—, para reconstruir el Equipo Charlie.»

—Me han dicho que las pruebas son durísimas.

Romano estuvo a punto de resoplar.

—Toma todo lo que has oído, multiplícalo por diez y entonces te acercarás a la realidad.

A tenor de su mirada escéptica, Web se dio cuenta de que Miller no se lo acababa de creer. No obstante, era joven y confiaba demasiado en sus posibilidades, algo propio de la juventud.

—¿Estuvisteis en Waco? —preguntó Miller. Web y Romano asintieron—. ¿Esquivasteis disparos?

—De hecho he intentado borrarlo de mi subconsciente —repuso Web. «Seguro que Claire Daniels estará orgullosa de mí.»

—Ya me lo imagino —dijo Miller sin ninguna convicción. Web se dio cuenta de que el joven agente no había entendido la respuesta.

—¿Cuánto tiempo hace que estás en el FBI? —preguntó Romano.

—Casi dos años.

—Cuando consigas el tres debajo del cinturón puedes presentarte al ERR. Llámame cuando quieras. Si va en serio lo del ERR, te puedo enseñar las instalaciones. —Romano le entregó su tarjeta.

Mientras Miller se guardaba la tarjeta en el bolsillo, Romano y Web intercambiaron miradas divertidas.

—Sería fantástico, tío —dijo Miller—. Me han dicho que tenéis un arsenal increíble.

Para muchos, el atractivo inicial eran las armas, Web lo sabía con certeza. Él conocía a más de uno que había entrado en el FBI por la mera oportunidad de llevar y utilizar las mejores armas.

—Es cierto. Además te enseñaremos exactamente por qué siempre es mejor que no tengas que utilizarlo.

—Ya. —Miller pareció decepcionado, pero Web sabía que lo superaría. Se produjo un silencio incómodo, después del cual Miller preguntó—: Bueno, ¿puedo ayudaros en algo?

—Hemos venido hasta aquí porque quería ver el sitio. ¿Sabes algo del tipo?

—No mucho. Sé que tiene algo que ver con lo que os pasó. Uno se pregunta cómo puede ser que alguien cambie tanto, contra los suyos, me refiero.

—Sí, claro. —Web lanzó una mirada a la hilera de casas unifamiliares. Por detrás daban al bosque—. Supongo que hay alguien cubriendo la parte trasera.

Miller sonrió.

—No es exactamente una persona. Hay un K-9 en el patio trasero. Está vallado. Si alguien intenta entrar por ahí, recibirá una sorpresa. Es más barato que apostar a dos agentes, supongo.

—Supongo. —Web consultó la hora—. Se acerca la hora de cenar. ¿Has comido?

Miller negó con la cabeza.

—He traído unas galletas saladas y algo de comer. Y una botella de agua. No es el primer día. Como os he dicho, todavía faltan tres horas para que vengan a relevarme. Lo peor es no tener donde mear.

—Y que lo digas. Hice un montón de jornadas de vigilancia en el Medio Oeste. Cubríamos un montón de ranchos de miles de hectáreas que se sospechaba que contenían instalaciones para la distribución de droga y algunos parques de caravanas en busca de chicos buenos que creían que el trabajo decente consistía en robar bancos y disparar a la gente con escopetas de cañones recortados. Había que aguantarse, mear en una botella o levantarse e ir al campo.

—Sí —convino Romano—. Y cuando estuve en los Delta nos poníamos en cuclillas por filas donde fuera y descargábamos. Acabas conociendo a los chicos realmente bien cuando cagas en batería. Una vez tuve que disparar a un tipo justo cuando estaba cagando. Joder, eso sí que fue raro.

A Miller no parecieron convencerle esos métodos para aliviarse. Web advirtió que vestía con elegancia y sin duda mear en una botella o correr el riesgo de que le vieran orinando no formaba parte de la imagen del joven agente.

—Hay un Denny's calle arriba. Si quieres cenar, nos podemos quedar aquí hasta que vuelvas.

A Miller no le parecía buena idea abandonar su puesto.

—Las ofertas como ésta no se presentan todos los días, Chris. —Web se abrió la chaqueta un poco para que Miller viera que iba armado—. Y sí, esquivé unos cuantos disparos en Waco. Venga, pégate una buena cena.

—¿Seguro que no pasará nada?

Romano respondió con un tono de voz lo más intimidante posible.

—Si viene alguien que no debiera y se encuentra con nosotros, seguro que habría preferido que le echaran los perros.

Tras oír esas palabras, el agente Miller entró rápidamente en el coche y se marchó.

Web esperó hasta perderlo de vista para acercarse al maletero. Extrajo un pequeño dispositivo y una linterna, miró a su alrededor y luego se acercó con Romano hasta la puerta delantera de la casa de Cove.

—Maldita sea, ese tipo duraría dos minutos en el ERR —manifestó Romano.

—Nunca se sabe, Paulie. Tú conseguiste entrar, ¿no?

—¿Vas a reventar la puerta?

—Sí, desde luego. Si tienes algún problema, ve a sentarte en el coche.

—No hay demasiadas cosas en la vida que me causen problemas.

La ganzúa abrió con rapidez la sencilla cerradura de la puerta delantera y Web y Romano estuvieron dentro en cuestión de segundos. Web cerró la puerta y encendió la linterna. Vio el tablero de control de la alarma junto a la puerta, pero no estaba activada. Seguramente, sólo Cove debía de saber el código. Recorrieron el corto pasillo y entraron en el salón. Web apuntó con la linterna en todas direcciones. Los dos hombres empuñaban sus pistolas. El lugar estaba amueblado con sobriedad. Web supuso que, de todos modos, Cove no debía de pasar demasiado tiempo en la casa. Registraron rápidamente la planta principal pero no encontraron nada interesante, lo cual no sorprendió a Web. Cove era veterano y los veteranos no se dedicaban a dejar constancia de forma detallada de lo que se llevaban entre manos para que otros lo descubrieran.

El sótano no estaba terminado. Había unas cuantas cajas. Romano y Web las revisaron rápidamente. El único objeto en el que Web se entretuvo fue una fotografía enmarcada de Cove, su mujer y sus hijos. Web apuntó la linterna de modo que la luz no se reflejara en el cristal. Cove llevaba traje, ningún rizo de estilo rastafari, tenía las facciones agradables y se le veía seguro de sí mismo. Tenía una sonrisa contagiosa. Con sólo mirar la foto, Web notó que se le alargaba la comisura de los labios. Rodeaba con un brazo poderoso a su mujer y con el otro a sus dos hijos. Su esposa era extraordinariamente hermosa, con el pelo a la altura de los hombros, una sonrisa radiante y unos ojos que habrían cautivado a cualquier hombre. El niño y la niña se parecían más a la madre. Sin duda, habrían sido unos adultos muy atractivos, mientras su padre y su madre envejecían juntos. Se suponía que la vida era así, pero pocas veces se cumplía, al menos para las personas que compartían el trabajo de Cove y de Web. La fotografía captaba el otro lado de Randall Cove, se centraba en el hombre como esposo y padre. Web imaginó al ex defensa de nivel internacional lanzando una pelota de fútbol a su hijo en el patio; tal vez el niño habría heredado la capacidad atlética de su padre. Quizá podría haber seguido la carrera profesional que se le había negado a su progenitor. En una película de Hollywood tal vez ocurriera, pero pocas veces pasaba en la injusticia de la vida real.

—Bonita familia —comentó Romano.

—Ya no. —Web no se molestó en dar explicaciones.

Dejó la foto en la caja y subieron la escalera. Cuando enfocó la puerta trasera con la linterna, algo chocó contra el cristal. Web y Romano apuntaron el arma al unísono hasta que escucharon los ladridos y se dieron cuenta de que era el K-9 haciendo su trabajo.

Bueno, al menos un perro nunca te traicionaría; Web pensó que tal vez ése fuera el motivo por el que se le consideraba el mejor amigo del hombre. Se llevaban los secretos a la tumba.

Subieron rápidamente a la planta superior deseosos de terminar antes de que Miller regresara. A Web no le gustaba engañar a un colega, pero no quería por nada del mundo que lo descubrieran registrando la casa de un sospechoso sin autorización. Bates lo tacharía para siempre de su lista por eso y Web tampoco podría extrañarse demasiado. Arriba había dos dormitorios con un cuarto de baño común. La habitación delantera que daba a la calle era la de Cove. La cama estaba hecha y en el armario había poca ropa. Web tomó una camisa y se la acercó al cuerpo. Web casi podría haber introducido una pierna por uno de los brazos de la camisa. No le habría gustado tener que placar al hombre en un partido; sería igual que intentar hacerle un placaje a una camioneta.

La habitación que había en la parte posterior se hallaba vacía. Estaba dispuesta como un dormitorio pero, al parecer, nunca se había utilizado. En el interior del pequeño armario no había arañazos producidos por las perchas y la alfombra carecía de marcas de muebles. Web y Romano estaban a punto de marcharse cuando Web advirtió algo. Miró las ventanas del cuarto trasero y luego pasó por el baño para llegar al otro dormitorio y mirar las ventanas. Tenían unas persianas de láminas de aluminio para preservar la intimidad, lógico, puesto que la habitación daba a la calle. Web regresó a la otra habitación pasando por el cuarto de baño. Web se dio cuenta de que en el dormitorio había persianas pero no eran de aluminio; eran de las de estilo antiguo que se enrollaban. La habitación trasera daba al bosque, por la intimidad. Web miró por la ventana y vio que el sol se estaba poniendo. La habitación trasera estaba encarada al norte, de modo que no había necesidad de bloquear la luz con persianas. Además, dado que la habitación no se utilizaba, ¿por qué tener persianas? Y si se elegía algún tipo de complemento para las ventanas, ¿por qué no el mismo para toda la casa? Por lo menos las persianas de láminas permitían graduar la luz que entraba y seguir disfrutando de un nivel razonable de intimidad. Con las persianas tradicionales era o todo o nada, y como tenía poca luz y no había ninguna lámpara de techo, la habitación estaría permanentemente a oscuras. No tenía mucho sentido, pero quizá Cove hubiera heredado esos complementos del propietario anterior y no se había molestado en cambiarlos.

—¿Qué te ha llamado la atención? —preguntó Romano.

—La elección de persianas.

—¿Te estás poniendo femenino conmigo?

Web pasó por alto el comentario de Romano y se acercó a la ventana. La persiana estaba totalmente subida. Web agarró la cuerda y tiró. La persiana bajó, lo cual era de lo más normal. Se acercó a la otra ventana e hizo lo mismo. La cuerda estaba atascada y la persiana no bajó. Por un momento, Web estuvo a punto de dejarlo correr y marcharse. Entonces apuntó con la linterna el mecanismo que accionaba la persiana y vio que lo habían doblado de forma que no pudiera tirarse de la cuerda. Intentó que el mecanismo adoptara su forma natural y tiró de la cuerda. La persiana descendió y Romano se quedó boquiabierto al ver que el sobre que estaba escondido en la persiana enrollada le caía literalmente en las manos.

Romano lo miró admirado.

—Joder, estás hecho un fenómeno.

—Vamos, Paulie. —Web subió la persiana otra vez antes de bajar rápidamente la escalera. Romano se adelantó para asegurarse de que tenían vía libre y salieron discretamente. Web cerró la puerta principal.

Web y Romano entraron en el coche y Web encendió la luz interior para inspeccionar lo que habían encontrado.

Abrió el sobre y extrajo el recorte de periódico amarillento. Era de *Los Angeles Times* e informaba de la muerte de la familia del agente secreto a manos de la mafia rusa. El funcionario que hablaba en nombre del FBI atacaba sin concesiones a los criminales y prometía que serían juzgados por sus crímenes. Se identificaba al funcionario como alguien que participaba de cerca en la investigación. De hecho, era el supervisor del caso del agente secreto, al que no identificaban aunque los nombres de los miembros de la familia asesinada se habían hecho públicos. Web no pudo evitar negar con la cabeza al leer el nombre del funcionario del FBI.

Percy Bates.

Miller apareció en su coche al cabo de unos minutos, se apeó y se dirigió al vehículo. Se dio una palmadita en el estómago.

—Gracias por la ayuda, chicos.

—No tiene importancia —dijo Romano—. Ya que estamos aquí, no nos costaba nada.

—¿Alguna novedad mientras yo no estaba?

—Nada, todo tranquilo.

—Libro dentro de dos horas. ¿Os apetece tomar una cerveza?

—Pues... —Web miró más allá de Miller porque el sol poniente acababa de rebotar en algún objeto reflectante a lo lejos.

—¡Web, cuidado! —exclamó Romano que obviamente había visto lo mismo.

Web extendió la mano hacia Miller, lo agarró de la corbata y tiró hacia abajo para que se agachara. El disparo alcanzó a Miller en plena espalda y la bala le salió por el pecho, pasó silbando justo delante de Web e hizo añicos el cristal de la ventanilla del pasajero. Romano ya había salido del coche y estaba detrás de una rueda. Colocó la pistola por encima del capó pero no disparó.

—Web, ¡sal de ahí!

Durante una centésima de segundo, Web siguió agarrando la corbata de Miller incluso mientras el joven agente se deslizaba hacia un lateral del coche. Lo último que Web vio fueron los ojos del muerto clavados en él, antes de que cayera al suelo.

—¡Web, sal del puto coche o te disparo yo mismo!

Web se agachó justo cuando otro disparo destrozaba la ventanilla trasera del Bucar. Web salió del vehículo y se apostó detrás de la rueda posterior. En la academia enseñaban que agacharse detrás de las ruedas de un coche era lo más seguro, porque había pocas armas capaces de atravesar tanto metal.

—¿Ves algo? —inquirió Romano.

—Sólo he visto el primer reflejo. De una mira telescópica. A un kilómetro de distancia, por lo menos, en el bosque, entre esas dos casas. Miller está muerto.

—¡Mierda! Supongo que se trata de una 308 que aloja balas de blindaje de acero y una mira telescópica Litton de diez aumentos.

—Fantástico, lo mismo que usamos nosotros —dijo Web—. Mantén la cabeza baja, joder.

—Oh, gracias por decírmelo, Web. Estaba a punto de ponerme en pie y llamar a mi madre.

—No podemos disparar; nuestras pistolas no tienen tanto alcance.

—¿Por qué no me dices algo que no sepa? ¿Llevas algo potente en el maletero?

—Llevaría algo si fuera en mi coche.

Otro disparo alcanzó al sedán y los dos hombres se agacharon. Volvieron a disparar y la rueda delantera izquierda se reventó. Al siguiente disparo empezó a salir humo del radiador.

—¿No crees que alguien llamará a la policía? —se quejó Romano—. No creo que sea normal que haya francotiradores en los barrios residenciales.

—Mi teléfono está en el coche.

—Pues no intentes ir a buscarlo. El tipo que esté disparando sabe lo que se hace.

Durante los cinco minutos siguientes no se produjeron más disparos; al final oyeron las sirenas de la policía a lo lejos. Web asomó la cabeza por un lado y miró a través de las ventanillas del coche. No vio más reflejos procedentes del bosque.

Por fin llegó la policía. Web y Romano mostraron sus credenciales e hicieron una señal a los agentes para que se agacharan. Al cabo de unos minutos, Web gateó hacia el coche patrulla y explicó la situación. No se oyeron más disparos y entonces dio la impresión de que aparecían todos los agentes de la policía del condado, junto con media docena de agentes estatales. Rastrearon el bosque sin encontrar a nadie, aunque en el camino de tierra que conducía a la carretera situada al otro lado de la parcela de Cove había marcas de neumáticos recientes. También encontraron cartuchos usados de rifle. Romano había estado en lo cierto: blindaje de acero del 308.

Chris Miller fue declarado oficialmente muerto, llegó la ambulancia y se lo llevó. Web observó el anillo de casado que llevaba en el dedo antes de que cerraran la bolsa para cadáveres. Bueno, la señora Miller recibiría la tan temida visita del FBI esa misma noche. Meneó la cabeza y miró a Romano.

—Me estoy hartando de esta vida.

27

Web y Romano prestaron declaración unas tres veces cada uno. Y Bates se presentó y le pegó una buena bronca a Web por emprender una investigación no autorizada.

—Te dije que irían a por ti, Web. Pero eres un estúpido tozudo que no hace caso a nadie —despotricó Bates.

—Eh, tranquilo —dijo Romano.

—¿Te conozco? —dijo Bates mientras miraba a Romano directamente a los ojos.

—Paul Romano, asaltante del Equipo Hotel. —Le tendió la mano.

Bates hizo caso omiso del gesto y se volvió hacia Web.

—¿No eres consciente de que Buck Winters busca cualquier excusa para machacarte, para incinerar oficialmente a todo el ERR? Y se lo estás poniendo en bandeja.

—Lo único que intento hacer es averiguar qué les pasó a mis muchachos —replicó Web—. Y tú harías lo mismo si estuvieras en mi lugar.

—No me vengas con esas gilipolleces. —Bates se calló al instante porque Web le mostró el recorte de periódico.

—Lo encontré en la casa.

Bates alargó el brazo lentamente y tomó el recorte.

—¿Quieres que hablemos del tema? —preguntó Web.

Bates les llevó de la escena del crimen a una zona más tranquila. Primero miró a Romano y luego a Web.

—No hay problema con él —afirmó Web—. Está autorizado para todo tipo de asuntos secretos.

—Incluso me encargué de la protección conjunta de personalidades como Arafat —indicó Romano—. Hay mucha gente que va detrás de ese hombre, él sí que es un objetivo.

—No me dijiste que trabajabas con Cove cuando asesinaron a su familia —dijo Web.

—No tengo por qué contarte mi vida —replicó Bates.

—Quizá me debas una explicación.

Bates dobló el recorte y se lo guardó en el bolsillo.

—En realidad no fue culpa de nadie. Cove no lo echó todo a perder y nosotros tampoco. Fue una casualidad y los rusos tuvieron suerte. Me gustaría que no hubiera pasado, pero ya no se puede arreglar. Randy Cove es un agente fantástico.

—¿Entonces Cove no tiene motivos para querer vengarse?

—No. He hablado con él. Casi se lo cargan poco después de lo del Equipo Charlie. Dijo que vio ese edificio lleno hasta los topes de todo lo imaginable.

—Así que su versión es que le tendieron una trampa para que nos diera la información equivocada. ¿Desaparecieron los archivos y aparecieron las armas? —preguntó Web.

—Algo así. Fue una mecha poco duradera. Cove dijo que estuvo en el edificio poco antes de que llegarais. Pensó que se había infiltrado en una importante operación de narcotráfico.

—Perce, no pretendo decirte cómo hacer tu trabajo pero lo más inteligente sería hacer que se presente. Ahora que se ha quedado sin tapadera, me parece que necesita protección.

—Cove sabe cuidar de sí mismo. Y puede hacer más en el exterior. De hecho, podría estar cerca de un importante proveedor de droga.

—Eso me da igual. Lo único que quiero es a los tipos que nos tendieron la trampa.

—Precisamente de eso se trata, Web, podrían ser los mismos.

—Pues no tiene demasiado sentido. ¿Por qué un proveedor de droga querría que el FBI le pisara los talones, listo para el ataque?

—Puede haber varios motivos. Venganzas, para mantener a los distribuidores a raya. O incluso para tenderle una trampa a un competidor para que se lleve toda la presión y reducir así la competencia.

—Déjame que intente pillar a esos tipos —intervino Romano— y lo que voy a reducir es su esperanza de vida.

—O sea, si no entiendo mal, que no informa con regularidad —dijo Web.

—¿Cómo lo sabes? —preguntó Bates.

—Si es tan bueno, sabrá que todo el mundo piensa que está metido en el ajo. Así que trata de pasar inadvertido y se dedica a investigar lo suyo, intenta llegar a la verdad antes de que alguien le pille a él.

—Excelente deducción.

—De hecho, hablo por experiencia —reconoció Web.

—Hablando de experiencia, por fin me ha llamado Bill Canfield. Mañana tengo una cita con él en su rancho. ¿Vendrás conmigo?

—Yo diría que sí. ¿Quieres venir, Paulie?

Bates lo miró.

—¿Eres el mismo Paul Romano que estuvo con los Delta Force y luego en el EAT de Nueva York?

—Sólo hay un Paul Romano —afirmó Romano sin una pizca de engreimiento.

—¿Arafat, eh?

—Oye, cuando quieras mandar a lo mejorcito…

—Bien, considérate temporalmente reasignado. Hablaré con tu comandante.

Romano se quedó sorprendido.

—¿Reasignado haciendo qué?

—Haciendo lo que yo diga. Hasta mañana, chicos.

Web dejó a Romano en su casa.

—Oye, Web —dijo Romano antes de salir del coche—, ¿tú crees que esta nueva misión está mejor pagada? Hace tiempo que Angie quiere cambiar la lavadora y a lo mejor acabar el sótano.

—Yo en tu lugar, no le diría nada a Angie. Tendrás suerte si no está peor pagada.

—La historia de mi vida —dijo Romano, apeándose del coche.

Web se alejó en el vehículo y condujo sin rumbo fijo. Se sentía muy abatido por Chris Miller y no envidiaba a quienes tendrían que informar a su esposa. Abrigó la esperanza de que Miller no tuviera hijos, pero parecía de los que sí tenían. Maldita sea, el mundo estaba demasiado lleno de desgracias. Al final decidió que necesitaba otra dosis de trabajo policial al estilo antiguo.

Web tomó el tramo exterior de la ronda de la capital para llegar a la Interestatal 395, siguió en dirección norte y condujo el Mercury que Bates le había proporcionado por el ruinoso puente de la calle Catorce sobre el que, de hecho, se había estrellado hacía unos años un avión que despegó del Aeropuerto Nacional durante una tormenta de nieve. Dirigió el vehículo hacia una zona de la ciudad a la que se aventuraban pocos ciudadanos respetuosos con la ley, aparte de los que se perdían o los que llevaban placa y pistola, sobre todo a aquella hora.

La escena le resultaba familiar. Era la misma ruta que su brigada había seguido durante su última noche en la tierra. Web sabía que el coche y la matrícula gubernamental transmitían a todas luces que era un «hombre federal», pero le daba igual. Durante una hora recorrió todas las calles sin salida, los callejones, todos los orificios en la pared que le parecieron prometedores. Se cruzó varias veces con coches patrulla que hacían la ronda en busca de problemas, lo cual allí era igual que ser un gato en una pajarera: lo que se buscaba abundaba por todas partes.

Estaba a punto de darse por vencido cuando un destello rojo bajo una farola le llamó la atención. Aminoró la marcha, extrajo sus leales prismáticos de la bolsa y miró detenidamente. Probablemente no fuera nada, puesto que por allí muchos llevaban un pañuelo en la cabeza y la mayoría eran rojos. Rojo como la sangre; incluso la gente que vivía allí tenía una meta en la vida y también cierta dosis de sentido del humor sobre su trabajo. Al cabo de unos segundos se le aceleraron las pulsaciones. El tipo incluso llevaba la misma ropa. Una camiseta de tirantes sobre unos hombros de levantador de pesas y unos pantalones cortos que dejaban al descubierto parte de la raja del culo. Era el mismo proveedor del barrio de buen crack y otras drogas ilegales que había visto en el callejón donde el Equipo Charlie había corrido su última vuelta.

Web apagó el motor, dejó que el coche se deslizara hasta detenerse y salió discretamente. Pensó en coger la escopeta pero luego decidió que le bastaba con la pistola. Era difícil saltar armado con una escopeta. Agarró la pistola y bajó la calle lentamente, por las zonas menos iluminadas. Para llegar al muchacho tenía que pasar debajo de una farola. Justo cuando pisó el cerco de luz, se oyó un grito. El muchacho alzó la mirada y lo vio. Web soltó una maldición entre dientes y echó a correr.

—¿Todavía quieres traficar con mi rifle? —gritó Web mientras se abalanzaba hacia delante.

El muchacho entró como un rayo en el callejón. Web sabía que no debía hacerlo, ni siquiera armado, y se detuvo. Si entraba en ese callejón sin refuerzo, mejor que fuera encargando su ataúd. De todos modos, se trataba de una decisión difícil porque Web quería enfrentarse al chico del pañuelo con todas sus fuerzas. De acuerdo con la forma de pensar de Web, uniendo todos los puntos para formar una imagen, quizás el del pañuelo fuera quien apretó el mando a distancia que accionó el láser que había activado las ametralladoras que habían mandado al otro barrio a sus queridos amigos. Al final tomó una decisión. «Otra noche, amigo mío. Y la próxima vez no me detendré hasta echarte las manos al cuello.»

Web se volvió para regresar al coche. Fue entonces cuando los vio. No parecían tener prisa. Quizá fueran una docena. Junto con sus sombras alargadas que se reflejaban en la pared de ladrillos vio el despliegue de armas que llevaban. Como estaba lejos del coche, Web se escabulló por el callejón y empezó a correr con todas sus fuerzas. Oyó que el grupo que le seguía hacía otro tanto.

—¡Mierda! —exclamó. ¿Le habían tendido una trampa?

Dejó atrás rápidamente la luz de la farola, confiando sólo en la presencia de algunos reflejos de luz ambiental del cielo y el ruido de los pies que corrían por delante y por detrás de él. Desgraciadamente, en aquel laberinto de muros altos los ecos no eran los mejores guías. Web fue girando a derecha y a izquierda hasta que estuvo totalmente perdido. Dobló una última esquina y se detuvo. Se imaginó que la mitad del grupo habría dado la vuelta para bloquearle la salida aunque, que él supiera, estaba corriendo en círculos. Le pareció oír que se acercaban pero no sabía de dónde. Se escabulló por otro callejón y se detuvo. Escuchó. Silencio. Un silencio que no le gustaba. El silencio era sinónimo de sigilo. Miró a la izquierda, a la derecha y luego hacia arriba. Arriba. Hacia arriba le parecía bien. Subió por una escalera de incendios cercana y entonces se quedó paralizado. Los pasos estaban cerca. Enseguida vio por qué. Dos de los hombres doblaron la esquina. Eran altos, delgados, llevaban la cabeza rapada y vestían cazadoras de cuero y vaqueros demasiado largos y de cintura baja y unas botas de preso con tacones gruesos que sin duda estaban ansiosos por machacarle el rostro.

Se detuvieron y miraron a su alrededor. Estaban justo debajo de él. Al igual que había hecho Web, miraron a izquierda y a derecha. Imaginó que no faltaban más que algunos segundos antes de que alzaran la mirada, como había hecho él. Así pues, se balanceó hacia abajo y les propinó a cada uno una patada en la cabeza. Los dos hombres chocaron contra la pared de ladrillos. Web aterrizó de forma un tanto extraña y se torció un tobillo. Como los dos hombretones estaban quejándose e intentando levantarse, les golpeó con la culata de la pistola en la nuca y se sumieron en un largo sueño invernal. Les arrebató las pistolas, las lanzó a un contenedor que había por allí y se marchó a toda prisa.

Todavía oía pies que corrían y algún disparo ocasional. Web no sabía si se trataba de sus perseguidores o sencillamente alguna reyerta entre bandas, que en aquella zona era de lo más habitual por las noches. Dobló otra esquina y le golpearon con fuerza y por lo bajo. El golpe le hizo dar un salto y perdió el arma al caer tendido sobre el asfalto. Se dio la vuelta y se levantó, con los puños cerrados.

Allí estaba el muchacho del pañuelo, armado con una navaja casi tan grande como él. Sonreía con la misma sonrisa petulante que había esbozado en el callejón la noche de la desaparición del Equipo Charlie.

Web observó que sostenía el arma con habilidad. Probablemente el muchacho habría peleado cientos de veces con navaja. Era más bajo que Web pero más musculoso y probablemente más rápido. Sería la clásica prueba de juventud contra experiencia.

—Bueno, acércate y prueba un poco de experiencia, jovencito —murmuró Web mientras se disponía a defenderse.

El muchacho embistió a Web, blandiendo la navaja con tanta rapidez que Web apenas podía seguirla. En realidad tampoco hacía falta que lo hiciera, porque Web le propinó una patada que fue como si le segara las piernas, y el muchacho del pañuelo se desplomó bajo su propio peso. Se levantó enseguida pero justo a tiempo para recibir un puñetazo en la cabeza. El muchacho se quedó aturdido y Web se colocó encima de él. Le inmovilizó el brazo con el que sujetaba la navaja y se dispuso a quitarle el arma y a deshacerse de la presión que le ejercía en el antebrazo. Cuando careció de la seguridad que le proporcionaba el arma y con el antebrazo retorcido delante de la cara, el muchacho echó a correr y sus gritos de dolor se oyeron por todo el callejón, y su actitud petulante quedó por los suelos junto al cuchillo ensangrentado. Web sacudió la cabeza para quitarse la confusión de encima y empezó a dar traspiés para recuperar la pistola. No lo consiguió.

Fue incapaz de hacer otra cosa que observar en silencio al grupo de hombres que aparecían por todas partes y que le impedían llegar hasta el arma. Iban provistos de escopetas de cañones recortados y pistolas. Web percibió lo contentos que estaban de verlo allí, superado claramente en número, pues eran diez en total. Imaginó que no tenía nada que perder si adoptaba una actitud agresiva. Mostró su placa del FBI.

—Os podría trincar a todos por posesión de armas. Pero ¿sabéis qué? Me siento generoso y no me apetece todo el papeleo, así que largaos, seguid con lo vuestro y nos olvidamos de este asunto. Por el momento. Pero no volváis a salirme con esta mierda.

Su respuesta fue acercarse a él. La reacción de Web fue retroceder hasta que notó la pared detrás, por lo que la posibilidad de seguir retrocediendo y escapar tenía que limitarse a su imaginación. Entonces dos de los hombres fueron apartados a un lado con tal violencia que fue como si la gravedad hubiera desaparecido bajo sus pies. Cuando se abrió el hueco, Web contempló al hombre más imponente que había visto jamás, salvo en un partido de fútbol americano profesional. El gigante medía dos metros o más y a Web le pareció difícil que pesara menos de doscientos kilos. Se dio cuenta de que aquel nuevo adversario debía de ser el legendario Gran F.

El hombre llevaba una camisa de seda de manga corta de color granate tan grande que a Web le habría servido de sábana. Los pantalones de lino beis le cubrían las piernas largas que, de hecho, parecían cortas por lo gruesas y macizas que eran. No llevaba calcetines, se había enfundado los pies en unos mocasines de ante y llevaba la camisa abierta hasta el ombligo, aunque la temperatura era de unos diez grados y corría una brisa fría que calaba los huesos. Una pelusilla le cubría la cabeza. Sus facciones se correspondían con su tamaño gigante, una nariz poco definida y las orejas cónicas, agujereadas ambas con una docena de pendientes de botón con diamante que brillaban de una forma increíble, incluso bajo la luz tenue.

No perdió el tiempo y se acercó a Web. Cuando Gran F estiró el brazo para propinarle un puñetazo, Web le dio un golpe despiadado en el estómago que habría tumbado a un boxeador de peso pesado. Lo único que consiguió de Gran F fue un gruñido. Entonces levantó a Web del suelo, retrocedió como si se preparara para lanzar un peso y mandó a Web, que pesaba casi cien kilos, tres metros callejón abajo. El resto de la banda lo abucheaba, insultaba y se divertía de lo lindo dándole patadas a un pequeño agente federal, chocando esos cinco, haciendo crujir los nudillos e intercambiando gruñidos entre ellos con regocijo animal.

Web ni siquiera se había levantado cuando el hombre volvió a por él. Esta vez agarró a Web por el cinturón, lo levantó y lo lanzó encima de una hilera de cubos de basura. Web se incorporó rápidamente y sintió que le faltaba aire y que se mareaba después de la paliza que había recibido. Antes de que Gran F lo volviera a atrapar, Web arremetió contra él, bajó el hombro y embistió con todo su cuerpo contra el vientre del hombretón. Web podría haber arremetido contra una camioneta y el efecto habría sido el mismo, puesto que el otro ni se enteró. Cayó sobre el asfalto sin que Gran F se desplazara un solo centímetro. Le pareció que se había dislocado el hombro. Web se puso en pie, fingió estar gravemente herido y saltó para propinar una patada a Gran F que le alcanzó en el lateral de la cabeza. Le salió un montón de sangre del extremo de la oreja y Web observó satisfecho que había librado al hombretón de unos cuantos pendientes de diamantes, a los que se habían adherido trozos del lóbulo ensangrentado.

No obstante, Gran F seguía en pie, como si fuera uno de los edificios de ladrillo que los rodeaba. Web había derribado sacos de arena de cincuenta kilos con esa patada. ¿Cómo era posible? Bueno, de hecho no tenía tiempo para pensar cómo era posible porque Gran F, que se movía con más agilidad de la que cabía imaginar en un hombre de su envergadura, le propinó un golpe con su gigantesco antebrazo en el lateral de la cabeza, que a punto estuvo de dejarlo K.O. y le hizo ver las estrellas. Al cabo de unos segundos, Gran F llevaba a Web, que había perdido los zapatos y la chaqueta por el camino, medio a rastras por el callejón. Tenía los pantalones rasgados y le sangraban los brazos y las piernas de arrastrarlos por el pavimento.

Parece ser que para divertirse, puesto que Web ya no oponía resistencia, Gran F lo lanzó de cabeza contra un contenedor. Entonces sí que se quedó K.O. y permaneció inmóvil hasta que sintió que caía sobre una superficie blanda. Abrió los ojos; era el interior del Mercury. Se estremeció al ver que Gran F cerraba la puerta de golpe y se marchaba. El tipo no había articulado ni una sola palabra y Web no se había sentido más humillado en toda su vida. No era de extrañar que la abuela y Jerome se hubieran comportado como habían hecho. Joder, seguro que Jerome todavía estaba corriendo.

Web se incorporó lentamente y se palpó el cuerpo para ver si tenía algún hueso roto. Al abrir la mano derecha se dio cuenta de que tenía un papel. Web vio el número y las palabras escritas en él, miró asombrado el lugar que había ocupado Gran F, pero ya se había esfumado. Se guardó el trozo de papel en el bolsillo, sacó las llaves, aceleró el Mercury y quemó el caucho de las ruedas traseras para salir de allí como alma que lleva el diablo, dejando atrás la chaqueta, los zapatos, la pistola y una buena dosis de confianza en sí mismo.

28

Era por la mañana temprano y Web se estaba remojando en la bañera de otro motel de mala muerte. Le dolía todo. Los arañazos que tenía en los brazos y en las piernas le escocían como si lo estuvieran marcando con hierro. Tenía un chichón en la frente debido al golpe contra el contenedor y un corte profundo a lo largo del lado bueno de la cara que probablemente todavía tuviera unos cuantos restos de asfalto. Joder, estaba envejeciendo de puta madre. Tenía que dedicarse a hacer de modelo cuando dejara el FBI.

Sonó el teléfono y Web movió el brazo para agarrarlo. Era Bates.

—Te recogeré a ti y a tu amigo dentro de una hora en casa de Romano.

Web gimió.

—¿Qué te pasa? —preguntó Bates.

—Me acosté tarde. Tengo una resaca de cojones.

—Oh, lo siento, Web. Una hora. No me falles o ya te puedes ir buscando otro planeta en el que vivir. —Bates colgó.

Exactamente al cabo de una hora Bates recogió a Web y a Romano y se dirigieron a la zona de cría de caballos de Virginia.

Bates miró las heridas recientes de Web.

—¿Qué coño te ha pasado? —preguntó Bates—. Será mejor que no te hayas cargado otro coche porque después del Mercury te va a tocar ir en bicicleta. —Bates lanzó una mirada al coche de Web estacionado junto a la acera.

—Me caí en la bañera.

—¿Te has hecho todo eso en la bañera? —Estaba claro que Bates no se lo tragaba.

—¿Sabes lo que dicen, Perce? La mayoría de los accidentes se producen en casa.

Bates lo miró fijamente durante unos segundos antes de decidir que daba por zanjado el asunto. Tenía otras prioridades.

Después de conducir durante una hora, salieron de la autovía y recorrieron varios kilómetros de carreteras serpenteantes y curvas cerradas flanqueadas por bosques densos. En algún sitio se pasaron un desvío porque acabaron en un camino de tierra por el que apenas cabía el coche. Web observó una verja de metal combada y un cartel al lado que rezaba: RANCHO EAST WINDS. PROHIBIDO EL PASO, PESCAR Y CAZAR. EN CASO CONTRARIO, SE TOMARÁN MEDIDAS LEGALES.

Sabían que East Winds era el nombre del rancho de los Canfield. Web dedujo que habían llegado por la parte posterior. Sonrió al leer el letrero. Joder, esa gente no se andaba con chiquitas; estaba cagado de miedo. Miró a Romano, quien observaba el cartel y también sonreía porque probablemente estaría pensando lo mismo. La cerca, de tablones transversales, era baja. Aquel lugar estaba en el quinto coño.

—Si alguien quisiera, podría saltar esa cerca en un segundo, ir hasta la casa principal, matar a los Canfield y a quien rondase por allí, tomarse una copa, mirar un rato la tele y probablemente nadie se enteraría hasta el deshielo de primavera —opinó Romano con conocimiento de causa.

—Sí, y como el asesinato no es uno de los delitos que aquí se menciona —añadió Web—, supongo que no sufriría «las medidas legales».

—Dejad de decir capulladas —gruñó Bates. Sin embargo, Web se dio cuenta de que el hombre estaba preocupado. Aquel lugar era vulnerable.

Al final encontraron el desvío correcto y llegaron a la entrada principal de East Winds. A Web las verjas le recordaron a las que había frente a la Casa Blanca. No obstante, teniendo en cuenta lo expuesta que quedaba la finca, aquellas verjas eran una broma desde el punto de vista de la seguridad. Por encima de la entrada había un arco de metal que formaba una especie de voluta con el nombre del rancho. ¡Para colmo, las verjas estaban abiertas! Sin embargo, había un interfono y Bates apretó el botón. Esperaron hasta que finalmente recibieron respuesta.

—Agente especial Bates del FBI.

—Suba —indicó la voz—. Siga la carretera principal y tome el primer desvío a la derecha hacia la casa.

Mientras Bates avanzaba, Web comentó:

—No hay circuito de televisión cerrado. Podríamos ser Charlie Mason y compañía, ya veo lo que les importa.

Siguieron hacia delante. La extensión de tierra verde ondulada, la mayor parte de ella circundada por una cerca de tablones horizontales, se prolongaba hasta donde les alcanzaba la vista. En el campo había enormes pacas de heno. En uno de los lados se veía un pequeño estanque. La carretera principal estaba asfaltada y discurría recta a lo largo de un buen tramo y luego dibujaba una curva hacia la derecha alrededor de una franja de altos robles y nogales americanos, con pequeños pinos que los separaban. Hacia la derecha, entre los árboles, divisaron una construcción enorme.

Al final llegaron a una gran casa de piedra de dos plantas con grandes ventanas de estilo Palladio y amplias puertas correderas en la parte baja, coronada con una enorme cúpula recubierta de zinc con la pátina de los elementos y una veleta en forma de caballo y jinete en la parte superior. A Web le pareció un color que Martha Stewart podría patentar para vender luego a las masas como algo mucho más elegante que la podredumbre propia del paso del tiempo.

Giraron a la derecha, alejándose de la cochera, y recorrieron un largo camino adoquinado. A ambos lados de aquel camino crecían los arces más grandes que Web había visto jamás, formando una bóveda natural de ramas y hojas.

Web miró hacia delante, con expresión de asombro. Era la casa más grande que había visto en su vida, toda ella de piedra, con un pórtico delantero enorme apoyado en seis columnas descomunales.

—Joder, parece tan grande como el edificio Hoover.

Bates estacionó el coche en la parte delantera y se dispuso a salir.

—Es una casa, Romano, y guárdate tus comentarios, no sea que avergüences al FBI.

Se abrió la enorme puerta y apareció un hombre.

Web pensó que Billy Canfield no había envejecido bien.

Todavía era alto y esbelto pero los hombros y el pecho anchos —que Web recordaba de las visitas que el hombre le había hecho al hospital— estaban más caídos. Tenía el pelo más fino y casi completamente gris y el rostro todavía más demacrado. Cuando Canfield salió para recibirles, Web advirtió que cojeaba un poco y vio que tenía una rodilla más vuelta hacia el interior de lo normal. Imaginó que Canfield debía de tener sesenta y pocos años. Hacía quince años se había casado por segunda vez, con Gwen, una mujer mucho más joven que él. Tenía hijos mayores de su primer matrimonio y él y Gwen también habían tenido un hijo, el niño de diez años asesinado por los miembros de la Sociedad Libre en el colegio de Richmond. A Web todavía se le aparecía en sueños el rostro de David Canfield con frecuencia. El sentimiento de culpa no había disminuido con los años sino que incluso se había intensificado.

Canfield los observó a todos con expresión adusta desde debajo de unas cejas densamente pobladas. Bates le tendió su mano fuerte y mostró sus credenciales con la otra, como enseñaban en el FBI, pensó Web.

—Soy el agente Bates de la Oficina del FBI en Washington, señor Canfield. Gracias por dejarnos venir a visitarle.

Canfield hizo caso omiso de Bates y se fijó en Web.

—Le conozco, ¿verdad?

—Web London, señor Canfield. Pertenezco al equipo de Rescate de Rehenes. Estaba en Richmond aquel día —añadió con diplomacia—. Me fue a ver al hospital. Ese detalle significó mucho para mí, quiero que lo sepa.

Canfield asintió lentamente y luego le tendió la mano a Web, quien se la estrechó.

—Bueno, agradezco todo lo que intentaron hacer entonces. Hicieron lo que pudieron, arriesgaron sus vidas por mi hijo. —Hizo una pausa y miró a Bates—. Pero ya le dije por teléfono que aquí no ha pasado nada y que si ese hijo de puta se me cruza en el camino, el muerto será él y no yo.

—Lo comprendo, señor Canfield.

—Billy.

—Gracias, Billy, pero tiene que entender que tres personas relacionadas con lo ocurrido en la escuela de Richmond, y posiblemente una cuarta persona, ya han sido asesinadas. Si la Sociedad Libre está detrás de ello, y debo decirle que por el momento no disponemos de pruebas concluyentes al respecto, pero si lo estuviera, usted podría ser un objetivo. Por eso estamos aquí.

Canfield consultó su reloj.

—¿Y qué quiere? ¿Que me encierre bajo llave? Tengo un rancho de caballos del que ocuparme, joder, y permítame decirle que no funciona con un piloto automático.

—Lo comprendo, pero podemos tomar medidas discretas…

—Si tiene ganas de seguir hablando, acompáñenme, tengo cosas que hacer.

Bates intercambió una mirada con Web y Romano antes de encogerse de hombros. Siguieron a Canfield hasta un Land Rover negro y subieron a él.

Canfield no esperó a que se ciñeran el cinturón. Apretó el acelerador y salieron a toda velocidad. Web iba en la parte delantera. Mientras viajaban, contempló el rancho.

—Según mis últimas noticias, usted era propietario de una empresa de transporte en Richmond. ¿Cómo ha venido a parar a un rancho de caballos en el condado de Fauquier?

Canfield sacó un cigarrillo del bolsillo de la camisa y lo encendió, bajó el cristal de la ventanilla y expulsó el humo al exterior.

—Gwen no me deja fumar en la casa. Fumo cuando puedo —explicó—. Bueno, pues es una buena pregunta, Web, de los camiones a los caballos. A veces me lo pregunto y siento deseos de haber seguido con los camiones. Nací y crecí en Richmond y me gusta ese sitio. Esa ciudad se apodera de uno, para bien o para mal, y yo he visto ambos lados de la moneda.

»Pero a Gwen siempre le han gustado los caballos; ella se crió en una granja de Kentucky. Supongo que eso también se lleva en la sangre. Lo único que ha hecho por mí es ponerme la presión arterial por las nubes. De todos modos, decidimos probarlo. He enterrado todo el dinero que tenía en este dichoso lugar, así que al menos tengo el incentivo de intentar sacarlo adelante.

—¿Qué se hace exactamente en un rancho de caballos? —preguntó Romano, inclinándose hacia delante—. ¿Sabe?, los únicos caballos que he visto son los que tiran de los carruajes en Central Park. Crecí en la Gran Manzana.

—Lo siento por ti, norteño —dijo Canfield. Volvió la vista hacia Romano—. No me acuerdo de tu nombre.

—Romano, Paul Romano. Los amigos me llaman Paulie.

—Bueno, no somos amigos, así que te llamaré Paul. Veamos, lo más importante que se hace en un rancho de caballos es soltar dinero, Paul. Una catarata de dinero que no para nunca. Te dejas la piel por una finca como ésta y por toda la gente que necesitas para que funcione. Te compras unos caballos y te comen vivo. Pagas cantidades abusivas para que un semental cachondo e hijo de puta que ha ganado unas cuantas carreras fecunde a las yeguas. Y entonces la naturaleza te regala unos cuantos potrillos que se disponen a sacarte el poco dinero que te queda. Cuando los potrillos se convierten en *yearlings,** te gastas más dinero en ellos que en enviar a una docena de hijos a Harvard. Y luego esperas y rezas por que a lo mejor uno de ellos resulte prome-

---

* Potro de carreras de entre uno y dos años. *(N. de los T.)*

tedor y puedas venderlo a algún pobre desgraciado y conseguir así el cinco por ciento de lo que invertiste trabajando como un gilipollas dieciséis horas al día. Y si no tienes esa suerte, entonces el banco al que le has vendido tu vida, viene y se lleva todo lo que tienes y te mueres pobre como una rata sin un techo sobre la cabeza, sin ropa que ponerte ni una sola persona en el mundo a la que puedas llamar «amigo». —Miró de nuevo a Romano—. En eso consiste, más o menos, Paul. ¿Alguna otra pregunta?

—No, me parece que me ha quedado claro —dijo Romano mientras se recostaba en el asiento.

Llegaron a un complejo formado por establos, caballerizas y otras construcciones y Canfield condujo por debajo de un arco de madera con frontón sobre el que Canfield dijo que estaba inspirado en el de Mount Vernon de George Washington, sólo que más caro.

—Éste es el centro ecuestre. Caballerizas, un gran granero para el heno, la oficina del capataz, el centro de trabajo de los preparadores, los compartimientos para la limpieza, las pistas de equitación y todo eso. La pequeña hacienda de Dios,* si es que ha existido alguna vez —manifestó Canfield. Se rió al bajar del Rover. Los agentes del FBI le siguieron.

Canfield llamó a un tipo que estaba hablando con varios hombres que a Web le parecieron peones.

—Eh, Nemo, ven aquí un momento.

El hombre se acercó. Era más o menos tan alto como Web, pero fornido, con el físico poderoso de quien se ha ganado la vida trabajando con el cuerpo. Tenía el pelo corto, negro e hirsuto, ligeramente canoso en las sienes, y unas facciones marcadas que lo hacían atractivo. Iba vestido de granjero: vaqueros holgados y una camisa tejana descolorida. Calzaba unas botas de punta. No eran lujosas, ni de piel de cocodrilo ni de canguro y tampoco tenían la puntera plateada. Estaban polvorientas y ajadas por el uso, y Web imaginó que muy gastadas en la zona donde los estribos rozaban con el cuero. Unos guantes de lona sucios le sobresalían del bolsillo trasero. Se levantó el Stetson manchado de sudor mientras se acercaba a ellos y se secó la frente con un trapo.

—Nemo Strait es el capataz del rancho. Nemo, son unos tipos del FBI. Han venido a decirme que corro peligro porque dejaron que

* Título de una novela de Erskine Caldwell, llevada al cine por Anthony Mann en 1958. (*N. de los T.*)

el cabrón que mató a mi hijo se fugara de la cárcel y quizá venga a por mí.

Strait les dedicó una mirada claramente hostil.

Web le tendió la mano.

—Soy el agente Web London.

Strait le estrechó la mano y Web notó la fuerza adicional que el hombre aplicó al estrechársela. Nemo Strait era un hombre dotado de una fuerza extraordinaria y obviamente quería que Web se percatara de ello. Web vio que el hombre se fijaba en las heridas que tenía en el rostro. A casi todo el mundo le suscitaba compasión, lo cual Web detestaba. Sin embargo, Nemo se mostró un poco más hosco, como si también él hubiera recibido heridas mucho más graves en otras épocas de su vida. A Web enseguida le cayó bien.

Canfield señaló a Web.

—De hecho, este hombre intentó salvar a mi hijo, lo cual es más de lo que puede decirse de otras personas involucradas en aquel asunto.

—Bueno, en mi opinión el Gobierno no sirve de mucho, como no sea para meterse en la vida de la gente —declaró Nemo, mirando a Web. Hablaba como la gente de campo, con pequeños cambios de entonación entre sílabas, como si imitara la oscilación de su increíble nuez. Por algún motivo, Web imaginó a Nemo cantando en el karaoke temas *country* y *western* y que se le daría bien.

Web miró a Bates.

—Lo que intentamos es ayudarle, Billy —dijo Bates—. Si alguien intenta algo, queremos estar aquí para evitarlo.

Canfield contempló su finca y luego miró a Bates.

—Tengo a diez hombres trabajando aquí a tiempo completo y todos ellos saben manejar bien un arma.

Bates negó con la cabeza.

—Hemos entrado aquí sin problemas y ni siquiera sabía quiénes éramos. Abrió la puerta delantera solo y desarmado. Si quisiéramos matarlo, ya estaría muerto.

Canfield sonrió.

—¿Qué pensará si le digo que algunos de mis chicos les estaban observando desde el momento en que entraron en la finca y que les estaban señalando con algo que no eran precisamente los dedos?

Web y Romano miraron a su alrededor con disimulo. Web contaba con un sexto sentido para saber si alguien le apuntaba y se preguntaba por qué no se le había activado.

—Entonces le diré que sus chicos probablemente acaben disparando a personas inocentes —declaró Bates.

—Bueno, joder, para eso tengo un seguro —le espetó Canfield.

—He revisado los archivos, Billy. Durante el juicio recibió amenazas de muerte de Ernest Free, entre otros. El FBI le asignó protección.

Canfield adoptó una expresión muy adusta.

—Es verdad, cada vez que me daba la vuelta había algún tío trajeado y con un arma mirándome y recordándome que mi hijito estaba muerto y enterrado. Así que no se lo tomen a mal pero he visto suficientes agentes de los suyos para el resto de mi vida. Me parece que he hablado con claridad.

Bates se puso derecho y se acercó más a Canfield.

—El FBI le está ofreciendo protección otra vez. Y hasta que encontremos a Ernest Free y estemos seguros de que no corre peligro, voy a insistir —añadió Bates.

Canfield se cruzó de brazos.

—En ese caso tenemos un problema porque esto son los Estados Unidos de América y una persona tiene derecho a decidir quién entra en su propiedad y quién no y yo les estoy pidiendo que se larguen de aquí inmediatamente.

Strait se acercó a su jefe y Web vio que algunos peones también se acercaban. También, observó que la mano de Romano se había posado en la empuñadura de la pistola.

Un tipo enorme cometió el error garrafal de colocarle una mano sobre el hombro a Romano. En un momento el hombre estuvo boca abajo en el suelo, la rodilla de Romano apoyada en la base de su columna vertebral, una 45 en la oreja del tipo y otra 45, que Romano había desenfundado de la parte trasera del cinturón, apuntando a los otros hombres de Canfield.

—Muy bien —dijo Romano—, ¿algún vaquero más quiere acabar igual?

Web dio un paso adelante rápidamente antes de que Romano acabara con todos.

—Mire, Billy, maté a dos de los Free, y si hubiera podido también me habría cargado a Ernest. Pero el cabrón tuvo suerte y sólo recibió un disparo en el hombro y yo salí de allí con la cara destrozada y con la mitad de sangre. Estoy convencido de que queremos lo mismo; sólo que tenemos ciertas diferencias sobre cómo conseguirlo. ¿Qué le parece si Romano y yo nos quedamos en el rancho? Nada de trajes, sólo vaqueros y botas. Incluso podemos echar una mano. Pero, a cambio, tendrá que cooperar con nosotros. Tendrá que escucharnos cuando le digamos que puede haber algún problema, y si le decimos que se agache, pues tendrá que agacharse. Parece ser que los Free ya se han cargado a varias personas y siempre lo han hecho de manera bastante ingeniosa. Así pues, aunque estoy seguro de que sus hombres son muy buenos en su trabajo, quizá no sean suficientes si esa gente quiere de verdad eliminarle. Ya veo que no es el tipo de persona a la que le guste que le digan lo que tiene que hacer, pero tampoco creo que quiera darles a los Free el gusto de que lo maten. Usted y su mujer ya han pasado por una pesadilla por lo de su hijo. No creo que quiera que ella tenga que llorar su muerte.

Canfield se quedó mirando a Web un buen rato. Web no estuvo seguro de si el hombre se abalanzaría sobre él o quizás ordenaría a sus hombres que abrieran fuego. Al final, Canfield bajó la mirada y dio una patada al suelo.

—Volvamos a la casa y hablemos sobre el tema. —Hizo un gesto hacia Strait y sus hombres para que volvieran al trabajo. Romano ayudó al hombre a levantarse e incluso le sacudió el polvo.

—No es nada personal, chico listo, se lo habría hecho a cualquiera que me hubiera tocado. ¿Lo pillas?

El hombre agarró el sombrero y se marchó rápidamente. A tenor de la mirada de temor en sus ojos, a Web le pareció que no volvería a «tocar» a Romano en su vida.

Canfield y los agentes subieron al Rover. Mientras conducían de vuelta a la casa, Canfield miró a Web.

—Bueno, no voy a negar que lo que dices tiene mucho sentido, pero no tengo ganas de revivir esa parte de mi vida. Y me resulta odioso que esos cabrones tengan la capacidad de volverme a meter en ese agujero de mierda.

—Lo comprendo, pero… —Le interrumpió la llamada de un teléfono móvil. Web miró su móvil pero no era el suyo. Bates y Romano hicieron otro tanto. Canfield sacó un teléfono de un compartimiento del Rover y lo miró. No sonaba. Lanzó una mirada al suelo del vehículo, extendió el brazo y recogió el teléfono que había allí.

—Alguien debe de haberse dejado el teléfono, aunque no es de Gwen y no sé quién coño ha podido llevar este coche. Probablemente alguien que quería venderme algo. —Estaba a punto de pulsar el botón para hablar cuando Web le arrebató el teléfono de la mano, pulsó el botón para bajar la ventanilla de su lado y lo lanzó fuera.

Canfield se le quedó mirando.

—¿Qué coño estás haciendo?

Observaron el teléfono volando por los aires antes de que cayera al suelo en medio de un campo vacío. No ocurrió nada. Canfield paró el Rover.

—Bájate del coche y recoge el puto teléfono…

La explosión sacudió el Land Rover y envió una nube de humo negro y llamas a treinta metros de altura.

Todos los hombres observaron boquiabiertos el espectáculo ardiente durante varios segundos. Al final, Canfield, totalmente impresionado, miró a Web.

—¿Cuándo queréis empezar, chicos?

29

Web condujo calle abajo hacia la casa de su madre. Todavía no sabía qué coño hacer. Para venderla habría que arreglarla y lo tendría que hacer él, puesto que su cuenta bancaria no le permitía contratar a profesionales. Pero por otro lado no tenía ganas de ajustar una sola bisagra o colocar una teja en su sitio.

Web estaba allí porque había pensado que si se quedaba en el rancho una temporada, necesitaría ropa. En ese momento no le apetecía volver a su casa. Probablemente los periodistas todavía la acechaban. Sin embargo, guardaba algo de ropa en casa de su madre. Además, quería volver a dejar en el desván la caja que contenía buena parte de la vida de Harry Sullivan. Dado que ahora iba constantemente de un lugar a otro, no quería arriesgarse a perderla. Tampoco sabía muy bien qué hacer con su padre. ¿Debía llamar a la cárcel principal? ¿Era ése el lugar donde recuperar el contacto con su viejo? Sin embargo, lo más probable era que, a su edad, Harry Sullivan muriera en la cárcel. Quizá fuera la última oportunidad de Web. Curiosamente, el hecho de estar a punto de saltar en pedazos por culpa de un teléfono-bomba hacía que una persona se replanteara sus prioridades.

Las cavilaciones sobre su padre llegaron a su fin cuando sonó el teléfono. Era Claire, y parecía nerviosa pero resuelta.

—He estado pensando mucho en nuestras sesiones, Web. Me parece que tenemos que cambiar de táctica. Siento curiosidad por varias cosas y creo que podrían tratarse mejor de otra forma.

—Bueno, Claire, no sé exactamente a qué te refieres.

—Teniendo en cuenta las charlas que hemos mantenido hasta el momento, Web, me parece que muchas de tus dificultades son producto de la relación con tu madre y tu padrastro. Durante nuestra última sesión me dijiste que te habías criado en casa de tu madre y que recientemente la habías heredado.

—¿Y?

—También dijiste que nunca se te pasaría por la cabeza vivir en esa casa. Y que tu padrastro murió en ella.

—Bueno, ¿y qué?

—Creo que ahí puede haber algo más. ¿Recuerdas que dije que estaba atenta a las pistas que pudieran proporcionarme los pacientes? Pues he obtenido una buena de ti.

—¿Qué tiene que ver una casa vieja con mis dificultades?

—No es la casa, Web, es lo que podría haber pasado en la casa.

Web insistió.

—¿Qué puede haber pasado en la casa, aparte de que mi padrastro estirara la pata en ella, que tenga que ver conmigo?

—Sólo tú lo sabes.

—Te estoy diciendo que es todo lo que sé. Y la verdad es que no entiendo qué tiene que ver que me quedara paralizado en ese callejón con haber crecido en esa casa. Fue hace mucho tiempo.

—No te imaginas cuánto tiempo es capaz la mente de mantener algo en secreto hasta que un día surge. Tu encuentro con el niño en el callejón podría haber desencadenado algo del pasado.

—Bueno, te estoy diciendo que no sé de qué se trata.

—Pues yo creo que lo sabes, Web, pero tu mente consciente no se da cuenta.

Web puso los ojos en blanco.

—¿Qué tipo de cháchara psicológica me estás vendiendo?

—Web, me gustaría hipnotizarte —fue la respuesta de Claire.

Web se quedó pasmado.

—No.

—De verdad que podría ayudarnos a llegar a algo.

—¿En qué puede ayudar que ladre como un perro mientras estoy inconsciente?

—Entrar en un estado hipnótico es una forma de conciencia mejorada, Web. Serás consciente de todo lo que ocurre a tu alrededor. Lo controlarás todo. No puedo obligarte a hacer nada que no quieras.

—No servirá de nada.

—No lo sabes. Puede permitirte abordar ciertos temas que en tu estado normal no sería posible.

—Tengo cosas en la cabeza que a lo mejor no quiero imaginar.

—Nunca se sabe hasta que se prueba. Por favor, Web piénsatelo. Por favor.

—Mira, Claire, estoy seguro de que conoces a un montón de gente loca que necesita ayuda. Piensa un ratito en ellos. —Desconectó el teléfono.

Web detuvo el coche en el camino de entrada, entró en la casa, llenó un talego con ropa y luego vaciló al pie de la escalera que conducía al desván, con la caja de Harry Sullivan bajo el brazo. Se dijo que no tenía por qué resultarle tan difícil. Un desván era un desván. Aunque no se lo había dicho a Claire, aquella casa tenía algo que le sacudía lo más profundo de su alma. No obstante, alargó la mano, agarró la cuerda y subió la escalera.

Cuando llegó al desván, dejó la caja y extendió la mano para encontrar el interruptor de la luz, pero no lo tocó. Observó los distintos rincones, buscando instintivamente algo amenazador. Recorrió el suelo de contrachapado con la mirada y luego todas las siluetas ennegrecidas de la sombría historia de su familia, en forma de percheros, pilas de libros, montones de porquería que acabaría pudriéndose. Le llamó la atención la pila de restos de alfombra de color granate junto a la escalera. Estaban muy bien enrollados y atados con cinta. Levantó una. Pesaba y era dura, rígida por el frío y los años. Los restos se correspondían con la alfombra del piso de abajo y Web se preguntó por qué los habría guardado su madre.

En el pasado, a un lado había una gran pila de ropa. Ahora ese espacio estaba vacío. Web había subido allí muchas veces, cerraba la puerta del desván tras de sí y se escondía bajo la pila de ropa durante los numerosos ataques de furia de su padrastro. Su padrastro también guardaba allí su alijo de drogas y alcohol, porque temía que su esposa le echara las manos encima. Subía a trompicones a altas horas de la noche, ya borracho, y buscaba formas adicionales de dañarse el cerebro. Fue a comienzos de la década de los setenta, el país todavía se estaba recuperando de Vietnam, y la gente como su padrastro, que nunca habían empuñado un arma por su país o por alguna otra causa, utilizaba la angustia y la indiferencia generalizadas de la época como excusa para vivir en un estado de colocón perpetuo. Parte del suelo del desván se encontraba por encima del techo del dormitorio de Web. Cuando era pequeño y estaba en la cama, Web oía los pasos de su padrastro sobre su cabeza mientras el hombre buscaba las sustancias que modificaban su estado de ánimo. Al joven Web le aterrorizaba pensar que Stockton podía caerse por el techo, aterrizar encima de él y darle una paliza de muerte. Una cobra en la cama, mátala o te matará. Cuando Stockton le pegaba, Web se habría refugiado en su madre, pero casi nunca estaba allí para consolarle. A menudo salía con el coche por la noche y regresaba por la mañana, horas después de que Web se hubiera vestido, preparado el desayuno y corrido al colegio para evitar encontrarse al viejo en la mesa de la cocina. En la actualidad, el crujido de pasos todavía le molestaba. Cerró los ojos y respiró el aire frío y, en su mente, la vieja pila de ropa desaparecida se elevó en el aire. Justo entonces visualizó un corte de color rojo y luego se sintió embargado por unos sonidos que le hicieron abrir los ojos, precipitarse escaleras abajo y cerrar la puerta del desván. Había tenido esa visión miles de veces y no era capaz de comprenderla. Había llegado al punto en que no quería descifrarla pero, en aquel momento, por algún motivo, le pareció que estaba más cerca que nunca de su significado verdadero.

Se sentó en el Mercury y sacó el teléfono móvil y el trozo de papel que Gran F le había dado la noche anterior. Consultó el reloj. Era la hora de llamar, según el papel. Marcó los números y enseguida obtuvo respuesta. Le dieron una serie de instrucciones y la comunicación se dio por terminada. Por lo menos eran eficientes. Bueno, iba a tener una noche ajetreada.

Mientras se marchaba en el coche, parafraseó las palabras inmortales del COT:

—Web London al resto de la raza humana, nadie tiene el control.

30

Web se acercó a casa de Romano para recogerle. Angie estaba en el umbral cuando Romano salió con las bolsas y no parecía demasiado contenta. Al menos, es lo que dedujo Web cuando saludó a Angie con la mano y ella le mandó a la mierda con un gesto del dedo cordial como respuesta a sus atenciones. Romano cargó los dos rifles de francotirador, una MP-5, un equipo Kevlar y cuatro pistolas semiautomáticas junto con cargadores de munición para todas las armas.

—Joder, Paulie, que no vamos a por Saddam.

—Tú hazlo a tu manera y yo lo haré a la mía. El cabrón que se cargó a Chris Miller anda suelto y si se dedica a disparar desde un kilómetro de distancia, yo también quiero dispararle. ¿Capito? —Se volvió para despedirse de Angie—. Adiós, encanto.

Angie también lo mandó a la mierda con el dedo antes de dar un portazo.

—Supongo que está enfadada —dijo Web.

—Estaba de permiso. Se suponía que iríamos a ver a su madre al sur. Slidell, Luisiana, para ser exactos.

—Lo siento, Paulie.

Romano lo miró sonriendo, antes de calarse la gorra de los Yankees hasta los ojos y aposentarse en el coche.

—Yo no.

Se dirigieron a East Winds, donde fueron recibidos en la verja por un par de agentes del FBI, que les dejaron entrar tras mostrarles sus credenciales. El FBI estaba presente en todo su esplendor después del intento de asesinato de Billy Canfield mediante un teléfono-bomba. Al entrar había visto que la camioneta de la brigada antiexplosivos del FBI salía de la finca, sin duda cargada con todas las pruebas que hubieran rescatado de los escombros. Web tenía el convencimiento de que los agentes del FBI estaban entrevistando a todo el personal del rancho que pudiera tener alguna relación, por remota que fuera, con el origen del teléfono. También estaba seguro de que a Billy Canfield no le gustaría nada toda aquella actividad. No obstante, por lo menos le había salvado la vida. Eso les había abierto las puertas de entrada al rancho.

Acababa de tener esa idea cuando un caballo y una amazona aparecieron en su campo de visión. Se trataba de un pura sangre con una mezcla perfecta de músculo reluciente, tendón y hueso, moviéndose todos ellos de acuerdo con una delicada sincronía que le hacía asemejarse más a una máquina que a un animal. Web había cabalgado varias veces pero nunca le había entusiasmado; no obstante, se veía obligado a reconocer que la visión era impresionante. La amazona llevaba pantalones de montar marrones, botas negras altas y lustrosas, suéter de algodón de color azul claro y guantes. La gorra de montar no le cubría por completo la larga melena rubia.

Bajó el cristal de la ventanilla mientras la mujer se acercaba al coche montada en el caballo.

—Soy Gwen Canfield. Debes de ser Web.

—Sí. Éste es Paul Romano. ¿Su esposo le ha hablado del plan?

—Sí. Me ha pedido que os enseñe dónde os alojaréis —dijo Gwen.

Se quitó la gorra, se echó hacia atrás la cabellera rubia y la dejó caer sobre los hombros.

Web miró el caballo y dijo:

—Es muy bonita.

—Es macho.

—Lo siento, no he comprobado el material. No quería avergonzar a nadie.

Gwen le dio una palmadita al caballo en el cuello.

—A *Baron* no le importa, ¿verdad? Estás seguro de tu virilidad, ¿no?

—Todos deberíamos ser igual de afortunados.

Gwen se echó un poco hacia atrás sobre la silla inglesa, mientras sujetaba con firmeza el lazo doble de riendas con una mano y miraba a su alrededor.

—Billy me contó lo que pasó en el Rover. Quiero daros las gracias por lo que hicisteis. Probablemente a Billy se le olvidó…

—Es nuestro trabajo. —Aunque nunca había visto a Gwen, otros agentes del ERR que asistieron al juicio de Richmond la habían descrito como nerviosa y sentimental. Esa mujer era muy tranquila, en cierto modo casi distante; a pesar de sus palabras de gratitud había utilizado un tono contenido. Tal vez para entonces ya había agotado todas las emociones que le quedaban.

Web había visto las fotografías de Gwen Canfield publicadas en los medios de comunicación durante el juicio. A diferencia de su esposo, Gwen había envejecido bien. Supuso que tenía entre treinta y cinco y cuarenta años. Llevaba el pelo largo. Poseía el cuerpo de una mujer diez años más joven, con curvas donde agrada a los hombres y un pecho que sin duda sería el centro de muchas miradas. Tenía unas facciones encantadoras, los pómulos marcados y los labios carnosos. Si hubiera sido actriz, la cámara se habría enamorado de ella. Era alta y se mantenía bien erguida. La postura de la amazona, supuso Web.

—Vamos a la cochera. Está un poco más adelante.

Gwen le hizo dar la vuelta a *Baron*, espoleó al caballo con las botas, profirió un grito que a Web le resultó indescifrable pero que en el idioma ecuestre debía de ser algo así como «galopa como alma que lleva el diablo», porque eso fue exactamente lo que hizo el viejo *Baron*. Caballo y amazona volaron camino abajo. Acto seguido, Gwen se inclinó hacia delante, de hecho se fundió con el torso del caballo cuando *Baron* se elevó sobre el terreno, salvando la valla de casi un metro de altura en la brecha destinada a permitir el paso de caballo y jinete, aterrizó en el prado y siguió galopando sin perder el paso. O la pezuña. Web soltó un bocinazo a modo de aplauso y Gwen saludó con la mano sin mirar atrás.

Resultó ser que la cochera era el lugar de las enormes ventanas de estilo Palladio y con la veleta con la pátina del paso del tiempo que Web había visto con anterioridad. Gwen desmontó y ató a *Baron* a un poste. Mientras descargaban sus cosas del coche, Web le hizo una seña a Romano para que no sacara las armas delante de la mujer.

Web observó la ubicación de la cochera con respecto a la casa principal, que apenas se veía al final de la carretera larga y flanqueada por árboles. Se volvió hacia Gwen.

—No pretendo mostrarme desagradecido, pero ¿no podríamos alojarnos en la casa principal? Si ocurre algo, tardaríamos demasiado en llegar a ella.

—Billy ha dicho la cochera. Si os supone algún problema tendréis que hablarlo con él.

«Supongo que así será», se dijo Web.

—Lo siento mucho, señora Canfield. No es justo que tengan que volver a pasar por esto.

—Ya no pienso que el mundo es justo. —Lo miró fijamente—. Billy me ha dicho que te conocíamos, pero lamento no recordar de dónde.

—Formaba parte del Equipo de Rescate de Rehenes que estaba en el colegio aquel día.

Gwen bajó la mirada unos segundos.

—Ya veo. Y ahora ese hombre vuelve a estar suelto. El que mató a David.

—Desgraciadamente sí. Pero esperemos que no por mucho tiempo.

—Lo tenían que haber ejecutado.

—No voy a discutirle eso, señora Canfield.

—Llámame Gwen. Aquí no somos demasiado formales.

—De acuerdo, Gwen. Y tú puedes llamarnos Web y Paulie. Pero estamos aquí para asegurarnos de que tú y tu esposo estáis a salvo.

Ella lo observó.

—Hace años que no me siento a salvo, Web. No creo que ahora vayan a cambiar las cosas.

Gwen los condujo al interior. La planta baja de la cochera estaba llena de coches antiguos restaurados. Web miró a Romano porque era un forofo del automovilismo y le pareció que su compañero sufriría un infarto.

—Billy los colecciona —explicó Gwen—. Es como su museo de coches privado.

—¡Un Stutz Bearcat con el volante a la derecha! —exclamó Romano. Se paseó por la zona, asombrado, como un muchacho en el Baseball Hall of Fame—. Y éste es un Lincoln LeBaron de 1939. Sólo se fabricaron nueve. Y... ¡oh! —Se fue corriendo al extremo más alejado de la planta baja y se quedó inmóvil—. Web, es un Duesenberg SSJ Speedster de 1936. —Miró a Gwen—. ¿Me equivoco o sólo se fabricaron dos, uno para Clark Gable y otro para Gary Cooper? Dime que no me equivoco.

Gwen asintió.

—Estás muy bien informado. Éste es el de Cooper.

A Web le dio la impresión que Romano estaba a punto de desmayarse.

—Qué pasada —dijo Romano. Se volvió hacia la mujer—. Gwen, quiero que sepas que para mí es un gran honor estar bajo el mismo techo que estas máquinas legendarias.

Web empezaba a hartarse.

Gwen miró a Web y meneó la cabeza con un esbozo de sonrisa en la comisura de los labios.

—Los hombres y sus juguetes. ¿Tú tienes juguetes, Web?

—La verdad es que no. Tampoco tenía juguetes de pequeño.

Gwen le dedicó una mirada penetrante antes de añadir:

—Arriba hay dos dormitorios con baño propio y una cocina totalmente equipada con sala de estar. Este edificio era la cochera de la finca en la época colonial. Es una propiedad con mucha historia. En la década de 1940 el propietario la convirtió en parque de bomberos. Billy la remodeló como casa de invitados cuando compró la finca, aunque con los veinte dormitorios de la casa principal siempre pensé que la casa de invitados resultaba superflua.

—¡Veinte habitaciones! —exclamó Romano.

—Sí, entiendo tu sorpresa —afirmó Gwen—. Crecí en una granja a las afueras de Louisville. Teníamos dos habitaciones para siete personas.

—Billy tampoco proviene de una familia rica, si no recuerdo mal —comentó Web.

—Las compañías de transporte no son un negocio fácil, pero a él le fue bien.

—Se quejaba de que este rancho le chupaba hasta el último centavo —comentó Romano—. Pero estos coches no son precisamente baratos.

Gwen sonrió realmente por primera vez y Web notó que él también le estaba devolviendo la sonrisa.

—Pronto os daréis cuenta de que a Billy Canfield le gusta quejarse. De todo. Pero sobre todo del dinero. Estoy segura de que os ha dicho que enterramos hasta el último centavo que teníamos en este lugar, y es verdad. Pero lo que probablemente no os ha dicho es que el primer potro que vendimos ganó el Kentucky Derby y quedó tercero en el Preakness.

—¿Cómo se llamaba el caballo?

—*Rey David* —respondió Gwen con voz queda—. No conseguimos dinero en efectivo, por supuesto, pero nos dio notoriedad y aquí tenemos a la yegua de cría que tuvo a *Rey*. El semental con el que la emparejamos no era tan bueno, lo cual significa que las líneas de sangre de nuestra yegua se llevaron el mérito de la proeza de *Rey*.

—Me parece bien, teniendo en cuenta que la hembra hace todo el trabajo —dijo Web.

Gwen le dedicó una mirada.

—Me gusta tu forma de pensar. Así pues, gracias a los méritos de *Rey*, toda la gente del país que sabe de carreras de caballos ha oído hablar de East Winds y nuestros caballos suelen estar bien cotizados. Tenemos algunos caballos de carreras ganadores y los costes de los sementales son impresionantes. Además, estos últimos dos años hemos conseguido una buena tanda de *yearlings* y somos muy eficientes. No me malinterpretéis, gestionar un rancho para la cría de caballos es sumamente caro. Pero por mucho que Billy se queje, creo que nos irá bien.

—Me alegro —dijo Web—. Supongo que vinisteis aquí poco después del juicio.

—Si necesitáis algo, llamad a la casa y nos ocuparemos de lo que haga falta —replicó Gwen de manera cortante—. El número está en la pared al lado del teléfono de arriba. —Se marchó antes de que tuvieran tiempo de darle las gracias.

Subieron a la planta superior y echaron un vistazo. Estaba decorada con antigüedades, llena de detalles refinados y elegantes y Web estaba convencido de que la mano de Gwen Canfield había dejado su impronta. Billy Canfield no parecía demasiado interesado en el diseño de interiores.

—Este sitio es una pasada —dijo Romano.

—Sí, y una pasada de lejos de la gente que debemos proteger, y eso no me gusta.

—Pues llama a Bates para que llame a Canfield y así se pueden gritar mutuamente. No somos más que soldados de a pie, hacemos lo que nos mandan.

—¿Qué te parece Gwen Canfield?

—Agradable y guapísima. Toda una señora. Canfield es un tipo afortunado.

—No te hagas ilusiones, Paulie.

—Sí, como que Angie iba a dejarme con vida para disfrutarlo.

—Deshaz las maletas y vamos a hacer la ronda. Quiero pegarme a Canfield. Si vamos a protegerle, lo mínimo es estar cerca de él. Y probablemente tengamos que hacer turnos, Paulie, así que nos turnaremos para dormir.

—Como en los viejos tiempos de francotiradores.

—Sí, como en los viejos tiempos de francotiradores, sólo que tú roncas como un tren de mercancías.

—Ya no; Angie se encargó de que se me pasara.

—¿Cómo lo consiguió?

—No me apetece hablar del tema, Web.

Salieron de la casa y enseguida se encontraron con Percy Bates.

—¿Ha habido suerte con lo de la bomba? —inquirió Web.

—En opinión de los técnicos, era un dispositivo bastante complejo. Estamos hablando con todos los que pudieran saber algo. Por ahora no tenemos nada. Pero ese teléfono no entró solo en el coche.

—A lo mejor se trata de alguien de la casa. Quizás un miembro de la Sociedad Libre en la finca —añadió Web.

Bates asintió con expresión de suma preocupación.

—Contratan a gente de zonas parecidas a ésta. Tipos blancos de pueblo a quienes les gustan las armas, la tierra, las viejas costumbres y son unos resentidos porque ven que el mundo cambia rápido y los suyos ya no están en la cúspide.

—¿Ha ocurrido algo relacionado con los Free en el sur de Virginia?

—Tenemos a gente vigilándolos pero por el momento no hemos conseguido nada. Después de todo este movimiento quizás intenten pasar inadvertidos. Eso sería una actitud inteligente. Y no son tontos. Seguro que saben que son sospechosos en este asunto y que los vigilamos. Sólo necesitamos una conexión para poder ir a por ellos.

—¿Dónde está Canfield? Lo cierto es que me suele gustar seguirle el rastro al hombre al que tengo que proteger.

—Y Gwen también. Ella recibió las mismas amenazas de muerte que su marido.

Web reflexionó al respecto.

—Bueno, Paulie y yo podemos separarnos pero estaría bien contar con más hombres para este trabajo. East Winds parece una finca de tamaño considerable.

—En realidad son ochocientas hectáreas y sesenta y ocho edificios. He hablado con Canfield sobre el tema y me ha dicho que si quería traer a más hombres, primero me vería en los tribunales y luego en el infierno, y me lo tomo al pie de la letra. Es decisión vuestra, pero mira, Web, no estaremos demasiado lejos.

—Cuento con ello, Perce.

—Oh, Web…

—¿Sí?

—Gracias por salvarme la vida.

Encontraron a Billy Canfield en el centro ecuestre examinando la pata delantera de un semental ante la atenta mirada de Nemo Strait y dos jóvenes vestidos con ropa de montar.

Canfield se dirigió a uno de los jóvenes.

—Lo mejor será llamar al veterinario; podría tratarse sólo de un esguince pero quizá sea una fractura. Espero que no, joder. —Mientras el hombre se marchaba, Canfield le dijo a voz en grito—: ¡Y dile al maldito herrador que si no se presenta con una herradura mejor, cambio de herrador! ¡Tenemos varios caballos con los cascos blandos, y los adhesivos ya son lo suficientemente buenos y él ni siquiera tiene!

—Sí, señor.

Canfield le dio una palmada al caballo en el costado, se limpió las manos y se acercó a los hombres del ERR.

—¿Herrador? —preguntó Romano.

—El que hierra a los caballos —respondió Canfield—. Un herrero con pretensiones. En los viejos tiempos, los ranchos de caballos disponían de uno a tiempo completo. Ahora vienen una vez a la semana en el camión con una fragua en la parte trasera, el yunque, el martillo y herraduras preacuñadas y hacen su trabajo. No son baratos, pero ¿a quién le gusta ese tipo de trabajo? Es duro, peligroso y se pasa mucho calor, los caballos intentan romperte la crisma de una coz constantemente.

—¿Qué son los adhesivos que has mencionado? —quiso saber Web.

—A veces las paredes de los cascos de los caballos —respondió Strait— son demasiado finas para los clavos y se rompen, sobre todo en el caso de los caballos importados de Europa, debido a las diferencias de clima y de terreno; se les astillan los cascos. La herradura blanda no exige clavos, es como una bolsita sobre los cascos. Dura un par de meses si se hace bien. Y los adhesivos son exactamente eso. Herraduras pegadas, sin clavos.

—Me parece que tenemos mucho que aprender sobre este negocio.

—Bueno, yo siempre he aprendido rápido —dijo Billy al tiempo que miraba a Strait. Luego miró a Bates—. ¿Habéis hablado con mis chicos? Tengo un rancho del que encargarme.

—Enseguida nos marcharemos de aquí.

Canfield miró a Web y luego señaló a Bates.

—Me contó lo de los asesinatos por teléfono y todo eso. Pero debo reconocer que reaccionaste muy rápido.

—Yo también aprendo rápido —manifestó Web.

Canfield lo observó con curiosidad.

—Bueno, ¿qué más quieres aprender?

—East Winds. Quiero recorrerla palmo a palmo.

—Gwen se encargará de eso. Hay otros asuntos que exigen mi atención.

Web miró a Romano.

—Paulie te acompañará.

Canfield pareció estar a punto de entrar en erupción, pero luego se contuvo.

—Muy bien. —Miró a Romano—. Paul, ¿qué tal se te da montar a caballo?

Romano se sobresaltó, parpadeó nerviosamente y miró a Web y luego a Canfield.

—Nunca he montado.

Canfield rodeó con un brazo al agente del ERR y sonrió.

—Bueno, espero que aprendas tan rápido como tu compañero.

31

Gwen se encontraba en el centro ecuestre con *Baron* cuando su esposo le pidió que enseñara las instalaciones a Web. Le condujo hacia el compartimiento de los caballos.

—La mejor forma de visitar el rancho es a caballo. ¿Sabes montar?

—Un poco, pero no tengo tu nivel ni por asomo.

—En ese caso tengo el caballo adecuado para ti.

Boo, le explicó Gwen, era un trakehner, una raza alemana, un caballo de sangre caliente criado para ser un caballo de batalla de gran calidad, al tiempo que era un cruce entre un corcel árabe ardiente, brioso y temperamental y un animal de tiro de sangre fría, tranquilo y trabajador. El caballo pesaba más de setecientos kilos, se elevaba casi ocho palmos y Web tuvo la impresión de que quería morderle el cráneo mientras estaban junto a él en el compartimiento.

—*Boo* era un gran caballo de doma, pero ahora se le ha acabado el trabajo y no le gusta demasiado moverse. Ha engordado y está feliz. Le llamamos «viejo gruñón» porque eso es básicamente en lo que se ha convertido. Pero en el fondo es un encanto, aparte de ser muy flexible. Puedes montarlo a la inglesa o con la silla de paseo.

—Sí, claro —dijo Web mientras alzaba la vista hacia el animal. A *Boo* no parecía alegrarle demasiado la presencia de Web en su territorio personal.

Gwen colocó el sillín cuadrado sobre el lomo del caballo y luego le pidió a Web que la ayudara a colocar la pesada silla de paseo sobre el sillín.

—Ahora observa mientras le cincho la silla: contendrá la respiración y sacará el vientre. —Web contempló fascinado al caballo haciendo exactamente lo que acababa de decirle—. Cuando crees que está bien ceñida, exhala y entonces se afloja. Luego intentas montarlo y la silla se desliza sobre la cruz. El caballo se divierte de lo lindo y el jinete acaba amoratado.

—Va bien saber que los animales son así de listos —dijo Web.

Gwen enseñó a Web a pasar del cabestro a las guarniciones y cómo pasar estas últimas por la cabeza de *Boo*, a asentarlas correctamente y luego a abrocharlas. Condujeron a *Boo* al exterior hasta llegar a un bloque de piedra para montar.

Web ajustó los zahones que Gwen le había dado para evitar que la silla le rozara las piernas y para que gozara de un agarre mejor, subió al bloque y montó mientras *Boo* esperaba allí pacientemente.

—Bueno, ¿qué te parece? —preguntó Gwen.

—Hay una buena bajada.

Le vio el revólver en la funda.

—¿Tienes que ir con la pistola?

—Sí —respondió Web con firmeza.

Se dirigieron a la pista de equitación y Gwen hizo que caballo y jinete dieran una vuelta alrededor de ésta. Acto seguido, Gwen enseñó a Web a tirar de las riendas para frenar, a girar y dar marcha atrás, además de distintos sonidos y presiones con las piernas para que el animal avanzara y se detuviera.

—*Boo* ha estado por todo el rancho, por lo que, si le dejas, irá adonde tiene que ir. Despacio y bien.

El personal del centro ecuestre había traído a *Baron* mientras ellos estaban con *Boo*. Gwen montó en su caballo.

—*Boo* es el patriarca del lugar y él y *Baron* nunca han cabalgado juntos con anterioridad, así que *Boo* quizás intente manifestar su dominio sobre *Baron* para demostrarle quién manda aquí.

—Bueno, como unos tíos con exceso de testosterona —opinó Web.

Gwen lo miró de forma extraña.

—*Boo* está castrado, Web. —Él la miró con expresión de que no acababa de entenderla—. Si fuera un hombre, le llamaríamos eunuco.

—Pobre *Boo*.

Los dos caballos parecieron establecer una tregua a regañadientes y Web observó a Gwen mientras sacaba un walkie-talkie Motorola del bolsillo y lo encendía.

—Por si hay algún problema —explicó.

—Es buena idea estar comunicado —dijo Web—. Yo también llevo mi móvil.

—Después de lo que ha pasado con Billy, no sé si lo volveré a utilizar —dijo ella.

Web bajó la mirada hacia su teléfono y empezó a tener ciertas reservas.

Iniciaron la marcha, seguidos por un perro labrador de color tostado llamado *Opie* y otro can compacto pero de complexión fuerte que respondía al nombre de *Tuff*.

—Strait tiene un perro que también corre por aquí —dijo Gwen—. Le llama *Viejo maldito*, que es una buena descripción, porque siempre está dando problemas.

El cielo estaba despejado y a medida que subían y bajaban por las pequeñas colinas de la propiedad, a Web le pareció que la vista casi alcanzaba hasta Charlottesville. *Boo* se conformó con seguir a *Baron* y llevaba un paso tranquilo que no ponía a prueba a Web.

Gwen tiró de las riendas para que *Baron* se detuviera. Web detuvo a *Boo* cuando estuvo junto a ella.

—Como ya os conté, East Winds existe desde hace mucho tiempo. El rey de Inglaterra concedió a lord Culpeper un terreno de miles de hectáreas allá por 1600. Un descendiente de lord Culpeper dio quinientas hectáreas de esa concesión de terreno a su hija mayor cuando se casó con un hombre llamado Adam Rolfe. La parte central de la casa se empezó a construir en 1765 y Rolfe la terminó en 1781; era un experto constructor y también comerciante. ¿Has visto el exterior de la casa principal? —Web asintió—. Se construyó en estilo georgiano. Y la decoración del molino, sobre todo las molduras de los dentículos, son de lo mejor que he visto en mi vida.

—Georgiano, sí, es lo que habría dicho. —Web mentía, no habría reconocido el estilo georgiano aunque hubiera dado un salto y le hubieran mordido las molduras de los dentículos.

—La finca estuvo en manos de la familia Rolfe hasta comienzos del siglo XX. En aquella época era una verdadera plantación y aquí se cultivaba tabaco, soja, cáñamo, ese tipo de productos.

—Y supongo que los trabajadores serían esclavos —apuntó Web—. Por lo menos hasta que acabó la guerra de Secesión.

—De hecho, no, la plantación estaba lo suficientemente cerca de Washington como para que los dueños simpatizaran con los del Norte. En realidad, East Winds formó parte de la Underground Railroad.*

»En 1910 —continuó Gwen—, la finca dejó de pertenecer a la familia. Pasó por varias manos hasta que Walter Sennick la compró al

---

* Organización que, durante los comienzos del movimiento abolicionista, ocultaba y transportaba a esclavos fugados hasta Canadá. (*N. de los T.*)

término de la Segunda Guerra Mundial. Era inventor y amasó una ingente fortuna vendiendo sus ideas a los fabricantes de automóviles. Convirtió East Winds en un pequeño municipio autosuficiente y, en el momento de mayor apogeo, aquí había más de trescientos trabajadores a tiempo completo. También había un colmado, una central telefónica, un parque de bomberos, ese tipo de cosas. Aquí se ofrecía todo lo necesario.

Mientras Gwen hablaba, Web había estado inspeccionando el terreno, pensando de dónde podrían proceder los posibles ataques y cuál sería la mejor forma de defenderse en tal caso. Sin embargo, si había un informante en el interior, aquella estrategia resultaría inútil. Un caballo de Troya era tan eficaz ahora como hacía miles de años.

Gwen asintió.

—En la actualidad hay un total de sesenta y ocho edificios con más de cuarenta kilómetros de vallas con tablones. Diecinueve cercados. Quince trabajadores a tiempo completo. Y todavía cultivamos, maíz especialmente, aunque nos dedicamos sobre todo a la cría de pura sangres. El año que viene vamos a tener veintidós potrillos y tenemos una buena remesa de *yearlings* que van a salir a la venta muy pronto. Es muy emocionante.

Siguieron cabalgando y enseguida llegaron a un arroyo con una valla elevada donde Gwen dio instrucciones a Web para que dejara que el caballo escogiera el punto de apoyo para pasar por el barro. Hizo que Web se echara muy hacia atrás de forma que tuviera la cabeza casi sobre la grupa de *Boo* cuando el caballo bajara por el desnivel. Luego le dijo a Web que uniera su cuerpo al cuello del caballo y se agarrara a las crines de *Boo* cuando éste subiera por el desnivel del otro lado. Web consiguió dejarse llevar a la perfección para cruzar el arroyo y recibió las alabanzas de Gwen.

Pasaron junto a un viejo edificio de piedra y madera y Gwen le contó que era un hospital de la época de la guerra de Secesión, que se estaban planteando convertir en museo.

—Lo hemos rehabilitado, cuenta con calefacción y aire acondicionado, cocina y un dormitorio, por lo que el conservador podría dormir aquí —explicó Gwen—. También hay una mesa de operaciones e instrumentos quirúrgicos de esa época.

—Por lo que sé de esa época, un soldado de la guerra de Secesión habría dado lo que fuera por ser alcanzado por una bala *minié* para pasar una temporada en el hospital.

Cabalgaron junto a un establo de pisos de doscientos años de antigüedad, así llamado porque tenía dos plantas y estaba erigido sobre una pendiente tan inclinada que constaba de dos entradas en niveles distintos. También disponía de una pista de equitación donde caballo y jinete practicaban la doma. La doma, explicó Gwen, consistía en una serie de pasos y movimientos especializados de un caballo y su jinete, similar a la tabla de un patinador artístico. Pasaron junto a una elevada torre de madera con una base de piedra y Gwen le contó que se había utilizado como observatorio para incendios y para las carreras de caballos que se celebraban en el lugar hacía un siglo.

Web observó el lugar y la campiña circundante. En calidad de ex francotirador en busca constante de los mejores terrenos, Web llegó a la conclusión de que la torre sería sin duda un buen punto de observación, aunque no disponía del personal necesario para utilizarla como era debido.

Cabalgaron junto a un edificio de madera de dos plantas y Gwen le informó que era la casa del capataz del rancho.

—Da la impresión de que Nemo Strait hace un buen trabajo.

—Tiene experiencia y sabe lo que se lleva entre manos y trajo un equipo cuidadosamente seleccionado, y eso fue un punto a favor —dijo Gwen con un tono que a Web le pareció que denotaba poco interés.

Examinaron los puntos de entrada y salida de la zona posterior y Web tomó nota mentalmente de cada uno de ellos. En un momento dado, un ciervo salió de la zona arbolada y *Opie* y *Tuff* corrieron tras él. Ninguno de los dos caballos reaccionó ante el alboroto, si bien Web se quedó tan sorprendido al ver al ciervo pasando como un rayo delante de él que estuvo a punto de caerse de *Boo*.

Acto seguido, Gwen le condujo a una pequeña cañada a la sombra de unos árboles. Web oía correr el agua cerca y no estaba preparado para ver, al doblar una curva corta, un edificio pequeño y abierto, pintado de blanco y con el tejado formado por listones de cedro, por lo que parecía una glorieta, hasta que Web advirtió la cruz en lo alto y el pequeño altar en el interior con un reclinatorio y una pequeña estatua de Jesús en la cruz.

Dirigió la mirada a Gwen en espera de una explicación. Ella observaba el pequeño templo como si estuviera en trance y luego lo miró.

—Es mi capilla, supongo que así es como se denomina. Soy católica. Mi padre era pastor eucarístico y dos de mis tíos son sacerdotes. La religión es una presencia constante en mi vida.

—¿La encargaste construir?

—Sí, para mi hijo. Vengo aquí y rezo por él casi todos los días, llueva o haga sol. ¿Te importa?

—Por favor.

—¿Eres una persona religiosa?

—A mi manera, supongo —respondió Web con vaguedad.

—En realidad, antes lo era mucho más que ahora. He intentado comprender por qué aquello le sucedió a alguien tan inocente. Nunca he conseguido una respuesta.

Desmontó y entró en la capilla, se santiguó, extrajo un rosario del bolsillo y, acto seguido, se arrodilló y empezó a rezar mientras Web la observaba en silencio.

Al cabo de unos minutos se levantó y se reunió con él.

Siguieron cabalgando y al final llegaron a un edificio grande que daba muestras de estar abandonado desde hacía tiempo.

—La vieja Casa de los Monos —dijo Gwen—. Sennick la compró y la llenó de todo tipo de chimpancés, babuinos e incluso gorilas. Desconozco el motivo. La leyenda dice que cuando algún animal se escapaba de la jaula, los palurdos cerveceros de la localidad los perseguían por entre los árboles armados con escopetas. Por eso llamaron a este bosque la «jungla de los monos». Sólo de pensar en esos pobres animales abatidos a tiros por una panda de borrachos me pongo enferma.

Desmontaron y entraron en el edificio. Web vio que el tejado estaba agujereado a consecuencia del paso del tiempo y de las inclemencias atmosféricas. Las jaulas viejas, oxidadas y rotas, seguían alineadas contra la pared, y había unas zanjas que debieron de servir para recoger los excrementos de los animales y otros elementos repugnantes. El suelo de cemento estaba lleno de basura y de maquinaria vieja y estropeada, junto con ramas de árboles y hojas putrefactas. Las raíces de los árboles estaban adheridas a las paredes del exterior y había algo parecido a una zona de carga. Web intentó imaginar qué tenía que ver un inventor de accesorios automovilísticos con una manada de monos. Ninguna de sus teorías resultaba agradable. Se imaginaba a los animales sujetos con correas mientras las líneas eléctricas captaban la energía de los rayos y al viejo Sennick ataviado de cirujano dispuesto a hacer el trabajo sucio con los aterrorizados simios. El lugar transmitía una clara sensación de tristeza, de desesperanza, de muerte incluso, y Web se alegró de salir de allí.

Prosiguieron la cabalgada y Gwen le señaló diligentemente todos los edificios y le habló de su historia hasta que a Web le acabó costando seguir el hilo de todos los lugares. Se sorprendió sobremanera cuando consultó su reloj y vio que habían transcurrido tres horas.

—Deberíamos regresar —dijo Gwen—. Para ser tu primera cabalgada, tres horas es más que suficiente. Vas a estar un poco dolorido.

—Estoy bien —respondió Web—. He disfrutado mucho.

El paseo a caballo había sido pacífico, tranquilo, relajante, sensaciones que casi nunca había experimentado a lo largo de su vida. Sin embargo, en cuanto regresaron al centro ecuestre y Web desmontó del caballo y puso los pies en el suelo, se sorprendió al advertir que tenía las piernas y la espalda tan rígidas que apenas podía caminar derecho. Gwen se dio cuenta y sonrió irónicamente.

—Mañana te dolerá otra parte del cuerpo.

Web ya se estaba frotando las nalgas.

—Ya sé a qué te refieres.

Un par de trabajadores se acercaron y se llevaron los caballos. Gwen le contó a Web que les quitarían el equipo de montar, los cepillarían y los lavarían. Normalmente lo hacía la persona que había montado al caballo, añadió Gwen. Ayudaba a sentirse más unido al animal.

—El jinete cuida del caballo y el caballo cuida del jinete —afirmó ella.

—Como tener pareja.

—Exactamente, como tener pareja. —Gwen lanzó una mirada hacia la pequeña oficina de las instalaciones y añadió—: Enseguida vuelvo, Web, tengo que comprobar un par de cosas.

Mientras se alejaba, Web empezó a quitarse los zahones.

—¿Hacía tiempo que no montabas? —Web alzó la mirada y vio a Nemo Strait dirigiéndose hacia él. Un par de tipos con gorras de béisbol estaban sentados en la cabina de una furgoneta que transportaba enormes pacas de heno en la parte posterior. Observaban a Web con atención.

—Vaya, ¿cómo te has dado cuenta?

Strait se colocó junto a Web y se apoyó contra el bloque de piedra para montar. Miró hacia donde Gwen había ido.

—Es una buena amazona.

—A mí también me lo parece pero, claro, no soy un experto.

—A veces lleva a los caballos al límite de sus posibilidades, más de lo que debería.

Web lo miró con curiosidad.

—Parece que ama los caballos.

—Se puede amar algo y aun así hacerle daño, ¿no?

Web no había previsto ese tipo de razonamiento por parte de Strait. Había pensado que era el típico hombre de Neanderthal grandullón y bobo y ahí estaba siendo considerado e incluso sensible.

—Apuesto a que has pasado mucho tiempo en compañía de caballos.

—Toda la vida. La gente cree que los puede entender pero es imposible. Hay que limitarse a seguir la corriente y no cometer nunca el error de pensar que se los tiene catalogados. De lo contrario, uno acaba haciéndose daño.

—También parece una buena fórmula para las personas. —Strait esbozó una sonrisa, advirtió Web, pero sólo fue un esbozo.

Strait lanzó una mirada a la furgoneta donde sus hombres seguían observándolos con atención.

—¿De verdad crees que el señor Canfield corre peligro?

—No estoy seguro al cien por cien, pero prefiero no correr riesgos a acabar lamentándolo.

—Es un viejo gruñón pero todos le respetamos. No heredó el dinero como la mayoría de los tipos que corren por aquí; el hombre se lo ganó con el sudor de su frente. Eso se merece un respeto.

—Sí, claro. ¿Tienes alguna idea sobre cómo acabó ese teléfono en su coche?

—Lo he estado pensando. La cuestión está en que nadie conduce ese vehículo aparte de él y la señora Canfield. Todos tenemos vehículo propio.

—La puerta no estaba cerrada con llave cuando entró. ¿Guardan los coches en el garaje por la noche?

—Tienen muchos coches y furgonetas y el garaje de la casa no tiene más que dos plazas y una está llena de suministros.

—Así pues, alguien podría haber accedido al Rover, sobre todo por la noche y dejado el teléfono sin que nadie le hubiera visto.

Strait se rascó la nuca.

—Supongo que sí. Tienes que entender que por aquí hay mucha gente que ni siquiera se molesta en cerrar su casa con llave.

—Bueno, hasta que se acabe esa costumbre, di a todo el mundo que cierre con llave todo lo posible. Tienen que entender que la amenaza puede llegar de cualquier sitio, interior o exterior.

Strait lo observó durante unos segundos.

—Eso de la Sociedad Libre… he oído hablar del tema.

—¿Conoces a alguien que pudiera ser miembro o ex miembro?

—No, pero podría preguntarlo por ahí.

—Bueno, si preguntas, hazlo con discreción. No queremos asustar a nadie.

—Aquí todos tenemos un buen trabajo, no queremos que les suceda nada a los Canfield.

—Bien. ¿Hay algo más que creas que debo saber?

—Mira, si hay alguien de aquí metido en esto, tienes que entender que un rancho puede ser un lugar muy peligroso. Tractores grandes, herramientas afiladas, depósitos de gas propano, material para soldar, caballos que pueden darte una coz en la cabeza si bajas la guardia, serpientes, pendientes empinadas. Hay muchas formas de que te maten y de que luego parezca un accidente.

—Eso también me va muy bien saberlo. Gracias, Nemo. —En realidad Web no sabía si se trataba de un consejo o de una amenaza.

Strait escupió al suelo.

—Si sigues cabalgando, serás como Roy Rogers en un abrir y cerrar de ojos.

Gwen se reunió de nuevo con Web y le enseñó el centro ecuestre. Había un total de once edificios.

Los compartimientos para parir fueron la primera parada y Gwen le enseñó que estaban equipados con un circuito cerrado de televisión que controlaba a las yeguas embarazadas. El suelo estaba recubierto de goma y luego de paja para evitar el polvo.

—Estamos muy esperanzados con algunos de los potros que nacerán el año próximo. Hicimos que varias yeguas fueran fecundadas en Kentucky por sementales con unas líneas de sangre magníficas.

—¿Cuánto cuesta una cosa de ésas?

—Puede llegar a seis cifras por padre.

—Eso sí que es sexo caro.

—El pago depende de muchas condiciones, por supuesto, la más importante es que el potro nazca vivo y que también pueda ponerse en pie y mamar. Pero un *yearling* que presente buen aspecto y haya sido engendrado por un caballo que haya ganado carreras puede proporcionar cantidades ingentes de dinero. No obstante, es un negocio muy delicado. Hay que pensar en todos los imprevistos y, aun así, una racha de mala suerte puede echar por tierra tus posibilidades.

Web pensó que sonaba muy parecido a lo que suponía ser agente del ERR.

—Sí, por cómo nos lo describió Billy, no parece un negocio para pusilánimes.

—Bueno, se gana mucho dinero pero yo no lo hago por eso. Es la emoción que sientes al ver un caballo que has criado, alimentado y adiestrado en esa pista; la máquina de correr más hermosa y perfecta jamás creada. Y al ver la línea de meta, observar a este animal verdaderamente noble haciendo cabriolas en el círculo de los ganadores, saber que, por lo menos durante unos minutos, todo en la vida es absolutamente perfecto. En fin, no hay otra sensación igual.

Web se preguntó si la cría de caballos habría sustituido al hijo perdido. Si era así, se alegraba de que Gwen Canfield hubiera encontrado algo en la vida que la hiciera feliz.

—Supongo que sientes lo mismo por tu trabajo.

—Quizás antes —repuso Web.

—Antes no he sabido atar cabos —reconoció ella—. No sabía que estabas presente cuando le ocurrió aquello a esos hombres en Washington. Lo siento mucho.

—Gracias. La verdad es que se trata de una situación lamentable.

—Nunca he acabado de entender por qué los hombres hacen ese tipo de trabajo.

—Bueno, supongo que la forma más sencilla de verlo es que hacemos ese trabajo porque hay gente en el mundo que nos obliga a hacerlo.

—¿Gente como Ernest Free?

—Gente como él.

Cuando terminaron de visitar el centro, Gwen le preguntó por lo que Strait le había dicho.

—Me ha dado unos cuantos consejos amables. Por cierto, ¿vino con el rancho o lo contrataron?

—Billy lo contrató. Él y su equipo vinieron con buenas referencias. —Lanzó una mirada a su alrededor—. ¿Y ahora qué?

—¿Qué me dices de la casa principal?

Mientras conducían hacia la mansión en un jeep abierto, Web oyó un rugido por encima de su cabeza y alzó la vista. Se acercaba un pequeño helicóptero que volaba bajo y rápido. Pasó rápidamente sobre ellos y desapareció por encima de las copas de los árboles.

Web miró a Gwen.

—¿Adónde va?

Ella frunció el entrecejo.

—Al rancho vecino. Southern Belle. Aparte de la pista de aterrizaje para helicópteros, tienen otra mayor. Cuando aparece su jet, los caballos se llevan un susto de muerte. Billy les habló del asunto pero ellos hacen lo que les da la gana.

—¿Quiénes son?

—Qué son es una pregunta más apropiada... una especie de empresa. También gestionan un rancho de caballos, pero es un tanto extraño.

—¿A qué te refieres?

—Me refiero a que tampoco tienen demasiados caballos y me da la impresión de que los hombres que trabajan para ellos no distinguen entre un potro y una potra. Pero deben de hacer algo bien. La casa de Southern Belle es incluso mayor que la nuestra.

—Supongo que tienen muchos edificios, como vosotros.

—Sí, aunque los que nosotros tenemos ya estaban en la finca. Ellos han construido una serie de edificios nuevos, enormes, casi como almacenes, aunque no sé qué guardan en ellos. Hace tan sólo dos años y medio que llegaron aquí.

—¿Has visitado la finca?

—En dos ocasiones. La primera por cortesía, pero ellos no fueron muy amables. La segunda vez para quejarme sobre lo bajo que vuela su avión. No nos echaron de la finca pero fue una situación extraña, incluso para Billy, y él suele ser quien hace que la gente no se sienta cómoda.

Web se recostó en el asiento y reflexionó sobre lo que acababa de oír mientras miraba en la dirección por la que había desaparecido el helicóptero.

Les llevó algún tiempo, pero visitaron la mansión de piedra de arriba abajo. En el sótano había una sala de billar, una bodega y un vestuario para ponerse la ropa de baño. La piscina medía diez metros por veinte y estaba construida en su totalidad con acero de un acorazado de la Segunda Guerra Mundial que había sido desmantelado, le explicó Gwen. Había una cocina en la parte baja con un hornillo Vulcan con una gran campana de cromo que databa de 1912, un montaplatos que todavía funcionaba y un lavadero. En la sala de calderas, Web llegó a ver enormes módulos McLain que emitían vapor caliente radiante y había una sala que sólo contenía cajones de madera para almacenar leña. Cada uno de los cajones estaba destinado a una estancia en concreto.

De las paredes del comedor de la planta principal colgaban cabezas de venado inglés y una lámpara de araña hecha con la cornamenta de un animal. La cocina era tan grande que impresionaba, con las paredes recubiertas con azulejos de cerámica de Delft y un armario de plata. Había tres salas de baile, distintos gabinetes, salones y salas de estar y un gimnasio. Las plantas superiores constaban de diecisiete cuartos de baño, veinte dormitorios, una biblioteca que parecía no acabar nunca y muchísimos otros espacios. El lugar era verdaderamente enorme y Web sabía que resultaba imposible garantizar su total seguridad.

Cuando finalizaron la visita, Gwen miró a su alrededor con actitud nostálgica.

—He llegado a querer este lugar. Sé que es demasiado grande y presuntuoso en ciertos aspectos pero también resulta muy curativo, ¿sabes?

—Supongo que te entiendo. ¿Cuánto personal de servicio trabaja en la casa?

—Bueno, tenemos a tres mujeres que vienen a limpiar, a ocuparse de la colada y esas cosas pero luego se marchan, a no ser que tengamos muchos invitados para cenar, en cuyo caso se quedan para ayudar. Son gente de la zona.

—¿Quién se encarga de cocinar?

—Yo. Es algo que me gusta hacer. Contamos con la ayuda de una especie de manitas. Parece muy viejo pero en realidad es que ha tenido una vida dura. Viene casi todos los días. Nemo y sus hombres se encargan del resto del rancho. Los caballos de carreras tienen que ejercitarse todos los días, así que también contamos con jinetes, tres mujeres jóvenes y un hombre. Todos ellos residen en el centro ecuestre.

—Y hay un sistema de seguridad. He visto el panel de la alarma al entrar.

—Nunca lo utilizamos.

—Ahora tendréis que utilizarlo.

Gwen no hizo ningún comentario al respecto. Le mostró la última habitación.

El dormitorio principal era enorme pero tenía muy pocos muebles. Web se fijó en la antesala del dormitorio, que también contaba con una cama.

—Billy trabaja hasta tarde muchas veces y no quiere molestarme cuando se acuesta —explicó Gwen—. Siempre es así de considerado.

Por la cara que puso cuando lo dijo, Web pensó que Billy no era tan considerado como ella quería hacerle creer.

—La mayoría de la gente —prosiguió ella— sólo ve el lado duro de Billy y creo que más de uno se mostró un tanto escéptico cuando nos casamos. Supongo que la mitad pensó que me casaba con Billy por el dinero y la otra mitad pensó que él era un corruptor de menores. Pero lo cierto es que congeniamos. Disfrutamos el uno en compañía del otro. Mi madre estaba en la fase terminal de un cáncer de pulmón cuando empezamos a salir y Billy vino a la clínica todos los días durante cuatro meses. Además no se limitó a sentarse y a contemplar a mi madre moribunda. Le traía cosas, le hablaba, conversaba con ella sobre política y deportes y la hacía sentir viva, supongo. Consiguió que la situación fuera mucho más fácil para todos nosotros y nunca lo olvidaré. Ha tenido una vida dura y es un poco brusco con las personas por ese motivo. Pero ha sido el marido que toda mujer desea. Se marchó de Richmond, un lugar que le encantaba, y dejó el único negocio que siempre había conocido para empezar de cero con un rancho de caballos porque yo se lo pedí. Además, creo que era consciente de que teníamos que alejarnos del mundanal ruido, demasiados malos recuerdos.

»Y fue un padre formidable para David, lo hacía todo con él. No lo tuvo consentido porque pensó que entonces David sería una persona débil, pero amaba al niño con todo su corazón. Creo además que la pérdida le afectó más que a mí porque, aunque tenía hijas de su primer matrimonio, David era su único hijo varón. Pero si él considera que alguien es su amigo, hará cualquier cosa por esa persona. Gastaría su último céntimo en ayudarla. No quedan muchas personas como él.

Web observó las fotos de la pared y de un armario empotrado. Había muchas fotos de David. Era un muchacho apuesto que se parecía más a su madre que a su padre. Web se volvió y se encontró a Gwen junto a su hombro mirando a su hijo.

—Ya ha pasado mucho tiempo —dijo ella.

—Lo sé. Supongo que el tiempo no se detiene para nadie ni por nada.

—También se supone que el tiempo ayuda. Pero no.

—¿Era tu único hijo?

Asintió.

—Billy tiene hijos mayores de su primer matrimonio, pero David era mi único hijo. Qué curioso, cuando era niña estaba segura de que tendría familia numerosa. Éramos cinco hermanos. Me cuesta creer que ahora mi hijito ya tendría edad para ir al instituto. —De repente se volvió y Web vio que se llevaba una mano a la cara.

—Creo que por ahora ya es suficiente, Gwen. Te agradezco que me hayas prestado tu tiempo.

Se volvió de nuevo hacia él y vio que tenía las mejillas húmedas.

—Billy quería que os invitara a ti y a tu compañero a tomar una copa y a cenar.

—No es necesario.

—Bueno, nos apetece. Al fin y al cabo le salvaste la vida y si vamos a pasar algún tiempo juntos, probablemente debamos conocernos un poco mejor. ¿Quedamos a las cinco y media?

—Sólo si estás realmente convencida.

—Estoy convencida, Web, pero gracias por preguntar.

—Tengo que informarte que no hemos traído ropa elegante.

—No somos gente elegante.

32

Claire se dirigía a su coche, situado en el garaje subterráneo del edificio en el que trabajaba, cuando fue abordada por un hombre fornido y trajeado.

—¿Doctora Daniels?

Lo miró con cautela.

—Sí.

Le mostró la identificación.

—Soy el agente Phillips del FBI. Nos gustaría hablar con usted… ahora, si no tiene inconveniente.

Claire se quedó perpleja.

—¿Quién quiere hablar conmigo?

El agente Phillips se volvió y señaló más allá de la puerta del garaje, donde una limusina negra con cristales ahumados aguardaba con el motor en marcha.

—Todo tiene explicación, señora. —La tomó con cuidado del hombro—. Por aquí, doctora, no la entretendremos mucho y la traeremos de regreso.

Claire se dejó conducir fuera del garaje. Phillips le abrió la puerta y se sentó en el asiento delantero del pasajero. Antes de que Claire tuviera tiempo de recostarse en el asiento, la limusina ya circulaba a toda velocidad.

Claire se sorprendió cuando el hombre que estaba sentado junto a la otra ventanilla en el asiento trasero se inclinó hacia delante.

—Gracias por acceder a hablar con nosotros, doctora Daniels.

—Yo no he aceptado hablar con nadie. Ni siquiera sé por qué estoy aquí.

Observó que se había activado una partición de cristal que separaba la parte posterior de la delantera.

—¿Quién es usted?

—Me llamo John Winters. Soy el director de la oficina del FBI en Washington.

—Bueno, señor Winters… —empezó a decir Claire.

—Mis amigos me llaman Buck.

—Bueno, señor Winters, no sé por qué quiere hablar conmigo.

Winters se recostó en el asiento.

—Oh, creo que tiene cierta idea. Es usted una mujer muy lista. —Tamborileó los dedos sobre una carpeta grande que tenía al lado—. Un currículum muy impresionante.

Claire observó la carpeta.

—No sé si debo sentirme halagada o sumamente molesta por el hecho de que hayan estado investigando sobre mí.

Winters sonrió.

—Por el momento vamos a suponer que se siente halagada. Pero también debe ser consciente de que por su trabajo ve a varios miembros del FBI, a sus cónyuges, a personal de apoyo.

—Tengo al día todas mis autorizaciones de seguridad. Y no puede decirse precisamente que esté expuesta a algo que sea alto secreto. Todos los expedientes se censuran a conciencia antes de llegar a mis manos.

—Pero ¿cómo se censura la mente humana, doctora Daniels?

—Lo que mis pacientes me cuentan es absolutamente confidencial.

—Estoy seguro de ello. Y también de que la gente estresada, la gente con preocupaciones mentales y emocionales profundas se desahoga con usted.

—Unos más que otros. ¿Adónde quiere llegar exactamente, señor Winters?

—Lo cierto, doctora Daniels, es que está en situación de escuchar información muy importante en boca de personas muy vulnerables.

—Soy perfectamente consciente de ello. Y eso no sale de mi consulta.

Winters volvió a inclinarse hacia delante.

—Web London es uno de sus pacientes actuales, ¿no es cierto?

—No puedo responder a tal pregunta.

Winters sonrió.

—Vamos, doctora.

—Cuando digo que no revelo confidencias hay que entenderlo al pie de la letra. Eso significa que tampoco informo de si alguien es paciente mío o no.

—Bueno, debe saber que como director de la oficina de Washington tengo conocimiento de si un miembro del FBI va al loquero, ¿sabe?

—Preferimos la palabra «psiquiatra» o «profesional de la salud mental».

—Por tanto sé que Web London es paciente suyo —declaró Winters—. Y sé que ha acudido a otro psiquiatra varias veces en el pasado. Un tal Ed O'Bannon. —Claire se mantuvo en silencio—. Así pues, una de las cosas que quiero saber es ¿por qué se pasó a usted?

—De nuevo me veo obligada a negarme a responder…

Winters extrajo una hoja de papel de la carpeta que tenía al lado y se la pasó. Era un documento de cesión firmado por Web London ante notario. Especificaba, entre otras cosas, que toda persona que ofreciera atención psiquiátrica a Web London podía hablar de los parámetros del diagnóstico y del tratamiento con un tal John Winters, director de la oficina del FBI en Washington. Claire nunca había visto un impreso como aquél, pero se trataba de un documento original impreso en papel oficial del FBI.

—Ahora podemos prescindir de sus reservas.

—¿De dónde ha salido este documento y por qué no lo había visto con anterioridad?

—Se trata de una nueva política. De hecho lo hemos utilizado por primera vez para el caso de Web. Fue idea mía.

—Es una violación de la confidencialidad entre médico y paciente.

—No si el paciente renuncia a ella.

Claire leyó el documento con gran atención y se tomó tanto tiempo para hacerlo que Winters acabó echando humo. Por fin se lo devolvió.

—De acuerdo, muéstreme su identificación —exigió.

—¿Cómo dice?

—En el documento se especifica que puedo revelar cierta información a John Winters, director de la OFW. Lo único que sé de usted es que va en limusina y que dice ser John Winters.

—Creí que mi asesor se había identificado.

—Él sí pero usted no.

Winters sonrió, sacó sus credenciales y se las mostró a Claire. Dedicó más tiempo del necesario a repasarlas, para demostrar al hombre que aquella situación no le agradaba lo más mínimo y que no se lo pondría fácil.

Winters se recostó en el asiento.

—Hablemos de Web London.

—Me eligió porque el doctor O'Bannon no estaba disponible. Tuvimos una buena sesión y decidió seguir conmigo.

—¿Cuál es el diagnóstico?

—Todavía no lo he emitido.

—¿Le ha sugerido algún tratamiento?

—Eso sería un tanto prematuro —repuso con sequedad— puesto que todavía no he hecho un diagnóstico. Sería como operar a alguien antes de hacerle un reconocimiento médico.

—Lo siento pero muchos loqueros, disculpe, psiquiatras que conozco recetan pastillas.

—En ese caso no soy como los psiquiatras que conoce.

—¿Puede decirme qué le ocurrió en aquel patio?

—No, no puedo.

—¿No puede o no quiere? —Levantó el documento de cesión—. Podemos hacer que esto le resulte fácil o sumamente difícil.

—Ese documento también especifica que puedo ocultar toda información que el paciente me haya confiado, así como mis conclusiones basadas en tal información si, de acuerdo con mi criterio profesional, tal revelación perjudicara al paciente.

Winters se desplazó y se sentó junto a Claire.

—Doctora Daniels, ¿es usted consciente de lo que ocurrió en aquel patio?

—Sí. He leído los periódicos y he hablado del asunto con Web.

—¿Sabe? Es algo más que la muerte de seis agentes, por horrendo que eso resulte. Es un ataque frontal a la integridad fundamental del FBI. Y sin eso, no tenemos nada.

—No sé exactamente hasta qué punto una emboscada a un equipo de agentes del FBI disminuye la integridad del FBI. En todo caso, debería causar compasión.

—Desgraciadamente, el mundo en el que vivimos no es así. Permítame que le diga lo que ha provocado esta emboscada. En primer lugar, al haber eliminado a nuestra fuerza de ataque de élite, los grupos criminales ahora consideran que somos vulnerables a todos los niveles. En segundo lugar, la prensa ha dado tal relevancia a este asunto tan desafortunado, empleando un lenguaje tan incendiario, que la confianza pública depositada en nosotros ha quedado profundamente dañada e incluso los legisladores del Capitolio dudan de nosotros. Y por último, la moral del FBI en su conjunto está más baja que nunca por culpa de lo ocurrido. En realidad se trata de un golpe triple.

—Ya lo veo —dijo Claire con cautela.

—Así pues, si este asunto se resuelve lo antes posible, antes podremos hacer que las aguas vuelvan a su cauce. Estoy convencido de que no quiere que los criminales de este país piensen que pueden hacer lo que les plazca con unos ciudadanos honrados.

—Estoy segura de que eso no ocurrirá.

—¿Ah sí? —La miró con dureza—. Bueno, yo estoy metido en esto y no estoy ni por asomo tan seguro como usted.

Claire sintió un escalofrío en la espalda al oír las palabras de aquel hombre.

Winters le dio una palmadita en el hombro.

—Veamos, ¿qué puede decirme de Web sin violar su código ético profesional, según su criterio?

Claire empezó a hablar con lentitud porque aquel proceso le resultaba detestable.

—Tiene ciertos problemas. Creo que se remontan a su niñez, como suele ocurrir con estos temas. Se quedó paralizado en aquel callejón. Estoy segura de que eso ya se lo ha dicho a los investigadores del FBI. —Lo miró esperando una afirmación por su parte, pero Winters no mordió el anzuelo.

—Prosiga —se limitó a decir.

Claire repasó los detalles de lo que Web había visto y escuchado, incluido lo que le había dicho Kevin Westbrook, cómo le había afectado, la sensación subsiguiente de parálisis y cómo había luchado contra ella y había acabado venciéndola.

—Sí, la venció —dijo Winters—. Se desplomó justo antes de que dispararan y consiguió salir con vida.

—Lo que sí puedo decirle es que tiene un enorme sentimiento de culpa por haber sido el único superviviente.

—Lo cual es normal.

—No es que de repente se convirtiera en un cobarde, si es eso lo que piensa. Es uno de los hombres más valientes que he conocido. De hecho, quizá sea demasiado valiente, una persona que se arriesga demasiado.

—No estaba pensando que fuera un cobarde; ni siquiera su peor enemigo podría decir que Web London es cobarde.

Claire lo miró con curiosidad.

—Entonces, ¿qué?

—Hay cosas peores que ser un cobarde. —Hizo una pausa—. Ser un traidor.

—Mi opinión profesional es que ése no es el caso. El hecho de que se quedara paralizado en ese callejón demuestra que hay problemas muy arraigados producto de una infancia repleta de desafíos que Web intenta superar.

—Comprendo. En ese caso quizá no debería pertenecer al ERR. Tal vez ni siquiera debería estar en el FBI.

En ese instante Claire notó que era ella la que se quedaba paralizada. ¿Qué acababa de hacer?

—Eso no es lo que he dicho.

—No, doctora, eso lo he dicho yo.

Tal como le habían prometido, la dejaron de nuevo en el garaje. Mientras salía del vehículo, Buck Winters se inclinó hacia ella y la agarró del brazo. Claire se apartó de forma instintiva.

—Soy consciente de que no puedo impedirle que le hable a Web de nuestro encuentro, doctora, pero le voy a pedir que no lo haga. Estamos inmersos en una investigación del FBI y los resultados, sean cuales sean, conmocionarán al FBI más que nunca. Así pues, le pido, como buena ciudadana, que mantenga todo esto en secreto por ahora.

—No se lo puedo garantizar. Y confío en Web.

—No lo dudo. Tiene muchos valores por los que vale la pena confiar en él. ¿Sabe a cuántos hombres ha matado a lo largo de su carrera?

—No, ¿es importante saberlo?

—Estoy seguro de que a los parientes de esas personas les parece importante.

—Habla de él como si fuera un criminal. Doy por supuesto que si ha matado a gente era porque formaba parte de su trabajo, el trabajo que usted espera que haga.

—Bueno, eso siempre está abierto a interpretaciones, ¿no cree? —Le soltó el brazo y añadió un último comentario—. Estoy seguro de que nos volveremos a ver.

Cuando Romano y Web salieron para cenar en la mansión, Romano caminaba de forma extraña. Le dijo a Web que Billy lo había montado en un caballo y que se había caído de inmediato.

—No sé por qué demonios no puedo seguir a ese tipo en un todoterreno. Los caballos no son lo mío.

—Bueno, hoy he recorrido la mayor parte de la finca a caballo y a muchos sitios a los que no se llega ni en todoterreno.

—¿Tú también te has caído?

—Sí, dos veces —respondió Web. ¿Por qué decir la verdad y hacer que a Romano se le pusieran otra vez los pelos de punta?, pensó.

—¿Con quién fuiste a caballo? —preguntó Romano.

—Con Gwen. Lo hemos pasado bien. ¿Y tú? ¿Lo has pasado bien?

—Sí, nunca habría dicho que ensuciarse en un establo sería tan divertido. Deberías probarlo en alguna ocasión.

Billy recibió a Web y a Romano en la puerta delantera de la casa de piedra. Vestía una americana vieja de pana con coderas, unos pantalones caqui, una camisa blanca abotonada y arrugada y unos mocasines sin calcetines. Llevaba una copa en la mano. Los acompañó por el vestíbulo delantero y luego bajaron por una escalinata de nogal que describía una curva que parecía lo suficientemente antigua como para haber llegado de las colonias como regalo de un monarca muerto hacía ya tiempo. Aunque ya había estado allí con anterioridad, Web todavía se sorprendía a sí mismo comiéndose con los ojos las grandes estancias, la intrincada mampostería, las gruesas colgaduras y la gran cantidad de obras de arte que parecían más propias de un museo, y probablemente lo fueran. Cuando llegaron al nivel inferior, Romano iba mirando a su alrededor sin dejar de exclamar «¡joder!».

Web advirtió la cojera de Billy.

—¿Has sufrido un accidente? —preguntó al tiempo que señalaba la pierna del hombre.

—Sí, un caballo de tiro de una tonelada de peso decidió hacer la voltereta conmigo encima.

El suelo de la planta baja era de losas, las paredes desnudas de piedra y unas vigas gruesas tenían la misión de sostener el techo. Había unos grandes sofás de cuero y sillas situadas con precisión, probablemente para alentar la formación de varios grupos para charlar, o quizá de facciones con deseo de conspirar, porque sin duda a Web le parecía que aquel lugar estaba hecho para eso, aunque los Canfield no le parecían personas de esa índole. Si uno no les caía bien, probablemente no se avergonzaran de demostrarlo, sobre todo Billy. Las paredes estaban adornadas con más cornamentas inglesas y con numerosas cabezas de ciervo, guepardo, león, rinoceronte, alce americano y distintos ejemplares de una amplia variedad de aves y peces. En otra pared había un enorme ejemplar de perca. También había un oso pardo entero en una postura de ataque y un pez espada de gran tamaño apuntado hacia arriba. En una mesa expositora había una serpiente cascabel enrollada y una cobra real, con unos ojos que parecían encendidos y unos dientes dispuestos a causar daños inmediatos. Web rehuyó a ambos reptiles disecados. Las serpientes no le gustaban demasiado desde que una mocasín acuática enfurecida estuvo a punto de morderle en una misión en Alabama.

Contra una de las paredes había un mueble para armas bien provisto. Web y Romano repasaron con envidia la selección de armas de fuego Churchill, Rizzini y Piotti, artefactos que fácilmente costaban una cantidad de cinco cifras. Era prácticamente imposible pertenecer al ERR y no ser un aficionado a joyas como aquéllas, aunque la mayoría de los agentes del FBI carecían de los medios económicos para hacer algo más que presionar la nariz contra el cristal. Web se preguntó si las armas eran para exponer o si alguna vez las habían utilizado. Billy parecía no tener nada en contra del uso de armas, quizás incluso Gwen compartiera su opinión. Si el hombre había matado a todos aquellos animales, sin duda tenía que ser hábil con el uso de armas de fuego.

En otra pared se extendía una barra completa color cereza que parecía haber sido arrancada directamente de un pub londinense. La primera impresión que Web había tenido al entrar en la sala era que tenía el aire de un pub inglés rematado con toques del Lejano Oeste.

Gwen estaba sentada en un sofá que parecía lo suficientemente grande como para cruzar el Atlántico en él. Se levantó al verlos entrar. Llevaba un vestido de tirantes beis, largo hasta los tobillos, y con una abertura pronunciada que dejaba al descubierto buena parte del escote. Debajo de los finos tirantes del vestido se veía una pequeña porción del sujetador blanco. Tenía los brazos bronceados, firmes y bien contorneados. Probablemente de frenar al caballo, supuso Web, puesto que a él le dolían los brazos por haber hecho precisamente ese gesto durante tres horas. Calzaba unos zapatos planos negros. Aun así, sólo era unos diez centímetros más baja que Romano. Cuando volvió a tomar asiento y cruzó las piernas, el vestido se le abrió unos cinco centímetros y Web se sorprendió un tanto al ver que llevaba una cadena de oro en el tobillo, porque no parecía muy propio de su porte refinado. El rostro también lo tenía bronceado y el contraste del pelo rubio resultaba muy llamativo. Sin duda Billy Canfield era un hombre afortunado, pensó Web, aunque se preguntó cuánta vida habría perdido aquel matrimonio con la muerte de su hijo.

A Web le sorprendió ver a Nemo Strait sentado en una de las sillas. El capataz del rancho se había lavado y llevaba un polo que ponía de manifiesto su cuerpo musculoso, unos pantalones caqui de algodón y mocasines. Web tenía que reconocer que era un hombre atractivo.

Strait alzó la copa hacia Web y Romano.

—Bienvenidos a Casa Canfield —dijo con una gran sonrisa.

Web contempló los numerosos trofeos de animales.

—¿Van con la casa? —preguntó a Billy.

—Por supuesto que no —respondió el hombre—. Hace unos cuatro años sentí eso que se dice una llamada para ir por ahí a disparar. Me convertí en cazador de grandes venados y pescador de altura. Incluso aparecí en la televisión unas cuantas veces en programas deportivos. Recorrí el mundo cazando animales como éstos. —Señaló la cabeza con colmillos de un jabalí en una pared y luego el oso pardo, que se alzaba casi diez metros en un módulo especial para exponerlo, con los colmillos al descubierto y las largas garras prestas a despedazar a cualquiera.

Se acercó y acarició el cuello grueso del enorme oso.

—Bueno, esta criatura hizo todo lo posible por matarme, en dos ocasiones. La segunda vez casi lo consigue, pero le vencí. —Señaló hacia el rinoceronte—. Estos malditos bichos parecen lentos y torpes. Es decir, lo parecen hasta que te persiguen a unos cincuenta kilómetros por hora y no hay nada entre tú y el Creador aparte de tus nervios, la buena puntería y el dedo fijo en el gatillo. Apuntas al cerebro. Pero si fallas y le das al cuerno, eres hombre muerto.

—Pobres animales —dijo Gwen.

—De pobres nada, estos bichos me costaron una fortuna —replicó su marido con sequedad. Miró una de las cornamentas y luego se dirigió a Web—. La cornamenta es el viejo símbolo de virilidad, sabiduría y vida, ¿sabes? Y ahí está, colgado de mi pared, requetemuerta. En cierto modo me gusta pensar lo irónico que resulta. Yo he disecado a todos estos animales. Soy un buen taxidermista, aunque me lo diga yo solo.

Web se estaba preguntando cuándo había sentido Billy el deseo de matar. Debió de producirse poco después de que acabara el juicio con la sentencia de conformidad de Ernest Free que sin duda había impedido que lo ejecutaran.

—Permitidme que os lo enseñe —continuó Billy—. ¿Quieres venir, Nemo?

—Ni hablar. Ya he visto tus pequeñas operaciones y todavía no he cenado.

Billy los condujo por un pasillo y abrió una puerta que estaba cerrada con llave. Gwen tampoco los acompañó. Entraron en la habitación y Web miró a su alrededor. La estancia era grande y estaba atestada de mesas de trabajo y estanterías y sobre dichas superficies latas de líquidos y pastas y cuchillos y bisturís afilados, docenas de otros instrumentos, grandes tornos, cuerdas y complicados sistemas de poleas que colgaban del techo. En una esquina se encontraba la piel de un alce extendida en parte sobre un molde, y en otra esquina había un pavo salvaje muerto en todo su esplendor. En otros rincones había también aves y peces disecados y otros animales grandes y pequeños que Web ni siquiera sabría identificar. Web había olido cadáveres en descomposición y allí no olía tan mal pero, de todos modos, no le apetecería respirar ese aire todos los días.

—¿Mataste a todos estos animales? —preguntó Romano.

—Uno por uno —respondió Billy encantado—. Sólo diseco lo que mato. En este trabajo no le hago favores a nadie. —Cogió un trapo, vertió un líquido en él y empezó a frotar una de las herramientas—. Otros tipos se relajan jugando al golf, yo cazo y diseco.

—Supongo que todo es relativo —opinó Web.

—He descubierto que resulta terapéutico. Pero Gwen no lo ve así. Nunca ha entrado aquí y sospecho que nunca entrará. La taxidermia ha avanzado mucho. Ahora ya no hay que hacerse los moldes, se pueden comprar unos hechos con corcho compacto, papel laminado y todo eso, y luego adaptarlo a lo que uno esté disecando. Es un proceso bastante complejo, hay que planificar y medir y hay que ser mitad carnicero, mitad artista. Los pasos básicos son primero vaciar el cuerpo y luego preparar la piel. Mucha gente utiliza bórax, pero los puristas como yo todavía envenenamos la piel con arsénico. Así se consigue la mayor longevidad. E incluso me dedico al curtido.

—¿Guardas el arsénico por aquí? —preguntó Romano.

—Toneladas. —Billy observó al hombre—. No te preocupes, siempre me lavo las manos después de trabajar aquí y no cocino nada de nada. —Se echó a reír y Romano se rió con él, aunque con cierto nerviosismo—. Luego se prepara el cráneo, se ensamblan los alambres y tal y luego se hace el relleno y el montaje final.

Web echó un vistazo al equipamiento de la sala. Parecía el paso previo a un matadero.

—Aquí hay mucho material.

—Sí, es que se necesita mucho material para hacer un buen trabajo. —Señaló distintas piezas—. Como he dicho, existen los moldes de uretano anatómicamente adaptados, pero a veces los fabrico yo mismo con yeso, arcilla para modelar, serrín compactado y cosas así. No hace falta que a uno se lo den todo hecho, ¿no?

—Cierto —dijo Romano.

—Luego se necesitan sustancias químicas, venenos y sal, mucha sal para conservar la piel. Después distintos aparatos y calibradores para hacer las mediciones lineales y conseguir la simetría. Escalpelos por el motivo obvio; yo utilizo lo que se llama el cuchillo perfecto, de fabricación alemana, los dichosos alemanes sí saben hacer cuchillos. Es para despellejar y practicar cortes precisos, para separar la cabeza del pellejo del cuerpo, por ejemplo, la labor minuciosa que hay que realizar alrededor de los ojos y de la boca y cosas así. Existen cuchillos especiales para despellejar, para mondar, deshuesar, rasurar, pulidoras para el cuero, incluso una máquina para descarnar. Eso sí que es un buen invento.

—¡Qué mundo más afortunado! —farfulló Web.

—Me compré unos guantes de Kevlar para descarnar a fin de no cortarme un dedo. Tijeras, pinzas para la piel, para los labios, tenazas, fórceps, sondas y agujas quirúrgicas. Parece una mezcla entre trabajador de la funeraria y cirujano plástico. —Señaló cuencos, pinceles, un compresor de aire y varias latas—. Ésta es la parte artística del asunto. Los toques finales para hacerle justicia al animal.

—Qué curioso pensar en hacerle justicia al animal que acabas de matar —dijo Web.

—Supongo que eso es lo que me distingue de los hijos de perra que matan y siguen caminando como si nada —replicó Billy.

—Supongo —convino Web.

Billy se acercó a una piel de ciervo que estaba secándose sobre una mesa.

—¿Sabéis qué es lo primero que se corta al vaciar a un ciervo? —preguntó mirando fijamente a Web.

—¿Qué?

—El pene.

—Va bien saberlo —comentó Web con sequedad.

—Los ciervos mueren como personas —prosiguió Billy—. Con los ojos abiertos. Se les vidrian enseguida. Si tienen los ojos cerrados o parpadean, mejor volverles a disparar. —Volvió a mirar a Web—. Supongo que os encontráis con muchos casos así en vuestro trabajo.

—A veces no es una opción posible en el caso de los seres humanos.

—Supongo que no, aunque me quedaría con cualquiera de los animales que tengo aquí expuestos antes que con la escoria humana con la que vosotros tratáis. —Bebió un trago de whisky—. Creo que ése es uno de los motivos por el que este lugar me gusta tanto —reconoció Billy—. Es una contradicción, puesto que resulta obvio que respiro y estoy vivo. Nací pobre como las ratas, apenas acabé los estudios primarios, gané un montón de dinero en el poco glamoroso negocio de transportar cigarrillos y otras porquerías a un lado y a otro de las autopistas de este bello país y me casé con una mujer joven, guapa e inteligente con título universitario. Y ahora aquí estoy, propietario de un rancho fabuloso en plena Virginia, menudo sitio al que ir a parar, en una zona de cazadores disecando animales. Soy un hombre con suerte. Cuando lo pienso, me entran ganas de emborracharme, así que hagamos algo al respecto.

Volvieron sobre sus pasos y se reunieron de nuevo con Gwen. Ella le dedicó una débil sonrisa a Web, como queriendo decir: «Lo sé y lo siento.»

Billy se situó tras la barra y señaló a su esposa.

—¿Un whisky, querida?

Ella asintió.

—Yo también me tomaré uno —dijo—. ¿Chicos? Y no me vengáis con esa chorrada de que estáis de servicio. Si no bebéis conmigo, os echo de aquí a patadas.

—Cerveza, si tienes.

—Aquí tenemos de todo, Web.

Web tomó nota mentalmente de que el hombre decía aquello con total seriedad.

—Otra para mí —dijo Romano.

—Yo también tomaré una, Billy —dijo Strait. Se acercó a la barra y tomó la botella de cerveza que le tendió su jefe y luego se reunió con Web y Romano.

—Estoy mucho más acostumbrado a la cerveza que a los combinados modernos.

—¿Hombre de campo? —inquirió Romano.

—Sí, señor, crecí en las estribaciones del Blue Ridge, en un rancho de caballos —dijo Strait—. Pero quería ver mundo. —Se arremangó la camisa y les enseñó la insignia de los marines—. Bueno, lo vi con el dinero del tío Sam. De hecho, sólo vi una pequeña porción de mundo llamada Sureste Asiático, y es difícil disfrutar de un lugar así cuando la gente te dispara.

—No pareces tan mayor como para haber luchado en Vietnam —comentó Web.

Strait desplegó una amplia sonrisa.

—Supongo que es por la vida sana que llevo. Lo cierto es que me reclutaron casi al final, dieciocho años recién cumplidos. El primer año en la selva iba siempre con la cabeza baja intentando por todos los medios mantenerla sobre los hombros. Un día me pillaron y me tiré tres meses de prisionero de guerra. El maldito Vietcong se dedicaba a cosas muy feas, intentaban trastocarte el cerebro, convertirte en traidor.

—No sabía todo eso, Strait —dijo Billy.

—Bueno, no es algo para poner en el currículum. —Se echó a reír—. Pero conseguí escapar y un loquero del ejército me ayudó a recuperarme. Eso y mucho alcohol y muchas otras cosas de las que es mejor no hablar —añadió, sonriendo—. Me pusieron en libertad, regresé a Estados Unidos y durante un tiempo trabajé como guarda en un centro para delincuentes juveniles. Permitidme que os diga que algunos de esos chicos a los que vigilaba hacían que el maldito Vietcong pareciera una pandilla de pipiolos. Luego me casé, pero a mi ex no le gustaba mi salario de seis pavos la hora, así que me busqué un trabajo en una oficina, pero no era lo mío. Ya os he dicho que crecí al aire libre, rodeado de caballos toda la vida. Se lleva en la sangre. —Lanzó una mirada a Billy—. Menos mal, porque no se lleva en la cuenta bancaria.

Todos se rieron cuando dijo eso, salvo Gwen. Incluso parecía molestarle que el vaquero estuviera en su casa, pensó Web, que la observaba con atención.

—De todos modos —prosiguió Strait—, volví con los caballos y mi esposa me dejó y se llevó a mi hijo y a mi hija.

—¿Los ves a menudo? —preguntó Web.

—Antes sí, ahora ya no. —Sonrió—. Pensé que mi hijo seguiría los pasos de su padre y sería militar o quizá se dedicara a los caballos. —Se dio una palmada en el muslo—. Hay que joderse, ¿sabéis qué pasó?

—¿Qué? —preguntó Romano.

—Pues que descubrió que era alérgico a esas cosas. Está claro que la vida a veces tiene su gracia.

Web lo observaba y no le pareció que Strait pensara que la vida tuviera nada de gracia. Al comienzo había catalogado a Strait como al típico tipo corto de entendederas que hace lo que le dicen. Tendría que replantearse esa idea.

—Entonces apareció Billy y ahora le ayudo —lanzó una mirada a Gwen—, y la señora Canfield construyó aquí su pequeño imperio.

Billy alzó la cerveza en dirección al hombre.

—Y has hecho un buen trabajo, Strait.

Al oír esas palabras, Web advirtió que Gwen apartaba la mirada y, a pesar de las alabanzas de Billy, no parecía estar demasiado entusiasmada con su capataz.

—Las plantas más bajas suelen ser frías —le dijo Web a Billy—. Sobre todo con toda esta piedra. Aun así, se está más caliente aquí abajo que arriba.

—Aquí tenemos el mejor calor del mundo —repuso Billy, quien se ocupaba de las bebidas como si hubiera nacido para ello—. Vapor radiante. Gwen me ha dicho que te ha enseñado la finca. Bueno, esas tres calderas Weil McLain que viste calientan el agua hasta convertirla en vapor, por supuesto. El vapor fluye por las tuberías y llega a los radiadores Gurney de hierro fundido que hay en cada estancia de la casa. Luego el vapor se enfría hasta convertirse en agua, recorre de nuevo todo el sistema, vuelve a convertirse en vapor y así sucesivamente. Y no sólo tienes calor sino un humidificador incorporado. —Le pasó la cerveza a Web—. Muchas de las tuberías de vapor pasan debajo de este suelo, por eso se está tan bien aquí. Me encanta. Y en esta época del año, la temperatura puede alcanzar los 30 grados durante el día y bajar a 4 por la noche. Pero las calderas McLain son la razón por la que Gwen puede ir con los brazos descubiertos aquí abajo y sentirse calentita y bien; ¿no es así, cielo?

—De hecho, he tenido calor todo el día.

Web frotó la barra con la mano.

—Queda bien con esto.

—Data de 1910 —dijo Billy—. El propietario de entonces se gastó un dineral en la casa. De todos modos, lo necesitaba. Desgraciadamente, para cuando nosotros llegamos necesitaba mucho más. Siempre me pasa lo mismo. —Llevó las bebidas en una bandeja y las repartió. Todos tomaron asiento.

—Gwen me ha dicho que tenéis unos *yearlings* muy prometedores.

—Sí, quizás alguno gane los tres certámenes más importantes —dijo Billy—. Eso estaría bien. Al menos pagaría las facturas de un mes de este dichoso sitio.

Gwen y Web intercambiaron sonrisas al oír el comentario.

—La esperanza es lo último que se pierde —terció Gwen—. Pero por lo menos estar siempre a un paso del asilo de pobres es emocionante.

—Bueno, aquí nos va bien —dijo Strait, mirándola.

A Web le pareció interesante el pronombre utilizado. Se estaba empezando a preguntar quién era el verdadero propietario del lugar.

Billy bebió un trago de whisky.

—Sí, este lugar no está tan mal. Por aquí incluso se puede practicar la caza del zorro.

A Gwen le pareció una idea repulsiva.

—Qué repugnante.

—Bueno, estamos en la región de la caza del zorro y en Virginia hay que hacer lo que hacen los altaneros virginianos. —Billy le dedicó una sonrisa a Web—. De hecho, nuestros dichosos vecinos pueden resultar bastante coñazos. Se cabrearon conmigo porque no les permití que cabalgaran por mi finca mientras perseguían al maldito zorro. Les dije que no se cazaban zorros más allá de Richmond y de todos modos parecía que el pobre bicho llevaba las de perder y yo siempre he sido partidario de los perdedores. Bueno, esos capullos me denunciaron. Y ganaron el juicio. Había alguna cláusula antigua en mi cadena de títulos que especifica que, al parecer, la caza del zorro está permitida en la finca.

A Romano le desagradaba la idea.

—Vaya putada. ¡Para que luego digan que estamos en un país libre!

—Bueno, ahora ya no cruzan East Winds —dijo Strait.

—¿Cómo es eso? —preguntó Web.

—Billy disparó a uno de sus perros; perdón, sabuesos. —Se dio una palmada en la pierna y se echó a reír.

Billy asentía como si estuviera recordando un momento agradable.

—Atacó a uno de mis caballos, que valía más de trescientos mil dólares. Sabuesos como ésos los hay a montones. Así que no dudé ni un segundo antes de disparar.

—¿Volvieron a denunciarte? —preguntó Web.

—Sí, y esa vez me salí con la mía. —Sonrió, tomó otro trago y miró a Web—. ¿Has disfrutado con la visita guiada de Gwen?

—Podría ser una gran guía turística. Me ha interesado lo de que el rancho fue una parada de la Underground Railroad durante la guerra de Secesión.

Billy señaló el armario de las armas.

—Y esa parada está ahí mismo.

Web miró el armario de las armas.

—No lo pillo —dijo.

—Venga, enséñaselo, Billy —dijo Strait.

Billy hizo una seña para que Web y Romano le siguieran. Se acercó al armario y presionó lo que Web imaginó que debía de ser una palanca oculta en la estructura del armario. Web escuchó un clic y el armario osciló hacia él, dejando al descubierto una pequeña abertura.

—Aquí no hay ni electricidad ni ventanas, sólo un par de literas toscas, pero cuando uno huye en busca de libertad no puede ser demasiado finolis—dijo Billy. Tomó una linterna que colgaba de un gancho de la pared y se la tendió a Web.

—Echad un vistazo.

Web cogió la linterna, asomó la cabeza en el interior e iluminó distintas zonas. La linterna estuvo a punto de caérsele de la mano cuando la luz iluminó a un hombre sentado en una mecedora de madera alabeada. Cuando la vista se le acostumbró a la falta de luz, vio que en realidad se trataba de un maniquí vestido como un esclavo, con un sombrero y patillas de boca de hacha; el blanco de los ojos creaba un contraste perturbador con respecto a la piel negra pintada.

Billy se echó a reír.

—Tienes unos nervios de acero —dijo—. Casi todo el mundo se echa a gritar cuando lo ve.

—Billy lo colocó ahí, no yo, Web —se apresuró a decir Gwen con un deje de repulsión en la voz.

—Es una de mis bromitas de mal gusto —añadió Billy—. Pero, joder, si no nos reímos de la vida, ¿de qué vamos a reírnos?

Después de ese comentario apuraron las bebidas y se dispusieron a cenar.

No cenaron en el comedor formal. Tal como explicó Billy, la sala era tan grande que había que gritar para hablar los unos con los otros y él era un poco duro de oído. Comieron en una pequeña sala adjunta a la cocina. Gwen bendijo la mesa e hizo la señal de la cruz, al igual que Romano. Strait, Web y Billy se limitaron a mirar.

Gwen había preparado una ensalada César, puntas de solomillo, espárragos frescos con crema de leche y unos panecillos que parecían y sabían a caseros. Un pastel de cereza y el café dieron el toque final a la cena y Romano se recostó en el asiento, frotándose el estómago plano y duro.

—Mucho mejor que las MRE —dijo, refiriéndose a la comida preparada del ejército de Estados Unidos.

—Gracias, Gwen, una cena fantástica —dijo Web.

—Antes teníamos muchos invitados en Richmond —dijo Gwen—; ahora ya no recibimos demasiadas visitas. —Lanzó una mirada rápida a su esposo mientras pronunciaba esas palabras.

—Hemos dejado de hacer muchas cosas —reconoció Billy Canfield—. Pero ha sido una buena cena y brindo por el chef. —Se acercó al aparador y trajo una licorera de brandy y cuatro copas de cristal tallado—. Tengo debilidad por mi Jim Beam, como todo caballero sureño que se precie, pero para hacer un brindis adecuado se necesita una libación adecuada. —Sirvió el brandy, se llenó la copa con Beam y brindó por Gwen.

Ella sonrió y alzó la copa hacia ellos.

—Bueno, me alegro de salir tan bien librada entre tantos hombres.

Cuando se despedían, Web se llevó a Billy a un lado.

—Sólo quiero que las directrices queden claras. Asegúrate de conectar la alarma cuando nos vayamos, y conéctala cada noche antes de acostarte. En esta casa hay muchos puntos por los que se puede entrar y salir, quiero que tú y Gwen entréis y salgáis por el mismo sitio. De ese modo no os dejaréis ninguna puerta abierta. Si tienes ganas de salir, aunque sea sólo para dar un paseo, nos llamas antes y te acompañaremos. Si hay algo que te asuste a ti o a Gwen, nos llamas. No hay nada insignificante, ¿entendido? Éste es el número de mi móvil. Está conectado veinticuatro horas al día. Y quiero que te plantees seriamente dejar que Romano y yo nos alojemos en la casa. Si ocurre algo, los segundos cuentan.

Billy observó el trozo de papel con el número de Web.

—Hemos acabado prisioneros en nuestra propia casa. Menudos cabrones. —Meneó la cabeza cansinamente.

—¿Las armas que tienes en el armario son sólo para exponer o las utilizas para cazar?

—Casi todas son escopetas. No se pueden utilizar con los animales que se quieran disecar porque la munición de las escopetas estropea la piel y amputa cabezas. Las armas que uso para cazar venado están en un armario de la planta de arriba que cierro con llave. También tengo una de calibre doce y una Mágnum del 357. Cargadas las dos. Son para los cabrones de dos patas que entren en mi propiedad sin autorización. Gwen es muy buena tiradora. Probablemente mejor que yo.

—Bien, recuerda que sólo hay que disparar a los malos. Otra cosa, ¿algún viaje en perspectiva?

—Sólo una remesa de caballos que vamos a llevar a Kentucky dentro de unos días. Voy a ir con Strait y alguno de los chicos.

—Habla con Bates, quizá considere que haya que cambiar el plan.

—Haz caso a Web —dijo Nemo, quien se acercó a ellos después de haber escuchado parte de la conversación—. Alguien va a por ti, Billy. Quédate para que los federales puedan protegerte.

—¿Te vas a poner blando conmigo, Nemo? —preguntó Billy.

—No, joder. Pero si te ocurre algo, me quedo sin trabajo.

—¿Esperas alguna visita extraordinaria? —inquirió Web.

Billy negó con la cabeza.

—La mayoría de nuestros amigos de Richmond han dejado de serlo. Quizá sea sobre todo por culpa nuestra. Somos muy reservados.

—¿Qué sabes de esos vecinos que tenéis, los de Southern Belle?

—Sólo que son más groseros que yo. —Se echó a reír—. A decir verdad, no sé mucho de ellos. No participan en las actividades locales; bueno, yo tampoco, pero sólo he visto a quien supongo que es el capataz.

—¿Qué me dices del helicóptero y del avión?

Billy hizo una mueca.

—Eso sí que me toca los cojones. Asustan a los caballos.

—¿Con qué frecuencia los ves salir del avión y del helicóptero?

Billy reflexionó al respecto.

—Muy a menudo.

—¿Qué es muy a menudo? ¿Cada noche, cada semana?

—Todas las noches no, pero más de una vez a la semana.

—¿Cada vez van en la misma dirección o en direcciones distintas?

—Distintas. —Miró a Web con cautela—. ¿En qué estás pensando?

Web esbozó una sonrisa forzada.

—Estoy pensando que vigilaremos el avión de los vecinos.

Cuando Romano y Web regresaron a la cochera, Web le contó lo que había hablado con Billy.

—¿Crees que pasa algo raro en la finca contigua? —preguntó Romano.

—No, creo que vuela algo raro.

—Bueno, ha sido una velada interesante. La verdad es que esa afición de Canfield es un tanto espeluznante.

—Sí, no es precisamente como dedicarse al aeromodelismo. ¿Y qué opinas de Nemo Strait?

—Me parece un tipo bastante normal.

—Me sorprendió un poco que lo invitaran a la mansión a cenar con el jefe.

—Bueno, piensa en los orígenes de Billy. Probablemente se sienta más cómodo en compañía de gente como Strait que de un puñado de ricos de esos que se dedican a la caza del zorro.

—Probablemente tengas razón. De todos modos, Gwen no parecía tenerle gran aprecio.

—Es más refinada. Él es un tanto ordinario —dijo, y añadió con una sonrisa—: Como yo. No sabía que era católica.

—Sí, tiene una pequeña capilla en el bosque a la que va todos los días a rezar por su hijo, el que yo dejé morir.

—Tú no dejaste morir al muchacho, Web. Vamos, si los negociadores os hubieran dejado hacer vuestro trabajo desde un buen principio, probablemente el muchacho estaría vivo.

—Mira, Paulie, esta noche tengo una cita, así que te ocuparás tú solo. No voy a marcharme hasta dentro de un rato, así que puedes echar una cabezadita. Bates va a tener agentes en las entradas posterior y frontal durante un par de días, de modo que en realidad no estarás solo.

—Una cita, ¿qué tipo de cita?

—Te lo contaré todo cuando vuelva.

—¿Tiene algo que ver con lo que le pasó al Equipo Charlie?

—Quizá.

—Maldita sea, Web, me gustaría estar informado.

«Y a mí me gustaría que me cubrieras las espaldas.»

—No puedo abandonar mi anterior puesto. Estaré de vuelta antes de la mañana. Yo, en tu lugar, patrullaría un poco por aquí. No me extrañaría que Canfield quisiera ponernos a prueba e intentara salir, aunque creo que el hecho de que esta mañana estuviera a punto de morir le ha dado un buen susto. Sin embargo, no podemos correr ese riesgo.

—No te preocupes, me dedicaré a fisgonear.

—Si ves ese avión o helicóptero alzando el vuelo, anótalo. Además he traído unas cuantas gafas de visión nocturna, tú mismo.

—Esos malditos artilugios siempre me producen dolor de cabeza y además joden la profundidad de campo.

—Sí, bueno, recuerda que los «malditos artilugios» nos salvaron el pellejo en Kosovo.

—Vale, vale. Voy a acostarme.

—¿Paulie?

—¿Sí?

—El hecho de que no estemos rodeados por una panda de tíos armados hasta los dientes no quiere decir que no haya peligro. Extrema las precauciones. No quiero perder a nadie más, ¿de acuerdo?

—Oye, Web, recuerda con quién estás hablando.

—Tú y yo hemos tenido nuestras diferencias a lo largo de los años, pero hemos salido juntos con vida de muchos aprietos. Me gusta tenerte cerca. ¿Me has oído?

—Ay, Web, sí que me quieres.

—Eres un capullo, Romano, ¿lo sabías?

33

Cuando Web llamó al número que figuraba en el trozo de papel que le había dado Gran F, le respondió una voz de hombre. Web no sabía si era la de Gran F, puesto que el primer encuentro con el gigante había sido un intercambio de golpes más que de palabras. Web tenía la esperanza de que Gran F fuera quien estaba al otro lado de la línea porque la voz era alta y aguda. Menuda broma le había gastado Dios al otorgarle un sistema de tuberías chirriante. No obstante, una voz ridícula no disminuiría el temor de dar unos pasos de baile con ese roble andante. Gran F no golpeaba con las amígdalas.

El hombre le había dicho a Web que condujera en dirección norte por el puente Woodrow Wilson exactamente a las once de la noche. Web recibiría instrucciones adicionales en ese momento; a través del teléfono móvil, imaginó Web. Su número no figuraba en el listín pero al parecer no quedaba nada sagrado en nuestros días.

Por supuesto, Web había tenido el buen criterio de plantearse si debía ir.

—Si quieres saber lo que le pasó a tus compañeros, vendrás —había dicho el hombre—. Y si quieres seguir con vida —añadió. Como era de esperar, la línea de teléfono había enmudecido acto seguido.

Web pensó en bajar rápidamente a Quantico y agarrar un rifle Barrett del 50 y unos dos mil cartuchos de munición del depósito de armas. Una de las grandes ventajas del ERR era que compraba las armas más modernas para sus agentes y luego les dejaban hacer lo que quisieran con ellas. Era como una tienda de golosinas enorme para los aficionados a la violencia. No obstante, al final decidió que incluso entre los aficionados a las armas del ERR levantaría algunas sopechas el sacar una del 50 y suficiente munición para ametrallar una ciudad entera. Por un momento pensó en llamar a Bates para que le hiciera de refuerzo, pero entonces se dio cuenta de que aquello podría traer consecuencias desastrosas. Gran F no había sobrevivido en las calles tanto tiempo ni por ser estúpido ni por tener demasiada suerte. Sin duda olería a los chicos del FBI y eso no haría más que cabrear al pez gordo. Pero si tenía información sobre quién había tendido una trampa a su equipo, Web debía descubrirlo.

Había conducido más allá de la entrada del rancho Southern Belle. La verja no estaba tan ornamentada como la de East Winds. Además, Web observó que las puertas estaban cerradas con llave. Le pareció ver a un hombre patrullando cerca de la entrada, pero no estaba seguro, ni tampoco de si el hombre iba armado. Un lugar interesante. Mientras lo pensaba, oyó el helicóptero por encima de su cabeza. Levantó la mirada, lo vio pasar y luego desapareció de su vista. Quizás aterrizara en Southern Belle. Quizás unos terroristas acabaran de aterrizar en Estados Unidos. Web bromeaba pero sólo a medias.

Se detuvo para llenar el depósito de gasolina. Pensó en llamar a Claire pero cambió de idea. ¿Qué iba a decirle? ¿A lo mejor nos vemos mañana o a lo mejor no?

Hacía tiempo que el puente Woodrow Wilson era el peor cuello de botella del sistema de carreteras interestatal de Estados Unidos. A la mayoría de los conductores de la localidad les daba un ataque de rabia cuando oían mencionar el nombre del vigésimo octavo presidente del país. Menudo legado, pensó Web, para una vida de servicio público desinteresado. Mejor que bautizaran con tu nombre una zona de descanso. Por lo menos así la gente te recordaría con relación al tan necesario alivio corporal.

Entró en el puente viejo y consultó su reloj. Faltaban treinta segundos para las once. Aquella noche el Potomac estaba tranquilo, no se apreciaba tráfico fluvial. La gruesa línea de árboles del lado de Maryland contrastaba bruscamente con el brillo de las luces de Old Town Alexandria, en el lado de Virginia, y la cúpula del Capitolio y los monumentos nacionales al norte. Pasó el punto medio del puente. El tráfico era relativamente fluido. Un coche de la policía del estado de Virginia pasó junto a Web en dirección contraria. A Web le entraron ganas de gritarle: «Eh, ¿quieres ser mi amigo esta noche? Tengo una cita con el doctor Muerte.»

Web recorrió el puente y siguió conduciendo. Miró a su alrededor. Nada. Y eso que habían insistido en la puntualidad. En ese momento le asaltó un pensamiento escalofriante. ¿Le estaban tendiendo una trampa para pegarle un tiro? ¿Había por ahí un francotirador apuntándole en ese mismo instante por la mira? ¿Estaba calculando la compensación de la caída, cargando el cartucho, colocando el dedo en el gatillo, exhalando un último suspiro antes de disparar? ¿Era Web London el mayor idiota del mundo?

—La siguiente a la derecha. ¡Ahora mismo!

La voz parecía proceder de todas partes y de ninguna al mismo tiempo y sorprendió tanto a Web que casi le hizo ir a doscientos por hora.

—¡Mierda! —exclamó Web mientras hacía que el coche cruzara tres carriles de tráfico al tiempo que los cláxones le pitaban y los coches le esquivaban. Pasó tan apurado que el sedán rozó la barrera de seguridad.

Web se encontró entonces en la rampa de entrada de la Interestatal 295.

—Vaya a D.C. —dijo la voz en un tono más calmado.

—Maldita sea, la próxima vez avíseme con un poco más de antelación —dijo Web. Acto seguido se preguntó si el tipo le oiría. También se planteó cómo se las habrían ingeniado para colocar un dispositivo de comunicación en su coche sin ser vistos. Web condujo en dirección norte hacia la capital. Respiraba hondo para tranquilizarse. En aquel preciso instante deseaba no volver a oír nada nunca más sin ver el rostro del que surgía la voz.

—Siga conduciendo —dijo la voz—. Ya le indicaré dónde girar.

Para que luego hablen de los deseos de uno. No se trataba de Voz de Pito. Quizá se tratara de Gran F. Parecía una voz de Gran F, pensó Web, puesto que era profunda, categórica, amenazadora. Lo imaginó.

Web estaba muy familiarizado con la zona en la que se encontraba. El inconveniente de aquel tramo de autopista solitaria y flanqueada de bosques era que si a uno se le estropeaba el coche, cuando volvías a recogerlo ya no estaría allí. Y si permanecías junto al coche averiado, tampoco regresarías. Los muchachos que operaban por esa zona eran los maestros de los delitos graves. Por esa zona también se encontraba el St. Elizabeth's, el hospital psiquiátrico para maníacos famosos como John Hinckley y quienes intentaban cruzar la verja de la Casa Blanca, entre otros.

—Tome la siguiente salida —indicó la voz—. Gire a la izquierda en el semáforo, continúe dos kilómetros y gire a la derecha.

—¿Lo tengo que escribir o me lo va a enviar por fax? —inquirió Web de forma espontánea.

—¡Cállese la boca!

Bueno, por lo menos le escuchaban. Y le veían. Miró por el retrovisor, pero vio muchos faros detrás de él. No obstante, si había algo que Web no soportaba era un criminal sin sentido del humor. Tomó nota para su archivo de venganzas personales. Siguió las indicaciones y enseguida se encontró en el medio de las zonas más turbias del noreste y el sureste de D.C., que limitaban con el río Anacostia y donde habían asesinado a más de mil personas en los últimos siete años. En comparación, al otro lado del río, en lo que parecía encontrarse a varios universos de distancia, estaba la próspera zona del noroeste que había sufrido poco más de veinte homicidios en el mismo período de tiempo. Sin embargo, existía una especie de equilibrio perverso, porque el cuadrante del noroeste sufría muchos más robos y hurtos por un motivo bien sencillo: los pobres raras veces tenían cosas que los delincuentes quisieran robar mientras que a los ricos, por supuesto, les sobraban. El Centro Histórico Nacional en honor a Frederick Douglas se encontraba por la zona que Web estaba recorriendo e imaginó que el Martín Luther King, Jr. de su tiempo no estaría demasiado satisfecho con el modo cómo habían salido las cosas.

Web recibió más instrucciones y enseguida se encontró bajando por un camino de tierra que serpenteaba por entre los árboles y un denso follaje. Web ya había estado por allí con anterioridad. Era uno de los vertederos preferidos de los habitantes de las zonas más violentas de la ciudad, que no querían incordiar a sus vecinos con trozos de cuerpo. De hecho, el ERR había realizado un par de operaciones por allí. Una había sido modélica, no habían disparado ni un solo tiro. En la otra se habían producido tres muertes. Todas ellas de tipos malos que se negaban a aceptar que los del ERR eran muy superiores a ellos, y habían cometido la estupidez de sacar las armas en vez de levantar las manos. Tal vez pensaran que habría unos cuantos disparos de advertencia. Bueno, el manual del ERR no incluía ningún capítulo sobre disparos de advertencia. Siempre que Web presionaba el gatillo, alguien acababa muerto.

—Detenga el coche y salga —dijo la voz—. Deje su arma en el asiento delantero.

—¿Cómo sabe que llevo un arma?

—Si no lleva es que tiene un cerebro de mosquito.

—Y si dejo el arma, ¿qué tipo de cerebro tengo exactamente?

—Si no la deja, no le quedará ni el cerebro.

Web dejó el revólver en el asiento delantero, salió del coche lentamente y miró a su alrededor. Olía el agua del río y no resultaba demasiado reconfortante. Los escasos movimientos que escuchaba no parecían proceder de Gran F sino que eran más propios de ardillas, zorros o delincuentes de poca monta en busca de su presa. En aquel instantem, a Web le hubiera gustado tener escondido a Romano en el maletero. «Vaya, ahora se te ocurre.»

Se puso un tanto tenso al oírles venir. Cuando aparecieron por entre los árboles, Web distinguió a tres hombres corpulentos en fila. Todos eran más altos que él y todos le apuntaban con sus armas. En realidad Web no tenía la vista fija en ellos puesto que el hombre más voluminoso estaba justo detrás. Web estaba seguro de que aquella noche vería al gigante y, aun así, cuando distinguió a Gran F se quedó desconcertado. Llevaba una ropa distinta pero conservaba el estilo Club Med. Sin embargo, esta vez no iba con la camisa abierta. Todas las heridas que el gigante criminal le había inflingido a Web parecían producirle un cosquilleo en presencia del hombre, como si se desencadenara alguna interacción química. Junto a Gran F había un tipo blanco, lo cual sorprendió a Web hasta que reconoció a Clyde Macy en persona. Al natural se asemejaba más a un esqueleto que en foto. Web recordó la conversación con Bates cuando habían especulado sobre quién podía ser el infiltrado de Cove. ¿Macy? ¿Peebles? Macy no parecía un chivato, pero a saber. Mientras Web observaba al hombre, advirtió que el traje que llevaba Macy y el auricular le hacían parecer del Servicio Secreto. Quizás en el pasado hubiera ambicionado entrar en el servicio, hasta que se dio cuenta de que le gustaba más matar a gente. A Peebles no se le veía por ninguna parte. Al parecer, a la nueva generación de empresarios criminales no les gustaba ensuciarse las manos.

Los tres subalternos rodearon a Web mientras Gran F observaba. Macy se hizo a un lado. Parecía alerta y relajado al mismo tiempo. Sin embargo, era fácil ver que el hombre se tomaba el trabajo muy en serio. Para Web, los demás hombres parecían un poco aburridos, como si fuera el equipo universitario llamado para un enfrentamiento con los juveniles. Bueno, era toda una inyección de confianza. Uno de los hombres extrajo un pequeño objeto del bolsillo del abrigo que parecía un micrófono. Recorrió el cuerpo de Web con el dispositivo arriba y abajo mientras otro hombre comprobaba que no llevara armas. No encontró nada pero le confiscó el teléfono móvil. Otro de los hombres, armado con lo que Web sabía que era una vara electrónica diseñada para descubrir dispositivos de vigilancia impertinentes, hizo el repaso del coche de Web. La vara sólo sonó una vez, cerca del asiento trasero, pero al hombre no pareció preocuparle. Se volvió y asintió con la cabeza hacia Gran F. Web comprendió aquel intercambio silencioso: el hombre había detectado el dispositivo electrónico que habían colocado en su coche. El hombre dio un paso atrás y Gran F se acercó y apoyó todo su peso en el capó del coche de Web. A Web le dio la impresión que escuchaba los gruñidos del vehículo y ¿quién podía culparle?

—¿Qué tal la cara?

La voz del hombre no era ni chillona ni brutalmente profunda. Era normal, tranquila, no intimidante. No era la voz anónima del interior del coche. Podría haber estado hablando con su corredor de Bolsa, si tuviera corredor de Bolsa, claro está.

—Lo único que resultó herido fue mi orgullo. Supongo que eres Gran F.

El hombre sonrió al oír sus palabras y luego se dio una palmada en el muslo. A Web le sonó como el chasquido de un trueno de mal agüero. Aquel hombre lo hacía todo a lo grande. Los otros hombres también se rieron, sin duda le seguían el juego al jefe.

—Mierda. Gran F. Pues claro que soy Gran F, ¿no te jode? Eso es bueno. ¿No es bueno, muchachos?

Todos asintieron y dijeron que era bueno. Bueno de cojones. Macy ni siquiera esbozó una sonrisa. Se limitó a quedarse allí y a mirar a Web como si quisiera que se muriera allí mismo.

—Porque si hubiera algo más grande que tú acercándose, creo que no querría conocerlo. —Web sabía que siempre estaba bien centrarse en el lado bueno del malo de la película, demostrarle que no tenía miedo. A los criminales violentos les encantaba el temor. Y también les encantaba cortarle el cuello a los miedicas.

Gran F volvió a reír. No obstante, cuando se puso serio, los demás también le siguieron la corriente. Al instante, advirtió Web.

—Tengo un problema.

—Estoy aquí para ayudar. —Web avanzó ligeramente. En aquel momento podía deshacerse de dos de los tipos con un par de patadas. Gran F era harina de otro costal, como asestarle puñetazos al monte Rushmore, aunque siempre había que contar con la ventaja de atacar primero a los que ofrecieran la menor resistencia.

—Alguien me está tendiendo una trampa para que cargue con algo que no he hecho.

—¿Sabes lo que le ocurrió a mi equipo?

—No me vengas con gilipolleces, ¿vale? —Se enderezó, destacaba entre todos los demás y la expresión de su mirada hizo que a Web le empezara a latir el corazón a toda velocidad—. ¿Cuántos años dirías que tengo?

Web lo repasó con la mirada.

—Veintidós.

—Treinta y dos —declaró Gran F con orgullo—. Y eso en años de negro. —Se volvió hacia Macy—. ¿Cuántos serían en limpios años de blanco?

—Ciento veinte —respondió Macy en un tono de sabihondo, como si fuera el único doctorado de un grupo tan insigne.

Gran F volvió a mirar hacia Web.

—Tengo ciento veinte años. Soy un viejo en un negocio de jóvenes. No necesito esta mierda. Díselo a los tuyos. Que no vayan siguiéndome el culo porque yo no he sido.

Web asintió.

—En ese caso tengo que saber quién ha sido. De lo contrario, no garantizo nada.

Gran F volvió a apoyarse cómodamente en el coche y sacó una Beretta de nueve milímetros, con un supresor para la boca del cañón, advirtió Web. La situación no pintaba demasiado bien.

—Hay mensajeros a patadas —afirmó Gran F, observando a Web con tranquilidad.

—Significará mucho más viniendo de mí. He invertido mucho en esto. —Web dio un pequeño paso adelante, fingiendo cambiar el apoyo del peso. Así podía controlar a Gran F girando y propinándole un puntapié justo en el cerebelo. Si el hombre era capaz de esquivar ese golpe, entonces ya lo podían coronar rey del mundo—. Y quizá pienses que me debes una por salvar a Kevin. Teniendo en cuenta que es tu hermano pequeño y esas cosas.

—No es mi hermano.

Web se esforzó por no parecer sorprendido.

—¿Ah, no?

—Es mi hijo. —Gran F se frotó la nariz, tosió y luego escupió—. Aunque tenemos la misma madre.

Web se sobresaltó al principio pero luego miró al resto de los hombres. Obviamente ya lo sabían y parecían aceptarlo como algo normal, al menos según su versión de normalidad. No obstante, ¿por qué no?, pensó Web. ¿Qué más daba un pequeño incesto en la familia? No se podía hacer exactamente lo mismo con los desconocidos. La abuela había dicho que Kevin era un poco corto. Bueno, con ese árbol genealógico un tanto retorcido, a Web ya no le extrañaba.

—Espero que Kevin esté bien —dijo Web.

—El chico no tiene nada que ver contigo —replicó Gran F.

De acuerdo, pensó Web, así que Kevin significaba algo para ese hombre. Aquélla era una información valiosa.

—¿Quién se cargó a mi equipo? Dímelo, y que cada uno siga su camino. Sin resentimiento.

—No es tan fácil.

—Sí que lo es —apuntó Web—. Lo único que quiero son nombres.

Gran F observó su pistola.

—¿Sabes cuál es mi mayor problema?

Web miró la Beretta y se preguntó si él era el mayor problema de Gran F. Se preparó para atacar.

—Hay demasiada competencia. No consigo conservar a los buenos. —Lanzó una mirada a sus hombres—. Toona, muchacho, adelante y al centro.

Web observó mientras uno de los hombres daba un paso adelante. Medía un metro noventa, era ancho de espaldas y vestía lo que a Web le pareció un traje muy caro. En el cuello, muñecas y dedos llevaba plata y oro suficientes como para montar un negocio de intercambio de metales preciosos.

—¿Crees que para pillar a este tipo te basta sólo con las manos, Toona?

Toona sonrió con suficiencia.

—Para este tipo no necesito las dos manos.

—Eso no lo sé —dijo Gran F—. Por cómo me atizó, sé de qué va la movida. Bueno, si crees que puedes, deja el arma y ponte manos a la obra.

Toona cogió el arma que llevaba en la cinturilla y la dejó en el suelo. Por lo menos tenía quince años menos que Web y era mucho más corpulento. Aun así, se movía con tal soltura que Web tuvo la certeza de que el hombre era tan ágil como fuerte. Y cuando Toona adoptó una postura clásica de las artes marciales, Web se dio cuenta de que la cosa iba en serio y que ni siquiera se había recuperado de la noche anterior.

Web alzó la mano.

—Mira, no hace falta que recurramos a esto. Pensáis que me podéis dar una paliza y yo pienso que os puedo dar una paliza. Considerémoslo un empate.

Gran F negó con la cabeza.

—Vaya, vaya con este tío... O luchas o te llevas la bala.

Web observó al hombre y su pistola, lanzó un suspiro y alzó los puños.

Los dos hombres se pusieron a dar vueltas uno alrededor del otro durante unos instantes. Web evaluó a su contrincante y advirtió ciertas debilidades, y otra cosa que podría resultar útil. Intentó darle una patada y Toona le agarró la pierna rápidamente durante unos instantes antes de retorcérsela y hacerle caer. Web se levantó con rapidez y recibió un tremendo puntapié lateral en el antebrazo. Pero mejor en el brazo que en la cabeza. Los dos hicieron un amago y esquivaron los golpes unas cuantas veces antes de que Toona alcanzara a Web con un giro en el aire. Lo hizo caer otra vez pero se levantó enseguida.

—¿Ésta es toda la fuerza que tienes, Toona? —le provocó Web—. Me sacas más de veinte kilos y tienes quince años menos. Yo en tu lugar, ya te habría hecho picadillo.

A Toona se le borró la sonrisa de los labios y golpeó a Web con un derechazo a la antigua, aunque a cambio se llevó un fuerte izquierdazo en toda la cabeza. A Toona no parecía gustarle que le marcaran la cara, algo de lo que Web se percató enseguida.

—Eh, Toona, no se acaba el mundo porque tengas la cara partida. Sin mujeres que se gasten tu sueldo, podrás ahorrar un poco para la jubilación.

—Estás cayendo muy bajo, tío —dijo Toona—. Y ahí es donde te vas a quedar.

—No por un gallina como tú, desde luego.

Toona se lanzó furioso contra Web y le alcanzó con un fuerte puñetazo en el riñón. Web estuvo a punto de desplomarse por el golpe, pero sujetó a Toona por la cintura y empezó a apretarle. Toona le propinó dos golpes más en la cabeza pero Web aguantó el tipo. Al igual que una serpiente constrictora, cada vez que Toona inspiraba, Web le apretaba un poco más, impidiendo que el diafragma del hombre recuperara la posición original.

Más golpes en la cabeza y más apretones y Web empezó a sentir que el hombretón flaqueaba, los jadeos le parecían agradables. Acto seguido, Web aflojó la presión un poco, lo suficiente para que Toona apretara a Web, que es justamente lo que Web quería. Los dos hombres se giraron el uno al otro, resoplando, sus respectivas gotas de sudor fundiéndose a la vez que sus cuerpos.

Toona intentó deshacerse de Web pero éste lo agarraba con fuerza porque tenía otros planes. Al final, Toona hizo girar a Web en redondo y éste salió disparado. De hecho, dio una voltereta hacia delante, controlada, agarró la pistola que Toona había dejado en el suelo, se puso en pie, embistió, agarró a Toona por el cuello para inmovilizarlo y le apuntó con la pistola en la cabeza, todo en un abrir y cerrar de ojos.

—Tienes que conseguirte un sistema de seguridad mejor —le dijo Web a Gran F—. ¿Verdad que sí, Toona?

Gran F levantó la pistola y disparó. El disparo alcanzó a Toona en plena frente. El hombre se desplomó y murió sin emitir un solo sonido. Web sabía que la mayoría de los disparos en la cabeza tenían esa consecuencia, la capacidad de la víctima para hablar se esfumaba antes de que el cerebro pudiera procesar el grito. Las balas y la carne eran como las ex mujeres. Nunca combinaban demasiado bien.

Web contempló a Gran F mientras éste se colocaba la pistola de nuevo en la cinturilla como si acabara de deshacerse de un topo fastidioso en un huerto. Los hombres de Gran F estaban tan perplejos como Web. Estaba claro que la liquidación de Toona sólo entraba dentro de los planes de Gran F. Sin embargo, Macy seguía allí de pie, apuntando a Web con el arma; la muerte violenta y repentina de un colega no parecía interesarle lo más mínimo. Era frío y profesional, allí de pie con la clásica postura de Weaver para disparar, con la mirada fija en el arma que Web tenía en la mano. Web se preguntó dónde lo habrían entrenado. Probablemente en algún equipo de paramilitares formado por ex buenas personas que, por algún motivo, se habían pasado al lado oscuro.

Teniendo en cuenta que ya no tenía rehén y que le apuntaban numerosas pistolas, Web dejó caer el arma.

—No encuentro buenos ayudantes—le dijo Gran F a Web—. A mis hombres les doy dinero, ropa, coches, putas. Les enseño los entresijos, el funcionamiento del negocio, porque yo no voy a pasarme la vida metido en esta mierda. Cambiaré de vida, me perderé hasta que la diñe. ¿Y crees que así son leales? Pues no. No hacen más que morder la mano que les da de comer. Toona haciendo de las suyas a mis espaldas y se cree que no me voy a enterar. Quedándose con pasta y con droga constantemente. Y me toma por imbécil y se piensa que no controlo el negocio. Pero ésa no es la mayor estupidez que ha cometido. La mayor estupidez es utilizar la mercancía. Te metes esa mierda, y le cuentas cualquier cosa al primero que pasa. Cuando estaba colocado iba por ahí fanfarroneando delante de todo un equipo de la DEA y su culo ni siquiera se daba cuenta. Nos traicionó a todos. Conmigo no va a poder. No quiero ser un cerebro del narcotráfico que se dedica al negocio desde el interior sin ninguna posibilidad de volver otra vez al exterior. Ni hablar, tío. De ninguna manera. Yo no voy a acabar así. Ya me he comido unas cuantas balas antes de llegar a las casas de los ricachones blancos.

Lanzó una mirada aguda a sus hombres.

—¿Vais a dejar a Toona ahí o qué? ¡A ver si mostráis un poco de respeto por los muertos, joder!

— ¿Qué cojones quieres que hagamos con él? —preguntó uno de ellos con los brazos extendidos, con expresión iracunda, aunque Web enseguida advirtió el temor que le infundía el jefe. Web estaba convencido de que Gran F también olía ese miedo. Sin duda contaba con ello para llevar su negocio. Si quería enseñar lealtad a su gente, tenía una razón harto convincente tendida en el suelo y rodeada de un charco de sangre que iba extendiéndose. Además, probablemente la eliminación de Toona había sido una advertencia para Web. A decir verdad, se sentía claramente avisado.

Gran F meneó la cabeza indignado.

—¿Tengo que deciros todo lo que tenéis que hacer como si fuerais una pandilla de niñatos o qué? Huelo a agua, igual que vosotros. Tirad a ese mamón al río. Y atadle algo, para que no flote.

Los hombres recogieron con cuidado a su compañero caído, quejándose todo el rato por si se manchaban sus elegantes trajes de Versace con la sangre de Toona. Macy permanecía exactamente en el mismo lugar. Web pensó que posiblemente pertenecía al círculo de los más allegados y que, por consiguiente, se le permitía quedarse a disfrutar de futuras oportunidades.

Cuando los demás desaparecieron por el camino, Gran F observó a Web.

—¿Ves a lo que me refiero cuando hablo de «buenos ayudantes»? No hay manera. Todo el mundo quiere hacerse rico de la noche a la mañana. Nadie quiere trabajar por nada. Quieren empezar por arriba. Todos quieren empezar por arriba. Yo empecé a los ocho años pasando bolsitas de polvo blanco por un dólar. Trabajé como un capullo durante más de treinta años y ahora estos tíos se creen que se merecen hasta mi último centavo porque llevan haciendo esto un par de meses. ¡La nueva economía, y una mierda!

Si Gran F hubiera estado sentado en una celda de prisión de máxima seguridad vestido como Hannibal Lecter y Web se encontrara a salvo al otro lado de los barrotes, Web habría empezado a troncharse de risa ante aquella invectiva capitalista. Sin embargo, en aquel momento lo único que se preguntaba era si Gran F acabaría centrándose en el hecho de que Web era testigo ocular de un homicidio.

—Toona debía de haberse cargado a cinco o seis. Así que te acabo de ahorrar la molestia de freírle el culo. Deberías darme las gracias.

Web no se las dio, no dijo nada. En otra situación habría hecho algún comentario ingenioso, pero el hecho de presenciar el asesinato a sangre fría de otro ser humano, por mucho que lo mereciera, no le incitaba a mostrarse chistoso.

—Supongo que todo el mundo tiene problemas. —Gran F se secó un ojo—. Pero a mí me ha tocado una ración extra. Tengo a la familia detrás de mí todo el puto día y todos quieren pasta. Tengo una tía abuela de noventa años a la que ni siquiera conocía y aparece para decirme: «Francis, hijo, ¿te puedes encargar de mi vista? Tengo cataratas, querido, ya no veo para jugar al bingo. Haz algo, ¿quieres? Yo te hacía el caballito de pequeño. Te cambiaba los pañales llenos de mierda.» Y saco algo de pasta y se la doy. Y vuelve al cabo de una semana diciendo que «la dichosa gata tiene problemas femeninos». —Miró a Web con incredulidad—. Una puta gata con problemas femeninos. «Y sólo serán mil dólares, Francis», me dice, «con eso bastará, hijo, y recuerda que yo te limpiaba el culo lleno de mierda mientras tu madre estaba en el río o vete tú a saber dónde, pinchándose.» ¿Y sabes lo que hago? Saco diez de los grandes y se los doy a ella y a su gata.

—¿La F es de Francis?

Gran F sonrió. A Web le pareció que por primera vez veía indicios del pequeño Kevin en aquel adulto criminal y grandote.

—Sí, ¿qué te creías que era?

Web negó con la cabeza.

—Ni idea.

Gran F sacó una pequeña caja, desenvolvió una pastilla y se la introdujo en la boca. Le ofreció una a Web, quien declinó la oferta.

—Tagamet, Pepcid AC, Zantac —dijo Gran F—. Me las trago como si fueran cacahuetes. Me hicieron un análisis gastrointestinal. Tengo el estómago agujereado como si me lo hubiera recorrido un topo. Esta mierda me está matando, no hay duda.

—¿Y por qué no te jubilas?

—Fácil de decir pero no tan fácil de hacer. No es que me vayan a dedicar una comida de despedida y me vayan a regalar un reloj de oro en el trabajo precisamente.

—Siento decírtelo, pero la pasma nunca deja de buscar.

—Con la pasma me apaño. Pero hay ciertos tipos en este negocio que me están dando por culo. Piensan que si quieres dejarlo los vas a dejar en bragas. No entienden por qué alguien iba a querer dejar una vida como la mía. La pasta sale por las orejas, pero el problema es que hay que esconderla y hay que moverse continuamente, y siempre te preguntas si alguien, como por ejemplo tu zorra o tu hermano o la tía abuela a la que le gustan los gatos va a perforarte el cerebro de un disparo mientras duermes. —Sonrió—. No te preocupes por mí, no me pasará nada. —Sacó otra pastilla y miró a Web directamente a los ojos—. ¿Eres uno de los tipos del ERR?

—Sí.

—He oído decir que estáis de mierda hasta el cuello. Cuando me diste la otra noche, joder, qué daño. No es muy normal, pequeño, te lo tengo que decir, no es muy normal. Debéis de ser una mala raza.

—En realidad somos encantadores cuando se nos conoce bien.

Gran F no esbozó ninguna sonrisa ante el comentario de Web.

—¿Cómo es que no estás muerto?

—Mi ángel de la guarda.

Entonces Gran F sonrió abiertamente.

—Ya me dirás dónde encontrar alguno.

Gran F cambió de postura mientras la conversación iba por otros derroteros.

—¿Quieres saber cómo coño llegaron esas armas al edificio?

Web se puso rígido.

—¿Tienes ganas de prestar declaración?

—Sí. Iré al juzgado. Tú ve delante y espera sentado.

—Vale. ¿Cómo llegaron allí las armas?

—¿Sabes lo viejos que son esos edificios?

Web entrecerró los ojos.

—¿Viejos? No. ¿Por qué?

—De los años cincuenta. Yo no soy suficientemente mayor para recordarlo pero mi madre sí lo era. Ella me lo contó.

—¿Lo era?

—Exceso de coca. Y no precisamente el refresco. Sí, los años cincuenta. Piensa, ERR, piensa.

—No lo pillo.

Negó con la cabeza y dirigió una mirada a Macy antes de volver a mirar a Web.

—Y yo que pensaba que todos los putos federales habían ido a la universidad.

—Hay universidades mejores que otras.

—Si no se puede entrar el material por el tejado ni por la puerta delantera, ¿qué te queda?

Web reflexionó unos instantes hasta que cayó en la cuenta.

—Por debajo. Los años cincuenta. La Guerra Fría. Los refugios antiaéreos subterráneos. ¿Túneles?

—Joder, al final pareces listo.

—Pero con eso tampoco sé muy bien por dónde continuar.

—Ése es tu problema. Ya te he dado algo, ahora vete a contarle a tus jefes que dejen de pisarme los talones. No tengo ninguna razón en el mundo para cargarme a un puñado de agentes federales. Vuelve y asegúrate de que lo entienden claramente. —Hizo una pausa y frotó unas cuantas hojas de pino con su enorme pie y luego miró a Web fijamente—. No estaréis tomándome el pelo y tendréis a Kevin, ¿verdad?

Web se planteó cuál era la mejor forma de responder a esa pregunta. Por irónico que pareciera, y en vista de la compañía de la que disfrutaba en aquel momento, decidió que lo mejor era decir la verdad.

—No tenemos a Kevin.

—Mira, no me fío ni un pelo de la pasma local. Demasiados colegas la palman cuando la pasma local hace acto de presencia. Aunque los federales no son santo de mi devoción, vosotros no acostumbráis a matar a la gente así como así.

—Gracias.

—Así que, si no intervinieran otros factores, si vosotros tenéis a Kevin, entonces sé que no le pasará nada. Y a lo mejor sólo vais a aferraros a él hasta que pase esta tormenta.

Por la forma como el hombre le miraba, casi de soslayo, Web sabía que Gran F deseaba con todas sus fuerzas que Kevin estuviera bajo la custodia del FBI, donde podía considerarse que estaba a salvo.

—Ojalá lo tuviéramos, pero no es así. Estoy jugando limpio contigo. —Acto seguido añadió—: Sin embargo creo que Kevin podría haber estado involucrado de alguna manera.

—¡Gilipolleces! —bramó Gran F—. Es un niño. No ha hecho nada. No va a ir al trullo, de ninguna de las maneras. Kevin no.

—No he dicho que supiera lo que estaba haciendo. Tienes razón, no es más que un niño, un niño asustado. Pero sea quien sea el que se lo haya llevado, está detrás de lo ocurrido. Por lo menos es lo que pienso. No sé por qué Kevin se encontraba en ese callejón, pero no estaba allí por mera coincidencia. Lo quiero tanto como tú, y quiero que esté a salvo. Lo salvé en una ocasión en aquel callejón, y no me gustaría que no hubiera servido de nada.

—Cierto, o sea que puede declarar y pasarse el resto de su vida en un programa de protección de testigos. Menuda vida.

—Al menos es vida —replicó Web.

Gran F y él se miraron fijamente durante unos segundos hasta que el grandullón apartó la vista.

—Voy a hacer todo lo posible para que Kevin vuelva sano y salvo, Francis. Te lo prometo. Pero si sabe algo, va a tener que decírnoslo. Lo protegeremos.

—Sí, seguro que sí. Hasta ahora has hecho un buen trabajo, ¿no?

Oyeron pasos de los hombres que regresaban.

—Estaría bien tener un nombre que acompañara la información sobre lo de los túneles —dijo Web, pero Gran F ya estaba negando con la cabeza.

—No tengo ninguno que darte.

Cuando los dos hombres entraron en su campo de visión, Gran F hizo una seña a uno de ellos.

—Asegúrate de que el aparato de radio del coche no funcione.

El hombre asintió, se sentó en el asiento delantero del coche de Web y disparó dos balas a la radio instalada por el Gobierno y luego arrancó el micrófono de mano. Además hizo saltar el cargador de munición de la pistola de Web, disparó la bala que estaba en la recámara contra el suelo polvoriento y se la devolvió. El otro hombre le sacó el teléfono móvil del bolsillo, lo aplastó ceremoniosamente contra un árbol y se lo devolvió a Web con una amplia sonrisa.

—Ya no los hacen tan buenos como antes.

—Tenemos que marcharnos —dijo Gran F—. Y si te estás planteando seguirme el rastro por haber disparado a Toona, piensa una cosa. —Hizo una pausa y miró con gravedad a Web—. Si en algún momento quiero verte muerto, te veré muerto. Si en algún momento quiero cargarme a alguno de tus amigos, me lo cargaré. Si tienes una mascota y yo quiero que se muera, se morirá.

Web miró al hombre directamente a los ojos.

—No creo que quieras tomar ese camino, Francis. Seguro que no quieres.

—¿Crees que vas a darme una patada en el culo? ¿Crees que me vas a hacer daño? —Se desabotonó la camisa y se acercó a Web. Debido a su trabajo, Web había visto muchas cosas en la vida, pero nada que ni por asomo se pareciera a aquello.

El pecho y el vientre del hombre estaban llenos de heridas de arma blanca, agujeros de bala, cicatrices gruesas y de un aspecto terrible, marcas de quemaduras y lo que parecían túneles de carne desgarrada y mal curada.

A Web le dio la impresión de que se trataba de un cuadro pintado de forma colectiva por un mundo desquiciado.

—Ciento veinte en añitos de un buen blanco —declaró Gran F con voz queda. Se abrochó la camisa y a Web le pareció que su rostro reflejaba un orgullo obvio por el hecho de haber sobrevivido a todo lo que representaban aquellas marcas. En ese preciso instante, Web no podía negar que tenía motivos para enorgullecerse.

»Si me vas a perseguir —prosiguió Gran F—, más vale que traigas algo para hacer un buen trabajo. Y aun así te cortaré la polla y te la meteré por la boca.

Cuando Gran F se volvió, Web tuvo que reprimirse para no subirse a la espalda del hombre. No era el momento más adecuado para zanjar el asunto, pero no podía dejar la cosa así, sin más.

—Supongo que estás preparando a Kevin para que herede tu imperio —dijo alzando la voz—. Tu hermano-hijo. Estoy seguro de que está muy orgulloso de ti.

Gran F se volvió.

—Te he dicho que Kevin no es asunto tuyo.

—Hablamos mucho en aquel callejón. Me contó un montón de cosas. —Era un farol, pero estaba todo calculado, si es que Web captaba bien el mensaje. Quienquiera que había hecho desaparecer a Kevin podía ser enemigo de Gran F. Si aquél era el caso, entonces quizá no fuera tan mala idea enfrentarlos. Web estaba pensando que Gran F era muy capaz de mentir y negar su implicación, pero eso no significaba que el capitalismo callejero no se hubiera asociado con alguien más para liquidar al Equipo Charlie. Si ése era el caso, Web los quería a todos. A todos.

Gran F se acercó a Web y lo miró de arriba abajo, como si calibrara sus agallas o su estupidez.

—Si quieres recuperar a Kevin, espero que cooperes —dijo Web. No había mencionado lo que Gran F le había dicho. Se imaginó que Gran F quería mantener entre ellos la información sobre los túneles, razón por la cual había enviado a los dos hombres a arrojar a Toona al río.

—Esto es lo que puedes esperar —dijo Gran F.

Web se las ingenió para bloquear el golpe en parte con el antebrazo, pero el impacto del enorme puño de boxeador contra su mandíbula lo lanzó sobre el capó del coche. La cabeza chocó contra el parabrisas y lo rompió.

Web se despertó al cabo de media hora, se deslizó lentamente por el capó del coche y se fue tambaleando al tiempo que se sostenía el brazo, se frotaba la mandíbula y la cabeza y soltaba juramentos. Cuando se tranquilizó, se dio cuenta de que no parecía tener rota ni la mandíbula, ni el brazo ni la cabeza y se preguntó cómo era posible. También se planteó cuántos golpes más sería capaz de soportar antes de que el cerebro se le cayera de la cabeza.

Web se giró y apuntó con la pistola al hombre que acababa de surgir de entre los árboles. El hombre apuntaba a Web con un revólver.

—Buen intento —dijo el hombre—, pero tu arma no tiene balas. —Dio un paso adelante y Web pudo verlo mejor.

—¿Cove?

Randall Cove bajó el arma y se apoyó en el coche.

—Ese tipo es realmente peligroso —dijo—. Se ha cargado a uno de los suyos, eso ha sido nuevo hasta para mí. —Miró a Web a la cara—. Mañana tendrás unos cuantos morados, pero es mejor que una visita al médico forense.

Web guardó la pistola descargada y se frotó la nuca.

—Supongo que tenías un asiento de primera fila. Gracias por la ayuda.

Cove lo miró con gravedad.

—Mira, tío, soy un compañero, secreto o no. Llevo las mismas credenciales, hice el mismo juramento, trabajo con la misma mierda que tú en el FBI. Si hubieran intentado eliminarte, habrías sabido de mi presencia. Pero no ha sido así y no he aparecido. Para que te sientas mejor, te diré que he ahuyentado a unos tipos que vinieron a husmear tu supuesto cadáver.

—Gracias, porque todavía no soy un cadáver.

—Tenemos que hablar, pero algunos de los chicos de Gran F podrían estar por aquí. Y este sitio no es seguro, ni siquiera para los agentes armados.

Web miró a su alrededor.

—¿Dónde, entonces? Se han cargado tu despachito.

Cove sonrió.

—Has hablado con Sonny, lo sé. Si el viejo Sonny Venables cree que eres de confianza, es que eres de confianza. El chico tiene un olfato increíble para la carne podrida, como el mejor de los sabuesos que tuve en el Misisipí.

—Hay mucha mierda por ahí. ¿Has estado en contacto con Bates últimamente?

—Hablamos, pero ninguno de nosotros se lo cuenta todo al otro y eso está bien. Yo sé de dónde sale Perce y él sabe de qué voy yo. —Le pasó un trozo de papel a Web—. Reúnete aquí conmigo dentro de media hora.

Web consultó su reloj.

—Estoy en una misión especial. Tengo que regresar.

—No te preocupes, no tardaré mucho. Ah, una cosa más. —Entró en el coche de Web y rebuscó durante unos instantes antes de salir con algo en la mano.

—Dispositivo de seguimiento vía satélite. Tan bueno como nuestro material —dijo Cove.

—Tienen un satélite —dijo Web—. Es un consuelo.

—También tiene un comunicador inalámbrico.

Así pues, Web había estado en lo cierto al deducir cómo le habían transmitido las indicaciones tras cruzar el puente Wilson.

Cove desconectó el dispositivo y se lo introdujo en el bolsillo.

—Las pruebas son las pruebas. Me sorprende que no se lo llevaran —añadió antes de desaparecer entre los árboles.

Suficientemente recuperado como para mantener los dos ojos abiertos a la vez y, dado que sólo veía doble en vez de triple y borroso, Web puso el coche en marcha y se alejó. Se reunió con Cove en el centro comercial de la ciudad, en el banco cercano al Smithsonian Castle. Mientras se sentaba, Web oyó una voz pero no reaccionó. Toda esa información estaba en el papel. Web supuso que Cove se ocultaba tras unos setos cercanos al banco.

—Así que Bates te dio información sobre mí.

Web asintió con la cabeza.

—Siento lo que le ocurrió a tu familia.

—Sí —se limitó a decir Cove.

—Encontré el recorte de periódico en tu casa, sobre ti y Bates.

—Eres bueno. Ese escondrijo lleva años funcionando.

—¿Por qué ocultarlo?

—Pista falsa. Alguien registra tu casa, así tienen algo que encontrar que en realidad no significa nada. Lo importante me lo guardo en la cabeza.

—¿Entonces el recorte no era más que una artimaña? ¿Nada importante?

Cove no respondió a la pregunta, y Web continuó:

—Bates dijo que estabais siguiéndole el rastro a unos traficantes importantes, que quizá fueran quienes le tendieron la trampa a mi equipo.

—Así es. Pero esa historia no está ni mucho menos acabada. Y sé que Westbrook te contó lo de los túneles. Nunca lo hubiera imaginado. Buena manera para sacar los ordenadores y entrar las armas.

—Voy a informar a Bates al respecto lo antes posible e iremos a echar un vistazo. ¿Quieres participar?

Cove no respondió y Web enseguida imaginó el motivo. Un hombre pasaba por el otro lado de la calle. Iba vestido como un mendigo, se tambaleaba ligeramente como si estuviera borracho y ambas suposiciones habrían podido ser ciertas. Sin embargo, Web no podía arriesgarse y, obviamente, Cove tampoco. Web se llevó la mano a la pistola y volvió a caer en la cuenta de que estaba vacía. Llevaba un cargador de repuesto en el maletero pero estaba estacionado a unos treinta metros de distancia y se había olvidado de coger la munición, como un idiota.

A modo de respuesta de sus pensamientos, Web notó que algo se deslizaba cerca de él por detrás del respaldo del banco. Agarró la pistola que Cove le acababa de pasar, susurró un gracias y permaneció allí sentado, con el arma junto al costado, con la boca del arma siguiendo todos los movimientos del hombre que cruzaba la calle hasta que desapareció de su vista.

—Nunca se sabe con qué gentuza se cruza uno —dijo Cove.

—Bates dijo que quizás habías estado trabajándote a uno de los chicos de Westbrook, tal vez Peebles o Macy, y que a lo mejor te habían tendido una trampa.

—Ni Macy ni Peebles eran mi contacto en el interior. Creo que mi hombre era honesto conmigo, por lo menos en su mayor parte, y que fue a él a quien le tendieron una trampa.

—En ese caso, si el tipo era sincero contigo, ¿existe alguna posibilidad de que lo utilicemos para llegar a la verdad?

—Ya no.

—¿Y por qué no?

—Porque mi contacto en el interior era Toona.

—Te estás quedando conmigo.

—Los tipos de Gran F se quedan con pasta constantemente. Lo

que te ha contado era una mentira como una casa. Mató a Toona por el pecado capital, colaborar con la pasma.

—¿Toona pensaba que había otros implicados aparte de Westbrook?

—Toona era todo músculos, aunque tenía un poco de cabeza. He trabajado con él unos seis meses. Lo trincamos en un asunto de poca importancia, pero ya había pasado cuatro años en prisión con anterioridad y no quería volver. Me contó lo de este grupo nuevo que se encargaba de parte de la distribución local de la banda y que incluso blanqueaban el dinero sucio a través de algunas operaciones legales. El servicio no era precisamente barato, pero al parecer la mayoría de las bandas estaban «contratadas», excepto Westbrook. Él no confía tanto en nadie. Pero incluso las bandas de narcotraficantes se cansan de matarse entre sí. Y la consolidación de las operaciones y el recorte de costes funciona igual en un negocio legal que ilegal. He estado investigando a este grupo en profundidad pero no he podido destaparlo. Mi identidad secreta era como hombre de contacto de un grupo de traficantes que quería cambiar sus operaciones en Arizona por las zonas rurales de Virginia. Habíamos oído hablar del grupo y yo me ofrecí para supervisar la operación. Al comienzo pensé que estaba relacionado con Westbrook, pero cuando vi lo que había, me di cuenta de que era algo importante.

—Bates me mencionó lo del Oxycontin.

—Esto es lo que lo hace especial. Creo que el producto que el grupo suministraba a los lugareños eran recetas de fármacos como el Oxy, Percocet y otros por el estilo. Bajo riesgo y un margen de beneficios extraordinario. De todos modos, Toona no se dedicaba a la parte operativa de ese negocio, pero también pensaba en él. Sería un ejemplo totalmente nuevo en el narcotráfico del distrito federal. Y el nuevo grupo no pensaba detenerse en D.C. Creo que también están distribuyendo la mercancía a lo largo y ancho de la Costa Este.

—El Oxy empezó en las zonas rurales.

—Sí, ¿has oído hablar del colocón de las Montañas Rocosas? Pues esto es el colocón de los Apalaches. Pero los Montes Apalaches se extienden casi por veinte estados, desde Alabama hasta la frontera con Canadá. Y hay un montón de espacio ahí para hacerse un hueco en el imperio de las drogas de fabricación casera a costa de las drogas legales. Por eso llamé a la OFW en cuanto me di cuenta de que la operación de ese almacén era mucho mayor que el rollo de Westbrook. Bueno, hubiera podido seguir investigando y quizás habría conseguido algo, pero corría el riesgo de que se echaran atrás. Supuse que si conseguíamos que los contables declararan, podríamos hacer caer a la banda del Oxy. Tío, ¿sabes lo que pienso cuando recuerdo esos momentos?

—¿Que era demasiado bonito para ser verdad?

—Eso mismo. —Cove hizo una breve pausa antes de proseguir—. Mira, Web, siento lo que le pasó a tus muchachos. Ni en un millón de años me habría olido la emboscada. Pero asumiré mi responsabilidad porque fue una cagada mía. Y sacrificaré todo lo que me queda, incluso mi vida, para que se haga justicia.

—Yo nunca podría hacer tu trabajo. No sé cómo podéis.

—Es curioso, estaba pensando lo mismo. Ahora ve a esos túneles y descubre cómo consiguieron introducir y sacar la mercancía. A lo mejor ves algo que te indicará quién lo hizo. No creo que sea Westbrook. Hay alguien más implicado que se está riendo a costa nuestra.

—¿Estás seguro?

—Sigo pensándolo. Sean quienes sean, están relacionados con alguien importante porque parecen ir un paso por delante de todos los demás.

—¿Relacionados con quién? ¿Con alguien del FBI?

—Tú lo has dicho, no yo.

—¿Tienes pruebas de ello?

—Mi instinto. ¿Tú le haces caso al tuyo?

—Siempre. Me imagino que te sientes como una excepción.

—¿Te refieres a que todo el mundo piensa que me he vuelto un traidor y he ayudado a liquidar a un equipo mío? Sí, últimamente se me ha pasado por la cabeza.

—No eres el único que tiene esa sensación, Cove.

—En cierto modo somos como hermanos de sangre, Web. Tachados de traidores por algo que no hicimos, y ciertas personas no quieren ni siquiera escucharnos.

—¿Por eso no quieres aparecer?

—Mira, lo cierto es que me pillaron, me pusieron en un apuro, me embaucaron, como quieras llamarlo. No soy un traidor pero la cagué, y eso, en mi trabajo, es casi tan malo como pasarse al otro lado.

—Joder, pues entonces somos hermanos de sangre porque a mí me pasó lo mismo.

—Bueno, a lo mejor los dos acabamos con vida al final de este espectáculo, ¿qué me dices?

—Lo intentaré con todas mis fuerzas.

—Mantén la cabeza baja, London, estos cabrones disparan bajo.

—Oye, Cove...

—¿Sí?

—Acepto las disculpas.

Web condujo hasta DuPont Circle. Cogió un cargador de repuesto para la pistola que estaba en el maletero y dejó el arma que Cove le había dado en la parte posterior de la cinturilla antes de tomar un taxi hasta la OFW. Ya hacía rato que Bates se había marchado a casa y Web decidió que esperaría hasta la mañana siguiente para ponerse en contacto con él. Probablemente al tipo le conviniera dormir bien una noche y esos túneles no se moverían de su sitio. En vez de buscar otro par de ruedas para el Bucar, Web decidió hacer una verdadera locura. Iría a buscar su propio coche.

El ejército de periodistas ya no estaba apostado frente a su casa, pero Web no se arriesgó. Entró en la casa por detrás, se montó en el Mach, abrió las puertas del garaje y sacó el vehículo con las luces apagadas. Esperó hasta estar calle abajo para encenderlas, luego pisó el acelerador sin dejar de mirar por el retrovisor. Nada. Se dirigió de nuevo hacia East Winds.

34

Cuando Web llegó a la cochera no encontró a Romano; incluso buscó en el interior de los coches antiguos de la planta baja por si su compañero se había acercado a alguno para admirarlo y se había quedado dormido en el interior. Eran casi las cuatro de la mañana y probablemente su compañero estuviera vigilando por fuera. Como francotirador que era, Romano estaba inquieto porque tenía demasiada energía natural, a pesar de la formación recibida para tomarse las cosas con calma y de forma metódica hasta que una situación drástica aconsejara lo contrario. No obstante, llegado el momento de actuar, casi todo el mundo dejaba que Paul Romano llevara la iniciativa. Dado que el móvil de Web no funcionaba, utilizó el teléfono de la casa para llamar a Romano y exhaló un suspiro de alivio cuando le respondió.

—¿Qué tal te ha ido la cita? —preguntó Romano.

—Aburrida. Luego te informo. ¿Por dónde andas?

—Todo estaba controlado, así que me he puesto a dar vueltas por la finca. Hay una vieja atalaya en el lado oeste. Se ve a kilómetros a la redonda.

—Lo sé; he estado allí.

—Pues es donde ahora mismo me encuentro. Me apetecía dar un paseíto.

—Eso es más parecido a una excursión, Paulie.

—Un paseo por el parque. A lo mejor te apetece venir y traer unas gafas de visión nocturna.

—¿A quién estás espiando?

—Ya verás.

Web salió de la cochera por detrás, se enfundó el casco, sujetó los prismáticos de visión nocturna de luz ambiental, los encendió y se ajustó el relieve visual. Al instante el mundo se convirtió en algo verde fluido y etéreo. El aparato no se podía utilizar demasiado tiempo porque las gafas eran tan pesadas que producían un dolor punzante en la nuca, seguido de un dolor de cabeza capaz de hacer olvidar el de la nuca. Web siempre mantenía un ojo cerrado cuando miraba a través de las gafas aunque aquello distorsionara la profundidad de campo todavía más; si no se cerraba un ojo cuando se dejaba de mirar a través de las gafas, lo único que se veía era una bola naranja brillante en cada ojo. Y en esa situación un viejo de noventa años en silla de ruedas podía sacar el arma antes que uno.

Un francotirador tenía que utilizar distintos artilugios para el trabajo, desde los más avanzados tecnológicamente hasta el más sencillo de todos: el camuflaje. Web echaba en falta su traje Ghillie, una mezcla de arpillera y tejido Cordura que había tenido la paciencia de revestir con excrementos animales y otras sustancias fétidas que le permitieran fundirse en un bosque accidentado o jungla. Todos los francotiradores del ERR daban su toque personal al Ghillie y Web se había pasado varios años mejorando el suyo, envileciéndolo cada vez más. Los escoceses habían diseñado el Ghillie hacía más de cuatrocientos años en el transcurso de las innumerables guerras de guerrillas contra quienes querían conquistarlos. En aquella época funcionaba tan bien como en la actualidad. Web se había tendido bajo su Ghillie en medio de una jungla de América Central mientras unos traficantes de drogas armados con metralletas caminaban a su lado y no se dieron cuenta de la presencia de Web hasta que les apretó la pistola contra la espalda y les leyó sus derechos.

Avanzó de nuevo y presionó antes de colocar las gafas en modo infrarrojos, lo cual activaba una fuente de luz interna que intensificaba sobremanera el campo de visión. Web quería asegurarse de que el equipo funcionaba, puesto que las baterías de las gafas de visión nocturna tenían la fea costumbre de fallar justo en el momento que más se necesitaban. No le gustaba utilizar el modo infrarrojos demasiado tiempo, puesto que tenía una desventaja considerable. Si lo observaba alguien provisto de las mismas gafas, el aumento de los infrarrojos emitía un haz de luz, como una linterna enorme en plena cara. Web sería entonces presa fácil. Desactivó el modo infrarrojos y guardó el casco en la mochila. A partir de aquel momento confiaría sólo en sus ojos, algo que había hecho en todos los tiroteos. A veces resultaba imposible mejorar la naturaleza.

El aire era frío y vigorizante y los ruidos del rancho y los bosques circundantes muchos y variados. Web caminó a buen paso y cubrió en un tiempo envidiable la distancia que lo separaba de la torre. Era bueno saber que todavía estaba en plena forma. Llegó a la conclusión de que tras ocho años de entrenamiento implacable, no se perdía en poco tiempo lo ganado. Le gustaba el bosque a oscuras; le resultaba tan cómodo como un La-Z-Boy y un televisor de pantalla panorámica al ciudadano norteamericano medio.

Al ver la atalaya se detuvo. Como no tenía teléfono móvil, se llevó las manos a la cara, formó una especie de corneta y profirió un sonido, la misma señal que él y Romano habían utilizado cuando hacían de francotiradores. Tanto podía tratarse de una ráfaga de viento como de un pájaro habitual en casi todas partes. Web estaba convencido de que Romano lo recordaría y, al cabo de unos segundos, escuchó el mensaje de respuesta. Todo en calma.

Web se separó de la arboleda y se dirigió rápidamente a la atalaya, se agarró a los travesaños de madera y subió en silencio. Romano lo saludó en la pequeña puerta con bisagras de la planta del espacio de observación. Web sabía que Romano no podía verle las recientes heridas cortesía de Toona y Gran F, lo cual le iba bien porque en aquellos momentos no le apetecía gastar saliva dando explicaciones. Además, seguro que Romano no se lo pondría fácil. Imaginaba lo que le diría: «Mierda, ¿cómo has podido dejar que te hagan eso?»

Web observó a Romano mientras éste sacaba una mira Litton de diez aumentos que solía acoplarse a un rifle de francotirador del 308.

—¿Pasa algo que valga la pena? —preguntó Web.

—Mira esto, justo en ese claro entre los árboles en dirección noroeste.

Web observó por la mira.

—Me parece que estoy mirando a Southern Belle.

—Para ser un rancho de caballos pasan cosas muy interesantes.

Web se ajustó la mira al ojo y observó. Sin duda había un gran claro entre los árboles, lo cual permitía disfrutar de una buena vista de la finca vecina.

Había dos edificios de considerables dimensiones que parecían relativamente nuevos. Junto a ellos había unos enormes camiones estacionados y Web observó a unos hombres provistos de walkie-talkies que corrían en distintas direcciones. Se abrió una puerta en el lateral de uno de los edificios y Web vio que, fuera lo que fuera lo que se tramaba allí dentro, exigía gran cantidad de luz. Había un camión con remolque situado con la parte posterior orientada hacia una puerta enrollable tipo almacén y los hombres sacaban unas cajas enormes en unas carretillas y las apilaban en el interior del remolque.

—Aquí pasa algo gordo—declaró Web—. Un taller de vehículos robados para desguazar, drogas, piezas de aviación robadas, espías, piratas tecnológicos o un montón de cosas más. Maldita sea.

—Unos vecinos fascinantes. Y yo aquí pensando que en la zona de cría de caballos de Virginia no había más que una panda de zoquetes cabalgando y persiguiendo a los zorros mientras las señoras tomaban el té de las cinco. Me queda mucho por aprender. —Miró a Web—. ¿Qué opinas?

—Opino que con todo lo que tenemos entre manos, el Southern Belle tendrá que esperar. Pero si surge algo, por lo menos estaremos aquí para actuar con rapidez.

Romano sonrió, pues era obvio que estaba contento ante la idea de un posible caos y que hubiera que actuar.

—Ahora sí que hablas mi idioma.

35

Kevin Westbrook había llenado todos los cuadernos y ahora estaba sentado mirando las paredes. Se preguntó si algún día volvería a ver la luz del sol. Se había acostumbrado a los sonidos de la maquinaria y del fluir del agua. Ya no le impedía dormir, aunque lamentaba haberse habituado a aquella especie de encarcelamiento, como si fuera un presagio de que aquellas condiciones acabarían siendo permanentes.

Oyó los pasos entre otros sonidos y se retiró a la cama como un animal en la jaula de un zoo ante la cercanía de los visitantes.

Se abrió la puerta y entró el mismo hombre que lo había visitado con anterioridad. Kevin no sabía quién era y el hombre nunca se había molestado en decirle cómo se llamaba.

—¿Qué tal estás, Kevin?

—Me duele la cabeza.

El hombre se llevó la mano al bolsillo y sacó un frasco de Tylenol.

—En mi trabajo siempre tengo unas cuantas a mano. —Le dio dos pastillas al muchacho y le sirvió un vaso de agua de la botella que había en la mesa.

—Probablemente sea la falta de luz natural —añadió Kevin.

El hombre sonrió al oír sus palabras.

—Bueno, ya veremos si pronto podemos hacer algo al respecto.

—¿Eso quiere decir que saldré pronto de aquí?

—Podría ser. Las cosas van tirando.

—Entonces ya no me necesitarás más. —Kevin se arrepintió de haber dicho esas palabras nada más pronunciarlas. Sin lugar a dudas, aquella frase resultaba ambigua.

El hombre se lo quedó mirando.

—Hiciste muy bien tu trabajo, Kev. Muy bueno, teniendo en cuenta que eres un niño. Lo recordaremos.

—¿Podré irme pronto a casa?

—En realidad no depende de mí.

—No diré nada a nadie.

—¿A nadie como Francis?

—Nadie quiere decir nadie.

—Bueno, en realidad tampoco pasa nada.

De repente Kevin se mostró desconfiado.

—No vais a hacerle daño a mi hermano.

El hombre alzó las manos parodiando una rendición.

—No he dicho que vayamos a hacerle daño. De hecho, si la cosa sale bien, sólo recibirán las personas que tienen que recibir, ¿comprendes?

—Hiciste daño a los hombres en aquel patio. Los mataste.

El hombre se sentó en la mesa y cruzó los brazos sobre el pecho. Aunque sus movimientos no resultaban amenazadores, Kevin se echó un poco hacia atrás.

—Ya te he dicho que la gente que merezca recibir, recibirá. No siempre es así, ya lo sabes, hay mucha gente inocente que sufre constantemente. Yo he tenido suficientes experiencias al respecto, y me parece que tú también. —Miró las heridas del rostro del niño.

Kevin no tenía nada que añadir al respecto. El hombre abrió una de las libretas y observó los dibujos.

—¿Esto es la Última Cena? —preguntó.

—Sí, Jesús. Antes de que lo crucificaran. Es el del medio —dijo Kevin.

—Hice catequesis los domingos —dijo el hombre con una gran sonrisa—. Sé perfectamente quién es Jesús, hijo.

Kevin había hecho el dibujo de memoria. Lo había dibujado por dos motivos: para pasar el rato y por el alivio que le suponía tener cerca al Hijo de Dios en aquellos momentos. Quizás el Señor captara el mensaje y le enviara algún ángel de la guarda para ayudar a un tal Kevin Westbrook, quien necesitaba desesperadamente algún tipo de intervención, divina o del tipo que fuera.

—Esto está muy bien, Kevin. Tienes mucho talento. —Miró otro dibujo y lo cogió—. ¿Y éste qué representa?

—Mi hermano leyéndome.

La pistola sobre la cómoda, los hombres armados al otro lado de la puerta, su hermano Francis rodeaba a Kevin con su grueso brazo y se lo acercaba al enorme pecho y le leía mientras permanecían sentados hasta bien entrada la noche, hasta que Kevin se dormía. Cuando se despertaba por la mañana, todos los hombres se habían marchado, igual que su hermano. Pero habían dejado marcada la página del libro en la que se habían detenido; era una señal clara de que su hermano tenía intención de regresar y acabar de leerle.

El hombre se sorprendió.

—¿Te leía cuentos?

Kevin asintió.

—Sí, ¿por qué no? ¿Nadie te leía cuentos cuando eras pequeño?

— No —repuso. Dejó la libreta sobre la mesa—. ¿Cuántos años tienes, Kevin?

—Diez.

—Es una buena edad, tienes toda la vida por delante. Ya me gustaría a mí.

—¿Me vas a soltar algún día? —preguntó Kevin.

La mirada del hombre redujo las esperanzas de Kevin a nada.

—Me gustas, Kevin. En cierto modo me recuerdas a cuando era pequeño. Tampoco tenía familiares de los que hablar.

—¡Yo tengo a mi hermano!

—Ya lo sé. Pero me refiero a una vida normal, ¿sabes?, a papá y a mamá y a hermanos y hermanas que vivan en la misma casa.

—Lo que es normal para algunas personas no es normal para otras.

El hombre sonrió y meneó la cabeza.

—Tienes mucha sabiduría en esa cabecita. Supongo que la vida no tiene nada de normal cuando te pones a vivirla.

—Ya conoces a mi hermano. No es alguien con quien se puede jugar.

—No lo conozco personalmente, pero él y yo nos dedicamos juntos a algunos negocios. Y estoy convencido de que no es una persona con la que se pueda jugar, y gracias por el consejo. Pero lo cierto es que ahora mismo estamos colaborando, más o menos. Yo le pedí amablemente que hiciera algo para mí relacionado con ese tal Web London y lo hizo.

—Apuesto a que lo hizo porque le dijiste que me tenías. Lo hace porque no quiere que me pase nada malo.

—Seguro que sí, Kevin. Quiero que sepas que vamos a devolverle el favor. Algunos tipos muy cercanos a tu hermano quieren sacar tajada de su negocio. Le vamos a ayudar en eso.

—¿Por qué le vais a ayudar? —preguntó Kevin con recelo—. ¿Qué ganáis?

Se echó a reír.

—Chico, si fueras un poco mayor te convertiría en mi socio. Bueno, digamos que todos salimos ganando.

—Pero no has respondido a mi pregunta, ¿me vais a soltar?

El hombre se levantó y se dirigió a la puerta.

—Tú quédate tranquilo, Kev. Las cosas buenas suelen pasarles a los tipos pacientes.

36

Cuando regresó a la cochera, Web llamó a Bates a su casa, lo despertó y le contó su violento encuentro con Gran F. También le habló de la reunión con Cove. Concertó una cita con Bates y un equipo de agentes en un patio del sureste de D.C. para una hora después. El sol empezaba a salir y Web no pudo evitar menear la cabeza. Ni siquiera se había acostado y ya era hora de empezar una nueva jornada laboral. Bates le dio otro teléfono para sustituir el que había destrozado el hombre de Westbrook; con el mismo número, lo cual era práctico.

Web le dio las gracias a Bates, quien no comentó nada sobre las heridas recientes que se apreciaban en su rostro. Era evidente que Bates no estaba de buen humor.

—Si tratas así el material del Gobierno, van a descontártelo de la nómina. Y te dejé mensajes en el teléfono viejo que no has contestado.

—Maldita sea, Perce. A veces recibo mensajes del buzón de voz un día después de que me los envíen.

—A mí nunca me pasa eso.

—Pues eso me sirve de mucha ayuda, ¿verdad?

Habían dejado un agente vigilando los coches. En aquel vecindario, no había nada seguro ni sagrado, y mucho menos la propiedad del tío Sam. De hecho, ciertos jóvenes emprendedores estarían encantados de robar un Bucar y vender las piezas a buen precio en el mercado negro.

Mientras caminaban, el humor de Bates pareció empeorar.

—Tienes suerte de estar vivo, Web —dijo, no muy contento de que hubiera tenido tanta suerte—. Eso te pasa por salir por tu cuenta. Me parece increíble que te metieras en eso sin refuerzos. Desobedeciste mis órdenes. Podría caerte una buena.

—Pero no me va a caer porque te estoy dando lo que necesitas. Un respiro.

Bates acabó por calmarse.

—¿De verdad que se cargó al tío delante de tus narices porque era un chivato?

—No es algo que se preste a confusión precisamente.

—Joder, menudos huevos debe de tener el tío.

—Grandes como pelotas, si están en consonancia con el resto de su cuerpo.

Todos ellos entraron en el edificio y bajaron al sótano. Estaba oscuro y húmedo y apestaba. A Web le pareció curioso pasar de una mansión de piedra situada en la zona de cría de caballos de Virginia a un antro de Anacostia. Sin embargo, debía reconocer que le iban más los antros.

—Túneles, dijo el hombre —comentó Bates mirando a su alrededor. Allí abajo no funcionaba ninguna lámpara por lo que cada uno de los agentes llevaba un reflector—. Mira, lo cierto es que ya buscamos cosas de ese tipo, Web.

—Pues tendremos que volver a buscar, porque el tipo parecía saber de qué estaba hablando, y en realidad no hay otra forma de que esas armas se introdujeran aquí sin que nadie viera nada. ¿En el departamento de Obras Públicas no tienen planos que muestren la ubicación de los túneles?

—Estamos en D.C., ¿vale? Si quieres averiguar algo en un organismo municipal, adelante. Si es difícil hacer un seguimiento de lo que pasó ayer, imagínate de hace más de medio siglo.

Buscaron por todas partes hasta que Web llegó ante una numerosa colección de barriles de petróleo de ciento noventa litros en uno de los rincones más recónditos. Estaban en grupos de diez por diez.

—¿Qué es todo esto?

—El sistema de caldera funcionaba con petróleo. Aquí se quedaron las reservas cuando cerraron el lugar. Demasiado caro de trasladar.

—¿Alguien ha mirado debajo?

A modo de respuesta, uno de los agentes se acercó a la pila y empujó uno de los bidones. No se movió.

—Aquí debajo no hay nada, Web. No es muy lógico colocar un montón de toneladas de petróleo encima de un túnel por el que hay que entrar o salir.

—¿Tú crees? —Web lanzó una mirada al bidón que el hombre había intentado mover. Apoyó el pie en él y vio que efectivamente estaba lleno. Empujó el que estaba al lado y también el siguiente. Luego empujó los que estaban en la segunda fila. Todos llenos.

—¿Qué, estás convencido? —preguntó Bates.

—Vamos a ver.

Mientras Bates y el resto de los agentes observaban, Web se subió a los bidones y empezó a ir de uno a otro. Se detenía encima de cada uno y balanceaba su peso a uno y otro lado. Cuando llegó al centro del grupo de bidones, se balanceó encima de uno y estuvo a punto de caer.

—Éste está vacío. —Se colocó encima del bidón contiguo—. Éste también. —Fue situándose sobre los bidones siguiendo una cuadrícula de cuatro por cuatro—. Éstos están todos vacíos. Echadme una mano.

Los agentes se apresuraron a ayudarle y en cuanto apartaron los bidones vacíos, los reflectores iluminaron una puerta en el suelo.

Bates la observó atentamente y luego miró a Web.

—Qué cabrón. ¿Cómo te lo habías imaginado?

—Trabajé en un caso cuando estaba en la oficina del FBI en Kansas City. Un tipo timó a un grupo de banqueros llenando un almacén con bidones que supuestamente contenían petróleo para calefacción que el hombre utilizaba como garantía de un préstamo sustancioso. Los banqueros enviaron a los inspectores y claro, abrieron unos cuantos bidones y sí que estaban llenos de petróleo para calefacción. Pero sólo comprobaron las primeras filas porque a los tipos trajeados no les gusta subirse a bidones sucios. Resulta que el noventa por ciento de los bidones estaba vacío. Lo sé porque los comprobé uno por uno después de que nos llamaran cuando el tipo desapareció del mapa.

Bates parecía desilusionado.

—Te debo una, Web.

—Y créeme que te lo tendré en cuenta.

Abrieron la puerta con las pistolas desenfundadas, bajaron hacia el túnel y siguieron el recorrido recto que luego se convirtió en un ángulo pronunciado.

Web enfocó la luz al suelo.

—Alguien ha pasado por aquí recientemente. Mirad las huellas.

El túnel desembocaba en una caja de escalera. Subieron por ella en silencio, todos los hombres alerta y dispuestos a disparar. Abrieron con cuidado la puerta, que no estaba cerrada con llave, y se encontraron en otro edificio muy parecido al que acababan de dejar atrás. En la zona en la que estaban había muchos bienes abandonados. Subieron la escalera furtivamente. La sala a la que llegaron era grande y estaba vacía. Bajaron la escalera, salieron del edificio y miraron a su alrededor.

—Creo que hemos ido dos bloques hacia el oeste —dijo uno de

los agentes, y Web se mostró de acuerdo. Todos miraron hacia el edificio al que les había conducido el túnel. El rótulo descolorido de una de las paredes lo identificaba con una antigua empresa de distribución de alimentos y disponía de una zona de carga en la que los camiones podían llevar plátanos. O ametralladoras. En dicha zona había un par de camiones abandonados con los neumáticos pinchados y algunos sin puertas.

—En plena noche te paras con un camión y lo colocas justo entre estos dos, descargas los cajones de embalaje, los pasas por el túnel y ya está —dijo Web. Recorrió la zona con la mirada—. Y por aquí no hay viviendas, nadie ve nada, probablemente por eso lo utilizaban.

—De acuerdo, pero Gran F está implicado en el primer asesinato. Con tu testimonio, nos libramos de él para siempre.

—Primero hay que encontrarlo y, por lo que he visto, es bastante bueno en su trabajo.

—Vamos a tener que detenerte para tu propia protección.

—No, no hace falta. Eso se me da muy bien.

—¿Qué coño quiere decir eso de que se te da muy bien? Este tío tiene todos los alicientes para acabar contigo.

—Si hubiera querido hacerlo, lo habría hecho anoche. Entonces me encontraba indefenso. Además, tengo trabajo que hacer, proteger a Billy y Gwen Canfield, y voy a cumplir con mi misión.

—Eso es lo que no entiendo. Se carga a un tío delante de tus narices y te deja marchar.

—Para que pudiera transmitir la información sobre los túneles.

—¿Cómo? ¿No sabe lo que es un teléfono? Hablo muy en serio. Quiero protegerte.

—Has dicho que me debías una, así que te la reclamo.

—¿Hay algo más importante que seguir con vida?

—No lo sé, Perce, en mi trabajo nunca he pensado demasiado sobre el asunto. Y no voy a dejar que me detengas para protegerme.

—Soy tu superior, puedo obligarte.

—Sí, supongo que sí —dijo Web, mirándolo sin alterarse.

—Joder, London, das más problemas de los que solucionas.

—Pensaba que hacía tiempo que lo sabías.

Bates lanzó una mirada alrededor de la zona de carga.

—Lo cierto es que no hay nada que relacione a los Free con este almacén o estas armas. Sin algo con lo que seguir adelante, no podemos ir a por ellos. Ahora mismo son como unos angelitos, no nos dan ninguna excusa para hacerles una visita.

—¿No se ha averiguado nada sobre las matanzas de Richmond para relacionarlas con los Free? Hay que seguir muchas pistas.

—Rastreamos el ángulo del disparo que acabó con el juez Leadbetter; provenía de un edificio situado al otro lado de la calle que se está construyendo. En él trabajan cientos de personas, obreros que entran y salen.

—¿Y la llamada que recibimos?

—Desde un teléfono público en el sur de Richmond. Sin pistas.

—Pero el juez estaba en el centro de la ciudad. Así que por lo menos participaron dos personas y tenían dispositivos de comunicación para que la llamada se produjera en el momento adecuado.

—Así es. Nunca pensé que nos enfrentáramos a unos aficionados.

—¿Qué me dices de Watkins y Wingo?

—Hemos comprobado a toda la gente de la oficina de Wingo.

—¿El personal de limpieza? Cualquiera de ellos podría haber aplicado atropina al auricular del teléfono.

—Ya lo comprobamos. Esa gente entra y sale de la empresa pero no encontramos ninguna pista.

—¿Watkins?

—Un escape de gas. Era una casa antigua.

—Venga, hombre, recibe una llamada justo mientras entra por la puerta. También es una sincronización perfecta y por parte de alguien que conocía la rutina de los tres hombres. ¿Y resulta que tenía un solenoide en el teléfono que provocaría la chispa necesaria para hacerlo saltar por los aires?

—Lo sé, Web, pero esos tipos también tenían a un montón de personas con alicientes para matarlos. Una o dos muertes podrían estar relacionadas pero quizá no todas lo estén. Ahora mismo lo único que tenemos para relacionarlas son los teléfonos y el caso de Ernest Free.

—Están relacionadas, Perce, créeme.

—De acuerdo, pero tenemos que convencer a un jurado y hoy día eso resulta casi imposible.

—¿Algo sobre la bomba de East Winds?

—Un dispositivo del tipo C4. Hemos investigado los antecedentes de todas las personas que trabajan allí. La mayoría de los peones llegaron con Strait cuando cerró el sitio en el que trabajaban. Están todos más o menos limpios. Unos cuantos tenían delitos menores, en su mayor parte por beber o por alteración del orden público, lo cual era de esperar en una panda de sureños reaccionarios de clase baja.

—¿Y qué me dices de Nemo Strait?

—Lo que te contó. Creció en un pequeño rancho de caballos del que su padre era el capataz. Así aprendió el oficio. Luchó en Vietnam y fue un soldado extraordinario. Un montón de medallas y muchos enfrentamientos duros. Se pasó tres meses como prisionero de guerra.

—Un tipo duro para haber sobrevivido a todo eso. Los Cong no eran precisamente famosos por su hospitalidad.

—Hizo algunos trabajillos al regresar a Estados Unidos, de guarda de prisiones, vendedor de ordenadores. También se casó, tuvo hijos, empezó a trabajar otra vez con los caballos y se divorció. Conoció a los Canfield cuando compraron East Winds.

—¿Y qué hay del viejo Ernest B. Free?

—Nadie lo ha visto y eso es lo que me sorprende, maldita sea. Normalmente recibimos miles de llamadas, el noventa y nueve por ciento de ellas no sirven de nada pero siempre nos facilitan una o dos pistas de fiar. Esta vez, nada de nada.

Web, frustrado, miró a su alrededor. Su mirada pasó de largo por el dispositivo pero luego se volvió a fijar en el mismo y se quedó absorto.

—¡Joder! —exclamó.

—¿Qué pasa, Web? —preguntó Bates.

Web señaló.

—Creo que quizá tengamos otra especie de testigo ocular.

Bates lanzó una mirada a la señal de tráfico situada en la diagonal de la esquina de la zona de carga del almacén. Al igual que otras señales del vecindario, llevaba acoplada una cámara de vigilancia. Además, tal como sucedía con otras cámaras que Web había visto en la zona en su última visita por allí, la habían enfocado hacia otra dirección, supuestamente unas manos maliciosas, y esa dirección resultaba ser justo la zona de carga.

—Joder —repitió Bates—. ¿Estás pensando lo mismo que yo?

—Sí —dijo Web—. Parece uno de esos modelos antiguos que graban veinticuatro horas al día. Las nuevas sólo se activan cuando las enciende la velocidad de un coche y hacen una foto fija de la matrícula trasera.

—Bueno, esperemos que la policía del distrito no haya grabado encima de ningún segmento.

Bates hizo una seña a uno de sus hombres para que efectuara la llamada de inmediato.

—Tengo que volver al rancho —dijo Web—. Probablemente Romano empiece a sentirse solo.

—La verdad es que esto no me gusta, Web. ¿Y si te matan entretanto?

—Tienes a Cove. Él también lo vio.

—¿Y si se lo cargan a él también? Es igual de probable, teniendo en cuenta todo lo que ha pasado.

—¿Tienes papel y boli?

Web escribió el relato completo del asesinato de Toona. Su nombre real era Charles Towson, Bates se lo había dicho, y nadie sabía de dónde salía el apodo, pero, al parecer, toda la gente que trabajaba en la calle tenía un apodo. Bueno, quienquiera que hubiera lanzado el cadáver de Charlie Towson al río, si es que lo habían hecho, iba a perder lo que tuviera en el estómago. Web identificó al asesino de forma concluyente como Francis Westbrook, Gran F. Lo rubricó y otros dos agentes actuaron como testigos de la firma.

—¿Te estás quedando conmigo? Un abogado de la defensa lo tiraría a la papelera —bramó Bates.

—Es lo mejor que puedo hacer por ahora. —Web se alejó.

37

Cuando regresó a East Winds, Web intercambió la información necesaria con Romano, fue a la cochera y se relajó dándose un baño caliente. Una cabezadita mientras estaba en remojo y se sentiría como nuevo, pensó. Con el paso de los años, cada vez aguantaba con menos horas de sueño.

Romano había visto las heridas recientes de Web e hizo el comentario que cabía esperar.

—¿Has vuelto a dejar que te den una paliza? Menuda fama le estás dando al ERR.

Web le había dicho que la próxima vez se aseguraría de que le golpeasen en lugares que no se vieran.

Durante los días siguientes, la rutina de Romano y él fue precisamente eso, rutina. Cuando Gwen y Billy le vieron las heridas causadas por el encuentro con Gran F, Gwen exclamó:

—Cielo santo, ¿te encuentras bien?

—Es como si el viejo *Boo* te hubiera dado una coz en la cara —comentó Billy mientras succionaba un cigarrillo apagado.

—De hecho, habría preferido que fuera *Boo* —replicó Web.

Gwen había insistido en aplicar alguna cura a los cortes de Web. El tacto de sus dedos en la piel le resultó muy agradable. Mientras Gwen cuidaba de él, Billy había dicho:

—Supongo que los federales nunca os aburrís.

—Supongo que no —respondió Web.

Él y Romano fueron conociendo mejor a los Canfield y se dieron cuenta de lo laborioso que resultaba llevar un rancho. Como habían prometido, ambos arrimaron el hombro, aunque Romano se quejaba y refunfuñaba por las noches. East Winds era inmenso y fascinante y, de hecho, Web empezó a plantearse que quizá sería buena cosa cambiar de profesión. Imaginó que tales sensaciones desaparecerían en cuanto se marchara de East Winds para siempre. Gwen Canfield era una mujer interesante y fascinante en muchos sentidos, además de tan inteligente y reservada como hermosa y distinguida. Ella y Billy eran como el fuego y el hielo del refrán.

Web había cabalgado con ella todos los días, tanto para protegerla como para comprender mejor la configuración del terreno. Debía reconocer que había formas mucho peores de pasar el tiempo que montando a caballo por un lugar hermoso en compañía de una bella mujer. Ella se había detenido todos los días a rezar en la capilla y Web la esperaba montado en *Boo*. Nunca le invitó a acompañarla y él nunca le sugirió que lo hiciera. El hecho de que David Canfield hubiera muerto mientras él estaba trabajando era motivo suficiente para mantener ciertas distancias con la mujer.

Al caer la tarde los agentes del FBI iban a la mansión y pasaban la velada con ellos. Billy había tenido una vida fascinante y le encantaba contarles batallitas. Nemo Strait siempre estaba presente y Web descubrió que tenía más en común con el ex marine de lo que pensaba. Strait había hecho muchas cosas en la vida, desde ser soldado hasta domar potros salvajes.

—He vivido de mi cerebro y de mis músculos, aunque parece que cada vez me queda menos de ambas cosas.

—Yo diría que estamos igual —dijo Web—. ¿Te imaginas trabajando con los caballos hasta el día de tu muerte?

—Bueno, debo reconocer que pienso en el día en que dejaré el estiércol y los animales de mal genio. —Lanzó una mirada a los Canfield, bajó la voz y añadió, sonriendo—: Me refiero tanto a las especies de dos patas como a las de cuatro. —Continuó en tono normal—: Pero, como he dicho, se lleva en la sangre. A veces me imagino teniendo un rancho propio y llevándolo bien.

—Bonito sueño —dijo Romano—. A veces pienso en tener mi propia escudería.

Web miró a su compañero.

—No sabía yo eso, Paulie.

—Oye, las personas tienen secretos.

—Tienes razón —convino Strait—. Mi ex me dijo en una ocasión que nunca sabía lo que yo pensaba. ¿Sabéis lo que le dije? Le dije que ésa era la diferencia entre los hombres y las mujeres. Las mujeres te dicen exactamente lo que piensan de ti. Los hombres se lo guardan. —Lanzó una mirada a Billy Canfield, quien se encontraba al otro lado de la enorme sala examinando el oso pardo disecado y apurando su tercera cerveza en media hora. Gwen había subido a la planta superior para ver cómo iba la cena—. Aunque a veces lo contrario también es cierto —concluyó Strait.

Web miró a Canfield y luego otra vez a Strait.

—¿Ah, sí?

Lo que resultaba cada vez más obvio era que Gwen y Billy pasaban mucho tiempo separados. Web nunca preguntó a Gwen directamente sobre el tema, pero los comentarios que dejaba caer de vez en cuando le hacían pensar que se trataba de una decisión más de Billy que de Gwen. Quizás el juego de la culpa por lo que le había sucedido a David, pensó Web.

A pesar de lo que Gwen había sugerido con anterioridad, también estaba claro que Nemo Strait formaba parte integral del funcionamiento de East Winds. Web había visto en varias ocasiones que Billy recurría a su capataz para obtener respuestas definitivas sobre asuntos relacionados con los caballos o la gestión del rancho.

—Me he dedicado a esto desde que era pequeño —le dijo Strait a Web en una ocasión—. No hay demasiadas cosas que no haya visto con respecto a caballos, ranchos y todo eso. Pero Billy está aprendiendo rápido.

—¿Y Gwen?

—Sabe más que Billy pero en cierto modo es de ideas fijas. He intentado ponerle una herradura blanda a *Baron* porque el animal tiene algunos cascos quebradizos, pero ella no quiere saber nada del tema. «Conozco mi caballo», me dice. Es tozuda. Probablemente sea uno de los motivos por los que Billy se casó con ella.

—Sólo uno de los motivos —puntualizó Web.

Strait exhaló un suspiro.

—Tienes razón, es muy guapa. Pero ¿sabes una cosa? Las guapas arruinan la vida de un hombre. ¿Sabes por qué? Porque siempre hay algún otro tío que intenta quitársela. Mi ex no hubiera ganado ningún concurso de belleza ni en su mejor día, pero, joder, no me pasaba el día preocupándome por si había otro gallo en el gallinero.

—A Billy eso no parece preocuparle.

—A veces es difícil saber lo que piensa, pero es un coco. Esa cabecita vieja suya está siempre bullendo.

—En eso te doy la razón —repuso Web.

Web había estado en contacto con Bates todos los días, pero nada, todavía no había salido nada de la cinta de vigilancia.

Una mañana temprano, Web acababa de salir de la ducha cuando sonó el teléfono. Lo cogió y lo sacó del lavabo. Era Claire Daniels.

—¿Has pensado sobre lo de la hipnosis?

—Mira, Claire, tengo un trabajo entre manos.

—Web, si realmente quieres avanzar, entonces creo que la clave está en la hipnosis.

—Nadie está mirando alrededor de mi cabeza.

—Podemos empezar —insistió ella— y si te sientes incómodo en algún momento, lo dejamos. ¿Te parece bien?

—Claire, estoy liado. No puedo ocuparme de esto ahora.

—Web, acudiste a mí para que te ayudara. Estoy haciendo todo lo posible, pero necesito tu cooperación. Créeme, has pasado por situaciones mucho peores que cualquier efecto que pudiera tener la hipnosis.

—Sí. Lo siento, no me interesa.

Claire permaneció callada unos instantes antes de tomar de nuevo la palabra.

—Escucha, he estado con una persona y quizá te interese saberlo. —Web no respondió—. ¿Buck Winters? ¿Te suena el nombre?

—¿Qué quería?

—Firmaste un documento que le permite preguntarme sobre tu tratamiento. ¿Te acuerdas de haberlo firmado?

—Supongo. Firmé un montón de papeles en aquella época.

—Seguro. Se aprovecharon de ti.

—¿Qué quería y qué le dijiste?

—Bueno, hay una gran diferencia entre lo que quería y lo que le dije. Intentó convencerme de que debía contárselo todo pero el documento de cesión me daba suficiente margen de movimiento para entretenerle. Supongo que seguirá dándome la lata, pero así es como están las cosas.

Web reflexionó un momento sobre el tema.

—Has aguantado mecha por mí, Claire. Te lo agradezco.

—Pero ése es uno de los motivos por los que te llamo. Winters parece haberse propuesto echarte las culpas de lo que pasó. Incluso utilizó la palabra «traidor».

—De hecho no me sorprende demasiado. Buck y yo no hemos estado de acuerdo desde lo de Waco.

—Pero si llegamos a la raíz de tus dificultades, Web, y le demostramos con claridad a él y a todos los demás que no eres un traidor, no creo que eso sea negativo, ¿no te parece?

Web exhaló un suspiro. No quería ceder en ese asunto, pero tampoco quería que la gente albergara dudas sobre su persona eternamente. No quería tener dudas sobre su capacidad para desempeñar su labor en el ERR.

—¿De verdad crees que la hipnosis ayudará?

—No lo sabremos hasta que lo probemos. Pero he obtenido muy buenos resultados con la hipnosis con otros pacientes.

—De acuerdo —convino Web finalmente—, quizá podamos hablar más sobre el tema. Cara a cara.

—¿En mi consulta?

—Estoy en una misión.

—¿Puedo ir a verte?

Web se lo pensó. ¿Realmente era lo que deseaba? Lo más inteligente sería decirle a Claire Daniels que se fuera al infierno y seguir con su vida. El problema era que nunca había recibido la ayuda que ahora empezaba a considerar que necesitaba de verdad. En algún momento tendría que decidirse. Además, había empezado a creer que Claire deseaba fervientemente ayudarle.

—Mandaré a alguien a buscarte.

—¿A quién?

—Se llama Romano, Paul Romano. Es del ERR. Pero no le digas nada, porque a veces es un bocazas.

—De acuerdo, Web. ¿Dónde estás?

—Ya lo verá, señora doctora, ya lo verá.

—Estaré libre dentro de una hora. ¿Necesitas más tiempo?

—Tengo de sobra.

Web se secó, se vistió, fue a ver a Romano y le dijo lo que quería que hiciese.

—¿Quién es esa mujer? —preguntó receloso—. ¿Es tu loquera?

—Les gusta que les llamen psiquiatras.

—No soy tu chófer. Estoy en una misión, Web.

—Venga ya, Paulie. Quiero ir a ver a Billy y a Gwen. Y tú te has estado encargando de eso, déjame hacerlo a mí un rato. Si te marchas ahora, ella estará preparada para cuando llegues.

—¿Y si ocurre algo mientras estoy fuera?

—Entonces yo me encargaré.

—¿Y si te atacan?

—¿De repente te preocupas por mí?

—No quiero que se me caiga el pelo por esto. Tengo una familia en la que pensar.

—Te refieres a que Angie te mataría.

—Eso es exactamente a lo que me refiero.

—Mira, tú hazlo y te juro que no me separaré de los Canfield hasta que vuelvas.

Romano no parecía demasiado contento con la idea, pero al final accedió y apuntó el nombre y la dirección de Claire.

—Pero escucha: el verdadero motivo por el que hago esto es porque podré ir a buscar mi coche.

—¿Te refieres al 'Vette?

—Sí, me refiero al 'Vette. Seguro que a Billy le encantaría verlo. Él y yo somos unos forofos de los automóviles.

—Vete, Paulie, antes de que me entren ganas de vomitar.

Romano le había dicho que los Canfield estaban en la casa principal, así que Web fue corriendo hasta allí y llamó a la puerta. Una mujer mayor vestida con vaqueros, una camiseta y con un pañuelo de colores vivos en la cabeza abrió la puerta y lo acompañó hasta la pequeña zona soleada de la cocina donde Gwen y Billy estaban desayunando.

Gwen se levantó y dijo:

—¿Quieres un café o algo de comer?

Web aceptó un café, huevos y tostadas.

—Romano y yo estuvimos patrullando por el rancho el otro día por la noche y vimos cierta actividad interesante en el rancho de los vecinos —dijo.

Gwen y Billy intercambiaron una mirada.

—¿En el Southern Belle? —preguntó Billy—. Y tan interesante.

—¿Entonces tú también has visto cosas?

—Billy —intervino Gwen—, no tienes pruebas.

—¿Pruebas de qué? —se apresuró a preguntar Web.

—Tal vez no tenga pruebas pero tengo sentido común —dijo Billy—, y los tejemanejes de ahí al lado están tan relacionados con la cría de caballos como un convento de monjas.

—¿Qué has visto?

—Tú primero.

Cuando Web se lo hubo contado, Billy reconoció que todo coincidía con lo que él había visto.

—Lo que me sorprende —dijo Billy— son los camiones con remolque. Yo me dediqué a los camiones durante veinte años y esas plataformas elevadoras sólo se utilizan para transportar cargamentos de consideración en largas distancias.

—¿Se ha quejado alguno de los otros vecinos? —inquirió Web.

Billy negó con la cabeza.

—Soy con diferencia el que está más cerca. Los propietarios de la finca del otro lado están en su casa de Nápoles o en otra que tienen en Nantucket. Compraron el rancho para poder montar a caballo cuando les apetece. ¿Te lo imaginas, apoquinar ocho millones de dólares por trescientas sesenta hectáreas de terreno por las que cabalgar dos veces al año? Y encima esos imbéciles no saben ni lo que es una caballeriza. —Hizo una breve pausa antes de proseguir—. Y los camiones sólo llegan y salen por la noche. Un poco raro, llevar a esas bestias de noche por estas carreteras estrechas y serpenteantes. No es que aquí tengamos farolas precisamente. Y hay algo más.

Web se fue animando.

—¿De qué se trata?

—¿Recuerdas que te dije que una empresa había comprado la finca?

—Sí.

—Bueno, pues hace algún tiempo, después de lo de los aviones, los helicópteros y tal, fui al juzgado e investigué un poco. La empresa es una sociedad limitada propiedad de dos señores de California. Harvey y Giles Ransome, supongo que son hermanos, o a lo mejor están casados, vete a saber, siendo de California…

—¿Sabes algo de ellos?

—No. Pero tú eres detective. Supongo que podrás descubrir algo con rapidez si te lo propones.

—Investigaré el tema.

—Los invité en cuanto averigüé cómo se llamaban. Fui hasta su casa y todo eso.

—¿Qué pasó?

—Entonces su gente me dio las gracias muy educadamente pero dijeron que los señores no estaban en la casa. Dijeron que les comunicarían lo de la invitación. ¡Sí, ya! ¡Y yo soy bombero!

Gwen se sirvió otra taza de café. Llevaba vaqueros, un suéter fino de color marrón y unas botas bajas. Antes de regresar a su asiento, se recogió el pelo y dejó al descubierto un cuello muy largo del que a Web le costó apartar la mirada. Ella se sentó de nuevo y miró ansiosa a uno y otro hombre antes de fijar la mirada en Web.

—¿Qué crees que podría ser, Web?

—Tengo mis sospechas, pero no son más que eso.

Billy lo observó con entusiasmo mientras daba el último mordisco a la tostada y se limpiaba la boca con la servilleta.

—Quizá pienses que sean los de la mafia traficando con artículos robados o algo así. Créeme, esas cosas pasan mucho en el mundo de los camiones. Si me hubieran dado un dólar por cada italiano que llamó a mi puerta con un maletín repleto de dinero a cambio de que transportase su mercancía en mis camiones, bueno, pues no necesitaría trabajar como un capullo en este rancho.

—Dios mío —dijo Gwen al tiempo que daba un golpe en la mesa con la mano—, nos vamos de Richmond para alejarnos de los supremacistas blancos de instintos asesinos y nos mudamos al lado de una banda de delincuentes. —Se puso en pie, se acercó al fregadero y miró por la ventana.

—Mira, Gwen —dijo Billy—, las personas que viven al lado no tienen nada que ver con nuestra vida, ¿entendido? Ellos van a lo suyo y nosotros a lo nuestro. Si están metidos en algo ilegal, no es problema nuestro, porque Web va a pillarlos, ¿de acuerdo? Nos dedicamos a la cría de caballos, que es lo que querías, ¿entendido?

Ella lo miró con preocupación.

—¿Y tú no lo querías?

Él se echó a reír.

—Oh, claro. Joder, si hasta me gusta limpiar las cuadras. —Miró a Web durante unos instantes—. Mover estiércol tiene algo de terapéutico. —A Web no le pareció que el hombre hablara en serio. Billy apartó la mirada y dijo—: ¡Hombre, mira quién viene por ahí!

Web dirigió la mirada hacia la puerta y vio a Nemo Strait de pie, con el Stetson entre las manos. Observaba a Billy y había adoptado una expresión un tanto desagradable, o eso le pareció a Web.

—¿Listos para salir? —preguntó Billy.

—Sí, he venido a informarte antes de que nos marchemos.

Todos ellos salieron al exterior y bajaron por la carretera principal, donde Web vio una caravana de diez remolques para caballos, algunos sujetos al parachoques y otros de cinco ruedas enganchados a camiones industriales y todos ellos con el logotipo de East Winds grabado.

—Casi todos son remolques nuevos —afirmó Billy—. Costaron una fortuna porque tuvimos que adaptarlos, pero hay que dar una buena imagen, por lo menos eso es lo que me dice la gente. ¿Verdad, Nemo?

—Si tú lo dices, Billy.

Billy señaló los remolques.

—Estos tres están hechos a medida para tres caballos de carga inclinada. —Continuó señalando—. Luego tenemos dos Sundowner Pro Stock MP, uno de carga recta con vestidor, un Townsmand de parachoques de tres metros con el joven *Bobby Lee* solito en el interior, dos Sunlite 760 y esa cosa enorme de ahí. —Señaló el último remolque, un vehículo de aspecto complejo que se parecía más a un autocar para transportar pasajeros que caballos—. Bueno, ésta es la pequeña joya del grupo, aunque de pequeña no tenga nada. Es un Classic Coach Silverado. El compartimiento destinado a vivienda en la parte delantera, el espacio para los arreos y equipamientos varios en el medio y luego la zona destinada a los caballos en la parte posterior. Es una maravilla. Todo en uno.

—¿Adónde se dirigen? —preguntó Web.

—A Kentucky —respondió Gwen—. Celebran una gran venta de *yearlings*. —Señaló los remolques—. Son nuestros mejores *yearlings*, hay diecinueve en total.

A Web le pareció que hablaba con cierta tristeza. Tal vez para ella fuera como la marcha de otros hijos.

—Es la forma de separar a los hombres de los muchachos —declaró Billy—. Si la venta va bien, el año será bueno. Normalmente voy pero el FBI me ha aconsejado lo contrario. —Lanzó una mirada a Web—. Así que si las ventas no salen como deberían salir, supongo que vosotros me cubriréis la diferencia.

—No es mi misión —dijo Web.

Billy se mostró conforme.

—Ya me lo imagino. Si esos compradores cabrones escogen nuestros caballos y nos hacen una oferta por debajo del precio real, ya podemos ponernos a vender lápices en las aceras. Estos *yearlings* son de lo mejorcito que hemos tenido jamás. Pero esos tipos pondrán todos los peros y buscarán todos los defectos posibles y entonces intentarán comprarlos por cuatro chavos y para cuando te das cuenta ya han conseguido al siguiente *Secretariat*. Bueno, pero esta vez no va a suceder. Ya he pasado por esto en otras ocasioners. Si no cubren las reservas que te di, les das por el culo, Strait.

—Sí, señor —asintió Nemo.

Web observó a Gwen mientras se acercaba a uno de los remolques más pequeños y miraba en su interior.

—Ahí está *Bobby Lee* —dijo Billy al tiempo que señalaba el caballo del interior del remolque en el que Gwen estaba mirando—. Si la cosa sale bien, con ese caballo ganaremos un pastón. Es especial, y por eso no hace el viaje acompañado de otro caballo. Joder, ya me gustaría a mí recibir un trato así. Ése es mi problema, vivo rodeado de demasiadas personas.

Web se preguntó a quién se referiría el hombre.

—¿Cómo es que no se queda con los caballos y los prepara para las competiciones? —inquirió Web.

—Se necesita un montón de dinero para criar y mantener a los pura sangre para que compitan, por eso la mayoría de los ranchos buenos están gestionados por corporaciones y varias agrupaciones. Tienen un montón de capital que los respalda, y así pueden aguantar en los momentos difíciles. No podemos competir con eso. East Winds es un rancho de crianza y eso es lo que queremos ser. Créeme, ya es suficiente dolor de cabeza. ¿Verdad, Gwen?

Ella no dijo nada. Web se acercó a *Bobby Lee* y miró en el interior del remolque Townsmand de tres metros. Las ventanillas traseras del remolque estaban abiertas y Web vio el caballo, empezando por la poblada cola. Strait se acercó.

—Me apena ver marchar a *Bobby Lee*, es un buen caballo. Ya mide quince palmos. Tiene un bonito pelaje castaño, brillante, y una musculatura que impresiona. Mira qué pecho, y todavía puede crecer mucho.

—Es un animal muy hermoso. —Web observó las resistentes cajas de equipamiento soldadas en las paredes interiores del remolque del caballo—. ¿Para qué son?

Strait abrió el remolque y entró en él, apartando a un lado a *Bobby Lee* con delicadeza. Abrió una de las cajas.

—A la hora de viajar, los caballos son peores que las mujeres. —Sonrió y se hizo a un lado. En el interior de la caja había cabestros, bridas y mantas, aparte de todo tipo de material que un caballo pudiera necesitar.

Strait pasó la mano por el revestimiento de suave caucho del exterior de las cajas.

—Acolchamos los lados para que el caballo no se haga daño contra los bordes.

—No hay mucho margen de error —dijo Web mientras Strait cerraba la caja.

—Hay muchos pequeños detalles que no resultan obvios para quienes no tratan con caballos. Por ejemplo, si llevas un caballo en un compartimiento para dos, tienes que colocar al animal en el lado del conductor para que el peso extra no te arrastre al lateral de la carretera. Estos remolques son muy versátiles. Todas las particiones son extraíbles y pueden recolocarse. Hay que llevar a la yegua detrás y al potro delante, por ejemplo. —Dio un golpecito en las paredes—. Metal galvanizado, dura mucho más que las personas. —Señaló el espacio largo y abierto situado justo delante del caballo—. Y aquí arriba está el comedero y el abrevadero. Y ahí —señaló una puerta lateral— la trampilla de salida si quieres que el caballo salga rápido sin que te dé coces.

—¿Dónde está el televisor?

Strait se echó a reír.

—Ya me gustaría a mí viajar con la mitad de comodidades de estos animales, aunque si quieres que te sea sincero, con el Silverado ese de ahí, ahora vamos a vivir como reyes. Tiene lavabo propio y cocina, así que se acabaron para siempre los Porta Pottis y la comida rápida. La verdad es que con este vehículo Billy se ha superado, y los chicos y yo le estamos muy agradecidos.

Web observó el techo del remolque. La cabeza de *Bobby Lee* casi lo tocaba.

Strait se dio cuenta y sonrió.

—*Bobby Lee* es un *yearling* grande y no podemos levantar más el techo.

—¿Cómo es eso?

—Si das a los caballos espacio suficiente se aprovechan. Una vez vi que un caballo al que no le gustaba ir en el remolque daba una voltereta hacia atrás, imagínate, y salía por la parte posterior hasta la carretera, donde le atropelló un camión. No fue nada agradable y a punto estuvo de costarme mi puesto de trabajo. Por eso los caballos se sitúan de cara a la parte delantera del remolque porque, de lo contrario, intentan salir de un salto. Además, todos los remolques están provistos de una puerta de acceso y rampa laterales para poder sacar los caballos por delante en caso de emergencia. Es más rápido, y si intentas sacar a un caballo asustado por detrás en una autovía, a lo mejor acabas con la cabeza en la mano si se pone a dar coces. ¿Comprendes?

—Está clarísimo.

—Sí, son máquinas complejas. Se parecen a mi ex mujer. —Strait volvió a reírse.

Web se abanicó con la mano delante de la nariz.

—Tío, estos remolques huelen que apestan.

—Sí —dijo Strait mientras le acariciaba el cuello a *Bobby Lee*, salía del remolque y cerraba con el pestillo—, espera a que el caballo haya pasado ahí unas cuantas horas y ya me contarás a qué huele. A los perros les encanta el olor de la mierda de caballo, pero a los humanos no. Supongo que por eso se nos llama civilizados. Por eso cambiamos los suelos de aluminio por unos de madera, se desaguan mejor, y también por eso esparcimos serrín en el suelo. Se barre con facilidad, con estiércol incluido. Mejor que la paja.

Dejaron a *Bobby Lee* y regresaron junto a Billy.

—¿Tienes todas las etiquetas de los remolques para la inspección estatal y los papeles de los caballos? —preguntó Billy.

—Sí, señor. —Strait miró a Web—. Si cruzas las fronteras de los estados con un puñado de animales, la policía te detiene al azar y no te dejan dar un paso más hasta que comprueban la licencia comercial, los certificados veterinarios de los caballos y todo eso. Les preocupa la propagación de las enfermedades equinas.

—¿Y quién va a quejarse? —intervino Gwen cuando se unió a ellos.

—No, señora —dijo Strait. Inclinó el sombrero—. Bueno, vamos a ver si conseguimos una buena pasta para East Winds.

Strait se subió a uno de los camiones y Web y los Canfield se quedaron observando mientras la caravana de remolques iniciaba la marcha y salía por la carretera principal de East Winds. Web lanzó una mirada a Gwen, que parecía muy disgustada. Billy se dispuso a regresar a la casa.

—¿Estás bien? —le preguntó él.

—Estoy como nunca, Web. —Cruzó los brazos sobre el pecho y se marchó, en dirección opuesta a la casa.

Web se quedó allí de pie, viéndoles tomar rumbos distintos.

38

Romano recogió a Claire y se dispuso a conducirla a East Winds, poniendo mucho cuidado en que no los siguieran.

Claire dirigió una mirada a la mano del hombre y dijo:

—¿Cuándo se licenció en Columbia?

Romano la miró sorprendida y vio que se había fijado en el anillo que llevaba en el dedo.

—Buen ojo. Acabé la carrera hace más tiempo del que me gustaría reconocer.

—Yo también estudié allí. No está mal ir a la universidad en Nueva York.

—No hay comparación —convino Romano.

—¿En qué se especializó?

—Eso qué más da. Me costó entrar y me costó sacarme la carrera.

—De hecho, Paul Amadeo Romano, hijo, se matriculó en Columbia a los diecisiete años de edad y acabó la carrera de Ciencias políticas en tres años entre los primeros de su clase. Su tesina llevaba por título: «La filosofía política derivada de Platón, Hobbes, John Stuart Mills y Francis Bacon.» Y lo aceptaron en la Kennedy School of Government de Harvard pero no se presentó.

Romano le dedicó una mirada gélida.

—No me hace ninguna gracia que la gente me investigue.

—La labor de un terapeuta, en parte, no consiste sólo en comprender al paciente sino en familiarizarse con personas que resulten significativas en su vida. Web debe de confiar en usted y tenerle en gran consideración como para enviarle a buscarme. Por consiguiente, hice unos cuantos clics con el ratón del ordenador y busqué información. Nada confidencial, por supuesto.

Romano siguió mirándola con recelo.

—No hay mucha gente que decida prescindir de Harvard.

—Bueno, nadie me ha acusado nunca de ser como mucha gente.

—Le concedieron una beca, así que no sería por falta de dinero.

—No fui porque ya me había hartado de la universidad.

—Y se alistó en el ejército.

—Mucha gente se alista en el ejército.

—Mucha gente al acabar el instituto, pero no los primeros de promoción en Columbia con un billete gratuito para Harvard.

—Mire, provengo de una familia numerosa italiana, tenemos prioridades, tradiciones. A veces la gente las cumple un poco tarde. Eso es todo.

—¿Es el hijo mayor?

Le dedicó otra mirada recelosa.

—¿Otro clic con el ratón? Maldita sea, odio los ordenadores.

—No, pero se llama como su padre y eso es habitual en el primogénito. ¿Y su padre murió sin estudios universitarios?

Romano estuvo a punto de parar el coche.

—Estoy alucinando, señora, así que será mejor que se calle un rato.

—No soy mago, señor Romano, soy una simple psiquiatra. Ha mencionado una familia italiana numerosa, tradiciones y prioridades. Pero no me ha hablado de expectativas. Los primogénitos de tales familias acostumbran a enfrentarse a ciertas expectativas. Dijo que a veces la gente llega a esas tradiciones un poco tarde. Así pues, pienso que fue a la universidad en contra del deseo de su padre. Él murió y entonces dejó el mundo académico para dedicarse al trabajo que su padre había previsto para usted. No obstante, sigue llevando el anillo de la universidad. Probablemente sea su forma de demostrar que no capituló del todo ante los planes de su padre. Es una cuestión de observación y deducción, señor Romano, del tipo de estrategias que los agentes del orden utilizan de forma constante.

—Eso no significa que sea fácil de asumir.

Claire lo observó.

—¿Es consciente de que a veces habla como un hombre sin estudios?

—Se está equivocando de teclas conmigo.

—Lo siento. Pero es usted sumamente interesante. De hecho, usted y Web son interesantes. Supongo que tiene sentido. Para hacer su trabajo hay que ser una persona muy, muy especial.

—Ahora no se ponga lameculos para suavizar la situación, doctora.

—Supongo que la curiosidad innata sobre otros seres humanos forma parte de mi trabajo. No pretendía ofenderle.

Viajaron en silencio durante un tiempo.

—Mi viejo —dijo Romano— sólo quería una cosa en la vida. Quería ser uno de los mejores de Nueva York.

—¿Del cuerpo de policía de Nueva York?

Romano asintió.

—Pero no acabó los estudios de secundaria y estaba mal del corazón. Se pasó la vida en los muelles cargando cajas de pescado y odiando a muerte ese trabajo. Pero él quería ese uniforme con todas sus fuerzas, más que nada en la vida.

—Y como él no pudo, quería que lo llevara usted, ¿no es así?

Romano asintió.

—Pero mi madre no lo veía así. No quería que trabajara en los muelles y tampoco quería que llevara una pistola en el trabajo. Yo era buen estudiante, de los primeros, entré en Columbia, saqué muy buenas notas e incluso me planteé dedicarme a la enseñanza.

—¿Y entonces murió su padre?

—El corazón le falló para siempre. Llegué al hospital justo antes de que se muriera. —Romano hizo una pausa y miró por la ventana—. Dijo que se avergonzaba de mí. Dijo que se avergonzaba de mí y acto seguido se murió.

—¿Y con él murieron sus sueños de ser profesor?

—Me veía incapaz de presentarme para el cuerpo de policía de Nueva York. Lo habría conseguido con facilidad. Me metí en el ejército, estuve en los Delta, di el salto al FBI y de ahí al ERR. Nada de eso me costó demasiado. Cuanto más daño intentaban hacerme, mejor me iba.

—O sea que al final sí que ha acabado siendo una especie de policía.

Se la quedó mirando.

—Pero lo hice a mi manera. Quería a mi viejo, no me malinterprete. Pero nunca fui una vergüenza para él. Todos los días pienso que eso fue lo que pensó antes de morir. Y entonces me entran ganas de dar gritos o de matar a alguien.

—Lo entiendo.

—¿Ah, sí? Pues yo nunca he podido.

—Obviamente no es usted mi paciente, pero voy a darle un consejo de amiga: en algún momento las personas tienen que vivir su vida tal como quieren. De lo contrario, la acumulación de resentimiento y otros factores negativos pueden causar graves daños psicológicos. Y eso no sólo daña a la persona en sí sino a sus seres queridos.

Él la miró con un trasfondo de tristeza que la conmovió profundamente.

—Creo que ya es un poco tarde para eso. — Y acto seguido añadió—: Pero tiene razón con lo del anillo.

—Bueno, háblame de lo de la hipnosis —dijo Web.

Romano había dejado a Claire junto a la cochera y se había ido a proteger a los Canfield. Claire y Web estaban sentados en el salón, uno frente al otro.

—Ya sé que no quisiste hacerlo con él, pero ¿O'Bannon no te lo explicó cuando se ofreció a hipnotizarte?

—Supongo que se me ha olvidado.

—Relájate y déjate llevar, Web. Tú ya sabes que eres un tipo impulsivo.

—¿Ah, sí? ¿Eso es lo que piensas?

Ella le sonrió por encima del borde de la taza de café que él le había preparado.

—No hace falta ser psiquiatra para darse cuenta, Web. —Miró por la ventana—. Este sitio no está mal.

—Sí, es verdad.

—Imagino que no te importará decirme qué estás haciendo aquí.

—Probablemente estoy quebrantando las normas por tenerte aquí, pero confiaba en que Romano sabría si alguien le seguía. —Y no es que quien estuviera detrás de la matanza no supiera dónde vivían los Canfield, pensó, porque habían puesto el teléfono-bomba allí.

—Romano sería un caso de estudio interesante. Durante el trayecto hasta aquí he identificado unas cinco psicosis importantes, una actitud clásica pasivo-agresiva y un apetito enfermizo por el dolor y la violencia.

—¿De veras? Yo habría pensado que tenía más.

—Además es inteligente, sensible, muy afectivo, increíblemente independiente pero sorprendentemente leal. Un verdadero revoltillo.

—Si necesitas a alguien que te cubra las espaldas, no hay nadie mejor que Paulie. Se hace el duro pero tiene un gran corazón. Pero si no le caes bien, prepárate. De todos modos, su mujer, Angie, también es un caso aparte. Hace poco me enteré de que está viendo a O'Bannon. Igual que otras esposas. He visto incluso a Deb Riner. Es la viuda de Teddy Riner, era el líder de nuestro equipo.

—Entre nuestra clientela abundan los miembros del FBI y de

otros cuerpos de agentes de la ley. Hace años el doctor O'Bannon trabajaba en el FBI. Cuando se pasó a la actividad privada, se trajo a unos cuantos pacientes. Es un tipo de práctica especializada porque los agentes de la ley tienen unos trabajos peculiares y el estrés y las dificultades personales relacionadas con ese trabajo pueden resultar devastadores si no se tratan. A mí personalmente me parece fascinante. Y admiro mucho lo que hacéis. Quiero que lo sepas.

Web la miró con expresión inquisitiva y afligida.

—¿Hay algo más que te preocupa? —preguntó ella con voz queda.

—El archivo del FBI que te dieron. ¿Por casualidad contenía la entrevista de fondo con Harry Sullivan?

Se tomó unos instantes para responder.

—Sí. Pensaba decírtelo pero creía que era mejor que lo descubrieras por ti mismo. Ya veo que lo has descubierto.

—Unos catorce años tarde —dijo con voz tensa.

—Tu padre no tenía ningún motivo para decir algo bueno sobre ti. Iba a pasar los veinte años siguientes en la cárcel. Hacía siglos que no te había visto. Y aun así…

—Aun así dijo que sería el mejor agente del FBI de la historia de todos los tiempos y estaba absolutamente convencido de ello.

—Sí —convino ella.

—Quizás algún día él y yo deberíamos conocernos —dijo Web.

Claire lo miró directamente a los ojos.

—Web, eso podría resultar traumático, pero también lo considero una buena idea.

—¿Una voz surgida del pasado?

—Algo así.

—Hablando de voces, estaba pensando en lo que Kevin Westbrook me dijo en el callejón.

Claire se irguió en el asiento.

—¿«Malditos al infierno»?

—¿Qué sabes del vudú?

—No demasiado. ¿Crees que Kevin te lanzó una maldición?

—No, la gente que lo respaldaba. No sé, estoy pensando en voz alta.

Claire parecía dubitativa.

—Supongo que es posible, Web, pero yo no contaría con que ésa sea la respuesta.

Web hizo crujir los nudillos.

—Probablemente tengas razón. Bueno, doctora, saca el reloj y empieza a oscilarlo.

—Si no te importa utilizaré una estilográfica azul. Sin embargo, primero quiero que te sientes en este asiento reclinable y que te recuestes. Uno no se queda hipnotizado si está tenso, Web. Tienes que relajarte y yo voy a ayudarte a conseguirlo.

Web se sentó en el asiento reclinable y Claire se colocó en frente de él en una otomana.

—Bueno, lo primero que tenemos que hacer es abordar los mitos relacionados con la hipnosis. Ya te he dicho que no es inconsciencia sino un estado de conciencia alterado. De hecho, tu cerebro experimentará la misma actividad cerebral que en un estado relajado, que es el ritmo alfa. Mientras estés en trance te sentirás increíblemente relajado, pero también es un estado de conciencia y de sugestibilidad mayor y tú controlarás en todo momento lo que ocurra. De hecho, todas las hipnosis son autohipnosis, y yo no estoy aquí más que para guiarte al punto en el que estés lo suficientemente relajado como para alcanzar ese estado. Nadie puede hipnotizar a alguien que en realidad no desea ser hipnotizado, y no te pueden obligar a hacer algo que no quieras hacer. Así pues, estás perfectamente a salvo. No hace falta que te pongas a ladrar. —Le sonrió para tranquilizarlo—. ¿Me sigues?

Web asintió.

Claire levantó la estilográfica.

—¿Me creerás si te digo que esta estilográfica la utilizó Freud?

—No, no me lo creo.

Volvió a sonreír.

—Mejor, porque no es cierto. Utilizamos un objeto como éste para hipnotizar a los pacientes. Ahora quiero que centres la atención en el extremo de esta estilográfica. —La sostuvo a unos quince centímetros del rostro de Web y por encima de su línea de visión natural. Web alzó la cabeza para mirarla—. No, Web, sólo puedes dirigir la mirada. —Ella le colocó una mano sobre la cabeza para mantenerla nivelada. Entonces Web tuvo que dirigir la mirada hacia arriba para ver el extremo.

»Muy bien, Web, muy bien. Casi todo el mundo se cansa en seguida, rápido pero seguro que tú no. Sé que eres muy fuerte y muy decidido, sigue mirando, mirando el extremo de la estilográfica. —Claire había ido bajando la voz hasta utilizar un tono desapasionado aunque no monótono; las palabras brotaban a un ritmo constante y siempre de la misma manera tranquilizadora mientras iba dándole aliento.

Un minuto después, mientras Web continuaba observando el extremo de la estilográfica, Claire dijo:

—Parpadea.

Y Web parpadeó. Claire veía que los ojos se le iban fatigando debido a lo incómodo del ángulo de visión y empezaron a empañársele. En realidad Web ya había parpadeado antes de que ella dijera «parpadea». Pero él no estaba seguro del orden en que se habían sucedido las acciones. Estaba demasiado ocupado concentrándose en el extremo de la estilográfica, en mantener los ojos abiertos. Pero le hacía creer que algo había sucedido, que ella iba asumiendo poco a poco el control sobre él. Incluso si hubiera pasado por aquella experiencia en otra ocasión, seguiría preguntándose si lo de la hipnosis funcionaba de verdad. Primero se producía la fatiga ocular y luego la confusión mental. Todo ello encaminado a relajarlo lo suficiente para que se abriera.

—Lo estás haciendo muy bien, Web —dijo—, mejor que mucha gente. Te estás relajando cada vez más. Sigue mirando el extremo.

Ella se daba perfecta cuenta de que estaba decidido a seguir mirando, a seguir recibiendo aliento. Era la clásica persona que rinde más de lo que se le pide, dedujo ella con facilidad; estaba ávido por agradar y por ser alabado. Necesitaba atención y amor porque, obviamente, no había recibido demasiado en su infancia.

—Y parpadea. —Y Web volvió a parpadear. Sabía que para él era una sensación placentera que le aligeraba la tensión. Sabía que el extremo de la estilográfica empezaba a agrandarse cada vez más para él y que empezaba también a no querer mirarlo más—. Y parece que realmente quieres cerrar los ojos —dijo Claire—. Y tienes los párpados cada vez más pesados. Te cuesta mantenerlos abiertos y parece que los quieres cerrar. Cierra los ojos. —Web los cerró, pero inmediatamente volvió a abrirlos. Claire sabía que era habitual que eso ocurriera—. Sigue mirando el extremo, Web, sigue mirándolo, lo estás haciendo muy bien. Fantástico. Deja que los ojos se te cierren de forma natural cuando estén listos para ello.

Web cerró los ojos lentamente y los mantuvo cerrados.

—Quiero que digas en voz alta la palabra «diez» diez veces, rápido. Venga.

Web la obedeció y entonces Claire preguntó:

—¿Cuántos huevos hay en una docena?

—Diez —respondió Web con voz orgullosa antes de sonreír.

—Doce.

La sonrisa se le esfumó.

Claire continuó hablando con voz tranquilizadora.

—¿Sabes lo que es varar? Es sacar a la playa una embarcación para resguardarla de la resaca. Quiero que digas diez veces la palabra «varar» muy rápido. Adelante.

Con mucha cautela, Web dijo la palabra diez veces.

—¿Qué haces en un semáforo en verde?

—¡Parar! —gritó.

—De hecho se sigue adelante cuando el semáforo está verde.

Web bajó los hombros en un gesto de clara frustración, pero Claire se apresuró a elogiarlo.

—Lo estás haciendo muy bien. Casi nadie acierta esas preguntas. Pero estás muy relajado. Ahora quiero que cuentes en voz alta y hacia atrás desde el número trescientos de tres en tres.

Web empezó a contar. Había contado hasta 279 cuando ella le dijo que volviera a empezar a contar hacia atrás de cinco en cinco. Web contó hasta que Claire le dijo que lo hiciera de siete en siete y luego de nueve en nueve.

Claire lo interrumpió para decirle:

—Deja de contar y relájate. Estás en lo alto de la escalera mecánica y ese punto representa más relajación. Y el pie de la escalera representa la relajación más profunda que existe. Vas a bajar por la escalera, ¿de acuerdo? Vas a estar más relajado que nunca. ¿De acuerdo?

Web asintió. La voz de Claire era tan agradable y suave como una tenue brisa de verano.

—Bajas despacio por la escalera. Te deslizas hacia abajo, como si flotaras. Cada vez más relajado. —Claire empezó la cuenta atrás desde diez, intercalando los números con palabras tranquilizadoras. Al llegar a uno dijo—: Pareces muy relajado.

Claire escudriñó las facciones de Web y el color de su piel. Ya no tenía el cuerpo tenso sino tranquilo, y el rostro enrojecido, lo cual demostraba el aumento de flujo sanguíneo en la zona. Mantenía los párpados cerrados pero le palpitaban. Le dijo que le iba a tomar de la mano antes de hacerlo para no asustarlo. Se la cogió con delicadeza. La mano estaba como muerta. Se la soltó.

—Estás cerca del pie de la escalera. Estás a punto de llegar. La relajación más profunda que has sentido jamás. Es perfecto.

Volvió a cogerle la mano tras advertirle de nuevo que iba a hacerlo.

—¿Cuál es tu color favorito?

—Verde —respondió Web con voz queda.

—Un color muy relajante el verde. Como la hierba. Te voy a dejar un globo, un globo verde, en la mano. Lo estoy dejando ahora mismo. ¿Lo sientes? —Web asintió—. Ahora voy a hincharlo con helio. Como sabes, el helio es más ligero que el aire. Estoy hinchando el globo verde. Está cada vez más lleno. Está empezando a elevarse. Se está llenando.

Claire observó mientras Web alzaba la mano del brazo del asiento reclinable como si lo elevara el globo imaginario.

—Cuando llegue a tres, la mano volverá a posarse sobre el asiento. —Contó hasta tres y la mano de Web regresó a la silla. Claire aguardó unos treinta segundos y añadió—: Ahora se te está enfriando la mano, está muy fría, creo que veo signos de congelación.

Observó mientras la mano de Web se contraía y temblaba.

—Muy bien, ya pasó, ahora está normal, caliente. —La mano se relajó.

En circunstancias normales, Claire no habría sido tan rebuscada para conseguir que Web pasara por todas esas etapas, que suponían la profundización en las técnicas de relajación. Normalmente se habría detenido con lo del globo. Sin embargo, había sentido curiosidad por una cosa y había encontrado la respuesta a esa curiosidad porque Claire llegó a la conclusión de que probablemente Web fuera sonámbulo. La mayoría de las personas que se dedicaban a la hipnosis convendría en que entre el cinco y el diez por ciento de la población en general era muy propensa a la hipnosis, con el mismo porcentaje resistente a la misma. Los sonámbulos iban un paso más allá. Eran tan propensos a la hipnosis que se les podía compeler a experimentar sensaciones físicas a través de la hipnosis, tal como Web acababa de hacer. También, era habitual que materializaran sugestiones posthipnóticas con fiabilidad. Además, las personas muy inteligentes eran las más fáciles de hipnotizar.

—Web, ¿me oyes? —Asintió—. Escúchame atentamente. Céntrate en mi voz. El globo ya no está. Sigue relajándote. Ahora sostienes una cámara de vídeo en la mano. Eres el cámara. Lo que ves a través del objetivo es todo lo que tú y yo vemos, ¿lo entiendes, señor cámara? —Web asintió de nuevo—. Vale, mi única función es señalarte puntos en el tiempo, pero tú controlas todo lo demás. A través de la cámara irás a ver a otras personas, para comprobar qué hacen. La cámara está provista de micrófono, así que podremos oír. ¿De acuerdo? —Web asintió—. Lo estás haciendo muy bien, señor cámara. Estoy muy orgullosa de ti.

Claire se recostó en el asiento y reflexionó unos momentos. Como terapeuta que había estudiado los antecedentes de Web, sabía exactamente en qué época de su pasado se centraría para ayudarle. Sus dificultades psicológicas más graves no provenían de la muerte de sus compañeros del ERR. Procedían directamente del triángulo formado por su madre, su padre adoptivo y él. No obstante, la primera parada en el pasado de Web London se remontaría más atrás.

—Quiero que te sitúes en el 8 de marzo de 1969, señor cámara. ¿Me puedes llevar allí?

Web no respondió de inmediato.

—Sí —dijo al final.

—Cuéntame lo que ves, señor cámara. —Sabía que su cumpleaños era el 8 de marzo. En 1969, Web cumplió seis años. Probablemente aquél fuera el último año que pasó con Harry Sullivan. Deseaba establecer un punto de partida para Web con respecto al hombre, un recuerdo agradable, y una fiesta de cumpleaños para un niño serviría para marcar una pauta perfecta—. El cámara relajado enfocará y moverá la cámara. ¿A quién ves? —le preguntó.

—Veo una casa. Veo una habitación, una habitación en la que no hay nadie.

—Concéntrate y enfoca, mueve la cámara a tu alrededor. ¿No ves a nadie? Es 8 de marzo de 1969. —De repente temió que no hubiera habido fiesta de cumpleaños para Web.

—Espera un momento —dijo Web—. Espera un momento, veo algo.

—¿Qué ves?

—Un hombre, no, una mujer. Es guapa, muy guapa. Lleva un sombrero, un sombrero gracioso y tiene un pastel con velas en las manos.

—Parece que se celebra una fiesta. ¿Es para un niño o una niña, señor cámara?

—Para un niño. Sí y ahora salen otras personas, como si hubieran estado escondidas. Gritan algo, gritan «Feliz cumpleaños».

—Es fantástico, señor cámara, la fiesta de cumpleaños de un niño. ¿Cómo es?

—Es bastante alto y tiene el pelo oscuro. Está soplando las velas del pastel. Todo el mundo canta «Feliz cumpleaños».

—¿El padre del niño canta? ¿Dónde está papá, señor cámara?

—Lo veo. Lo veo. —El rostro de Web se estaba enrojeciendo y la respiración se le había acelerado. Claire observó atentamente los síntomas físicos. No quería que Web corriera riesgos, ni físicos ni emocionales. No iría tan lejos.

—¿Cómo es?

—Es muy grande, muy, muy grande, más grande que los demás. Un gigante.

—¿Y qué ocurre entre el niño y su padre gigante, señor cámara?

—El niño corre hacia él. Y el hombre lo levanta y lo sienta sobre sus hombros, como si no pesara nada.

—Oh, es un padre fuerte.

—Le da un beso al niño, bailan por la habitación y cantan una canción.

—Escucha bien, señor cámara, sube el volumen del micrófono. ¿Oyes lo que dicen?

Primero Web negó con la cabeza y luego asintió.

—Ojos, ojos brillantes.

Claire rebuscó en sus recuerdos y entonces cayó en la cuenta: Harry Sullivan, el irlandés.

—Ojos irlandeses. ¿Ojos irlandeses y risueños?

—¡Eso es! Pero no, se ha inventado la letra de la canción y es divertida, todo el mundo se ríe. Y ahora el hombre le da algo al niño.

—¿Un regalo? ¿Es un regalo de cumpleaños?

Web contrajo el rostro y se inclinó hacia delante. Claire parecía alarmada y se sentó también hacia delante.

—Relájate, señor cámara. Lo que ves es una imagen, eso es todo. Sólo una imagen. ¿Qué ves?

—Veo hombres. Han entrado unos hombres en la casa.

—¿Qué hombres? ¿Qué aspecto tienen?

—Van vestidos de marrón, con sombreros de vaquero. Llevan pistolas.

A Claire le dio un vuelco el corazón. ¿Debía seguir tirando del hilo? Escudriñó a Web. Parecía más calmado.

—¿Qué están haciendo los hombres, señor cámara? ¿Qué quieren?

—Se lo llevan, se llevan al hombre. Él grita. Chilla, todos chillan. Los vaqueros le ponen unas cosas brillantes en las manos. La mamá grita, ha agarrado al niño.

Web se tapó los oídos con las manos y se balanceó adelante y atrás de forma tan violenta que estuvo a punto de volcar el asiento reclinable.

—¡Están gritando, están gritando! El niño grita: «¡Papá, papá!» —Web también gritaba.

«Mierda —pensó Claire—. ¿Unas cosas brillantes en las manos?» La policía había venido a detener a Harry Sullivan en plena fiesta del sexto cumpleaños de Web. ¡Cielo santo!

Claire miró a Web.

—Muy bien, señor cámara —dijo con el tono de voz más calmado y reconfortante posible—, relájate, vamos a otro sitio. Toma la cámara y apágala un ratito hasta que decidamos adónde ir. Muy bien, ahora la cámara se oscurece, señor cámara relajado. No ves nada. Estás relajado y no ves nada de nada. Se han ido todos. Ya no hay nadie gritando. Se acabó. Está todo oscuro.

Web se fue tranquilizando, bajó las manos y se recostó en el asiento.

Claire también se reclinó e intentó relajarse. Con anterioridad había pasado por sesiones de hipnosis intensas y descubierto cosas sorprendentes sobre el pasado de los pacientes, pero cada vez era distinta, le resultaba igual de emotivo. Claire vaciló durante unos instantes. ¿Debía seguir? Existía la posibilidad muy real de no conseguir que Web entrara en un estado hipnótico en otra ocasión.

—De acuerdo, señor cámara, vamos a seguir. —Dio un vistazo a las notas que había sacado del expediente situado bajo un cojín del sofá. Había esperado a que Web estuviera hipnotizado antes de anotar nada. En sesiones anteriores se había percatado de que a él le molestaba que utilizara expedientes. No era de extrañar, pues ¿quién iba a querer que su vida se detallara en un papel para que otras personas lo vieran y examinaran? Claire recordó cómo se había sentido cuando Buck Winters empleó la misma táctica con ella. Había fechas garabateadas en las páginas. Las había obtenido del expediente de Web y de las conversaciones mantenidas con él. —Vamos a seguir con… —Vaciló. ¿Sería él capaz de soportarlo? ¿Sería ella capaz de soportarlo? Tomó una decisión y le dijo a Web la nueva fecha a la que trasladarse. Era el día de la muerte de su padrastro—. ¿Qué ves, señor cámara?

—Nada.

—¿Nada? —Claire recordó—. Enciende la cámara. ¿Qué ves ahora?

—Sigo sin ver nada. Está oscuro, completamente negro.

A Claire le pareció extraño.

—¿Es de noche? Enciende la luz del aparato de vídeo, señor cámara.

—No, no hay luz. No quiero luz.

Claire se inclinó hacia delante puesto que Web se refería a él mismo. Aquello resultaba delicado. De este modo el paciente se encontraba en la diana de su propio inconsciente. No obstante, decidió seguir adelante.

—¿Por qué no quiere luz el cámara?

—Porque estoy asustado.

—¿Por qué está asustado el niño? —Tenía que mantener la objetividad aunque Web siguiera asomándose al abismo de la subjetividad. Podía ser una larga caída, Claire era perfectamente consciente de ello.

—Porque él está ahí.

—¿Quién, Raymond Stockton?

—Raymond Stockton —repitió Web.

—¿Dónde está la madre del niño?

El pecho de Web empezó a palpitar de nuevo. Se agarraba a los laterales del asiento reclinable con tanta fuerza que le temblaban los dedos.

—¿Dónde está tu madre?

Web habló con voz aguda, como la de un niño que todavía no ha alcanzado la pubertad.

—Se ha ido. No, ha vuelto. Peleando. Siempre peleando.

—¿Tu madre y tu padre se están peleando?

—Siempre. ¡Chist! —Web siseó—. ¡Que viene!

—¿Cómo lo sabes? ¿Qué ves?

—Se abre la puerta. Siempre chirría. Siempre. Como ahora. Está subiendo la escalera. Las guarda aquí. Sus drogas. Lo he visto. Lo he visto.

—Relájate, Web, está bien. Está bien. —Claire no quería tocarlo por temor a asustarle, pero estaba tan cerca de Web que prácticamente no había un espacio perceptible entre ellos. Observó a Web como habría hecho con su madre si hubiera sido el último minuto de existencia de la mujer en la tierra. Claire se preparó para concluir la sesión antes de que perdiera el control, pero sentía deseos de avanzar un poco más. Sólo un poco más.

—Él está de pie en lo alto de la escalera. Le oigo. Oigo a mi madre. Está abajo, esperando.

—Pero tú no ves. Todavía estás a oscuras.

—Sí que veo. —El tono de voz profundo y amenazador pilló a Claire por sorpresa; ya no era el grito de un niño sumamente asustado.

—¿Cómo es que ves, señor cámara? ¿Qué ves?

Web gritó las siguientes palabras de una forma tan brusca que Claire estuvo a punto de caerse al suelo:

—¡Ya lo sabes, maldita sea!

Durante una centésima de segundo pensó que le hablaba directamente a ella. Nunca le había sucedido una cosa así en una sesión de hipnosis. ¿A qué se refería? ¿A que ella ya conocía esa información? Sin embargo, él se fue tranquilizando y prosiguió.

—Levanté un poco la pila de ropa. Estoy debajo de un montón de ropa. Escondido.

—¿Del padrastro del niño?

—No quiero que me vea.

—¿Porque el niño está asustado?

—No, no estoy asustado. No quiero que me vea. No me ve, todavía no.

—¿Por qué? ¿A qué te refieres?

—Está justo delante de mí pero de espaldas. Su alijo está justo ahí. Se está inclinando para cogerlo.

La voz de Web se tornaba cada vez más profunda, como si pasara de niño a hombre justo delante de ella.

—Voy a salir del escondite. Ya no tengo que ocultarme. Las prendas de ropa se levantan conmigo. Es la ropa de mi madre. Ella deja la pila ahí para mí.

—¿Ah, sí? ¿Por qué?

—Para que me escondiera debajo cuando él viniera. Me he levantado, estoy de pie. Soy más alto que él. Soy más grande que él.

Web hablaba con un tono de voz que puso muy nerviosa a Claire. Ella se dio cuenta de que estaba jadeando aunque Web se había tranquilizado. Le horrorizaba pensar a dónde podían ir a parar. Claire debía detenerlo. Sus instintos profesionales le decían que concluyera la sesión, pero se veía incapaz.

—La alfombra está enrollada. Dura como una piedra —dijo Web con su profunda voz varonil—. Tengo una, la tenía debajo de la ropa. Estoy de pie, soy mayor que él. Es un hombrecillo. Muy pequeño.

—Web —instó Claire. Dejó de lado la supuesta existencia del cámara. Aquello se le estaba yendo de las manos.

—La tengo en la mano, como un bate. Soy un gran jugador de béisbol. La lanzo a un kilómetro. Le doy más fuerte que nadie. Soy grande y fuerte. Como mi padre. Mi verdadero padre.

—Web, por favor.

—Ni siquiera me está mirando. No sabe que estoy ahí. Le voy a dar con ganas.

Claire cambió de táctica.

—Señor cámara, quiero que apagues la cámara.

—El bateador la ha lanzado. A toda velocidad. La estoy viendo. Fácil. Me he preparado.

—Señor cámara, quiero que…

—Ya casi está ahí. Se ha girado. Quiero que lo vea. Que me vea.

—¡Web! ¡Apágala!

—Me ve. Me ve. Voy hacia la valla.

—Apaga la cámara. ¡Apágala, no lo estás viendo! ¡Apágala!

—Me estoy balanceando. Él me ve, sabe lo fuerte que puedo golpear. Ahora está asustado. ¡Está asustado y yo no! ¡Ya no! ¡Ya no!

Claire observó impotente cómo agarraba un bate imaginario y se giraba para batear.

—Es un gran golpe. Corte rojo, corte rojo. La pelota baja. Baja. Es un *home run*, la pelota se ha salido del campo. Está ahí fuera, ahí fuera. Adiós, adiós, señor cabrón. —Se quedó en silencio durante unos instantes mientras Claire lo escudriñaba atentamente.

»Se está levantando. Se está volviendo a levantar. —Hizo una pausa—. Sí, mamá —dijo él—. Toma el bate, mamá. —Extendió la mano como si quisiera entregar algo. Claire estuvo a punto de alargar la mano para cogérsela pero se agarró la suya.

»Mamá lo está golpeando. En la cabeza. Hay mucha sangre. Él ya no se mueve. No se mueve. Se acabó.

Web se quedó en silencio y se reclinó en el asiento. Claire también se recostó. El corazón le latía tan rápido que se puso la mano sobre el pecho como si quisiera evitar que le estallara. Sólo era capaz de imaginar a Raymond Stockton cayendo por la escalera del desván tras ser golpeado por una alfombra enrollada. Se volvió a golpear en la cabeza mientras caía, y luego su esposa lo remató con la misma alfombra enrollada.

—Quiero que te relajes completamente, Web. Quiero que te duermas, que duermas, eso es todo.

Claire observó cómo el cuerpo de él quedaba desvanecido en el asiento. Cuando Claire alzó la mirada, se llevó otro susto. Romano estaba allí de pie, mirándola con la mano cerca de la pistola.

—¿Qué demonios pasa aquí? —inquirió.

—Está hipnotizado, señor Romano. Está bien.

—¿Cómo lo sé?

—Tendrá que confiar en mí. —Estaba demasiado conmocionada como para discutir con el hombre—. ¿Qué ha oído?

—Estaba volviendo hacia aquí para ver qué tal estaba cuando he oído los gritos de Web.

—Está reviviendo ciertos recuerdos muy delicados de su pasado. Todavía no estoy segura de lo que significan pero ha sido un gran paso llegar hasta aquí.

La experiencia de Claire en medicina forense le había hecho pensar en varias teorías. Resultaba obvio que se había planeado que los golpes se asestaran con la alfombra enrollada. Probablemente Stockton tuviera fibras de la alfombra en la herida de la cabeza cuando se golpeó contra el suelo. Y si la alfombra del suelo fuera igual que la que estaba en el desván, entonces la policía daría por supuesto que las fibras se le habían adherido a la herida al golpearse contra el suelo. No sospecharían que alguien lo había golpeado con una alfombra enrollada del desván. Después de todas las quejas de maltrato contra el hombre, todos, incluida la policía, habrían dado las gracias de que por fin estuviera muerto. Ahora que habían acabado con el padrastro, Claire pasó a la madre.

Web había dicho que Charlotte London había dejado la pila de ropa allí. ¿También le había proporcionado la alfombra enrollada? ¿Había preparado a su hijo adolescente alto y fuerte para acabar con el marido que la maltrataba? ¿Era así como la mujer había decidido enfrentarse a la situación? ¿Y había aparecido acto seguido para concluir el trabajo, dejando que Web recogiera luego las piezas, permitiéndole que reprimiera la sensación de culpa de una forma tan exagerada que ni siquiera recordaba el suceso sino en estado hipnótico? Sin embargo, un recuerdo tan sumamente reprimido empañaría todos los aspectos de su ser y de su futuro. Se manifestaría de muchas maneras, pero ninguna positiva. Claire entendía ahora a la perfección la forma de ser de Web. Había decidido ser agente del orden no para compensar el comportamiento criminal de Harry Sullivan, sino debido a su sentimiento de culpa. Un muchacho que ayuda a matar a su padrastro a instancias de su madre biológica; desde la perspectiva de la salud mental, no podía ser más retorcido.

Claire lanzó una mirada a Web, tranquilamente sentado, con los ojos cerrados, a la espera de la orden siguiente. También comprendía que fuera sonámbulo. Los hijos de familias en las que habían sufrido maltratos solían retirarse a mundos de fantasía para protegerse de los horrores de la realidad. Tales niños creaban amigos imaginarios para combatir la soledad y también inventaban vidas y aventuras maravillosas para conjurar los sentimientos de inseguridad y depresión. Claire había tratado a sonámbulos capaces de controlar las funciones cerebrales superiores hasta tal punto que podían adornar o borrar por completo secciones enteras de la memoria, tal como había hecho Web. Llegó a la conclusión de que Web London, aunque persona dinámica, independiente y segura por fuera, era obediente y confiaba en los demás por dentro, de ahí su dependencia del equipo de ERR y su capacidad excepcional para cumplir órdenes. Sentía ansias de agradar, de ser aceptado.

Claire meneó la cabeza. Aquel hombre estaba hecho un lío por dentro. Aun así, había soportado el azote psicológico tanto del FBI como del ERR. Web había dicho que había resuelto la prueba del CPMM y se las había ingeniado para engañarles. No sabía hasta qué punto estaba en lo cierto.

Miró a Romano mientras reflexionaba sobre cómo formular la pregunta con delicadeza porque no podía revelar confidencias de los pacientes. Con anterioridad, Web le había dicho que no se medicaba, y ella no lo había cuestionado. No obstante, teniendo en cuenta lo que acababa de descubrir, se preguntó si no tomaría algo que le ayudara a luchar contra los traumas que claramente le consumían por dentro. Hizo una señal a Romano para que se dirigiera a la esquina más alejada, donde Web no pudiera oírles.

—¿Sabe si Web está tomando algún medicamento?

—¿Le ha dicho Web que tomaba alguna pastilla?

—Me lo estaba planteando. Es una pregunta que suelen hacer los loqueros —respondió con evasivas.

—Hay un montón de gente que toma pastillas para dormir —dijo Romano a la defensiva.

Ella no había especificado que se refiriera a pastillas para dormir. Eso quería decir, pensó Claire, que Romano estaba al corriente.

—No digo que esté mal, sólo me preguntaba si alguna vez le mencionó que tomara algo y, en tal caso, qué.

—¿Cree que es un adicto? Bueno, pues le digo que está usted como una cabra.

—No insinúo eso ni mucho menos. Es importante por si tengo que recetarle algo. No quiero que se produzca ninguna interacción por culpa de los medicamentos.

Romano seguía sin creérselo.

—¿Por qué no se lo pregunta a él?

—Estoy segura de que es perfectamente consciente de que la gente no siempre le dice la verdad al médico, sobre todo a los médicos de mi especialidad. Sólo quiero asegurarme de que no vaya a haber problemas.

Romano lanzó una mirada a Web, seguramente para asegurarse de que seguía en otro mundo. Volvió a mirar a Claire y dio la impresión de que tenía problemas para hablar.

—El otro día le vi sosteniendo un frasco que parecía de medicinas. Pero mire, ahora lo está pasando mal y probablemente esté hecho un lío por todo lo que ha sucedido y quizá necesite un poco de ayuda en forma de pastillas, pero el FBI es muy estricto con esa cuestión. Te lanzan por la borda y ya te apañarás si no sabes nadar. En esas situaciones tenemos que cuidarnos entre nosotros. —Romano hizo una pausa, miró a Web y añadió con un tono algo nostálgico—: Es el mejor agente del ERR que he conocido en mi vida.

—Ya sabe que le aprecia mucho.

—Sí, ya me lo imagino.

Romano salió de la sala. Claire se acercó a la ventana y observó mientras cruzaba el camino y desaparecía enseguida de su campo de visión. Le habría resultado muy difícil revelar una confidencia como ésa sobre su amigo y probablemente se sintiera un traidor por ello. Pero en realidad beneficiaría a Web mucho más que el posible daño que pudiera hacerle.

Se sentó frente a Web, se inclinó hacia delante y habló lentamente para que él no se perdiera ni una sola palabra. Normalmente, la hipnosis se utilizaba para ahuyentar las inhibiciones y capas que cubrían los recuerdos reprimidos que evitaban que los pacientes hablaran de sus problemas. En circunstancias normales, el paciente salía de la hipnosis recordando todo lo que había ocurrido mientras estaba hipnotizado. Claire no podía hacer eso dadas las circunstancias. Resultaría demasiado traumático. Así pues, hizo a Web una sugestión posthipnótica. Le ordenó que cuando saliera del estado hipnótico sólo recordara lo suficiente para enfrentarse a la situación de una forma aceptable. La parte que controlaría lo que recordara, si es que recordaba algo, sería su inconsciente. Dadas las circunstancias, Claire estaba convencida de que no recordaría prácticamente nada. No estaba preparado para enfrentarse a todo aquello y por eso estaba tan enterrado en su inconsciente. Poco a poco le hizo subir por la escalera, peldaño a peldaño. Antes de que saliera del todo, acabó de serenarse, se preparó para presentarse ante él.

Cuando por fin abrió los ojos, miró a su alrededor y luego a ella. Sonrió.

—¿Ha salido bien?

—Antes tengo que hacerte una pregunta, Web. —Hizo una pausa para serenarse de nuevo antes de añadir—: ¿Estás tomando alguna medicación?

Web entrecerró los ojos.

—¿No me lo habías preguntado ya?

—Te lo pregunto ahora.

—¿Por qué?

—Mencionaste el vudú como posible explicación de la parálisis en el patio. Voy a darte otra: mala interacción entre medicamentos.

—No tomaba ningún medicamento antes de entrar en ese callejón, Claire. Nunca haría una cosa así.

—Las interacciones entre medicamentos son curiosas —dijo Claire—. Según lo que tomes, los efectos pueden materializarse algún tiempo después de dejar de tomarlas. —Hizo una pausa antes de añadir—: Es importante que seas completamente sincero al respecto, Web. Si quieres llegar a la verdad, es fundamental.

Se miraron el uno al otro durante un buen rato, y luego Web se levantó para ir al baño. Regresó al cabo de un minuto y le tendió un pequeño frasco de pastillas. Volvió a tomar asiento mientras ella examinaba el contenido.

—Si las tienes aquí, imagino que las has tomado recientemente.

—Estoy de servicio, Claire. No puedo tomar pastillas. Así que me enfrento al insomnio y al dolor que siento a veces con las ojeras y el rostro descompuesto.

—¿Entonces por qué las tienes aquí?

—Me produce una sensación de seguridad. Eres psiquiatra, entiendes eso y por qué los niños se chupan el pulgar, ¿verdad?

Claire sacó las pastillas del frasco y las examinó una por una. Eran todas distintas. Reconoció la mayoría, pero no todas. Cogió una y se la mostró.

—¿Sabes de dónde sacaste esto?

—¿Por qué? —preguntó con desconfianza—. ¿Hay algo malo en ella?

—Tal vez. ¿O'Bannon te dio estas pastillas? —preguntó Claire con cautela.

—Puede ser, supongo que sí. Aunque pensaba que había terminado lo que me recetó hace ya tiempo.

—Si no fue O'Bannon, ¿quién fue entonces?

Web se puso a la defensiva.

—Mira, tuve que dejar los analgésicos que me daban para las heridas, porque me estaban creando dependencia. Y me pasé un año que no podía dormir. Algunos tipos del ERR tienen el mismo problema. No es que tomemos drogas ilegales o mierdas de ésas, pero una persona sólo aguanta cierto tiempo sin dormir, incluso en el ERR. Algunos tipos me han dado pastillas a lo largo de los años. Yo las guardo en un frasco y las tomo cuando las necesito. Esta pastilla podría ser una de ésas. ¿Por qué tanto interés?

—No te culpo por tomar medicación que te ayude a dormir, Web. Pero es estúpido y peligroso que tomes una mezcla descabellada de pastillas, aunque te las den tus amigos, porque no tienes ni idea de qué interacciones pueden provocar. Has tenido mucha suerte de que no te haya sucedido nada grave. O quizá sí. En ese callejón. Tal vez esta costumbre de tomar pastillas de forma aleatoria sea el motivo por el que te quedaste paralizado. —Claire también estaba pensando que los sucesos traumáticos que rodearon la muerte de Raymond Stockton podían haber brotado a la superficie en el peor momento, cuando Web estaba en ese callejón. Tal vez, como ya había pensado con anterioridad, el hecho de ver a Kevin Westbrook habría desencadenado algo en Web que lo había desarmado.

Web se cubrió el rostro con las manos.

—¡Mierda! Esto es increíble. ¡Increíble!

—No puedo asegurarte que fuera eso, Web. —Lo miró con expresión comprensiva, pero necesitaba saber algo más—. ¿Has informado a tu supervisor de la medicación que tomas?

Se destapó el rostro pero no la miró.

—Bueno —dijo ella lentamente.

—¿Vas a decir algo?

—¿Todavía las tomas?

—No. Si no recuerdo mal, la última vez que tomé una fue una semana antes de la misión del callejón.

—Entonces no tengo nada de lo que informar. —Mantuvo en la mano la misma pastilla—. No reconozco esta medicina y como psiquiatra creo que he visto todas las que existen. Me gustaría que la analizaran. No diré nada —añadió rápidamente al ver que se inquietaba—. Tengo un amigo. Tu nombre no llegará a aparecer.

—¿De verdad crees que fueron las pastillas, Claire?

Claire observó la pastilla antes de guardarse el frasco en el bolsillo y mirarlo de nuevo.

—Web, me temo que nunca lo sabremos con certeza.

—¿Entonces la hipnosis ha sido un fraude? —preguntó Web, aunque Claire veía claramente que él tenía la cabeza en las pastillas y en su posible implicación en lo sucedido al Equipo Charlie.

—No, no ha sido un fraude. He aprendido mucho.

—Como por ejemplo...

—Pues que Harry Sullivan fue detenido el día de la fiesta de tu sexto cumpleaños. ¿Recuerdas haber hablado de ello? —Estaba bastante convencida de que podría recordar aquello de la sesión de hipnosis. Pero no lo sucedido con Stockton.

Web asintió lentamente.

—La verdad es que sí. En parte.

—Por lo que parece, antes de la detención, Harry y tú lo estabais pasando en grande. Está claro que te quería mucho.

—Está bien saberlo —dijo Web sin ningún entusiasmo.

—A menudo las situaciones traumáticas se reprimen, son como una especie de válvula de escape. Tu psique no puede asumir ese nivel de confrontación y básicamente lo que uno hace es enterrarlo para no tener que enfrentarse a ello.

—Pero eso es como enterrar los residuos tóxicos —dijo con voz queda.

—Así es. A veces se filtran a la superficie y causan daños considerables.

—¿Algo más? —preguntó.

—¿Recuerdas algo más?

Negó con la cabeza.

Claire apartó la mirada un momento. Sabía que Web no estaba preparado para saber la verdad de la muerte de su padrastro. Volvió a mirarlo y consiguió esbozar una sonrisa.

—Bueno, creo que ya basta. —Consultó su reloj—. Además, tengo que marcharme.

—¿Entonces mi padre y yo nos llevábamos bien?

—Cantabais canciones, te llevaba sobre los hombros. Sí, lo pasabais en grande.

—Ahora empiezo a recordarlo. O sea que todavía hay esperanza, ¿no? —Web sonrió, quizá para demostrar que en parte estaba bromeando.

—Siempre hay esperanza, Web —repuso Claire.

39

Sonny Venables no estaba de servicio y ya se había despojado del uniforme cuando se sentó en un coche particular e hizo un reconocimiento de la zona. Había movimiento en el asiento trasero porque el enorme hombre que estaba tendido en el suelo extendió sus largas piernas.

—No te pongas nervioso, Randy —dijo Venables—. Todavía falta un rato.

—Confía en mí, he esperado a tipos mucho más rato que ahora y en sitios mucho más guarros que el asiento trasero de un coche.

Venables empujó suavemente un cigarrillo del paquete que llevaba en el bolsillo, lo encendió, bajó la ventanilla y echó el humo al exterior.

—Bueno, me estabas contando lo de tu encuentro con London.

—Le cubrí el culo aunque él no lo sabía. Eso estaba bien aunque no creo que Westbrook se lo hubiera cargado.

—He oído hablar de ese tío pero nunca lo he visto.

—Pues has tenido suerte, aunque debo reconocer que hay tipos muchos peores que él que andan sueltos por ahí. Al menos Westbrook tiene una especie de código de honor. La mayoría de los tipos que corren por ahí están completamente colgados. Te matan por matarte y luego van por ahí fardando. Westbrook actúa por motivos reales.

—¿Como cargarse al ERR?

—No creo. Pero le pasó un mensaje a London sobre lo de los túneles de debajo del edificio que era el objetivo del ERR. Parece ser que entraron las armas por allí. London lo comprobó con Bates. Y creo que tiene razón.

—Por lo que me has contado de Westbrook, no me parece que sea el chico de los recados.

—Es como si la persona por la que entregó el mensaje tuviera a alguien que le importa, como su hijo.

—Entiendo. ¿Y esa persona está detrás de lo que pasó con el ERR?

—Yo creo que sí.

—Entonces, ¿dónde entra el Oxy en todo esto?

—Es la operación que vi en el edificio aquella noche. Incluso tenían parte de la mercancía. No había bloques de coca, sólo bolsas de pastillas. Y vi los registros informáticos que lo especificaban todo. Millones de dólares de negocios. Y en dos días estaba vacío.

—¿Por qué todas esas molestias para tenderos una emboscada? ¿Por qué eliminar al ERR? Lo que consiguen con eso es que el FBI caiga sobre ellos como una tonelada de ladrillos.

—No tiene mucho sentido —convino Cove—, pero según parece es lo que pasó.

Venables se puso tenso y lanzó el cigarrillo por la ventana.

—Empieza el espectáculo, Randy.

Venables observó al hombre que salía del edificio que habían estado vigilando. El individuo caminó por la calle, giró a la derecha y bajó por un callejón. Venables puso el coche en marcha y avanzó lentamente.

—¿Éste es el tipo que estabas esperando? —preguntó Cove.

—Efectivamente. Si quieres información sobre drogas nuevas que lleguen a la ciudad, este chico la sabe. Se llama Tyrone Walker pero le llaman T. Muy original. Ha pertenecido a tres o cuatro bandas a lo largo de los años. Ha estado en la cárcel, en el hospital, en un centro de rehabilitación para drogadictos. Tiene unos veintiséis años y parece diez años mayor que yo, y no es que yo esté precisamente bien para la edad que tengo.

—Qué raro que nunca me haya encontrado con T antes.

—Tú no tienes el monopolio de la información en esta ciudad. Yo no soy más que un poli normal y corriente, pero me espabilo.

—Muy bien, Sonny, porque ahora soy como un artículo con tara. Nadie quiere hablar conmigo.

—Bueno, nuestro amigo T querrá, con los adecuados métodos de persuasión.

Venables dobló la esquina, pisó el acelerador y a continuación giró a la derecha en una calle que discurría en paralelo a la que habían estacionado el coche. En cuanto doblaron la esquina, T salió del callejón, que cortaba con esa calle.

Venables miró a su alrededor.

—Vía libre. ¿Quieres ponerte manos a la obra?

Cove ya había salido del coche. Antes de que T tuviera tiempo de saber qué ocurría, ya lo habían cacheado y estaba tendido boca abajo en el asiento trasero de Venables, con una de las manazas de Cove en la nuca para inmovilizarlo. Venables seguía conduciendo mientras T los insultaba a voz en grito. Cuando se hubo tranquilizado, habían recorrido tres kilómetros y se encontraban en una zona mejor de la ciudad. Cove dejó que T se sentara. El hombre miró primero a Cove y luego a Venables.

—Oye, T —dijo Venables—, tienes buen aspecto. ¿Te has estado cuidando?

Cove presintió que T estaba a punto de salir disparado por la otra puerta, así que le rodeó los hombros con el brazo.

—Sólo queremos hablar contigo, T. Sólo hablar.

—¿Y si yo no quiero hablar?

—Entonces puedes salir del coche —dijo Cove.

—¿De verdad? Vale, para el coche que me bajo.

—Vaya, T, él no ha dicho nada de que tenga que parar el coche si quieres bajarte. —Venables agarró el volante, entró en una vía de acceso y se incorporaron a la Interestatal 395, cruzaron el puente de la calle Catorce y llegaron a Virginia. Venables pisó el acelerador hasta alcanzar los cien kilómetros por hora.

T miró por la ventanilla hacia el tráfico y luego se recostó en el asiento con los brazos cruzados sobre el pecho.

—Veamos, este amigo mío… —empezó a decir Venables.

—¿Tu puto amigo tiene nombre?

Cove aferró con más fuerza los hombros de T.

—Sí, tengo nombre. Llamadme T-Rex. Dile por qué, Sonny.

—Porque come galletas T para desayunar, comer y cenar —respondió Sonny.

—Y yo sólo quiero un poco de información sobre un producto nuevo en la ciudad. Las bandas que lo compran y cosas así. Ningún problema. Sólo un par de nombres y te dejamos bajar donde te recogimos.

—Y créeme, T, no te conviene que este hombre se cabree —añadió Venables.

—Los polis como vosotros no me vais a hacer nada, a menos que queráis que os ponga un pleito.

Cove observó al hombre unos momentos y añadió:

—En estos momentos, T, mejor que seas amable conmigo. No estoy de humor y me importa un carajo si alguien me pone un pleito o no.

—Vete a tomar por culo.

—Sonny, toma la siguiente a la derecha. Dirígete al paseo GW. Por allí hay muchos sitios tranquilos —añadió en tono inquietante.

—De acuerdo.

Al cabo de unos minutos llegaron al George Washington, o paseo GW, situado hacia el norte.

—Toma la salida siguiente —indicó Cove.

Se detuvieron en una zona de aparcamiento con mirador desde la que se disfrutaba de una bonita vista de Georgetown y, mucho más abajo, del río Potomac. Un muro de piedra servía de barrera de la caída pronunciada. Estaba anocheciendo y no había más coches estacionados en la zona. Cove miró a su alrededor, abrió la puerta e hizo salir a T con él.

—Si me vais a detener, quiero a mi abogado.

Venables también salió del coche y miró a su alrededor. Observó la caída, volvió a mirar a Cove y se encogió de hombros.

Cove agarró por la cintura al más bien menudo T y lo levantó.

—¿Qué coño estás haciendo, tío?

Cove se subió al muro de piedra y bajó al otro lado mientras T forcejeaba en vano. Había una estrecha extensión de tierra y luego una caída de unos treinta metros hasta el río, que estaba lleno de rocas. Río abajo y en la orilla contraria había varios edificios pertenecientes a clubes de remo. Estaban pintados con colores vivos y sus miembros surcaban las aguas en canoas, espadillas, kayaks y varias embarcaciones que exigían más músculo que motores de combustión para hacerlas avanzar. En ese mismo instante había varias en el agua y T tuvo ocasión de disfrutar de una vista invertida de esa escena tan pintoresca porque Cove lo sostenía por las piernas boca abajo, por encima del precipicio.

—¡Joder! —exclamó el agitado T al ver la caída que lo condenaría al olvido.

—Bueno, podemos hacerlo fácil o difícil y tendrás que decidirte rápido porque no tengo ni tiempo ni paciencia —declaró Cove.

Venables se puso en cuclillas sobre el muro y se mantuvo alerta por si venían otros coches.

—Será mejor que le escuches, T, el hombre no miente.

—Pero si sois polis —gimoteó T—, no podéis hacerme esto. Es inconstitucional, joder.

—Yo no he dicho que sea policía —dijo Cove.

T se puso tenso y lanzó una mirada a Venables.

—Pero él sí, maldita sea.

—Oye, yo no soy el guardián de mi hermano —dijo Venables—. Además, me falta poco para jubilarme. Me importa un cojón.

—Oxy —dijo Cove con tranquilidad—. Quiero saber quién la compra en D.C.

—¿Estás como una cabra o qué? —gritó T.

—Sí, eso mismo. —Cove soltó ligeramente y T se deslizó unos quince centímetros. Cove sólo lo tenía agarrado por los tobillos.

—Oh, Dios mío, oh, cielo santo, ayúdame —gimoteó T.

—Después de la vida que has tenido, será mejor que no te encomiendes a Dios —dijo Venables—. A lo mejor te manda un rayo y yo estoy demasiado cerca.

—Habla —dijo Cove con voz pausada—. Oxy.

—No puedo contarte nada. Luego los otros me joderán vivo.

Cove soltó a T un poco más. Lo agarró sólo por los pies.

—Llevas mocasines, T —dijo—. Los mocasines se caen rápido.

—¡Vete a la mierda!

Cove le soltó un pie, sujetándole sólo por el otro con ambas manos. Volvió a mirar a Venables.

—Sonny, me parece que será mejor que soltemos a este tío y vayamos a buscar a otro más listo.

—Ya tengo a la persona. Vamos.

Cove empezó a soltarle el pie.

—¡No! —gritó T—. Hablaré. Os lo diré.

Cove siguió sin moverse.

—No, es decir, súbeme y os lo diré.

—Sonny, pon el coche en marcha mientras tiro este trozo de mierda al Potomac.

—¡No! Hablaré, aquí mismo. Lo juro.

—Oxy —indicó Cove de nuevo.

—Oxy —repitió T. Empezó a hablar rápido y le contó a Cove todo lo que necesitaba saber.

Claire entró con el Volvo en el camino de acceso a su casa y paró el motor. Era un vecindario agradable, no demasiado lejos de la consulta, y había tenido la suerte de comprar la casa antes de que los precios de las viviendas subieran como la espuma. Tenía unos ingresos sustanciosos pero el coste de la vida en el norte de Virginia era desorbitado. Los constructores edificaban casas en cualquier pedazo de tierra que encontraban, por pequeño que fuera, y encima había gente más que suficiente deseosa de comprarlas.

Su casa era de estilo Cape Cod con tres habitaciones y una bonita extensión de césped en la parte delantera, flores en jardineras, un tejado de listones de cedro y un garaje de dos plazas adjunto a la casa mediante un pasaje techado. La calle estaba flanqueada por árboles y en el vecindario había una buen mezcla de gente joven y mayor y de profesionales liberales y clase trabajadora.

Como hacía tiempo que se había divorciado, Claire estaba casi convencida de que seguiría sin pareja el resto de sus días. Había pocos hombres adecuados en los círculos sociales en los que se movía y ninguno de ellos le había llamado la atención. Siempre tenía amigas dispuestas a encontrarle un buen partido que fuera un minimagnate de las nuevas tecnologías o un abogado, pero le parecían tan egocéntricos y egoístas que imaginaba que casarse con uno de ellos no sería demasiado distinto a seguir sola. A modo de indirecta, en una fiesta había preguntado a un tipo muy tecnológico y pagado de sí mismo si había oído hablar de Narciso. Quiso saber si se trataba de un nuevo software para Internet y, acto seguido, se dedicó a hablar de lo fabuloso que él era.

Cogió el maletín del coche y se dirigió a las escaleras delanteras. No había entrado el coche en el garaje porque tenía intención de volver a salir. El hombre que salía de su patio la sorprendió. Era negro y corpulento, parecía llevar la cabeza rapada aunque usaba gorra. Claire se centró en el uniforme de la empresa del gas y en el indicador de nivel de gas que sostenía en la mano. Pasó por su lado, le sonrió y cruzó la calle. Se avergonzó por haber sospechado de inmediato de un hombre negro, aunque tenía que reconocer, también con cierta vergüenza, que en el vecindario vivía poca gente de color. No obstante, ¿quién podía culparla de ser paranoica, después del tiempo que pasaba con Web London y hombres como él?

Abrió la puerta con llave y entró en la casa pensando en la sesión mantenida con Web. En muchos sentidos había resultado espantosa, pero por lo menos había sido muy reveladora. Dejó el maletín y se dirigió a su dormitorio para cambiarse. Todavía era de día y pensó en aprovechar el buen tiempo que hacía para salir a dar un paseo. Recordó las pastillas que llevaba en el bolsillo, las sacó y las observó. La que le resultaba desconocida le intrigaba sobremanera. Tenía un amigo que trabajaba en el departamento farmacéutico del Fairfax Hospital. Podía analizarla y decirle qué era. No se parecía a las pastillas para dormir que conocía, pero podía estar equivocada. También confiaba en equivocarse con respecto a la interacción entre fármacos que había dejado paralizado a Web en aquel callejón. Quizá fuera algo de lo que jamás podría recuperarse. Por descabellada que fuera la teoría de Web sobre el vudú, iba a maldecir aquello que Web se hubiera introducido en el cuerpo que había hecho que sus amigos murieran sin él. No, la respuesta tenía que estar en su pasado, estaba convencida de ello.

Se sentó en la cama y se quitó los zapatos, entró en el pequeño vestidor, se desvistió y se enfundó una camiseta y unos pantalones cortos porque volvía a hacer calor. Entró descalza en la habitación y miró el teléfono. Quizá debiera llamar a Web y hablar con él. En algún momento tenía que decirle lo que había averiguado de la muerte de Stockton. Sería crucial elegir bien el momento. Si la revelación era demasiado pronto o demasiado tarde, las consecuencias podían ser desastrosas. Decidió dejar la decisión para más adelante. Quizás el paseo la ayudara a decidirse. Se acercó a la cajonera y tomó una gorra de béisbol. Estaba a punto de ponérsela cuando una mano le tapó la boca. Dejó caer la gorra y, de forma instintiva, empezó a oponer resistencia hasta que notó el cañón de la pistola contra la mejilla; entonces se quedó quieta, abrió los ojos como platos por el miedo y empezó a respirar con dificultad. Recordó que no había cerrado la puerta con llave al entrar. Era un vecindario muy seguro, o por lo menos lo había sido hasta ese momento. Los pensamientos se arremolinaban en su cabeza y se preguntó si el hombre del gas era un impostor y había vuelto para violarla y matarla.

—¿Qué quiere? —preguntó con una voz tan apagada por la mano que le cubría la boca que no parecía la suya. Se dio cuenta de que se trataba de un hombre, aunque llevaba la mano enguantada, por la fuerza que tenía. La mano se apartó de la boca y le rodeó el cuello.

El hombre no respondió, Claire vio que le iban a vendar los ojos y, al cabo de un instante, no vio más que oscuridad. Notó que la arrastraban a la cama y le aterrorizó pensar que quizás iban a violarla. ¿Debía gritar o resistirse? Además, la pistola seguía presionándole la mejilla derecha. El silencio del atacante le resultaba más desconcertante que si hubiera oído su voz.

—Tranquilízate —dijo el hombre—, lo único que queremos es información. Nada más. —Sus palabras le parecieron suficientemente claras. Su cuerpo estaba a salvo. Por lo menos es lo que esperaba.

La condujo hacia abajo para que se sentara en el borde de la cama. Claire decidió que si la empujaba hacia atrás y se le ponía encima, se resistiría, con pistola o sin ella.

No obstante, notó que se apartaba. Al mismo tiempo percibió la entrada de otra persona. Se puso tensa cuando la persona que acababa de entrar se sentó junto a ella en la cama. Un hombre corpulento, dedujo, puesto que la cama se hundió bastante bajo su peso. Pero no la tocó, si bien sentía su mirada incluso a través de la venda.

—¿Ves a Web London?

Se sobresaltó un tanto al oír la pregunta puesto que no se le había pasado por la cabeza que aquella situación guardara relación con Web, aunque se dio cuenta de que no era de extrañar. Su vida era bastante normal, rutinaria, sin armas ni hombres asesinados. Aquélla era la vida de Web. Le gustara o no, ahora también ella formaba parte de aquella existencia.

—¿A qué se refiere? —acertó a decir.

Oyó que el hombre soltaba un gruñido, de irritación, pensó.

—Eres psiquiatra y él es paciente tuyo, ¿no es cierto?

Claire quería decir que, por cuestiones éticas, no podía revelar tal información pero estaba convencida de que, si decía eso, el hombre la mataría. Seguro que a él le tendrían sin cuidado sus limitaciones éticas. Como para añadir credibilidad a su temor, oyó claramente cómo amartillaba el percusor de una pistola. Había estado en contacto con armas como psiquiatra forense y conocía el sonido a la perfección. Se le encogió el estómago y se le entumecieron las extremidades; se preguntó cómo era posible que Web tratara con gente de semejante calaña todos los días de su vida.

—Es mi paciente, sí.

—Ahora ya vamos por el buen camino. ¿Te ha mencionado a un niño? ¿A un niño llamado Kevin?

Claire asintió porque la boca se le había secado hasta tal punto que se veía incapaz de hablar.

—¿Él sabe dónde está ahora el niño?

Claire negó con la cabeza y se puso tensa cuando él le pellizcó el hombro ligeramente.

—Relájate, coño, nadie va a hacerte daño si colaboras. De lo contrario, tendremos un problema —añadió en tono amenazante.

Claire oyó que chascaba los dedos; transcurrió un minuto de silencio y luego notó que algo le tocaba los labios. Se echó hacia atrás.

—Agua —dijo el hombre—. Tienes la boca seca. Le pasa a la gente que se caga de miedo. Bebe.

La última palabra era una orden y Claire la obedeció inmediatamente.

—Ahora habla, se acabaron los movimientos de cabeza, ¿entendido?

Empezó a asentir y entonces se contuvo.

—Sí.

—¿Qué te ha dicho de Kevin? Quiero saberlo todo.

—¿Por qué? —No estaba totalmente segura de dónde surgía esa pregunta tan atrevida.

—Tengo mis motivos.

—¿Quiere hacerle algo al niño?

—No —respondió el hombre con voz queda—. Sólo quiero recuperarlo sano y salvo.

Parecía sincero pero eso era habitual entre los criminales, se recordó a sí misma. Ted Bundy había sido el rey de los conversadores tranquilos mientras mataba de forma metódica a montones de mujeres, sin perder la sonrisa.

—No tengo motivos para creerle, ¿sabe?

—Kevin es mi hijo, coño.

Se quedó tensa al oír esas palabras y entonces se relajó. ¿Podía tratarse del tal Gran F del que Web le había hablado? Pero le había dicho que era el hermano de Kevin, no el padre. El hombre hablaba como un padre preocupado, pero había algo que no le acababa de convencer. Claire tendría que confiar en su instinto profesional al respecto. Lo que sí veía con toda claridad era que esos hombres la matarían.

—Web dijo que había visto a Kevin en el callejón. Me contó que Kevin le dijo algo que le afectó de una forma extraña. Lo vio más tarde, cuando se produjeron los disparos. Le dio una nota para que la entregara. No lo volvió a ver después de eso. Pero lo ha estado buscando.

—¿Eso es todo?

Asintió con la cabeza, sin recordar la advertencia. Notó que él se acercaba a ella y, aunque llevaba la venda, cerró los ojos. Notó que se le formaban lágrimas.

—Las reglas son que no hay más movimientos de cabeza, necesito palabras, joder, es la última vez que te lo digo, ¿entendido?

—Sí. —Intentó contener las lágrimas.

—¿Dijo algo más? ¿Algo que fuera especial sobre la segunda vez que vio a Kevin?

—No —respondió ella, pero había vacilado un segundo más de lo debido. Se dio perfecta cuenta de ello, como si la pausa hubiera durado un día. Y pensó que él también se había percatado. Estaba en lo cierto al suponerlo, puesto que enseguida notó la fría boca de la pistola contra su mejilla.

—Tenemos un grave malentendido, a lo mejor es que no he hablado claro. Escúchame bien, zorra, y a ver si te enteras de una puta vez. Para recuperar a mi chico, te volaré la tapa de los sesos a ti y a todas las personas que te importan en esta vida. Veo que por todas partes tienes fotos de esta niña tan mona. Apuesto a que es tu hija, ¿no? —Claire no respondió y notó que le agarraba el cuello con la mano. La llevaba enguantada, lo cual le sorprendió hasta que pensó en las huellas dactilares y en el ADN que las máquinas detectaban en los cadáveres. ¡Su cadáver! De sólo pensarlo se sintió desfallecer.

—¿No?

—¡Sí!

Le mantuvo la mano en el cuello.

—Ya veo que tienes a tu hijita sana y salva. En una casita perfecta en un lugar perfecto. Pero mira, yo no tengo a mi chico y él es todo lo que tengo. ¿Por qué tienes tú a tu hija y yo no tengo a mi hijo? ¿Te parece justo? —Le presionó el cuello un poco y Claire empezó a tener arcadas.

—No.

—¿No, qué?

—No, no me parece justo —consiguió farfullar.

—Bueno, es un poco tarde para eso, nena.

Sintió entonces que la empujaba a la cama. En ese momento la decisión que había tomado de luchar si intentaban violarla le pareció ridícula. Estaba tan asustada que apenas podía respirar. Notó que le colocaban una almohada sobre la cara y luego algo duro en el centro de la almohada. Tardó unos segundos en percatarse de que el objeto duro era la pistola y que la almohada serviría de burdo silenciador.

Pensó en su hija Maggie y en cómo encontrarían su cadáver. Las lágrimas le inundaron los ojos. Entonces, durante un segundo milagroso, recuperó la serenidad.

—Dijo que alguien había cambiado a los niños en el callejón.

La almohada no se movió durante varios segundos y Claire pensó que después de todo había perdido.

Poco a poco la fueron levantando y la hicieron incorporarse con tanta brusquedad que pensó que se le había dislocado el brazo.

—¿Cómo?

—Dijo que habían cambiado a Kevin por otro niño en el callejón. El niño que fue a la policía no era Kevin. Lo pillaron en el callejón antes de que fuera a la policía.

—¿Sabes por qué?

—No. Y no sabe quién fue. Sólo que sucedió.

Volvió a notar la pistola en su mejilla. Por algún motivo la segunda vez no resultaba tan alarmante.

—Mientes, hija de puta, no te va a gustar lo que te voy a hacer.

—Eso es lo que él me dijo. —Sintió que había traicionado a Web para salvarse y se preguntó si él habría preferido morir a hacer algo así. Probablemente sí. Empezó a llorar de nuevo y esta vez no por temor sino por su propia debilidad.

»Piensa que quien estuviera detrás de lo ocurrido fue quien planeó la presencia de Kevin en el callejón. Cree que Kevin estaba implicado de algún modo. Pero sin ser consciente de ello —se apresuró a añadir—. No es más que un niño.

Le apartaron la pistola de la mejilla y la enorme presencia del interrogador también se apartó.

—¿Eso es todo?

—Es todo lo que sé.

—Si le cuentas a alguien que hemos estado aquí, ya sabes lo que te pasará. Y encontraré a tu hija. Hemos registrado la casa, sabemos todo lo que hay que saber sobre ti y sobre ella. ¿Ha quedado claro?

—Sí —acertó a responder.

—Hago esto para recuperar a mi hijo, eso es todo. Lo mío no es entrar como sea en casa de la gente y darles palizas, no es mi estilo, y menos con las mujeres, pero haré lo que sea para recuperar a mi hijo.

Claire se dio cuenta de que estaba asintiendo y dejó de hacerlo de inmediato.

No les oyó marcharse, aunque estaba aguzando el oído al máximo. Espero unos minutos para asegurarse y luego dijo:

—¿Hola? —Lo repitió.

Se llevó las manos a la cara poco a poco para quitarse la venda. Esperaba que unas manos la detuvieran pero no fue así. Al final se despojó de la venda y lanzó una mirada rápida a la habitación, como esperando que alguien se abalanzara sobre ella. Le hubiera gustado desplomarse sobre la cama y pasarse el resto del día y de la noche llorando, pero no podía quedarse allí. Le habían dicho que habían registrado toda la casa. Lanzó algunas prendas de ropa en una pequeña bolsa de viaje, agarró el bolso, unas zapatillas de deporte y salió por la puerta delantera. Miró pero no vio a nadie. Fue a buscar el coche rápidamente. Mientras se alejaba, no dejaba de mirar por el retrovisor para ver si la seguían. No era experta en el tema pero no parecía que hubiera nadie. Claire entró en la ronda de circunvalación y aceleró, sin saber exactamente a dónde se dirigía.

40

Antoine Peebles se quitó los guantes y se recostó en el asiento con una amplia sonrisa en su rostro inteligente. Lanzó una mirada a Macy, que iba al volante. El rostro del hombre era inescrutable, como siempre.

—Menuda actuación, modestia aparte —dijo Peebles—. Creo que he acertado con la voz y la dicción del hombre. No había utilizado ese tono en toda mi vida. ¿Qué te parece?

—Parecías el jefe —convino Macy.

—Y la señora se caga de miedo y va a Web London y a la poli y empiezan a buscar a Francis.

—Y a lo mejor a nosotros.

—No, ya te he explicado todo eso. Tienes que pensar a nivel macro y micro, Mace —dijo Peebles como si estuviera dando clase a un estudiante—. Ya nos hemos distanciado de él y además ya no tiene mercancía y la mitad de su banda lo ha dejado por eso. Su flujo de caja se ha quedado en casi nada. En este negocio las existencias duran dos días, como máximo. Tenía mercancía oculta, eso se lo reconozco, pero se acabó. Y cuando se cargó a Toona perdió a cuatro tipos más sólo por eso. —Peebles meneó la cabeza—. Y con todo lo que ha ocurrido, ¿qué hace? Se pasa todo el día pensando en el niño. Lo busca todas las noches, apalea a la gente, quema las naves y no confía en nadie.

—Supongo que tiene razón al no confiar en nadie —dijo Macy, mirando a Peebles—. Sobre todo en ti y en mí.

Peebles hizo caso omiso de sus palabras.

—Podría escribir un libro sobre técnicas de gestión estúpidas, matar a uno de los tuyos delante de todo el mundo. ¡Delante de un agente del FBI! Tiene ganas de morir.

—Hay que mantener a los chicos a raya —dijo Macy sin alterarse—. Hay que mandar con la fuerza. —Lanzó una mirada a Peebles con una expresión que demostraba claramente que a su compañero le faltaba ese atributo, pero Peebles no se dio cuenta porque todavía estaba deleitándose con su triunfo—. Y no puedes culpar al tío por intentar encontrar a su hijo.

—No se pueden mezclar los negocios con la vida privada —añadió Peebles—. Ya se está jodiendo él solo, quemando capital político, ¿por qué? Por algo que nunca va a pasar. Ese niño no va a volver. Independientemente de quien lo secuestrara, ese niño está enterrado a dos metros de profundidad si es que queda algo de él. Ahora tengo montadas unas líneas de suministro nuevas y sus desertores se han aliado conmigo. —Miró a Macy—. Probablemente no sepas todo esto, pero mi estrategia es la clásica de Maquiavelo. Y he estado ojeando a los mejores miembros de otras bandas durante los últimos seis meses. Estamos a punto de empezar y esta vez lo vamos a hacer todo a mi manera. Lo llevaremos como un verdadero negocio. Responsabilidad, sueldo y ascenso según los méritos, bonificaciones por el rendimiento ejemplar y recompensas por la innovación que van directos al balance final de la corporación. Vamos a hacernos cargo de nuestras actividades de blanqueo de dinero y reduciremos costes allá donde haya que reducirlos. No todos los miembros de la banda tienen que tener joyas y putas que cobran quinientos dólares la noche. Incluso he previsto un plan de jubilación en vez de que los colegas tiren el dinero con los coches y los quilates y no tengan un centavo cuando sean demasiado viejos para dedicarse a esto. Además, he puesto en práctica unas pautas para el vestir de los que mandan, se acabó esto de ir fachosos. Los profesionales tienen que dar una imagen profesional. Mírate, tú vas bien, eso es lo que quiero.

Macy esbozó una extraña sonrisa.

—A ciertos chicos no les va a gustar.

—Algún día tendrán que hacerse mayores. —Miró a Macy—. Debo reconocer que tenía una sensación extraña con esa pistola, en la mano.

—¿Le habrías disparado?

—¿Estás loco? Sólo quería asustarla.

—Bueno, cuando se apunta con una pistola en algún momento se tiene que usar —manifestó Macy.

—Ése es tu trabajo. Tú eres el jefe de seguridad, Mace. Mi mano derecha. Tú enseñaste lo tuyo cuando se te ocurrió el plan de pillar a Kevin. Además hiciste el trabajo sucio reuniendo a las bandas para unir fuerzas. Ahora vamos a ver mundo, amigo mío, iremos mucho más lejos de lo que Francis nos llevó y mucho más rápido. Él es de la vieja escuela, los nuevos métodos son siempre los mejores. Por eso murieron los dinosaurios.

Bajaron por un callejón y Peebles consultó la hora.

—Bueno, ¿tienes preparado el lugar de reunión?

—Están todos ahí, como querías.

—¿Y de humor?

—Bueno, pero desconfían. Los tienes preocupados pero muy interesados.

—Eso es lo que quería oír. Aquí es donde mantenemos vigilado nuestro territorio, Mace, y donde hacemos saber a los demás que Francis ya no es el jefe. Ha llegado nuestra hora. Vamos allá. —Hizo una pausa porque de inmediato una idea le vino a la mente—. ¿De qué cojones hablaba esa mujer? ¿Eso de que habían cambiado a Kevin por otro niño en el callejón?

Macy se encogió de hombros.

—No tengo ni idea.

—Tienes al niño, ¿no?

—Sano y salvo. Por ahora. ¿Quieres verlo?

—No quiero ni acercarme al chaval. Me conoce, y si pasa algo y Francis se entera… —El temor se reflejaba en las facciones de Peebles.

El coche se detuvo. Macy se apeó del vehículo y escudriñó el callejón en ambas direcciones antes de alzar la vista hacia los tejados. Al final hizo la señal de luz verde a su nuevo jefe. Peebles bajó del coche, se ajustó la corbata y se abotonó la americana cruzada. Macy le abrió la puerta del edificio y Peebles cruzó decidido el umbral. Subieron la escalera y, a cada paso, Peebles pareció transformarse en una presencia cada vez mayor. Había llegado su momento, el momento que llevaba años aguardando. ¡Se acabó lo viejo, viva lo nuevo!

Cuando llegó arriba esperó a que Macy le abriera la puerta. Habría allí siete hombres esperándole, cada uno de los cuales representaba una tajada de la distribución de droga ilegal de Washington D.C. Nunca habían trabajado juntos, puesto que cada uno de ellos se había apropiado de una porción del pastel y supervisaba su pequeño feudo. No compartían ni información ni recursos. Cuando se producían desacuerdos, los resolvían matándose entre ellos. Informaban a la policía sobre otras bandas cuando les convenía y la pasma aparecía y los escogía a gusto. Francis había hecho lo mismo y, aunque se trataba de un arreglo a corto plazo que parecía exitoso, Peebles sabía que era totalmente desastroso a largo plazo. Así pues, había llegado el momento de que Antoine Peebles entrara en escena y se hiciera cargo del asunto.

Abrió la puerta y entró en la sala donde daría comienzo su propia leyenda.

Peebles miró a su alrededor… Y no vio a nadie.

Peebles ni siquiera tuvo tiempo de volverse antes de que la pistola le apuntara y le dispararan en la cabeza. Cayó al suelo, la sangre le corría por la refinada corbata y su vestuario tan profesional.

Macy dejó la pistola a un lado y se inclinó sobre el cadáver.

—Leo a Maquiavelo, Twan —dijo sin dar muestras de presunción. Apagó la luz y bajó la escalera. Tenía un avión que tomar porque ahora las cosas empezarían a moverse.

Web guió a *Boo* por la pequeña colina y frenó el caballo al lado de Gwen, montaba sobre *Baron*.

Romano protegía a Billy en el centro ecuestre; Web los había dejado a los dos admirando el Corvette de Romano. Dado que la mayoría de los hombres del rancho se habían marchado a la feria de caballos, Web se había sentido especialmente vulnerable y había convencido a Canfield para que permitiera la entrada de más agentes en la finca para patrullar la zona y reforzar la vigilancia, por lo menos hasta que regresaran los hombres.

—En esta época del año está todo tan bonito —dijo Gwen. Miró a Web—. Supongo que piensas que llevamos una vida fácil. Una casa grande, mucho servicio, y que nos pasamos el día cabalgando y disfrutando del paisaje.

Gwen sonrió, aunque a Web le dio la impresión de que estaba seria. Se preguntó por qué una mujer como Gwen Canfield, con todo lo que había pasado, necesitaba la aprobación de otras personas, sobre todo de un desconocido como él.

—Creo que los dos habéis pasado por muchas situaciones, habéis trabajado duro y ahora disfrutáis de los frutos de ese trabajo. Ése es el sueño americano, ¿no?

—Supongo —respondió ella sin convicción. Miró el sol que resplandecía sobre sus cabezas—. Hoy hace calor. —Web se dio cuenta de que la mujer quería hablarle de algo pero que no sabía cómo sacar el tema.

—Hace tanto tiempo que soy agente del FBI, Gwen, que he oído de todo y acostumbro a ser muy buen oyente.

Gwen le lanzó una mirada fulminante.

—No abro mi corazón ni siquiera a las personas que conozco bien, Web, por lo menos ahora ya no.

—No te pido que me lo abras, pero si quieres hablar, aquí estoy.

Cabalgaron un poco más y luego se detuvieron.

—He estado pensando en el juicio de Richmond. Esa horrible gente incluso denunció al FBI, ¿no?

—Lo intentaron, pero la demanda fue rechazada. El abogado, Scott Wingo, al que mataron recientemente, intentó salirse con la suya en el juicio a Ernest Free, pero el juez se percató enseguida y le puso freno. Sin embargo, probablemente planteara dudas suficientes a los ojos del jurado, por lo que el abogado de la acusación se asustó y llegó a una sentencia de conformidad. —Hizo una pausa antes de añadir—: Por supuesto ahora también está muerto, igual que el juez.

Gwen lo miró con sus ojos grandes y tristes.

—Y no obstante Ernest Free está vivo y en libertad, después de todo lo que hizo.

—A veces la vida no tiene demasiada lógica, Gwen.

—Billy y yo teníamos una vida maravillosa antes de que ocurriera todo. Le quiero mucho. Pero desde que mataron a David ya no es lo mismo. Probablemente yo tenga más culpa que él. Fue idea mía llevar a David a esa escuela. Quería que recibiera una buena educación y que estuviera en contacto con distintos tipos de personas: diferentes idiomas, diferentes etnias, gente de color. Billy es buena persona pero nació y creció en Richmond, sin ningún tipo de privilegios o riquezas pero en un barrio en el que todo el mundo era parecido. No es racista ni nada por el estilo —se apresuró a añadir—. La mitad de los conductores y mozos de carga de su empresa de transporte eran negros y él los trataba a todos por igual. Si trabajaban duro, recibían un sueldo justo. Incluso le acompañé a casa de un conductor que había caído en la bebida. Llevaba comida y dinero a las familias, aconsejaba a los hombres, les conseguía servicios profesionales o se los costeaba, o les hacía ir a las reuniones de Alcohólicos Anónimos, les ayudaba a recuperar la normalidad. Además, aunque podría haberlos despedido, incluso de acuerdo con las normas sindicales, no lo hacía. En una ocasión me dijo que su misión en la tierra era ser el Rey de las Segundas Oportunidades, porque él había disfrutado de ellas. Sé que hay muchas personas que nos miran y no ven el atractivo, pero yo sé que haría cualquier cosa por mí y que ha estado a mi lado en los buenos y en los malos momentos y los dos hemos pasado por ese tipo de experiencias.

—Mira, Gwen, no tienes que convencerme. Pero si tienes problemas, ¿has recurrido a algún tipo de terapia? Yo conozco a una persona.

Dedicó una mirada desesperanzada a Web, alzó la vista hacia el sol ardiente y dijo:

—Voy a nadar un rato.

Cabalgaron de vuelta a los establos y Web acompañó a Gwen a la casa en una de las camionetas del rancho. Ella se puso el bañador y se reunió con Web junto a la piscina. Web le dijo que no se iba a bañar porque se le mojaría la pistola. Ella sonrió al oír su comentario, se volvió y giró una llave que había en un dispositivo empotrado en un muro de piedra cercano a la piscina. La cubierta automática de color gris de la piscina se deslizó sobre sus guías.

—Pusimos esto porque no parábamos de encontrar tortugas, ranas e incluso serpientes negras en la piscina —explicó.

Cuando la cubierta se hubo deslizado por completo en la zanja del extremo más alejado de la piscina, Web se agachó y examinó la máquina de corriente empotrada en el fondo de la misma. Alzó la mirada a tiempo de ver a Gwen quitándose las sandalias y despojándose del albornoz. Llevaba un bañador de corte bajo en el pecho y un poco alto en las caderas y nalgas. Lucía un bonito bronceado y los músculos de los muslos y pantorrillas se correspondían con los que ya le había visto en brazos y hombros. Mejor olvidarse de los aparatos de gimnasio, las mujeres deberían dedicarse a montar a caballo.

—¿Cómo funciona esto? —preguntó Web.

Gwen ocultó su melena bajo un gorro de natación y se acercó a él.

—El agua se bombea a la piscina y pasa por el cañón que se ve aquí. Dispara el agua a un ritmo determinado con una resistencia que se puede graduar a discreción. Durante un tiempo tuvimos una máquina portátil que era muy aparatosa, pero yo la utilizaba tanto que la empotramos en la piscina. La piscina está climatizada, así que la uso todo el año.

—Supongo que por eso estás en tan buena forma.

—Gracias, muy amable. ¿Seguro que no quieres nadar conmigo?

—Probablemente te haría ir lenta.

—Seguro. No tienes ni pizca de grasa. —Se acercó a un panel de control que estaba atornillado al muro de piedra situado en la parte de la piscina más cercana a la casa, abrió la caja y pulsó varios botones.

Web oyó que aumentaba la presión del agua, miró entonces hacia la piscina y vio el agua blanca y espumosa que brotaba del cañón submarino y que creaba la corriente contra la que Gwen iba a nadar.

Gwen se colocó unas gafas de piscina y se zambulló. Web la observó mientras salía a la superficie y empezaba a dar brazadas. La estuvo mirando durante unos diez minutos. La mujer no cambiaba ni el ritmo ni el estilo. Era como una máquina y, de hecho, Web se alegraba de haber declinado la oferta de nadar con ella en la piscina. Todos los miembros del ERR tenían que saber nadar y utilizar equipos de submarinismo y Web era buen nadador pero no estaba convencido de ser capaz de mantener el ritmo de Gwen Canfield.

Al cabo de unos veinte minutos dejó de brotar el agua espumosa y Gwen se acercó al borde de la piscina.

—¿Ya estás? —preguntó Web.

—No, la he programado para cuarenta y cinco minutos. El circuito debe de haberse desactivado.

—¿Dónde está la caja de control?

Gwen señaló las puertas dobles situadas en un muro de piedra construido contra una pequeña pendiente.

—En la sala de máquinas de la piscina.

Teniendo en cuenta la inclinación del terreno, Web se imaginó que la sala era subterránea en parte. Se dirigió hacia la misma y giró la manecilla.

—Está cerrada.

—Qué raro, nunca la cerramos.

—¿Sabes dónde está la llave?

—No. Ya te he dicho que nunca la cerramos. Imaginaba que no había llave. Supongo que tendré que reducir mi tiempo de natación.

—No, no hace falta. —Web sonrió—. El FBI es una agencia que ofrece un servicio completo y un cliente feliz es nuestro mejor cliente. —Sacó su llavero, en el que siempre llevaba una fina pieza de metal capaz de abrir el noventa y nueve por ciento de las cerraduras del mundo en unos treinta segundos, y abrió la sala de máquinas de la piscina en la mitad de tiempo.

Entró y accionó el interruptor de la luz, lo cual fue buena idea porque, incluso con las luces encendidas, estuvo a punto de caer por el corto tramo de escalera situado justo al otro lado de la puerta. Bueno, pensó, era el caso soñado para un abogado. El sitio era ruidoso, corría agua y la maquinaria emitía ruidos y bombeaba. Bajó la escalera. Había estanterías llenas de material para la piscina, latas grandes de cloro en polvo, rastrillos, cepillos, un robot acuático para limpiar la piscina y varios trastos que probablemente hiciera años que nadie utilizaba. Hacía fresco y Web calculó que en aquel momento se encontraba a unos tres metros bajo tierra porque el suelo había seguido inclinándose ligeramente en cuanto hubo bajado la escalera.

Web encontró la caja de control y vio claramente que el circuito se había desactivado. Dado que la máquina de corriente era un añadido, a no ser que hubieran renovado el cableado, estaba utilizando más potencia de la que soportaba el sistema. Deberían haberlo pensado antes de que produjera un cortocircuito y se incendiara. Tomó nota mentalmente para decírselo a Gwen. Volvió a poner en marcha el disyuntor y oyó que la máquina se encendía. Allí abajo había mucho ruido. Cuando se volvió para salir al exterior, Web no advirtió que había otra puerta al final de un corto pasillo. Apagó la luz antes de salir.

Al otro lado de esa puerta y bajando por otro pequeño pasillo había otra puerta, la sala de máquinas era todo un laberinto. En el interior de esa habitación Kevin Westbrook contenía la respiración. Primero había oído pasos y luego ya no. Había oído que la dichosa máquina se encendía, se apagaba y luego volvía a encenderse. Y le había llegado el olor a cloro, al que hacía ya tiempo que se había acostumbrado. Pero le había sorprendido que los pasos se alejaran. Siempre que alguien bajaba a aquel sitio iba a verle. Se preguntó por qué esta vez había sido distinto.

41

Mientras Gwen se duchaba, Web esperó en la biblioteca. Una pared de la estancia estaba cubierta por un mueble empotrado con un televisor de pantalla panorámica. También había cinco estantes llenos de cintas de vídeo y Web los recorrió con la mirada despreocupadamente hasta que los números manuscritos de una de ellas le dejaron paralizado. Extendió la mano y la tomó del estante. Los números que había visto no eran más que una fecha, pero era una fecha que Web jamás olvidaría. Miró a su alrededor pero no vio a nadie.

Web introdujo la cinta en el aparato de vídeo. Se trataba de una escena que se había repetido una y otra vez en su cabeza. La escuela de Richmond estaba llena de niños listos y voluntariosos de todas las condiciones socioeconómicas. Era muy simbólico, habían dicho los periódicos en aquel momento, que la ex capital de la Confederación pusiera en práctica un programa audaz para reintegrar las escuelas después de que la mayoría de los tribunales federales y de los estados hubieran tirado la toalla y hubieran dicho que lo que había era lo mejor que podía hacerse. Bueno, Richmond había intentado hacer algo más y le estaba yendo bien, lo cual había centrado la atención nacional en sus programas. Entonces Ernest B. Free y varios miembros de su banda asesina habían entrado por la puerta con chalecos antibalas y suficientes armas automáticas como para derrotar a los estados de la Unión en la guerra de Secesión.

Se produjo una situación caótica cuando dos profesoras fueron abatidas a tiros y más de cuarenta rehenes, incluidos treinta niños de edades comprendidas entre los seis y los dieciséis años, se vieron obligados a participar en un suceso con el que ninguno de ellos quería tener nada que ver. Los negociadores habían utilizado los teléfonos sin parar para comunicarse con los hombres del interior, habían intentado calmarlos, ver qué querían y si era factible. Y durante todo aquel tiempo, Web y su Equipo Charlie se encontraban cerca junto con los rifles de los francotiradores del Equipo Zulu preparados desde todos los puntos de ataque disponibles. Acto seguido se oyeron disparos en el interior y Web y sus hombres fueron llamados a la primera línea. Todos los hombres tenían el plan de batalla en la cabeza, aunque se había trazado deprisa al salir de Quantico. Web recordó que habían estado tan próximos a recibir la llamada de atacar el objetivo que incluso había frotado su arma del 45 para que le diera buena suerte.

Lo poco que Web sabía de los Free no le había hecho sentir mejor. Eran violentos pero disciplinados y estaban bien armados. Se habían atrincherado y tenían en sus manos muchas vidas inocentes.

Los Free se habían puesto en contacto con los negociadores a través de un sistema telefónico que habían trucado. Los disparos no habían sido más que fallos de encendido, habían dicho. A Web eso no le había hecho ninguna gracia. Presentía que ocurriría algo malo simplemente porque los hombres como los Free no actuaban de buena fe. No obstante, ordenaron al Equipo Charlie que se retirara. Después de Waco, la postura del FBI sobre el rescate de rehenes había cambiado. Básicamente se trataba del juego de sentarse a esperar y el FBI había demostrado que estaba dispuesto a esperar hasta el año siguiente antes de forzar la situación, pues la imagen crudamente brutal de los niños perdidos ardiendo en Tejas había quedado profundamente grabada en el cerebro de todos. Sin embargo, después de que los Free rompieran las negociaciones, habían vuelto a llamar al ERR y esta vez Web sabía que entraría en acción.

Mientras las cámaras de la televisión permitían que el mundo entero siguiera el desarrollo del drama segundo a segundo, Web y el Equipo Charlie se habían acercado lentamente a una entrada poco utilizada que se hallaba en la parte posterior del edificio. Para potenciar la sorpresa, dado que se desconocía la situación exacta de los rehenes y de los Free, desecharon la idea de atacar abriendo una brecha para reventar la puerta exterior y optaron por el sigilo. Entraron en silencio y avanzaron por el pasillo en dirección al gimnasio, donde estaban los rehenes según las informaciones más fiables.

El ERR se arrastró hasta la puerta doble, donde Web miró a través del cristal y contó metódicamente a rehenes y secuestradores. Parecía que estaban todos allí. Justo antes de agachar la cabeza, Web entabló contacto ocular con el muchacho; intentó que se mantuviera tranquilo para que no delatara la presencia de Web y de sus hombres, incluso levantó el pulgar para indicar su aprobación. En aquel momento, Web no sabía que el joven era David Canfield.

El ERR había empezado la cuenta atrás. Todos los componentes sabían exactamente dónde disparar y confiaban en poder sacar a cada uno de los Free sin perder más rehenes, aunque también sabían que la situación podía torcerse en cualquier momento debido a un imprevisto. Y así fue.

Justo antes de que irrumpieran en la sala se oyó un sonido alto y agudo. No podía haber sido más inoportuno. Y hasta el momento presente Web desconocía su procedencia.

El ERR entró disparando pero los Free, que para entonces ya estaban advertidos, replicaron al instante.

Y los disparos iban bien dirigidos. A David Canfield le atravesaron el pulmón izquierdo, la bala le salió por el pecho. Cayó al suelo. Con cada exhalación el muchacho expulsaba la sangre por el gran orificio que tenía en el cuerpo. Aunque no debió de ser más que un par de segundos, David Canfield miró a Web con una expresión que el hombre nunca olvidaría. Era como si el muchacho hubiera depositado toda su fe en Web, su piedra de toque contra toda la locura, y Web le hubiera fallado. Pulgar alzado.

Entonces fue cuando empezó la batalla campal y Web tuvo que olvidarse de David Canfield y centrarse en los otros rehenes y en los hombres que intentaban matarle. Fue víctima de graves quemaduras después de salvar a Lou Patterson y luego le dispararon en el cuello y en el torso. Después de eso se había convertido en una especie de bola de demolición y ningún Free quedó en pie. Web no podía creerse que Ernest Free hubiera sobrevivido.

Aunque revivir aquella situación le resultaba escalofriante, Web se encorvó hacia delante mientras las cámaras lo captaban una vez más. Lo sacaban en una camilla rodeado de personal médico. Lou Patterson estaba a su izquierda. A su derecha, una sábana cubría un cadáver. David Canfield era el único rehén muerto en una misión a cargo del ERR. Web siguió observándose en el televisor mientras las cámaras alternaban las imágenes de él debatiéndose entre la vida y la muerte y el cuerpo inerte de David Canfield. Una luz de una de las cámaras de televisión siguió enfocando al chico hasta que alguien la apagó. Web se había preguntado a menudo quién había sido. Allí terminaba la grabación de la cinta.

—Yo fui quien apagó la luz de la cámara.

Web se dio la vuelta y vio a Billy Canfield ahí de pie, contemplando el televisor, como si hubiera leído los pensamientos de Web. Se le acercó con paso vacilante. Web se levantó del sofá.

—Vaya, Billy, lo siento, no tenía que haber…

—Esa maldita luz enfocaba a mi hijo —continuó Billy—. No tenían por qué hacerlo. —Miró a Web—. No tenían por qué hacerlo. Mi pequeño Davy siempre fue muy sensible a las luces brillantes.

Fue entonces cuando Gwen entró vestida con unos vaqueros y una blusa rosa, descalza y con el pelo todavía húmedo. Web le lanzó una mirada de disculpa y ella enseguida dedujo lo ocurrido. Tomó a su esposo del brazo pero él se apartó de ella inmediatamente. Web entrevió algo parecido a odio en la mirada que Billy dedicó a su mujer.

—¿Por qué no os sentáis los dos a mirarlo? —gritó a Gwen—. Maldita sea. Lo sé, Gwen. No te creas que no.

Se marchó ofendido de la habitación, mientras Gwen, sin ni siquiera mirar a Web, salió disparada en la dirección contraria.

Web retiró la cinta con un enorme sentimiento de culpa, pero cuando se disponía a colocarla en la estantería cambió de idea. Lanzó una mirada hacia la puerta, guardó la cinta en el bolsillo de la chaqueta y regresó a la cochera. Introdujo la cinta en el aparato de vídeo y encendió el televisor. Vio la grabación cinco veces más y se dio cuenta de que había algo que no acababa de captar, un sonido de fondo. Subió el volumen y se acercó lo más posible a la pantalla, pero tampoco sirvió de nada. Al final llamó a Bates y le explicó lo que pensaba.

—Tengo la cinta aquí —dijo.

—Ya sé de qué cinta hablas —dijo Bates—. La grabó una filial de una cadena de televisión de Richmond. Tenemos una en los archivos. Diré a los chicos que la analicen.

Web apagó el televisor y extrajo la cinta del aparato de vídeo. Más adelante también habían descubierto que los Free habían violado a dos adolescentes negras; al parecer, su odio hacia las personas de color no les impedía obligarles a mantener relaciones sexuales con ellos.

Pero ¿a qué se refería Billy cuando le dijo a Gwen que lo sabía? ¿Qué es lo que sabía?

El pitido del teléfono móvil interrumpió los pensamientos de Web. Respondió. La mujer estaba casi histérica.

—Claire, ¿qué sucede?

Escuchó lo que le contó con voz asustada.

—No te muevas de ahí —le dijo—. Enseguida estoy contigo. —Tan pronto hubo colgado, llamó a Romano, le informó de lo sucedido y se puso en camino rápidamente.

42

Claire había ido a un lugar público y muy seguro, un puesto de policía de un centro comercial de las afueras. No había informado a los agentes, le dijo a Web en cuanto apareció.

—¿Y por qué no?

—Antes quería hablar contigo.

—Mira, Claire, por como lo has descrito, me suena a mi colega Francis Westbrook y uno de sus compinches, probablemente Clyde Macy. La última vez que los vi uno acabó muerto. No sabes cuánta suerte has tenido.

—Pero no puedo asegurarte que fueran ellos, me vendaron los ojos.

—¿Reconocerías sus voces?

—Probablemente. —Hizo una pausa y se mostró desconcertada.

—¿Qué ocurre, Claire? ¿Qué te hace dudar?

—Este Francis, ¿qué nivel de estudios dirías que tiene?

—En lenguaje de la calle, tiene un doctorado. En lenguaje formal, cero. ¿Por qué?

—El hombre que me amenazó hablaba de un modo extraño. Alternaba la jerga y el lenguaje del gueto y la dicción y el vocabulario de un hombre con estudios. No se le notaba cómodo con su forma de hablar porque a veces parecía forzado, como si intentara pensar en las palabras apropiadas a medida que hablaba, reprimía lo que le hubiera resultado natural pero a veces se equivocaba, y utilizaba palabras que... no sé...

—¿Sería más propio de la persona por la que intentaba hacerse pasar?

—Hacerse pasar, eso es.

Web respiró profundamente. Bueno, la cosa se estaba poniendo interesante. Pensó en un segundón que intentaba dar un golpe maes-

— 411 —

tro contra su jefe o clavar el cuchillo un poco más. Antoine Peebles, un rey de las drogas de pacotilla con una piel de cordero. Miró a Claire con admiración renovada.

—Tienes el oído muy fino, siempre atenta a las pistas que te dan los pobres casos perdidos como yo.

—Tengo miedo, Web. Tengo mucho miedo. Llevo años asesorando a gente para que se enfrenten a sus miedos, les he aconsejado que tengan iniciativa en vez de mantenerse pasivos, y ahora me pasa esto y me siento paralizada.

Web adoptó una actitud protectora y la rodeó con el brazo para encaminarla a su coche.

—Bueno, tienes todo el derecho a estar asustada. Lo que te ha pasado asustaría a cualquiera.

—A ti no. —Web advirtió que lo había dicho casi con envidia.

Mientras entraban en el Mach, Web le dijo:

—No te creas que no me asusto, Claire, porque no es así.

—Pues no se te nota.

—Se me nota pero de un modo distinto. —Cerró la puerta del coche y permaneció pensativo unos instantes antes de mirarla y tomarle la mano.

—Puedes enfrentarte al miedo de dos formas distintas. Cerrándote como una almeja y escondiéndote del mundo o haciendo algo al respecto.

—Ahora hablas como un psiquiatra —dijo ella cansinamente.

—Bueno, he aprendido de la mejor. —Le apretó la mano—. ¿Qué me dices? ¿Quieres ayudarme a resolver este entuerto?

—Confío en ti, Web.

Le sorprendió su respuesta, sobre todo porque eso no era lo que le había preguntado.

Puso el coche en marcha.

—Bueno, vamos a ver si encontramos al pequeño Kevin.

Web estacionó el coche en el callejón situado detrás de la casa en el que había vivido Kevin, y él y Claire fueron a la puerta trasera por si había alguien vigilando la delantera, como los hombres de Bates, por ejemplo. En aquel momento no quería por nada del mundo incumplir las normas del FBI. Web llamó a la puerta.

—Sí, ¿quién es? —Era una voz masculina, no la de la abuelita, y tampoco muy amable.

—Jerome, ¿eres tú?

Web notó una presencia al otro lado de la puerta.

—¿Quién coño pregunta?

—Web London, FBI. ¿Qué tal estás hoy, Jerome?

Web y Claire oyeron que exclamaba «¡Mierda!», pero la puerta no se abría.

—Jerome, voy a seguir aquí hasta que abras la puerta. Y no intentes correr hacia la parte delantera como hiciste la última vez. Esa zona también está cubierta.

Oyó que corrían un cerrojo y se encontró cara a cara con Jerome. A Web le sorprendió que llevara una camisa blanca, pantalones de sport de buena calidad y una corbata a juego con su aspecto sombrío.

—¿Tienes una cita?

—Para ser agente del FBI, estás resultando un poco raro. ¿Qué quieres?

—Hablar. ¿Estás solo?

Jerome retrocedió.

—Ya no. Mira, tío, te contamos todo lo que sabemos. ¿Por qué no dejas de agobiarnos?

Web hizo pasar a Claire al interior, y luego cerró la puerta tras ellos. Lanzaron una ojeada a la pequeña cocina.

—Intentamos encontrar a Kevin. Es lo que quieres, ¿no? —dijo Web.

—¿Qué significa eso?

—Significa que no suelo confiar en nadie. Sólo quiero hablar, eso es todo.

—Mira, estoy ocupado. Si quieres hablar con alguien, habla con mi abogado. —Jerome miró a Claire—. ¿Quién es ésta, tu novia?

—No, es mi loquera.

—Vaya, ésta sí que es buena.

—No, en serio, Jerome, es verdad —dijo Claire al tiempo que daba un paso adelante—. Y me temo que el señor London tiene ciertas dificultades.

—¿Y qué tengo yo que ver con sus dificultades?

—Bueno, ha dedicado tanto tiempo a este caso que creo que se está obsesionando. Este tipo de obsesiones a veces alcanzan niveles peligrosos, violentos si no se tratan en un período de tiempo razonable.

Jerome miró a Web y dio un paso atrás.

—Si este tío está loco, yo no tengo nada que ver. Ya estaba loco la primera vez que vino aquí.

—Pero no querrás que te ocurra algo a ti, que les ocurra a los demás. El señor London intenta descubrir la verdad y en mi opinión profesional descubrir la verdad, en el caso de una persona con ciertos problemas, es muy importante. Y estará muy agradecido, psicológicamente hablando, con quienes le ayuden a descubrirla. La otra cara de esta situación es algo a lo que seguro que no quieres llegar. —Miró a Web con una expresión de pesar mezclada con el toque de temor—. He visto las consecuencias de esto con anterioridad en el caso del señor London; es uno de los motivos por los que estoy aquí. Para evitar otra tragedia.

A Web no le quedaba otro remedio que admirar la labor de aquella mujer.

Jerome iba desviando la mirada de Claire a Web.

—Mira, te he dicho todo lo que sé —dijo con un tono mucho más calmado—. De verdad.

—No, Jerome —replicó Web con firmeza—, no me lo has contado todo. Quiero saber cosas de Kevin sobre las que quizá nunca has pensado. Dejémonos de palabrería y vayamos al grano.

Jerome les hizo una seña para que le siguieran, y echó a andar por el pasillo que conducía al pequeño salón donde Web había hablado con ellos por vez primera. Antes de salir de la cocina, Web advirtió que estaba muy limpia, el fregadero impoluto, el suelo bien fregado. Mientras él y Claire seguían a Jerome por el pasillo y entraban en el salón, observó que habían recogido la basura, habían fregado los suelos y frotado las paredes. Olía a desinfectante por todas partes. Había una puerta apoyada contra la pared cercana al baño y le habían quitado la chapa. Las aberturas del techo estaban apuntaladas. Obra de la abuela, pensó, o al menos hasta que Jerome tomó una escoba y empezó a barrer y recoger una pila de porquería en una bolsa grande de basura.

Web dio un vistazo al «nuevo» hogar.

—¿Ha sido obra tuya?

—No tenemos por qué vivir en una pocilga.

—¿Dónde está tu abuela?

—En el trabajo. En la cafetería del hospital.

—¿Y cómo es que tú no estás trabajando?

—Empiezo dentro de una hora, espero que no pienses entretenerme mucho.

—Vas demasiado arreglado como para robar un banco.

—Eres la hostia, tío.

—¿Dónde está el trabajo? —«No tienes trabajo, Jerome, reconócelo.»

Jerome acabó de llenar la bolsa, la cerró y se la lanzó a Web.

—¿Te importa sacarla por la puerta delantera?

Claire abrió la puerta y Web dejó la bolsa junto a la entrada, al lado de otras bolsas. Al cerrar la puerta vio que Jerome había sacado una caja de herramientas de un armario. Extrajo un destornillador, unas tenazas y un martillo. Colocó las herramientas al lado de la abertura del baño y sujetó la puerta.

—Échame una mano, ¿quieres?

Web le ayudó a levantar la puerta para situarla más cerca de la abertura, la mantuvo alzada y observó mientras Jerome apretaba las bisagras flojas y utilizaba las tenazas para extraer los clavos de la puerta. La levantaron más, la encajaron en su sitio y Jerome clavó bien las bisagras con el martillo. Abrió y cerró la puerta varias veces para comprobar que estuviera perfectamente alineada.

—Un tipo mañoso. Pero no es tu trabajo, a no ser que los carpinteros vayan con corbata al trabajo.

Jerome dejó las herramientas a un lado antes de responder.

—Trabajo por las noches en una empresa en la que me encargo del mantenimiento de los sistemas informáticos. Conseguí el empleo hace unos meses.

—¿Entiendes de ordenadores? —preguntó Claire.

—Me saqué la carrera de Informática en la escuela técnica.

A Web no le impresionó.

—Así que sabes de ordenadores…

—¿Estás sordo o qué? Es lo que acabo de decir.

—La última vez que estuve aquí no me dio la impresión de que tuvieras un trabajo remunerado.

—Ya te he dicho que trabajo por las noches.

—Ya.

Jerome miró a Web, se acercó al sofá y deslizó hacia fuera un maletín de ordenador que había debajo. Levantó la tapa y lo encendió.

—¿Estás en línea, tío? —preguntó Jerome.

—¿De qué hablas? ¿De patines o qué?

—Ja, ja. Ordenadores. Internet. Sabes lo que es eso, ¿no?

—No. He estado viajando por la galaxia los últimos diez años, estoy así de atrasado.

Jerome pulsó unas cuantas teclas y se oyó la voz que anunciaba a Jerome «Tienes correo» de AOL.

—Un momento, ¿cómo accedes a Internet sin un teléfono? —preguntó Web.

—Mi ordenador está equipado con tecnología inalámbrica, lo hago a través de una tarjeta. Es como tener un teléfono móvil incorporado—. Dedicó una sonrisa a Web y sacudió la cabeza, claramente sorprendido. —Tío, espero que la mayoría de los agentes del FBI no sean tan ignorantes como tú sobre el tema de Internet.

—No insistas, Jerome.

—¿Sabes lo que es una galleta?

—Un pastelito azucarado que encanta a los niños.

—Nunca te cansas, ¿eh? Una galleta, o *cookie*, es un fragmento de texto sencillo. Un encabezado en http con un archivo de texto sencillo. El archivo recoge el dominio, la vía, la variable de valor que especifica un sitio web y un período de vigencia. Hay un montón de empresas que utilizan las galletas para personalizar información, hacer el seguimiento de los enlaces más comunes o para estadísticas demográficas. Así, el contenido del sitio se renueva y capta el interés de los usuarios. Por ejemplo. —Pulsó unas cuantas teclas y la pantalla cambió—. Últimamente he visitado mucho este sitio y lo sabe. Por tanto, no me enseña la misma información, a no ser que la pida expresamente. Además, están empezando a utilizar las galletas en interacciones entre nodos, como almacenar datos personales que un usuario ha proporcionado en un sitio determinado, como las contraseñas.

—Almacenar datos personales. Esto suena un poco como el Gran Hermano —dijo Claire.

—Bueno, puede ser, pero las galletas no son más que texto, no son un programa, no llevan virus. Ni siquiera acceden al disco duro, aunque el navegador guarda los valores de las galletas en él si es necesario, pero eso es todo. Hay gente que piensa que las galletas les llenarán el disco duro, pero es prácticamente imposible. La mayoría de los proveedores de acceso a Internet limitan las galletas. El límite de Netscape son trescientas, por lo que cuando se llega a esa cifra, automáticamente desecha las más viejas. Microsoft las guarda en la carpeta de archivos de imágenes comprimidas con un ajuste máximo por defecto del dos por ciento del disco duro. Además, normalmente las galletas son tan pequeñas que necesitarías unos diez millones de ellas para llenar un disco duro gigantesco. De hecho, estoy escribiendo unos pocos millones de líneas de código que llevarán las galletas a otro nivel, eliminarán lo malo y harán que resulten mucho más útiles. Y a lo mejor con esto consigo unos cuantos millones de dólares. —Sonrió—. Lo último en galletas. —Apagó el ordenador y miró a Web—. ¿Alguna pregunta más?

La admiración se reflejaba claramente en el rostro de Web.

—De acuerdo, me has convencido, sabes de ordenadores.

—Sí, me dejé la piel estudiando, por fin consigo un empleo para el que no necesito ponerme una media en la cabeza y los intelectuales de los Servicios Sociales nos dicen que ganamos demasiado dinero y que tenemos que dejar la que ha sido nuestra casa en los últimos cinco años.

—El sistema da asco.

—No, la gente que nunca ha vivido de él cree que da asco. Los que sí han vivido de él saben que no habríamos tenido un sitio a donde ir sin ellos. Pero todavía me cabrea pensar que gano un poco más de dinero que trabajando en la mierda del Burger King y que por eso nos echan. No es precisamente que mi jefe me haya regalado unas *stock options* ni nada por el estilo.

—Bueno, es el comienzo, Jerome. Y es mejor que la alternativa que tienes por aquí, ya lo sabes.

—Voy a seguir prosperando. Voy a trabajar como un cabrón, nos marcharemos de aquí y nunca volveremos.

—¿Tú y tu abuela?

—Ella cuidó de mí cuando murió mi madre. Un tumor cerebral y sin seguro médico no es una combinación demasiado buena. Mi padre se suicidó con una 45 que se metió en la boca cuando iba colocado. Por supuesto que voy a cuidar de ella, igual que ella cuidó de mí.

—¿Y Kevin?

—También me ocuparé de Kevin. —Fulminó a Web con la mirada—. Si sois capaces de encontrarle.

—Lo estamos intentando. Tengo algunos conocimientos sobre su familia. Su relación con Gran… Me refiero a Francis.

—Es el padre de Kevin. ¿Qué más?

—Un poco más que eso. He conocido a Francis de cerca. Demasiado cerca, en realidad. —Web señaló las marcas de las distintas lesiones faciales que le había infligido el hombre.

Jerome lo observó con curiosidad.

—Has tenido suerte si sólo te ha hecho eso.

—Sí, ésa es la impresión que tengo. Me contó cómo había llegado Kevin a este mundo. Lo de su madre y todo eso.

—Madrastra.

—¿Cómo?

—Era la madrastra de Kevin. Se pasaba el día enganchada. No sé qué le pasó a su verdadera madre.

Web exhaló un suspiro de alivio. No era incesto. Le lanzó una mirada a Claire.

—O sea que en realidad no son hermanos —intervino ella—. Son padre e hijo. ¿Kevin lo sabe?

—Nunca se lo he dicho.

—Pero ¿piensa que Francis es su hermano? ¿Eso es lo que quiso Francis? —inquirió Claire, mientras Web la observaba de cerca.

—Francis consigue lo que quiere. ¿Te basta con esta respuesta?

—¿Por qué iba Francis a querer que Kevin creyera que eran hermanos?

—Tal vez no quería que Kevin supiera que se follaba a su madrastra y a la madre de Kevin. Se llamaba Roxy. Era drogadicta y tal, pero se portó bien con Kevin antes de morir.

—¿Cómo dispararon a Kevin? —preguntó Web.

—Estaba con Francis, quedó atrapado en un tiroteo entre bandas. Francis lo trajo aquí, es la única vez que he visto llorar a ese hombre. Yo mismo lo llevé al hospital porque la pasma lo habría detenido si lo hubiera llevado Francis. Kevin ni siquiera lloró, ni una sola lágrima, y eso que no paraba de sangrar. Pero nunca ha vuelto a ser el mismo desde entonces. Hay niños que se burlan de él, le llaman tarado.

—Los niños pueden ser crueles, y cuando se hacen mayores se vuelven todavía más crueles, sólo que de un modo más sutil —comentó Claire.

—Kevin no es tonto. Es listo como el hambre. Y qué bien dibuja, tío, dibuja de maravilla.

A Claire pareció interesarle.

—¿Te importa enseñarme los dibujos?

Jerome consultó la hora.

—No puedo llegar tarde al trabajo. Y tengo que tomar el autobús.

—¿A la gran tienda de galletas? —preguntó Web.

Por primera vez Jerome y Web intercambiaron una sonrisa.

—Mira, Jerome, si nos enseñas los dibujos de Kevin y hablas con nosotros un poco más, te llevaré personalmente al trabajo en un coche de puta madre y serás la envidia de todos tus amigos, ¿qué te parece?

Jerome los condujo a la planta superior y recorrieron un pasillo corto que conducía a una habitación muy pequeña. Cuando Jerome encendió la luz, Web y Claire miraron a su alrededor asombrados. Todos los centímetros de pared e incluso del techo estaban llenos de dibujos sobre papel, algunos al carboncillo, otros con lápices de colores y otros con tinta y bolígrafo. Además, en una mesa pequeña situada al lado de un colchón que había en el suelo se veían pilas de cuadernos de bocetos. Claire tomó uno y empezó a hojearlo, mientras Web seguía contemplando los dibujos de las paredes. Algunos representaban cosas que Web conocía, paisajes y gente; Jerome y su abuela estaban reproducidos con un detallismo sorprendente. Otros dibujos eran abstractos y Web no sabía cómo interpretarlos.

Claire alzó la vista del cuaderno y barrió la habitación con la mirada antes de clavarla en Jerome.

—Sé algo de dibujo, Jerome, porque mi hija estudia Historia del Arte. Kevin tiene verdadero talento.

Jerome miró a Web como un padre orgulloso.

—Kevin dice que así es como ve las cosas a veces. «Dibujo lo que veo», me dice.

Web contempló el material de dibujo y los cuadernos de bocetos apilados sobre la mesa. También había un caballete pequeño en una esquina con una tela en blanco.

—Todo esto vale dinero. ¿Francis ayuda a pagarlo?

—Yo le compro el material a Kevin. Él le paga otras cosas, la ropa, el calzado, necesidades básicas.

—¿Se ha ofrecido alguna vez a ayudaros a ti y a tu abuela?

—Sí, pero no aceptamos su dinero. Ya sabemos de dónde procede. Kevin es otra cosa. Es su padre. Un padre tiene derecho a mantener a su hijo.

—¿Papá viene mucho por aquí?

Jerome se encogió de hombros.

—Cuando quiere.

—¿Crees que podría ser la persona que tiene a Kevin? Dímelo claro.

Jerome negó con la cabeza.

—Por mucho que Francis me desagrade, si quieres que te sea sincero, antes se cortaría la cabeza que permitir que le pasara algo a ese niño. Me refiero a que le costaría tan poco matarte como mirarte. Pero con Kevin siempre se ha portado bien, como un gigante benévolo. No quería que Kevin viviera con él porque sabía que sería demasiado peligroso.

—Me imagino que ha debido de ser un sacrificio enorme para Francis prescindir de alguien a quien quiere tanto. Pero ésa es la mayor prueba de amor, el sacrificio —declaró Web.

—El hombre cambia de casa constantemente porque hay gente que quiere matarlo. Vaya vida. Pero había gente que se encargaba de vigilar a Kevin, para asegurarse de que nadie llegaba a Francis a través del niño. No es que todo el mundo supiera la relación que tenían, pero no quería correr ningún riesgo.

—¿Le has visto desde que Kevin desapareció? —preguntó Web.

Jerome dio un paso atrás al oír la pregunta y se metió las manos en los bolsillos. Web enseguida advirtió que había vuelto a erigir un muro entre ellos.

—No quiero causarte problemas, Jerome. Habla claro y te prometo que lo que digas no saldrá de aquí. Lo estás haciendo muy bien, sigue así.

Jerome pareció pensárselo mientras se toqueteaba la corbata con la mano, como si se preguntara qué hacía con aquello alrededor del cuello.

—La noche que Kevin no regresó a casa. Era tarde, quizá las tres de la mañana. Yo acababa de llegar del trabajo y la abuela estaba levantada y todo andaba hecho un lío. Me dijo que Kevin había desaparecido. Subí arriba a cambiarme, me estaba preparando para ir a buscar a Kevin y me preguntaba si debíamos llamar a la policía. Oí a mi abuela hablando con alguien, o mejor dicho él le estaba hablando, bueno, más bien gritando. Era Francis. En mi vida le había visto tan furioso. —Hizo una pausa y por un momento pareció estar a punto de salir disparado—. Él también buscaba a Kevin. Estaba convencido de que la abuela lo tenía escondido en algún sitio, pensé que iba a arremeter contra ella. Casi bajé la escalera rodando. Pero no soy un cobarde ni un imbécil; probablemente ese hombre tardaría un segundo en liquidarme, pero tampoco voy a dejar que él ni nadie venga aquí y le haga daño sin intentar remediarlo. ¿Me entiendes?

—Claro, Jerome.

—Al final Francis se tranquilizó, entendió que Kevin no estaba aquí. Así que se marchó. Es la última vez que lo vi. Es la verdad.

—Te agradezco que me lo digas. Supongo que ahora te cuesta confiar en la gente.

Jerome repasó a Web con la mirada.

—Salvaste la vida de Kevin. Eso tiene mérito. Leo los periódicos, Web London, Equipo de Rescate de Rehenes. Si Kevin estuviera muerto no sería por tu culpa. Quizá por eso Francis no te levantó la tapa de los sesos.

—Pues eso no se me había ocurrido.

Web volvió a mirar la pila de cuadernos de bocetos.

—¿Les has dicho algo de esto a los otros agentes que vinieron aquí?

—No me preguntaron.

—¿Y la habitación de Kevin? ¿La registraron?

—Un par de ellos echaron un vistazo, no tardaron mucho.

Web miró a Claire. Parecieron leerse el pensamiento mutuamente.

—¿Te importa dejarme los cuadernos? Me gustaría enseñárselos a mi hija —dijo Claire.

Jerome miró los cuadernos y luego a Web.

—Tienes que prometerme que me los devolverás. Aquí está toda la vida de Kevin —dijo.

—Lo prometo. Prometo hacer todo lo posible por traer a Kevin sano y salvo. —Cogió los cuadernos y luego puso una mano sobre el hombro de Jerome—. Ahora ha llegado el momento de llevarte al trabajo. Te cobraré un precio módico por hacerte de chófer.

Mientras bajaban la escalera, Web formuló otra pregunta: Kevin estaba solo en aquel callejón a las tantas de la noche. ¿Lo hacía a menudo?

Jerome apartó la mirada y no contestó.

—Venga, Jerome, ahora no te cortes —le incitó Web.

—Joder, Kevin quería ayudarnos, ya sabes, ganar algo de dinero y salir de este sitio. Le molestaba no poder hacer nada. No era más que un niño, pero en ciertas circunstancias pensaba como un adulto.

—Estas cosas pasan cuando crees en un determinado entorno.

—Bueno, a veces Kevin callejeaba. La abuela es demasiado mayor para controlarlo. No sé con quién salía, y siempre que me lo encontraba por la calle lo traía a casa. Pero quizás intentara ganarse un dinero extra. Y por aquí es fácil conseguir dinero, por joven que sea uno.

Dejaron a Jerome en el trabajo y se dirigieron a casa de Claire.

—Por cierto, te has portado como una buena profesional —dijo Web.

—Supongo que es más mental que físico y ésa es mi especialidad. —Miró a Web—. Oye, has sido un poco duro con Jerome.

—Probablemente porque he visto a un millón de tipos como él en mi vida.

—Clasificar es peligroso, Web, e injusto para la persona clasificada. Lo cierto es que sólo se puede conocer a un Jerome cada vez. Y me he dado cuenta de que este Jerome te ha desmontado los esquemas.

—Es cierto —reconoció Web—. Supongo que cuando se lleva tanto tiempo trabajando en esto como yo, es fácil tacharlos a todos de lo mismo.

—¿Como a los padres?

Web no respondió.

—Lo de Francis y Kevin es una lástima —prosiguió Claire—. Por lo que dijo Jerome, debe de querer mucho a su hijo. Y tener que llevar una vida como ésa...

—No dudo que el grandullón quiera a Kevin, pero he visto a ese mismo tipo matar a un hombre a sangre fría delante de mí y me ha sacudido un par de veces, así que mi comprensión tiene sus límites —dijo Web con firmeza.

—El entorno de una persona suele dictar las decisiones, Web.

—Acepto parte de ese argumento pero he visto a demasiados tipos con orígenes incluso peores que llevan una vida normal.

—¿Te incluyes a ti?

Pasó por alto la pregunta y prosiguió:

—Supongo que ahora puedes recoger lo que necesites y te buscamos una casa segura con algunos agentes que te vigilen para asegurarnos de que esos tipos no vuelven a molestarte.

—No sé si es buena idea.

—Quiero que estés segura.

—Yo también quiero estar segura, créeme, no tengo ninguna pulsión de muerte. Pero si estás en lo cierto y esa persona fingía ser Francis para asustarme y hacer recaer las sospechas sobre él, probablemente no corra peligro real.

—Probablemente, tú lo has dicho. Eso no es más que una hipótesis, Claire, y podría estar equivocada.

—Creo que si mi rutina cotidiana sigue siendo la misma, no tienen motivos para pensar que soy una amenaza. Y tengo mucho trabajo por hacer.

—¿Qué?

Le lanzó una mirada y Web se dio cuenta de que nunca la había visto tan preocupada.

—Estoy pensando en un hombre muy valiente que estuvo en un callejón, escuchó a un niño diciéndole algo fuera de lo común y luego fue incapaz de cumplir con su trabajo.

La fulminó con la mirada.

—No puedes estar segura de que haya alguna relación entre todo eso.

Ella le enseñó una página del cuaderno de bocetos.

—Oh, estoy absolutamente convencida de que sí tiene relación.

El dibujo era escueto, riguroso, poseía una claridad muy poderosa poco propia de un niño. Una figura tan parecida a Kevin que podría tratarse de un autorretrato estaba de pie en lo que parecía un callejón de muros altos. Un hombre que podría ser Web, ataviado con uniforme de combate, corría al lado de Kevin. El niño tenía la mano extendida. Web tenía la mirada clavada en lo que el niño llevaba en la mano. El aparato era pequeño, podía ocultarse fácilmente en el bolsillo de un pantalón. El rayo de luz que despedía recorría toda la página y terminaba en el margen. Era como si el muchacho tuviera en la mano una especie de arma futurista que disparaba haces luminosos, tipo *Guerra de las galaxias* o *Star Trek*. En realidad, era un dispositivo con el que todo el mundo, sobre todo los niños, estaban familiarizados. Era un mando a distancia, y éste emitía un haz de luz. Podría haber sido el de un televisor, un equipo estéreo o cualquier otro aparato electrónico. Pero Web sabía que no lo era. No había visto ningún televisor en casa de Kevin y estaba seguro de que en su habitación tampoco lo había. Web tenía el convencimiento de que aquel mando a distancia había activado el láser del patio que, a su vez, había accionado las armas cuando Web y el Equipo Charlie habían entrado con gran estruendo en el lugar. El niño había desencadenado la situación. Y alguien había preparado al niño para lo que vería exactamente aquella noche, es decir, hombres con equipos antidisturbios y armados, porque estaba claro que Kevin Westbrook no había regresado a su casa a hacer aquel dibujo después del suceso.

¿Quién era aquel alguien?

Francis Westbrook iba al volante del Lincoln Navigator dos coches por detrás del Mach de Web. Como no tenía mercancía que vender, la mayor parte de su banda había desertado. En el negocio de las drogas, la gente no dejaba que la hierba creciera bajo sus pies, y la hierba siempre parecía más verde en otro lugar. Por supuesto, cuando llegabas al lugar nuevo, te encontrabas la misma mierda que en el resto de los sitios. Se vivía y se moría gracias al ingenio, y los imbéciles no duraban demasiado; no obstante, por cada traficante asesinado había una docena esperando ocupar su lugar; la atracción del narcotráfico era fuerte pese a los elevados índices de mortalidad porque a los habitantes del mundo de Francis Westbrook no les sobraban precisamente las opciones. Los científicos sociales con sus gráficas y tablas no servían de nada, Westbrook podía impartir clases magistrales sobre el tema.

Se puso a pensar de nuevo en el dilema que lo acuciaba. No encontraba a Peebles en ningún sitio e incluso el siempre leal Macy había desaparecido. Los hombres que le quedaban no eran precisamente santos de su devoción, así que se había embarcado solo en esta misión. Había estado vigilando la casa de Kevin con la esperanza de que el muchacho apareciera en cualquier momento. Durante la espera había recibido una agradable sorpresa. London del ERR y la mujer. Era la loquera, por lo menos sus hombres le habían dado esa información antes de abandonarlo. Giró el volante con la yema del dedo, tenía la mano derecha en la empuñadura de la pistola que yacía en el asiento delantero. Había visto a London y a la mujer entrando en la casa y luego al salir con Jerome. La loquera llevaba los cuadernos de bocetos de Kevin y Francis se preguntó por qué. ¿Acaso los cuadernos ofrecían una pista del paradero de Kevin? Había buscado a su hijo por toda la ciudad, había amenazado a ciertas personas, roto huesos y avivado egos más de lo necesario con ese fin, apoquinado miles de dólares en efectivo a cambio de información y, aun así, no tenía nada. Era evidente que los del FBI no lo tenían; no estaban jugando con él, intentando quizá que Kevin testificara contra el padre, de eso estaba convencido. Francis había tenido mucho cuidado con ese asunto; Kevin no sabía nada de las actividades de su viejo, por lo menos no con el tipo de detalles necesarios para el estrado. Pero si lo hiciera, Francis tendría que hacer de tripas corazón y aceptar la caída. Por encima de todo, tenía que hacer lo que fuera beneficioso para Kevin. En muchos sentidos ya había llevado una vida plena y rica, lo máximo que una persona como él podía esperar dentro de lo razonable. Pero Kevin tenía toda la vida por delante. London era un tipo listo. El plan de Francis era seguirlo y ver adónde le llevaba. Por supuesto, esperaba que le llevara a Kevin.

43

Web trasladó a Claire a su casa, donde recogió algo de ropa y otras cosas, luego la acompañó al coche de ella y la siguió hasta un hotel, donde se registró. Después de que se prometieran mutuamente mantenerse al corriente de cualquier novedad que se produjera, Web se apresuró a regresar a East Winds.

Romano estaba en la cochera.

—Los Canfield están en la casa. No sé qué ha ocurrido pero algo les ha impresionado profundamente. Están blancos como el papel.

—Sé qué pasó, Paulie. Web le explicó lo de la cinta de vídeo.

—Ya sabes que no pudiste hacer nada al respecto, Web. Me jode haber estado en el extranjero entonces, me hubiera encantado echar el guante a esos tíos. —Chascó los dedos—. Oh, antes de que se me olvide, Ann Lyle llamó y dijo que necesitaba hablar contigo urgentemente.

—¿Cómo es que me llamó directamente?

—Hablé con ella hace un par de días. Para ver cómo iba la cosa. Le di el número de teléfono de aquí por si necesitaba ponerse en contacto con nosotros.

Web sacó el teléfono y mientras marcaba el número de Ann, preguntó a Romano:

—¿Qué? ¿A Billy le gustó tu 'Vette?

—Mucho, tío, mucho. Me dijo que hace un par de años había tenido la oportunidad de comprar uno por... agárrate fuerte... por cincuenta mil dólares. Cincuenta de los grandes.

—Mejor que Angie no se entere. Ya veo cuatro ruedas y un descapotable convertido en muebles nuevos y cuentas bancarias para ir a la universidad.

Romano se puso pálido.

—Joder, nunca se me había ocurrido. Tienes que jurarme que no se lo dirás, Web. Júramelo.

—Espera, Paulie. —Web estaba hablando por teléfono—. Ann, soy Web, ¿qué ocurre?

Ann hablaba en voz muy baja.

—Pasa algo. Por eso estoy aquí hasta tan tarde.

Web se puso tenso. Sabía qué significaba eso.

—¿Una operación?

—Los tipos construyeron un objetivo nuevo en la zona de prácticas hace un par de días y han estado practicando como locos. Los asaltantes han comprobado los equipos de todas las formas posibles desde el domingo y las puertas del comandante llevan cerradas toda la mañana, y ya han desplegado a algunos francotiradores. Ya sabes lo que hay, Web.

—Sí, lo sé. ¿Tienes alguna idea de cuál puede ser el objetivo?

Ann bajó aún más la voz.

—Hace unos días llegó la cinta de una cámara de vigilancia. En ella se ve un camión estacionado en la zona de carga de un edificio abandonado cerca de donde se produjo el tiroteo. Tengo entendido que la cinta no estaba grabada desde el mejor ángulo, pero me parece que se ve que descargan armas del camión.

Web estuvo a punto de partir el teléfono en dos. Bates no le había informado de aquello.

—¿A nombre de quién estaba matriculado el camión, Ann?

—Silas Free. Es uno de los fundadores de la Sociedad Libre, Web. Menuda estupidez utilizar su nombre real.

«Hijo de puta. Iban a atacar a los Free.»

—¿Cómo llegan ahí?

—Aviones militares desde Andrews hasta un viejo aeródromo de los marines cercano a Danville. Vuelan a mil doscientos. Los camiones se han despachado con remolques.

—¿Cuál es la tropa de asalto?

—Hotel, Golfo, Rayos X y Whisky.

—¿Eso es todo? No son todos los efectivos.

—Eco, Yanqui y Zulu están fuera del país en una misión de protección de personalidades. No hay Equipo Charlie. Además, uno de los asaltantes de Hotel se rompió la pierna durante un entrenamiento y Romano está contigo en una misión especial. Ahora mismo estamos un poco bajos de efectivos.

—Voy para allá. No dejes que el tren parta sin mí.

Miró a Romano.

—Di a los muchachos de las verjas que se desplieguen alrededor de la casa y asuman toda la protección.

—¿Adónde vamos?

—Ha llegado el momento de acabar con ellos, Paulie.

Mientras Romano llamaba a los agentes apostados en las afueras del recinto, Web corrió al exterior, abrió el maletero de su Mach y comprobó lo que había dentro. Parecía suficiente. La vida de un agente del ERR exigía llevar ropa para varios días en el maletero, aparte de varios artículos esenciales para cuando les llamaban para salir del país durante una semana o un mes prácticamente sin previo aviso. Web había complementado este aprovisionamiento «normal» con un montón de artículos tomados del almacén de armas del ERR y del alijo que guardaba en casa, que incluía un arsenal formidable. Incluso con sus credenciales del FBI, tendría problemas para justificar tal cantidad de armas ante un agente estatal en un control de tráfico rutinario.

—Bates me lo ocultó —le dijo a Romano en cuanto volvió—. Menudo cabrón. Encontraron pruebas concluyentes que relacionan a los Free con el ataque al Charlie, con la pista que yo le di, joder. Y ni siquiera iba a invitarnos a la fiesta. Probablemente piense que nos vamos a volver locos y nos carguemos a la gente sin necesidad.

—¿Sabes? —dijo Romano—, eso es un insulto a mi sentido de la profesionalidad.

—Bueno, dile a tu sentido de la profesionalidad que mueva el culo, no tenemos demasiado tiempo.

—¿Por qué no lo has dicho antes? —Agarró a Web por el brazo—. Si lo que necesitamos es velocidad, no vamos a ir en ese trasto.

—¿De qué coño estás hablando?

Al cabo de cinco minutos, el deslumbrante 'Vette cargadísimo de armas atravesó a toda velocidad las puertas abiertas de East Winds y se dirigió a la carretera principal.

Se dirigían a Quantico por carreteras secundarias, pero Romano llevó el 'Vette a más de cien por hora casi todo el camino. Tomaba las curvas tan rápido que hasta Web se agarraba al borde del asiento con la esperanza de que Romano no se percatara. Cuando llegaron a la Interestatal 95, Romano cambió de marcha con cuidado y apretó el embrague. Web observó que el velocímetro superaba los ciento sesenta kilómetros por hora. Romano introdujo una cinta de ocho temas, nada más y nada menos, y subió el volumen de la música. Los grandes éxitos de Bachman-Turner Overdrive pronto desgarraron el aire nocturno, porque circulaban con el capó abierto. Mientras Romano conducía, Web comprobó las pistolas. A pesar de las luces de la autovía estaba muy oscuro, pero conocía perfectamente las armas al tacto.

Dirigió una mirada a Romano, quien sonreía y tarareaba las canciones de BTO mientras «se hacían cargo de la situación». El tío movía la cabeza como si hubiera regresado a la época del instituto y estuviera asistiendo a un concierto de Springsteen.

—Tienes una forma muy curiosa de prepararte para la batalla, Paulie.

—¿Igual que tú, que te dedicas a frotar las armas para que te den suerte? —Web lo miró sorprendido—. Me lo contó Riner. Se partía de risa.

—Me parece que ya no queda nada sagrado —musitó Web.

Llegaron a Quantico en un tiempo récord. Ambos conocían al centinela que estaba apostado en la entrada este del bulevar del FBI Y Romano no se molestó en disminuir la velocidad.

—Tres ochos, Jimbo —le gritó cuando pasaron a todo gas, refiriéndose al aviso de crisis que exigía a los miembros del ERR que se presentaran lo antes posible en Quantico.

—¡A por ellos, chicos! —les gritó Jimbo.

Romano estacionó el coche. Sacaron el material y lo trasladaron al edificio de la administración. Romano utilizó su tarjeta de seguridad para abrir la verja y se dirigieron a la puerta principal, donde eran observados por una cámara de vigilancia. Delante de la entrada habían plantado seis árboles en recuerdo a los miembros caídos del Equipo Charlie. Una vez en el interior entraron en el despacho de Ann Lyle. Web se acercó a la puerta y ambos intercambiaron simplemente una mirada. De acuerdo con las normas, Ann no debería haber llamado y contado a Web lo del asalto. Además, él nunca haría nada que pudiera causarle problemas. Sin embargo, ambos sabían que Ann había hecho lo que debía, a la mierda con las reglas.

Web se encontró en el pasillo con Jack Pritchard, su comandante. El hombre miró sorprendido a Web y a Romano cargados con todo el arsenal.

—¡Presentes para la misión, comandante! —dijo Web.

—¿Cómo demonios os habéis enterado de esto? —inquirió Pritchard.

—Sigo siendo miembro del ERR. Huelo estas cosas a kilómetros de distancia.

Pritchard no insistió, aunque echó una mirada en dirección al despacho de Ann Lyle.

—Quiero participar —afirmó Web.

—Eso es imposible —dijo Pritchard—. Sigues estando de permiso con reclutamiento selectivo, y a él —señaló a Romano— lo asignaron a una misión especial de la que ni siquiera yo tenía conocimiento. Venga, largaos de aquí.

El comandante giró sobre sus talones y se dirigió de nuevo a la sala de equipamiento. Web y Romano lo siguieron. Los asaltantes y francotiradores que todavía no habían sido desplegados para la misión estaban allí reunidos, repasando los últimos detalles. Los francotiradores comprobaban que cada uno de ellos se había aprovisionado con una buena cantidad de munición de la mejor calidad. Estaban poniendo al día los diarios, ajustando el ensamblaje de los disparadores y limpiando las mirillas y los cañones. Los asaltantes inspeccionaban sus armas y comprobaban el material para abrir brechas, las bolsas tácticas y las protecciones anti-balas. El personal de la unidad logística del ERR corría de un lado a otro cargando el material en los camiones e intentando recordar todo lo necesario para que la pequeña invasión tuviera éxito. Todos dejaron de hacer lo que tenían entre manos cuando Pritchard primero y Web después irrumpieron en su espacio.

—Venga, Jack —insistió Web—, tienes equipos desplegados por todas partes, sin contar a Paulie, te falta un tipo en Hotel, seguro que te venimos bien.

Pritchard se volvió rápidamente.

—¿Cómo coño sabes que nos falta un tipo? —Era evidente que el jefe del ERR se había hartado de las filtraciones.

Web miró alrededor de la sala.

—Sé contar. Y cuento cinco asaltantes en Hotel. Añádenos a mí y a Paulie y estarás mejor equipado.

—No os han informado, no habéis trabajado con el objetivo de práctica y hace tiempo que no os entrenáis. No vais.

Web se situó frente al hombre y le bloqueó el paso. Jack medía casi un metro ocheta y Web le sacaba unos quince kilos y cinco años, pero Web sabía que si había pelea le iba a caer una buena. Sin embargo, no quería pelea con uno de los suyos.

—Infórmanos por el camino. Muéstranos los puntos de ataque. Tenemos nuestro propio equipo y lo único que necesitamos es Kevlar, traje de vuelo y un casco. ¿En cuántas de éstas hemos participado Paulie y yo, Jack? No nos trates como a unos gilipollas negados recién salidos de la EENA. No nos lo merecemos.

Pritchard dio un paso atrás y observó a Web durante un minuto que se hizo eterno. Cuanto más rato pasaba, más convencido estaba Web de que Pritchard iba a echarlo de allí. El ERR, al igual que otras unidades semimilitares, no aceptaba la insubordinación.

—¿Sabes qué, Web? Que lo decidan ellos. —Señaló a los asaltantes.

Web no había imaginado una decisión como aquélla. Pero dio un paso adelante y miró uno por uno a los miembros de Hotel y Golfo. Había luchado codo con codo con la mayoría de ellos, primero como francotirador y luego como asaltante. Por último posó la mirada sobre Romano. Los hombres aceptarían a Paulie sin rechistar. Pero Web era mercancía defectuosa, el tipo que se había quedado paralizado en el peor momento posible, y todos los hombres de aquella sala se estaban preguntando si volvería a pasarle lo mismo y les costaría la vida.

Web había salvado la vida de Romano durante un asalto en un centro de milicianos de Montana. Romano le había devuelto el favor un año después durante una misión de protección de personalidades en Oriente Medio cuando un soldado de a pie de un comando de rebeldes extremistas había intentado atropellar a su grupo con un autobús vacío robado. El rebelde habría conseguido alcanzar como mínimo a Web, pero Romano lo había apartado de la trayectoria del autobús y había disparado al conductor en el entrecejo con una bala de su 45. No obstante, a pesar de todo eso y del tiempo que pasaban juntos últimamente, Web nunca había acabado de conocer al hombre. Cuando recorrió la sala con la mirada, le pareció que los hombres miraban a Romano para que zanjara el asunto y, pese a que el hombre había llevado a Web hasta allí para que participara en el asalto, no tenía ni idea de la decisión que iba a tomar.

Se le quedó mirando mientras Romano le ponía una mano sobre el hombro.

—Web London me puede cubrir en cualquier momento y en cualquier lugar —manifestó Romano, mirando a sus compañeros de equipo.

En una comunidad de machos alfa como el ERR, bastaba con que un hombre como Paul Romano, temido incluso por los miembros de su propio equipo, pronunciara tales palabras. Cuando terminaron de equiparse, Pritchard convocó a todos los hombres a la pequeña sala de reuniones. Se situó frente a ellos, mirándolos. A Web le pareció que el comandante pasaba más tiempo mirándolo a él que a los demás.

—Ni que decir tiene que esta misión es crítica —afirmó Pritchard—. Todas nuestras misiones lo son. Sé que cada uno de vosotros se comportará de la forma más profesional posible y cumplirá con su deber de acuerdo con sus capacidades. —Pritchard empleó un tono artificioso. Parecía nervioso, y había corrido suficientes peligros en su vida como para que Web supiera desde hacía tiempo que el hombre no se dejaba dominar por los nervios.

Web y Romano intercambiaron una mirada. Aquella especie de charla para levantarles la moral se salía de lo corriente. No eran un grupito de muchachos de instituto preparándose para un partido de fútbol.

Pritchard abandonó su actitud severa.

—Bueno, dejémonos de gilipolleces oficiales. Los tipos a por los que vamos esta noche son los sospechosos de haber liquidado al Equipo Charlie. Todos lo sabéis. Esperamos atacarles por sorpresa. Rápido, bien y sin disparos. —Hizo una pausa y repasó nuevamente a los componentes del equipo—. Ya sabéis el orden de combate. Esta Sociedad Libre se ha interpuesto en nuestro camino en otra ocasión, en Richmond. Ahí también estaba el Equipo Charlie y algunos creen que lo que ocurrió en aquel patio fue un acto de venganza por parte de los Free.

»No hay rehenes conocidos. La logística de tierra es un poco complicada pero hemos estado en situaciones mucho peores. Llegamos en avión, los camiones nos estarán esperando y actuamos. —Pritchard había empezado a caminar de un lado a otro, pero enseguida paró—. Si esta noche tenéis que disparar, disparad. Si disparan ellos, no hace falta que os diga qué hacer. Pero no os comportéis como imbéciles. Lo último que necesitamos es que los medios de comunicación griten mañana por la mañana que los del ERR se han cargado a unos tipos que no debían. Si participaron en la liquidación del Equipo Charlie, los detenemos y dejamos que el proceso siga su curso legal. No disparéis, insisto, no disparéis porque estéis pensando en lo que quizás esos tipos les hicieron a seis de los nuestros. Espero más de vosotros. Os merecéis algo mejor. Y sé que saldrá bien. —Hizo otra pausa y pareció escudriñar los rostros de todos sus hombres y de nuevo a Web le dio la impresión que miraba el suyo más tiempo del necesario. Pritchard acabó diciendo—: Al ataque.

Mientras los hombres salían de la sala en fila, Web se acercó a Pritchard.

—Jack, ya he oído lo que te propones, pero si estás tan preocupado por si alguien pierde los estribos, ¿por qué se tiene que ocupar el ERR de este trabajo? Has dicho que no había rehenes, así que un equipo EAT del FBI podría encargarse de esto con apoyo de los agentes locales. ¿Por qué nosotros?

—Todavía formamos parte del FBI, Web, aunque no lo parezca a tenor de cómo se comportan ciertas personas de por aquí.

—¿Te refieres a órdenes de arriba para que el ERR haga este trabajo?

—Es lo que se hace normalmente, lo sabes tan bien como yo.

—Dadas las circunstancias, ¿pediste que te eximieran de esto?

—Pues en realidad sí, porque personalmente no creo que debamos encargarnos de este tema cuando hace tan poco tiempo que perdimos a nuestros hombres. Y estoy de acuerdo contigo, un equipo EAT podría hacerlo perfectamente.

—¿Y rechazaron tu petición?

—Ya te he dicho que formamos parte del FBI y hago lo que me dicen. ¿Tú querías participar en esto y ahora te echas atrás?

—Nos vemos en O.K. Corral.*

Unos minutos después se encaminaban a la base de las fuerzas aéreas Andrews, preparados para el combate.

El FBI, según le había dicho uno de sus colegas del ERR a Web, se había planteado la posibilidad de llevar a cabo una orden de registro en el complejo de los Free, pero antes de practicar el registro decidieron que primero el ERR protegiera el lugar. Lo que menos deseaba el FBI era que mataran a un par de agentes mientras intentaban realizar el registro. Además, el vídeo de las ametralladoras utilizadas para matar a agentes federales que se descargaban de un camión alquilado por Silas Free resultaba bastante condenatorio.

Durante el corto y accidentado vuelo en un avión de transporte militar, Web repasó el orden de las operaciones, que ocupaban cinco párrafos, y él y Romano fueron informados de los detalles más concretos. No habría negociación con los Free y ninguna advertencia de que salieran con las manos arriba. El recuerdo del incidente de la escuela de Richmond y la matanza del Equipo Charlie había excluido tales posibilidades. Esa noche habría menos muertes si el ERR los atacaba sin avisar, al menos eso era lo que los que detentaban el poder habían decidido, y a Web esa decisión le parecía perfecta. El hecho de que no hubiera rehenes conocidos facilitaba la situación aunque, en cierto modo, también la complicaba. La complicaba porque Web to-

* Nombre de un famoso tiroteo que tuvo lugar el 26 de octubre de 1881 en Tombstone, Arizona, recreado en distintas películas del Oeste. (*N. de los T.*)

davía se preguntaba por qué no habían recurrido a un equipo EAT del FBI para enfrentarse a la situación. Confió en que se debiera a una combinación entre la fama que tenían los Free de ser sumamente peligrosos y estar muy bien armados y el hecho de que a veces incluso los buenos tenían derecho a hacer justicia. No obstante, había algo que no acababa de encajar.

La información recogida por la OFW durante los últimos meses situaba a los Free en un complejo que habían creado la década anterior a unos sesenta y cinco kilómetros al oeste de Danville, Virginia, en una zona muy aislada del estado rodeada de bosques en su mayor parte. Los francotiradores de Whisky y Rayos X montaban guardia desde hacía veinticuatro horas junto con los agentes de la OFW y les habían estado proporcionando información valiosa desde entonces. De hecho, ya hacía algún tiempo que los planes para el objetivo estaban en la base de datos del ERR, que había reconstruido el interior de la escuela en la zona de aparcamiento trasero y se había entrenado con algo más que la energía y resolución habituales del grupo. Aunque no había ningún miembro del ERR que abriera fuego conscientemente a no ser que él, otro miembro del equipo o una persona inocente corriera peligro, no había ni un solo agente del ERR que no deseara, al menos en parte, que los Free intentaran responder al ataque. Web pensó que quizás en aquel grupo se incluía al comandante Jack Pritchard, a pesar de su apasionado discurso especificando lo contrario.

Aterrizaron, se subieron a los camiones, que acababan de descargar de un vehículo de transporte especial, y se dirigieron a la zona de escala preliminar, donde entablaron contacto con la policía local y el personal de la OFW que encabezaba la misión. Web se volvió y se puso a toquetear algo de su equipo cuando vio a Percy Bates saliendo de uno de los Bucar para hablar con Pritchard. En aquel momento a Web no le hacía falta tener un encontronazo con Bates por infinidad de motivos, aunque el principal era que no estaba seguro de poder reprimir el puñetazo que le asestaría al hombre por no haberle avisado del ataque. Probablemente Bates intentaba proteger a Web, quizá de él mismo, pero Web habría preferido tomar esa decisión por sí solo.

Condujeron hasta la última parada y recibieron las últimas órdenes. Había llegado el momento de dirigirse al objetivo. Avanzaron con rapidez por oscuras carreteras rurales. El Equipo Hotel iba en un Suburban y se acercaba al complejo de los Free por detrás, mientras que el Golfo iba por la izquierda. La topografía exigía que los equipos de asalto se orientaran por bosques oscuros y frondosos. Aquello no suponía un gran problema, puesto que disponían de gafas de visión nocturna. Justo antes de que las puertas del camión se abrieran, Romano se persignó. Web estuvo a punto de decir lo que siempre le había dicho a Danny García, que Dios no iba por allí y que estaban solos, pero no dijo nada. No obstante, hubiera preferido que Romano no hubiera hecho la señal de la cruz. Aquello empezaba a parecer demasiado familiar y, por vez primera, Web empezó a preguntarse si estaba en condiciones de participar en el ataque. Las puertas se abrieron antes de que pudiera seguir pensando en aquello, salieron al bosque y luego se detuvieron, se pusieron en cuclillas e inspeccionaron el terreno que tenían por delante.

A través del micrófono que llevaba incorporado, Web escuchó la información que los francotiradores le proporcionaron sobre lo que les esperaba. Web reconoció la voz de Ken McCarthy de Rayos X. El indicativo de llamada de McCarthy era Sierra Uno, lo cual significaba que tenía el puesto de observación más elevado como francotirador. Web se lo imaginó sentado a horcajadas en una rama gruesa de uno de los enormes robles que rodeaban el complejo. Esa posición le permitiría dominar toda la zona, disfrutar de una buena línea de fuego y ofrecer la máxima desenfilada, o posición para la cobertura y la ocultación. Estaba claro que los Free se encontraban en el interior del complejo. De hecho, la mayoría de ellos vivía allí. Los francotiradores habían contabilizado por lo menos diez personas. El complejo vallado estaba formado por cuatro edificios. Tres eran viviendas y el cuarto era una construcción grande estilo almacén donde los hombres celebraban sus reuniones y trabajaban en actividades tales como fabricar bombas y planear cómo matar a personas inocentes, sin duda, pensó Web. En ese tipo de reductos siempre había perros. Los canes siempre resultaban un problema, no tanto porque supusieran un peligro personal a los agentes del ERR, puesto que ni el perro más fiero podía atravesar con la dentadura el Kevlar ni resistir una bala, sino porque enseguida alertaban de la presencia de extraños. Afortunadamente, por lo menos hasta el momento, allí no había perros; quizás alguno de los Free les tuviera alergia. El armamento que habían visto estaba compuesto principalmente por pistolas y escopetas, aunque un joven de unos diecisiete años, según McCarthy, llevaba una MP-5.

Había dos centinelas en el exterior, uno en la parte delantera y otro en la trasera, armados con pistolas y con expresión aburrida, según había informado McCarthy con ironía. Tal como era habitual en el ERR, el francotirador que los vio por primera vez asignó nombres identificadores a los centinelas. El guarda de la parte delantera se llamaba Shaq Pálido, porque guardaba cierto parecido con el gran jugador de baloncesto, pero, por supuesto, era blanco, dado que los Free no iban a rodearse de personas de otro color. El de atrás recibió el nombre de Gameboy, porque McCarthy vio que le sobresalía una consola de dicha marca del bolsillo delantero. Los francotiradores también habían advertido que ambos centinelas llevaban teléfonos móviles provistos de un dispositivo de walkie-talkie. Aquello suponía una complicación puesto que enseguida podían informar de los problemas a los cómplices del interior.

El Equipo Hotel se desplegó por el bosque con gran cautela. Sobre los uniformes de vuelo llevaban camuflaje de rayos infrarrojos, una especie de guardapolvo verde estampado que descomponía el perfil nocturno de cada hombre. Aunque todavía no veían el complejo, los Free podían haber apostado piquetes adicionales entre el espeso follaje o incluso bombas trampa que los francotiradores no habían visto, por poco probable que fuera. Las gafas de visión nocturna de Web convertían la noche en día, pero mantenía un ojo cerrado y supuso que los demás hacían lo mismo para evitar el posterior ardor naranja. Llegaron a otro punto de parada y Web se levantó las gafas y parpadeó con rapidez para reducir los efectos de las lentes de alta tecnología. Ya le había empezado a doler la cabeza. En el momento del ataque, Romano iría por delante y Web cerraría la marcha. Aunque Romano no había practicado aquella misión con el equipo, seguía siendo el mejor asaltante que tenían. Web deslizó la mano por el cañón corto de la metralleta MP-5 que llevaba. No cargaba el rifle SR75 habitual porque, después de utilizarlo en aquel patio, se veía incapaz de volver a levantar la dichosa arma. Primero tocó la pistola del 45 que llevaba en la funda táctica y luego la ametralladora gemela que le colgaba del hombro y le cruzaba la placa antitraumatismos; esbozó una sonrisa forzada cuando vio que Romano le había visto haciéndolo y levantó el pulgar en señal de aprobación.

—Ahora somos a prueba de balas, grandullón —dijo Romano. Web pensó que probablemente su compañero siguiera pensando en cómo afrontar aquella misión a lo grande.

Las pulsaciones de Web todavía no llegaban a sesenta y cuatro y se esforzaba sobremanera por alcanzar dicha cifra. Se frotó los dedos contra la palma de la mano y se sorprendió al sentir el sudor, puesto que la noche era fresca. No obstante, los treinta kilos de equipamiento y el chaleco antibalas daban la sensación de encontrarse en una pequeña sauna personal. Llevaba cargadores de pistola colgados del cinturón y munición de repuesto para la MP-5 en las musleras, junto con explosivos cegadores y varias cargas que podría necesitar o no esa noche, nunca se sabía. De todos modos, esperaba que el sudor no fuera un indicativo de los nervios, que podrían hacer que la cagara en el preciso momento en que necesitaba ser perfecto.

Avanzaron de nuevo y se acercaron al límite del bosque. A través de las gafas Web veía claramente el complejo de los Free. Para garantizar que los comunicados eran cortos y que todo el mundo seguía por la misma página, la primera planta de un objetivo siempre se llamaba Alfa y la segunda Bravo, según la jerga del ERR. La fachada del edificio era blanca; el muro derecho rojo, el izquierdo verde, y la parte posterior negra. A todas las puertas, ventanas y otras aberturas se les asignaban números consecutivos empezando por el acceso situado más a la izquierda. Así pues, Gameboy estaba situado en el exterior de la verja aproximadamente a nivel Alfa acceso tres negro, mientras que Shaq Pálido estaba a nivel Alfa acceso blanco cuatro. Web observó a Gameboy a través de las gafas y rápidamente lo catalogó como poco experto, aparte de totalmente descuidado. Su apreciación quedó reforzada cuando el tipo se sacó la Gameboy del bolsillo y se puso a jugar.

En el edificio principal del complejo había luces encendidas. La luz debía de proceder de generadores portátiles porque no se veían postes de electricidad. Si los hubiera habido, el ERR habría encontrado el transformador que suministraba la energía y lo habrían desconectado antes del ataque. Pasar de la luz a la oscuridad desorientaba y eso habría dado al ERR la ligera ventaja necesaria para imponerse sin sufrir pérdidas.

Como sólo había dos equipos de asalto, los francotiradores estaban preparados para enfundarse los trajes de vuelo Nomex, y ayudar en el ataque. Cada uno de los francotiradores llevaba, aparte del rifle de francotirador, un rifle de asalto automático CAR-16 con una mira nocturna Litton de triple aumento. El plan consistía en atacar por delante y por el lado según el estilo guerra relámpago y contener a los Free en el edificio principal. En ese momento aparecerían los agentes del FBI «normales», leerían los derechos, practicarían las órdenes de registro y la siguiente parada para los Free sería el tribunal, y de ahí a la cárcel.

Web pensó que todo aquello era suficiente para que el ataque fuera interesante. Seguro que los Free sabían que el FBI los observaba. Era una zona muy rural y se corrió la voz de la llegada de unos desconocidos, por lo que ya hacía algún tiempo que el FBI los tenía vigilados. El ERR debía suponer que su arma principal, el elemento sorpresa, en este caso se vería cuando menos reducida.

Como alguna enseñanza habían extraído de la debacle del Equipo Charlie, habían traído dos termoimaginadores muy voluminosos pero muy potentes. Romano encendió uno de ellos e hizo un barrido de todos los edificios de su lado del complejo. Golfo estaba haciendo lo mismo desde la parte delantera. Aquel termoimaginador veía a través de cristales ahumados e incluso de paredes y captaba la imagen que desprendía calor de cualquier persona que estuviera acechando por allí, independientemente de que llevara un tirachinas o una pistola mini. Romano dio por concluida la vigilancia. Esta vez no había ningún nido de francotiradores automatizados. Todos los edificios menos uno estaban vacíos. Podía ser una operación limpia.

A través de las gafas de visión nocturna, Web miró a su alrededor y advirtió las luces que parpadeaban entre la maraña de árboles. Aquellos impulsos de luz representaban a los francotiradores que llevaban luciérnagas, tapones de brillo infrarrojo del tamaño de un mechero. Las luciérnagas brillaban cada dos segundos dentro de un espectro de luz que sólo resultaba visible con las lentes de visión nocturna. De este modo los francotiradores podían estar en contacto entre sí sin delatar su posición. Si se sospechaba que un objetivo también disponía de lentes de visión nocturna, no se utilizaban las luciérnagas por motivos obvios. Los asaltantes nunca las empleaban. Cada parpadeo de luz representaba un cuerpo amigo armado con un rifle suprimido del 308 como refuerzo. Resultaba tranquilizador cuando uno no sabía si iba a entrar en una heladería o en un avispero. Esa noche Web suponía que se trataría de esto último.

Con un movimiento del pulgar, Web situó el selector de disparo de su MP-5 en ráfagas de múltiples balas y luego procuró que su número de pulsaciones alcanzara la cantidad adecuada. Se oían animales por todas partes, ardillas sobre todo, y pájaros que revoloteaban de una rama a otra, perturbados por los hombres acuclillados en su territorio con aquella indumentaria tan curiosa. En cierto modo, los pasos de los animales y el aleteo de los pájaros resultaba tranquilizador, aunque sólo fuera para garantizar a Web que seguía en el planeta Tierra, relacionado todavía con los vivos, con seres que respiraban, aunque seguía pensando en la posibilidad de una matanza.

El plan era un poco arriesgado. Los francotiradores no abrirían fuego sobre los centinelas. Abatir a tiros a sangre fría a unos tipos a los que todavía había que condenar por algo no era una costumbre de los agentes del orden; Web nunca lo había hecho. Tendrían que encontrarse en una situación con rehenes de alto riesgo para que Washington autorizara ese tipo de actuación. El director y probablemente el fiscal general tendrían que dar el visto bueno a una operación de ese tipo. En este caso iban a flanquear a los guardias, abalanzarse sobre ellos y asegurarse de que no tenían tiempo ni oportunidad de advertir a sus colegas del interior sobre el ataque inminente. Los asaltantes podrían haber empleado un explosivo de despiste, o quizás atraer de algún modo a los guardias al bosque para que los recibieran los asaltantes con trajes de camuflaje especial prestos para abalanzarse sobre ellos, pero el plan de flanqueo se había urdido basándose en información recogida sobre los Free. Dicha información había demostrado ser cierta con respecto a la actitud descuidada de los centinelas. Quizá funcione, pensó Web.

Si los puntos de brecha externos estaban cerrados, los reventarían, por supuesto. Eso alertaría al resto de los Free, pero para entonces el ERR ya estaría en el interior y la batalla prácticamente acabada, a no ser que sucediera algo extraordinario, lo cual Web no podía descartar, nunca más. Hotel iba a atacar desde atrás, Golfo desde el lateral y de forma muy explosiva. Los equipos de asalto siempre intentaban atacar desde los ángulos, nunca desde delante y detrás o desde ambos lados, para evitar las bajas ocasionadas por el fuego amigo.

Web se puso tenso cuando Romano pidió al COT la autorización y la obtuvo de inmediato. Web inhaló el aire limpio y se centró totalmente en el papel de asaltante de uno de los equipos de imposición del cumplimiento de la ley más elitista de la historia. Sesenta y cuatro pulsaciones por minuto, Web conocía a la perfección el funcionamiento interno de su cuerpo.

Romano hizo la señal de vía libre y él y Web se dirigieron a la izquierda y los otros dos agentes se deslizaron hacia la derecha. Al cabo de un minuto estaban flanqueando a Gameboy, que seguía concentrado en la pantalla de la consola, pasándoselo en grande ganando a la máquina. Para cuando alzó la mirada, tenía sendas pistolas del 45 apuntándole a los oídos. Antes de tener la oportunidad de decir «mierda» ya estaba tendido en el suelo, con las manos y los tobillos esposados y con una cinta de plástico que mantenía las esposas juntas de forma que estaba totalmente inmovilizado, como un ternero amarrado durante un concurso de laceo. También le sellaron la boca con un trozo de cinta adhesiva. Le quitaron la pistola, el teléfono móvil y un cuchillo que encontraron en una funda que llevaba sujeta al tobillo. Web le dejó al hombre su preciada Gameboy.

Pasaron por las dependencias del grupo y se dirigieron a la zona crítica, la puerta trasera exterior del edificio principal, y se agacharon. Romano tocó la puerta con cuidado, agarró el pomo e intentó abrir. A través de la máscara Web vio que hacía una mueca. Estaba cerrada con llave. Romano llamó al abrebrechas, quien se adelantó rápidamente, colocó la carga lineal eléctrica de cuatrocientos hilos, desplegó el cable y preparó el detonador, mientras que el resto del equipo le observaba la espalda incluso mientras se ponía a cubierto.

En aquel momento Romano informó al COT que se encontraban en la línea de fase verde y Web oyó la respuesta de confirmación del COT. Al cabo de treinta segundos, los componentes del Golfo hicieron lo mismo, por lo que Web supo que habían inmovilizado a Shaq Pálido en la parte delantera y que luego se habían dirigido al lateral del edificio a fin de prepararse para el asalto especial. El COT afirmó que estaba todo controlado y a Web la frase le resultó más dolorosa que nunca. «Sí, también le dijeron eso al Equipo Charlie, ¿no?»

Tres francotiradores se unieron a los chicos del Golfo en el lateral, y Ken McCarthy había descendido de su posición como Sierra Uno y se había convertido en asaltante inmediato, junto con otros dos francotiradores del Whisky, que se unieron a Web y al Equipo Hotel. Web pensó que, aunque no le veía la cara, seguro que Ken se había sorprendido al verle. Todos se despojaron de las gafas de visión nocturna, puesto que los destellos de las bocas del cañón y de los explosivos las inutilizaban y, de hecho, dejaban ciegos e indefensos a los portadores en un entorno tan lleno de luz. A partir de aquel momento, tenían que confiar únicamente en sus cinco sentidos, lo cual a Web ya le parecía bien.

Empezó la cuenta atrás. Con cada número parecía que los latidos del corazón se enlentecían todavía más. Cuando el COT llegó al tres, Web estaba de lleno en la franja deseada. Al llegar a dos, todos los agentes del ERR apartaron la vista de la zona crítica para que la explosión no los cegara. En ese preciso instante, los dedos de cada uno de los hombres también quitaron el seguro de las armas y deslizaron el dedo índice al gatillo. «Vamos allá, chicos», pensó Web.

Al estallar la carga, las puertas se desplomaron hacia el interior, y Web y compañía irrumpieron con contundencia en el edificio.

—¡Explosión! —gritó Romano mientras extraía un explosivo cegador de la funda de Cordura elástica, le quitaba la anilla y lo lanzaba por lo alto. Al cabo de tres segundos se produjo una explosión de ciento ochenta decibelios en el pasillo que dejó una estela de un millón de bujías.

Web se encontraba a la derecha de Romano, alerta a las amenazas de cualquier tipo, dirigiendo la mirada primero hacia las esquinas más alejadas y luego echándose hacia atrás. Se encontraban en una pequeña habitación interior con un pasillo que se dirigía hacia la izquierda. Según la información de la que disponían, confirmada por el termoimaginador, los Free estaban reunidos en el salón principal de la parte izquierda posterior del edificio. Era una estancia grande, quizá de trece por trece y abierta en su mayor parte, por lo que no tenían por qué preocuparse sobre la existencia de muchos rincones y recovecos en los que esconderse y oponer resistencia, aunque seguía siendo un espacio amplio que proteger y sin duda habría muebles y otros objetos tras los que esconderse. Dejaron a un hombre para que vigilara la primera estancia en la que habían entrado. Las normas de combate especificaban que nunca se devolvía el terreno tomado, y que nunca se permitía que a uno le flanquearan por detrás. El resto de la fuerza de ataque corrió hacia delante.

Hasta el momento no habían visto a nadie, aunque sí habían oído gritos más adelante. Web y el resto del Hotel se lanzaron pasillo abajo. Un giro más y llegarían a las puertas dobles que conducían al espacio objetivo.

—¡Explosión! —gritó Web. Tiró de la anilla y lanzó por lo alto el explosivo cegador en ese último giro. De este modo, cualquiera que deseara tenderles una emboscada desde allí tendría que hacerlo cegado y ensordecido.

Cuando llegaron a las puertas dobles, nadie se molestó en comprobar si estaban cerradas con llave. Romano colocó rápidamente una carga explosiva en la jamba. El explosivo era un trozo de goma de neumático de 2,54 centímetros de ancho y 15 centímetros de largo con una tira de explosivo C4 llamado Detasheet. En la parte inferior del dispositivo había un tubo de impacto y un detonador. Los hombres retrocedieron y Romano susurró unas palabras al micrófono. Al cabo de unos segundos estalló la carga explosiva y las puertas se desplomaron hacia atrás.

En ese preciso momento la pared lateral de la habitación principal se desmoronó hacia el interior y el Equipo Golfo atacó a través de la abertura. Habían colocado una carga flex-lineal —un trozo de plomo y espuma en forma de V, cargado de explosivos— alrededor de la pared. La carga había derribado la pared por completo y lanzado escombros a la habitación. Uno de los Free ya estaba en el suelo, sosteniéndose la cabeza ensangrentada y gritando.

Hotel atacó desde las puertas principales y bombardeó las zonas de peligro que, básicamente, eran todo lugar en el que pudiera refugiarse alguien armado y atacar a su vez al ERR.

—¡Explosión! —gritó Romano mientras corría hacia la derecha de la sala.

La explosión de la carga sonó al cabo de unos segundos. La estancia estaba llena de humo y de luz cegadora; los gritos y chillidos resultaban ensordecedores debido a que los Free chocaban entre sí al intentar escapar. Sin embargo, no se produjeron disparos y Web empezó a pensar que quizás aquella misión se resolvería de forma pacífica, por lo menos según el criterio del ERR. Web siguió a Romano, barrió la zona con la mirada, miró los rincones más alejados por si había alguna amenaza y se echó hacia atrás. Vio tanto a hombres viejos como jóvenes escondidos bajos sillas volcadas, tendidos boca abajo en el suelo o contra la pared; todos se cubrían los ojos y se llevaban las manos a las orejas, aturdidos por el ataque meticulosamente preparado. El ERR había apagado las luces del techo en cuanto los hombres entraron en la sala. Ahora todos actuaban a oscuras salvo por el destello ocasional de los explosivos cegadores.

—¡FBI! Al suelo. Las manos detrás de la cabeza. Los dedos entrelazados. ¡Obedeced inmediatamente o sois hombres muertos! —gritó Romano con un rugido entrecortado con acento de Brooklyn.

Aquella retahíla incluso llamó la atención de Web.

La mayoría de los Free que se encontraban en el campo de visión de Web empezaron a obedecer la orden, aunque estaban medio incapacitados. Entonces oyó el primer disparo. Le siguió otro disparo que golpeó la pared situada justo al lado de la cabeza de Web. Con el rabillo del ojo Web vio a uno de los Free levantarse del suelo y apuntarle con una MP-5. Romano debió de ver lo mismo. Dispararon al unísono, los dos con la MP-5 en modo ráfaga de múltiples balas. Los ocho disparos alcanzaron al hombre en la cabeza o en el torso. El hombre y su arma cayeron hacia atrás al suelo y allí se quedaron.

Los otros Free, cegados y desorientados pero también enojados por la muerte de uno de los suyos, desenfundaron sus armas y abrieron fuego desde cualquier baluarte que tuvieran a mano. Los agentes del ERR hicieron otro tanto. Sin embargo, se trataba de pistolas, escopetas, carne y hombres dominados jugando a los soldaditos contra chalecos antibalas, metralletas y hombres adiestrados para la batalla y la matanza. El tiroteo no duró demasiado. Los Free miraron como tontos a los ojos de sus contrincantes. Web y sus hombres tranquilamente apostados, empuñando sus armas mientras disparaban cartucho tras cartucho, avanzando, dando en el blanco. Los puntos rojos del láser de las miras sujetas a las ametralladoras apuntaban de lleno a sus blancos. Mantuvieron sus campos de tiro respectivos, disparando a su alrededor y entremezclando los disparos como si ejecutaran un baile perfectamente coreografiado. Los desesperados Free disparaban a lo loco y sin disciplina y fallaban de forma estrepitosa. El ERR apuntaba con precisión y daba en todos los blancos. Dos agentes del ERR resultaron alcanzados, más por casualidad que por habilidad, pero fueron disparos al torso y la munición típica de las pistolas no atravesaba el Kevlar de última generación; aunque el impacto de las balas escocía de lo lindo, la única consecuencia era un morado intenso. El ERR apuntaba a la cabeza y al pecho y cada vez que disparaban una ráfaga moría otro Free.

Cuando resultó evidente que la derrota era aplastante, Web consideró que ya había habido carnicería suficiente y cambió la MP-5 al modo automático. Barrió la parte superior de las mesas y sillas de baratillo, hizo saltar por los aires las astillas de conglomerado y de chapa de madera y tiras de metal, llenó de plomo las paredes que tenía enfrente mientras su arma disparaba casi novecientas balas por minuto. El ERR no había lanzado disparos de advertencia, pero no había nada en los manuales ni en ningún curso de formación que Web hubiera seguido que dijera que había que masacrar sin motivo a un enemigo en clara inferioridad. Los Free que quedaban ya no suponían ningún riesgo para nadie; sólo necesitaban un poco más de persuasión para rendirse de forma oficial. Romano hizo lo mismo con la pulverización de su arma. La ventisca de destrucción resultante situó a la oposición tumbada boca abajo, con las manos en la cabeza, olvidada ya la idea de lucha y quizá victoria. De forma simultánea Web y Romano dispararon más munición de diez milímetros con movimientos y velocidad como si fueran máquinas.

Abrieron fuego de nuevo, apuntando una vez más por encima de la cabeza del enemigo encogido de miedo, y no pararon hasta que los últimos Free que seguían con vida tomaron la única decisión sensata. Dos salieron a gatas de entre los escombros de cadáveres y sillas y mesas destrozadas con las manos levantadas tras dejar las armas en el suelo. Parecían soldados traumatizados por la guerra y estaban sollozando. Había otro Free sentado contemplándose las manos, ensangrentadas después de tocarse una herida grande que tenía en la pierna, y tenía vómito en la camisa. Un agente se acercó a él, lo esposó y, acto seguido, hizo que se tumbara con cuidado, se enfundó unos guantes quirúrgicos y una mascarilla y empezó a ocuparse de su herida; un pistolero convertido en salvador del enemigo. Se avisó al personal médico de la ambulancia que acompañaba al ERR en todos sus ataques para que se ocupase de los heridos. Tras echar un vistazo a la pierna ensangrentada, Web concluyó que el tipo sobreviviría aunque el resto de sus días lo pasaría en la cárcel.

Mientras Romano y otro asaltante esposaban a los dos primeros Free que se habían rendido, varios agentes se dispersaron por la sala rápidamente para cerciorarse de que los muertos lo estaban realmente. Los hombres que yacían en el suelo ya no eran más que cadáveres, Web estaba convencido de ello. Los humanos no estaban hechos para soportar un disparo en la cabeza, y mucho menos media docena.

Web bajó por fin el arma y respiró hondo. Contempló el campo de batalla, inspeccionó a los supervivientes. Algunos no parecían ni siquiera tener más de dieciséis años, vestían vaqueros holgados, camisetas y botas sucias. Uno de ellos tenía una pelusilla color melocotón en la cara, otro incluso tenía acné. Dos de los hombres muertos parecían lo bastante mayores como para ser abuelos y quizás habían reclutado a sus nietos para que se unieran a los Free y murieran como tales. Apenas se les podía considerar adversarios dignos. No eran más que un puñado de imbéciles con armas y vidas inútiles que habían visto cómo se materializaban sus peores pesadillas y habían actuado del peor modo posible. Web contó ocho cadáveres; la sangre corría y empapaba rápidamente la alfombra barata. Además, aunque los Free no estuvieran de acuerdo, toda la sangre, independientemente del origen étnico o racial, fluía roja. A ese nivel, todo el mundo era igual.

Se apoyó contra la pared mientras oía las sirenas que se aproximaban. No había sido un enfrentamiento justo. No obstante, la última vez tampoco había sido justo. Una parte de él debería haber experimentado cierta satisfacción. Sin embargo, lo único que Web London sentía era náuseas. Matar nunca había sido algo fácil y quizás aquello era lo que le diferenciaba de hombres como los Ernest B. Free del mundo.

Romano se acercó a él.

—¿De dónde coño salieron esos disparos?

Web meneó la cabeza para indicar que no lo sabía.

—¡Mierda! —exclamó Romano—. No ha salido exactamente como imaginaba.

Web advirtió el gran orificio de bala del traje de camuflaje que dejaba al descubierto la capa de Kevlar. El orificio estaba cerca del ombligo. Romano siguió la mirada de Web e hizo caso omiso del agujero, como si se tratara de una picadura de mosquito.

—Unos centímetros más abajo y Angie habría tenido que buscarse la diversión en otro sitio —manifestó Romano.

Web se esforzó por recordar con exactitud lo que había visto, lo que había oído y en qué preciso momento. Una cosa le parecía evidente: iban a plantearles muchas preguntas y ninguna de ellas tenía una respuesta fácil. La advertencia de Pritchard le resonó en la cabeza. Acababan de aniquilar a varios miembros de los Free, el grupo sospechoso de haber eliminado a un grupo de ERR. En realidad lo que Web y los demás habían hecho era abrir fuego y liquidar a un puñado de jóvenes y viejos porque los disparos procedían de una fuente desconocida y porque Web había visto a uno de ellos levantando la pistola y apuntándole. Aunque lo que había hecho Web estaba plenamente justificado, no hacía falta ser una lumbrera para convertir aquella serie de sucesos en algo que olía muy mal. Y en Washington D.C. había más listillos per cápita que en cualquier otro punto del planeta.

Web oyó unos pasos que se acercaban hacia ellos. Los agentes del FBI aparecerían de un momento a otro, los Bates del mundo. Asumirían la labor de explicar qué demonios había sucedido. Como había dicho Romano, el ERR se dedicaba a disparar y liquidar. Bueno, esta vez podían haber muerto ellos. Web empezó a experimentar algo que nunca había sentido mientras las balas volaban a su alrededor: miedo.

Había movimiento desde miles de metros de distancia, en el bosque hasta la parte trasera del complejo, y detrás del perímetro establecido por el ERR. El terreno parecía elevarse y allí había un hombre agachado, su rifle de francotirador con mira telescópica incluida en la mano derecha. Era el mismo rifle que había empleado para matar a Chris Miller en el exterior de la casa de Randall Cove en Fredericksburg. El FBI probablemente pensara que el objetivo era Web London, pero se equivocaba. La muerte de Miller no era más que otra forma de aumentar todavía más el sufrimiento de Web London. Y lo que el hombre acababa de hacer, provocar la lucha entre los desventurados Free y el ERR no era más que otro método para incrementar los numerosos problemas de London. El hombre yacía junto a la tela cubierta de polvo, barro, excrementos de animales, hojas y elementos varios diseñados para ayudarle a fundirse con el entorno, su traje de camuflaje personalizado. Hacía tiempo que había llegado a la conclusión de que sólo había que copiar a los mejores. Y, al menos por el momento, el ERR era lo mejor. Además, se suponía que Web London era el mejor de aquel grupo de élite. Aquel honor lo colocaba en la mira del hombre. Era un asunto personal. Muy personal. Plegó el material y se lo enganchó a la mochila, y Clyde Macy escapó discretamente. A pesar de su carácter estoico por naturaleza, el hombre fue incapaz de contener una sonrisa. Misión cumplida.

44

Como no había podido descubrir el origen del grupo que suministraba Oxy y otros fármacos con receta en la zona de Washington D.C., Randall Cove había cambiado de estrategia y había decidido abordar la situación desde el punto de vista de quienes lo recibían en vez del de quienes lo ofrecían. Había utilizado lo que el informante T le había contado para acercarse a un grupo de narcotraficantes que, según T, últimamente habían traficado con dichos fármacos. Es increíble la cantidad de información que uno obtiene de un chivato cuando lo sostiene boca abajo al borde de un precipicio. Cove imaginó que en algún momento tendrían que abastecerse del producto. Esa nueva táctica era la que lo había llevado a aquel lugar aquella noche y esperaba obtener dividendos sustanciosos.

El bosque era frondoso y Cove se movía con el máximo sigilo del que es capaz un ser humano. Se detuvo cerca del límite de la vegetación, se agachó e inspeccionó el terreno. Los vehículos estaban estacionados en un camino de tierra que serpenteaba a través del bosque cerca de la frontera entre Virginia Occidental y Kentucky. Si Cove hubiera tenido algún refuerzo a quien llamar, lo habría llamado. Había pensado en llevar a Venables, pero Sonny ya había hecho suficiente y, además, tenía mujer e hijos y le faltaba poco para la jubilación. Cove no quería jugar con eso. Cove era valiente, estaba acostumbrado a encontrarse en situaciones peligrosas pero, aun así, seguía existiendo una fina línea que separaba el coraje de la imbecilidad y Cove siempre se había mantenido en el lado correcto de aquella tenue línea divisoria.

Cove se agachó todavía más cuando varios hombres se arremolinaron alrededor de uno de los vehículos. Sacó el monocular de visión nocturna para ver mejor. El material envuelto en plástico que llevaban los hombres confirmó las sospechas de Cove. No parecían pastillas de coca sino decenas de miles de pastillas. Extrajo la cámara sin flash e hizo algunas fotos. Acto seguido, Cove se planteó qué hacer a continuación. Veía al menos cinco hombres y todos ellos iban armados. No podía arrestarlos sin correr un grave peligro. Mientras reflexionaba sobre cómo actuar, no percibió que el viento había cambiado ligeramente de dirección. En realidad no se dio cuenta hasta que el perro que estaba tendido al otro lado del camión, y al que Cove no había visto, rodeó el vehículo rápidamente y se dirigió hacia él.

Cove maldijo entre dientes, se volvió y huyó por entre los árboles. No obstante, el perro estaba cada vez más cerca y las maltrechas rodillas de Cove ya no estaban para aquellos trotes. Además, oyó otra cosa que no le hizo albergar demasiadas esperanzas. También le perseguían animales de dos piernas.

Lo acorralaron en una porción de terreno pantanosa. El perro fue a por Cove, enseñando los colmillos, y éste le apuntó con la pistola y lo mató de un tiro. Fue la última vez que disparó, puesto que le apuntaba un arsenal de pistolas. Sostuvo el arma en alto en señal de rendición.

—Suéltala —ordenó uno de los perseguidores, y Cove obedeció.

Los hombres se acercaron y uno de ellos cacheó a Cove, encontró la otra pistola que llevaba en la manga y le arrebató la cámara.

Nemo Strait se arrodilló al lado del perro y lo acarició con ternura. Acto seguido miró a Cove como si fuera el hombre que acababa de cortarle el pescuezo a su madre. Strait alzó la pistola y dio un paso adelante.

—Hacía seis años que tenía al *Viejo gruñón*. Era un perro muy bueno.

Cove no dijo nada. Otro hombre le golpeó en la espalda con el arma pero sólo obtuvo un gruñido de su presa.

Strait se acercó todavía más y le escupió en la cara.

—Me maldigo a mí mismo por no asegurarme de que murieras cuando empujamos tu coche por aquella pendiente. Tenías que haber considerado que era el día más afortunado de tu vida y tenías que haberte largado de la ciudad.

Cove permaneció en silencio pero dio un pasito hacia Strait. Lanzó una mirada a los otros hombres. Los compradores de aquellos fármacos con receta eran de la ciudad, todos negros. Cove no recurrió a los de su propia raza en aquella situación. En el mundo del crimen el dinero estaba por encima de todo lo demás.

Strait miró por encima de su hombro, hacia donde se encontraba el remolque de caballos con *Bobby Lee*, luego miró de nuevo a su prisionero y sonrió.

—Tío, ¿siempre tienes que meterte en los asuntos de los demás? ¿Eh? —Le dio un golpecito en la mejilla con el arma y luego le golpeó con más fuerza—. Respóndeme cuando te haga una pregunta.

A modo de respuesta, Cove le escupió en la cara.

Strait se limpió el rostro y apoyó la pistola en la sien de Cove.

—Ya te puedes ir despidiendo del mundo.

La navaja salió de la misma manga en la que habían encontrado la segunda pistola de Cove. Nunca había visto a nadie que buscara armas en el mismo sitio en que encontraba una. Se la quiso clavar en el corazón pero el pie le resbaló en el barro y Strait fue un poco más rápido de lo que Cove esperaba, de modo que acabó clavándole la navaja en el hombro. Strait cayó hacia atrás en el agua pantanosa con la navaja todavía clavada.

Cove se quedó mirando a los hombres que lo rodeaban.

Durante una centésima de segundo tuvo la impresión de que todos los sonidos del mundo se habían detenido. En su mente vio a su mujer y a sus hijos corriendo hacia él por un prado en el que sólo crecían flores hermosas, y sus sonrisas y abrazos anticipados compensaron todas las penurias que había sufrido a lo largo de la vida. Y no eran precisamente pocas.

Entonces abrieron fuego. Cove fue alcanzado varias veces y se desplomó. En ese mismo instante los hombres alzaron la mirada porque oyeron el ruido de un helicóptero. Al cabo de unos segundos, los focos iluminaron las copas de los árboles.

Strait se incorporó de un salto.

—Larguémonos de aquí.

A pesar de estar herido, el fornido Strait tomó en brazos a su perro muerto y se lo llevó. El lugar quedó vacío en menos de un minuto. El helicóptero siguió volando y la tripulación no pareció darse cuenta de lo que había ocurrido allá abajo. Strait se había equivocado, el helicóptero sólo transportaba a un grupo de hombres de negocios que habían mantenido una reunión hasta tarde.

Cuando volvieron a oírse los sonidos nocturnos, se escuchó un gruñido en la oscuridad. Randall Cove intentó levantarse pero, por fuerte que fuera, le resultó imposible. El chaleco antibalas que llevaba había amortiguado tres de los cinco disparos. Los dos disparos que le habían alcanzado directamente se habían cobrado su precio. Cayó otra vez al suelo mientras su sangre teñía el agua de rojo.

Claire Daniels estaba en la consulta, trabajando hasta mucho más tarde de su horario habitual. La puerta exterior había sido cerrada con llave y el edificio contaba con personal de seguridad, razón por la cual se sentía más segura allí que en el hotel en el que se alojaba. Su amigo farmacéutico le había informado sobre la pastilla «rara» que había cogido de las que le enseñó Web. Claire había supuesto que se trataba de algún barbitúrico potente porque todavía pensaba en la posibilidad de que una interacción entre fármacos negativa con efectos retardados hubiera paralizado a Web en el callejón. En cierto punto parecía exagerado, pero explicaba los hechos que ella conocía, y en aquel momento no tenía nada más. La llamada de teléfono lo cambió todo.

—Es un placebo —le informó su amigo—. Como los que usan en los grupos de control de las pruebas farmacéuticas.

«¿Un placebo?» Claire se quedó anonadada. El resto de las pastillas eran lo que parecían ser.

En ese momento, sentada en la consulta, Claire intentó encontrarle sentido a todo aquello, ¿qué podía ser? Se negaba a creer que Kevin Westbrook hubiera lanzado una maldición a Web con las palabras «malditos al infierno». Sin embargo resultaba evidente que esa frase le había influido. ¿Se había rajado, simplemente?

Claire miró los cuadernos de dibujo de Kevin que Web le había permitido quedarse. El de Kevin apuntando con el mando a distancia había ido directo al FBI y no había ningún otro dibujo como aquél en los demás cuadernos. Claire observó los dibujos, muchos de los cuales parecían haber salido de una mano experta. El muchacho tenía un talento artístico considerable.

En ninguno de los cuadernos aparecían las palabras «malditos al infierno». No sería tan fácil, supuso Claire. Volvió a darle vueltas a la frase. Sonaba antigua, como de la guerra de Secesión, o quizás anterior. Decían que el almirante Farragut había gritado «¡Al infierno con los torpedos, a todo vapor!» o algo así durante una batalla naval de la guerra entre estados.

Claire escribió las palabras en un trozo de papel. Época de la guerra de Secesión, había pensado Web. Esclavismo. Blancos y negros. Supremacistas blancos. Frunció el entrecejo mientras lo pensaba, pero entonces se le encendió una lucecita. No obstante, Claire pensó de inmediato que no podía ser.

¿La Sociedad Libre? Los malditos al infierno. Miró el ordenador. Podía ser. Después de unos cuantos clics con el ratón y de dedicarle unos minutos obtuvo una respuesta. La Sociedad Libre tenía una página web. Una herramienta de propaganda repugnante y llena de odio que, al parecer, utilizaban para atraer a los ignorantes y demoníacos a sus filas. Cuando lo vio, la respiración se le heló en la garganta.

En ese preciso instante la consulta se quedó completamente a oscuras. El hecho de que el apagón coincidiera con lo que acababa de descubrir le hizo gritar. Inmediatamente llamó por teléfono al servicio de seguridad de recepción.

Al oír la tranquilizadora voz del guarda le explicó lo que acababa de ocurrir.

—No es el edificio, doctora Daniels. Aquí abajo hay luz. Probablemente haya saltado el cortacircuitos. ¿Quiere que lo compruebe?

Miró por la ventana y vio que los edificios circundantes también estaban iluminados.

—No, no pasa nada. Creo que tengo una linterna. Si es sólo eso, ya levantaré yo misma la palanca del cortacircuitos.

Colgó, rebuscó en el escritorio y encontró la linterna, salió de la consulta y entró en la zona de recepción, que estaba a oscuras. Se dirigió al cuartito donde se encontraba el contador de la luz y giró la manecilla. Estaba cerrado con llave. Pensó que era un poco extraño, pero enseguida recordó que el cuartito también albergaba las líneas de teléfono y de seguridad de la oficina y dichas líneas debían protegerse de posibles interferencias. Entonces, ¿cómo levantaría la palanca? Se planteó recogerlo todo y marcharse al hotel pero allí estaban todas sus notas y no disponía de un ordenador portátil con el que acceder a Internet desde el hotel.

Alumbró la cerradura con la linterna. Parecía bastante sencillo. Entró en la pequeña cocina y encontró un destornillador. Se dirigió de nuevo a la puerta, sostuvo la linterna bajo la axila e intentó destornillar la cerradura. Al cabo de unos cinco minutos, y con más suerte que maña, la cerradura cedió y abrió la puerta. Enfocó el interior con la linterna y miró a su alrededor. Enseguida encontró el contador de la luz y vio claramente que el circuito había saltado. Levantó la palanca e inmediatamente se hizo la luz. Estaba a punto de cerrar la puerta cuando algo le llamó la atención. Había un pequeño dispositivo conectado al cable de la luz que subía por la pared. Claire no sabía demasiado de esos temas, pero le dio la impresión de que estaba fuera de lugar, casi como si fuera un micrófono oculto.

Quizá se debiera a lo que acababa de descubrir, o que de golpe se había vuelto completamente paranoica, pero de repente lo vio claro. Salió del cuartillo con rapidez sin percatarse de la existencia de un pequeño botón de disparo inalámbrico situado en la jamba de la puerta, que se activaba cuando alguien abría la puerta del cuartillo.

Se dirigió rápidamente a la consulta y miró por todas partes. Recorrió con la mirada el suelo y las paredes y se detuvo en el techo. Agarró la silla, se quitó los zapatos y se subió a ella para llegar hasta el detector de humos. Había trabajado con agentes de la ley los años suficientes como para saber que los detectores de humo eran uno de los lugares preferidos para ocultar aparatos de escucha. Extrajo la pieza del techo y le pareció encontrar unos cables que no deberían estar allí. ¿Era sólo su consulta o también la de otros?

Dejó el detector colgando del techo, se bajó de la silla y corrió a la consulta que tenía al lado, la de O'Bannon. Estaba cerrada con llave, pero la cerradura era igual que la del cuartito de la luz. La desmontó con ayuda del destornillador. Entró en la consulta, encendió la luz y alzó la mirada. Había otro detector de humos. Lo destapó y encontró los mismos cables sospechosos. Estaba a punto de dirigirse a otra consulta cuando vio el archivo abierto sobre el escritorio.

Examinar los archivos de sus colegas iba en contra de su ética profesional, pero consideró que las circunstancias eran especialmente atenuantes.

Cogió el archivo. Llevaba el nombre de Deborah Riner. Web le había hablado de ella, era la viuda de uno de los hombres de su equipo. Recorrió las distintas páginas con la mirada. Riner llevaba bastante tiempo acudiendo a la consulta de O'Bannon y a intervalos frecuentes. A Claire le sorprendió la cantidad de anotaciones sobre las sesiones de hipnosis que habían mantenido. O'Bannon la había hipnotizado casi todas las veces que había acudido a la consulta.

Claire cayó en la cuenta de algo verdaderamente terrible cuando se fijó en las fechas en las que Riner había acudido a la consulta. Una de las fechas era tres días antes de la matanza del equipo de Web en el patio.

Dejó los papeles y se acercó al archivador. También estaba cerrado con llave pero era una cerradura muy sencilla y Claire lo abrió enseguida haciendo palanca con el destornillador, sin preocuparse más por la ética profesional. Empezó a extraer los archivos. Muchos agentes y cónyuges de agentes del FBI estaban allí representados. Echó un vistazo a algunos. Al igual que en el caso de Riner, había un número desmesurado de sesiones de hipnosis.

Los pensamientos se le agolpaban en la mente. La hipnosis era un recurso curioso. En circunstancias muy especiales, se podía emplear para conseguir que la persona hiciera cosas que normalmente no haría. Otra de las cosas que podía lograrse era anestesiarla, hacer que se sintiera relajada, cómoda y confiada y, sutilmente, sonsacarle información sobre lo que la persona hacía como agente o, en los casos de los cónyuges, lo que hacía el marido o la mujer. Claire se imaginó a O'Bannon obteniendo de Debbie Riner hipnotizada, vulnerable y quizás afligida, los detalles que conociera sobre el trabajo de su esposo. Incluido el blanco que visitaría el ERR y cuándo exactamente, si es que Teddy Riner había compartido esa información con su mujer. Y algunos hombres lo hacían, a pesar de las normas profesionales que se lo prohibían. Claire sabía que muchos matrimonios incumplían esas normas, aunque sólo fuera para mantener la paz doméstica. O podía tratarse de algo tan sencillo como un desliz de uno de los hombres del ERR, que luego una esposa hipnotizada podía transmitir sin ser consciente de ello.

Todo ello resultaría bastante sencillo para alguien tan experto como Ed O'Bannon. Y, tal como ella había hecho con Web, O'Bannon siempre podía hacer una sugestión posthipnótica cuidadosamente ideada que suprimiría de la memoria de la persona cualquier cosa sospechosa que pudiera haber ocurrido durante la hipnosis, incluso el hecho de que hubiera sido hipnotizada. «Dios mío, Debbie Riner podría haber contribuido a la muerte de su esposo sin saberlo», pensó Claire.

Para colmo, los aparatos de escucha grababan toda la información confidencial que los pacientes suministraban. Información valiosa que posteriormente se utilizaría para chantajearlos o tender una emboscada a otros, como en el caso del equipo de Web. Sin entrar en detalles, Web había mencionado que las cosas no iban del todo bien en el FBI. Si las sospechas de Claire sobre lo que O'Bannon hacía eran ciertas, el psiquiatra podía estar detrás de muchos de esos problemas.

Mientras observaba el archivador, la mirada de Claire se posó en algo que faltaba. En la letra L había varios archivos de personas cuyo apellido empezaba por dicha letra. Pero había una carpeta grande vacía. Claire se preguntó si era la que había ocupado el archivo de Web. No obstante, el que le había dado O'Bannon no era ni mucho menos tan voluminoso como el espacio que estaba viendo, a no ser que no le hubiera entregado el archivo completo. ¿Le había ocultado una parte del mismo? Sabía que O'Bannon era un hombre sumamente seguro de sí mismo, incluso arrogante. En su mente no había nadie más inteligente ni más experto. Existía la posibilidad de que le ocultara detalles para mantenerla desinformada. Tal vez hubiera tenido un motivo incluso más poderoso, más allá de la vanidad profesional, para conservar a Web de paciente.

Inmediatamente empezó a registrar la consulta. Inspeccionó el escritorio del hombre y cualquier otro espacio en el que pudiera haber información oculta, pero no encontró nada. Levantó la mirada de nuevo. Había un falso techo. Se subió otra vez a la silla, armada con la linterna, y empujó uno de los paneles hacia arriba. Si se ponía de puntillas veía lo que había por encima del falso techo. Recorrió la zona con la linterna y casi de inmediato vio una caja pequeña situada en el marco metálico que sostenía el falso techo. Movió la silla para colocarse en el punto correcto y bajó la caja rápidamente. En el interior se encontraba el resto del archivo de Web; se sentó para examinarlo y descubrió que acababa de encontrar un tesoro. Claire movía la cabeza al ver que cada página incluía una revelación contundente.

Sabía que O'Bannon era organizado hasta rayar en la obsesión, algo sobre lo que ambos solían bromear. Y tomaba notas con meticulosidad. Dichas notas, aunque resultaran crípticas e indescifrables para una persona normal, a Claire le revelaron que había hipnotizado a Web innumerables veces, incluso más que a Debbie Riner, cuando Web acudió a su consulta tras la muerte de su madre. En cada ocasión O'Bannon había recurrido a una sugestión posthipnótica, al igual que había hecho Claire, para eliminar la sesión de la conciencia de Web. Claire se sobresaltó al descubrir que, durante una de las sesiones de hipnosis, Web le había revelado a O'Bannon el episodio completo de la muerte de su padrastro. Las notas estaban casi en clave pero Claire vio referencias a «Stockton», «desván» y «QUERIDO PADRE» escrito en mayúsculas, lo suficiente para convencerla de que O'Bannon le había sacado la misma historia que ella. Así pues, lo que le había gritado Web durante la sesión de hipnosis, «¡Ya lo sabes!», tenía sentido. Su subconsciente ya lo había revelado en una ocasión, sólo que a O'Bannon y no a ella. El uso de los placebos también se mencionaba en las notas. Claire conjeturó que probablemente fueran para evaluar la firmeza con la que O'Bannon había inculcado sus órdenes en el subconsciente de Web. De hecho, cuando siguió leyendo, vio que O'Bannon había anotado que el placebo se había acompañado de la sugestión hipnótica de que se trataba de las pastillas para dormir más potentes del mercado y, como era de esperar, Web le había informado de que las pastillas funcionaban. Web también le había contado a O'Bannon lo de la prueba que habían hecho entre los agentes del ERR con las armas Taser.

Por fin entendió lo que le había ocurrido a Web en aquel callejón. Pensó que era ingenioso, porque no planteaba el problema de hacer que Web hiciera algo que no quería, como matar a alguien a sangre fría, lo cual Claire no creía posible, pero, en cambio, le obligaba a no hacer algo.

Se planteó la posibilidad de llamar a Web para contarle lo que había averiguado y conseguir su ayuda, pero no podía hacerlo desde allí, habida cuenta de que estaba rodeada de aparatos de escucha. Tendría que salir del despacho y llamarle.

Siguió hojeando el material. El aspecto más cruel de aquella relación médico-paciente aparecía en la última página, y demostraba que O'Bannon había llegado a tener la certeza de que Web haría lo que le ordenase. O'Bannon había escrito de forma críptica que mantenía una excelente relación de confianza con Web. Además, en casos como el de Web, O'Bannon había escrito que un psiquiatra (aunque había tenido la prudencia de no decir que él lo había conseguido) podía incluir en la sugestión hipnótica que era una figura paterna y que le protegería de su padrastro. Y que si Web incumplía las órdenes del psiquiatra, el padrastro volvería y mataría a Web; en efecto, su propia seguridad dependía del hecho que hiciera exactamente lo que se le ordenaba. O'Bannon había llegado a la conclusión de que Web sería un candidato excelente para la sugestión posthipnótica y que, por consiguiente, suponía un riesgo para la seguridad. Los conocimientos especiales de Claire y el hecho de estar familiarizada con el caso de Web le permitieron leer entre líneas el informe de Web. Claire, que entendía con claridad el carácter de Web, sabía que le resultaría imposible contradecir dicha orden. No obstante, a pesar de todo ello, Web había conseguido superar temporalmente dicha sugestión posthipnótica, había entrado en ese patio y disparado contra las armas, pese a la poderosa barrera mental que le ordenaba lo contrario. Aquél había sido el acto de Web más destacado de la noche.

Claire debía reconocer que O'Bannon había redactado el informe con mucha astucia y que, obviamente, no había dejado constancia de su rastro, otro motivo por el que ella debía actuar con cautela. O'Bannon había previsto prácticamente todas las eventualidades, salvo que Claire tratara a Web y que descubriera por ella misma lo que O'Bannon ya había averiguado sondeando las profundidades del subconsciente de Web, y que ahora descubriera los micrófonos ocultos y aquel archivo. No le extrañaba que O'Bannon hubiera puesto tanto empeño en conservar a Web como paciente.

Había llegado el momento de recurrir a las personas que sabían cómo tratar dichos asuntos. Aquello se le escapaba de las manos.

Claire se volvió para regresar a su consulta, recoger sus bártulos y marcharse. El hombre estaba de pie observándola. Ella blandió el destornillador, pero él le apuntaba con una pistola.

Y a Ed O'Bannon no parecía plantearle ningún problema el tener que dispararle.

45

Cuando volvieron a Quantico, Web se despojó del equipamiento y dio parte de la misión juntamente con los demás miembros del grupo. No podían explicar gran cosa. Web creía que los disparos podían haber procedido del exterior del edificio. Si ése era el caso, las balas tenían que estar en algún lugar de la sala, aunque había montones de balas empotradas en las paredes que tendrían que revisarse y cotejarse con sus armas respectivas. Los francotiradores también estaban dando su versión de los hechos, pero Web no sabía qué habían visto u oído. Si los disparos habían procedido del exterior, entonces los francotiradores tendrían que haber visto algo, pues tenían el lugar rodeado. Que Web supiera, nadie había salido del edificio. No obstante, si los disparos se habían originado en el exterior, el tirador ya estaría allí cuando apareció el ERR y eso, para variar, implicaba que era probable que se hubiera producido otra filtración sobre el asalto del ERR. Nada de todo aquello era una buena noticia.

La OFW estaba rastreando el complejo en busca de más pistas que relacionaran a los Free con el ataque al Equipo Charlie. Web abrigaba la esperanza de que encontraran lo suficiente para explicarlo todo, aunque dudaba de que lo consiguieran. ¿Cómo podía explicarse la existencia de jovencitos y ancianos con tanto odio en el corazón?

Una vez duchados y cambiados, cuando Web y Romano avanzaban por el pasillo del edificio administrativo para marcharse, Bates apareció frente a ellos y les hizo una seña para que le siguieran a un despacho vacío.

—Supongo que soy gafe, Perce —afirmó Web, medio en broma, medio en serio. En realidad se preguntaba si realmente estaba gafado.

—No, la mala suerte habría sido perder a los nuestros —intervino Romano—, no ellos. Nunca pediré disculpas por haber salido con vida de ese sitio. Como cuando vas en avión, tío, todo aterrizaje es bueno.

—Cerrad el pico de una vez —soltó Bates—. Los periódicos nos van a despellejar por esto pero lo soportaremos. Lo que no podemos soportar es que dos tipos desobedezcan las órdenes.

—No tenían personal suficiente, Perce —dijo Web—, y no me creo que no me lo dijeras. Yo fui quien te enseñó la cámara.

Bates se colocó a un palmo de su cara.

—No te lo dije, Web, precisamente para evitar lo que ha pasado.

Web no retrocedió ni un centímetro.

—Independientemente de que yo estuviera o no estuviera allí, el resultado habría sido el mismo. Si te disparan, disparas. Y no permitiría que mis chicos se marcharan con el rabo entre las piernas. Puedes despedirme del FBI si quieres, pero volvería a hacer lo mismo, joder.

Los dos hombres se miraron mutuamente hasta que relajaron un poco las facciones.

Bates se sentó, alzó la mirada hacia los hombres y les hizo un gesto para que también ellos tomaran asiento.

—La situación no puede estar más jodida de lo que está, así que por qué preocuparse, ¿verdad?

—Si te preocupaba tanto que ocurriese una cosa así, ¿por qué no enviaste un equipo EAT? —inquirió Web.

—No fue decisión mía. Las órdenes venían de arriba.

—¿Cuán arriba?

—Eso no es asunto tuyo.

—Me parece que en esta situación me estoy jugando el puesto.

Bates se limitó a negar con la cabeza tercamente.

—Si los disparos procedían del exterior, alguien sabía que íbamos a asaltar el lugar —dijo Romano.

—Una idea brillante, Romano, recuérdame que te recomiende para un ascenso —dijo Bates, con sarcasmo.

—Las filtraciones pueden provenir de cualquier sitio —dijo Web—, de arriba abajo o de abajo arriba, ¿verdad, Perce?

—Déjalo, Web.

—Entonces, ¿nos puedes decir algo?

—En realidad la noche no ha sido una pérdida de tiempo. —Se volvió y abrió un archivo que tenía en el escritorio—. Encontramos material interesante sobre los Free. Silas Free fue uno de los muertos. Y junto a él varios hombres de más de sesenta años y cuatro jóvenes que ni siquiera tienen edad para votar. Supongo que los Free cayeron en desgracia después del tiroteo de la escuela, problemas de recluta-miento.

—Pero no Ernest B. Free —afirmó Web—. Lo comprobé.

—No, Ernie no. —Bates extrajo unos papeles de la carpeta—. Pero encontramos materiales para fabricar bombas ocultos en el suelo de una de las casas y tres archivos con información sobre el juez Lead-better, Scott Wingo y Fred Watkins.

—Unas pistas bastante claras —apuntó Romano.

—Y eso no es todo. También encontramos Oxycontin, Percocet y Percodan con un valor de reventa de unos diez mil dólares.

Web pareció sorprendido.

—¿Los Free se dedican al mercado negro de fármacos con receta?

—Cuando bajó el número de miembros, probablemente merma-ron los fondos. El Oxy es un gran negocio en las zonas rurales. Tiene sentido —afirmó Bates.

—Maldita sea, ¿crees que esa información cuadra con lo que Cove estaba investigando? Los Free montan una falsa operación de tráfico de drogas en la capital, ponen en jaque a Cove y llaman al ERR para que los eliminen.

Bates ya estaba asintiendo.

—Y quizá sean los que estén coaccionando a Westbrook y a las demás bandas de traficantes para que unan sus fuerzas —añadió Bates.

Aunque Web también asintió para mostrar su acuerdo, había algo que no le acababa de cuadrar.

—También encontramos esto —continuó Bates—. Una lista de miembros presentes y pasados de la Sociedad Libre. —Miró a Web—. ¿Adivinas quién perteneció a la Sociedad?

Web negó con la cabeza.

—Estoy demasiado cansado para pensar. Dime.

—Clyde Macy.

Web se olvidó por completo del tema del Oxycontin.

—¡No jodas!

—Desde hace diez años hasta unos dos meses después del tiroteo de Richmond. Los Free los tenían a todos fichados, quizá para chanta-jear a los ex miembros posteriormente, cuando estuvieran bajos de fondos. El KKK probablemente haga algo parecido.

—Macy es de los Free y luego pasa a ser matón para un tipo negro en uno de los guetos de la capital, ¿o es que el tipo busca trabajo y le da lo mismo lo que encuentra?

—No sé. Ahora le hemos perdido el rastro. Además está el otro cadáver.

—¿Qué otro cadáver?

—Antoine Peebles. De un disparo en la cabeza. Lo encontramos anoche.

—¿Crees que Westbrook está detrás del asunto?

—Tiene sentido, aunque en esta trama nada ha tenido demasiado sentido.

Web pensó por un momento en contarle a Bates el desagradable encuentro de Claire con alguien que se hacía pasar por Gran F, pero decidió que no. Web no creía que el gigantón estuviera detrás de la muerte de Peebles, pero no tenía motivos para ayudarle y quizá complicara más las cosas si se lo comentaba a Bates.

Web extendió la mano para recibir la carpeta.

—¿Te importa si le echo un vistazo?

Bates lo miró fijamente durante unos instantes.

—Toma. Pero si ves algo que te parece extraño, te agradecería que me lo dijeras antes de salir de este despacho.

Mientras Romano abandonaba el despacho para hablar con otro agente del Equipo Hotel que pasaba por allí, Web hojeó el documento. Había una foto de Clyde Macy más joven, posando con traje de campaña, con una ametralladora en una mano y una escopeta en la otra y con una mueca que probablemente asustara hasta a los osos. Mientras inspeccionaba el expediente, Web vio las multas por exceso de velocidad que le habían puesto a Macy y que Bates le había mencionado con anterioridad. Miró las multas y alzó la mirada.

—¿Un tío como éste y lo único que tiene son multas por exceso de velocidad?

—Así es la vida. Es un tío con suerte o muy cuidadoso. O ambas cosas —replicó Bates.

—¿Qué me dices del camión alquilado del que salieron las ametralladoras?

—Lo alquiló Silas Free. Lo comprobamos en la compañía de alquiler. Lo recordaban. Pero al cabo de una semana de alquilarlo, presentó un informe de vehículo robado.

—Muy oportuno —dijo Web.

—No, es de lo más normal en el caso de la gente que trama algo gordo. Alquilan el vehículo y luego dicen que se lo han robado. Lo esconden en algún sitio y lo llenan de explosivos o, en este caso, ametralladoras.

—El camión alquilado es una prueba directa de la relación de los Free con lo que le ocurrió al Equipo Charlie —afirmó Web.

—Y después de lo de anoche, la vamos a necesitar —comentó Bates en tono inquietante.

Cuando Web pasó a la hoja siguiente y vio lo que había se le quedó la boca seca. Alzó la mirada hacia Bates y le mostró las páginas.

—¿Qué es esto?

—Oh, es muy bonito. Es el boletín de los Free. Supongo que quieren mantener informados a sus miembros sobre los distintos asesinatos y matanzas. Es bastante reciente porque nunca había sabido de su existencia. Incluso tienen una página web, imagínate.

Web no oyó los comentarios de Bates. Se había quedado mirando fijamente el título del boletín estampado en la parte superior de la primera página.

«Malditos al infierno.» Así se titulaba el boletín de la Sociedad Libre. Además, eran las palabras exactas que Kevin Westbrook le había dicho en aquel callejón.

Web y Romano caminaron hacia el 'Vette. Web seguía absorto en sus pensamientos sobre lo que había descubierto. Sin embargo, le resultaba un tanto turbio, como los límites de una pesadilla. Uno sabía que le acechaba algo temible, pero no acababa de saber de qué se trataba.

Web guardó su equipo en el 'Vette y se dispuso a entrar en el lado del pasajero.

Romano le estaba observando con una expresión que probablemente fuera lo más próximo a la simpatía de lo que el hombre era capaz.

—Oye, Web, ¿sabes?, en todos los años que llevamos trabajando juntos nunca te he dejado conducir este coche.

Web se sentía confundido.

—¿Y...?

—¿Qué te parece si conduces tú de regreso al rancho? Créeme, cuando estás jodido, no hay nada como un viajecito en esta máquina para levantarte el ánimo.

—Gracias, Paulie, pero no importa.

A modo de respuesta, Romano le lanzó las llaves y Web las tomó al vuelo.

—Es como una botella de buen vino, Web, tienes que recostarte en el asiento y permitirte tener esa experiencia. —Romano entró por el asiento del pasajero y lo miró—. No hagas esperar a una mujer guapa, Web.

—No me digas que le has puesto nombre a esta cosa, como a las armas.

—Entra y calla. —Le guiñó el ojo y añadió—: Si eres lo suficientemente macho.

Se dirigieron a la carretera principal. Antes de llegar a la autovía, Romano dijo:

—Bueno, regla número uno, si le haces un rasguño te jodo.

—Yo pensaba que después de ocho años saltando conmigo desde helicópteros en plena noche con explosivos amarrados al culo confiarías en mí para que condujera tu estúpido coche.

—Regla número dos, si vuelves a decir que es un coche estúpido te parto la cara. Se llama *Destiny*.

—¿*Destiny*?

—*Destiny*.

Cuando llegaron a la Interestatal 95, Web fue en dirección sur y pasó junto a un agente estatal que estaba poniendo una multa. Era muy temprano y conducían en la dirección contraria a la mayoría de la gente, por lo que casi estaban solos.

—Bueno, ahora tenemos un respiro y una recta larga. Así que métele caña ahora u olvídate de tus gónadas para siempre —dijo Romano.

Web lo miró unos instantes y apretó el acelerador. El coche alcanzó los ciento sesenta kilómetros por hora tan rápido que Web se sentía adherido al asiento por la fuerza de aceleración. Pasaron volando al lado de otro coche que circulaba por la carretera como si estuviera aparcado.

—No está mal, Paulie, y sólo he pisado a la mitad. Vamos a ver de qué es capaz.

Web volvió a pisar el acelerador y el coche circuló incluso más rápido. Estaban llegando a una curva de la autovía. Web observó a Romano con el rabillo del ojo. El tío miraba tranquilamente hacia delante, como si circulase así de rápido todos los días. Joder, a lo mejor era verdad. Web aceleró el coche hasta sobrepasar los doscientos kilómetros por hora y luego hasta casi doscientos treinta. Los árboles a ambos lados de la carretera eran una mancha verde y la curva estaba allí mismo. Era imposible que Web pudiera tomar la curva a semejante velocidad. Web volvió a mirar a Romano y vio que tenía una pequeña gota de sudor en la frente. Eso sólo ya valía unos diez millones de dólares.

Estaban a dos segundos de empotrarse contra un muro de pinos.

—Bueno, bueno —dijo Romano—, reduce la puta velocidad.

—¿Que reduzca ahora la velocidad de *Destiny*?

—¡Venga, joder!

Web pisó el freno y se deslizaron por la larga curva a sólo ciento treinta kilómetros por hora.

—Frena un poco más, acabo de cambiar el aceite.

—Estoy seguro de que a *Destiny* le ha encantado que la probara. ¿Te ha gustado a ti también? —Web redujo la velocidad a ciento diez, encontraron una salida y pararon delante de una cafetería. Entraron y pidieron un café.

Cuando la camarera se marchó, Web se inclinó hacia delante.

—Espero que estés preparado para la que nos va a caer por lo de los Free. —Romano se encogió de hombros pero no dijo nada—. Porque llegará, ya lo verás.

—Me la suda. Esos tipos se lo buscaron. Se cargaron a Charlie.

—Todavía no los han declarado culpables, Paulie.

—Los mandamases del FBI no habrían autorizado el trabajito a no ser que estuvieran completamente seguros de que lo habían hecho esos cabrones. —Añadió en un tono menos seguro—: Al menos eso es en lo que yo confío.

Web se recostó en el asiento.

—Lo que me preocupa de todo este asunto es el hecho de que pretendan hacernos creer que los tipos que acabamos de cargarnos tenían los medios suficientes para montar un nido de francotiradores automatizados con ametralladoras robadas al Ejército y que lo hicieron tan bien que nadie se lo olió. Y encima se cargaron a un juez, a un fiscal y a un abogado con bombas ultramodernas y estuvieron a punto de acabar con Billy Canfield y conmigo y contigo… Y ahora se supone que están orquestando una operación de narcotráfico a gran escala que ha llegado hasta la capital. Y se supone también que es una venganza por lo que pasó hace años. Joder, la mayoría de los tipos a los que acabamos de disparar todavía iban a la escuela primaria cuando Ernie y sus compinches atacaron aquel colegio. Los centinelas eran tan estúpidos que estaban jugando a los marcianitos y sólo tenían una metralleta entre todos. Esta historia no se la traga nadie, Paulie, ¿o me he perdido algo?

—No, no cuadra —convino Romano—. Pero hay pruebas claras, Web, suficientes para ir a juicio y ganar. ¿Y a quién le importan los Free? Son escoria.

—Eso es verdad. ¿A quién le importan los Free? Son la cabeza de turco perfecta. Y todo el mundo piensa que consiguieron sacar a Ernest Free de una prisión de máxima seguridad que está a más de tres mil kilómetros de aquí, pero él no estaba en el complejo. Yo creo que esos perdedores tendrían tantas posibilidades de derribar la Casa Blanca como de sacar a Ernie de la cárcel.

Romano observó fijamente a Web.

—Bueno, ya has conseguido que te haga caso. ¿En qué estás pensando?

—Estoy pensando en por qué un traficante callejero que es un tipo verdaderamente duro se molesta en contarme lo de esos túneles. Y también me pregunto por qué un camión alquilado a Silas B. Free y que luego se da por robado se graba en vídeo en el lugar exacto por el que pensamos que entran las armas en cuanto nos enteramos de lo de los túneles. No has oído cuando Bates lo decía porque habías salido del despacho. Quizá Silas dijera la verdad. Quizá le robaran el camión. Pero tienes razón, ha llegado el momento de unir todas las piezas, todo parece encajar. Puede que sea limpio y claro desde el punto de vista de un fiscal pero no me creo que el viejo Silas fuera tan estúpido, y tampoco que mi buen amigo Francis Westbrook sea un alma caritativa. —Web miró por la ventana sucia de la cafetería mientras los rayos del sol empezaban a despuntar. ¿No sería fantástico si la situación se aclarara también en su cabeza? Miró de nuevo a Romano—. ¿Naciste en una cuna de oro, Paulie?

—Sí, eso, diez hermanos en una casa de vecinos de Brooklyn. Joder, tenía hasta mayordomo.

—Bueno, yo tampoco nací en una cuna de oro, pero mi instinto me dice que nos acaban de acunar para que nos echemos a dormir y no nos enteremos de nada. Creo que alguien quería eliminar a los Free y acabamos de hacerle el trabajo sucio.

46

Cuando llegaron a East Winds, Web llamó a Claire al móvil pero no respondió. Intentó localizarla en el trabajo y tampoco obtuvo respuesta. Llamó entonces al hotel donde se alojaba. Tampoco hubo suerte. Colgó el teléfono con la sensación de que aquello no le gustaba lo más mínimo. Se planteó si debía ir al hotel. Quizás estuviera en la ducha. Decidió probar más tarde.

Lo siguiente que Romano y él hicieron era inevitable para ambos: dormir unas cuantas horas. Después de eso fueron en coche a la mansión y relevaron a los agentes que se habían quedado patrullando el lugar. Gwen los recibió en la puerta, con el rostro pálido.

—Hemos visto las noticias —dijo. Los condujo al interior, a una salita de estar situada junto al pasillo principal.

—¿Dónde está Billy? —inquirió Web.

—Arriba. Se ha tumbado un rato. Hacía años que no veía esa cinta. Ni siquiera sé por qué estaba en la dichosa estantería. —Web vio que tenía el rostro húmedo de haber llorado.

—Ha sido culpa mía, Gwen, no sé en qué demonios estaba pensando… poner esa cinta en vuestra casa.

—No importa, Web. Algún día tenía que pasar.

—¿Podemos hacer algo?

—Joder, no se puede decir que os hayáis quedado quietos.

Todos se volvieron y miraron hacia la puerta: allí estaba Billy con unos vaqueros viejos, descalzo y con la camisa por fuera. Iba despeinado y Web advirtió que presentaba un aspecto terrible. Billy encendió un cigarrillo y ahuecó la mano para formar un cenicero mientras se acercaba a ellos. Web se percató de que Gwen no había hecho nada para impedir que fumara.

Se sentó frente a los dos hombres, observándolos con ojos penetrantes desde detrás de las volutas de humo. Desde su posición, Web se dio cuenta de que el aliento le olía a alcohol y supuso que Gwen también se percataría. Ella se levantó de la silla para acercarse a su esposo pero él le hizo un gesto para que retrocediera.

—Hemos visto la tele —dijo Billy.

—Nos lo ha dicho Gwen —repuso Web.

Billy lo miró entrecerrando los ojos, como si le costara ver más allá de los treinta centímetros que los separaba.

—¿Los habéis matado a todos?

—A todos no. A la mayoría. —Web no apartó la mirada. Por un lado pensaba que Billy iba a brindar por el fin de los Free y por otro creía que iba a echarlos a él y a Romano por haber dejado alguno con vida.

—¿Cómo os habéis sentido?

—¡Billy! —exclamó Gwen—. No tienes derecho a preguntarles eso. Estamos hablando de gente a la que han matado.

—Lo sé todo de gente a la que se mata, querida —dijo Billy al tiempo que le dedicaba una sonrisa completamente vacua. Volvió a mirar a Web en espera de una respuesta.

—Me he sentido fatal. Siempre nos sentimos fatal. La mayoría de ellos tenían edad para estar en el instituto o para ser abuelos.

—Mi hijo tenía diez años. —Lo dijo sin sentimiento, mencionándolo como un hecho claro e irrefutable.

—Lo sé.

—Pero ya he oído lo que habéis dicho. No es fácil matar a alguien, a no ser que estés muy jodido. Sólo es duro para los buenos. —Señaló a Web y a Romano—. Para los hombres como vosotros.

Gwen se acercó a su esposo rápidamente antes de que pudiera volver a detenerla. Le rodeó los hombros con el brazo.

—Volvamos arriba.

Billy hizo caso omiso de la petición de su esposa.

—En la tele han dicho que el viejo Ernest B. Free no estaba entre los muertos. ¿Es verdad?

Web asintió y Billy sonrió.

—El hijo de puta sigue teniendo suerte, ¿no?

—Eso parece. Pero si tenía pensado reunirse con su grupito en casa, tendrá que buscar otro sitio donde vivir.

Billy reflexionó al respecto.

—Bueno, algo es algo. —Miró a Gwen—. ¿Dónde está Strait?

Dio la impresión de que Gwen se alegraba del cambio de tema.

—Está en camino de vuelta de la venta. Llegará esta noche. Llamó desde la carretera. Ha ido muy bien. Todos los *yearlings* vendidos y por el precio que pedíamos.

—Bueno, eso hay que celebrarlo. —Lanzó una mirada a Web y a Romano—. Chicos, ¿queréis celebrarlo? Tengo una idea, esperaremos a que vuelva Nemo y entonces montaremos una fiestecita. ¿Qué os parece?

—Dudo que tengan ganas de celebraciones, Billy —dijo Gwen.

—Seguro que sí, joder. Hemos vendido los *yearlings*, los Free están muertos y vamos a celebrar una fiesta de despedida para Web y Paul, porque ahora que esos tipos están muertos ya no necesitamos protección, ¿verdad? ¡Podéis hacer las maletas y largaros ahora mismo! —dijo a voz en grito.

—Billy, por favor —dijo Gwen.

Web estaba a punto de decir que el jurado seguía insistiendo en preservar la seguridad de Gwen y Billy, pero prefirió enfocar el asunto de otro modo.

—Vamos a hacer un trato, Billy, si nos dejáis quedarnos un par de días más, acudiremos a la fiesta de esta noche.

Gwen lo miró asombrada mientras Billy se limitaba a asentir sonriendo; apuró lo que le quedaba de cigarrillo con una larga calada. Se lo apagó en la palma curtida sin parpadear siquiera. Web se fijó en las manos del hombre por primera vez. Eran grandes, musculosas y manchadas con algo que parecía ácido. Entonces recordó el taller de taxidermia. Matar y disecar.

—Hasta la noche, caballeros —dijo Billy.

Gwen los acompañó a la puerta y le dijo a Web en voz baja que no vinieran si no querían.

—Hasta la noche, Gwen —fue su única respuesta y ella cerró la puerta lentamente tras ellos.

—¿De qué cojones va todo esto? —dijo Romano—. Mira que cuando te sale el lado raro…

Antes de que Web tuviera tiempo de responder, sonó el teléfono. Respondió enseguida confiando en que sería Claire, pero era Bates.

—Supongo que ha llegado el momento de desmontar la tienda de East Winds —dijo Bates.

—Puedes decirle a tus hombres que se marchen, pero los Canfield nos han pedido a Romano y a mí que nos quedemos.

—¿Me estás tomando el pelo?

—No, y en realidad me parece una buena idea. Los Free que estaban en el complejo están muertos, pero ¿quién sabe seguro que no hay otros miembros por ahí? Y Ernie todavía anda suelto.

—Es verdad. Bueno, mira, os quedáis ahí, pero me informáis si pasa algo, y me refiero a tan pronto pase, no según el horario de Web London.

—Hecho. ¿Hay noticias de Cove?

—Nada. Es como si hubiera desaparecido de la faz de la tierra.

Web pensó en Claire.

—Sí. Yo también conozco otro caso de ésos.

Más o menos a la misma hora en que Web estaba liquidando a la Sociedad Libre en el sur de Virginia, Claire Daniels estaba sentada con una venda en los ojos y una dolorosa mordaza en la boca. Oía hombres que hablaban, o mejor dicho discutían, al fondo, probablemente sobre ella. Reconoció la voz de Ed O'Bannon y se enfurecía cada vez que la oía. El cabrón le había apuntado con la pistola todo el rato hasta que llegaron al parking y luego le había unido los brazos y las piernas con cinta adhesiva y la había introducido en el maletero. No tenía ni idea de dónde estaba. Mientras intentaba reprimir las lágrimas, todavía no se acababa de creer que hubiera trabajado junto a aquel hombre durante todo aquel tiempo y que nunca hubiera sospechado lo que tramaba.

Las voces se apagaron y notó que había gente que se movía a su alrededor. Lo único que se le ocurría pensar era que le apuntarían con otra pistola en la cabeza y que, en esa ocasión, la persona seguro que dispararía y la mataría. De repente la levantaron con tal brusquedad que Claire pensó que le habían dislocado el brazo. Notó que la levantaban para colocarla sobre el hombro de alguien. El hombre que la llevaba era fuerte, ni siquiera jadeaba, y notó su cuerpo duro como una piedra.

Transcurrieron unos minutos, la dejaron tumbada y oyó el sonido del metal contra el metal. Otro maletero. Con los ojos vendados y transportada de un lugar a otro, Claire había perdido el sentido del equilibrio y sentía náuseas. Encendieron el motor del coche y enseguida empezaron a circular. Intentó distinguir sonidos que le aportaran pistas sobre su situación pero enseguida se dio por vencida, había demasiados sonidos confusos y todos estaban amortiguados. Llegó a la conclusión de que habrían conducido aproximadamente una hora cuando el movimiento del coche pareció indicar que habían dejado las carreteras rectas por otras que serpenteaban. ¿Habían ido al campo? ¿La estaban llevando a alguna zona boscosa aislada para matarla y dejar su cadáver para que los animales, insectos y elementos varios lo fueran destruyendo lentamente? A lo largo de sus años de trabajo en el mundo de los agentes de la ley, Claire había visto los restos de una mujer violada y asesinada a la que habían dejado en el bosque durante dos semanas. Aparte de huesos, no quedaba prácticamente nada de ella. Le habían entrado náuseas al verla. ¿También a ella la encontrarían así?

El coche aminoró la marcha. Notó que tomaban una curva pronunciada y luego que reducían otra vez la velocidad. Entonces circulaban por caminos de tierra; ella iba dando bandazos en el maletero y se golpeó dos veces en la cabeza, una lo bastante fuerte como para hacerla llorar. El coche se detuvo de nuevo y entonces oyó que apagaban el motor y abrían las puertas. Se preparó. Oyó pasos que se acercaban a la parte de atrás. Se puso incluso más tensa y experimentó la mayor desesperación e impotencia de toda su vida. ¿Qué se sentía cuando uno se moría? Una bala en la cabeza, ¿sentiría dolor? A Web le habían disparado en dos ocasiones. Él sí que sabía lo que era pensar que se estaba muriendo. Sin embargo, había sobrevivido porque era un superviviente nato. Había tenido una vida mucho más dura que la suya. Ella orientaba a gente para ayudarles a sobrellevar sus dificultades y, aparte de haber pasado por un divorcio bastante amistoso, Claire no había tenido trastornos significativos en toda su vida. Por primera vez se preguntó qué derecho tenía ella, aparte de sus vistosos títulos, a decirle a la gente cómo enfrentarse a sus dificultades. Sí, Web había sobrevivido a muchas situaciones; Claire no se consideraba tan fuerte. Respiró hondo cuando abrieron el maletero y unas manos fuertes la rodearon y la levantaron. No era O'Bannon. Claire sabía que era un hombre con muy poca fortaleza física. A su alrededor oía los sonidos del bosque y los animales que lo habitaban, depredadores que quizá pronto visitarían sus restos. Al comienzo reprimió las lágrimas pero luego decidió derramarlas. A esa gente le daría igual.

Notó que el hombre se movía sobre un terreno irregular, tropezó unas cuantas veces pero enseguida se enderezó. Primero pisó sobre tierra y luego otro material, madera, ladrillos o quizá piedra, no estaba segura, pero oyó el cambio de sonidos y luego cómo abrían una puerta con llave. Eso le sorprendió porque había dado por supuesto que estaban en algún lugar dejado de la mano de Dios. Quizá fuera una cabaña, entonces oyó sonidos de maquinaria y lo que le pareció que era agua circulando. ¿Se encontraban cerca de un arroyo o un río? ¿Había una presa cerca o una planta de tratamiento de agua? ¿Era allí donde acabaría su cadáver? Entonces tuvo la sensación de que subía o bajaba, ni siquiera estaba segura de eso porque ya no controlaba el sentido del equilibrio ni la orientación. Lo cierto es que estaba a punto de vomitar y el hecho de que tuviera el estómago contra el hombro huesudo y duro del hombre no ayudaba demasiado. Además había un olor a sustancia química que le resultaba familiar pero que no lograba identificar, de tan trastornados como tenía todos los sentidos. Por un instante pensó que vomitarle encima le proporcionaría cierto placer, o sensación de triunfo, pero quizá también le hiciera acelerar el momento de su muerte.

Se abrió otra puerta y traspasaron el umbral para entrar en otra estancia, supuso. El hombre se agachó y la dejó sobre algo blando, quizás una cama. La falda se le había subido hasta niveles un tanto vergonzosos mientras iba sobre el hombro del hombre y, como tenía las manos atadas, no había podido bajársela. Se puso tensa cuando notó que las manos de él le subían por las piernas hasta tal punto en que pensó que le bajaría las bragas y añadiría la violación a su lista de delitos graves. Sin embargo, se limitó a ponerle bien la falda.

A continuación le elevó las manos atadas sobre la cabeza y el tintineo del metal le hizo pensar que le había esposado las manos a algo, quizás a la cama o a una argolla que sobresaliera de la pared. En cuanto él se apartó, Claire intentó bajar las manos pero no pudo moverlas. Estaba fuertemente esposada y no podría escapar.

—Luego te traerán agua y comida. Ahora intenta relajarte. —No reconoció la voz. El hombre no se rió al pronunciar sus palabras demenciales, pero Claire notó enseguida el regocijo que ocultaban.

Se cerró la puerta y volvió a estar sola. Es decir, sola hasta que notó movimiento al otro lado de la estancia.

—¿Está bien, señora? —preguntó Kevin Westbrook.

47

Web empezaba a estar preocupado. Claire no le había llamado, y además él había telefoneado al hotel y no había obtenido respuesta. Llamó a su casa y allí tampoco le respondieron. Tampoco la habían visto en la consulta; no tenía programado a ningún paciente porque era su día libre. Quizás hubiera ido a dar un paseo en coche por el Blue Ridge o algo así, pensó. No le había mencionado que tuviera intención de ir de viaje, pero, aunque se hubiera marchado, ¿por qué no respondía al móvil? Todos sus instintos profesionales le indicaban que algo iba mal.

Dejó a Romano en East Winds y condujo hasta el hotel. No se trataba de un lugar en el que se fijaran expresamente en la entrada y salida de los huéspedes, pero Web lo intentó de todos modos. No obstante, el personal que podría haberla visto entrar la noche anterior todavía no estaba trabajando. Y ninguna de las personas con las que habló recordó a alguien parecido a Claire entrando en el vestíbulo el día anterior. Su coche tampoco estaba en la zona de aparcamiento. Se dirigió a casa de Claire, encontró abierta una ventana trasera y entró por la misma. Web inspeccionó la casa a conciencia pero no vio nada que le indicara su paradero. Encontró una agenda con el número y la dirección de su hija. Estudiaba en California, por lo que no parecía probable que hubiera ido a verla para sólo un día. Web se planteó la posibilidad de llamar a la hija, pero una llamada del FBI pondría innecesariamente histérica a la joven si resultaba que no pasaba nada. Se marchó y se dirigió a la consulta de Claire. O'Bannon no estaba, pero sí otra persona que también trabajaba allí. No había hablado con Claire ni sabía dónde podía estar.

—Tres intentos y nada —musitó Web.

Se dirigió al mostrador del servicio de seguridad, enseñó la placa y preguntó si había ocurrido algo inusual la noche anterior. El guarda de seguridad enseguida se puso tenso al ver la placa del FBI y repasó las notas que había dejado su compañero del turno de noche. Web había pasado por el mostrador de seguridad con anterioridad, porque los clientes tenían que registrarse, pero no reconoció a aquel guarda. Probablemente los rotaran por muchos edificios.

—Sí, en el registro hay una llamada de la doctora Daniels a las doce y media de la noche. Dijo que se habían apagado las luces de su despacho y el guarda le informó de que todos los sistemas eléctricos funcionaban y que podía tratarse de su cortacircuitos, también le preguntó si necesitaba ayuda. —El joven le leyó todo aquello con una voz trémula no demasiado alejada de la pubertad—. Ella le dijo que no, y eso es todo. —Alzó la vista del papel—. ¿Quiere que haga algo?

Los grandes ojos del muchacho le estaban suplicando que le pidiera hacer algo. El tipo iba armado y probablemente no debiera, observó Web.

—Sé que lleváis un registro de los visitantes que entran y salen del edificio. Yo he firmado el registro al entrar.

—Así es.

Web esperó pacientemente unos segundos, pero el joven no lo pillaba.

—¿Puedo ver el registro? —preguntó Web finalmente.

El joven casi dio un salto de la silla. Web se había dado cuenta de que el muchacho se había fijado en su cara y que quizá lo hubiera reconocido por todo lo que había salido en la tele últimamente. Quizá pensara que Web estaba medio loco y que necesitaba que le siguieran la corriente a toda costa si quería evitar una muerte violenta. En aquel momento a Web aquella imagen no le parecía mal.

—Sí, señor.

Sacó el libro y Web buscó rápidamente por las páginas. El día anterior había habido muchas visitas durante las horas de oficina, pero terminaban a las seis en punto. Miró al guarda.

—¿Y a partir de esa hora? ¿Cuál es el procedimiento de registro?

—Pues es un sistema de tarjeta magnética y las puertas se cierran automáticamente a las seis. Si alguien quiere entrar a partir de esa hora, el inquilino tiene que llamar a seguridad e informar de ello, y cuando llega la visita, llamamos al inquilino para decírselo y tiene que venir a buscarle. O el visitante puede utilizar un teléfono exterior, identificarse y decir a quién viene a ver. Llamamos al inquilino para que baje. Si el inquilino no contesta o no espera a nadie, no entran, ésa es la norma. Aquí hay despachos del Gobierno y cosas así. Creo que incluso hay algo relacionado con el Pentágono —añadió con cierto orgullo—. Es un edificio muy seguro.

—Claro —dijo Web distraídamente mientras seguía inspeccionando las páginas—. ¿Aquí hay parking subterráneo? —Web siempre había aparcado enfrente.

—Sí, señor, pero funciona con tarjeta magnética veinticuatro horas al día, sólo para inquilinos.

Web tomó nota mentalmente para comprobar si el Volvo de Claire estaba allí.

—¿Entonces los inquilinos pueden entrar y salir por el ascensor que va al parking sin pasar por el mostrador de seguridad?

—Efectivamente, pero sólo los inquilinos.

—¿La puerta del ascensor del parking es normal?

El guarda asintió.

—¿Y si alguien entra en el parking sin coche? ¿Puede subir en el ascensor sin tarjeta magnética?

—Después de las seis, no.

—Pero ¿y durante las horas de oficina? —insistió Web.

—Um, podría ser —reconoció el guarda con voz queda, como si la observación de Web le acabara de destrozar toda su vida profesional.

—Ya veo. Mira, ¿hay alguna forma de poder hablar con el tipo que estaba de guardia anoche, el que habló con Claire?

—Tommy Gaines. Es amigo mío; de hecho empezamos en este trabajo al mismo tiempo, justo al acabar el instituto. Él hace el turno de diez a seis. —Sonrió—. Seguro que Tommy está en casa durmiendo como un tronco.

—Llámale —dijo Web en un tono que hizo que el joven tomara el teléfono y empezara a marcar.

Localizó a Tommy, y Web cogió el teléfono y se identificó. Notó que Gaines, medio dormido, enseguida se ponía alerta.

—¿En qué puedo ayudarle?

Web le explicó lo que buscaba.

—Me imagino que no viste a Claire Daniels cuando se marchaba.

—No, pensé que se había marchado por el parking, como hace siempre. Trabajé en el turno de día durante un año, por eso sé quién es. Era una señora muy amable.

—Todavía no está muerta, chico —dijo Web.

—No, señor, no quería decir eso.

—Aquí pone que te llamó anoche a las doce y media. ¿Trabajaba a menudo hasta tan tarde?

—Bueno, yo no lo sé porque no tenía por qué entrar y salir por el vestíbulo principal.

—Entiendo, lo que intento averiguar es si la habías visto aquí hasta tan tarde.

—No, nunca.

—¿Notaste algo extraño cuando te llamó?

—Parecía asustada, pero supongo que si se fuera la luz, yo también me asustaría, y ella estaba sola.

—Claro. —Web conocía a mujeres agentes del FBI, del Servicio Secreto y del DEA que partirían por la mitad al joven señor Gaines de un mordisco sin pestañear siquiera—. ¿Dijo que estaba sola?

—¿Cómo? Bueno, ahora que lo pienso, no, no lo dijo. Pero me dio esa impresión porque llamó al mostrador.

—¿Y ahí abajo había luz?

—Sí. Se veían los edificios de enfrente y también tenían luz. Por eso le dije que habría saltado el cortacircuitos. Este edificio está dispuesto de forma que cada unidad dispone de cajas de control para su zona. De este modo si en un despacho se hacen remodelaciones o se tiene que cortar la luz por algún motivo, no afecta al resto del edificio. Hay un interruptor de corriente central para todo el edificio, pero está en un lugar cerrado y el ingeniero es quien tiene la llave.

—¿Y le preguntaste si quería que subieses, pero ella dijo que no hacía falta y que ella misma miraría en el cuartito de la luz?

—Eso es.

—¿Y no volviste a saber nada más de ella?

—Efectivamente.

Web reflexionó unos instantes. En la consulta de Claire había luz, pero quizá valiera la pena volver a echarle un vistazo.

—Oh, agente London —dijo Gaines—. Ahora que pienso, unos veinte minutos después de que llamara, me di cuenta de una cosa.

Web se puso tenso.

—¿De qué cosa? Y cuéntamelo exactamente como lo recuerdes, Tommy.

—Pues subió un ascensor. A esas horas sólo puede ser alguien que tenga tarjeta magnética.

—¿De qué planta salió el ascensor?

—Del parking. Lo vi en el indicador de planta. Estaba en la P2 y subió. Estaba haciendo la ronda y lo vi claramente.

—Quizá fuera Claire Daniels que se marchaba —intervino el otro guarda.

Web negó con la cabeza.

—La mayoría de los ascensores, sobre todo fuera de horas de oficina, están programados para volver a la planta baja. Si Claire hubiera llamado el ascensor, habría salido de la planta baja no del parking.

—Oh, es verdad —dijo el muchacho, consternado.

—Supongo que también pensé que era la señora Daniels —dijo Tommy Gaines, que sin duda había escuchado la conversación—, porque había llamado hacía poco tiempo y pensé que se había asustado cuando se fue la luz y había decidido irse a casa. Pero tiene razón en lo de los ascensores. Alguien debió de llamarlo desde la P2 y resulta que yo pasé por el lado cuando subía y pensé que lo había llamado la señora Daniels.

—¿Viste dónde se paró? —preguntó Web—. Si no recuerdo mal, la consulta en la que ella trabaja ocupa la mayor parte de esa planta.

—No, seguí haciendo la ronda. O sea que eso no lo vi, ni tampoco cuando bajó. Pero fuera quien fuese, no salió del vestíbulo porque lo habría visto —añadió—. Lo siento, es todo lo que sé.

—No pasa nada, Tommy, me has ayudado mucho. —Miró al joven del mostrador—. Y tú también.

Cuando Web pulsó el botón del ascensor para volver a subir, tenía mucho en qué pensar. O era una coincidencia que alguien subiera veinte minutos después de que Claire hubiera llamado, quizás otro inquilino quemándose las cejas, o es que pasaba algo raro. Teniendo en cuenta las circunstancias, Web tenía que pensar que se trataba de la última posibilidad.

Cuando Web llegó a las dependencias de Claire, preguntó a la misma mujer que le había atendido anteriormente si podía ver el cuartito de la luz.

—Me parece que está ahí —dijo con aire vacilante.

—Gracias.

—¿Cree que le ha ocurrido algo a Claire? —preguntó la mujer con nerviosismo.

—Estoy seguro de que está bien.

Web se acercó al cuartito y lo encontró cerrado con llave. Miró a su alrededor pero la mujer había vuelto a su despacho. Sacó su pequeño kit abrecerraduras y enseguida abrió la puerta. Echó un vistazo. Lo primero que le sorprendió fue que habían arrancado algo de la pared. Había un espacio vacío en el tablero de la luz y en el suelo había cable aislante y restos de material. Web no tenía ni idea si eran recientes o de hacía tiempo. Deseó que no hubiera ocurrido la noche anterior. Cuando giró la cabeza, su experimentada vista reparó en lo que a Claire se le había pasado: el botón de disparo inalámbrico del interior de la jamba, parecido a los que se instalan en las casas para activar una alarma si se abre una puerta y se interrumpe el contacto. Web había visto esos dispositivos infinidad de veces, pero nunca en un cuartito de la electricidad de un edificio de oficinas. Se dirigió a la puerta principal de la oficina y la abrió. Allí no había ningún botón de disparo, en realidad no había ningún panel de seguridad. ¿Por qué había un sistema de seguridad en el cuartito de la electricidad y no en la oficina? Un terror frío se apoderó de él cuando contempló todas las puertas cerradas de aquel espacio. Claire le había dicho que muchos agentes del FBI, cónyuges y otros agentes de la ley recibían allí ayuda terapéutica. Tras esas puertas se revelaba gran cantidad de información íntima y confidencial.

—¡Mierda! —Web fue corriendo a la consulta de Claire. La puerta estaba cerrada con llave. Forzó la cerradura y entró. Vio la linterna en el suelo y ya se disponía a registrar el escritorio cuando se le ocurrió alzar la vista y vio el detector de humos colgando. Estiró la mano para agarrarlo pero se lo repensó al recordar sus años de formación en el FBI. Era una posible escena del crimen, huellas; no debían contaminarse las pruebas. Llamó a Bates, le explicó la situación y el FBI emitió un comunicado de búsqueda para Claire en todos los medios. Bates y un equipo técnico aparecieron al cabo de treinta minutos.

En tres horas registraron meticulosamente toda la consulta e interrogaron a la gente. Web se quedó sentado en la sala de espera durante todo aquel tiempo. Bates salió lívido.

—No me lo puedo creer, Web, de verdad que no.

—Los detectores de humo eran aparatos de escucha, ¿verdad?

Bates asintió.

—Y de vídeo. Cámaras diminutas.

—¿Tecnología de controlador lógico programable?

Bates asintió de nuevo.

—Como la que utilizan los secretas. Aparatos muy complejos.

—Bueno, supongo que acabamos de encontrar la filtración.

Bates bajó la mirada hacia una lista que llevaba en la mano.

—Supongo que si lo miras uno por uno no parece gran cosa, un agente por aquí, una esposa por allá. Pero lo hemos verificado en la central, donde guardan la relación de todos los pacientes porque el seguro del FBI corre con los gastos y ¿puedes creerte que casi doscientos agentes, cónyuges y otro personal relacionado con el FBI se visitan aquí? Estoy hablando de gente de abajo y de gente de muy arriba. ¿Y quién sabe cuántas personas de otras agencias como el DEA, el Servicio Secreto y la policía del Capitolio?

—Bueno, ir al loquero ya no estaba muy bien visto entre los agentes. Después de esto supongo que ya se ha acabado.

—O'Bannon tenía autorizaciones de muy alto nivel. Había estado en el Ejército, había trabajado en el FBI de asesor, intachable. O eso es lo que creíamos.

—Un océano de inteligencia. —Web meneó la cabeza—. Debbie Riner, Angie Romano y otras. Se supone que los chicos no deben hablar de su trabajo con sus mujeres, pero hablan. Me refiero a que todos somos humanos.

—Por eso debían de saber que ibais a asaltar el lugar aquella noche e incluso qué equipo iba a ocupar qué posición. Fue un asalto planeado, el período de gestación fue largo. Quizás uno de los chicos se lo contara a la mujer y a ella se le escapó delante de O'Bannon y, bam, quedó grabado en los dispositivos. —Bates se tapó el rostro con la mano—. Maldita sea, ¿cómo le digo a Debbie Riner que quizás ayudara a matar a su esposo?

—No hace falta que se lo digas, Perce. No hace falta.

—Pero si no se lo digo, se enterará por otros medios. Además, piensa en las posibilidades de chantaje. ¿Cómo sabemos si ya se ha dado el caso?

—Reconócelo, Perce, es un pulpo con tentáculos que nunca dejan de crecer. —Web lanzó una mirada a la oficina—. ¿Habéis localizado a todo el personal de aquí?

—A todos menos a Claire Daniels.

—¿Y O'Bannon?

Bates se sentó.

—Todo apunta a que estaba implicado en este asunto. Han vaciado sus archivadores. Hemos registrado su casa. También la han vaciado. Hemos emitido órdenes de búsqueda pero si todo esto sucedió anoche nos lleva mucha ventaja. En avión privado ya podría estar fuera del país. —Bates se frotó la cabeza—. Esto es una pesadilla. ¿Sabes qué pasará cuando los medios de comunicación se enteren de esto? La credibilidad del FBI caerá por los suelos.

—Bueno, si conseguimos pillar a quien está detrás de todo esto, quizá podamos recuperarla en parte.

—O'Bannon no está precisamente paseándose por aquí para que lo detengamos, Web.

—No me refiero a O'Bannon.

—¿A quién, entonces?

—En primer lugar, deja que te haga una pregunta que probablemente te estimule a pegarme, pero necesito una respuesta clara si pretendes que te ayude.

—Pregunta, Web.

—¿Existe alguna posibilidad de que O'Bannon colaborara con el FBI para pinchar las consultas de forma que la directiva supiera cuáles eran los problemas de los soldados de a pie?

—La verdad es que se me ha pasado por la cabeza. Y la respuesta es que no. Hay algunos mandamases que también vienen por aquí, no sólo la gente de a pie. Y me refiero a algunos peces gordos, y sus esposas, por cierto, que podrían acabar con cualquiera del FBI si se enteraran de esto.

—Bien, entonces imaginemos que O'Bannon orquestó todo este plan de espionaje. ¿Por qué? No sería para divertirse sino para beneficiarse. Todo acaba reduciéndose a dinero. Vende información a un montón de gente distinta y las operaciones de los agentes de la ley acaban fracasando por todas partes. Quizás alguien le comprara la información a O'Bannon para cargarse a Charlie. Como has dicho, quizás obtuvo los detalles de alguna de las mujeres que recibía como pacientes. Quiero saber quién está detrás de todo esto.

—Pensaba que ya lo sabíamos. Los Free. Ya los hemos trincado.

—¿De verdad te lo crees?

—¿Tú no?

—Da la impresión de que encaja demasiado bien. ¿Tenemos más información sobre lo que puede haberle sucedido a Claire?

—Sí, y no es buena. Menos de una hora después de que se fuera la luz en el despacho de Claire, O'Bannon llegó al parking. Utilizó su tarjeta magnética para entrar y así nos dio su identidad y la hora de llegada.

Web se sintió más abatido todavía.

—Disparó la alarma y O'Bannon probablemente tuviera una unidad remota en su casa y recibió la señal. Vino aquí como un bólido.

—Y encontró a Claire.

—Sí.

—Lo siento, Web.

Web regresó a East Winds más deprimido que nunca en su vida. Por muy mal que estuviera la situación en el FBI, le daba exactamente igual. Lo único que le importaba era encontrar a Claire con vida.

Romano estaba limpiando una pistola y se lo quedó mirando cuando Web subía por la escalera de la cochera.

—Tío, estás hecho un asco.

Web se sentó frente a él.

—La he cagado, Paulie.

—Joder, no es la primera vez... —Romano sonrió, pero era evidente que Web no estaba de humor. Romano dejó la pistola y miró a su amigo—. Cuéntame.

—Claire Daniels.

—La loquera.

—Mi psiquiatra. —Hizo una pausa antes de añadir—: Y mi amiga. Unos tipos la amenazaron pero la dejaron ir. Están relacionados con mi caso, así que corrió peligro por mi culpa. Me pidió ayuda y ¿sabes qué hice? No la ayudé.

—¿Le ofreciste protección?

—Sí, pero no la aceptó. Pensó que la amenaza no era real, lo que me contó parecía tener lógica. Ahora resulta que el tal O'Bannon con el que trabajaba había colocado micrófonos ocultos en las consultas de todos los psiquiatras y obtenía información de los pacientes durante las sesiones. Muchos de esos pacientes eran gente que trabajaba en el FBI. Y gente relacionada con ellos —añadió. No sabía si Romano estaba al corriente de que Angie era paciente de O'Bannon. Y si no lo sabía, Web no quería ser quien se lo comunicara—. Probablemente haya estado vendiendo la información al mejor postor dedicado a destruir las operaciones de los agentes de la ley en todas partes.

—¡Joder! ¿Crees que Claire estaba metida en esto?

—¡No! Parece ser que descubrió la verdad y ahora ha desaparecido.

—A lo mejor se ha escondido.

—Habría llamado. —Web cerró los puños—. Maldita sea, soy un imbécil por no haberle proporcionado protección veinticuatro horas al día. Ahora es demasiado tarde.

—No estés tan seguro. Por lo poco que la conozco, me da la impresión que sabe cuidarse solita. De camino al rancho hablé un poco con ella y es una tía lista.

—¿Te refieres a que intentaste conseguir asesoramiento psiquiátrico?

—No es lo que buscaba, pero, oye, todo el mundo tiene sus problemas, ¿sabes? Cuando hablé con Claire me hizo ver ciertas cosas. Sobre Angie y yo, por ejemplo.

Web lo observó muy interesado, aunque sólo fuera para olvidarse durante unos momentos de la difícil situación de Claire.

—Bueno, ¿qué pasa contigo y con Angie?

Dio la impresión de que Romano se sentía violento por haber sacado el tema.

—No quiere que siga en el ERR. Está harta de que nunca esté en casa. Me parece que no es de extrañar. —Añadió con voz queda—: Y los niños se están haciendo mayores y se merecen tener un padre que esté con ellos algo más de un mes al año.

—¿Es lo que te dijo ella?

Romano apartó la mirada.

—No, es lo que yo le dije.

—¿Así que estás pensando en serio en colgar las del 45?

Romano le lanzó una mirada.

—¿Tú nunca te lo has planteado?

Web se recostó en el asiento.

—Hace poco hablé con Debbie Riner y me dijo más o menos lo mismo de Teddy. Pero para mí es distinto, no tengo mujer ni hijos, Paulie.

Romano se encorvó hacia delante.

—Mira, lo cierto es que en los últimos ocho años me he perdido cuatro Navidades, la primera comunión de mis dos hijos, todos los Halloween, un par de días de Acción de Gracias y ¡el nacimiento de mi hijo Robbie! Y ya he perdido la cuenta de los cumpleaños, partidos de béisbol y de fútbol, de los días especiales. Tío, es que mis hijos se sorprenden cuando estoy en casa, no cuando no estoy, porque para ellos lo normal es que no esté. —Se tocó la zona cercana al ombligo—. ¿Y el disparo que recibí anoche? Me ha salido un morado considerable y me dolió un montón, pero ¿y si hubiera sido unos centímetros más abajo o más arriba y me hubiera atravesado la cabeza? Se acabó. ¿Y sabes qué? No habría mucha diferencia con respecto a estar vivo, al menos para Angie y los chicos. ¿Y qué pasaría luego? Angie volvería a casarse, ya te lo imaginas, y a lo mejor los chicos tendrían un padre de verdad e incluso se olvidarían de que un tal Paul Romano era su padre. Me entran ganas de pegarme un tiro en la cabeza cada vez que lo pienso, Web, de verdad.

Web advirtió que Romano tenía los ojos empañados en lágrimas.

El hecho de ver a uno de los tipos más duros que había conocido en su vida abatido por el amor que sentía por su familia fue un golpe más duro que cualquiera de los que pudiera asestarle Francis Westbrook. Romano apartó la mirada rápidamente y se secó los ojos.

Web posó la mano sobre el hombro de Romano.

—Eso no ocurrirá, Paulie, eres un buen padre. Tus hijos nunca te olvidarán. —En cuanto pronunció esas palabras, Web se extrañó. Él había olvidado a su padre por completo. Una fiesta de cumpleaños, a los seis años. Claire le había dicho que su padre y él lo estaban pasando en grande. Hasta que apareció la pasma—. Y estás trabajando para tu patria, no lo olvides —añadió—. Ya nadie hace nada por servir a su país. Todo el mundo se queja de lo podrido que está, sin hacer nada para mejorarlo. Pero, tío, en cuanto te necesitan, mejor que aparezcas rápido.

—Sí, servir a la patria. Y cargarse a un puñado de paletos y de vejestorios que no le darían a la estatua de la Libertad desde un metro de distancia con un bazuka.

Web se recostó y no dijo nada porque no tenía nada más que añadir sobre el tema.

Romano alzó la mirada.

—Claire aparecerá, Web, y quién sabe, a lo mejor ella y tú podéis ser más amigos. Tener una vida como Dios manda.

—¿No crees que ya es demasiado tarde? —Le parecía imposible conseguir tal cosa.

—Joder, si no es demasiado tarde para mí, tampoco lo es para ti.

A Web no le pareció que Romano lo dijera con mucha seguridad y los dos hombres se miraron con abatimiento.

Web se puso en pie.

—¿Sabes una cosa, Paulie? Los dos estamos hechos mierda. ¿Y sabes otra cosa más?

—¿Qué?

—Pues que ahora me apetece un montón ir a la fiesta de esta noche.

48

Percy Bates estaba sentado en el centro de operaciones estratégicas de la OFW cuando apareció el hombre. Buck Winters no iba solo. Iba acompañado de sus dos escoltas habituales y de varios hombres. Bates reconoció a dos de ellos, un joven abogado del FBI y un inspector de la Oficina de Responsabilidad Profesional del FBI, que analizaba cualquier delito cometido por los miembros del FBI. Con una solemnidad exagerada, todos tomaron asiento frente a Bates.

Winters tamborileó la parte superior de la mesa con sus largos dedos.

—¿Qué tal va la investigación, Perce?

—Va muy bien —respondió Bates. Miró a los otros hombres—. ¿A qué se debe todo esto? ¿Vais a iniciar una investigación por vuestra cuenta?

—¿Has sabido algo de Randall Cove últimamente? —preguntó Winters.

Bates miró de nuevo a los otros hombres.

—Oye, Buck, con todos mis respetos, ¿es normal que estas personas oigan ese nombre?

—Todos tienen autorización para ello, Perce. Confía en mí. Les han dado autorización para muchas cosas. —Winters lo miró fijamente—. Esto es un desastre absoluto, ya lo sabes.

—Mira, enviaron al ERR, les dispararon y ellos respondieron a los disparos. Esas normas de combate están clarísimas. No hay nada en los estatutos que diga que nuestros hombres tienen que quedarse parados hasta que los frían a tiros.

—No me refería precisamente a la matanza de la Sociedad Libre.

—Joder, Buck, no fue una matanza. Los Free tenían armas y las utilizaron.

—Ocho muertos, ancianos y jóvenes, y ni una sola baja en el ERR. ¿Cómo crees que lo va a interpretar la prensa?

Bates soltó la carpeta que tenía en las manos junto con la poca paciencia que le quedaba.

—Bueno, si el FBI hace como el avestruz, como es habitual, y permite que los demás controlen los hechos y la caída en espiral, supongo que no demasiado bien. ¿Qué tenemos que hacer para tener una buena «imagen»? ¿Perder unos cuantos hombres en cada misión?

—Otro Waco —dijo el abogado con aspecto poco experimentado al tiempo que movía la cabeza.

—Seguro que sí, capullo —gritó Bates—. No sabes de qué estás hablando. Cuando pasó lo de Waco tú todavía estabas en la facultad chupándote el dedo.

—Como iba diciendo —continuó Winters tranquilamente—, no me refería a los Free en concreto.

—¿Entonces a qué? —preguntó Bates.

—Oh, no sé, a lo mejor al hecho de que todo el sistema de seguridad del FBI esté en una situación comprometida.

Bates respiró hondo.

—¿Por lo de la consulta de la psiquiatra?

Winters montó en cólera.

—Sí, Perce, desde luego, porque durante Dios sabe cuánto tiempo, los agentes y secretarias y técnicos y vete a saber quién cojones más, pero parece ser que todos los que tienen problemas mentales en el FBI, se han confesado en ese sitio. Y alguien se ha apoderado de esa información y la ha utilizado para Dios sabe qué. Yo diría que eso pone en peligro nuestra seguridad.

—Ahora mismo estamos buscando a O'Bannon.

—El daño ya está hecho.

—Es mejor que no haberse enterado nunca.

—Pues no lo es con diferencia. Supongo que sabes que dejé constancia hace ya tiempo de que me oponía al uso de psiquiatras y psicólogos externos, por motivos de seguridad como éste.

Bates escudriñó al hombre con recelo. «Por eso vas a aprovechar este desastre para subir unos cuantos escalafones en tu carrera, ¿no, Buck? ¿La oficina del director, quizá?»

—No, Buck, la verdad es que no lo sabía.

—Consta por escrito —dijo Winters con seguridad—. Compruébalo.

—Estoy seguro de que sí, Buck. El papeleo siempre se te ha dado mejor que a los demás. —«Y poco más se te da bien que tenga algo que ver con ser un verdadero agente del FBI.»

—Por esto rodarán cabezas.

«Pero no la tuya.»

—¿Qué es eso que he leído de que London participó en el asalto? —preguntó Winters—. Por favor, dime que no es más que un error de imprenta garrafal.

—Estuvo allí —reconoció Bates.

Dio la impresión de que Winters volvía a estar a punto de entrar en erupción. Entonces Bates notó un atisbo minúsculo de satisfacción en las facciones del hombre y al final comprendió a dónde quería ir a parar.

—Bueno, ahora la prensa ya puede crucificarnos —dijo Winters—. El ERR se venga con ancianos y jovencitos. Ése será el titular de los teletipos de mañana. Escúchame bien, Bates, porque no te lo voy a repetir: London está despedido, desde este mismo instante. —Para que resultara más efectista, Winters cogió un lápiz de la mesa y lo partió en dos.

—No puedes hacer eso, Buck. Todavía está bajo inspección.

—Ya lo creo que lo puedo hacer. Tenía un permiso de ausencia oficial que dependía de una investigación para su reclutamiento selectivo. —Winters hizo una señal a uno de sus asesores, quien le pasó un expediente. Winters se tomó su tiempo para ponerse unas gafas para leer y luego echó un vistazo al expediente—. Y ahora acabo de descubrir que mientras estaba de permiso pagado le fue asignada una misión de protección relacionada con un tal William Canfield que es el dueño de un rancho de caballos en el condado de Fauquier. ¿Quién la autorizó?

—Yo. El hijo de Canfield fue asesinado por los Free en Richmond. Tres personas relacionadas con ese suceso han sido asesinadas, creemos que por los Free. Eso ya lo sabes. No queríamos que Canfield fuera la víctima número cuatro. Web estaba disponible y Canfield confía en él. De hecho, Web le salvó la vida. Y a mí. Así pues, parecía buena idea.

—Pues no se puede decir que Canfield tenga mucho criterio.

—Y teníamos pruebas directas que relacionaban un camión, alquilado por Silas Free, con las ametralladoras que se utilizaron para tender una emboscada al ERR. Teníamos todo el derecho del mundo a atacarles. Y el asalto estaba autorizado por todas las partes necesarias. Compruébalo en los documentos escritos.

—Ya lo sé. Yo también firmé.

—¿Ah, sí? —inquirió Bates con una expresión extraña—. De hecho yo quería un equipo EAT, Buck. No insististe en que fuera el ERR, ¿verdad? —Winters no respondió, y justo entonces Bates se dio cuenta exactamente de por qué habían enviado al ERR. Winters quería que ocurriera algo como aquello para avivar su cruzada contra el Equipo de Rescate de Rehenes. Además, Bates también sabía, porque Winters era muy astuto, que nunca podría demostrarlo.

—No me comunicaron que Web London participaba en el asalto —prosiguió Winters.

—Bueno, eso fue posterior —dijo Bates lentamente. Estaba indefenso en ese sentido y lo sabía.

—Oh, gracias por la explicación, ahora lo entiendo todo. ¿Y quién autorizó la presencia de Web London en el ataque?

—Su comandante, Jack Pritchard, tuvo que dar el visto bueno.

—Entonces también está despedido. Desde ahora mismo.

Bates se puso en pie.

—Por Dios, Buck, no puedes hacer eso. Pritchard se ha pasado veintitrés años en el FBI. Es uno de nuestros mejores hombres.

—Ya no. A partir de este momento, es uno de los peores. Y quedará debidamente explicado en el expediente oficial. Y voy a recomendar que se lo quiten todo, incluida la pensión, por insubordinación, acción perjudicial para el FBI y media docena de cosas más. Créeme, va a ser una medida fácil en cuanto todo esto salga a la luz. Necesitaremos un montón de cabezas de turco.

—Buck, por favor, no hagas eso. De acuerdo, quizás en este caso sobrepasara un poco los límites, pero tiene una lista de menciones de honor que, apiladas, serían más altas que yo. Ha arriesgado su vida más veces de las que soy capaz de contar. Y tiene mujer y cinco hijos, dos de ellos en la universidad. Esto será su desgracia. Lo matará.

Winters dejó el expediente.

—Ya sé lo que vamos a hacer, Perce, vamos a hacer un trato porque me caes bien y te respeto.

Bates se sentó y sospechó al instante mientras la cobra se disponía a lanzar su ataque letal.

—¿Qué tipo de trato?

—Si Pritchard se queda, London se va. Sin hacer preguntas. Sin pelear, sin defensas. Se larga. ¿Aceptas?

Percy Bates permaneció sentado mientras Buck Winters lo observaba, aguardando una respuesta.

Hacía años que Claire se dedicaba a hacer rechinar los dientes, hasta tal punto que el dentista le había hecho un protector bucal, que usaba por las noches, para evitar que se los desgastara hasta llegar a las encías. Se había preguntado de dónde provenía aquel síntoma de ansiedad; quizá de escuchar los problemas de sus pacientes. Ahora agradecía aquella manía porque había gastado tanto la mordaza que al final la había roto y la había escupido. Sin embargo, por la forma como le habían unido las manos sobre la cabeza, le resultaba imposible quitarse la venda de los ojos. Había intentado frotar la cabeza contra la pared para despojarse de ella hasta que le dio la impresión de que se había arrancado la mitad del cabello. Se desplomó exhausta.

—No se preocupe, señora, yo seré sus ojos —dijo Kevin—. Me tienen encerrado con llave pero me voy acostumbrando.

Cuando se quitó la mordaza empezaron a hablar y Claire ya había descubierto quién era Kevin.

—Web London me habló de ti —dijo ella—. Y he estado en tu casa. Hablamos con Jerome.

Kevin se mostró angustiado.

—Seguro que están muy preocupados. Seguro que la abuelita está a punto de morir de la preocupación.

—Están bien, Kevin. Pero sí que están preocupados. Jerome te quiere mucho.

—Siempre ha sido bueno conmigo. Él y la abuelita.

—¿Sabes dónde estamos?

—No.

Claire respiró hondo.

—Huele a alguna sustancia química. Como si estuviéramos cerca de una tintorería o de alguna fábrica.

Se esforzó por recordar los detalles de cómo había llegado hasta allí. Las carreteras y el terreno por el que el hombre la había transportado le recordaban más al campo que a la ciudad.

—¿Cuánto tiempo llevas aquí?

—No lo sé. Ya no distingo los días.

—¿Alguien ha venido a verte?

—El mismo hombre. No sé quién es. Me trata bien. Pero me va a matar, lo veo en su mirada. Hay que ir con cuidado con los que parecen buenos. Prefiero a los que gritan y levantan el puño que a los calladitos.

Si no hubiera estado tan nerviosa por la idea de que iban a matarla, Claire habría sonreído ante la madurez que demostraba el niño con aquella afirmación sobre la naturaleza humana.

—¿Cómo te metiste en todo esto?

—Dinero —afirmó Kevin tranquilamente.

—Vimos el dibujo que hiciste, el del mando a distancia.

—No sabía qué iba a pasar. Nadie me dijo nada. Me lo dieron y me dijeron qué debía decir.

—¿Malditos al infierno?

—Sí. Tenía que seguirle por ese callejón y luego, cuando estuviera lo suficientemente cerca del patio, apretar el mando a distancia. Vi a ese hombre, Web, paralizado, y todos sus colegas entraron corriendo en el patio. Web no me vio porque estaba detrás de él. Se levantó y siguió a sus colegas, pero caminaba como si estuviera borracho o algo así. Apreté el botón y luego me quedé atrás.

—¿Porque querías ver qué pasaba?

—Esa gente no me había dicho nada de las armas. Lo juro por la tumba de mi madre. ¡Lo juro!

—Te creo, Kevin.

—Tenía que volver donde estaba, pero no pude. Cuando vi que se moría toda aquella gente… Y luego Web, me gritó. Estuve a punto de tener un ataque al corazón. Me salvó el pellejo. Habría echado a correr si no hubiera sido por él, y también estaría muerto.

—Web dijo que alguien te cambió por otro niño.

—Es verdad. No sé por qué.

Claire respiró hondo y el fuerte olor químico le invadió de nuevo los pulmones. Entonces se dio cuenta de que era cloro, pero no tenía ni idea de su procedencia. Se sentía totalmente impotente.

49

Web y Romano se encontraron con Nemo Strait cuando subían hacia la mansión para ir a la fiesta.

—¿Qué te ha pasado? —preguntó Romano. Strait llevaba el brazo en cabestrillo.

—He dejado que un caballo se aprovechara de mí. Me dio una coz. Es como si tuviera la clavícula en la garganta.

—¿Te has roto algo? —preguntó Web.

—Me han hecho una radiografía en el hospital de Kentucky y no han visto nada, pero por el momento tengo que llevar esto. Ahora soy un capataz de rancho manco, y a Billy seguro que no le hace ni pizca de gracia.

Billy los recibió cuando llegaron a la casa. Web se sorprendió al ver cómo iba vestido. Llevaba unos bonitos pantalones de sport planchados y una americana azul, iba bien peinado e incluso se había afeitado. No obstante, cuando pasaron por su lado, Web se dio cuenta de que el hombre hacía ya rato que había empezado a beber para la fiesta.

Billy los condujo hacia la planta baja.

Al lado del bar había dos hombres que Web no conocía. Llevaban ropa cara pero informal de Armani, zapatos Bruno Magli sin calcetines, relojes Tag Heuer y collares de oro que resultaban visibles porque llevaban la camisa más desabrochada de lo normal. Estaban muy bronceados y en forma, eran esbeltos, se habían hecho la manicura y llevaban el pelo perfectamente peinado y, por muchos motivos, la primera impresión de Web fue que eran homosexuales.

Billy se acercó a ellos en compañía de Web y Romano.

—Quiero presentaros a un par de amigos. Giles y Harvey Ransome, son hermanos, no, no están casados. —Billy fue el único que se rió de su propio comentario—. Son los vecinos de al lado. Al final he conseguido que vengan a tomar una copa.

Web y Romano intercambiaron una rápida mirada.

—Web London y Paul, no, mejor Paulie —añadió Billy con un guiño—. Del FBI.

Dio la impresión de que los hermanos Ransome querían echar a correr al oír aquello. A Web le pareció que Harvey Ransome estaba a punto de desmayarse.

Web les tendió la mano.

—Esta noche no estamos de servicio.

Los hermanos Ransome extendieron sendas manos con cautela, como si temieran correr el peligro real de acabar esposados.

—Billy no nos dijo que el FBI vendría a la fiesta —dijo Giles al tiempo que dedicaba una mirada hostil al anfitrión.

—Me encantan las sorpresas —reconoció Billy—. Desde la infancia. —Lanzó una mirada a Strait—. ¿Qué coño te ha pasado?

—El caballo se ha aprovechado de mí.

—Es el capataz del rancho, Nemo Strait —explicó Billy a los hermanos Ransome—. Me acaba de conseguir una pequeña fortuna en Kentucky vendiendo un montón de carne de caballo a unos mamones.

—Nos ha ido muy bien —manifestó Strait con voz queda.

—¡Joder, qué maleducado soy! —exclamó Billy—. Chicos, necesitáis una copa. —Señaló a Web y a Romano—. Sé que os gusta la cerveza. ¿Y tú Nemo, qué quieres?

—Whisky con agua, el mejor remedio contra el dolor.

Billy se colocó tras la barra.

—Tomaré lo mismo que tú. —Miró hacia las escaleras—. Baja y únete a la fiesta.

Web miró hacia las escaleras pensando que vería a Gwen. No obstante, se encontró con Percy Bates.

—Billy ha tenido la amabilidad de invitarme —explicó en cuanto se reunió con ellos. Le dedicó una sonrisa a Web, pero éste advirtió algo que no le resultaba especialmente agradable.

Cuando todos tuvieron una copa en la mano formaron grupos más pequeños. Web se acercó a los hermanos Ransome y empezó a sondearlos sutilmente para averiguar qué se cocía en Southern Belle, pero los hombres se mostraron sumamente precavidos, lo cual aumentó todavía más las sospechas de Web. Nemo y Romano estaban admirando la colección de escopetas de Canfield, mientras Billy estaba solo poniéndole mala cara al oso pardo de la esquina.

Todas las cabezas se giraron hacia ella cuando empezó a bajar la escalera. Si Billy iba más arreglado de lo habitual, su esposa parecía ataviada para asistir a un estreno de Hollywood; llevaba una ropa tan distinta a los vaqueros y botas de montar habituales que parecía otra. El vestido rojo era largo hasta los tobillos y ajustado; la raja le llegaba hasta medio muslo, justo en el lugar en el que se mantenía la decencia pero donde la fantasía masculina empezaba a dispararse. Llevaba unas sandalias con tobilleras que, por lo menos a Web, le sugería la idea de las prácticas sadomasoquistas si es que no se le había ocurrido antes. El vestido no tenía tirantes, sus hombros desnudos bronceados y musculosos conservaban el atractivo femenino a pesar de que estuvieran tensos. El corpiño del vestido era lo suficientemente bajo como para que fuera difícil maniobrar sin enseñar demasiado, y quizás ésa fuera la intención. Llevaba el pelo recogido, joyas de buen gusto y muy poco maquillaje porque no le hacía falta.

Se hizo un silencio absoluto mientras descendía hacia ellos, hasta que Web oyó que Romano susurraba «Amore» antes de tomar un sorbo de cerveza.

—Ahora ya podemos empezar la fiesta —dijo Billy—. ¿Qué quieres tomar, Gwen?

—Ginger ale.

Billy le preparó la bebida. Lanzó una mirada a los hermanos Ransome.

—Es despampanante —dijo Harvey.

—Una diosa —observó Giles.

—También es mi mujer. —Le sirvió la bebida—. Nemo se ha dejado atacar por un caballo.

Web se dio cuenta de que ella apenas lo miraba.

—Ya veo. —Asintió en dirección a los Ransome—. Creo que no nos conocemos —dijo con frialdad.

Harvey y Giles se hicieron un lío entre ellos para ver quién de los dos la conocía oficialmente antes.

Web permaneció a un lado observando lo que sucedía a su alrededor. No cabía la menor duda de que la mujer era sumamente hermosa, pero su atuendo, su comportamiento magistralmente calculado, parecía impropio de la Gwen Canfield que él creía haber conocido. Quizá se hubiera equivocado.

No se dio cuenta de que Bates estaba pegado a él hasta que le habló.

—Una fiesta de despedida, supongo.

—Sí, caso cerrado. Los buenos han vuelto a ganar —añadió Web con sequedad—. Ha llegado el momento de emborracharnos y darnos palmaditas en la espalda, al menos hasta que mañana salga toda la mierda.

—Luego tenemos que hablar, es importante.

Web le dedicó una mirada. Para alguien que no le conociera bien, Bates parecía no tener ninguna preocupación en el mundo. A Web, que lo conocía mejor que nadie, le dio la impresión de que estaba a punto de reventar por dentro por el peso de lo que le preocupaba.

—No me digas que he ganado la lotería...

—Supongo que depende de cómo lo mires. Te dejaré decidir. ¿Quieres salir y hablarlo ahora?

Web miró al hombre directamente a los ojos. O sea que era grave.

—No, Perce, ahora mismo sólo quiero disfrutar de la bebida e ir a hablar con una mujer hermosa.

Dejó a Bates y consiguió apartar a Gwen de las garras de los hermanos Ransome. Se instalaron en un par de sillones de cuero idénticos y Gwen sostuvo la copa sobre las rodillas mientras observaba a su esposo.

—Ya lleva seis horas bebiendo.

—Ya me he dado cuenta. —La repasó con la mirada disimuladamente. Por lo menos eso es lo que pensó hasta que ella lo fulminó con los ojos.

—Una ropa un tanto distinta a la que estás acostumbrado, lo sé —reconoció ella. Se sonrojó un poco al decirlo.

—Hay que lucir lo que se tiene. Me alegro de que no haya otras mujeres porque no habría punto de comparación. No serían como las flores de un papel pintado, serían como la pared por lo que respecta a los hombres.

Ella le dio una palmadita en la mano.

—Qué amable eres. Lo cierto es que voy incomodísima con este vestido; preocupada por si me caigo en cualquier momento porque me moriría de vergüenza, y encima tengo los pies hechos polvo. Estos zapatos italianos son muy bonitos pero es imposible llevarlos cuando calzas más de un 36.

—Entonces, ¿por qué esta vestimenta?

—La ha elegido Billy. No es el tipo de hombre que le dice a su esposa lo que tiene que ponerse —se apresuró a añadir—. Más bien lo contrario. Normalmente yo le elijo la ropa. Pero quería que estuviera despampanante, eso es lo que ha dicho.

Web elevó su copa.

—Da tu misión por cumplida. Pero ¿por qué?

—No lo sé, Web, la verdad es que no sé qué pasa por su cabeza en estos momentos.

—Quizá tenga algo que ver con la dichosa cinta. Repito que lo siento.

Gwen negó con la cabeza.

—No es sólo eso. Hace tiempo que se está cociendo. Billy ha cambiado durante los últimos meses y no sé muy bien por qué.

A Web le pareció que Gwen sabía por qué, pero que todavía no había llegado al punto de revelárselo a un semidesconocido como él.

—Cada vez se comporta de forma más extraña.

Él la miró con curiosidad.

—¿Y eso?

—Pues está cada vez más obsesionado con los animales disecados, siempre entretenido por ahí abajo. Dios mío, es que es una afición de lo más repulsiva.

—Es muy truculenta.

—Y bebe mucho, incluso para lo que es habitual en él. —Lo miró y habló en voz muy baja—. ¿Sabes lo que me ha dicho mientras nos vestíamos? —Tomó un sorbo de ginger ale—. Dijo que tenían que clavar todas las cabezas de los miembros de la Sociedad Libre en un palo y desfilar con ellos, como hacían hace cientos de años.

—¿Por qué? ¿Para dar una lección?

—No.

Los dos alzaron la mirada y vieron a Billy allí de pie.

Apuró lo que le quedaba de whisky.

—No, se hace porque el mejor sitio para colocar a los enemigos es delante de ti, para saber en todo momento dónde están exactamente.

—Eso no siempre es fácil de hacer —comentó Web.

Billy sonrió desde detrás de la copa.

—Es cierto. Y por eso a ciertas personas los enemigos les ganan la batalla con más frecuencia de la habitual. —No fue más que una mirada fugaz, pero Web estaba prácticamente seguro de que Billy miraba a Nemo Strait mientras pronunciaba esas palabras.

Billy levantó la copa.

—¿Quieres otra?

—Todavía estoy con ésta.

—Pues ya me avisarás. Gwen, ¿estás lista para una buena libación?

—Así vestida en un salón lleno de hombres, creo que lo mejor será que me ande con ojo —dijo con una tímida sonrisa.

Web tomó nota mentalmente de que su marido no le devolvió la sonrisa.

Justo antes de que subieran a cenar, Web oyó un grito y volvió la mirada. El mueble de las armas estaba abierto y se veía el cuarto secreto. Harvey y Giles se llevaban la mano al pecho después de dejarse sorprender por el maniquí que Billy había colocado para que pareciera un esclavo. Billy estaba apoyado contra la pared desternillándose de la risa. Web fue incapaz de reprimir una sonrisa.

Tras la cena, el café y las copitas de coñac que Billy insistió en que tomaran todos, se dispusieron a marcharse. Gwen le dio un abrazo a Web y él notó sus pechos blandos contra sus pectorales duros. Le dio la impresión de que sus dedos se aferraban a él más tiempo de lo normal. No supo exactamente cómo reaccionar, y no se le ocurrió decir otra cosa que adiós.

Salieron al exterior. Strait subió a su camioneta y regresó a su casa conduciendo con una sola mano. Una limusina se detuvo en el círculo situado delante de la casa y Harvey y Giles se arrellanaron en su interior. A Web le pareció que los dos habían hecho el ridículo delante de Gwen, pero ella se lo había tomado bien. En ese mismo instante seguro que estaba arriba quitándose las dolorosas sandalias y el incómodo vestido. De hecho, probablemente estuviera desnuda y, casi sin ser consciente de ello, Web se puso a mirar hacia las ventanas de la planta superior… ¿con qué esperanza?, se preguntó. ¿Una visión fugaz? No vio nada.

Bates se acercó a él y a Romano.

—Romano, Web y yo tenemos que hablar.

Romano se limitó a darse la vuelta y marcharse caminando hacia la cochera.

—Bueno, Bates —dijo Web—, ¿qué pasa?

Web permaneció callado hasta que Bates terminó de hablar.

—¿Y Romano? —preguntó por fin.

—Buck no lo ha mencionado, así que imagino que no pasa nada con él.

—Pues dejémoslo así.

—No sé qué hacer, Web. Estoy entre la espada y la pared.

—No, no lo estás. Te lo pondré fácil. Dimito.

—¿Me estás tomando el pelo?

—Ha llegado el momento de cambiar, Perce, de dedicarme a otra cosa. No me hago joven precisamente y, si quieres que te sea sincero, me gustaría saber qué es tener un trabajo en el que la gente no te dispara.

—Podemos luchar, Web. Winters no tiene la última palabra.

—Estoy cansado de luchar, Perce.

Bates se limitó a mirarlo con expresión de impotencia.

—No quería que acabara así.

—Romano y yo acabaremos aquí y luego me marcharé.

—Ya sabes el revuelo que esto va a generar después de lo que le pasó a los Free. Y el hecho de que dejes el ERR, pues... teniendo en cuenta las circunstancias, todo el mundo dará por supuesto que eres el chivo expiatorio. Va a ser peliagudo. Los medios de comunicación irán a por ti. De hecho, ya han empezado.

—Hubo una época en que eso me habría molestado. Ahora ya no.

Los hombres permanecieron de pie en silencio durante varios segundos, como si los muchos años de lucha por una buena causa hubieran tocado a su fin de forma abrupta y pareciera que ninguno de los dos estuviera preparado para ello. Al final Web dio media vuelta y se marchó.

50

Eran más o menos las dos de la mañana. Los únicos movimientos que había en East Winds eran los de los caballos en los pastos y los animales salvajes del bosque que los rodeaban. Entonces se oyeron unos pasos sigilosos por el sendero que serpenteaba por entre los árboles.

Había una luz encendida en la casa y la silueta de un hombre se distinguía perfectamente a través de la ventana. Nemo Strait sostenía una lata de cerveza fría contra el hombro lesionado e hizo una mueca mientras el metal helado entraba en contacto con la piel dañada. Llevaba una camiseta y pantalones cortos; sus piernas gruesas y musculosas habían rasgado la tela en el muslo. Estaba tumbado en la cama, recogió la pistola semiautomática que tenía allí y cargó con destreza la recámara del arma, pero con una sola mano le costaba deslizar el cerrojo a su posición normal. Frustrado, acabó dejando la pistola sobre la mesita de noche, se recostó en la cama y se fue bebiendo la cerveza a sorbos.

Por naturaleza, Nemo Strait se preocupaba por todo. Y en ese preciso instante tenía muchos motivos de preocupación. Todavía estaba pensando en el helicóptero que había salido de no sabía dónde en el bosque. Strait había observado el recorrido del vuelo. No había aterrizado en el bosque y no parecía pertenecer a la policía. Strait había pensado regresar a donde habían disparado a Cove para asegurarse de que el tipo estaba muerto. Pero tenía que estarlo por fuerza. Le habían disparado cinco veces, nadie era capaz de sobreponerse a eso y, aunque el hombre lograra sobrevivir de algún modo, quedaría como un vegetal, incapaz de contarle a nadie qué había pasado. De todos modos, Strait no estaba tranquilo y había revisado todos los programas de noticias con la esperanza de que informaran de la muerte de un agente secreto del FBI. Además, también quería oír que no había ni rastro de los asesinos. Se frotó el hombro. La sangre de Strait estaba allí, por supuesto, pero necesitarían algo para compararlo con su ADN y, que él recordara, no constaba en ningún archivo... salvo en el Ejército. Pero al cabo de más de veinticinco años, ¿lo seguirían teniendo? ¿Serviría de algo que lo tuvieran? Lo dudaba. De todos modos, presentía que había llegado el momento de seguir adelante. Había conseguido todo lo que se había propuesto y la transacción de la noche anterior le había proporcionado dinero suficiente para retirarse allá donde quisiera. Al comienzo había pensado en comprarse una casa en Ozarks y pasar el resto de su vida pescando y gastándose el dinero en incrementos que no levantaran sospechas. Pero ahora se estaba replanteando la estrategia. Estaba pensando que un país extranjero quizá fuera una opción mucho mejor para retirarse. Bueno, le habían dicho que en Grecia se pescaba de maravilla.

Strait no dio muestras de haber oído que se abría la puerta trasera. La jornada había sido dura y se le estaban pasando los efectos del analgésico. Bebió otro trago y se secó los labios.

La puerta de su habitación se abrió lentamente. Al parecer, Strait seguía sin darse cuenta. La persona entró en la habitación. Strait puso música en la radio que tenía al lado de la cama. La silueta se acercó a la cama. Al final Strait dejó lo que estaba haciendo y miró lentamente a su alrededor.

—Pensaba que no vendrías esta noche —dijo—. Creía que con un solo brazo ya no servía. —Tomó otro sorbo de cerveza y dejó la lata.

Gwen se quedó de pie mirándolo. Llevaba el mismo vestido rojo que en la fiesta pero había cambiado los tacones por unos zapatos planos; la cadenita del tobillo brillaba con el reflejo de la luz.

Se acercó más a él y dirigió la mirada a su hombro.

—¿Te duele mucho?

—Sólo cuando respiro.

—¿Qué caballo ha sido?

—*Bobby Lee*.

—No es un caballo coceador.

—Todos los caballos pueden ser coceadores.

—Se me olvidaba que eres el experto. —Sonrió con recato pero había algo en su mirada que no resultaba tan pícaro.

—No, pero crecí en compañía de las dichosas bestias. Me refiero a que esto no se aprende en un año, ni siquiera en diez años. Mira a Billy, aprende rápido pero básicamente no tiene ni idea de cómo llevar un rancho de caballos.

—Tienes razón. Por esto te contrató a ti y a tus chicos. —Hizo una pausa—. Eres nuestro caballero blanco, Nemo.

Strait encendió un cigarrillo.

—Ésa sí que es buena. —Gwen le sorprendió al extender la mano y dar un sorbo de su cerveza.

—¿No tienes algo más fuerte que esto? —preguntó ella.

—Bourbon.

—Tráelo.

Mientras él sacaba la botella y los vasos, ella se sentó en la cama y se frotó la pantorrilla. Se tocó la cadenita del tobillo, que le había regalado Billy. Tenía los nombres de los dos grabados. Strait le tendió un vaso lleno, ella se lo bebió de un trago y se lo entregó para que se lo volviera a llenar.

—Tómatelo con calma, Gwen. No es agua.

—Para mí sí lo es. Además, no he bebido en la fiesta. Me he portado bien.

Strait recorrió con la mirada su cuerpo largo, se detuvo en sus piernas desnudas, en el pecho abundante.

—Todos los tíos querían saltarte encima.

Gwen no sonrió al oír el cumplido.

—No todos.

—Oye, a Billy ya no se le levanta, ya no puede hacerlo cuando le apetece. Joder, yo estoy llegando a ese punto más rápido de lo que me gustaría.

—No tiene nada que ver con la edad. —Extendió la mano, le dio una calada al cigarrillo y luego se lo devolvió—. Y cuando hace años que un marido no toca a su mujer, ella suele buscarse la diversión en otros sitios. —Le lanzó una mirada—. Espero que reconozcas la limitación de tu papel en este asunto.

Nemo se encogió de hombros.

—Un hombre tiene que tomar lo que se le pone a tiro. Pero no es justo que él te siga culpando por lo que le pasó a vuestro hijo.

—Tiene todo el derecho. David iba a ese colegio por mí.

—Tú no les pediste a los colgados de los Free que fueran a tirotear la escuela, ¿no?

—No, y tampoco pedí al FBI que enviara un grupo de hombres que eran demasiado cobardes o incompetentes para salvar a mi hijo.

—Se hace raro pensar que tenemos al FBI aquí en el rancho.

—Ya sabíamos que era una posibilidad muy probable.

Strait sonrió.

—Han venido a protegeros.

—De nosotros mismos —dijo Gwen con sequedad.

—Bueno, la bomba del teléfono de Billy que detoné cuando Web lo lanzó fuera del coche los despistó por completo. No buscan en nuestra dirección.

—Web London es mucho más listo de lo que te piensas.

—Oh, ya sé que es un tipo listo. No me dedico a infravalorar a la gente.

Gwen dio un sorbo al segundo bourbon, se quitó los zapatos planos y se tumbó en la cama.

Le acarició la melena.

—Te he echado de menos, encanto.

—A Billy le importa un bledo, pero es un poco difícil moverse por aquí con el FBI vigilando la finca.

—Bueno —dijo Strait—, ahora sólo están Web y Romano. Con éste también hay que ir con cuidado. Ex EAT y Delta; ese tipo nos puede causar problemas. Lo he visto en su mirada.

Gwen se colocó boca abajo, se apoyó en los codos y lo miró. Él tenía la mirada clavada en su pecho, que ahora se le salía del vestido. Ella advirtió su mirada pero al parecer no le interesaba su foco de atención.

—Quería hacerte una pregunta sobre los remolques de los caballos.

La pregunta de Gwen hizo que Strait desviara la mirada del escote a la cara.

—¿Qué pasa?

—Yo también me crié en un rancho de caballos, Nemo. Hiciste que adaptaran esos camiones de una forma muy curiosa, y quiero que me digas por qué.

Él sonrió.

—¿Es que un hombre no puede tener secretos?

Ella se arrodilló y se acercó más a él. Empezó a besarle el cuello y la mano de él se dirigió primero a su pecho y luego fue bajando. Le levantó el vestido hasta la cintura y vio que no llevaba ropa interior.

—Bien pensado. Con lo caliente que estoy, de todos modos te habría arrancado las bragas.

Ella le gimió al oído mientras él recorría su cuerpo con los dedos. Una de las manos de Gwen le acarició la cara y fue bajando hasta el escote de la camiseta. En un abrir y cerrar de ojos le rasgó la camiseta por delante y se recostó en la cama.

Sus movimientos sorprendieron tanto a Strait que estuvo a punto de caerse de la cama.

Strait vio que Gwen dirigía la mirada al vendaje ensangrentado del hombro.

—Qué magulladura más rara para ser una coz de caballo —dijo Gwen.

Se quedaron mirando el uno al otro. Y antes de que él pudiera detenerla, Gwen cogió la pistola de Strait, la cargó y apuntó a varios puntos de la habitación. Ella miró el arma.

—No está equilibrada. Y deberías conseguir unas miras de litio, Nemo. Son muy útiles con el fuego nocturno.

En la frente de Strait se formó una gota de sudor.

—Manejas el arma muy bien.

—Los caballos no eran lo único con lo que me crié en Kentucky. Mi padre y mis hermanos eran miembros activos de la Asociación Nacional del Rifle. Yo también me habría apuntado, pero a mis padres no les parecía digno de una dama.

—Me alegro de saberlo. Yo también pertenezco a la asociación. —Exhaló un suspiro de alivio cuando ella le puso el seguro, aunque no dejó la pistola.

—¿De qué se trata? —preguntó ella—. ¿Drogas?

—Mira, nena, ¿por qué no tomamos una copa y...?

Ella levantó la pistola y le quitó el seguro.

—He venido a follarte, Nemo, no a que me jodas. Es tarde y me estoy empezando a cansar. Si quieres mojar esta noche, mejor que hables claro.

—Vale, vale. Joder, cómo te pones. —Le dio un trago rápido a la bebida y se secó la boca con la mano—. Son drogas, pero no las que te piensas. Fármacos con receta que tienen el doble de efecto que la morfina. No hay laboratorios, ni problemas en las fronteras. Basta con robarlos o hacer un trato con algún auxiliar de farmacia que gane ocho dólares la hora. Esta historia del Oxycontin empezó en las zonas rurales. Pero yo la estoy llevando a las grandes ciudades. Ya era hora de que los de pueblo nos lleváramos un trozo del pastel. Es muy dulce.

—Y estás utilizando East Winds como base y nuestros remolques para mover el producto.

—Bueno, hemos estado repartiendo la droga sobre todo en camionetas, en lugares acordados previamente e incluso por correo. Luego se me ocurrió la idea de los remolques para los caballos. Estamos pasando caballos de un estado a otro constantemente. Y si la poli nos detiene para ver los permisos y la documentación de los remolques o de los caballos, la peste los va a mantener apartados de donde está la mercancía, y no conozco muchos perros adiestrados para olisquear fármacos con receta. He ido cambiando los hombres y los remolques para que ni tú ni Billy os dierais cuenta. El trabajito de Kentucky fue el mayor hasta el momento.

Alzó la cerveza a modo de homenaje para sí mismo.

Gwen dirigió la mirada hacia la herida.

—Pero no fue un éxito total.

—Bueno, cuando haces algo ilegal, tienes que estar preparado para afrontar ciertos riesgos.

—¿El riesgo procedía del cliente o de la policía?

—Y eso qué más da, cariño.

—Tienes razón. Supongo que sea lo que sea significa que nos has hecho correr un riesgo. Nemo, se suponía que trabajabas para nosotros, a tiempo completo.

—Bueno, las personas tienen que ocuparse de ellas mismas. Y era un negocio demasiado bueno como para ignorarlo. Además, no pienso dejarme la piel en los ranchos de caballos toda mi vida, ¿comprendes?

—Te contraté por unos motivos muy concretos, por tus buenas cualidades y experiencia.

—Cierto, el hecho de tener la cabeza bien puesta sobre los hombros, conocer a tipos a los que no les importa matar a gente y ser capaz de preparar explosivos con profesionalidad. Bueno, ya lo he hecho, nena. —Contó con los dedos—. Un juez federal, un fiscal, un abogado de la defensa.

—Leadbetter, Watkins y Wingo. Un juez sin autoridad, un fiscal sin huevos y un abogado de la defensa que defendería gustoso al asesino de su madre si éste tuviera suficiente dinero para pagarle. Considero que hicimos un favor a la sociedad al acabar con sus patéticas vidas.

—Cierto, y eliminamos al ERR y luego los embaucamos para que se cargaran a los dichosos Free. Joder, indujimos a un agente secreto veterano a pensar que se había encontrado con una operación de narcotráfico. Preparamos el lugar como si estuviera sacado de la película *El golpe.* —La miró, con el semblante ensombrecido—. Todo esto lo he hecho para ti, querida. Así que lo que hago en mi tiempo libre es asunto mío. No soy tu esclavo, Gwen.

Ella seguía apuntándole con la pistola.

—Web London sigue en pie.

—Bueno, tú has querido que fuese así. Hacerle parecer un cobarde. Tuvimos suerte cuando descubrí que el loquero que lo trataba era un viejo amigo mío de Vietnam. Así todo el mundo piensa que Web está podrido por dentro. Todo esto ha exigido mucha planificación, se han corrido muchos riesgos, y permíteme que te diga que lo hemos hecho todo a la perfección y lo has conseguido por una cantidad irrisoria, porque creo que lo que le pasó a tu hijo fue una gran putada.
—La miró con expresión dolida—. Y ni siquiera recuerdo que me hayas dado las gracias.

Gwen habló con tono eficiente, con expresión inescrutable.

—Gracias. ¿Cuánto dinero te has sacado con lo de las drogas?

Nemo bajó la bebida, sorprendido.

—¿Por qué lo preguntas?

—Después de lo que te he pagado y lo que hemos enterrado en este sitio, Billy y yo estamos arruinados. Dentro de poco vendrán a llevarse su colección de coches antiguos porque también la hemos empeñado. Podríamos utilizar algún flujo de caja libre, porque vamos a vender y a marcharnos de aquí, sobre todo porque esa herida que tienes me hace pensar que algún día alguien vendrá a llamar a nuestra puerta y nos hará preguntas para las que no tengo respuesta. Además, sinceramente, ya estoy harta de la zona de caza de Virginia. Creo que nuestra próxima parada será una pequeña isla donde nunca hace frío y no hay ni un puto teléfono.

—¿Pretendes que te dé una parte del dinero que yo he ganado con la droga? —preguntó con incredulidad.

—Más bien te lo exijo.

Nemo extendió las manos.

—Bueno, no iba en broma, querida, hemos conseguido muy buenos precios por los preciosos *yearlings*.

Ella se rió en su cara.

—Este sitio nunca ganó dinero antes de que lo compráramos y ahora tampoco va a ganarlo. Con *yearlings* preciosos o sin ellos.

—Bueno, ¿qué quieres de mí?

—Es muy sencillo. Quiero que me digas cuánto dinero has conseguido con las drogas.

Vaciló unos segundos antes de responder.

—A decir verdad, no mucho.

Ella alzó la pistola y apuntó en su dirección.

—¿Cuánto?

—Bueno, un millón más o menos. ¿Ya estás contenta?

Agarró la pistola con ambas manos y le apuntó con precisión en la cabeza.

—Es tu última oportunidad, Nemo. ¿Cuánto?

—Bueno, bueno, no te pongas así, joder. —Exhaló un largo suspiro—. Decenas de millones.

—Entonces quiero el veinte por ciento. Y luego cada uno por su lado.

—¡El veinte por ciento! ¡Te has pasado!

—Ingresado en una cuenta en el extranjero. Doy por supuesto que un gran hombre de negocios como tú ha abierto algunas cuentas en algún sitio para ocultar los millones. Perdón, decenas de millones.

—Oye, pero tengo mis gastos.

—Ya, probablemente hayas pagado a tus colaboradores con pastillas, puesto que la mayoría de ellos son demasiado imbéciles como para querer otra cosa. Además, para mover fármacos con receta los costes son bajos y el riesgo pequeño, me imagino que tu margen de beneficios es considerable. Encima has utilizado el equipamiento que pagamos nosotros para mover tu producto y también el personal que nosotros pagamos para trabajar en el rancho. Así que ha salido muy poco capital de tu bolsillo y eso hace que la inversión sea muchísimo más rentable. Y sí, quiero mi parte. Lo consideraremos la cuota de alquiler por el equipamiento y la mano de obra. Considérate afortunado porque te pido sólo el veinte por ciento. —Se deslizó una mano muy tentadora por el pecho—. De hecho, has tenido suerte de que hoy esté generosa.

—Vaya, ¿tu padre también era economista o qué?

—Billy y yo nos hemos estado llevando siempre la peor parte. Por lo menos seguimos vivos. Mi hijo sólo tenía diez años. ¿Eso te parece justo?

—¿Y si digo que no?

—Te dispararé.

—A sangre fría. ¿Una mujer religiosa como tú?

—Rezo por mi hijo todos los días pero no puede decirse que mi fe en Dios sea absoluta. Y siempre puedo llamar a la policía.

Nemo sonrió.

—¿Y qué les vas a contar? ¿Que trafico con drogas? Y, ah, sí, ¿que maté a un montón de gente por ti? ¿Y tú con qué ventaja juegas?

—Nemo, mi ventaja es que me importa un bledo lo que me pase. Es la mejor ventaja. No tengo nada que perder porque ya lo he perdido casi todo.

—¿Y Billy?

—No sabe nada de todo esto. Y ahora ya he subido al veinticinco por ciento.

—¡Joder!

Mientras le apuntaba con la pistola, se puso en pie, se bajó la cremallera del vestido, dejó que se deslizara hasta el suelo y salió de él completamente desnuda.

—Y aquí está el soborno —dijo ella—. Una, dos y…

—¡Trato hecho! —exclamó Nemo Strait mientras abría los brazos hacia ella.

El acto sexual fue salvaje y los dejó sin aliento. Strait se dejó caer de espaldas al tiempo que se llevaba la mano al brazo dolorido, mientras Gwen dejaba caer las piernas y las estiraba. Strait casi la había hecho atravesar los muelles de la cama y le había puesto las piernas en posturas poco naturales. Estaría dolorida un par de días, pero era un dolor maravilloso, algo que su marido le negaba desde hacía demasiado tiempo. Y no sólo el sexo, sino también el amor, lo cual era mucho peor. En público fingía sentir cierto afecto; en privado no se molestaba ni en eso. Nunca la había maltratado, al contrario, se trataba de un retraimiento absoluto combinado con una melancolía irreversible, ser ignorada nunca le había resultado tan doloroso.

Gwen se recostó en el cabezal, encendió un cigarrillo y formó aros de humo que sopló hacia el techo. Permaneció de ese modo durante una hora, luego alargó el brazo, colocó la mano sobre el pecho peludo de Strait y lo fue excitando lentamente.

—Ha sido maravilloso, Nemo.

—Ajá —respondió él con una especie de gruñido.

—¿Crees que podríamos hacerlo otra vez antes del amanecer?

Nemo abrió un ojo.

—Que ya no tengo diecinueve años, mujer, y además ando con el ala herida. Si me das un poco de Viagra, a lo mejor.

—Teniendo en cuenta tu trabajo, creía que estarías harto de pastillas.

Alzó la cabeza lentamente y la miró.

—Oye, ¿qué tal si te marcharas a Grecia conmigo? Nos lo pasaríamos en grande. Te lo aseguro.

—No me cabe la menor duda, pero mi lugar está con mi marido, lo sepa él o no.

Nemo volvió a dejarse caer hacia atrás.

—Ya, ya me imaginaba que dirías eso.

—Y lo que tú quieres es reducir mi veinticinco por ciento.

—Bueno, me rindo.

—¿Nemo?

—¿Sí?

—¿Qué crees que le pasó a Ernest B. Free?

Nemo se incorporó, utilizó el cigarrillo de ella para encender el suyo y luego se sentó junto a ella y le rodeó los hombros con el brazo.

—No tengo ni puta idea. Éste sí que me tiene desconcertado. Pensaba que estaría en el complejo que atacó el ERR, pero no. A no ser que los federales mientan, pero ¿por qué iban a mentir? Si lo cazaran, lo propagarían a los cuatro vientos. Y el tipo que utilicé para tenderles una emboscada a los Free también dejó la droga y otro material allí, incluso unos archivos falsos sobre el juez y los dos abogados. De hecho, conoce al viejo Ernie, así que lo habría reconocido si hubiera estado allí. Aunque lo hubieran tenido bien escondido.

Ella le pasó los dedos por el pelo.

—Web y Romano se marcharán dentro de poco.

—Sí, ya lo sé. ¡Hasta nunca! Me están coartando demasiado, aunque fue una pasada tener cincuenta mil pastillas robadas delante de las narices de los federales. Pero, si te soy sincero, esos tipos me caen bien en cierto sentido. Si descubrieran lo que hemos hecho, intentarían llevarnos al corredor de la muerte, pero, aparte de eso, no me importaría tomar unas cuantas cervezas con ellos de vez en cuando.

Strait lanzó una mirada a Gwen y su expresión le sorprendió.

—Odio a Web London —afirmó ella.

—Mira, Gwen, sé lo que le pasó a tu hijo y todo eso…

Gwen montó en cólera y golpeó el colchón con los puños.

—Me pone enferma verle la cara. Son peores que los Free. Irrumpen en un lugar para salvar el mundo y empieza a morir gente inocente. Esa gente me juró que si llamaban al ERR, no moriría nadie. Y luego fueron por ahí haciendo desfilar a Web London como si fuera un gran héroe mientras mi hijo descansa en una tumba. Me encantaría acabar con todos ellos a tiros.

Strait tragó saliva con nerviosismo al oír su tono iracundo y las palabras que soltó allí arrodillada sobre la cama, con el pelo en la cara. Su cuerpo desnudo y fibroso, con todos los músculos tensos, la hacían parecer una pantera a punto de saltar. Lanzó una mirada a la pistola que había dejado en la mesita, y estuvo a punto de alcanzarla, pero ella se le adelantó. Apuntó con la pistola distintos puntos de la habitación mientras Strait seguía el recorrido con la mirada. Al final el cañón acabó apuntándola a ella misma. Gwen bajó la vista, como si no estuviera segura de qué era aquello. Aflojó el dedo en el gatillo.

—Entonces, ¿por qué no lo haces tú misma? —dijo él mirando la pistola—. Me refiero a matar a Web. Tú misma dijiste que se producían accidentes. Sobre todo en un rancho de caballos.

Gwen meditó sus palabras, y la expresión iracunda desapareció de su rostro. Le sonrió y dejó la pistola.

—A lo mejor lo hago.

—Pero no la cagues, porque estamos en la recta final.

Gwen se tapó con el cubrecama, se acurrucó contra él, le besó en la mejilla, colocó la mano bajo la sábana y le acarició la entrepierna.

—Sólo una vez más —dijo con voz baja y ronca, mirándolo a los ojos y sonriendo—. Cielo santo, ¿quién necesita Viagra, Nemo?

—Mujer, me has estado tocando como Charlie Daniels toca el violín.

A pesar de no contar con la potencia del fármaco, Strait consiguió satisfacerla una vez más aunque estuvo a punto de morir en el intento.

Más tarde, mientras Gwen se vestía, él se la quedó observando.

—Joder, eres una fiera.

Ella se subió la cremallera del vestido y sostuvo los zapatos con una mano. Strait se levantó y empezó a ponerse la camiseta con cuidado por el brazo herido. Gwen lo miró.

—¿Algún plan para primera hora de la mañana?

—Bueno, ya sabes cómo es la vida en un rancho de caballos, siempre hay algo que hacer.

Ella se volvió para marcharse.

—Oye, Gwen, no es nada personal ni nada de eso, pero no es bueno que una persona tenga tanto odio en su interior. Tienes que superarlo en algún momento o te destrozará la vida. Es como cuando mi ex se llevó a mis hijos. En algún momento tienes que superarlo.

Gwen se volvió lentamente para mirarlo.

—Cuando hayas visto a tu único hijo muerto delante de ti con un agujero sangriento en el pecho, y luego pierdas a la única persona que quieres por culpa de eso; cuando caigas en la más profunda desesperación posible y luego aún caigas más, entonces podrás venirme a hablar de superar el odio.

51

Claire se despertó sobresaltada del sueño en el que había caído presa del agotamiento y a pesar de lo aterrorizada que estaba. Notó unos dedos contra la piel y estaba a punto de arremeter contra su atacante cuando la voz la hizo detenerse.

—Soy yo, Claire —dijo Kevin mientras le quitaba la venda de los ojos.

No había luz, por lo que tuvo que acostumbrarse a la oscuridad. Miró a Kevin, sentado junto a ella y con las manos alrededor de las esposas que la sujetaban a la pared.

—Creía que tú también estabas atado.

El niño sonrió y le enseñó un pequeño trozo de metal.

—Sí, pero cogí esto de uno de los rotuladores que me dieron para dibujar. Abrí la cerradura. Soy muy hábil con las manos.

—Ya lo veo.

—Espera un minuto y te soltaré.

En menos de ese tiempo, Kevin la liberó. Claire se frotó las muñecas, se incorporó, miró a su alrededor y se fijó en la puerta.

—Supongo que la puerta está cerrada con llave, ¿no?

—Siempre lo ha estado, aunque a lo mejor ahora no, si piensan que estamos encadenados.

—Tienes razón. —Al levantarse le costó un poco recuperar el equilibrio después de no estar de pie desde hacía tanto tiempo, problema que se agravaba por la oscuridad. Volvió a mirar a su alrededor.

—¿Hay algo que podamos utilizar de arma, por si hay alguien al otro lado de la puerta? —susurró.

Kevin se acercó al catre, le dio la vuelta y aflojó dos de las patas metálicas. Se quedó con una y le dio la otra a Claire.

—Tú les das por arriba y yo por abajo —dijo el niño.

Claire asintió, aunque sin demasiada convicción. No estaba segura de poder golpear a nadie.

Dio la impresión de que Kevin notaba su temor porque añadió:

—Sólo les golpearemos si intentan hacernos daño, ¿vale?

—De acuerdo —respondió Claire con más firmeza.

Se acercaron a la puerta y probaron. Estaba cerrada con llave. Aguzaron el oído durante unos momentos pero no oyeron a nadie al otro lado, y más teniendo en cuenta que entonces el ruido de la maquinaria tampoco era tan fuerte.

—Supongo que no saldremos de aquí hasta que ellos quieran —declaró Claire.

Kevin observó la puerta y dio un paso atrás.

—Nunca me había dado cuenta de esto.

—¿De qué?

—Las bisagras de la puerta están en el interior.

La alegría de Claire duró sólo un instante.

—Pero necesitaríamos un destornillador y un martillo para sacarlas.

—Bueno, tenemos martillo. —Levantó la pata metálica—. Y aquí está el destornillador.

Se dirigió donde estaban las esposas que habían mantenido sujeta a Claire al perno de la pared. Con ayuda de Claire consiguieron desatornillarlo y Kevin sacó las esposas. Sostuvo una de ellas.

—Tiene un buen borde, como un destornillador.

—Muy bien pensado, Kevin —dijo Claire con evidente admiración. Mientras ella se sentía totalmente impotente, Kevin no paraba de extraer un milagro tras otro de la chistera.

Tardaron un buen rato porque se detenían a escuchar por si venía alguien, pero al final desmontaron las bisagras. Lograron abrir la puerta haciendo palanca y salir. Allí también estaba oscuro y fueron dando traspiés, palpando las paredes del estrecho pasillo para guiarse. El olor a cloro era muy fuerte. Se encontraron con otra puerta cerrada con llave que Kevin consiguió forzar con el pasador del rotulador. Encontraron otra puerta más que, por suerte, no estaba cerrada con llave.

Claire respiró hondo, igual que Kevin. El niño le sonrió.

—Qué alegría poder salir.

—Sí, vamos a movernos antes de que aparezcan y vuelvan a encerrarnos.

Pasaron junto a la piscina cubierta, avanzaron sigilosamente por entre los arbustos y luego pasaron por un camino de césped serpenteante. Cuando estaban llegando al final del camino, Claire vio un edificio en lo alto. Era la mansión. La había visto de lejos el día que acudió al lugar. ¡Estaban en el rancho East Winds!

—¡Oh, Dios mío! —exclamó.

—Silencio —dijo Kevin.

Ella le susurró al oído.

—Ya sé dónde estamos. Tengo amigos aquí, sólo hay que encontrarlos. —El problema era que, en la oscuridad, era difícil saber en qué dirección estaba la casa en la que se alojaban Web y Romano, aunque la mansión sirviera de orientación.

—Si viven en el sitio donde nos encerraron, ¿cómo sabes que son realmente tus amigos?

—Lo sé, vamos. —Ella lo tomó de la mano y fueron caminando en la dirección que Claire creía que estaba la cochera. Sin embargo, mucho antes de llegar a la misma los dos se pusieron tensos al oír que se acercaba un vehículo. Corrieron a ocultarse entre los arbustos y escudriñaron por entre los mismos. A Claire se le cayó el alma a los pies. Era un camión, no el Mach ni el Corvette de Romano. Dio un grito ahogado cuando el camión se paró y varios hombres armados descendieron de él. Al parecer se habían dado cuenta de su fuga. Ella y Kevin se internaron más en el bosque, de tal forma que Claire se desorientó por completo.

Al final se detuvieron para recuperar el aliento. Kevin miró a su alrededor.

—Nunca había visto tantos árboles juntos. No se sabe dónde acaban.

Claire respiró hondo e intentó dominar sus pulmones y sus nervios. Asintió.

—Lo sé.

Escudriñó la disposición del terreno desconocido y estaba intentando decidir hacia dónde ir cuando oyeron pasos. Claire abrazó a Kevin y se agacharon en el sotobosque.

La persona iba por el sendero y pasó caminando por su lado, sin advertir para nada la presencia de Claire y Kevin. Claire miró a hurtadillas. No conocía a Gwen Canfield y, por tanto, no tenía ni idea de por qué una mujer vestida con un traje largo de color rojo caminaba descalza por el bosque a aquella hora. Claire pensó en llamarla, pero luego desistió. No tenía ni idea de quiénes eran sus captores. Aquella mujer podía formar parte del grupo.

En cuanto perdieron a Gwen de vista, Claire y Kevin empezaron a moverse otra vez. Llegaron a una casa a oscuras, pero había una camioneta aparcada enfrente. Claire estaba planteándose si entrar en la casa y utilizar el teléfono para llamar a la policía cuando un hombre salió disparado, montó en la camioneta y se marchó a toda velocidad.

—Creo que esa persona acaba de descubrir que nos hemos escapado —le susurró a Kevin—. Vamos.

Entraron en la casa. Claire se había dado cuenta de que, con las prisas, el hombre había dejado la puerta abierta. Estaban a punto de entrar cuando oyeron un ruido que hizo que a Claire le diera un vuelco el corazón.

—¡Viene hacia aquí! —exclamó Kevin. Corrieron de nuevo hacia el bosque aunque la camioneta se les venía encima.

Mientras se abrían paso por el denso sotobosque, Claire perdió los zapatos, y tanto su ropa como la de Kevin quedó rasgada por las plantas espinosas y las ramas duras. Se pararon a recuperar el aliento en un claro, pero echaron de nuevo a correr al oír el ruido de pisadas rápidas por el sotobosque.

Cruzaron rápidamente un espacio abierto y Claire vio un edificio que se alzaba imponente en la oscuridad.

—Rápido —indicó a Kevin—, vamos para allá.

Subieron a una zona de carga y entraron en la Casa de los Monos a través de un hueco en la pared. Claire y Kevin observaron el interior ruinoso del lugar. Claire se estremeció al ver las jaulas oxidadas. Kevin se tapó la nariz.

—Mierda, aquí apesta —dijo el niño.

Los ruidos de los hombres y los aullidos de los perros estaban cada vez más cerca.

—Por ahí —dijo Claire con desesperación. Se subió a una caja e impulsó a Kevin para hacerlo entrar en un orificio de la pared que probablemente habría albergado un ventilador.

—Quédate aquí y no hagas ruido —le dijo.

—¿Adónde vas?

—No muy lejos —respondió ella—. Pero si me encuentran, no salgas; digan lo que digan que me harán, no salgas. ¿Entendido?

Kevin asintió lentamente.

—Claire —dijo. Ella se volvió—. Ten cuidado, por favor.

Claire esbozó una sonrisa, le apretó la mano y bajó. Miró a su alrededor unos instantes y luego salió por una enorme grieta que había en la pared posterior. En cuanto estuvo fuera, los ladridos de los perros le parecieron incluso más terroríficos. Debían de haber dado a los perros algo con el olor de Kevin y el de ella. Se rasgó un trozo de vestido, agarró una piedra, la ató con el trozo de tela y la lanzó lo más lejos posible de la Casa de los Monos. Acto seguido, echó a correr en la dirección contraria. Llegó de nuevo al bosque e intentó averiguar de dónde procedían los ruidos de los hombres y los ladridos de los perros. Desgraciadamente, debido a la topografía, los ruidos resonaban por todas partes. Vadeó un pequeño arroyo, pero se cayó a mitad y quedó empapada. Se levantó como pudo y consiguió subir por un pequeño terraplén situado al otro lado hasta llegar a un terreno llano. Estaba tan cansada que una parte de ella le decía que se tumbara allí y esperara a que la encontraran. No obstante, Claire se obligó a levantarse y a correr. Cuando alcanzó otra pendiente, se agarró a un árbol joven y lo utilizó para darse impulso. Cuando estuvo arriba, inspeccionó el terreno. Vio una luz a lo lejos y luego otra, y otra más, todas de dos en dos. Una carretera. Respiró hondo varias veces y empezó a caminar con rapidez. Tenía los pies llenos de rasguños y ensangrentados, pero no consintió que el dolor le hiciera aflojar el paso. Tenía que buscar ayuda. Tenía que buscar ayuda para Kevin.

Ya no se oía a los hombres ni a los perros y se permitió albergar la pequeña esperanza de que quizá consiguiera escapar. Trepó los últimos metros que la separaban de la carretera y se sentó en una cuneta unos instantes; se puso a llorar, en parte debido al agotamiento y en parte por la posibilidad de haber obtenido su libertad. Oyó que se aproximaba un vehículo, se puso en pie y corrió hacia la carretera, movió los brazos y pidió ayuda a gritos.

Al comienzo no le pareció que el vehículo fuera a parar. Claire se dio cuenta de que debía de parecer una loca. Pero el vehículo aminoró por fin la marcha y se detuvo. Corrió al asiento del pasajero y abrió la puerta. Lo primero que vio fue a Kevin sentado en el asiento delantero, amordazado y con los brazos y las piernas atados. Lo siguiente fue a Nemo Strait apuntándola con un arma.

—Hola, doctora —dijo—. ¿La llevo a algún sitio?

Estiró su largo cuerpo y se estremeció de manera involuntaria. La noche había sido fresca y la humedad parecía haberse aposentado en su interior. Se acurrucó más bajo la manta. Francis Westbrook no estaba acostumbrado a acampar. Lo que estaba haciendo era lo más parecido a ir de cámping que haría en su vida, y no le estaba gustando demasiado. Bebió un poco de agua y luego asomó la cabeza desde su escondite. Calculó que faltaba poco para el amanecer. No había dormido demasiado bien, en realidad no había dormido de verdad desde la desaparición de Kevin. Una puta llamada de teléfono, eso era lo único que le habían dado. Había tenido un encuentro con London, tal como le habían indicado, y le había dado la información sobre los túneles, porque también es lo que le habían indicado. Había acometido un pequeño asunto inacabado con respecto a Toona, sí. A diferencia de lo que Westbrook le había a contado a Web, toleraba a los que le robaban pequeñas cantidades y a los que consumían el producto porque, de lo contrario, nadie querría trabajar para él en el negocio del tráfico de drogas; era así de sencillo. Pero lo que nunca toleraría sería un soplón.

Macy le había avisado de lo que Toona estaba haciendo, él lo había comprobado en persona y había visto que Macy estaba en lo cierto. Así pues, Toona se había convertido en pasto de los peces. Pensó que a veces la justicia existía.

Se enteró de oídas de que Peebles había sido asesinado. El chico no tenía lo que hacía falta. Pero Westbrook se había enterado, aunque ya fuera demasiado tarde, de que Peebles también había maquinado la toma de su banda y la fusión con otras bandas de la zona. Aquello le había pillado desprevenido. Nunca habría pensado que el viejo Twan sería capaz de hacer una cosa así. Macy había desaparecido. Aquella deslealtad sí que le había fastidiado. Westbrook se encogió de hombros. Se lo tenía merecido por confiar en un tío blanco.

En esos momentos, el que hubiera matado a Twan podía ir tras él. Westbrook tendría que intentar pasar desapercibido y confiar sólo en sí mismo hasta que la cosa mejorara. Confiar sólo en sí mismo… igual que en los viejos tiempos. Tenía un par de pistolas, unos cuantos cargadores con munición y unos mil dólares en el bolsillo. Había dejado el Navigator al llegar allí y la pasma seguía buscándole. Bueno, que busquen. Había visto a los federales patrullando la zona pero había pasado suficiente tiempo esquivando a la poli como para saber cómo esconder incluso su voluminoso cuerpo de forma que se fundiera con el entorno. Había visto que por allí sucedían cosas muy extrañas. Había oído los ladridos de los perros a lo lejos. Los perros no le hacían ninguna gracia. Se había agachado todavía más en su escondrijo y tapado con una manta que había recubierto con ramas y hojas hasta que los ladridos se fueron desvaneciendo. Estaba prácticamente convencido de que London todavía rondaba por allí, y si London pensaba que aquel sitio era importante, entonces a Westbrook también se lo parecía. Comprobó su arma y se recostó, bebió otro trago de agua, escuchó los grillos y se preguntó qué le traería el nuevo día. Quizá le trajera a Kevin.

Ed O'Bannon caminaba nervioso por aquel espacio reducido y austero. Llevaba años sin fumar y, sin embargo, había estado a punto de acabarse una cajetilla durante las dos últimas horas. Siempre había tenido en cuenta la posibilidad de que le descubrieran, pero a medida que transcurría el tiempo y las cosas marchaban sobre ruedas, el miedo había ido desapareciendo y su cuenta bancaria había ido creciendo. Oyó que venía alguien y se volvió hacia la puerta. Como estaba cerrada con llave, se sorprendió al ver que el pomo giraba. O'Bannon retrocedió. Dejó escapar un suspiro de alivio al ver a aquel hombre.

—¡Cuánto tiempo, doctor!

O'Bannon le tendió la mano y Nemo Strait se la estrechó.

—No estaba seguro de que lo consiguieras, Nemo.

—¿Acaso te he fallado alguna vez?

—Tengo que irme. Los del FBI están buscando por todo el país.

—No te molestes. Sabemos cómo sacarte de aquí, tenemos los aviones, los papeles y los ayudantes para hacerlo. —Strait sostuvo en alto varios documentos—. Desde México hasta Río y luego a Johannesburgo. Una vez allí tienes la opción de ir a Australia o a Nueva Zelanda, muchos fugitivos se ocultan allí. O quizá prefieras volver al Sudeste Asiático.

O'Bannon observó los documentos y dejó escapar otro suspiro de alivio. Sonrió y encendió otro cigarrillo.

—Parece que han pasado cien años desde entonces.

—Jamás lo olvidaré. Me salvaste el culo después de que el Vietcong me lavara el cerebro.

—Desprogramar, nada del otro mundo para alguien que sabe lo que se hace.

—En mi caso sirvió, por suerte —dijo Strait. Hizo una pausa y sonrió—. Y, además, te ganabas lo tuyo con las drogas. Un beneficio extra nada desdeñable para tu trabajo.

O'Bannon se encogió de hombros.

—Entonces era algo que todo el mundo hacía.

—Joder, claro, yo también, aunque sólo para mi uso personal.

—Tengo que reconocerlo, la idea de colocar micrófonos ocultos en las consultas y vender la información en la calle fue un destello de genialidad.

Strait sonrió.

—Bueno, los del FBI tenían muchos recursos, teníamos que nivelar un poco el campo de juego. Todos salíamos ganando. Tú conseguías la información, yo conocía a la gente que la necesitaba para sus negocios, yo incluido. Tú ganas pasta, yo gano pasta y el FBI se lleva la peor parte. ¿Se te ocurre un trato mejor?

Gwen había informado a Strait del plan para vengarse de los culpables de la muerte de su hijo y Strait había comenzado a investigar tanto al Equipo de Rescate como a Web London. Hacía tiempo que Strait había caído en la cuenta de que criarse en un rancho de caballos hacía metódicas a las personas. Obtenías cuanta información podías, trazabas un plan y lo llevabas a cabo. Hasta que cayó en manos del Vietcong, Strait había sido un soldado excelente, había llevado y sacado a su compañía de situaciones infernales, y tenía un arcón repleto de medallas que así lo demostraban, aunque a Strait poco le había importado. Entonces averiguó que el Ed O'Bannon que había conocido en Vietnam era el mismo Ed O'Bannon que trataba a Web London. Eso le había proporcionado la idea de tenderle una trampa a London y al ERR porque sabía de primera mano lo que Ed O'Bannon podía hacer con la mente de alguien. Sin embargo, en un principio O'Bannon se había negado a implicarse en el asunto. Pero Strait averiguó que O'Bannon tenía muchos más pacientes que eran agentes de la ley y volvió a tentar a O'Bannon con la oferta de colocar micrófonos en las consultas, vender la información a delincuentes y repartir las ganancias a medias con el buen médico. Con ese incentivo, O'Bannon había firmado de inmediato. El paso de los años no había mermado su avaricia. Algunas de las sesiones pinchadas del psiquiatra habían ofrecido a Strait la información necesaria para tenderle una trampa al ERR. Nunca le había dicho nada a O'Bannon sobre el Oxycontin porque, sin duda, habría querido una tajada. Y ahora Gwen Canfield también era su socia. ¡Joder, el veinticinco por ciento! Pero reconocía que, aunque sólo fuera por la noche anterior, lo había valido.

—Me quedé bastante sorprendido con lo de Claire Daniels —dijo Nemo—. Aunque debería habérmelo imaginado. Cuando me dijiste que Web era su paciente, supuse que habría problemas.

—Intenté que se quedara conmigo. Pero si hubiera insistido demasiado, habría levantado sospechas. Por supuesto, a Claire le entregué una parte ínfima del expediente de Web. Y vosotros erais los únicos a quien podía recurrir.

—Hiciste bien. Te garantizo que ella nunca declarará en tu contra en los tribunales.

O'Bannon negó con la cabeza.

—No me creo que se haya acabado.

—Bueno, fue una operación excelente.

—Exacto, «fue» —dijo O'Bannon con voz lastimera.

—Supongo que tampoco quieres mucho al gobierno federal.

—¿Después de lo que vi en Vietnam? No. Y trabajar para el FBI no me hizo cambiar de opinión.

—Bueno, me apuesto lo que quieras a que tienes unos buenos ahorrillos para pasar el resto de tus días.

O'Bannon asintió.

—En eso he sido listo. Ahora espero poder disfrutarlos.

—Quiero darte las gracias por tu ayuda. Te trabajaste bien a London.

—Créeme, con su pasado era un caso fácil. Ni siquiera hicieron falta fármacos. —Sonrió—. Confiaba en mí. ¿Qué dice eso del todopoderoso FBI?

Strait bostezó y se frotó los ojos.

—¿Te acostaste tarde? —preguntó O'Bannon.

—Más bien. Digamos que hice de la noche día.

Alguien llamó con suavidad.

—Entra —dijo Strait. Miró a O'Bannon—. Él te llevará. Es mi mejor hombre. Se ocupará de todo.

Clyde Macy entró y miró directamente a O'Bannon y luego a Strait.

—Hace mucho tiempo que trabaja para mí. Supongo que le he enseñado a aprender de sus errores, ¿no es así?

—El viejo al que nunca tuve —dijo Macy.

Strait se rió.

—Así es. Aunque no te lo creas, este jovencito se infiltró en una banda de narcotraficantes negros en D.C. Les tendió una trampa para que culparan a la pasma de lo que hicimos. Uno de ellos, un tipo llamado Antoine Peebles, intentaba hacerse con el territorio del tal Westbrook. Mace le siguió el juego, Peebles nos ayudaba cuando lo necesitábamos, y luego Mace se lo cargó.

O'Bannon parecía perplejo.

—¿Por qué lo hiciste?

—Porque quise —dijo Macy mirando a O'Bannon con expresión despiadada—. Fue una misión para mí. Y la llevé a cabo satisfactoriamente.

Strait se rió entre dientes.

—Luego se aseguró de que el ERR y la Sociedad Libre la emprendiesen a tiros. Su ayuda no tiene precio. Bien, Mace, te presento a Ed O'Bannon, el amigo del que te hablé. —Entregó los documentos a O'Bannon, le dio una palmadita en el hombro y le estrechó la mano.

»Lo decía en serio, doctor, lo has hecho muy bien. Gracias de nuevo y conviértete en un fugitivo de la justicia amante de las diversiones.

Strait dio media vuelta y se marchó. Nada más cerrar la puerta oyó el primer disparo apagado y luego otro. Joder, qué eficiente era Macy. Le había enseñado bien, aunque tenía algunos defectos. El que compitiera con el FBI a veces resultaba poco conveniente. Una de las concesiones que tuvo que realizar para hacerle feliz había sido bastante peligrosa, pero Strait no habría sacado adelante toda la operación sin Clyde Macy.

Strait no tenía nada contra Ed O'Bannon, pero los cabos sueltos eran cabos sueltos. Y Nemo no confiaba en Ed O'Bannon ni en nadie. Bien, un problema menos, ahora sólo quedaban otros dos: Kevin Westbrook y Claire Daniels. Se habían escapado una vez, pero no disfrutarían de una segunda oportunidad. Y luego se retiraría. Las islas griegas eran una perspectiva cada vez más tentadora y prometedora para un chico que había sido muy pobre y que siempre había salido adelante gracias a su ingenio. América era la tierra de las oportunidades, sin duda.

Mientras subía a la camioneta se preguntó si habría ranchos de caballos en Grecia. Esperaba que no.

En la cochera, Web abrió los ojos y miró a su alrededor. No oyó a Romano desperezarse, y al consultar el reloj supo por qué. Todavía no eran las seis. Se levantó, abrió la ventana y respiró la brisa matinal. Había dormido más plácidamente de lo normal. Dentro de poco se marcharía del rancho y una parte de él se alegraba y la otra no.

No dejaba de pensar en Claire. La voz de la experiencia le decía que era poco probable que siguiera con vida. La idea de no volver a verla le resultaba abrumadora.

Mientras miraba por la ventana vio a Gwen conduciendo un Jeep descapotable. Se detuvo en el patio de adoquines, delante de la cochera, y salió. Vestía vaqueros y suéter y calzaba botas; el pelo largo le enmarcaba el rostro. No llevaba sombrero.

Gwen se dirigió hacia la puerta y Web le gritó:

—El talón del alquiler está en el buzón, retire la orden de desalojo.

Gwen alzó la vista, sonrió y le saludó.

—Creía que te apetecería que cabalgáramos juntos por última vez. —Observó el cielo despejado—. Para cuando hayamos ensillado los caballos será el mejor momento del día para «patrullar» los senderos. ¿No le parece, señor London? —Le dedicó una sonrisa que hizo que todas sus preocupaciones se esfumaran.

Ensillaron las monturas, Gwen sobre *Baron* y Web sobre un ruano llamado *Comet*. Gwen le explicó que *Boo* se había herido una pata.

—Espero que el grandullón se ponga bien.

—No te preocupes, los caballos tienen una gran capacidad para recuperarse —replicó Gwen.

Recorrieron un buen tramo en una hora y media. Mientras cabalgaban, Gwen no dejaba de pensar que nunca había matado. Sí, la noche anterior le había marcado un farol a Nemo Strait, pero ¿sería capaz de matar cuando llegara la hora de la verdad? Miró a Web e intentó imaginárselo como a su peor enemigo, como la más terrible de sus pesadillas. Pero le costaba lo indecible. Durante años había soñado con matar a todos y cada uno de los miembros de ese supuesto grupo heroico de agentes que le habían asegurado que era el mejor del mundo, que sacarían a su hijo y los otros rehenes con vida. Eso es lo que le habían repetido una y otra vez hasta que, finalmente, el miedo había disminuido y las esperanzas aumentado. Era como si te dijeran que tenías cáncer pero que se podía curar, y te lo creías hasta que cerraban tu ataúd y te enterraban. Habían logrado cumplir el objetivo de rescatar a casi todos los rehenes, salvo a su hijo. Y luego había visto, furiosa, que el rostro de Web London aparecía en periódicos, revistas, programas de televisión, todas sus hazañas heroicas descritas hasta el último detalle, e incluso el presidente le había entregado una medalla en persona. No pensaba en sus terribles heridas. No conocía las durísimas pruebas por las que había pasado para llegar al ERR. Aunque, de haberlo sabido, le habría dado igual. Lo único que importaba era que Web estaba vivo y su hijo muerto. Menudo héroe.

Sí, la visión de su hijo muerto junto a Web London la había asaltado en más de una ocasión. Recordaba aquella especie de corriente eléctrica que parecía haberle recorrido todos los nervios del cuerpo, como si un rayo la hubiese alcanzado de lleno; nunca había vuelto a ser la misma. Desde entonces, no había pasado un día sin que no viera el cuerpo ensangrentado de su hijo en el suelo. Tampoco había olvidado la imagen de los hombres armados yendo al rescate de su hijo y logrando traer de vuelta a todos salvo a David. Miró a Web y le pareció que se teñía de tonos negros, demoníacos. Era el último hombre. Sí, podría matarlo. Y quizás así se acabara la pesadilla.

—Supongo que Romano y tú os marcharéis hoy, ¿no?

—Eso parece.

Gwen sonrió y se tocó el pelo. Sujetó las riendas con fuerza porque tenía la impresión de que la mano comenzaría a temblarle.

—¿Ya habéis cumplido con vuestra misión?

—Más o menos. ¿Cómo está Billy?

—Bien. Tiene muchos cambios de humor, como todo el mundo.

—Tú no me pareces temperamental, sino de las que aguantan bien los golpes y se reponen.

—Te sorprenderías a veces.

—La fiesta de anoche estuvo muy bien.

—A Billy se le dan bien. Los hermanos Ransome no eran lo que me esperaba.

—Supongo que no te creerás que es su verdadero nombre.

—Ni por asomo.

—Cuando los conocí pensé que eran homosexuales. Hasta que entraste en la sala, claro, entonces su orientación sexual resultó más que obvia.

Gwen se rió.

—Me lo tomaré como un cumplido.

Cabalgaron junto a la abertura que conducía a la capilla de Gwen.

—¿Hoy no vas a la capilla?

—No. —Gwen apartó la mirada de la abertura situada entre los árboles. No era un día para rezar. Sin embargo, se santiguó cuando Web no la miraba. «Perdóname, Dios, por lo que estoy a punto de hacer.» Mientras pronunciaba en silencio aquellas palabras no confiaba que su plegaria se viera respondida.

Llegaron hasta una pendiente inclinada de tierra con la parte superior poblada de árboles. Nunca había llevado a Web hasta aquel lugar. Quizás en lo más profundo de su ser había intuido que ya llegaría el día.

Gwen fustigó a *Baron* y se lanzó a la pendiente, y Web y *Comet* la siguieron de cerca. Cabalgaron pendiente arriba y Web estuvo a punto de superar a Gwen. Cuando llegaron arriba, detuvieron a las monturas y contemplaron el paisaje mientras los caballos respiraban ruidosamente.

Gwen miró a Web con admiración.

—Estoy impresionada.

—He tenido una gran maestra.

—La atalaya está cerca. Desde allí la vista es incluso mejor.

Web no le dijo que ya había estado allá arriba con Romano cuando habían ido a vigilar el rancho de los Ransome.

—Buena idea.

Cabalgaron hasta la atalaya, ataron los caballos a un poste de madera y los dejaron pastando. Gwen condujo a Web hasta la parte más elevada de la atalaya, desde donde contemplaron el amanecer y el despertar del bosque.

—No creo que haya muchas cosas mejores en la vida —dijo Web.

—Eso parece —replicó Gwen.

—¿Problemas entre tú y Billy?

—¿No es obvio?

—He visto cosas peores.

—¿Ah, sí? ¿Y si te dijera que no tienes ni la menor idea de lo que estás hablando? —dijo ella con una especie de ira repentina.

—Bueno, nunca lo hemos hablado —dijo Web sin perder la calma.

Gwen evitó su mirada.

—En realidad he hablado contigo más que con la mayoría de la gente. Y apenas te conozco.

—Un poco de cháchara, quizá. Y no es tan complicado conocerme bien.

—Todavía no me siento muy cómoda contigo, Web.

—Pues se nos acaba el tiempo. No creo que nuestros caminos vuelvan a cruzarse. Pero supongo que eso es bueno.

—Supongo —dijo ella—. Creo que Billy y yo no nos quedaremos mucho más tiempo en East Winds.

Web pareció sorprenderse.

—Pensaba que os quedaríais aquí para siempre. ¿Por qué queréis marcharos? Tal vez tengáis problemas, pero aquí sois felices, ¿no? Ésta es la vida que queríais, ¿no es cierto?

—Hay muchos factores que determinan la felicidad —manifestó Gwen lentamente—. Algunos son más obvios que otros.

—Supongo que no puedo ayudarte al respecto. No soy un experto en temas de felicidad, Gwen.

Gwen le miró con curiosidad.

—Ni yo. —Cruzaron una larga e incómoda mirada.

—Bueno, te mereces ser feliz, Gwen.

—¿Por qué? —se apresuró ella a preguntar. Por algún motivo, quería escuchar el razonamiento de Web.

—Porque has sufrido demasiado. Es lo más justo… es decir, si es que en la vida existe la justicia.

—¿Y tú has sufrido? —Las palabras sonaron duras, pero las disimuló rápidamente con una expresión de comprensión. Quería que le dijese que sí, pero el sufrimiento de Web no sería tan terrible como lo que ella había vivido.

—He pasado malas épocas. Mi infancia no fue exactamente el sueño americano. Y la edad adulta todavía no me ha compensado lo suficiente.

—Siempre me he preguntado por qué la gente hace lo que tú haces. Los tipos buenos —aclaró con sincera expresión.

—Hago las cosas que hago porque hay que hacerlas y la mayoría de la gente no puede o no quiere hacerlas. Preferiría que mi trabajo pasase al olvido, pero no creo que ese día llegue. —Bajó la vista—. Nunca he tenido la oportunidad de decirte esto, pero quizá no vuelva a tenerla. —Respiró hondo—. Cuando pasó lo de Richmond, era la primera vez que hacía de asaltante, los tipos que entran y rescatan a los rehenes. —Se calló—. Tras lo de Waco, el FBI estaba asustado y se había vuelto muy conservador en asuntos de esa índole. No digo que aquello estuviese bien o mal, pero sí fue diferente. Esperamos a los negociadores mientras nos cuentan miles de mentiras por el teléfono. Es como si siempre tuviera que morir alguien para que nos permitieran entrar en acción, y entonces ya es demasiado tarde. Pero ésas eran las nuevas normas y teníamos que respetarlas. —Meneó la cabeza—. Sabía que pasaba algo cuando los del FBI interrumpieron las negociaciones. Lo intuía. Había sido francotirador muchos años, y al ver la evolución de las situaciones durante todo ese tiempo acabas desarrollando un sexto sentido para adivinar lo que ocurrirá. Lo adivinas. —Miró a Gwen—. Nunca te lo había contado. ¿Quieres saber el resto?

—Sí —dijo Gwen tan rápido que ni siquiera tuvo tiempo de reflexionar al respecto.

—Billy ya sabe algo. Cuando vino a verme al hospital.

—Siento no haber podido ir.

—No lo esperaba. De hecho, me sorprendió que fuera Billy. —Web se tomó unos segundos para organizar sus ideas. Mientras lo hacía,

Gwen contempló las estribaciones del Blue Ridge a lo lejos. Se lo había pensado mejor y no le apetecía escuchar lo que Web le contaría, pero ya era demasiado tarde para negarse.

—Llegamos sin problemas hasta la entrada del gimnasio —explicó Web—. Miré por la ventana. Tu hijo me vio. Nos miramos a los ojos.

—No lo sabía. —Gwen parecía sorprendida.

—Bueno, nunca se lo había contado a nadie, ni siquiera a Billy. Nunca se presentó el momento adecuado.

—¿Cómo estaba? —preguntó Gwen lentamente. Notaba los latidos del corazón en las sienes mientras esperaba la respuesta.

—Parecía asustado, Gwen, pero también resuelto, rebelde. Nada fácil cuando tienes diez años y te enfrentas a un grupo de colgados armados. Ahora sé de dónde procedía ese temperamento.

—Sigue —dijo Gwen casi imperceptiblemente.

—Le hice señas para que no perdiera la calma. Le di a entender que todo iba bien, para que estuviera tranquilo. Si se asustaba y reaccionaba mal, es probable que le hubieran disparado en el acto.

—¿Te hizo caso?

Web asintió.

—Era listo. Sabía lo que yo intentaría hacer. Estaba de mi parte, Gwen. Con todo lo que estaba pasando, se mostró tan valiente como el que más.

Gwen vio que a Web se le empañaban los ojos de lágrimas. Intentó decirle algo pero no podía hablar. Era como si las palabras de Web hubieran comenzado a borrar los peores años de su vida.

—Estábamos a punto de entrar. En silencio, sin explosivos. Habíamos visto por la ventana dónde estaban colocados cada uno de los Free. Nos los cargaríamos a la vez. Iniciamos la cuenta atrás y entonces sucedió.

—¿Qué? ¿Qué sucedió?

—Un ruido del interior. Parecía un pájaro o un pitido, o una alarma o algo. Un sonido agudo que se produjo en el peor momento. Los Free se pusieron inmediatamente en estado de alerta y cuando entramos abrieron fuego. No sé por qué dispararon a David, pero fue el primero en caer.

Gwen no miraba a Web. Su mirada parecía haberse congelado en las montañas. «¿Un pitido?»

—Vi cómo le disparaban —dijo Web con voz temblorosa—. Le vi la cara. Los ojos. —Web cerró los suyos y las lágrimas surgieron de debajo de los párpados—. Todavía me estaban mirando.

Gwen también tenía los ojos llenos de lágrimas, pero no miraba a Web.

—¿Qué expresión tenía?

—Era la expresión del que se siente traicionado —respondió Web. Se tocó el lado desfigurado del rostro—. La cara y los dos agujeros de bala que tengo en el cuerpo me duelen menos que la mirada de tu hijo. —Y repitió—: Traicionado.

Gwen temblaba tanto que tuvo que apoyarse en la barandilla, llorando sin cesar. Seguía sin mirar a Web. «Un pitido.»

—Quizá por eso desobedecí las órdenes cuando atacamos a los Free. —La miró directamente a los ojos—. Me costó mi carrera, Gwen, me han echado del FBI por eso. Pero lo volvería a hacer. Quizá fuera mi forma de expiar las culpas. Tu hijo se merecía mucho más de lo que le di. No pasa un día sin que no piense en ello. Y siento haberos defraudado a ti y a él. No espero el perdón, pero quería que lo supieras.

—Tal vez deberíamos volver —dijo Gwen en voz baja.

Gwen descendió primero y se dirigió hacia *Comet* en lugar de *Baron*. Le levantó la pata delantera derecha. Gwen era un manojo de nervios y todavía sentía el corazón en las sienes. Apenas se mantenía en pie, pero tenía que hacerlo, a pesar de todo cuanto Web acababa de revelarle, tenía que hacerlo. Había esperado demasiado. Cerró los ojos y los abrió de nuevo.

—¿Pasa algo? —preguntó Web.

Gwen no se atrevía a mirarle.

—Parecía tener algún problema, pero creo que no le pasa nada. Tendré que vigilarle de cerca.

Alargó la mano y le dio una palmadita en el cuello y, aprovechando que Web no miraba, colocó el objeto que llevaba en la mano debajo de la silla.

—Ha llegado el momento de la gran prueba —dijo Gwen—. Galoparemos rápidamente pendiente abajo en dirección al bosque, pero tendrás que frenar al caballo rápidamente porque el sendero que está entre los árboles es demasiado estrecho para ir al galope. ¿Entendido?

—Estoy listo. —Web le dio una palmadita a *Comet* en el cuello.

—No lo dudo. Vamos —dijo Gwen de modo terminante.

Los dos montaron y enfilaron los caballos hacia el bosque.

—¿Quieres ir delante? —preguntó Web mientras se acomodaba en la silla.

—Ve tú primero. Quiero vigilar la pata de *Comet*…

El caballo se desbocó y Web no estaba preparado. *Comet* aceleró y, pendiente abajo, se dirigió a todo galope hacia los gruesos árboles.

—¡Web! —gritó Gwen, que cabalgó tras él, pero frenó sutilmente a *Baron* de modo que fuera distanciándose de Web. Vio que Web perdía un estribo y estaba a punto de caerse. Las riendas se le cayeron de las manos y se agarró con fuerza y desesperación al borrén de la silla mientras se aproximaba rápidamente al bosque. Web no lo sabía, pero cada vez que rebotaba en la silla hundía más en el cuerpo del caballo la tachuela que Gwen había colocado debajo de la silla.

Web no volvió la vista. Pero si lo hubiera hecho habría visto a una mujer sumida en el mayor de los conflictos. Gwen Canfield deseaba imperiosamente que el caballo y el jinete se golpearan contra los árboles; deseaba que Web London muriese delante de sus ojos, derrotado para siempre jamás; deseaba liberarse del dolor que la había atormentado durante tanto tiempo. Ya no lo soportaba más. Había ido más allá de sus propios límites. Algo tenía que ceder. Lo único que debía hacer era esperar. Sin embargo, fustigó a *Baron* y cabalgó furiosamente. Quince metros separaban a Web de los árboles, y *Comet* hacía honor a su nombre. A los doce metros, Gwen se inclinó un poco hacia el costado del caballo. A los nueve metros, alargó la mano y la colocó en el ángulo justo. Estaban a seis metros de los árboles y Gwen se había sumado al destino de Web porque si no detenía a *Comet* ella y *Baron* también acabarían chocando contra los árboles.

A los tres metros logró inclinarse lo suficiente como para sujetar las riendas. Y tiró de ellas con una fuerza que procedía de la agonía reprimida en su interior durante todos aquellos años ya que, con una sola mano, logró detener a un caballo de casi quinientos kilos cabalgando a una velocidad vertiginosa a un metro y medio escaso de los árboles.

Jadeando, miró a Web, desplomado sobre el caballo. Finalmente, Web alzó la vista pero no dijo nada. Y, sin embargo, Gwen sintió que se había deshecho de la mayor de las cargas jamás imaginada. Siempre había pensado que aquella carga era como una especie de lapa pegada al alma, algo imposible de arrancar, y, no obstante, acababa de desaparecer como arena llevada por el viento. Y se maravilló de que finalmente lograra deshacerse de todo aquel odio y se sintiera tan bien. Sin embargo, la crueldad de la vida no había llegado a su fin porque el odio de Gwen había dado paso a algo mucho más corrosivo: la culpa.

52

Cuando Gwen dejó a Web en la cochera, estaba más callada de lo normal. Había intentado darle las gracias por salvarle la vida, pero Gwen le había interrumpido de manera cortante. Qué mujer tan extraña. Quizá se culpara a sí misma por lo que había ocurrido con *Comet*.

Sin embargo, Web había logrado su objetivo y le había dicho lo que había estado reprimiendo durante todos aquellos años. Pensó en decírselo también a Billy, pero quizá sería mejor que lo hiciera Gwen... es decir, si es que ella se molestaba en contárselo.

Cuando entró, Romano estaba desayunando.

—Parece que te han dado una paliza —comentó Romano.

—Una vuelta dura.

—Oficialmente, hemos acabado, ¿no? Mira, Angie ha vuelto y es una mujer de las que echan la bronca. Tengo que volver a casa y apechugar con las consecuencias.

—Sí, supongo que hemos terminado.

—Eh, Web, te echo una carrera hasta Quantico, así sabremos cuánto vale tu Mach.

—Mira, Paulie, lo que menos me apetece es una multa por exceso de... —Se interrumpió de pronto, y Romano le miró con curiosidad.

—¿Qué? Si te paran por exceso de velocidad, eso no significa que se haya acabado el mundo. Enseñas las credenciales y te dejan ir. Ventajas de la profesión.

Web sacó el móvil y marcó varios números. Preguntó por Percy Bates, pero no estaba.

—¿Dónde está? Soy Web London.

Web conocía a June, la secretaria de Bates, y ella le reconoció la voz.

—Sé que eres tú, Web. Siento mucho lo ocurrido.

—Entonces, ¿Perce no está por ahí?

—Se ha tomado un par de días libres. Los relaciones públicas de los medios están volviéndose locos. Querían entrevistarte para usar citas tuyas, pero Perce se negó. ¿Has visto la tele o los periódicos?

—No.

—Bueno, es como si se hubieran cargado al papa por error.

—Murieron muchas personas, June.

—La gente armada que dispara contra otras personas corre ese riesgo, Web —dijo, ciñéndose a las normas del FBI—. En fin, que Perce dijo que tenía que irse un par de días. Sé que se sintió fatal por lo que te pasó.

—Lo sé, June, no hay mal que por bien no venga.

—Eso espero, de verdad. A ver, ¿en qué puedo ayudarte?

—Clyde Macy, trabajó como soldado de a pie para una de las bandas de narcotráfico locales. Vi varias multas por exceso de velocidad en su expediente. Sólo quería saber cuándo se las habían puesto y dónde.

—Tendré que hacer una llamada para averiguarlo, sólo serán unos minutos.

Web le dio su número para que le llamara. Como le había prometido, June lo hizo casi de inmediato. Le facilitó la información y Web le dio las gracias y colgó. Miró a Romano con expresión atónita.

—¿Qué? —inquirió Romano mientras engullía el último bocado del sándwich de salchichón.

—A Clyde Macy le pusieron tres multas por exceso de velocidad en seis meses. Estuvo a punto de perder el carné de conducir.

—Vaya por Dios. O sea que el muchacho conduce demasiado rápido.

—Adivina dónde le multaron las tres veces.

—¿Dónde?

—A menos de un kilómetro del rancho Southern Belle, y una de ellas a menos de cien metros de la entrada. En el informe, el agente de policía del condado de Fauquier hizo figurar la entrada como un mojón. Por eso me di cuenta.

—Vale, entonces supongo que hoy no volveré a casa, ¿no?

—Claro que volverás. Pero esta noche iremos a Southern Belle.

Recogieron el equipo y subieron a los coches.

—¿Piensas decirles que nos vamos? —Romano señaló la mansión.

—Ya lo saben. —Web miró a la casa de piedra y, en voz baja, añadió—: Buena suerte, Gwen.

Al salir vieron a Strait que se dirigía hacia ellos en su camioneta.

—Eh, ¿os apetece una cerveza? —preguntó Nemo.

La capota del 'Vette estaba bajada y Romano iba sentado en la parte superior del respaldo del asiento.

—Dejémoslo para otro momento.

Strait le señaló y sonrió.

—Hecho, Delta.

—Gracias por tu ayuda, Nemo —dijo Web.

—Supongo que estáis cerrando el kiosco.

—Eso parece, pero vigila a los Canfield. El viejo Ernie todavía anda suelto.

—Lo haré.

Mientras Web y Romano se alejaban, Nemo les siguió con la mirada, pensativo, y luego observó la mansión. Al parecer la fiera se había acobardado.

Angie Romano no estaba de buen humor. Había estado con sus hijos todo ese tiempo y el viaje a los pantanos del sur no había sido demasiado agradable. Web intentó darle un abrazo amistoso cuando fue a recoger a Romano, pero desistió al ver que le fulminaba con la mirada, como dispuesta a partirle el brazo.

Así, el miembro más duro del Equipo Hotel y el único superviviente del Equipo Charlie «huyeron» del hogar de Romano bien entrada la noche y subieron al Mach para la que probablemente sería su última misión conjunta. Web no le había dicho a Romano que pensaba presentar su dimisión al FBI, pero el rumor se había extendido como la pólvora y Romano se había enterado al volver a casa. Se había enfadado con Web por no habérselo dicho, pero ahora estaba más enfadado todavía con el FBI.

—Les diste todo lo que tenías y así... así es como te lo agradecen. Me entran ganas de largarme y trabajar para un cártel en Colombia, tío. Con esos tipos, al menos sabes a qué atenerte.

—Olvídalo, Paulie. Si todo sale bien, pondré en marcha mi propia empresa de seguridad y podrás trabajar para mí.

—Sí, y yo llevo un sujetador debajo del Kevlar.

Se habían preparado para ir a la guerra, con las 45 y las MP-5 y los chalecos antibalas e incluso los rifles de francotirador del 308 porque no estaban muy seguros de lo que se encontrarían en Southern Belle. No podían llamar al FBI porque no tenían nada que contarle salvo lo de las multas por exceso de velocidad y varias teorías sobre conspiraciones. Pero la parte positiva de que Web no estuviera oficialmente en el FBI era que, a veces, un ciudadano honesto entraba en lugares y hacía cosas que un poli no podía. Web se había repensado lo de ir con Romano pero, nada más contárselo, Paul le dijo que si él no iba, Web tampoco, porque le dispararía en ese lugar que ningún hombre quiere que le disparen. Web decidió no poner a prueba la determinación de Romano.

Web aparcó el Mach en una carretera de tierra que discurría paralela a la línea divisoria entre East Winds y Southern Belle. Mientras se abrían paso por el bosque espeso, Romano no cesaba de quejarse.

—Estas malditas gafas de visión nocturna me están dando dolor de cabeza. Me cago en su puta madre. Pesan una tonelada. Y ni siquiera se puede disparar cuando las llevas puestas. ¿Para qué coño sirven?

—Entonces quítatelas o deja de quejarte, joder, antes de que me entre dolor de cabeza por tu culpa. —Sin embargo, Web también se quitó las suyas y se frotó el cuello.

Se oían ruidos propios del bosque por todas partes.

—No tenemos francotiradores que nos cubran el culo —dijo Romano—. Me siento un poco nervioso y solo.

Web sabía que Romano bromeaba. Que Web supiera, no había nada en el mundo que asustara a Romano. Salvo Angie, claro.

—Lo superarás.

—Eh, Web, todavía no me has contado qué esperas descubrir esta noche.

—Sea lo que sea, será más de lo que sabemos ahora.

Al carecer de los recursos del FBI, Web no había podido contar con la máquina investigadora del FBI para recabar información sobre Harvey y Giles Ransome. Podría haber llamado a Ann Lyle, pero no le apetecía hablar con ella en aquellos momentos. Dado que se encontraba fuera del ERR, habría sido una situación un tanto dura porque, sin duda alguna, Ann se habría venido abajo y él también.

Los dos hombres avanzaron rápidamente por entre los árboles hasta que avistaron los edificios que habían observado desde la atalaya. Web le hizo señas a Romano para que se detuviera mientras él avanzaba arrastrándose. Web sonrió al llegar al final del bosque. Esa noche había mucha actividad en Southern Belle. Había un camión grande aparcado junto a uno de los edificios tipo almacén, con la rampa bajada. Varios hombres sacaban objetos del camión y Web los observó detenidamente en busca de armas, pero no vio ninguna. Una carretilla elevadora trasladaba un enorme cajón de embalaje hacia el almacén. Cuando la puerta se abrió, Web intentó descubrir qué ocurría en el interior, pero no pudo. Lo único que vio antes de que cerraran la puerta fueron unas luces cegadoras. A un lado, Web vio un remolque para caballos y a un hombre trabajando en él. Desde allí Web no veía si había un caballo en el interior o no.

Habló por el walkie-talkie y le dijo a Romano que fuera a su encuentro. Romano llegó un minuto después y se agachó junto a él. Inspeccionó lo que Web había estado observando.

—¿Qué te parece? —le preguntó susurrando.

—Podría ser cualquier cosa, desde drogas hasta un desguace de coches ilegal.

En ese momento se abrió la puerta del almacén y salió la carretilla elevadora. Y entonces oyeron el grito de una mujer. Cada vez más agudo. Web y Romano se miraron.

—O quizá una red de esclavos.

Colocaron las MP-5 en disparo automático y salieron del bosque apoyando la culata del arma contra los pectorales y sosteniendo la boca del cañón con el índice y el pulgar.

Llegaron hasta el lateral del almacén sin que les descubrieran. Web vio una puerta lateral y se la señaló a Romano, que asintió. Web le hizo más señales con la mano e indicó a Romano con los dedos, según el lenguaje especial de los asaltantes, cuál era el plan. En cierto modo, era como si el lanzador se comunicara con el receptor en un partido de béisbol. Sin embargo, la diferencia básica estribaba en que se enfrentarían a algo mucho más terrible que al más poderoso de los bateadores.

Web intentó abrir la puerta. Sorprendentemente, no estaba cerrada con llave. La abrió un poco más. Entonces oyeron de nuevo el grito de la mujer, esta vez más ahogado, como si le estuvieran introduciendo algo por la garganta.

Web y Romano irrumpieron en el almacén con las armas preparadas y en unos segundos inspeccionaron el interior. Por el rabillo del ojo Web vio a Giles Ransome sentado en una silla.

—FBI, todo el mundo al suelo, con las manos sobre la cabeza. El que no lo haga puede darse por muerto. —Web sabía que Romano estaría orgulloso.

Se oyeron más gritos desde todos los rincones mientras los presentes se arrojaban al suelo. Web vio a alguien corriendo a su izquierda y apuntó en esa dirección. Romano se había abalanzado hacia delante, pero se detuvo.

Harvey Ransome estaba en el centro de lo que parecía un dormitorio, con un montón de papeles en la mano. En la cama había tres mujeres guapas, operadas y completamente desnudas y un joven en erección.

—¿Qué coño está pasando aquí? —gritó Harvey. Al ver a Web empalideció.

Web y Romano miraron a su alrededor y vieron cámaras de vídeo, focos, generadores, electricistas, cámaras, objetos de utilería y el mobiliario de dormitorio reconstruido, que era uno de los cuatro platós, mientras que los otros representaban un despacho, el interior de una limusina y una iglesia. ¿Entonces todo aquello era eso? ¿Southern Belle era la tapadera de un estudio porno? ¿Los gritos eran fruto de un éxtasis fingido?

Web bajó el arma mientras Harvey se dirigía hacia él, guión en mano.

—¿Qué coño pasa, Web?

Web fulminó a Harvey con la mirada.

—Será mejor que me lo digas tú.

—Esto es un negocio totalmente legal. Puedes comprobarlo. Tenemos todos los permisos y autorizaciones. —Señaló a las personas desnudas que estaban en la cama—. Son actores profesionales, mayores de edad. Compruébalo si quieres.

Romano se aproximó a la cama y Web hizo otro tanto.

Las mujeres miraron a los dos hombres con expresión desafiante al tiempo que el hombre, cuyo miembro prominente se había deshinchado hacía ya rato, intentaba ocultarse debajo de la sábana.

Las mujeres no hicieron ademán de cubrirse ante aquellos dos hombres armados.

—¿Estáis aquí por voluntad propia? —inquirió Romano.

—Claro, cariño —dijo una cuyo pecho era tan grande que casi le cubría el estómago—. ¿Quieres participar en la película? Quiero enseñarte cuanta voluntad propia tengo. —Romano se ruborizó, y las mujeres se echaron a reír.

—¿Tienes un arma tan grande entre las piernas? —preguntó otra mujer.

—¿Web? —dijo Romano con expresión de impotencia—. ¿Qué quieres hacer?

Giles fue al encuentro de su hermano.

—Aquí nos protege la Primera Enmienda, Web. Supongo que no querrás quebrantarla. Te tendríamos a ti y al FBI en los tribunales durante años y ganaríamos.

—Bien, si es tan legal, ¿a qué viene la tapadera del rancho?

—Tenemos que pensar en los vecinos. Si supieran lo que hacemos de verdad, podría crearnos problemas. Son ricos y tienen muchos contactos importantes entre los cargos públicos que podrían hacérnoslo pasar mal.

—Lo único que queremos —dijo Harvey— es que nos dejen tranquilos para crear nuestro arte.

—¿Arte? —dijo Web, señalando los cuerpos desnudos—. ¿Follar con muñecas Barbie en un plató de tres al cuarto? ¿Eso es arte?

Una de las mujeres se levantó, mostrando su desnudez y las tetas hinchadas. Apenas tendría veinte años.

—¿Quién coño te crees que eres?

—Sin ánimo de ofender, jovencita, pero llamo las cosas por su nombre.

—No tienes ni idea de lo que estás diciendo.

—Sí, claro, y me apuesto lo que sea a que tu mami está muy orgullosa de ti, ¿no? —dijo Web.

Harvey colocó una mano sobre el hombro de Web.

—Mira, Web, somos legales. Pagamos los impuestos, respetamos las normas. Compruébalo, no pensamos darnos a la fuga. Mi hermano y yo llevamos treinta años haciendo esto en California.

—¿Por qué habéis venido aquí?

—Nos cansamos de la movida de Los Ángeles —replicó Giles—. Y esta región es muy bonita.

Romano miró a los actores desnudos.

—Dudo mucho que la vean.

—No queremos problemas, Web —dijo Harvey—. Ya te he dicho que ganaríamos en los tribunales, pero no queremos llegar a eso. No hacemos daño a nadie. Y, te guste o no, mucha gente consume nuestros productos. Y no sólo bichos raros, sino también los papás y las mamás más modélicos de la sociedad americana. Ya sabes que se dice que el sexo es bueno para el alma, y ver el sexo profesional puede resultar incluso mejor.

—Es una fantasía, pura fantasía —dijo Giles—. Nos limitamos a dar lo que la gente quiere.

—Vale, vale, entiendo. —No era de extrañar que los dos hermanos hubieran estado a la «caza» de Gwen Canfield. Seguramente querrían contratarla para su siguiente producción.

—¿Podemos hacer algo por vosotros para daros las gracias y para que así todo esto quede entre nosotros? —inquirió Harvey con preocupación.

—Ten por seguro, Harvey, que comprobaré que todo esto esté en regla. Y si estás mintiendo o alguno de los actores es menor de edad, volveré. Y no intentes esfumarte mientras tanto porque tendremos agentes apostados.

—De acuerdo. Me parece que es lo más justo.

—Oh, y sí que puedes hacer algo por mí.

—Lo que quieras.

—Que el avión deje de sobrevolar East Winds. Molesta a unos amigos míos.

Harvey le tendió la mano.

—Te doy mi palabra.

Web no le estrechó la mano y miró a las jóvenes actrices.

—Os compadezco.

Romano y Web se marcharon y dejaron atrás el ruido de las risas.

—Oye —dijo Romano—, yo diría que la misión ha sido un gran éxito.

—Cierra el pico, Paulie.

Mientras regresaban hacia el bosque vio al mismo hombre que había observado antes junto al remolque para caballos. Web se dirigió hacia él. El tipo vestía como un peón. Pareció asustarse al ver las armas hasta que Romano le mostró su placa.

—Eh, no quiero problemas —dijo el hombre, que aparentaba unos cincuenta años—. Me está bien empleado, por trabajar con este atuendo.

—Supongo que ayudas a conseguir la tapadera legal.

El hombre miró hacia el almacén… o, como Web ya sabía, el plató de la película.

—Aquí hay muchas cosas que necesitan tapadera. Si mi pobre esposa estuviera entre nosotros me desollaría vivo, pero pagan el doble de lo normal.

—Eso debería haberte hecho sospechar algo —dijo Web.

—Lo sé, lo sé, pero todos nos volvemos avariciosos y llevo mucho tiempo haciendo este trabajo. Demasiado, supongo.

Web miró el remolque. Había un caballo dentro; le vio la cabeza.

—¿Vas a alguna parte?

—Sí. Un largo viaje. Llevo al caballo a una subasta. Tenemos que fingir que sabemos lo que hacemos. Y ese *yearling* es de los buenos.

Web se acercó al remolque.

—¿De veras? Me parece muy pequeño.

El hombre miró a Web como si estuviera loco.

—¿Pequeño? Mide quince palmos. No es pequeño para un *yearling*.

Web observó el interior del remolque. El techo estaba a unos dieciocho palmos de la cabeza del caballo. Miró al hombre.

—¿Es un remolque especial?

—¿Especial? ¿A qué se refiere?

—Al tamaño. ¿Es más grande de lo normal?

—No, es el remolque Townsmand estándar de dos metros diez.

—¿Es el Townsmand estándar? ¿Y el *yearling* mide quince palmos? ¿Estás seguro?

—Tan seguro como que estoy aquí.

Web iluminó el interior del remolque.

—Si es el remolque estándar, ¿cómo es que no están las cajas de los arreos? —Miró al hombre con desconfianza e iluminó los laterales interiores del remolque.

El hombre siguió con la mirada la trayectoria del haz de luz.

—Bueno, nunca se pone nada con lo que el caballo pueda dañarse las patas. Una pata dañada puede cargarse la venta.

—Las cajas podrían acolcharse —replicó Web.

—El hombre señaló la parte delantera del remolque, donde Web vio un compartimiento repleto de arreos, frascos de medicamentos, cuerdas, mantas y otros objetos.

—Todos los arreos van ahí, así que no tiene sentido poner algo especial ahí dentro que pueda dañar las patas del caballo. —El hombre miró a Web como si estuviera chiflado.

Web no prestaba atención porque otra idea acababa de comenzar a despuntar en la cabeza y, si era cierta, todo lo sucedido adquiriría una nueva dimensión. Hurgó en los bolsillos y extrajo varias fotografías que llevaba en un sobre, las que Bates le había dado. Web sacó una y la sostuvo frente a Romano al tiempo que la iluminaba.

—¿Te acuerdas del tipo al que le entregaste el niño aquella noche? —dijo—. ¿Es éste? Imagínatelo con el pelo rubio cortado al rape. Sé que cuesta porque llevaba gafas de sol. Pero inténtalo.

Romano observó la fotografía detenidamente y luego miró a Web boquiabierto.

—Creo que es él.

Web comenzó a correr rápidamente hacia el bosque y Romano le siguió.

—¿Qué coño pasa, Web?

Web no replicó. Se limitó a seguir corriendo.

53

Nemo Strait abrió la puerta del cuarto subterráneo y entró. Claire y Kevin estaban esposados a un enorme perno de hierro de la pared y maniatados con una gruesa cuerda. Strait había ordenado que los amordazaran, pero no que les vendaran los ojos.

—Ya has visto demasiado, doctora —le había explicado a Claire—, pero no importa. —El escalofriante significado no podía haber sido más claro.

Los hombres aparecieron detrás de Strait y se acercaron a Claire y Kevin con más mantas y cuerdas.

—Ayudadnos, ayudadnos —intentó gritar Claire, pero las palabras apenas resultaban audibles por la mordaza. Opuso resistencia a los hombres, pero en vano. Kevin se limitó a mirar en silencio a los captores, como si comprendiera que finalmente había llegado la hora de morir.

—En marcha —dijo Nemo Strait—. No tenemos toda la noche y quedan muchas cosas por hacer.

Mientras sacaban a Kevin, Strait le dio unas palmaditas cariñosas en la cabeza.

Web miró por todas las ventanas traseras de la casa de Nemo Strait. La camioneta no estaba aparcada delante, pero Web no quería arriesgarse. Romano comprobaba los laterales y la parte frontal. Al final se encontraron de nuevo.

—Nada. Está vacía —dijo Romano.

—No por mucho tiempo —replicó Web.

Apenas tardaron veinte segundos en abrir la puerta trasera con una ganzúa. Registraron la casa metódicamente hasta llegar al dormitorio de Strait.

—¿Qué es lo que buscamos exactamente? —preguntó Romano.

Web estaba en el armario del dormitorio y no respondió de inmediato. Finalmente, salió con una vieja caja de zapatos.

—Tal vez nos sirva.

Se sentó en una silla, junto a la cama, y comenzó a mirar las viejas fotografías.

—Allá vamos. ¿Recuerdas que Strait dijo que fue guardia en un correccional de menores cuando regresó de Vietnam?

—¿Y?

—¿Y adivina quién estaba encerrado en ese correccional por haberle clavado un cuchillo de carnicero a su abuela en la cabeza? Vi el archivo cuando me reuní con Bates en la OFW.

—¿De quién estás hablando?

—De Clyde Macy. Es el tipo de la foto que acabo de enseñarte, el que se hizo pasar por un agente del FBI. Joder, ojalá te hubiera enseñado la foto antes. Me apuesto lo que quieras a que si comprobáramos las fechas veríamos que Macy y Strait se conocieron allí.

—Pero Macy estuvo con los Free después de eso.

—Y quizá Strait se topó con él y le convenció para que trabajara para él.

—Pero dijiste que Macy era la mano derecha de Westbrook.

—Macy es un aspirante a poli. Creo que hizo de agente secreto y se infiltró en la organización de Westbrook como parte de la red de narcotráfico de Strait.

—¡La red de narcotráfico de Strait!

—Oxycontin. Remolques para caballos, el método idóneo para transportar el material. El remolque de Southern Belle es como un Townsmand auténtico. Strait tenía uno en East Winds con un doble fondo que elevaba tanto el suelo que un *yearling* de quince palmos casi tocaba el techo con la cabeza. Y también había cajas para llevar más drogas. ¿Y las multas por exceso de velocidad? Macy no iba a Southern Belle, venía de aquí. Y estoy seguro de que fue él quien descubrió que Toona le pasaba información a Cove. Usó esa información para tendernos una trampa a Cove y a nosotros y luego se lo contó a Westbrook, que liquidó a Toona.

—¿Crees que Macy fue uno de los que dispararon en el complejo de los Free y empezaron la matanza?

—Y colocó las drogas allí y todas las otras «pruebas» para que las encontráramos nosotros. Y seguramente robó el camión de Silas. Me apuesto lo que quieras a que también fue quien disparó a Chris Miller, frente a la casa de Cove. Y Strait estuvo en el Ejército y quizá fue así como consiguió las ametralladoras, y es probable que sepa preparar bombas.

—Pero eso significa que los dos estaban relacionados con el trabajito del ERR. ¿Por qué?

Mientras hablaban, Web había estado mirando las fotografías hasta que encontró una que sacó de la caja de zapatos.

—Hijo de puta.

—¿Qué?

Web le dio la vuelta a la fotografía. Se veía a Strait con un uniforme en Vietnam. A su lado había un hombre que Romano no conocía, pero Web sí. Aunque el tipo era mucho más joven en la fotografía en realidad, no había cambiado tanto.

—Ed O'Bannon. Era el loquero del ejército que ayudó a Strait después de que escapara del Vietcong. Y eso significa que seguramente retienen a Claire, e incluso a Kevin, por aquí cerca. El rancho sería el lugar idóneo para ocultarlos.

—Pero no termino de entenderlo, Web. ¿Por qué habrían de querer Strait y O'Bannon y Macy cargarse al Equipo Charlie? No tiene ningún sentido.

Web caviló al respecto pero no se le ocurrió ninguna respuesta, hasta que bajó la vista y lo vio. Apartó la caja de zapatos, alargó la mano lentamente y recogió el objeto que había caído debajo la cama.

Sostuvo en alto la cadenita para el tobillo y la iluminó, aunque Web ya sabía de quién era. Tiró del cubrecama y observó las almohadas con la luz de la linterna. Apenas tardó unos instantes en ver los cabellos rubios.

Miró a Romano con incredulidad.

—Gwen.

El remolque dio marcha atrás hasta la sala de máquinas de la piscina. La rampa descendió y uno de los hombres de Strait sacó el trozo de metal largo y dejó al descubierto el espacio del falso fondo, en el que cabía perfectamente una importante remesa de pastillas... o los cuerpos de una mujer y un niño.

Strait supervisaba el traslado de Claire y Kevin al compartimiento. Se resistían y hacían ruido... demasiado ruido.

—Abrid la piscina —ordenó—. Será más fácil si los ahogamos primero. Y más limpio que dispararles aquí.

La cubierta se deslizó hacia atrás y los hombres liberaron parcialmente a Claire y a Kevin de las cuerdas y mantas y los arrastraron hacia el agua.

Entonces se oyó una voz.

—¿Qué estáis haciendo?

Strait y sus hombres giraron sobre sus talones. Allí estaba Gwen, pistola en mano.

—Eh, Gwen, ¿qué haces despierta? —inquirió Strait inocentemente.

Miró a Claire y a Kevin.

—¿Quiénes son, Nemo?

—Un par de asuntillos de los que debo ocuparme. Después podremos cabalgar hacia el horizonte a la luz del atardecer.

—¿Piensas matarlos?

—No, les dejaré declarar para que me pongan en el corredor de la muerte.

Varios de los hombres de Strait se echaron a reír al oír aquello. Strait se acercó más a Gwen, sin desviar la mirada.

—Deja que te pregunte una cosa, Gwen. Dijiste que te ocuparías de London. Pero hoy le he visto marcharse y estaba en perfectas condiciones.

—Cambié de idea.

—Oh, qué bien, cambiaste de idea. Es decir, te entró miedo y te echaste atrás. Cuando llega el momento de la verdad, Gwen, no tienes lo que hay que tener para hacer esto. Matar. Por eso necesitas a hombres como yo para que lo hagan por ti.

—Quiero que te marches ahora mismo. Tú y los tuyos.

—Bueno, eso entra en mis planes.

—Sí, pero los «asuntillos» se quedan aquí.

Strait sonrió y se acercó un poco más a Gwen.

—Vamos, querida, sabes de sobra que eso es imposible.

—Te daré una ventaja de doce horas antes de ponerlos en libertad —dijo Gwen.

—¿Y luego qué? Habría que dar muchas explicaciones. ¿Te encargarás tú de dárselas a la pasma?

—No te dejaré que los mates, Nemo. Ya ha muerto demasiada gente. Por mi culpa. Estabas en lo cierto, tenía que haberme liberado del odio hace ya mucho tiempo, pero cuando lo intentaba sólo veía a mi hijo, muerto.

—Mira, el problema es que si los dejo aquí y ellos hablan, la poli nunca dejará de buscarme. Pero si los mato, cuando me esfume a nadie le importará una mierda. Y eso es más que importante, porque cuando me establezca en algún lugar me gustaría quedarme allí, no pienso pasarme el resto de mis días huyendo del FBI.

Miró a uno de sus hombres; estaba colocándose detrás de Gwen.

Gwen sujetó la pistola con firmeza y apuntó a la cabeza de Strait.

—¡Te lo digo por última vez, largo de aquí!

—¿Y qué me dices de tu tajada por el dinero de las drogas?

—Eso fue cosa tuya. Y no la quiero. Ya me las arreglaré yo con los polis. ¡Largo!

—Joder, ¿qué te ha pasado? ¿Has visto a Dios?

—¡Largo de mis propiedades, Strait, ahora mismo!

—¡Cuidado, Gwen! —gritó Web.

La voz los pilló desprevenidos. El hombre que se había colocado detrás de Gwen falló el disparo porque ella se agachó al oír el grito de Web, pero a punto estuvo de dar en el blanco.

El rifle de francotirador de Web rugió y el hombre cayó muerto a la piscina, tiñendo al instante el agua clorada de rojo.

Nemo y los suyos se pusieron a cubierto detrás del remolque y abrieron fuego, mientras que Gwen desapareció por entre los arbustos.

Después de salir de la casa de Strait, Web y Romano se habían dirigido al centro ecuestre porque Web quería comprobar algo; sí, *Comet* tenía una herida en el lomo. Gwen había planeado matarlo pero luego cambió de idea. ¿Por la charla en la atalaya? En tal caso, a Web le hubiera gustado mantenerla diez años antes. No tenía pruebas al respecto, pero parecía claro que Gwen había reclutado a Nemo y a sus hombres para vengarse de la muerte de su hijo. Si había acabado en la cama de Strait por negligencia de Billy Canfield era algo que no sabía.

Cuando se encaminaban hacia la mansión, oyeron ruido en la zona de la piscina y llegaron corriendo a tiempo de oír la conversación entre Gwen y Strait, en la que Gwen admitía que los muertos habían sido obra suya, de su venganza. Ahora se encontraban en medio mismo de un auténtico tiroteo, sin posibilidad de solicitar refuerzos. Y lo peor de todo era que Claire y Kevin estaban atrapados justo en el centro de aquel infierno.

Strait pareció darse cuenta de ello.

—Eh, Web, será mejor que salgas ahora mismo. Si no lo haces, dispararé a la mujer y al niño.

Web y Romano se miraron. Strait no sabía que Romano estaba

allí. Romano se volvió para dirigirse hacia la izquierda. Web se desplazó hacia la derecha y luego se detuvo.

—Vamos, Nemo, no tienes ninguna oportunidad, y la caballería está de camino.

—Exacto, soy un hombre desesperado sin nada que perder. —Su disparo estuvo a punto de darle a Claire en la cabeza.

—Mira, Nemo —dijo Web—, dos muertes más no te ayudarán en nada.

Strait se echó a reir.

—Joder, Web, tampoco me perjudicarán...

—Vale, Nemo, explícame la única cosa que no he sabido resolver —dijo Web alzando la voz—. ¿A qué vino el cambiazo de niños en el callejón?

—¿Qué pretendes, que me incrimine? —chilló Strait, y se echó a reír otra vez.

—Mira a tu alrededor... no necesito más pruebas.

—O sea, que si hago lo que dices le hablarás bien de mí al juez, ¿no es eso? —Strait se volvió a reír.

—No te perjudicaría.

—Bueno, Web, en mi trabajo uno tiende a juntarse con personas interesantes. Y una de ellas exigía ciertas cosas de forma categórica, y es de esas personas a las que más vale complacer. Es un tipo al que te conviene hacer feliz, ¿sabes a lo que me refiero?

—¿Clyde Macy?

—No pienso decir nombres, Web. No soy un soplón.

—Entonces te ayudaré. Macy es un aspirante a poli. Se muere por demostrar que es el mejor. Se moría de ganas por hacerse pasar por un agente del FBI, llegar a la escena del crimen y largarse después de quitarnos al niño de las manos. Sólo para demostrarse a sí mismo que era capaz de lograrlo.

—Joder, Web, tú serías un buen detective.

—Pero tú no estabas tan seguro. Necesitabas a Kevin y no podías arriesgarte a que Macy no lograse su objetivo y no regresara con Kevin. Primero tenías que utilizar a Kevin en el callejón para que sospecharan de Gran F, y luego le necesitabas para jugar con Gran F y aprovecharte de él. Por eso cambiaste a Kevin por el otro niño. Así, Macy se divierte a costa del FBI y, si no lo consigue, sigues teniendo a Kevin. ¿Estoy en lo cierto?

—Joder, me parece que nunca lo sabremos.

—¿Dónde está el otro niño?

—Ya te lo he dicho, me parece que nunca lo sabremos.

El walkie-talkie de Web le dio la señal. Romano se había apostado.

—Vale, te daré otra oportunidad, Nemo. Tienes cinco segundos para entregarte.

Web no se molestó en contar hasta cinco. Colocó la MP-5 en modo automático, abrió fuego y bombardeó el remolque tras el que Nemo y sus hombres se habían puesto a cubierto.

Strait y los suyos se arrojaron al suelo, todos a la vez, y Romano surgió a sus espaldas.

Al verlo, uno de los hombres se volvió para disparar y se llevó dos balas entre los ojos por las molestias.

—Arrojad las armas. ¡Ya! —ordenó Romano.

Web la vio, pero Romano no porque estaba de espaldas: una pequeña estela de vapor que se elevaba desde el bosque. Vapor causado por el frío que salía del cañón de un arma. Se trataba del típico error de alguien que sabía algo de las operaciones de campo y de los francotiradores, pero que no estaba al tanto de los pequeños y esenciales detalles que realmente importaban. Web, como francotirador, se valdría del aliento para calentar el cañón y eliminar así el vapor.

—Seis en punto, Romano —gritó.

Demasiado tarde. El disparo le impactó en la base de la columna y la elevada velocidad de la bala le derribó.

—¡Paulie! —chilló Web.

Otro hombre se levantó y apuntó al ERR caído, pero Web lo quitó de en medio con el 308. Con una mano sostuvo la MP-5 contra el pecho y con la otra sacó la del 45.

—¡Romano!

Dejó escapar un suspiro de alivio al ver que se incorporaba. Aunque había atravesado el chaleco antibalas, la bala no había logrado atravesar la Link, la tercera pistola del 45 que guardaba en una pistolera especial.

Otro disparo impactó cerca de Web, que se arrojó al suelo mientras Romano se lanzaba a los arbustos. Strait aprovechó la oportunidad para salir corriendo, apresar a Claire y llevarla a rastras hasta el camión enganchado al remolque.

Web alzó la mirada y se dio cuenta de lo que Strait intentaba hacer. Web disparó a los neumáticos del camión. Strait soltó una maldición y se alejó arrastrando a Claire.

Web recurrió al walkie-talkie.

—Paulie, Paulie, ¿estás bien? —Pasaron varios segundos antes de que Romano respondiera. Le temblaba la voz, pero seguía siendo el mismo Romano de siempre.

—El que me disparó no tenía ni puta idea del descenso de las balas con la distancia. Disparó demasiado bajo.

—Por suerte para ti. Vi el vapor del cañón demasiado tarde. Me juego lo que quieras a que Macy anda por ahí fuera. Strait se ha llevado a Claire. Voy a por ellos. Kevin Westbrook sigue junto a la piscina.

—Esto es cosa mía, Web.

—¿Seguro?

—Seguro, joder, sólo son cuatro contra uno. ¡Vete!

Web se volvió y echó a correr tras Claire y Strait.

Romano había perdido su MP-5, y el rifle de francotirador no le sería muy útil estando tan cerca. Sacó las del 45 e, imitando a Web, frotó una de ellas para que le diera buena suerte. A pesar de la bravuconada, el cuatro contra uno no le dejaba muchas posibilidades. Aunque se cargara a tres de ellos, el cuarto podría liquidarle. Y quedaba el tirador que había estado a punto de matarle. Se agachó y avanzó con cautela junto a los arbustos que bordeaban la zona de la piscina. Le dispararon, pero Romano no abrió fuego porque estaban lejos; los fogonazos le indicaban dónde estaban sus adversarios. Siguió avanzando y observando. Cuantos más disparos efectuaban, más se cercioraba de que eran principiantes, pero hasta los principiantes tienen suerte, sobre todo cuando son superiores en número. Se agazapó y vio al niño junto a la piscina. Kevin no se movía y Romano pensó que quizás uno de los disparos hubiese dado en el blanco. Pero entonces el niño levantó la cabeza apenas unos centímetros. Romano se puso las gafas de visión nocturna y entonces vio cuál era el problema de Kevin. Todavía tenía las piernas atadas.

Romano siguió avanzando, distanciándose del enemigo. Quería tener más alcance para así utilizar el rifle. Tenía la mira nocturna y lo único que necesitaría para empezar a trabajar sería un trocito de cabeza. Reduciría el enemigo a tres o quizás a uno y entonces atacaría con las pistolas. En el uno contra uno, Romano siempre ganaba.

Su plan era de manual. Observaría los fogonazos. Seguiría moviéndose. Los flanquearía. Luego atacaría, se cargaría a uno o dos, los otros se acobardarían y se delatarían o quizás intentarían huir corriendo. Entonces utilizaría el rifle. Esperaría a que entraran en la zona mortal y fin de la película.

—Eh, Romano, sal ahora, y sin el arma —gritó una voz.

Romano no replicó. Se tomaba su tiempo para establecer la posición exacta de la voz para silenciarla. Creía que era el peón que había derribado el primer día en el rancho, pero no estaba seguro.

—Romano —prosiguió la voz—, espero que me estés oyendo porque tienes cinco segundos para salir o le pegaré un tiro en la cabeza al niño.

Romano hablaba entre dientes mientras se aproximaba al lugar del que surgía la voz. No quería que el niño muriera, pero tenía la seguridad de que si salía tanto Kevin Westbrook como él morirían. Romano nunca jugaba a ese juego y su única alternativa era intentar matarlos antes de que acabaran con el niño, lo cual resultaba bastante improbable dadas las circunstancias.

—Lo siento, chico —dijo entre dientes mientras avanzaba en posición de disparo.

Era el tipo que Romano había derribado en el centro ecuestre. Se arrastraba sobre el estómago, pistola en mano. Se detuvo, contó hasta cinco en silencio y volvió a gritar: «Última oportunidad, ERR.» Esperó unos instantes, se encogió de hombros, se incorporó y apuntó a la cabeza de Kevin Westbrook desde detrás de los arbustos. No era un tirador de primera, pero para realizar ese disparo no se necesitaban grandes aptitudes.

El hombre se quedó sin aire cuando otro hombre corpulento salió corriendo de su escondrijo y le embistió con tanta fuerza que aterrizó a unos dos metros, en la cubierta de la piscina. El hombre corpulento corrió hacia donde se encontraba el niño y lo alzó en vilo con uno de sus enormes brazos. Entonces Francis Westbrook echó a correr hacia la oscuridad con su hijo, al tiempo que disparaba hacia atrás por encima del hombro.

Otro hombre salió de su escondrijo y apuntó a la espalda de Westbrook. Estaba a punto de disparar cuando Romano intervino y se lo cargó de un tiro. No sabía que el hombre corpulento era Francis Westbrook, pero no iba a permitir que nadie le disparara por la espalda. El único problema era que había revelado su posición y recibió un tiro en la pierna por ser un tipo legal. Romano intentó huir arrastrándose, pero se dio cuenta de que había varias pistolas apuntándole. Lo llevaron hasta la cubierta de la piscina, donde lo rodearon tres hombres.

—Joder, parece que, después de todo, el ERR no es tan bueno —dijo uno de ellos. A Romano estas palabras le pusieron nervioso.

—Cárgatelo —dijo otro. Romano apretó los puños.

—Lo mejor será que metamos la cabeza en el agua a este hijo de puta y que lo ahoguemos muy despacio.

Romano alzó la vista y vio que el tipo que acababa de hablar era el mismo a quien Westbrook había arrojado de una patada a la cubierta de la piscina, el mismo sujeto al que Romano había derribado el día que llegó por primera vez a East Winds. Todavía le costaba respirar y sangraba por la nariz debido al golpe.

—¿Qué te parece, Romano? —le preguntó mientras le pateaba en el costado con la bota.

—Buena idea —replicó Romano. Se incorporó repentinamente y le golpeó en la barriga con el hombro, y ambos cayeron al agua. Romano respiró hondo y arrastró al hombre al fondo. Los dos que quedaban en la cubierta hicieron lo que Romano ya habrá imaginado. Dispararon al agua, pero Romano y el otro hombre estaban tan hundidos que las balas no les podían hacer daño.

A uno de los tipos pareció ocurrírsele una idea genial. Salió corriendo y apretó el botón para cerrar la cubierta de la piscina. Mientras cubría a Romano y al hombre con quien estaba luchando, Romano, lejos de preocuparse, se dio cuenta de que tenía los medios para salir con vida de aquella situación. Sacó el cuchillo y le cortó el cuello al hombre. El agua se tiñó de rojo. Romano sujetó el cuerpo por las piernas y lo empujó hacia arriba hasta que la cabeza del hombre golpeó la cubierta, como si intentase llegar a la superficie en busca de aire. Entonces oyó lo que esperaba oír: las armas disparando a la cabeza. Hundió el cuerpo, cambió de posición y volvió a empujarlo hacia arriba. Las armas dispararon de nuevo produciendo pequeños chorros de agua propulsada a ambos lados de su cuerpo. Los dos hombres apostados sobre la cubierta seguramente creerían que Romano y el otro hombre estarían muertos. Al menos, en eso confiaba Romano; de hecho, contaba con ello para sobrevivir.

Volvió a hundir el cuerpo y lo soltó. Se hundió lentamente hasta el fondo de la piscina y pasó a acompañar al otro cadáver que allí había, el hombre al que Web había disparado. Ahora Romano tendría que llevar a cabo la parte más peligrosa del plan. Dejó escapar la mayor parte del aire que le quedaba; su cuerpo comenzó a flotar y enganchó el brazo en la abertura del filtro, como si se hubiera quedado atrapado allí después de que le hubieran volado la tapa de los sesos. Mientras la cubierta se abría, confiaba en que los tipos no estuvieran al tanto de lo que le ocurría a un cadáver reciente en el agua, es decir, que se hunde en lugar de flotar. Si le disparaban, podía darse por muerto. Pero no lo hicieron. La cubierta le arrastró un poco, pero Romano no movió ni un músculo. No había llegado el momento. Cuando las manos le sujetaron y le sacaron del agua, tampoco se movió. Le tumbaron boca abajo sobre la cubierta de la piscina. Y entonces las escucharon. Todos ellos. Sirenas. Alguien había llamado a la poli.

—Larguémonos de aquí —dijo uno de los hombres.

Ésas serían sus últimas palabras. Romano se incorporó de un salto y mató a los dos de una estocada mortal en el pecho con las navajas que llevaba ocultas en las manos. Las hojas se hundieron hasta la empuñadura y les atravesaron el corazón.

Los dos hombres le clavaron la mirada mientras se hundían en el agua. Romano se irguió, inspeccionó el campo de batalla, se arrancó la camisa y con una rama pequeña de árbol se hizo un torniquete en la pierna, buscó en el agua la Link, la pistola que había desviado la bala que le habían disparado por la espalda, y sostuvo en alto el arma destrozada.

—Joder —dijo.

54

Web seguía a Strait y a Claire con dificultad. Alternaba las gafas de visión nocturna con sus propios ojos, pero estaba muy oscuro e incluso las gafas necesitaban un poco de luz ambiental para funcionar bien. Se fiaba más del oído que de la vista, pero así no podría disparar contra nada ni nadie porque tenía tantas probabilidades de darle a Claire como a Strait.

Se aproximó a la Casa de los Monos, fue aminorando la marcha y acabó por detenerse. De día, el edificio en ruinas parecía un lugar siniestro y de noche aún resultaba más inquietante. El problema era que si Strait estaba dentro y Web seguía adelante sin comprobar el edificio, entonces Strait le flanquearía por detrás.

Web sujetó con fuerza la MP-5 y avanzó sigilosamente. Entró en el edificio por el extremo sur y pisó los escombros desperdigados por la antigua cárcel de animales. Los rayos de la luna se filtraban por los agujeros del tejado en el momento en que las nubes se apartaban. La luz bañaba de manera inquietante las jaulas destrozadas y aquella visión resultaba dura incluso para los nervios de acero de Web.

Era imposible moverse sin hacer ruido, y Web miraba incesantemente en todas las direcciones con la esperanza de ver algo que le ayudara a salvar la vida de Claire y la suya y acabar con la de Strait. Además, Macy andaba por ahí fuera y aquello resultaba problemático porque Macy poseía ciertas aptitudes tácticas.

Web se arrojó al suelo en cuanto oyó un crujido a su izquierda. Se puso las gafas de visión nocturna e inspeccionó cuanto le rodeaba milímetro a milímetro. Miró hacia lo alto porque allá arriba había una pasarela. Fue entonces cuando se oyó un grito ininteligible.

Rodó sobre sí mismo y el disparo impactó justo donde había estado. Se incorporó, preparado para abrir fuego. El grito le había parecido de Claire, avisándole. Oyó pasos arrastrándose en el otro extremo del edificio y luego comenzaron a correr. Se disponía a perseguirlos cuando vio lo mismo que había visto antes: el vapor del cañón de un arma. Se arrojó al suelo justo antes de que el arma disparara; la bala impactó en una de las jaulas y rebotó inofensivamente hacia una de las paredes.

Bien, una buena noticia... Macy, si es que en verdad era él, no había sido lo bastante listo como para haberse dado cuenta de ese error.

Web abrió fuego con la MP-5 hacia la zona de donde había procedido el disparo; los cascotes salieron volando y las jaulas resonaron vacías. Cuando se detuvo para introducir otro cargador, oyó otros pasos que se alejaban corriendo. Salió sigilosamente y fue tras ellos, contento de alejarse de la Casa de los Monos.

Creía que estaba acercándose cuando sintió algo a su izquierda y volvió a arrojarse al suelo. El disparo impactó en un árbol justo detrás de donde había estado unos instantes antes.

Disparo de rifle, no de pistola. Entonces era Macy y no Strait. Seguramente se habría quedado atrás para cubrir a su jefe.

—El aspirante contra el auténtico —dijo Web en voz baja—. Muy bien, adelante.

Como francotirador, Web solía permanecer completamente inmóvil cuando estaba de guardia. Ésa era la norma cuando se trataba de un enfrentamiento; el primer hombre en moverse y delatarse, moría. Así pues, Web era capaz de no mover ni un músculo mientras esperaba para matar a alguien. Sabía reducir el número de pulsaciones e incluso regular el rendimiento de la vejiga de modo que pasaba largos intervalos sin tener que orinar. Era como una anaconda enroscada en el suelo a la espera del jaguar. Cuando llegaba el momento, la anaconda atacaba, y adiós jaguar.

Mientras estaba tumbado allí, Web se preguntó cómo era posible que Macy le siguiera y encontrara con tanta eficacia. Eso le hizo pensar en el equipo que Macy llevaría. Bates le había contado otro detalle sobre el ataque contra el complejo de los Free. Se habían extraídos dos balas del 308 de las paredes. Si Macy empleaba la misma artillería que el ERR, entonces era posible que también llevara un equipo similar al de Web. Web recordó la fotografía de Macy ataviado con todos los ropajes paramilitares. Sin duda alguna, esos elementos encajaban a la perfección con el perfil de un aspirante.

Web se deslizó hacia delante sobre el estómago, haciendo el mínimo ruido posible. Quería comprobar algo, y el mejor método era cambiar de posición.

Un disparo estuvo a punto de impactarle.

Bien, confirmado, pensó Web. El tipo también llevaba gafas de visión nocturna.

Se puso las suyas e inspeccionó la zona. Fue entonces cuando lo vio; apenas durante unos instantes, pero fue suficiente. Más que suficiente.

Clyde Macy estaba satisfecho de su estrategia. Sabía que los miembros del ERR eran expertos, pero siempre había sospechado que también estaban sobrevalorados. Al fin y al cabo, él mismo había abierto una brecha en su perímetro en el complejo de los Free. Y le había dado a uno de ellos en la zona de la piscina. No se había quedado lo suficiente para ver a Romano levantarse. Cuando Strait había huido corriendo con Claire, Macy, el lugarteniente siempre leal, se había quedado para cubrirle la espalda a su jefe. Strait le había tratado bien; se había hecho cargo de él en el correccional. Y cuando Macy había salido y se había metido casi sin querer en el mundo de los Free, Strait le había buscado y le había abierto los ojos. Los Free eran una pandilla de principiantes. El desastre de Richmond daba fe de ello. Strait le había explicado que no sólo no te pagaban nada, sino que, además, esperaban que les mantuvieses. ¿Y para qué?, le había preguntado Strait, lanzándole una clara indirecta. Para disfrutar del privilegio de relacionarse con gente estúpida.

Le había hecho caso a Strait y había trabajado para él durante varios años. Ese trabajito había sido el más lucrativo de todos. Habían ganado una fortuna con lo de las drogas y, por si fuera poco, Macy había tenido la oportunidad de tenderle una trampa a la Sociedad Libre. Eso, y cargarse al viejo de Twan, había valido la pena. En aquellos momentos, a medida que el plan se desvanecía con la misma velocidad que se aproximaban las sirenas, a Macy sólo le quedaba un objetivo: matar a London. Eso demostraría su absoluta superioridad. En cierto modo, Macy se había pasado gran parte de su vida entrenándose para ese momento.

Se colocó las gafas de visión nocturna, las activó e inspeccionó la zona donde había visto a London por última vez. Resultaba obvio que, al moverse así, demostraba que estaba confuso. London estaba demasiado seguro de sí mismo y, de repente, se había topado con un enemigo que era incluso mejor que él. Y había llegado el momento de zanjar aquel asunto. Mientras pensaba eso, se centró en una intensa señal luminosa de color verde. Durante unos segundos Macy se quedó perplejo porque no sabía qué era. Y entonces cayó en la cuenta de que seguramente sería un reflejo procedente de las gafas nocturnas de London. Apuntó, exhaló por completo; deslizó el dedo hacia el gatillo. Permaneció completamente inmóvil. Y entonces disparó. La bala impactó justo en el centro de la señal luminosa y se apagó. Fue en ese momento cuando Macy pensó que sus gafas, activadas al máximo, también despedirían la misma señal luminosa. Pero había que mirar por las gafas para ver la luz, y acababa de cargarse a London. Era apenas un segundo más rápido, y por eso estaba vivo y London no. A eso se reducía todo.

Antes de que Macy volviera a inspirar, una bala le acertó de lleno en la frente. Durante una milésima de segundo su cerebro no procesó el hecho de que le faltaba media cabeza. Entonces el arma se le cayó de las manos y Macy se desplomó.

Web salió de detrás del pequeño arcén situado a escasos metros del tocón donde había colocado las gafas de visión nocturna, activadas al máximo. No había tenido que guiarse por la señal luminosa verde de las gafas de Macy. Macy disparó a lo que creía que era la cabeza de Web y, acto seguido, el fogonazo del arma había revelado su posición. Un segundo después todo había acabado. Puntuación final: profesional, uno; aspirante, muerto.

No tuvo tiempo para seguir reflexionando sobre su victoria porque el ruido de pasos arrastrándose por la maleza le hizo lanzarse al suelo y apuntar con el del 308. Cuando la pareja salió de la zona boscosa y entró en la zona mortal, Web vaciló un instante, se arrodilló y apuntó directamente al enorme pecho del hombre.

—¡Tira el arma, Francis!

Westbrook se detuvo en seco y miró hacia la oscuridad. A través de la mira del rifle, Web vio con claridad que el gigante colocaba a Kevin detrás de él para protegerle de esa nueva amenaza.

—Soy Web London, Francis. Tira el arma. ¡Ya!

—Quédate detrás de mí, Kev —dijo Westbrook mientras se alejaba de donde sonaba la voz de Web.

—Por última vez, Francis. El arma al suelo, y luego tú. O acabarás en el suelo por otro motivo.

—Pienso sacar a Kevin de aquí, hombrecito. Eso es lo único que quiero hacer. Nada de problemas, nada de problemas.

Web apuntó a la rama del árbol situada a unos tres metros por encima de la cabeza de Westbrook. La rama se partió en dos y cayó muy cerca de ellos. Ése había sido el primer disparo de advertencia que Web había efectuado jamás, y se preguntó por qué se había molestado en hacerlo. Kevin chilló, pero Westbrook no dijo nada. Siguió alejándose. Entonces hizo algo que sorprendió incluso a Web. Arrojó el arma, se arrodilló y cargó con Kevin a la espalda. Al principio Web creyó que usaría a Kevin de escudo, pero Westbrook colocó su cuerpo entre Web y el niño. Y siguió alejándose.

Nada de problemas, ERR. Sólo nos largamos. Tengo cosas que hacer.

Web efectuó otro disparo a su izquierda, en la tierra. Una segunda advertencia. ¡Mierda! ¿Qué coño le pasaba? Tenía que cargarse a ese tipo. Era un criminal. Un asesino.

—Nada de problemas —repitió Westbrook—. Nos largamos, el niño y yo.

Web apuntó a la cabeza del hombre. Entonces se dio cuenta de que no podría dispararle con aquella munición porque la bala podría atravesar el enorme cuerpo de Westbrook y darle a Kevin. Podría apuntarle a las piernas para derribarle. Estaba pensando en ello y apuntando a la mejor opción cuando oyó la voz de Kevin.

—Web, por favor, no dispares a mi hermano. Por favor. Sólo me está ayudando.

Por la mira, Web vio el rostro del niño junto al del padre. Se agarraba al grueso cuello con ambas manos; la expresión era de terror y las lágrimas le caían por las mejillas. Francis Westbrook parecía tranquilo, como si estuviera listo para enfrentarse a la muerte. Web recordó todas las cicatrices que tenía en el estómago. Era obvio que se había enfrentado a la muerte en numerosas ocasiones, era como si hubiese vivido ciento veinte años según los cálculos del hombre blanco. El dedo de Web se deslizó hacia el gatillo. Si le disparaba a la pierna, Kevin podría ir a verle a la cárcel. Era lo más justo. Web era poli. El hombre, un criminal. Así funcionaban las cosas. Nada de excepciones. Nada de deliberaciones internas. Sólo había que disparar.

Sin embargo, Web dejó que los dos llegaran al bosque y desaparecieran. El dedo de Web se apartó del gatillo.

—Llévalo a casa, Francis. Y luego será mejor que corras como un loco porque iré a por ti, ¡hijo de puta! —gritó.

55

Strait también había oído las sirenas y no terminaba de creerse que todo se hubiera ido al garete tan rápidamente. La historia de su vida. Apretó la pistola contra la cabeza de Claire y le quitó la mordaza. Ya la había desatado para así no tener que cargar con ella.

—Me temo que eres mi billete de salida. Y quizá no sea suficiente. Pero no te hagas ilusiones; si están a punto de atraparme, te dispararé.

—¿Por qué? —preguntó Claire, impotente.

—Porque estoy cabreado, por eso. Porque me he currado todo esto para nada, por eso. Venga, andando. —Tiró de ella y se encaminaron hacia el centro ecuestre. Allí había camiones que quizá, sólo quizá, le servirían para salir de allí. Se acercaron al centro por el este y sonrió al ver la parte más alta del granero. El rancho era enorme y su topografía compleja, y los polis entrarían por delante y Strait se marcharía por detrás. Cuando se dieran cuenta de la jugada, se habría deshecho del camión, habría llegado al pequeño piso franco que había preparado sólo para esa contingencia y se habría esfumado silenciosamente, no con todo el dinero, pero sí con parte.

Dejaron atrás una subida y comenzaron a descender hacia los compartimientos de los caballos. Un hombre emergió de la oscuridad. Al principio Strait pensó que era Macy, pero las nubes se desplazaron y la luz de la luna iluminó a Billy Canfield, escopeta en mano. Strait colocó a Claire delante y le apuntó a la cabeza.

—Apártate, viejo, no tengo tiempo que perder contigo.

—¿Porque vienen los polis? Claro que vienen, yo fui quien los llamó.

Strait meneó con la cabeza con expresión maliciosa.

—¿Y por qué los llamaste?

—No sé qué coño has estado haciendo en el rancho, pero sé que te has estado acostando con mi mujer. Debes de pensar que soy imbécil o algo así.

—Bueno, alguien tenía que tirársela, Billy, porque tú no lo hacías.

—¡Eso es asunto mío, no tuyo! —bramó Canfield.

—Oh, ya lo creo que es asunto mío, y te diré que no estuvo nada mal, joder. No sabes lo que te estabas perdiendo, viejo.

Canfield alzó la escopeta.

—Sí, venga, dispara, Billy, también te cargarás a esta señorita.

Los dos hombres se miraron fijamente a los ojos durante unos instantes hasta que Strait cayó en la cuenta de cuál era su ventaja.

Sin dejar de utilizar a Claire como escudo, apuntó a Billy y se dispuso a disparar.

—¡Billy!

Strait se volvió justo a tiempo para ver a Gwen y a *Baron* embistiéndole. Soltó un grito, apartó a Claire de un empujón y disparó dos veces. Y entonces una bala le impactó en la cabeza y se desplomó en el acto.

Web había salido corriendo del bosque, había analizado la situación rápidamente y había disparado y matado a Strait. *Baron* se encabritó y cayó, con los cascos delanteros sobre el cuerpo de Strait.

Web corrió hacia Claire. No tenía que asegurarse del estado de Strait. Sabía que estaba muerto.

—¿Estás bien? —le preguntó a Claire.

Claire asintió, se irguió y se puso a llorar. Después de abrazarla, Web miró hacia el otro lado y vio que Billy Canfield había caminado arrastrando los pies hasta una masa oscura y luego se había arrodillado. Web se incorporó, fue hacia allí y vio a Gwen tumbada en el suelo, con el pecho cubierto de un charco de sangre en el lugar en el que, al menos, uno de los disparos de Strait había dado en el blanco. Gwen los miró, jadeando dolorosamente. Web se arrodilló, le rasgó la camisa y vio la herida. Le volvió a cubrir el pecho lentamente y la miró. Aquello expresión le bastó a Gwen para saber la verdad.

Gwen le agarró la mano con fuerza.

—Tengo mucho miedo, Web.

Web se inclinó un poco más mientras Billy seguía en cuclillas, contemplando a su esposa moribunda.

—No estás sola, Gwen. —Fue lo único que se le ocurrió. Quería odiarla por todo lo que le había hecho a él, a Teddy Riner y a los demás. Pero no podía. Y no sólo porque ella le hubiera salvado la vida, y la de Claire y la de Kevin. Sencillamente porque Web no sabía qué habría hecho de haber estado en la situación de Gwen, con toda esa ira y odio acumulándose con el paso de los años. Tal vez habría hecho lo mismo, aunque esperaba que no.

—No tengo miedo de morir, Web. Lo que tengo miedo es de no ver a David. —Le salía sangre por la boca y las palabras resultaban un tanto incomprensibles, pero Web las entendió.

Cielo e infierno. ¿A eso se reducía todo? Quizás el purgatorio ni siquiera fuera una opción.

Los ojos de Gwen comenzaron a nublársele y Web sintió que la mano se le aflojaba.

—David —dijo Gwen en voz baja—. David. —Miró hacia el cielo—. Perdóname, Padre, porque he pecado… —La voz se fue apagando y comenzó a sollozar.

Web supuso que Gwen se habría arrastrado hasta la capilla si hubiera tenido la fuerza suficiente. Miró a su alrededor en busca de algo, cualquier cosa. Y entonces vio a Romano dirigiéndose hacia ellos con rigidez. Había conducido en el camión enganchado al remolque, con neumáticos reventados y todo, cortesía de Web.

Web corrió a su encuentro y le miró la pierna ensangrentada.

—¿Estás bien?

—Sólo es un rasguño. Gracias por preguntar.

—Paulie, ¿querrías oír la última confesión de Gwen?

—¿Qué?

Web señaló a Gwen.

—Se está muriendo. Quiero que escuches su última confesión.

Romano retrocedió un paso.

—¿Estás loco? ¿Es que acaso tengo pinta de cura?

—Se está muriendo, Paulie, no se dará cuenta. Cree que irá al infierno y que ni siquiera podrá ver a su hijo.

—Es la misma mujer que planeó y organizó la eliminación del Equipo Charlie. ¿Me estás pidiendo que la perdone a pesar de todo lo que ha hecho?

—Sí, es importante.

—No pienso hacerlo.

—Venga, Romano, no te matará.

Romano miró hacia el cielo durante unos instantes.

—¿Cómo lo sabes?

—Paulie, por favor, sé que no tengo derecho a pedírtelo, pero, por favor, apenas queda tiempo. Es lo mejor que podemos hacer. —Y añadió desesperado—: Dios lo entenderá.

Los hombres se miraron fijamente durante lo que pareció una eternidad y luego Romano meneó la cabeza, fue varios metros cojeando y se arrodilló junto a Gwen. Le sujetó la mano con la suya, le hizo la señal de la cruz y le preguntó si deseaba realizar su última confesión. Con voz apenas audible, ella dijo que sí.

Una vez que hubo acabado, Romano se incorporó y se hizo a un lado.

Web volvió a arrodillarse junto a Gwen. Tenía la mirada vidriosa, pero durante unos instantes vio a Web con claridad e incluso le dedicó una débil sonrisa, aunque la sangre no cesaba de manarle. Era asombrosa la similitud con la herida que había acabado con su hijo.

Aferró la mano de Web con fuerza y logró pronunciar varias palabras.

—Lo siento, Web, ¿me perdonas?

Web contempló aquellos hermosos ojos que se apagaban a medida que transcurrían los segundos. En los ojos y en los rasgos de Gwen vio una imagen diferente, la de un niño que había confiado en Web y a quien le había fallado.

—Te perdono —dijo a la mujer moribunda, y esperó que David Canfield, estuviera donde estuviera, también la perdonara.

Web se apartó y colocó la mano de Gwen en la de Billy, quien se arrodilló junto a su esposa. Web vio que el pecho subía y bajaba cada vez más rápido y, finalmente, se paró y la mano cayó, sin vida. Mientras Billy sollozaba silenciosamente sobre el cadáver de su mujer, Web ayudó a Claire a ponerse en pie, rodeó a Romano con el brazo para ayudarle y los tres comenzaron a caminar juntos.

La descarga de la escopeta les hizo dar un salto. Se volvieron y vieron a Billy alejándose del cuerpo de Strait al tiempo que una estela de humo se elevaba de la escopeta.

56

Durante los siguientes días, la policía y el FBI rastrearon East Winds, recogieron pruebas, cubrieron cadáveres e intentaron ensamblar todas las piezas del rompecabezas aunque, en el mejor de los casos, tardarían bastante tiempo en lograrlo. Encontraron el cuerpo del niño que había sustituido a Kevin en el callejón en una tumba bien oculta en el bosque de East Winds. El niño era un fugitivo de Ohio que había tenido la mala suerte de toparse con Nemo Strait y Clyde Macy, quienes sin duda le habrían prometido que ganaría mucho dinero fácil.

Mientras Web recorría la finca, no pudo menos que pensar en la rapidez con que el entorno bucólico del rancho se había convertido en un campo de batalla. Bates había interrumpido sus vacaciones y estaba supervisándolo todo. Romano se hallaba en el hospital, donde le estaban curando la herida de la pierna. Como la bala no había destrozado ningún hueso ni arteria importantes, los médicos dijeron que alguien tan en forma como Paul Romano se recuperaría rápidamente. Sin embargo, Web estaba seguro de que Angie le estaba reprendiendo por haber estado a punto de perder la vida. Si alguien quería cargarse a Romano, qué duda cabía de que sería Angie quien querría hacer los honores.

Mientras Web caminaba por la entrada que conducía a la mansión vio a Bates saliendo por la puerta principal. Billy Canfield estaba de pie en el porche y tenía la mirada perdida. Web pensó que a Billy ya no le quedaba nada. Bates vio a Web y fue a su encuentro.

—Joder, qué desastre —dijo Bates.

—Bueno, ahora sabemos que hace ya mucho que era un desastre.

—Cierto. Encontramos los documentos en la casa de Strait y perseguimos a los proveedores. El disparo que mató a Antoine Peebles procedía de un arma que era de Macy. Ed O'Bannon también apareció, en un contenedor. La misma arma acabó con él. Y el rifle que Macy llevaba cuando le disparaste era el que se utilizó para liquidar al juez Leadbetter y a Chris Miller.

—Vaya, tres dianas de los de balística. ¿No te parece maravilloso cuando todas las piezas comienzan a encajar?

—Ah, y también comprobamos la cinta del tiroteo en Richmond, tal como nos pediste.

—¿Y? —dijo Web, mirándolo.

—Tenías razón, ocurrió algo. Una llamada telefónica.

—No era el ruido de una llamada. Más bien se parecía a…

—¿Un pitido? Exacto. Era un móvil. Ya sabes que se puede utilizar la melodía que quieras. Era el sonido de un pájaro, una especie de gorjeo. Nadie le había dado mucha importancia. No necesitábamos ese tipo de pruebas para trincar a Ernie Free.

—¿De quién era el móvil?

—De David Canfield. Se lo había dado su madre para las emergencias.

Web pareció sorprenderse, al tiempo que Bates asentía tristemente.

—Gwen le llamó. David no llegó a contestar. Seguramente fue el único modo que se le ocurrió para hablar con él en aquellos momentos. Escogió el peor momento, eso es todo. No sabía que el ERR entraría en acción.

—¿Crees que por eso los teléfonos desencadenaban todos los asesinatos?

—Bueno, nunca lo sabremos con certeza, pero eso parece. Quizá deseara que, dado que no había podido hablar con su hijo, lo último que esos hombres vieran fuera un teléfono. También dejó una declaración escrita en la que exoneraba a Billy. Supongo que Gwen pensaba que no saldría con vida de ésta, y estaba en lo cierto. Hemos confirmado la inocencia de Billy por otras fuentes. Y también pescamos a varios de los hombres de Strait que no estaban en el rancho esa noche. Largaron todo.

—Bien. Billy ya ha sufrido demasiado.

Bates negó con la cabeza.

—Esos tipos confirmaron que Gwen no estaba metida en la historia de las drogas. Supongo que lo descubriría después y quiso una tajada. Con lo normal que parecía…

—Era normal —espetó Web—. Pero lo que le pasó a su hijo le

cambió la vida. —Suspiró profundamente—. Tengo todos los motivos del mundo para odiar a esa mujer, pero me da pena. Pena de que no hubiera seguido adelante. Y una parte de mí me dice que si hubiera salvado a su hijo nada de todo esto habría ocurrido. Que quizás hago más mal que bien.

—No debes cargar con ese peso, Web. No es justo.

—Bueno, la vida tampoco fue muy justa con Gwen Canfield, ¿no crees?

Los dos hombres caminaron juntos.

—Bien, si te apetece oír buenas noticias, trabajas de nuevo para el FBI y, si lo pides, Buck Winters se disculpará en persona. Y espero que se lo pidas.

Web negó con la cabeza.

—Necesito tiempo para pensármelo, Perce.

—¿Lo de la disculpa de Buck?

—Lo de volver al FBI.

Bates le miró boquiabierto.

—¿Estás bromeando? Venga, Web, toda tu vida está relacionada con el FBI.

—Lo sé, ése es el problema.

—Bueno, tómate todo el tiempo que quieras. Tras lo ocurrido, la nueva norma en el FBI es que si quieres algo, lo tendrás.

—¡No me digas! Menudo detalle.

—¿Cómo está Romano?

—Quejándose y refunfuñando, o sea, bien.

Se detuvieron y miraron hacia la mansión, donde Billy Canfield acababa de darse la vuelta y estaba entrando en la casa.

Bates le señaló.

—Ése es un tipo por el que de verdad siento pena. Lo ha perdido todo. —Web asintió—. ¿Recuerdas lo que dijo en la fiesta? ¿Eso de tener a todos los enemigos delante y no perderlos nunca de vista? —Bates meneó la cabeza—. Bueno, sus enemigos le rodeaban y el pobre nunca llegó a verlos.

—Sí.

—¿Quieres que te lleve de vuelta?

—Me quedaré por aquí un rato más.

Bates y Web se dieron la mano.

—Gracias por todo, Web.

Bates se dio media vuelta y se alejó, y Web siguió paseando sin ninguna prisa. Entonces se detuvo, giró sobre los talones, miró hacia donde estaba Bates y luego hacia la mansión. De repente, comenzó a correr hacia allá. Entró corriendo por la puerta principal y bajó por la escalera hasta la planta inferior, desde donde fue derecho a la sala de taxidermia de Billy. Estaba cerrada con llave. Web rompió el cerrojo fácilmente, y al entrar enseguida encontró lo que buscaba. Llevó el pequeño tarro en una mano y corrió hasta el mueble de las armas. Encontró el seguro oculto, lo rompió y abrió la puerta de par en par. Arrancó la linterna de la pared y entró. El maniquí le escudriñó desde la oscuridad. Web colgó la linterna de un perchero de modo que el haz de luz iluminara el maniquí. Le arrancó el postizo y despegó con cuidado el bigote y las patillas. Luego abrió el tarro de disolvente y lo aplicó en la cara. La pintura se disolvió rápidamente. Web siguió despintándole la cara hasta que la piel oscura se tornó blanca. Sin pelo ni patillas ni bigote y con el color verdadero, Web retrocedió. Había visto la cara tantas veces que la habría reconocido en sueños y, sin embargo, los pocos trucos que Canfield había empleado para ocultar el rostro habían funcionado a la perfección. Billy había sido fiel a su palabra: había mantenido al enemigo a su alcance.

Web sabía que estaba mirando a Ernest B. Free por primera vez desde el tiroteo de Richmond.

—¿Te acuerdas de los i... italianos de los que te hablé? —Web se volvió y allí estaba Billy Canfield—. ¿Esos italianos —prosiguió—, que me ofrecieron un montón de dinero por pasar su mercancía robada? ¿Recuerdas que te hablé de ellos?

—Lo recuerdo.

Canfield parecía una especie de zombi; ni siquiera miraba a Web. Tenía los ojos clavados en Ernie; Web pensó que quizás estuviera admirando su obra.

—Bueno, en contra de lo que te dije, acepté una de esas ofertas y les hice un buen trabajito. Entonces, después de lo que le pasó a mi hijo y todo, a los cuatro meses vinieron a verme un día y se ofrecieron a hacerme un favor como compensación por todos mis años de lealtad hacia la familia.

—¿Sacar a Ernest Free de la cárcel y entregártelo?

—Los i... italianos se toman muy en serio lo de la familia y después de lo que le pasó a mi hijo… —Billy hizo una pausa y se frotó los ojos—. Bueno, Gwen seguramente te enseñó el pequeño edificio que sirvió de hospital durante la guerra de Secesión.

—Sí.

—Pues bueno, allí fue donde hice el trabajo. Envié a Strait y a sus hombres a buscar unos caballos y metí a Gwen en un avión para que fuera a ver a su familia a Kentucky, y así trabajar sin interrupciones. Utilicé algunos de los instrumentos quirúrgicos que se emplearon durante la guerra de Secesión. —Se acercó a Free y le tocó el hombro—. Lo primero que hice fue cortarle la lengua porque armaba mucho jaleo. Me lo esperaba de un gusano como él. Les encanta hacer sufrir a los demás, pero no aguantan absolutamente nada, nada de nada. ¿Sabes lo que le hice después?

—¿Qué hiciste?.

Billy sonrió, orgulloso.

—Lo destripé como si fuera un ciervo. Lo primero que hice fue cortarle las pelotas. Pensé que si alguien le había hecho algo como aquello a un niño no tenía derecho a llamarse hombre, así que ¿para qué iba a necesitar las pelotas? ¿Entiendes mi razonamiento?

Web no replicó, pero aunque Billy no parecía estar armado, Web deslizó la mano hasta la empuñadura de la pistola. Canfield no pareció darse cuenta, o le dio igual.

Ladeó la cabeza y observó su obra desde distintas perspectivas.

—No soy un tipo culto ni nada de eso, no he leído muchos libros, pero me parecía una especie de justicia poética, por llamarlo de algún modo, que el viejo Ernie B. Free se quedara encerrado en esta pequeña habitación donde los esclavos esperaban en busca de la libertad. Pero nunca consiguió la suya. La libertad, claro. Y sabía a la perfección dónde estaba el muy hijo de puta en cada momento y se lo enseñaba a la gente para asustarlos, como si fuera una especie de monstruo de carnaval. —Miró a Web con la expresión de un hombre que ya no está en el mundo de los cuerdos—. ¿No te parece justo?

Web tampoco contestó en esa ocasión.

Billy le clavó la mirada y luego asintió.

—Lo volvería a hacer. Ahora mismo si hiciera falta.

—Dime, Billy, ¿qué sentiste al matar a un hombre?

Canfield le observó durante lo que pareció una eternidad.

—Me sentí fatal.

—¿Te liberó del dolor?

—Ni una pizca. Y ahora ya no me queda nada. —Se calló; los labios le temblaban—. La alejé de mi vida. A mi propia mujer. La llevé a la cama de Strait, no le hice caso. Ella sabía que yo lo sabía y no le dije absolutamente nada, y supongo que eso le dolería más que si le hubiera dado una paliza. Cuando más me necesitaba, yo no estaba. Si hubiera estado, tal vez habría salido adelante.

Web le miró directamente a los ojos.

—Quizá sí, Billy. Pero ahora nunca lo sabremos.

Oyeron pasos que bajaban por la escalera y los dos salieron de la habitación. Era Bates. Pareció sorprenderse de ver a Web todavía por allí.

—Había olvidado preguntarte un par de cosas más, Billy. —Bates observó el rostro pálido de Web—. ¿Estás bien? —Miró la expresión afligida de Billy y luego a Web de nuevo—. ¿Qué ha pasado?

Web miró a Billy y luego se dirigió a Bates.

—Nada. ¿Por qué no le haces después las preguntas a Billy? Creo que necesita estar solo un buen rato. —Web volvió a mirar a Canfield y luego rodeó a Bates con el brazo y le condujo escaleras arriba.

Apenas habían llegado a la planta principal cuando oyeron el disparo. Era la escopeta Churchill.

Web se lo había imaginado.

57

Web fue a ver a Kevin Westbrook dos días después de que Billy Canfield se suicidara. El niño había regresado junto a Jerome y la abuelita, gracias a su padre. Una parte de Web esperaba que Francis Westbrook, Gran F, se hubiera retirado. Al menos había sacado a su hijo de aquel mundo. La abuela, que Web supo que se llamaba Rosa, estaba de buen humor y les preparó el almuerzo. Tal como había prometido, Web le había devuelto la fotografía de Kevin a Rosa así como los cuadernos de dibujo que Claire se había llevado, y también había dado un paseo con Jerome.

—No le he visto —dijo Jerome refiriéndose a Gran F—. Hace un momento Kevin no estaba aquí, y ahora está.

—¿Cómo va lo de la gran galleta? —preguntó Web.

Jerome sonrió.

—Está en el horno y estoy a punto de encender el fuego.

Antes de que Web se marchara, Kevin le dio un dibujo que había hecho. Se veía a un niño junto a un hombre.

—¿Tu hermano y tú? —preguntó Web.

—No, tú y yo —respondió Kevin y lo abrazó.

Al regresar al coche, Web se llevó un buen susto. En el parabrisas había un trozo de papel. Lo que allí había escrito le hizo mirar en todas las direcciones, con una mano en la empuñadura de la pistola, pero el hombre hacía ya mucho que se había marchado. Volvió mirar el papel. Apenas unas palabras: «Te debo una. Gran F.»

Otra buena noticia era que habían encontrado a Randall Cove. Unos niños que jugaban en el bosque se habían topado con él. Lo habían ingresado en el hospital bajo el nombre de John Doe ya que no llevaba identificación alguna. Había estado inconsciente varios días, pero finalmente había vuelto en sí y el FBI había recibido la notificación pertinente. Se esperaba que se recuperara por completo.

Web fue a verle después de que Cove regresara a Washington en avión. Estaba cubierto de vendajes, había perdido mucho peso y no andaba de humor, pero seguía con vida. Web le dijo que debía de alegrarse por ello y recibió un gruñido a cambio.

—He pasado por lo mismo que tú —le dijo Web—, salvo que a mí me faltaba la mitad de la cara. Tú lo tienes fácil.

—De fácil, nada. Nada de nada.

—Dicen que las heridas de bala dan personalidad.

—Entonces tengo personalidad para el resto de mis días.

Web observó la habitación.

—¿Cuánto te quedarás aquí?

—Ni puta idea. Sólo soy el paciente. Pero si vuelven a clavarme otra aguja, no seré el único a quien le duela algo.

—A mí tampoco me gustan los hospitales.

—Si no hubiera sido por el Kevlar, ahora estaría en el depósito de cadáveres. Tengo dos moratones en el pecho que creo que se quedarán conmigo para siempre.

—Primera norma de combate: siempre hay que disparar a la cabeza.

—Me alegro de que no leyeran tus normas de combate. Entonces, ¿acabaste con la red de Oxy?

—Yo diría que acabamos con ella.

—¿Y te cargaste a Strait?

Web asintió.

—Y Billy Canfield también recurrió a los perdigones. No creo que fuera necesario, pero seguramente le hizo sentirse mejor. Aunque no mucho mejor, claro.

—Supongo que sí. —dijo Cove. Web se puso en pie para marcharse—. Eh, Web, te debo una. Bueno, te debo mucho más.

—No, nada de eso. Nadie me debe una mierda.

—Eh, ERR, derribaste el castillo de naipes tú solito.

—Hice mi trabajo. Y, a decir verdad, empiezo a estar cansado. —Se estrecharon la mano—. Tómatelo con calma, Cove. Y cuando salgas de aquí, pídele al FBI que te ofrezca un trabajo de oficina seguro y tranquilo, donde la única cosa desagradable que disparan son informes.

—¿Informes? Parece bastante aburrido.

—Sí, desde luego.

Web aparcó el Mach junto al bordillo y caminó por la acera. Claire Daniels no iba con ropa de trabajo aquella cálida tarde sino con un bonito vestido de tirantes y sandalias. La cena fue sabrosa, el vino un excelente complemento, pero Web no tenía ni idea de por qué estaba allí, frente a Claire, sentada sobre las piernas en el sofá, junto a la chimenea apagada.

—¿Recuperada del todo? —preguntó Web.

—Nunca lo estaré. Pero el «negocio» va sobre ruedas. Creía que lo de O'Bannon significaría el fin de mi carrera, pero el teléfono no ha dejado de sonar.

—Mucha gente necesita a un buen loquero... perdón, un buen psiquiatra.

—De hecho, me he tomado muchos días libres.

—¿Tienes otras prioridades?

—Algo así. Vi a Romano.

—Ya ha salido del hospital. ¿Fuiste a su casa?

—No. Vino a la consulta. Con Angie. Supongo que ella le diría que iba al psiquiatra. Les ayudo a solucionar varios asuntos juntos. Me dijeron que nos les importaba que lo supieras.

Web se llevó el vino a los labios.

—Bueno, todo el mundo tiene «asuntos» que resolver, ¿no crees?

—No me sorprendería que Romano dejase el ERR.

—Ya veremos.

Claire lo miró.

—¿Y tú, lo piensas dejar?

—Ya veremos.

Claire colocó en la mesa su copa de vino.

—Quería darte las gracias por salvarme la vida, Web. Ésa es una de las razones por las que te invité a cenar.

Web quiso quitar importancia al comentario.

—Eh, ése es mi trabajo, rescatar a los rehenes. —Pero entonces la expresión jovial desapareció—. No hay de qué, Claire. Me alegro de haber estado allí. —La miró con curiosidad—. Una de las razones. ¿Y las otras?

—¿Estudiando mi lenguaje corporal? ¿Leyendo entre líneas? —Claire no le miró, y Web captó cierto nerviosismo bajo el tono jocoso.

—¿De qué se trata, Claire?

—Tengo que entregar mi informe al FBI pronto. El informe en el que explico con detalle lo que creo que te pasó en el callejón cuando te quedaste paralizado. Pero antes quería hablarlo contigo.

Web se recostó en el asiento.

—Vale, adelante.

—Creo que O'Bannon te dio una sugestión posthipnótica. Una orden, una especie de instrucción para que no realizaras tu trabajo.

—Pero dijiste que no puedes obligar a alguien a que haga algo que no quiere hacer, o que no haría normalmente, bajo los efectos de la hipnosis.

—Exacto, pero todas las reglas tienen excepciones. Si la persona hipnotizada guarda una relación importante con el hipnotizador, o esa persona es una poderosa autoridad, la persona hipnotizada puede hacer algo anormal e incluso ocasionar daño a alguien. De acuerdo con la lógica, esa persona cree que la autoridad no obligará a nadie a hacer nada malo. Todo esto se reduce a una cuestión de confianza. Y según las anotaciones, O'Bannon había establecido una relación de confianza contigo.

—¿Cómo explicas que la confianza me llevara a quedarme paralizado? ¿Me lavó el cerebro como en *El mensajero del miedo*?

—El lavado de cerebro es algo muy diferente a la hipnosis. Requiere tiempo y se trata más bien de un adoctrinamiento en el cual, gracias a la falta de sueño, las torturas físicas y la manipulación mental, cambias la personalidad de alguien, lo conviertes en otro, le privas de voluntad y espíritu, y luego lo remodelas como quieras. Lo que O'Bannon hizo fue introducir una orden en tu inconsciente. Cuando oyeras la frase «malditos al infierno», comenzaría la reacción.

»Esa frase estaba asociada a una especie de válvula de escape por si acaso oías la misma frase o alguna parecida en otro lugar. En tu caso creo que la válvula de escape era el hecho de escuchar las órdenes por el auricular inalámbrico cuando estabas en el callejón. Recuerda que dijiste que fue entonces cuando te quedaste paralizado. En las notas de O'Bannon también se mencionaba la historia de las armas Taser que me contaste. Así, la reacción física que programó en tu interior fue una que sabía que te iba a paralizar. «Malditos al infierno», junto con las órdenes por el auricular, harían que te paralizases, como si te hubieran arrojado uno de esos dardos Taser.

—¿Y O'Bannon me hizo todo eso? —dijo Web, negando con la cabeza.

—Creo que eres sonámbulo, Web, una persona muy susceptible a la sugestión hipnótica —replicó Claire—. Pero estuviste a punto de anular la sugestión. Estoy segura de que no se suponía que pudieras levantarte y llegar al patio. Ésa fue tu voluntad, imponiéndose, por si te sirve de consuelo. Seguramente fue tu mayor hazaña de la noche, ametralladoras aparte.

—Y usaron la frase «malditos al infierno» para incriminar a la Sociedad Libre porque era el nombre de su boletín.

—Sí. Cuando lo vi en su página web, muchas cosas empezaron a cobrar sentido.

—Has tenido que captar muchos detalles, Claire.

Claire se inclinó hacia delante, con las manos en el regazo. De repente, Web tuvo la impresión de que estaban en la consulta, en medio de otra sesión.

—Web, quiero decirte algo más, algo mucho más desconcertante. Tendría que habértelo dicho antes, pero no estaba segura de que pudieras asimilarlo, y con todo lo que ha pasado, bueno, supongo que tenía miedo. En comparación contigo, yo no soy tan valiente. De hecho, en comparación contigo, nadie es valiente.

Web hizo caso omiso del cumplido y se limitó a mirarla directamente a los ojos.

—¿De qué se trata?

Claire le devolvió la mirada.

—Cuando te hipnoticé, no sólo conseguí averiguar que tu padre fue arrestado durante la fiesta de tu sexto cumpleaños. —Se apresuró a añadir—: Pero no pude decírtelo entonces. Habría sido demasiado traumático.

—¿Decirme el qué? No recuerdo nada aparte de la fiesta, e incluso eso me resulta confuso.

—Web, escúchame atentamente.

Web se incorporó, inquieto.

—Dijiste que no perdería el control de mí mismo, que era un estado de conciencia alterado. Maldita sea, Claire, eso es lo que dijiste. ¿Me mentiste?

—Suele ser así, Web, pero tuve que hacerlo de otra manera. Por un buen motivo.

—El único motivo por el que te dejé jugar con mi mente, señora, fue porque dijiste que llevaría la batuta. —Web se sentó y entrelazó las manos con fuerza para que cesaran de temblar. ¿Qué coño le habría dicho mientras estaba hipnotizado, aparte de lo del cumpleaños?

—En ciertas ocasiones, Web, tengo que tomar la decisión de no permitir que el paciente hipnotizado recuerde lo sucedido. No doy ese paso a la ligera y, desde luego, no lo di a la ligera contigo.

Web la admiraba. No perdía el control en ningún momento. No sabía si inclinarse y besarla, o si abofetearla.

—¿Qué es lo que me hiciste?

—Te di una sugestión posthipnótica. —Bajó la vista—. La misma técnica que O'Bannon empleó para que te paralizaras en el callejón para que así no recordaras algunas cosas de la sesión de hipnosis.

—Magnífico, Claire, conmigo lo tienes fácil, soy un puto sonámbulo y así es más fácil joderme por dentro, ¿no?

—Web, hice lo que creía mejor...

—¡Claire, dímelo de una vez! —le urgió Web.

—Tiene que ver con tu madre y tu padrastro. Con cómo murió, para ser más exactos.

Web se ruborizó. De repente, tenía miedo. De repente, odiaba a Claire a muerte.

—Ya te dije cómo murió. Se cayó. Está todo en tu maravilloso archivo. Léelo si quieres.

—Tienes razón. Se cayó. Pero no estaba solo. Mencionaste una pila de ropa que había cerca de la entrada del desván, ¿no?

Web le clavó la mirada.

—Ya no está allí, hace tiempo que no está allí.

—Un excelente lugar en el que podría ocultarse un niño aterrorizado y al que maltrataban.

—¿Yo?

—Un excelente lugar en el que ocultarse a instancias de tu madre. Sabía que Stockton subía al desván a buscar las drogas.

—¿Y qué? Yo también lo sabía. Te lo conté cuando no estaba hipnotizado.

—También me hablaste de unas alfombras enrolladas. —Y añadió en voz baja—: Eran duras como piedras.

Web se apartó de ella como un niño asustado.

—Esto es una locura, Claire.

—Te convenció para que lo hicieras, Web. Era su forma de enfrentarse a un padre que maltrataba.

Web se sentó en el suelo y se llevó las manos a la cabeza.

—No entiendo nada de nada, Claire. ¡Nada de nada!

Claire respiró hondo.

—No le mataste, Web. Le golpeaste con la alfombra y se cayó. Pero tu madre...

—¡Basta! —gritó Web—. ¡Basta de una vez! Nunca había oído tantas gilipolleces juntas.

—Web, te estoy diciendo la verdad. ¿Cómo es posible que sepa todo esto?

—¡No lo sé! —gritó—. ¡No sé nada!

Claire se arrodilló frente a Web, alargó la mano y tomó la de él.

—Después de todo lo que has hecho por mí, me siento fatal diciéndote esto. Pero, créeme, lo hice por tu bien. Para mí también fue muy duro. ¿Lo entiendes? ¿Me crees? ¿Confías en mí?

Web se incorporó de forma tan abrupta que Claire estuvo a punto de caerse hacia atrás, y se dirigió hacia la puerta.

—Web, por favor —le gritó Claire.

Cuando Web salió, Claire fue tras él con el rostro bañado en lágrimas.

Web subió al coche y lo puso en marcha. Claire se dirigió con paso vacilante hacia él.

—Web, no podemos dejarlo así.

Web bajó la ventanilla y la miró mientras ella le buscaba los ojos.

—Me marcho por una temporada, Claire.

Claire parecía desconcertada.

—¿Te marchas? ¿Adónde?

—A ver a mi padre. ¿Por qué no lo analizas mientras estoy fuera?

Aceleró el coche y se alejó bajo un cielo que amenazaba con una tormenta inminente; el Mach negro desapareció rápidamente en la oscuridad. Web volvió una vez la vista y vio a Claire Daniels allí, iluminada por la luz de su casa acogedora. Entonces clavó la mirada en la carretera y siguió hacia delante.

Agradecimientos

A mis buenos amigos Philip Edney y Neal Schiff del FBI por toda su ayuda y asesoramiento. Gracias por estar siempre a mi disposición. Gracias al agente especial W. K. Walker por su ayuda y consejos.

Al doctor Steve Sobelman por su inestimable ayuda en aspectos psicológicos de la novela y por ser un gran tipo y buen amigo. Steve, te querríamos de todos modos, aunque no estuvieras casado con tu extraordinaria esposa, Sloane Brown.

A mis maravillosos amigos Kelly y Scott Adams por toda su ayuda y asesoramiento con relación con los temas ecuestres y con el rancho de caballos de la novela y por recorrer a pie conmigo más de ochocientas hectáreas cubiertas de nieve. Gracias también, Kelly, por enseñarme a montar a *Boo.* ¡Volveré para seguir practicando!

A mi nuevo amigo el doctor Stephen P. Long por su ayuda en la parte del libro relacionada con el Oxycontin. Steve, tus comentarios fueron perspicaces y muy acertados.

A Lisa Vance y Lucy Childs por hacer que mi carrera literaria siga por buen camino.

A Art y Lynette por todo lo que hacen por nosotros.

A Steve Jennings por volver a leer todas las páginas con su ojo de lince.

A la doctora Catherine Broome por tener la paciencia de explicarme asuntos médicos de una forma tal que incluso yo fui capaz de comprender.

A Aaron Priest por todos tus buenos consejos sobre el libro. Estoy en deuda contigo.

A Frances Jalet-Miller por otra excelente labor de edición. Esta vez te has superado, Francie. Y a Rob McMahon por sus ponderados comentarios.

A Deborah Hocutt por mejorar tanto mi vida. Y a su esposo, Daniel, por diseñar un sitio web increíble.

A Michelle por hacer que nuestro loco mundo siga adelante.

A todas las almas maravillosas que forman la familia Warner Books, que incluye a Larry, Maureen, Jamie, Tina, Emi, Martha, Karen, Jackie Joiner y Jackie Meyer, Bob Castillo, Susanna Einstein, Kelly Leonard y Maja Thomas. Sois los mejores.

Y, por último, a mi amigo Chris Whitcomb, agente del Equipo de Rescate de Rehenes, que además resulta que es un escritor maravilloso y una de las personas más extraordinarias que he conocido en mi vida. Chris, no podría haber escrito esta novela sin ti. Fuiste mucho más allá de la llamada del deber cuando me ayudaste y nunca lo olvidaré. Te deseo todo el éxito del mundo en tu carrera literaria, te lo mereces.